U0945534

长篇小说

首席智囊 6

·完结篇·

任振华 / 著

二十一世纪出版社集团
21st Century Publishing Group

图书在版编目（CIP）数据

首席智囊．6 / 任振华著．-- 南昌：二十一世纪出版社集团，2015.8

ISBN 978-7-5568-1138-0

Ⅰ．①首… Ⅱ．①任… Ⅲ．①长篇小说－中国－当代 Ⅳ．①I247.5

中国版本图书馆 CIP 数据核字 (2015) 第 187084 号

首席智囊．6 任振华 著

责任编辑 张秋林 李一意
出版发行 二十一世纪出版社集团
（江西省南昌市子安路75号 330009）
www.21cccc.com cc21@163.net
出 版 人 张秋林
经　　销 新华书店
印　　刷 北京华平博印刷有限公司
版　　次 2015年12月第1版 2015年12月第1次印刷
开　　本 710mm × 1000mm 1/16
印　　张 25
字　　数 330千
书　　号 ISBN 978-7-5568-1138-0
定　　价 39.80元

赣版权字—04—2015—657

目　录

第八章

利益链不言而喻，改革路步履维艰 / 249

不料想赵长风关于城中村改造的新设想遭到了副市长韩国新的大力阻击，在市长杨一斌的授意下，韩国新提出城中村可以交由玉江房地产公司负责进行开发。双方争执不下，南江市委常委会决定设立两个试点，分别推行韩赵二人的城中村改造计划。没多久，玉江房产开发公司实行野蛮拆迁，和村民爆发了激烈的冲突，造成人员伤亡的恶性事件。愤怒的村民围堵住市委市政府的办公楼讨要说法。

第九章

调查组山穷水尽，录像带柳暗花明 / 280

市委责成赵长风牵头公安局负责，派出专案组调查强拆伤人案。然而案件调查却迟迟没有进展。有记者说正巧路过拍下了当时发生冲突的录像带，可录像带却不知所踪。正当赵长风山穷水尽之际，大舅子方天雷突然来到，带领特警队在拆迁片区所在派出所所长冯伟才家里搜出了录像带。赵长风大喜过望，案情处理可谓柳暗花明。

第十章

黑势力为非作歹，正义剑鸣声出鞘 / 319

赵长风发现强拆案牵扯到南江市的重要人物，他带着录像带秘密前往省城请示省委书记赵强。赵强立即把省公安厅长何承明从中央党校招了回来，寓意不言自明。何厅长干了几十年的老公安，他心里明白，在南江，与恶势力的较量已经上升到了白热化的程度，必须从快从重，迅猛出手。

第十一章

黑恶势力遭打击，害群之马被清除 / 359

省公安厅采取霹雳行动，逮捕了玉江房地产公司老板陈玉龙。这起强拆伤人恶性案件的主要操纵者就是陈玉龙。然而陈玉龙十分委屈，他不过是站在前台唱戏的那个人，玉江房地产公司其实是南江杨一斌市长的白手套。省纪委随即对杨一斌采取双规措施，在铁证如山面前，杨一斌终于低下了他的头。

第一章　巧妇难为无米炊，烫手山芋捧也难

海东新线不死不活停在那里，东江的发展大计也停在那里，无人问津，其实是无人敢问津。赵长风捧着这个烫手山芋真是左右为难。要解决这个问题无非两个办法：一是给钱，二是修线。恰恰这两个问题都很难办。钱，没有；修线则意味着对前任的否定，孙副省长虽已离休，但他在粤东政坛上的影响力不可小窥，省委书记杜红军就曾经是他的秘书。

下午对海东新线最初设计的线路考察非常顺利，从现场考察的结果来看，这条路不但路程比海东新线东江段目前设计的线路要短上五点几公路，而且一路上基本上是一马平川，避开了丘陵山峦地带，而且也不用反复跨越蟒河，多修三座大桥。

考察结束后，在东江县交通局举行了一个关于海东新线东江段的调研会议，今天参加海东新线考察的人员全部出席，另外还有东江县交通局科级以上干部，东江段项目指挥部全体领导班子。

在调研会开始前，马千里和周锡成碰了碰意见，主要是统一一下口径，看在调研会上如何发言。其实马千里和周锡成对赵长风此次到东江县来调研的目的非常清楚，肯定是赵市长对海东新线东江段目前的设计线路不满意，否则，为什么在考察东江段设计线路时要把当初被否决的线路也列人考察范围？这其中的意图非常明了嘛！

其实不光是赵长风对东江段设计线路不满意，马千里和周锡成两个人同样不满意。对东江县来说，交通问题已经是制约经济发展的最大问题。东江

县地处海州西北部山区，既不靠海，也远离深州、羊城等玉江三角洲经济中心，和同属于海州市管辖的粤海县、洪山县、西湖区、海城区等县区相比，地理上处于先天的劣势，经济发展速度滞后也在情理之中。东江县唯一可以倚仗的地理优势就是地处江州和海州之间，江州是粤东省另外一个经济特区，虽然经济发展比起深州、羊城等尚有差距，但是也是粤东东部的一个经济重镇。如果东江县能够通过交通把海州和江州联系起来，那么在两市的经济交往中东江县一定会占不少便宜。可惜的是，海州市和江州市之间目前的交通联系是通过粤海县的沿海快速公路联通的，把东江县给绕了过去。当初设计的海东新线，除了缓解海州与东江县之间的交通压力外，其中一个很大的原因就是希望通过海东新线这条新通道把江州市和海州市连接起来，比起沿海快速公路来，海东新线要少走八十多公里路程，显然要比经过粤海的沿海快速公路经济许多。

可是由于种种原因，海东新线却不死不活地停在这里，也让东江县的发展大计也停滞在这里。马千里和周锡成都是去年才到东江县来的，两个人都是四十多岁，如果在东江县能做出一点成绩，那么按照两个人的年龄来说，是很有可能在仕途上前进一步。但是东江县却是海州市的经济洼地，现在对干部政绩考核中又尤其注重对 GDP 的考核，两个人想干出一番引人注目的成绩，必须为东江县找出一条新的发展模式。在马千里和周锡成两个人看来，这个新的发展模式最好就是利用东江县地处江州和海州两地的中心，在两地产业衔接和物流转运方面做点文章，使东江县成为江州和海州两大城市的产业配套中心和物流基地。当然，这就有一个前提，就是海东新线东江段必须建成通车，否则海州和江州的联系还是要经过粤海县、江封县等地，哪里轮到东江县分一杯羹。

关于海东新线东江段，周锡成和马千里也投入了很大精力和心力解决这个问题，但是由于东江县吃财政饭，海东新线东江段的征地补偿款和建设资金方面还有两个多亿的缺口，单凭东江县财政来筹措这笔款项，不知道要到猴年马月，而海州市交通局和省交通厅却咬紧了牙关，说配套资金方面对海东新线已经是超额投入，全省和全市交通建设摊子那么大，即使省市两级交通部门有心对海东新线东江段加大投入也是有心无力啊。

这个时候马千里和周锡成心中就充满了对海东新线设计部门的抱怨，甚至对当初力主海东新线更改设计路线的老省长孙金平也有些不满。如果按照海东新线东江段最初的设计方案，这东江段早就建成通车了，又何至于落到现在进退两难的地步？

马千里和周锡成一脑门的官司，却又不得不想办法在筹集东江段建设资金上做文章。这次赵长风从粤海县县委书记的位置升任为海州市常务副市长，马千里和周锡成心中就存了心思，打算找个机会向赵市长汇报一下，诉一下苦，让赵市长想办法照顾一下东江县，把海东新线东江段的建设资金解决了，尽快让海东新线东江段建成通车，把这条横亘在东江县境内的交通盲肠变成一条金光闪闪的经济发展高速通道。可是马千里和周锡成没有想到，没有等他们开始汇报，赵市长竟然主动到东海县来考察海东新线东江段的建设进度，更让他们没有想到的是，赵市长的考察行程安排中竟然包含了海东新线东江段最初的设计路线。

赵市长提出要考察早已经被废弃了的东江段最初的设计路线，这说明什么问题？赵市长可不是普通的副市长，他是市委常委、常务副市长，负责全市经济、财政、金融、交通等方面的工作，在这些方面的工作上有很大的发言权甚至是决定权，作为一个这么主要的市领导，他会无缘无故地要去考察已经废弃的海东新线东江段最初的设计线路？

如果说赵市长视察海东新线东江段的工作，传递的是海州市领导、至少是赵市长本人非常重视海东新线东江段建设工作的话，那么在具体日程安排中包括了海东新线东江段最初的设计路线，则说明在赵市长本人心目中至少已经在考虑，是否能够让这条被废弃的设计线路起死回生。

对于这个思路，马千里和周锡成两个人不是没有想过，但是却从来不敢去深想。申报一条二级公路已经是非常困难了，而对已经开工建设的二级公路设计路线进行修改，更是难上加难。因为对设计路线进行修改，就是让这条路线的设计单位和审批单位承认原来的设计方案是错误的，至少是不合适的，这就意味着责任，虽然不见得有什么具体人要出来承担这个责任，但是这还是会触动某些官僚机构的底线。他们一向是掌握着审批大权，看着别人求上门来，现在要让他们承认自己错了，岂不是自己打自己的脸？其中难度可想而知。更何况这条海东新线东江段现有线路还牵扯已经退休的老省长孙金平，孙金平虽然只做到副省长，但是他在粤东政坛上的影响从来没有人小觑……

马千里和周锡成不敢想，不代表别人不敢想。从赵市长考察线路安排来看，赵市长就敢这样想，而且很可能打算这样做，否则他也没有必要这样大张旗鼓地率领一帮部下对东江段最初设计路线进行考察——身为分管交通的常务副市长，赵长风应该很清楚他的一举一动会对下面干部传达什么样的信息。

马千里和周锡成这么一碰，彼此心里都有谱了，口径也统一了。那就是在接下来的讨论会上一定要哭穷，强调一个建成通车的海东新线东江段对东江县社会经济的发展会有多么大的促进作用。要求在政策上对东江县倾斜一下，财政支持力度再大一些，尽快让海东新线东江段建成通车。如果市交通局局长陈心仁也跟着哭穷，说市交通局也是资金紧张，捉襟见肘，不能给东江县以更大的支持的话，那么就让周锡成把海东新线东江段最初的设计线路抛出来，试探一下赵市长的反应。

果然不出马千里和周锡成的所料，他们刚一提出来东江县基础差、底子薄，希望市里能够在资金投入方面再给一点支持，让海东新线早日建成通车，成为东江县全体人民的发家路、致富路时，市交通局局长陈心仁就接口说道：

"我个人理解，当前还是要在基层提倡自力更生、艰苦奋斗的精神，不要老是等、靠、要，基层干部要打破这种旧观念。市里的资金也是有限的，海东新线东江段最初设计的时候，市里只安排了一亿六千万元建设资金，后来考虑到东江县的具体困难，市里又追加了六千万元建设资金，同时又做通了省交通厅的工作，让省交通厅也增加了六千万元的配套资金，这本身就是对东江县交通建设的巨大支持。市里两区三县，也是一大摊子建设工程，到处都需要钱，市里交通建设经费也是有限的，主要还是要靠下面的干部群众艰苦奋斗。赵市长刚才强调过，我们要高举两面旗帜，一面是改革开放，一面是艰苦奋斗。我认为赵市长的指示是无比正确的，我们应该深切地去体会赵市长的指示精神。"

马千里和周锡成眼神碰了一碰，果然不出所料，陈心仁这老家伙又是老

调重弹，总是这老一套。

周锡成咳嗽一下，把面前的茶杯挪了一挪，说道："陈局长的讲话很好，讲出了我们基层干部的心声。马书记和我都很认同赵市长的这个观点，越是在改革开放的时候，越是不能够忘记自力更生、艰苦奋斗的精神。"

马千里伸手弹了弹烟灰，微笑着望着周锡成，无疑是对周锡成讲话的最好注脚，让大家知道，周锡成所说"马书记和我"绝对不是空口白话，是两个人的一致意见。

赵长风靠在座椅上，一边听着周锡成的讲话，一边在心中感叹，看来东江县基础虽然差一些，但是领导班子还是很团结，最起码在关键问题上，一把手二把手能够立场一致，这个局面对东江县经济发展还是有利的。

周锡成抬头看了一眼赵市长，捉摸不透赵市长平淡如水的表情下面究竟在想些什么，他继续说道："但是，自力更生、艰苦奋斗也是需要一些基本条件的。就拿海东新线东江段的建设来说，如果让东江县依靠目前的条件自力更生、艰苦奋斗的话，那么东江段就必须摒弃现有的设计线路，回归到最初的设计线路上去——赵市长和陈局长今天在考察中应该发现了，如果东江段回归到最初的设计线路上，不但线路缩短五公里多，而且会少开挖一条穿山隧道和少修建三座跨河大桥，结余经费两个多亿——如果是这样，东江县全体干部群众勒勒裤腰带，还是有信心把海东新线东江段建成通车的！"

周锡成开了个头，东江县交通局有不少干部都跟着附和起来，不管他们内心是否真的赞同周县长的意见——这个时候周县长讲出的话明显是经过马书记同意的。

东江县交通局局长李振节却没有立即发言，他拿着笔在笔记本上勤奋地记录着，好像是在总结大家的发言精髓。

东江段项目指挥部常务副总指挥王文封却开口唱起了反调："周县长的意见、还有东江县交通局同志们的意见都很好，但是我觉得是不是需要再慎重考虑一下呢？海东新线虽然是一条二级公路，但是很多路段的设计标准其实达到了一级公路的标准，这条路的设计路线是由省城市建设勘察设计院勘察设计，经过市委常委会，上报省交通厅，在省交通厅厅长办公会上研究通过，最后上报到分管副省长，在省长办公会上研究决定下来的。可以说目前这条线路从项目建议书到工程可行性报告都经过省内外权威专家论证过的，再经过这层层报批、把关，最后才决定下来的。这时候我们如果要提出修改设计方案，那些专家会怎么想？上级部门会怎么想？主管领导又会怎么看？当然，这只是我个人的意见，总之……我认为还是要慎重对待这个问题。”

会场上陷入了沉默。王文封提的问题有点大，谁也不好回答。

赵长风淡淡地看了王文封一眼，端起茶杯喝了一口茶，润了润喉咙，这才说道：“刚才同志们都踊跃进行了发言，很好，讨论会嘛，就需要这样的气氛，知无不言，言无不尽，有什么观点看法都可以拿出来交锋，理越辩越明嘛。”

一边说着，他的目光一边淡淡地扫过会场，把会场上每个人的反应都看在眼里。

“在座很多都是交通系统的专家，我呢，虽然是分管交通系统，但是毋庸讳言，比起在座诸位专家，我在交通建设方面是个外行。”赵长风目光扫了一圈，收了回来，“所以对于海东新线东江段的建设，我这个外行基本上是没有什么发言权的，就不谈什么看法了。现在，我在这里就只能务一下虚，谈一下工作方法的问题。共和国老前辈曾经说过一句话，在工作中一定要‘不惟上、不惟书、只惟实’，怎么看这句话？我个人理解，很简单，就是要求我们在工作中不能只看领导怎么说，书本上专家怎么说，而是要根据实际情况，因地制宜，因时制宜，实事求是地去做工作。因为领导也是人，专家也是人，是人就会犯错误，所以他们的意见和看法不一定就是正确的，我们工作最终落脚点还应该落在具体情况上。”

说到这里，赵长风目光又扫视了一圈，微笑着做了结束语：“这是我在实际工作中的一点感悟，讲出来与大家共勉。今天的研讨会就先到这里吧。关于海东新线东江段的问题，海州市交通局和东江县要成立一个联合小组，再研究一下，拿出一个方案报上来。总之，我们一定要想办法解决这个问题，不能够让这条盲肠再阻梗我们海州市的经济发展了！”

会场上一片热烈的掌声，王文封和李振节也跟着鼓掌，仿佛使出了全身力气。

东江县一趟考察下来，赵长风心中基本上有了底，从东江县交通局汇报的情况来看，海东新线东江段最初的设计路线地质情况并不复杂，没有什么需要特别处理的路段，在征地拆迁方面面临的压力也很小，如果东江段能够回归到最初的设计路线上，那么根据省市两级配套建设资金的情况，东江段很快开工建设，并且能够在一年内建成通车。

目前的难点就在于如果让东江段回归最初设计路线的话，要面临的重重关卡。不过即使关卡重重，赵长风还是有信心去克服它们的，毕竟这是一件于国于民都有利的事情，只要道理讲清楚，上面那些老爷们也不会怎么卡吧？

主意既然打定，赵长风就决定付诸行动，首先就是争取市里的支持，尤其是市委一把手苗晓苗书记的支持。

说起来赵长风和苗晓之间已经是比较亲密了。当初在粤海县县委书记任上的时候，赵长风就和苗晓往来比较频繁，而苗晓也借着赵长风在粤海县搞的财政制度改革大出了一把风头，虽然财政改革是赵长风一力推进的，赵长风向杜红军书记汇报时可没有忘记提到是在市委市政府的正确领导下，特别是在苗市长的大力支持下，粤海县的财政制度改革才得以顺利推行，打开一个新的局面。那个时候正是海州市很微妙的时期，赵长风在汇报的时候有意突出了一下苗市长，虽然说苗市长顺利接替海州市市委书记与这个无关，但是至少赵长风当面对杜书记的汇报给苗晓加了不少印象分——当然，这些都是拿得上台面的理由。

不过等赵长风升任海州市常务副市长之后，和苗晓之间来往反而不那么密切了。虽然是市委常委、常务副市长，但是如非必要，赵长风很少会到苗晓的市委书记办公室去。

海州市委、市政府大院坐落于市西北部的西湖湖畔，掩映在一片湖光山色之中，因为大院的门牌号是西湖大道一号，有些人都喜欢称呼这个大院为一号大院，这个称呼慢慢传开，久而久之，一提起一号大院，老海州人都知道指的是市委、市政府大院。

西湖一号大院内，市委书记、副书记的办公楼和市长、副市长的办公楼比邻而居，人民习惯称呼为“书记楼”和“市长楼”。这两座楼都不高，只有五层，枣红色的墙体，绿色琉璃瓦屋脊，四角的挑檐上都蹲着一只神兽，在高大的木棉树和繁茂的小叶榕树的掩映下，再被外面背后的雁麓山一衬托，很有点中式园林的味道。

按理说书记楼和市长楼比邻而居，赵长风又和苗晓私人关系不错，应该经常去书记楼里看望苗书记才对。可是事实上赵长风到了海州市之后，只去过两次苗书记的办公室。所谓人在官场身不由己，赵长风虽然是市委常委，但是也是常务副市长，属于市政府这边的干部，如果他经常单独到市委书记办公室去，作为市政府的一把手，代市长王刻舟会怎么想？这些都是一个成熟的领导干部所需要考虑的问题。

但是今天海东新线东江段线路改建问题，赵长风觉得有必要先和苗书记通一下气——虽然按照惯例，他应该先和代市长王刻舟汇报的——苗书记是市委一把手，无论是从工作角度出发还是从私人感情出发，在这个问题上先向苗书记汇报一下，让苗书记感受到赵长风对他的尊重，这对赵长风顺利开展海东新线东江段改建工作是非常重要的。当然这并不代表赵长风不尊重代市长王刻舟，只是对赵长风来说，他需要寻找的是一个能够以最快速度最顺利地完成心中构想的途径。

苗书记的办公室位于五楼的东端，要想过去，首先要经过苗书记专职秘书闻言声的办公室。赵长风过去的时候，闻言声正坐在办公桌后在奋笔疾书，想来是在写什么材料。赵长风在门口一站，闻言声立即醒觉，他抬头看到是赵长风，脸上立刻挂满了笑容。

“苗书记……在呢？”赵长风指了指隔壁苗书记的办公室，虽然事先已经给苗书记打过了电话，但是赵长风还是问了一下。

“在呢。”闻言声知道赵长风和苗书记的关系，他笑着说道：“正巧里面没有人。”

“那好，我先过去。”赵长风笑了一下，就往隔壁走去。如果是其他人，多半先要通报一下，但是作为苗书记的专职秘书，闻言声当然知道赵长风和苗书记之间的关系，所以就随便些了。

赵长风进去的时候，苗书记正拿着红色的电话机在打电话。赵长风的动作立刻轻柔了一些，红色的电话机都是和上级领导联系的，看来苗书记在跟省里某位领导通电话。

苗书记也看到赵长风进来，他嘴角挂着一丝笑容，用手指了着沙发，示意赵长风先坐下。赵长风就笑着坐在了沙发上。

“好，这项工作我们目前抓得很紧，有什么问题我会及时向您汇报。”苗书记恭敬地放下了电话，站起来向赵长风走来。

赵长风连忙站起身来，笑着叫道：“苗书记。”

“呵呵，坐，坐，坐。”苗书记用力握了握赵长风的手，拉着赵长风并排坐在长沙发上。他从茶几上摸出一盒大熊猫，递到赵长风面前：“来一支？”

赵长风摆了摆手，说道：“抽了一下午烟，嗓子疼，不来了。”

“好，好，还是原来的本色。”苗书记大笑了起来，自己往嘴里塞了一根烟，说道：“我还真害怕你跟我客气啊！”

赵长风心头一热，知道苗书记这是和他讲感情，说明两个人之间的关系并没有随着彼此地位的变化发生什么变化，这在上下级之间也算是异数。

赵长风伸手摸出火机替苗书记点着火，嘴里笑着说道：“我不跟领导客气，只给领导服务。”

“你呀！”苗书记用夹着香烟的手指虚点了一下赵长风，然后随口问道：“怎么样，这段时间？”

这话问得无影无踪，是典型的半截话，如果听话的人没有一些悟性，没有一些准备，别说回答这句话，甚至连班长究竟是问什么都丈二和尚摸不着头脑呢！

赵长风当然不会这样，他虽然年轻，却并不缺乏历练，再加上自己的悟性，在这方面做得比谁都好。

作为下级，在见上级领导时一定要做好充分准备，这个准备不光是说在材料数据方面的准备，更重要的是，要在精神上心理上做好准备，要能够根据场面微妙的氛围与领导心态的变化来决定自己的言行举止。

比如要去见上级领导，就要考虑到单独来见领导，应该怎么样使用表情，两个人一起来，又该怎样调配脸上的神情。如果领导一个人在办公室，应该怎么说话，如果领导办公室里有其他人，又当如何开口。这些必须提前在脑海里过一遍，计划停当，见到领导时才会应对得体，不会出什么纰漏。

另外还要根据所见领导的习惯行为来分析领导当时具体的举动中所蕴含

的含义。就比如苗书记，赵长风在粤海县当县长时就开始接触，对苗书记（那时还是苗市长）的一些行为习惯把握得很透。比如苗书记是坐着接见你，还是站着和你交流，甚至是在走动时听取你的汇报，这里蕴含的意思是不一样的。他在接见你时所采取的走、站或者坐这几种肢体语言中已经蕴含着他对你这个人、对你的汇报和请示的问题、对他即将安排或者正在安排你要去办的事情，乃至于你将来的命运都有一定的情感倾向和心理暗示。

赵长风对苗书记的肢体语言已经熟悉到这个地步，当然对苗书记的语言里所隐含的信息也能准确把握。

就拿今天苗书记问的这句“怎么样，这段时间”来说，这其实是很多领导都喜欢用的一种问话方式，他们习惯于用这种看上去很宏观也很模糊的方式来提问，这种提问没有具体指向，全靠被提问的下属临场的发挥。如果被提问的下属心中没有数，回答出来的问题就是漫无边际，不知所云，这样自然就引不起领导的兴趣，使自己陷入比较尴尬的境地。但是有些聪明的下属悟性好，事先又做够了功课，这个时候就会从自己所掌握的情况中提炼出领导感兴趣的内容加以总结汇报，这样既向领导展示了自己的才学见识，又能够在领导心目中留下比较深刻的印象。

听苗书记的话，是问自己从粤海县到海州市担任常务副市长后这段工作的整体感觉，而这段时间也不过才一个多月，按照惯例，赵长风还处于下基层调研的阶段，这也是一个熟悉情况、积累经验的阶段，赵长风的问题就是，怎么样在这个阶段中挑出苗书记相对熟悉又感兴趣的话题加以发挥。

“我还是很吃惊啊。”赵长风说道：“以前我在粤海县的时候，总以为粤海县的发展速度是惊人的，但是到了海州其他县区考察调研之后，发现其他县区的经济发展也是日新月异，不亚于粤海，照这样的速度发展下去，我看不久我们海州就有可能成为粤东省第三经济大市……”

说到这里赵长风看了看苗书记，尊敬地说道：“苗书记，这都是您担任市长时打下的基础啊！现在您担任了书记，我看海州市的经济发展速度会更猛更快。”

苗书记把脸一板，说道：“长风，我让你汇报情况，可不是请你来拍马屁的！你主要说说，海州市经济建设中还存在哪些问题？把你从粤海县提上来，为的就是发挥你经济方面的特长！”

“我经济方面是有些长处，但是还需要书记您把握方向啊！”赵长风并不害怕苗书记板脸，他说道：“我刚到海州一个多月，市政府的工作千头万绪，工作程序也很复杂，有很多东西还没有理顺，刚才汇报的只是我下去调研时得到的初步印象。”

“关于海州市经济建设方面的问题，也不能说没有。”赵长风这才把话题引向今天的正题，“比如海州市整体经济发展速度虽然很快，但是也存在一些不尽如人意的地方。比如东江县就是海州市的经济洼地，无论是经济总量还是发展速度，和其他兄弟县区比较起来都差了好大一块。”

苗书记微微点了点头，把目光很感兴趣地投到赵长风脸上。这次省里提赵长风到海州市常务副市长的位置上，主要是为了推进海州市财政制度改革，没有想到赵长风没有从海州市财政制度入手，反而先去考察了海州市的经济洼地，看来省委杜红军书记器重这个年轻人不是没有道理啊！

赵长风继续说道：“而东江县的经济发展，主要受制于东江县的地理环境，县里大部分地区处于半丘陵半山区地带，又不临海，道路建设又比较落后，对投资商没有吸引力，所以最后就成了海州市的经济洼地，拖了海州市的后腿。如果东江县的经济发展速度和经济总量能够和粤海县看齐，那么我们海州市的经济总量超过禅城市绝对不成问题。”

苗书记又点燃一根烟，问道：“你认为如何才能提高东江县的经济发展速度？”

“海东新线。”赵长风回答道：“其实市里已经有了规划，问题的症结就在海东新线。如果海东新线东江段建成通车，那么东江县的经济发展就会是一个新的面貌。”

苗书记不动声色地弹了弹烟灰，说道：“你是分管交通的常务副市长，这海东新线的问题就交给你来负责了。”

“苗书记，我今天就是过来向您汇报海东新线的问题的。”赵长风挪了挪身子，“我的看法是，海东新线东江段必须重新设计，回归到最初的设计路线，这样制约海东新线建设的资金瓶颈将会迎刃而解。”

室内的空气顿时像凝结住一样。苗书记盯着赵长风半天不说话，过了很久，等烟头就要烧到手指时他才醒悟过来，狠狠地把烟头在烟灰缸里拧灭，然后站起身来，背着手走到南边巨大的落地玻璃窗前。

赵长风起身跟在苗书记后面。

苗书记往外面望了望，口中说道："海东新线东江段的背景你清楚吗？"

"清楚。"赵长风老老实实地回答，"我听说原来主管交通的副省长孙金平是东江县大溪镇人，就是因为他的坚持，海东新线东江段才放弃了最初也是最合理的设计路线，绕道从大溪镇经过。"

苗书记又是一阵沉默。

又过了一会儿，苗书记才又问道："孙老的背景你清楚吗？"

赵长风听苗书记称呼孙金平为孙老，心中也是一惊，嘴上却说道："苗书记，您是知道的，我是从中原省调过来的，对粤东很多情况都不摸底。"

苗书记缓缓点头，说道："也是，你到粤东来的时候，孙老已经退休了。"他转过身来，指了指沙发，说道："走，我们还是坐着说话吧。"

这次赵长风坐在了长沙发上，苗书记却坐在他的对面。

"长风，孙老退休时虽然只是一个副省长，但是他在粤东省政坛的影响力却要超过许多退休的副书记。"苗书记靠在沙发上，向赵长风讲起了典故，"粤东省全省至少有六个市委书记在孙老手下干过，省里三位副省长都曾经是孙老的直接下级。"

说到这里，苗书记压低了声音，说道："更重要的是，省委书记杜红军曾经是孙老的秘书。"

纵使赵长风修养再深，这时候不由得也大吃一惊。杜红军是孙金平的秘书出身，怪不得孙金平的影响力这么大，难怪啊难怪！

苗书记叹了一口气，继续说道："孙老一生应该说是很正直的，可以说是刚正不阿，两袖清风，从来没有办过什么违反原则的事情，所以才会威望这么高。可是临退休前，孙老却违反了一次原则，替老家大溪镇争取了这么一条二级公路。当时在市委常委会研究的时候，我虽然明知道这么做是违反原则的，但是我也投了赞成票。不光是我，当时所有的常委都是这个心思吧？"

赵长风沉默了，没有想到海东新线东江段的来路这么大。不过来路再大，这个头既然开了，他就必须走下去，不能够让海东新线东江段就那么卡阻在那里。

伸手抓起茶几上的大熊猫，赵长风往嘴里塞了一根，摸出打火机点上，狠狠地抽了两口，平复了一下内心的情绪。

“苗书记，孙老既然是一个讲原则的人，我想就好办了。”赵长风说道：“现在海东新线卡在那里也不是个办法。我看还是要修改海东新线东江段的线路设计，至于孙老那边，我过去做做工作看。我想孙老既是大溪人，更是东江人，他也不想看到东江县因为这条梗阻的盲肠而经济停滞不前吧?”

苗书记沉吟了一会儿，语重心长地说道：“长风，你可要考虑好，这样做风险很大，一旦出了什么差错，那么你在海州市常务副市长位置上的首演亮相可是彻底失败了，这无论是对你的威信，还是对你的前途影响都会很大的!”

“苗书记，我清楚。”赵长风伸手把烟头拧灭，“如果总是这样瞻前顾后，工作就没有办法干了。”

停顿一下，他又笑着说道：“再说了，即使我失败了，不是还有您在后面给我兜底吗?”

“臭小子，你打算把天捅一个窟窿，我本事再大，也没办法帮你兜底啊!”苗书记笑了起来，“既然你决定了，就试一试看吧。”

“多谢苗书记的支持!”赵长风知道苗书记说这句话等于也替他担上了干系。比起那些一味逃避责任推脱责任的领导来说，苗书记还算是一个有担当的领导。

“那边，”苗书记指了指外边的市长办公楼，“刻舟同志是什么意见?”

赵长风连忙恭敬地回答道：“苗书记，我还没有来得及向刻舟市长汇报。”

“这样不好嘛!”苗书记微笑着虚点着赵长风：“刻舟同志是你的上级，你应该先跟刻舟同志汇报一下嘛!”

“是！苗书记批评得对!”赵长风虚心承认错误，“可是，我总是觉得，先向书记您汇报一下比较好!”

他知道，苗书记看似在批评他，其实是很满意他这种表现的。赵长风和苗书记之间的关系不同，在苗书记心目中早就把他看成自己的嫡系了，先向市长还是先向书记汇报工作，其实是一个态度问题。

“你回去向刻舟同志汇报一下，征求一下刻舟同志的意见。”苗书记靠在沙发上说道，“下次一定要注意方式方法，正常的工作程序还是要的嘛！”

赵长风连连点头：“我明白，我明白。”

在他起身要告辞的一瞬间，苗书记忽然间说了一句：“这个情况，你可以和杜书记沟通一下。”

出了书记楼，赵长风微笑了，看来苗书记还真的以为他和省委杜红军书记有什么关系啊。不过这个事情赵长风并不想解释，事情越含糊越好，有的时候解释多了，反而会……

和书记办公楼一样，市长办公楼一共有两部电梯，这两部电梯一东一西分布在办公楼的两端，西端这一部是公用电梯，东段这一部则是市长专用电梯，供市长们上下楼专用。赵长风进了市长办公楼，乘坐市长专用电梯上到四楼，从侧门回到自己的办公室，鲍晓飞就迎了上来，接过赵长风的手包，又添了点水，这才轻声汇报道：“来了很多向您汇报工作的人，都在隔壁等着呢！”

赵长风伸手正要拿电话，就停下来抬着眉毛看着鲍晓飞。鲍晓飞明白，进一步说明道：“国资办的贾宝安主任、项目办的牛月利主任，还有其他的一些同志……”显然，鲍晓飞嘴里的“其他一些同志”分量无法和国资办的贾宝安主任和项目办的牛月利主任相比，所以连名字都省略了。

“现在恐怕没空。”赵长风手落在了电话机上。

“那我让他们改天再来。”鲍晓飞退了出去。

赵长风抓起话筒，拨通了王刻舟市长办公室的电话：“市长，我是长风，有点事要向您汇报，您有空吗？”

“啊，长风市长啊，那……你过来吧，我在办公室等你。”王刻舟的粤东式普通话听起来有点生硬，仿佛舌头不会打弯一样。

放下电话，赵长风把鲍晓飞叫过来，嘱咐道：“我到楼上一趟。”

王刻舟的办公室在五楼，所以这里楼上就是代指市长王刻舟。鲍晓飞打开侧门，看着赵长风进了市长专用电梯，这才退回办公室，把门给带上。

赵长风来到市长办公室门口，王刻舟的秘书乔学雨正迎面出来，他见是赵长风，就满面堆笑着侧身一让，客气地说道："赵市长，里面请。"把赵长风迎了进去。

王刻舟正坐在办公室的沙发上看报纸，见秘书领着赵长风从门口进来，就放下报纸站起来握了握赵长风的手，招呼赵长风坐在他旁边的沙发上。

乔学雨给赵长风倒了一杯水，又给王刻舟水杯里添了一些，退了几步，这才扭身从门里出去。

看到赵长风在旁边的沙发上坐下，王刻舟也坐回在沙发上，手指头轻敲两下膝盖，亲切地说道："长风市长，市里的工作都适应了吧？压力不小呀……"

赵长风坐直身体说道："市长，我刚到海州不久，新的工作岗位、新的工作环境，市里的工作也是千头万绪，工作起来是有不小压力。不过我们这些做副职的，压力再大能有您和苗书记大吗？市里所有工作都要靠您和苗书记拍板，有您和苗书记做后盾，我感觉身上的压力轻了许多。而且有苗书记和您亲自指导，有市委市政府其他领导同志的共同协作，工作中的压力我还是有信心去克服的，把您和苗书记交给我们的工作去做好，做扎实。"

王刻舟缓缓地点了点头，语重心长地说道："党和人民把我们放在这么重要的位置上，做好工作是我们这些当领导的职责和义务，我们挑着这么重的担子，能够不把工作做好吗？长风，你能有这样深刻的认识，很好！"

"市长，天天被您督促着，能没有这么深刻的认识吗？"赵长风不咸不淡地拍着马屁，王刻舟毕竟是市政府一把手，把关系搞得融洽一点，自然对今后开展工作有利。虽然有传言说，王刻舟是被判刑入狱的粤海县原交通局局长裴可安的表哥，但是赵长风相信，即使这个传言是真的，王刻舟作为海州市的市长，还是能够拎清楚工作和个人感情之间的关系，不会在大是大非的问题上为难他。

"你这个长风，灌起迷魂汤倒是一套一套的。"王刻舟大笑了两声，问道："你刚才……"

"对了，市长，我正要向您汇报呢！"赵长风连忙说道："我这两天下去东江县考察了一下海东新线的建设问题，综合了一下市县两级交通部门的意见以及东江县委县政府的意见，对于海东新线的建设有了一个新的想法……"

“海东新线？”王刻舟手指头在膝盖上轻敲了两下，眉头微皱着，从脑海中搜寻着有关海州新线的资料。他和赵长风是前后脚来到海州的，比起在海州市下面的粤海县工作了一年半的赵长风，王刻舟对海州市的情况要陌生很多。

“海州市至东江县的二级公路新线路，就是人们称之为海州盲肠的那条路。”赵长风小声提示着，然后打开公文包，把有关海东新线的资料拿了出来，“这是海东新线的有关资料，市长您看一下。”

“噢，想起来了，想起来了，是那条著名的海州盲肠。”王刻舟伸手接过海东新线的资料，翻看了几页，就放在一旁的茶几上，看着赵长风说道：“对于这条海州盲肠，你有什么新想法？”

赵长风就把情况详细地汇报了一遍，最后说道：“综合各方面的情况，东江县和市交通部门都认为，要想打通海东新线这条盲肠，最经济也是最有效的办法就是放弃现在的海东新线的设计路线，回归到海东新线的最初设计路线上去。”

王刻舟点燃一根烟，随口问道：“这个问题，你向苗书记汇报了吗？”

赵长风这个时候自然不能说是已经向苗书记汇报过了，不动声色地说道：“我刚从下面回来，还没有来得及向苗书记汇报。”

王刻舟喷了一口烟，鼻翼微微动了一下，说道：“这个材料先放我这里。你呢，再去向苗书记汇报一下。”说完就端起了水杯。

赵长风见状就站了起来，说道：“市长，您先忙，我去看看苗书记在不在。”

王刻舟就站了起来，握住赵长风的手客客气气地送到门口。转身回到办公室，王刻舟拿起茶几上的那叠材料，坐到皮转椅上，脸色阴晴不定地看了起来。

虽然说是王刻舟是到了海州之后才认识赵长风的，但是他在一年前在羊城市当副市长的时候就听说了赵长风的名字。赵长风听说的那个传言确实是真的，王刻舟的确是粤海县原交通局局长裴可安的表哥，裴可安的母亲就是王刻舟的亲二姨。当初裴可安被海州市检察院反贪局带走后，王刻舟的二姨立刻到羊城找到了他，悲悲切切地哭诉着粤海县县长赵长风的飞扬跋扈和阴险狡诈，让王刻舟无论如何都要想办法救一下亲表弟。

王刻舟是羊城市副市长，手暂时还伸不到海州，于是就把这件事情跟自己的岳父、粤东省省委副书记路跃进说了。路跃进找人到海州市打听了一下，就告诉王刻舟，这件事情不要再管下去了。海州市检察院反贪局已经掌握了裴可安贪污受贿的确凿证据，这个案子已经是铁案，要想翻案也不是说完全不可能，但是要付出很大成本，同时还要承担巨大的政治风险。而王刻舟此时仕途正蒸蒸日上，冒这个风险不值得。王刻舟能够走到到今天羊城市副市长的位置上，全部都是岳父路跃进的功劳，又怎么会不听从岳父的意见？虽然他和表弟裴可安的感情很好，但是也只能对二姨说爱莫能助。二姨也因为这件事情，很少再登他的家门。

至于那个粤东县县长赵长风，王刻舟也打听到一些消息，听说身后是省委书记杜红军的背景，因为杜红军书记曾经非常信任的大管家省政府秘书长谢富海对待赵长风的态度非常热络……

王刻舟当时绝对没有想到，一年后他竟然会和赵长风在海州市碰面，而且赵长风还担任了他的副手，说起来还真是造化弄人呢！

仔细看完赵长风留下的材料，王刻舟不得不承认，改变海东新线现有设计线路是打通这段海州盲肠，促进海州市西北部经济发展、特别是东江县经济发展的最快最有效也是最经济的途径。只是……

沉吟了许久，王刻舟把秘书乔学雨喊了过来："学雨，去让宇航秘书长来一下。"

乔学雨领命而出，工夫不大，海州市政府秘书长白宇航满面堆笑地出现在市长办公室门口："市长，您找我？"

"老白，坐吧。"王刻舟放下手中的材料，示意白宇航在大班桌前面的椅子上坐下。

白宇航有些诚惶诚恐地用半边屁股坐下，双手放在膝盖上，用恭谨的目光看着王市长。这位新来的市长是出了名的架子大，白宇航虽然是市政府秘书长，但是在王刻舟面前汇报工作一般都是站着的，很少能够享受到"坐吧"这么高级的待遇。

王刻舟看着白宇航坐下，也不说话，手指在桌面上轻轻敲着，笑吟吟地看着白宇航，把白宇航看得心里发毛，后脖上的毛毛汗都出来了，一个劲儿地在回想最近自己是否有哪些方面的工作没有做好，没有做到位。一边想着，一边目光就躲闪起来，不敢再看王刻舟笑吟吟的目光。

王刻舟要的就是这种效果，在一个新环境下要想迅速打开工作局面，最好的办法就是立威，有了威信，下属才会老老实实不打折扣地去执行你的命令，不敢在你面前耍滑头。当然，在下属面前立威，并不是说动不动就沉着脸，动不动就发脾气，发脾气的效果反而不好，因为这会让下属知道你很生气，等于把握住你的心思了。而最好的立威办法就是营造一种神秘莫测的效果，让部下不知道你在想什么，在琢磨什么，这样他们在你面前就会觉得心中没底。

见白宇航目光开始躲闪，王刻舟这才开口说道："老白，海东新线的情况你了解吗?"

听到王刻舟开口，白宇航这才松了一口气，原来领导是想知道海东新线的情况，在市政府当大管家，白宇航当然了解海东新线的情况，于是就一五一十地把情况向王刻舟进行了汇报。

听完白宇航的汇报，王刻舟手指在桌面上敲了两敲，说道："就这些?"

白宇航整天在市政府迎来送往的，和各级领导打交道，眼皮子也是个活泛的主儿，如何能听不出来王刻舟的话内蕴含的意思？原来领导想要了解的不是那些能够摆上台面的情况，而是……

号准了脉搏，白宇航就轻了一下嗓子，身子往前倾着说道："市长，关于海东新线还流传一个说法，说是当初分管交通工作的副省长孙金平孙老进行过干预，目的就是想让海东新线东江段经过孙老的老家东江县大溪镇，所以海东新线东江段线路才进行了修改……"

孙金平孙老？王刻舟心中吃了一惊，原来还有这么一层关系，怪不得海东新线东江段会舍近求远，多花两个多亿呢！他在省会羊城市当了几年副市长，对省里的情况可比赵长风清楚多了。孙金平孙老有多大影响力，王刻舟可是一清二楚。岳父路跃进虽然是省委副书记，但是影响力也不见得有孙金平当时那么大。现在孙金平虽然已经退休两年，很少出来走动，但是谁也不敢忽视这个退了休的老省长的影响力，因为孙金平手下出来的领导干部甚至比组织部部长手下出来的还要多。

“老白，你也是一级领导，没有根据的话不要乱说！”王刻舟板起了脸，“这种闲话传到外面，会造成什么影响？你想过没有？”

白宇航身上的汗刚干了，听了王刻舟的话立刻又冒出来一层，他慌忙解释道：“市长，我也就是在您面前才敢说说，在外面我从来不敢说这些的。”

见白宇航慌成这样，王刻舟脸上的神情又放松了下来，换上一副笑脸说道：“这就对了嘛！老白还是不错的。”说着伸手从抽屉里摸出一盒特供大熊猫扔到白宇航的面前，“拿回去抽吧。好不容易从老爷子那里磨过来两盒，今天便宜你了！”

白宇航当然知道王刻舟口中的老爷子是谁，这种特供大熊猫只有省部级领导才能够享受到，王刻舟既然能拿到，肯定是从省委副书记路跃进那里拿到的，谁不知道，省委路跃进书记是王刻舟王市长的老泰山啊？王刻舟从老岳父那里搞到两盒特供大熊猫，就分给了自己一盒，这……

看着面前这特供大熊猫，一股暖流顿时从白宇航心头涌起，他忙不迭地把大熊猫拿到手中反复地看着，嘴里说道：“多谢，多谢。”短短的一瞬间，白宇航经历了从严冬到盛夏两种极端不同的感觉。

“老白，你也别和我客气。”王刻舟靠在皮转椅上笑眯眯地看着白宇航，“你跟我时间长了，就会了解我是什么样的人了。好了，没什么了，你去忙自己的事吧。”

白宇航把那盒特供大熊猫装好，满面堆笑地站了起来，冲着王刻舟哈了一下腰，这才退了出去。

王刻舟坐在皮转椅上一边捋着头发，一边望着天花板，消化着刚才白宇航透露出来的这个消息。作为分管交通工作的领导，这海东新线东江段和孙金平孙老的关系赵长风不可能不知道，既然知道赵长风为什么还敢修改孙金平孙老当初干预过的线路呢？他就不怕得罪了孙老？孙老临退下来时豁出老脸为家乡做了唯一的一件好事，现在赵长风要推翻重来，那不就等于是打孙老的脸吗？赵长风难道说就没有考虑过这个后果吗？

把孙老的关系放到一边不说，还有省道路勘察设计院、省交通厅、分管副省长等方面的关系，赵长风这样做就等于否定这些部门、这些领导的工作，他们会轻易让赵长风过关？这些因素赵长风又考虑了吗？

虽然说赵长风背后有杜红军书记的关系，但是未必见得杜红军书记事事都支持他啊。再者说来省委书记杜红军在粤东省也不是一手遮天，还有方方面面的势力纵横交错，而赵强省长最近的表现也越来越强势，风头有盖过杜红军书记的势头，杜红军书记全靠省里这些老人老关系老势力的支持才没有让赵强压过去，现在赵长风这么一搞，注定要得罪孙金平孙老，而孙老的老部下中目前还有六个市委书记、三个副省长，杜红军能不考虑这些吗？更何况杜红军本人也是孙老的秘书出身。

这个赵长风太年轻了，做事太冲动。现在还是靠着一腔热血就能做事的年代吗？不过也难怪，不到三十岁就成为一个地级市副市长，可谓是少年得意。不是说春风得意马蹄疾吗？这个时候怎么能够不产生天下在握的感觉呢？改变海东新线的线路，为自己捞一点政绩，不正是这种浮躁心理的表现吗？看来仕途太顺利了，也不见得是一件什么好事。让年轻人吃吃苦头，受受挫折也好。

想到这里，王刻舟抓起红蓝铅笔就在海东新线的材料上重重地打了一个钩。这个海东新线东江段改变线路的项目他不但要支持，而且还要大力地支持，市政府这边所有的支持所有的资源全部到位，由着赵长风去运作，去折腾，这也是赵长风在海州市做的第一件政绩，王刻舟相信，赵长风市长在海州市的第一次亮相一定会非常精彩！

早晨上八点二十分，卫建国乘坐着桑塔纳2000到了劳动局，下了车，来到自己办公室泡了一杯茶，翻翻办公室早上送过来的报纸，有意磨蹭了一下，看看手表，马上八点四十五了，这才起身往局长丁一尘的办公室走去。

在劳动局，有这么一个规矩，每天早上八点半上班，八点四十分，各个副局长都要到局长丁一尘办公室去碰一下头。这其实也是很多部委办局通行的一种规矩。在部委办局，这种每天早上的碰头会是一种例行工作，也是一种必不可少的形式，头是一定要碰的，碰了头，就表示一天的工作到位了，同时也给手下人的考勤工作做个表率。其实所谓的碰头，碰不碰都无所谓。通常意义上的碰头也都是只露露面，有事说事，没事大家各做各的。这“各做各的”也大有名堂，因为领导很多，分工很细，所以每个领导的工作量其实是非常有限的，真正要做起来又没有几个，和县里领导忙忙碌碌排得满满当当的日程表相比，是截然不同的两种天地。

劳动局实行的是一把手负责制，副手的权力和空间非常有限，如果要想做点事情，没有一把手的支持或者谅解是根本不行的，所以副局长们对局长丁一尘还是很尊敬，比如这个碰头会，八点四十召开，除非请假，否则副职们一般都会在八点三十五左右赶到丁一尘的办公室去碰头。

劳动局局长办公室里，丁一尘坐在高高的大班椅上，面沉似水，眼睛不住地瞄着摆放在豪华大班桌上的江诗丹顿手表，他有个习惯，最不喜欢别人迟到，每次开会的时候，他就像是一个中学的监考老师一般，习惯性地把手表摘下来放在桌面上，去掌握时间。

办公室里，除了副局长卫建国外，其他六个副局长早已经到了，他们坐在椅子上虽然不说话，但是却不时互相碰一下眼神，意思是说待会儿看丁局长怎么收拾卫建国。

办公室主任戴天德一边为几位局长的水杯里续水，一边用眼神不住地往外望着。

马上要退居二线的副局长薛和平在劳动局资格比丁一尘还老，在丁一尘面前也放得开一些，他抬起手腕看了看手表，说道：“有些人就是架子大啊，这都什么钟点了。”

丁一尘脸色就又沉了一分，目光扫向戴天德，“卫局长请假了吗?”

“没有听他说啊，应该到了吧?”戴天德说道，“我过去看看。”

戴天德刚走出门，就看到卫建国不紧不慢地往这边走来，他连忙过去说道：“卫局长，大家都到齐了!”

卫建国这些天受够了窝囊气，今天已经横下心不给丁一尘这些人面子，听了戴天德的话，他脸色一板，大声说道：“到齐了就不能等一等？究竟是会议重要还是工作重要？我那边也是在忙工作!”

他说着不理会目瞪口呆的戴天德，端着水杯大步走进丁一尘的办公室。

卫建国的声音局长办公室里这些人听得清清楚楚，丁一尘脸色阴沉得都能挤出水来，那些副局长们心中也在嘀咕，这个卫建国怎么了？迟到了态度还这么嚣张？

在卫建国走进办公室的一瞬间，丁一尘已经调整过来了，既然你老卫准备破罐子破摔闹一闹，那么咱们就看看，你能玩出什么花活出来。他平静地看着卫建国坐在座位上，这才说道：“今天来参加碰头会的，都是领导干部。作为一个领导干部，我想大家都懂得纪律的重要性……”

说到这里，丁一尘用目光扫了一下办公室这七个副局长，端起茶杯喝了一口水。其实刚才丁一尘在等待卫建国的时候已经喝了足够的水，嗓子一点不干痒，他不过借着这个润嗓子的机会有意停顿一下，让人去琢磨他话中的含义。

卫建国心中冷笑，趁着丁一尘端着茶杯喝水的瞬间，从口袋里摸出一盒帝豪国风，抽出一根塞到嘴里，又拿着烟盒朝着房间内的几位副局长晃了晃：“抽烟吗？抽了自己拿啊！”说着随意地把烟盒扔到茶几上，然后摸出打火机，啪的一声点着了烟，美美地吸了一口，然后把两腿一伸，重重地靠在后面宽大的真皮靠背上。

丁一尘用眼角扫了一下卫建国，放下杯子，继续说道：“在这个会议纪律方面，大多数领导同志做得还是比较好的，但是也有个别同志，在这个纪律性方面，至少今天是做得不够好的，可以说是缺乏组织纪律性。如果大家都这样，那我们的会议还要不要开了？”

所有人把目光都聚集到卫建国的身上，卫建国却恍如未觉，他就坐在丁一尘的桌边，见丁一尘停了下来，就伸手抓住丁一尘放在桌面上的江诗丹顿手表，笑着说道：“丁局长，你这块手表不错啊？要小十万块吧？”

不知道哪个涵养浅的副局长就小声笑了出来。丁局长目光冷冷一扫，笑声戛然而止。丁一尘收回目光，用手敲了敲桌子，说道：“老卫，我们现在是在开会，能不能严肃一点？”

卫建国一本正经地回答道：“丁局长，我也是很严肃地在问你这个问题，没有开玩笑啊。刚才市扶贫办的张主任来电话，询问我们局今年的扶贫工作进度如何，我这里正要向您请示呢！今天我们局的扶贫款什么时候拨到位啊？要不外边的人会说，劳动局丁局长都戴上十多万一块的手表了，但是劳动局的扶贫点却只投入了几千块钱，这个出手是不是太寒酸了点呢？”

卫建国分管局机关事务，扶贫工作也挂在他名下。海州市劳动局在东江县山区有一个扶贫点，但是由于丁一尘一直卡着卫建国，今年劳动局对扶贫点的投入还不足三千元，卫建国今天就是找这个由头来了。

“老卫，你是不当家不知道柴米油盐贵啊！不说别的，单单局里建劳动干部培训中心就欠了银行两个多亿的贷款，每年的利息都要还多少？”丁一尘扳起手指头，一本正经地给卫建国算起账来，“全局上下这么多干部职工，加上家属，有多少嘴等着吃饭。还有上级部门兄弟单位的迎来送往，这又需要多少钱？扶贫扶贫，我还巴不得那些有钱人来扶一下我们劳动局的贫呢！要不老卫你去跟王市长和苗书记说一说，把局里的财权接过去？这拆东墙补西墙东挪西借的日子我是过够了！”

见一把手丁一尘开了口，其他副局长都心领神会，在一旁像是经过统一培训一般，挖苦起卫建国来，说扶贫是好事，但是也要量力而行啊，不要自己这边还苦巴巴过日子，那边就硬充大头菜去发扬风格，连本单位干部职工的生活都搞不好，还去谈什么扶贫？

卫建国嘴角挂着一抹冷笑，只是听着，也不说话，等这几个副局长说得自己也觉得没趣停下来的时候，卫建国这才冷笑着说道：“挺好，我看应该召开一个记者招待会，看看各位领导的精彩表演。一个扶贫点才能用多少钱？满打满算一年下来三五万了不得了。是啊，咱们劳动局穷啊，局里没钱，要还贷款，干部职工的福利待遇差。各位局长，你们摸一摸自己的肚子，一个月内，你们能在家吃几顿饭？宾馆酒店，如果不是五星六星的，恐怕各位局长都懒得往里迈步吧？喝酒，茅台五粮液这些国货恐怕都看不上眼吧？”

几位副局长的脸色越来越难看。

“卫建国，你闹够了吗？”丁一尘再也忍不住了，他厉声打断卫建国的话。

“丁局长，我可没有闹。我是正经地跟你汇报呢！”卫建国靠在真皮靠背上，好整以暇地说道：“眼看就要到下半年了，咱们局的扶贫款什么时候能够拨到位？我这个扶贫小组的组长可不想在全市召开扶贫大会时被领导戳脊梁骨。”

“我已经说过了，要根据局里的资金情况具体统筹，统一安排。”丁一尘皱着眉头说道：“如果条件允许，扶贫资金会在第一时间拨付下去的。”

“请问丁局长，什么时候我们局的条件才能允许？是七月？八月？九月？还是十一月十二月？你给我一个具体的话，到时候市扶贫办张主任问我的时候，我也好有个交代。”卫建国毫不放松。

丁一尘觉得卫建国今天绝对是疯了，他心里有些后悔，以前是不是把卫建国逼得太紧了一点？适当地给卫建国一些空间会不会好一些呢？心头这个念头一起，丁一尘就想松口，答应拨几万元扶贫款下去好了。可是丁一尘立即又醒觉，这样做不行，今天所有的副职都在一旁看着呢，他如果答应拨付扶贫款下去，别人会不会认为他是向卫建国服软？会不会认为只要在他面前够强硬，就会拿到自己想要的东西呢？这个口子一开，如果以后再有其他副手有样学样，再在他面前做出卫建国今天这样的举动，他又该怎么办呢？如果是卫建国私下里到他办公室向他说几句软话，他未必不会同意拨个三两万元扶贫款下去，让卫建国这个劳动局扶贫小组长去交差，但是现在嘛……

想到这里，丁一尘心头松开的口子又合了上去，严丝合缝的，不给卫建国留下一丝空间。

“戴主任，”丁一尘对呆在一旁的戴天德说道：“这个问题你记录下来，记得时刻提醒我，一旦局里资金松动了，首先就要保证解决卫局长提到的这个问题。”

“是，是，我这就记录下。”戴天德打开笔记本拿起笔飞快地在上面写了两行字。

“我看这扶贫款也是有年没日子了！”卫建国猛然站了起来，“对不起，你们继续碰头吧，扶贫款我另外去想办法。我就不相信死了张屠户，就要吃带毛猪了！”说着卫建国头也不回地走了出去。

丁一尘完全没有想到，卫建国竟然敢把一帮人都晾在这里，他呆呆地看着卫建国，直到卫建国走出办公室重重摔了一下门，他才把手中的真空水杯重重蹾在大班桌上。几个副局长包括办公室主任戴天德的脸都吓着了，办公室内只有丁一尘刚才蹾水杯的余音在回荡着……

走出丁一尘的办公室，卫建国顿时觉得神清气爽，忍着了一年时间，今天终于把心头这口恶气出了。

回到自己的办公室，卫建国坐在座位上静静地思索了一下自己的计划，看看有没有什么纰漏，如果没有什么漏洞，那么就可以趁热打铁，借着今天的由头付诸实施。

按照正常情况来说，每天的碰头会结束之后，卫建国这个时候是没有什么具体事情做的。这其实也是其他局领导的真实工作写照。

在日常工作中，领导们所需要做的就是把远期工作规划好，再把近期工作部署好，具体的实施都是由下属的科长、副科长以及科员们去完成的。偶尔某个局领导热情迸发，决定亲自参加某项工作，也是率领他分管的科长，科长再带着科员们簇拥着领导一起到下面督促检查工作。督促检查工作无非是聊聊走走看看而已，二三十分钟，半个来小时就完了，况且这种情况也不必天天坚持。

那么一个像卫建国这样的部委办局的领导平时都做些什么事情呢？

领导当然有领导的风范。一个领导者能够一天到晚守着办公室里吗？那么这就不是单位的领导，这是单位传达室内把大门的老头。一个领导者天天待在办公室不但显得无所事事，也会显得没有政绩感。

领导们善于寻找各种个样的理由出去，比如：下下基层；做做暗访；搞搞调查；拜拜领导……用不着死守在办公室里。

当然，在劳动局里丁一尘和其他副局长都是真正的领导，卫建国只是一个伪领导。虽然别人见他也是客客气气地叫他“卫局长”，他上下班自由，爱去哪里去哪里，但是领导不了什么人，管理不了什么事情，更掌握不了什么钱。

今天，卫建国既然已经开口，就绝对不打算再回到以前的那种状态，也不可能回到那种状态。如果他乱发了一通脾气，再去服软，丁一尘还不往死里整他？事到如今，卫建国是开弓没有回头箭，更何况他背后还有老搭档、现在的海州常务副市长赵长风撑腰，难道就真的怕丁一尘了？

下定了决心，卫建国就掏出电话号码本，翻出了粤海县旅游开发总公司总经理于青山的电话。粤海县旅游开发总公司属于中原省山水建设集团的二级子公司，全面负责中原省山水建设集团在粤海县旅游项目的开发。于青山受过中原省山水建设集团的副总裁琳达小姐嘱咐，知道要和粤海县县委书记卫建国和县长赵长风搞好关系，而卫建国（其实是赵长风的意思）当时也拍板给了粤海县旅游开发总公司不少优惠政策，所以于青山和卫建国之间的关系一直很密切，卫建国的要求只要不是太离谱，他基本上是有求必应，反正这都是集团副总裁琳达小姐交代过的。

“于总，是我啊，卫建国。”卫建国亲热地说道：“我昨天跟你说的事情就那样办吧，你看你这边什么时候方便？”

“卫书记啊，你看着安排吧。”于青山还是按照以前在粤海县的老头衔称呼卫建国，“我即使再忙，卫书记一句话，我就是坐飞机也要赶过去啊！”

“呵呵，老于，还真是够意思啊！”卫建国笑着说道：“那就定为下周一吧？周一上午八点我们一起下去。”

“行，我这边安排一下，周日晚上赶到海州。”于青山笑着说道：“到时候还请卫书记赏个薄面，陪兄弟出来吃顿饭啊！”

有了市委书记苗晓和代市长王刻舟两位党政一把手的大力支持，市交通局提出的海东新线东江段线路修改申请报告几乎没有遇到什么阻力就通过了。

与此同时，海州市流传出这么一种说法，常务副市长赵长风就是一个二百五市长，竟然在下车伊始、立足未稳的情况下去碰海东新线东江段项目，而且还是改变东江段现有的路线。海东新线东江段？不错，那的确是海州市大地上的一段盲肠，但是更是海州市大地上的一段高压线啊。去动这条线路，不仅仅是对省交通系统权威的挑战，更是对孙金平孙老爷子虎威的挑战。

一时间冷眼旁观者有之，心中窃喜者有之，幸灾乐祸者有之，扼腕叹息者有之，当然也有相当一部分人暗自为敢作敢为的小赵市长在心里捏了一把汗。几乎所有人都把目光集中在赵长风的身上，看赵长风在这件事情上究竟该如何下台。纵然有些人听说过赵长风和省委书记杜红军关系可能不一般，但是谁也没有因为这层关系就看好赵长风这近乎疯狂的举动——海东新线改线？如果那么容易做，海东新线还会在躺在那里停工两三年，等到你赵长风来疏通这条盲肠？

这时候卫建国很是后悔自己的举动，早知道赵长风要面临这么艰苦卓绝的处境去完成一个近乎不可能完成的任务，他就再忍让一段时间，不会选在这个时候去和局长丁一尘斗。

卫建国究竟做了什么样的举动呢？仅仅是因为上周那次碰头会议么？当然不是，上周那次碰头会议只是一个开头而已。时间还得回到昨天，周一早上的时候。

早上八点，一支奇怪的车队缓缓驶出了五星级酒店海天宾馆的停车场。之所以说这支车队奇怪，是因为这行由宝马、福特、奔驰等豪华轿车组成的车队中竟然夹杂了一辆桑塔纳2000。此时，海州市劳动局副局长卫建国就乘坐在这辆桑塔纳2000座驾里。至于其他几辆豪华车，则分别是粤海县旅游总公司总经理邀请过来的粤海县企业界的朋友，其中有大名鼎鼎的粤海永磁材料有限公司的行政部副总监，有粤海县最著名的制鞋公司日兴鞋业的老总，还有粤海中黄电子公司的老板等等，这些都是在粤海县举足轻重的人物。除此之外，于青山还邀请到了羊城著名的三大平面媒体之一《穗城晚报》的大腕名记文华山。

这支奇怪的车队出了海天宾馆后，就驶向了老海东线，向东江县方向开去。海州市劳动局的扶贫点在东江县大溪镇的深处，这些人今天陪着卫建国就是要到这个扶贫点去演出一场戏。

沿着老海东线一直向前开，进入东江县境内后，又开了二十分钟，过了老蟒河桥，车队才拐下去，沿着一条有些破旧的四级公路往大溪镇方向开去，这也是当初赵长风从大溪镇往松岗村过来考察海东新线设计线路时的那条公路。这条四级公路显然是有些年头了，路面也坑坑洼洼，实在不能让人相信，在经济发达的玉江三角洲还有这么一条公路的存在。

顺着这条四级公路一直到了大溪镇，车队并没有停下，卫建国的桑塔纳2000拐上了一条更为破旧的柏油路，柏油路没有走多远，前面就变成了青石板路，沿着青石板路走了五六公里，就变成了砂石路。

于青山开着奔驰领着粤海县几个企业家朋友跟在桑塔纳2000后面，心中一个劲儿地嘀咕，卫建国这是领他们去哪儿？这道路几乎和阿富汗的道路有一拼啊。

正在彷徨中，一座小山村就出现在这条砂石路的尽头。几个村干部昨天就接到了卫建国的通知，正站在路口张望，这时看着几辆小车迤逦而来，满是风霜的脸上就堆出了笑容迎了上来。

领先一个黑黑的中年人个子不高，一双细小的眼睛，眼皮子有些浮肿，鼻子还算端正，偏偏生了一副地包天的牙齿，黄黄地往外龇着，看起来有些别扭。看到卫建国下车，这个中年人木讷地笑了两下，口中叫着："卫领导。"一只粗糙发黑的手迟迟疑疑地想伸出来，却又不敢伸出来的模样。

"这位是岸上村村支书张富强，旁边的是岸上村村委会主任张福生。"卫建国为身旁的于青山等人介绍过，就热情地伸出手来握住张富强还在迟疑的手问候道："老张，你好啊。"然后指着身旁的于青山等人介绍说道："这是粤海县著名的企业家于总、刘总、高总……他们很热心公益事业，今天陪着我来你们岸上村看看情况。"

张富强和张福生都激动起来，谁都知道，粤海县现在可是海州市最富裕的地方，粤海县的企业家拔一根毛比东江县本地企业家的腰还粗，现在卫领导竟然带着这么多粤海县的企业家过来，那岸上村这次的事情看来是有希望了。

于青山等人也热情地和张富强、张福生等村干部握手，很是配合卫建国。身后的《穗城晚报》的名记手中的照相机闪光灯闪个不停。粤海县旅游总公司是《穗城晚报》广告部的大客户，名记放下身段配合一下也是在情理之中的。

这个扶贫点卫建国今年已经来过好几次，对岸上村的情况了如指掌，即使是这样，张富强、张福生还是领着众人详细参观了一下岸上村的情况，最后在村委会昏暗的办公室内，张富强和张福生拿出了省农科院专家为岸上村因地制宜设计的致富项目计划书。

省农科院专家为岸上村制定的致富项目很有针对性，就是利用岸上村位于海拔八百多米的山区优势修建绿色无公害高山蔬菜基地，计划改造山地四百二十多亩，再修建微蓄微灌系统，将山区富余的雨水和泉水收集和汇总，通过众多的蓄水池分别储存，解决了以往岸上村山地农田无法集中灌溉的难题。整个微蓄微灌工程管网覆盖岸上村四百二十多亩山地，使山地的水资源利用率达到百分之九十以上。与此同时，还要在岸上村修建一个占地达五亩多的初加工基地，这样岸上村出产的绿色无公害高山蔬菜经过初加工之后，就可以直接运到海州市各大超市销售，只是整个项目下来需要六十多万元的投资。

制订这个项目计划的农科院专家是卫建国的高中同学。虽然在别人看来，挂名海州市劳动局扶贫小组组长无非是个花瓶式的职务，可是卫建国却不这样想，在粤海县县委书记的任上他蹉跎了两年多，现在到了海州市劳动局是真的想干点事情，所以担任了扶贫小组组长之后，卫建国还真的付出了很大努力，利用自己的关系把粤东省农科院的老同学请过来给岸上村把脉会诊，最后选择了以修建绿色无公害高山蔬菜基地为岸上村致富项目的突破口。

只是卫建国把这个项目交给局长丁一尘看时，丁一尘反应非常冷淡，在局办公会上也没有任何人来支持他。甚至连他请省农科院的同学到海州市来的差旅费招待费，丁一尘都找个借口不给报销，最后逼得卫建国不得不自掏腰包。

现在，赵长风来到了海州市担任常务副市长，还明白表示了对卫建国的支持，卫建国就不再顾忌那么多，放开手脚准备大干一场。他首先考虑到的就是岸上村这个绿色无公害高山蔬菜项目，岸上村的老老少少都巴望着这个项目能够早日上马，使村里摆脱贫穷落后的面貌，也能够像山下平原地区的农民那样生活。

卫建国从粤海县把于青山请过来，又通过于青山邀请一些粤海县著名企业家，目的很简单，一个是化缘，让这些企业家出钱支援岸上村绿色无公害高山蔬菜基地的建设，另外一个目的嘛……

于青山事先已经和这几个企业家朋友打过招呼，他们都知道过来要干什么。这里先不说卫建国是粤海县老县委书记的面子，也不说和于青山之间的交情，作为粤海县商界企业界的成功人士，他们对粤海县政坛的风向了如指掌，都知道赵长风和卫建国关系不错，现在赵长风到了海州市担任常务副市长，即使为了赵长风的面子，也要支持一下卫建国。至于说捐款，又不需要多少。

看过岸上村的高山蔬菜基地项目计划书之后，又听了张富强和张福生两个人倾诉了一番他们所遇到的困难，以于青山为首的几个粤海县企业家纷纷慷慨解囊，表示要资助岸上村这个绿色无公害高山蔬菜基地的建设，当然忘记不了替卫建国摆一摆功劳，说这完全是因为岸上村是卫书记的点，他们这也是通过实际行动支持老书记的工作。

于青山当场写了一张十万元的支票，粤海永磁材料有限公司行政部副总监当然不能让于青山比下去，也开了一张十万元的支票，剩下几个企业老总都是八万元、五万元填写着支票，最后粤海县几个企业家一共捐了四十三万元。距离建设绿色无公害高山蔬菜基地的项目预算还差二十二万元。这时所有人都把目光集中在这次活动组织者，海州市劳动局副局长卫建国的身上。《穗城晚报》的名记也紧紧地盯着卫建国，生怕放走任何一点新闻素材。

卫建国回身拍了拍他的桑塔纳2000，把于青山叫了过来："于总，这辆小车我是坐不住了。今天看到岸上村的老乡们住的还是低矮的石头房子，吃的都是糙米白饭，菜里连一点荤腥都见不到，再看看我出入都用小车代步，我心中有愧啊，这车我不敢坐了。于总，你帮我个忙，这辆车我就卖给你们企业了，卖车的钱就用来支持乡亲们的绿色无公害高山蔬菜基地建设吧，身为党的领导干部，我们要对得起自己的良心，再也不能让山区的老百姓吃苦受穷了！"

现场一片沉默，所有人都不说话，那个跟着《穗城晚报》名记来实习的女大学生眼里闪动着泪花，近乎崇拜地望着卫建国——多好的党的干部啊！如果其他领导干部都能有卫局长这样的精神，领导爱群众，群众爱领导，那么将是多么和谐多么美妙的画卷啊！

卫建国迎风而立，山风吹拂他的头发，阳光照耀下，混杂在黑发中间的几根银发闪闪发光。身后充当村委会的老祠堂前，旗杆上半旧的国旗在猎猎作响，几只山雀从天空飞过，叽叽喳喳地仿佛是为卫建国在歌唱。

此情此景，怎么能不叫人感动？

"卫书记，和您相比，我们的境界太低了。"于青山有些哽咽，"这车我买了！"他掏出支票簿，刷刷刷地又签下了一张二十五万的支票，递给了卫建国。

卫建国接过这张沉甸甸的支票，双手捧着郑重其事地交给岸上村的村支书张富强，"老张，这高山蔬菜基地项目建设的款项我都给你们筹备齐整了，下面的工作就看你们了，千万不要让这些老总们失望！"

张富强接过沉甸甸的支票，憨厚的脸上当时就挂满了泪水，他拉了下身边的张福生，两个人扑通一声给卫建国跪下了："卫领导，我们如果修建不好这个高山蔬菜基地，不能带领乡亲们致富，那我和福生两个人就从山上的断头崖上跳下去……"

《穗城晚报》的名记手中照相机咔嚓咔嚓闪动个不停，记录下这感人肺腑的一幕……

从青梅岭下来，回到海州已经是晚上了。奔波了一天，自然要慰劳一下弟兄们，于是就在众人下榻的海天宾馆安排了吃饭K歌一条龙服务，费用当然是于青山买单，重点就是招呼好晚报社的两个记者。

一直折腾到凌晨两点，大家又出去找了一个海鲜大排档吃了宵夜，才算结束今天的活动。临告别的时候，卫建国有些醉眼蒙眬地握着于青山的手说道："于总，还得借你的车用用，把我送回家。"

于青山稍微一愣，旋即明白过来了，现在那辆桑塔纳2000可不就成了他的车了，他哈哈大笑，说卫书记就先拿着这车吧，算是借用。

卫建国摆摆手，说只借用这一次，送回家之后就让司机把车给于总开过来，至于过户手续，于总看什么时候方便，就派个人过来，一起去把手续给办了。

回到那个二室一厅的小家，卫建国又叮嘱了司机一句，让他把车送到海天宾馆交给于总，又拿了五十元钱塞给司机，说这是他交车之后打车回家的路费。司机稍微犹豫了一下，还是没有接卫建国递过来的五十元钱，他说道，打车回家的钱我还是有的，然后就掉头往来路走去。

卫建国刚进家门，包里的手机就响了起来，他打开手包，拿出手机一看，却是粤海县代县长董金坤的号码，他在沙发上坐下，接通了电话，打着哈哈问道："董县长半夜三更给我打电话，有什么吩咐啊？"

"老班长，您这是批评我啊！"董金坤说道："我这不是向市领导汇报工作来了吗？不知道您方便不？"末尾这一句话，董金坤说得非常神秘。

"有啥不方便的？我老卫光杆司令一个，还担心我金屋藏娇啊？"卫建国身子往后靠了靠，把双脚架在茶几上，"老董，说吧，有啥好事想起我了？"

董金坤稍微沉吟了一下，问道："卫书记，我听说赵市长那儿……我也是刚听说，一时摸不准消息，就想你也在海州，看看知道不知道……"

“长风市长？长风市长怎么了？”卫建国一激灵，立刻收起放在茶几上的脚，在沙发上坐直了身体。

“卫书记，你竟然不知道？不会吧？”董金坤很是惊讶，“我们粤海县很多人都听说了……”

“老董，我今天下乡扶贫了，刚回来。你快跟我说说，听说什么了？”卫建国心急火燎地说道。

“我也只是听说，今天下午的市长办公会上，赵市长提出了一个对海东新线东江段线路重新设计的方案，市长办公会还通过了。”董金坤说道。

“唉！没有想到，长风市长还真的是这么搞了！”卫建国重重地叹了一口气，说道：“前段时间长风市长把我叫过去，问了一些海东新线东江段的情况。当时我以为他只是了解了解情况，谁知道……这个长风啊！海东新线水深着呢，可不好碰啊！”

挂了董金坤的电话，卫建国就坐不住了，他在狭小的客厅里走来走去，很是后悔今天的举动。真没有想到，赵长风竟然有这么大的魄力，拿所有人都不敢动手的海东新线来下手，这件事情成功了，当然是一件值得大书特书的政绩，但是如果失败了呢？赵长风在海州市第一次亮相就变成了一个天大的笑话，先不说在那些副书记、副市长们怎么想，就是在下面部委办局的头头脑脑们心目中恐怕对赵市长的办事能力也要打一个折扣吧？

按照正常的逻辑，赵长风到了海州市来，应该紧着先易后难的原则，先从小事、利害关系牵扯不大的事情入手，这些小事难度不大、涉及的利益纠葛较少，以赵长风的能力和关系，很容易办得漂漂亮亮的，这样既容易打开局面，也容易积累威信。慢慢地熟悉情况了，也积累了一定威信了，再拿几件不轻不重的问题开刀，到了最后，威信足够了，所有条件都具备了，都成熟了，再解决那些最为困难、最为复杂的问题，这几乎都已经成了一个套路、一个惯例，可是赵长风为什么偏偏会反其道而行之呢？难道就是为了证明自己的能力，证明自己的与众不同？要知道这样做等于一下子把自己放在一个只能前进无法后退的处境当中来，难道说赵长风真的有必胜的把握吗？

不管赵长风是怎么考虑，卫建国知道，他今天到大溪镇岸上村的活动就等于是给赵长风添乱，这个时候赵长风所有精力必然都集中在海东新线的新方案上，他必须调动所有资源，集中所有注意力，去运作海东新线的改线方案，促使这条方案获得省里批准。现在卫建国在劳动局弄了这么一出戏，必然会让赵长风分心，去考虑如何帮自己摆平劳动局这方面的乱局……

唉，长风啊长风，你为什么不事先跟我说明呢？如果说明了，我就再忍一忍，再受丁一尘几个月的窝囊气又能怎么着？

想到这里，卫建国再也等不下去了，他拿出手机，也不管现在赵长风有没有睡觉，就拨通了赵长风的号码。

电话接通的一瞬间，卫建国觉得自己的心都快提到嗓子眼儿，他努力调匀了呼吸，问候道："长风，我是老卫啊。"

电话里传来赵长风热情的声音，听起来清清爽爽，可以肯定，赵长风还没有入睡："老班长，您好您好！"对于老领导，赵长风一向是不吝惜热情的，即使是他现在的地位要高于卫建国。

"长风，没有打扰你休息吧？"卫建国听到赵长风热情的声音，心中的不安就更增加了两分。赵长风丝毫没有因为现在位置高于自己而对自己拿腔捏调，对自己依旧是给予了足够的尊重，但是自己却……

"老班长，和我还整这么客气干嘛？"赵长风爽朗地笑了起来，"有什么事情您尽管说。"

卫建国叹了一口气，说道："长风，我是来向你承认错误的。"然后他一五一十地把今天领着几个企业家和晚报社的两个记者到大溪镇岸上村的事情讲述了一遍，他最后说道："真的对不起，这个关键时刻，我没有给你帮忙，反而尽给你添乱。"

说完这句话，卫建国就屏住了呼吸，静静地等候赵长风对他的发落……

"好！高山蔬菜项目，很好啊！这个切入点抓得很准啊，因地制宜，很有针对性啊！"卫建国话音刚落，电话里就传来赵长风爽朗的笑声，他感慨地说道："老班长，你这是用实际行动在支持我的工作啊。"

"长风，你……"卫建国面红耳赤，期期艾艾地不知道该说什么。如果赵长风这个时候发发脾气，臭骂他一顿，他内心可能还感觉好受一点。

"老班长，你可别忘记了，我这个常务副市长还挂着海州市扶贫开发工作领导小组组长的职务呢。"赵长风笑着补充一句。

卫建国这才恍然大悟，说起来，如果按照扶贫开发领导小组这个对口关系，赵长风和他还真成了上下级呢！

“可是……长风，我总感觉现在……我这是给你添乱啊！”虽然明白了一点，卫建国心中还是不好受。

“老班长，你这是想多了！”赵长风在电话里语重心长地说道，“扶贫工作也是一件大事。我这边抓海东新线，也不就是为了支持东江县社会经济的发展，让东江县老百姓早日过上富裕的生活吗？你去扶贫和我是异曲同工啊。”

说到这里，赵长风的语气严厉起来，“那个丁一尘简直是胡闹，为了个人的一点小算盘，竟然不顾扶贫工作的大局，逼迫你一个堂堂的副局长卖车去搞下面的扶贫工作，这都成什么样子了嘛！”

卫建国心中暖洋洋的，到海州这么久，还是第一次听到一句公道话。

赵长风话锋一转，诚恳地说道：“老班长，我前一段时间对你关心不够，让你受了这么多委屈。今天我在这里撂下一句话，你不要有什么顾忌，放开手脚去干吧，出了什么问题有我在后面给你兜底。”

“长风，我……我……”卫建国拿着手机的手颤抖起来，他有些哽咽地说道：“感谢的话我也不怎么会说。长风，以后我老卫就是你最忠诚的部下，你指向哪里，我就打向哪里！”

“老班长，您是我的老领导呢！怎么能说这样的话？”赵长风笑了起来，又叮嘱道：“老班长，斗争就要讲究个策略，就像你今天做的事情一样，这样就很好。总之就坚持六个字的方针，‘有理、有利、有节’，这六个字方针在手，谁又能动得了你？”

“我一定会的。”卫建国诚恳地说道：“要不然我在粤海县不是白在你身边学习那么长时间了吗？”

又说了几句，卫建国却把话题转到海东新线上来了。

“长风，说句实在话，海东新线这步棋你走得太冒险啊。老董刚才也打电话给我说，他也是为你担心呢！”卫建国问道：“长风，你为什么要选择海东新线下手呢？”

赵长风笑了一下，说道：“老班长，你说呢？”

卫建国想了一阵，还是想不出所以然，就老老实实地回答道：“长风，我真的想不出来，是不是你对海东新线这个项目有百分之百的把握?”

“百分之百?”赵长风叹了一口气，说道：“老班长，我也不瞒你，这海东新线改线项目能否成功，我心中是一分把握都没有，只有一步步地去做。不过事在人为，我想只要拼尽全力把工作做到位了，还是有几分希望的。”

“长风，省里把你提到海州市常务副市长的位置上，不是想让你在海州推行财政制度改革吗?”卫建国说道：“你拿着省里的尚方宝剑，先推行财政制度改革，这是不是比你选择海东新线下手要好一些呢?”

赵长风知道，以卫建国的阅历和历练还是看不穿两者之间的联系，也就不多加解释，就笑了笑岔开话题说道：“先不说这个，老班长，你这一台大戏既然开始唱了，可一定要唱好啊!”

卫建国立即说道：“有了你的支持，这台戏我再唱不好，也活该丁一尘让我坐冷板凳啊!”

两个人同时哈哈大笑。

卫建国见好就收，轻声说道：“长风，就不耽误你休息了，我这里有什么情况，随时向你汇报。”

挂了电话，卫建国心中充满了兴奋，刚才的懊悔和沮丧一扫而空。赵长风在这种情况下还能够表态坚决地支持他，无异于给他吃了一颗定心丸。丁一尘以为卫建国当初从粤海县县委书记的位置上调到海州市劳动局，是被赵长风排挤出来，绝对没有想到，卫建国和赵长风之间关系竟然会这么密切，连他到海州市劳动局担任副局长的事情也是赵长风帮他运作的。更妙的是，赵长风虽然没有分管劳动局，却担任着海州市扶贫开发工作领导小组的组长，这么一来，就有名正言顺地替卫建国说话的机会，到时候看丁一尘怎么下台吧!

第二章　破釜沉舟去汇报，杳无音讯闭门羹

赵长风思来想去，只能破釜沉舟，但在技术上还得先摸摸各方态度。他带着一众人马专程赴省交通厅"汇报"工作，就是想做做交通厅厅长金冠天的工作，金冠天是孙副省长一手提拔的人，老领导闯的祸，他不该不问吧？赵长风寻思，要么给钱，要么改线，总要给个说法吧？可金冠天愣是躲着他们，连个见面的机会都不给。

第二天早上八点半，卫建国到了办公室，泡上一杯茶水，然后端着水杯往丁一尘的局长办公室去开碰头会。这次，卫建国当然不会迟到。

丁一尘正坐在大班椅上喝茶，却没有想到第一个进办公室的竟然是卫建国，他略微愣了一下，心中想到这个老卫昨天请假说去扶贫了，我以为他还在闹情绪，没有想到今天却摇着尾巴第一个来到办公室，看来是要服软了。但是，既然得罪了我，岂能是服个软就能蒙混过关的？

丁一尘低头喝茶，装作没有看见卫建国进来。卫建国脸上堆着笑，选了一个距离丁一尘最近的座位坐下。这时其他六个副局长也陆陆续续进来了，他们看到卫建国脸上堆着笑容坐在距离丁一尘最近的座位上，不由得都是一愣。

副局长们各就各位，等丁一尘讲完例行公事的开场白，卫建国就放下水杯，低眉顺眼地说道："丁局长，我要向大家做个检讨，昨天我把我那辆桑塔纳专车卖了二十五万，车款捐给了岸上村，支持他们的无公害高山蔬菜基地的建设去了。"

“什么？你把专车卖了？”丁一尘差点没有被茶水呛着，他叫了一声，很快醒悟到自己有些失态，就调整了一下，换上一种平静的语气问道：“卫局长，怎么回事？”

卫建国就把昨天的事情讲述了一遍，最后说道：“丁局长，我知道这样做是违反了局里的固定资产管理制度，但是我确实也是没有办法。岸上村是咱们局的扶贫点，这一年多来局里几乎没有什么投入。昨天那个场合我知道我其实代表的不是我个人，我的一举一动代表着咱们海州市劳动局的形象。那些企业家是我代表咱们局邀请过去的，为了咱们局的扶贫点，人家都十万八万的往外捐款，我如果没有一点点表示的话，损害了个人影响不要紧，影响了咱们局在人民群众的形象就不好了。所以，我就把车给捐出来了。”

办公室里一片沉默，几个副局长都用奇怪的眼神看着卫建国，心中都在说，说起来这个卫建国也是在粤海县当过县委书记的人，怎么办起事来这么离谱？把自己专车卖了换扶贫款？亏他想得出来！但是这些副局长们这个时候都不说话，都在观望一把手丁一尘的态度。

丁一尘表面上若无其事，暗地里却差不多把肺都气炸了！卫建国这个卖车扶贫的举动简直就是在向他这个海州市劳动局一把手叫板，是在挑战他一把手的权威。你不是不给我扶贫款？你不是让我坐桑塔纳2000？我把桑塔纳2000卖了充做扶贫款，看你能把我怎么样！卫建国不就是这样的心理嘛？老卫啊老卫，没有想到你不知道进退想要挑战我的权威，其他副手要是跟着有样学样，那么这个劳动局以后岂不是乱了套了？

丁一尘旋转着手中的茶杯，咳嗽了两声，慢条斯理地说道：“老卫，说起来你也是老同志了，局里几位副职中就你一个正处级领导，又在下面县里担任过一把手，无论是从资历上还是从经验上，我都是把你视为咱们劳动局的顶梁柱，把你看做我的左膀右臂，是我最得力的助手，我还期待着你在咱们劳动局挑大梁呢！”

丁一尘停顿了下来，端起水杯喝口水润了润喉咙，一边用目光扫了办公室一周，看看几位副手，特别是卫建国脸上是什么神情，一边把下面要讲的话在脑海里过了一遍，再斟酌一下，看看有没有什么漏洞。

领导讲话向来都是慢条斯理，他们都是在心底把要说的话掰开了揉碎了，仔细挑拣过，确定里面没有什么漏洞了，然后才通过舌头讲出来。一般来说，领导的级别越高，讲话越慢。让没有官场经历的人看了一定会以为这领导是不是反应迟钝啊？其实这是领导在思考，在琢磨。这就好比下象棋、下围棋一样，两个臭棋篓子在一起对弈，一二十分钟，最多一个小时一盘很正常，特级大师、九段高手互相对弈，则常常是十多个二十个小时。越是高手，越是要把可能走的步骤在脑海里推演几遍，所以就耗时耗力。如果让高手们下快棋，局后复盘，就会发现高手们也有很多漏洞。

丁一尘最后把目光落在卫建国脸上，意味深长地看了一眼，这才慢慢收回目光，脸上的表情就严肃起来。

“可是，老卫，你的行为太让人失望了，不仅仅让我，也让在座的所有局领导，让海州市劳动局全部干部职工都感到失望。老卫，身为一个老同志，特别是你这样有着丰富工作经验的老同志，你难道不明白组织纪律的重要性吗？局里给你配的专车，是为了方便你开展工作之用，什么时候成为你个人的财产了？你怎么可以未经局里同意，就擅自把专车给卖掉呢？你知道你这是什么样的行为吗？”丁一尘把手中的茶杯重重地放在桌面上，茶杯中水面就剧烈地荡漾开来，如同此时办公室里的气氛一样。丁一尘用手指重重地戳着桌面：“老卫，你不是一个职工，也不是普通的国家干部，你是一个局领导，是一个正处级的局领导，你的所作所为配得上你现在的身份吗？就是咱们局普通的一个职工，哪怕是负责楼道卫生的清洁工，扫把和簸箕坏了，也知道这些东西不能自己擅自处理，要拿着坏掉的扫把簸箕到后勤上去以旧换新。可是你卫建国倒好，去年刚买的桑塔纳2000，你竟然敢转手就卖掉，你这样的思想觉悟能比得上局里的普通职工吗？”

丁一尘痛心疾首，正讲得唾沫星飞溅，不料卫建国却猛然一拍桌子站了起来，说道：“丁局长，你这话讲得太过了吧？在这件事情上，我是犯了一些错误，但是你有没有扪心自问，我为什么会犯下这样的错误？”

丁一尘本来以为拿捏到卫建国的短处了，可以任意揉捏他，却没有想到卫建国态度还这么嚣张，看来老卫是准备破罐子破摔了。这个时候丁一尘心中反而有点惧怕，卫建国坐的距离他最近，万一有个什么鲁莽的举动，闹将开来，传出去对他这个一把手影响也不是很好。

见丁一尘脸色有点发白，卫建国心中冷笑一声。

“车我是卖了，款我拿去扶贫了，事情就是这个样子，该怎么处分就怎么处分吧，别的我也没有什么好说的了！”卫建国撂下一句话，转身推开挡在他面前的办公室主任戴天德，扬长而去。

望着卫建国的背影，丁一尘的手重重地拍在了桌子上，“看看，你们大家看看，老卫这成了什么样子？他擅自把局里的小车卖了，我批评他两句怎么了？他还有理了？这个情况我一定要向功成市长反映！”

副局长们都装着糊涂，谁也不说话。现在情况却又不同，这个卫建国简直像是失心疯了一样，做出这么疯狂的举动，摆明是要破罐子破摔，这个时候谁如果不知道好歹凑上去，不是明摆着送给卫建国当靶子吗？

卫建国回到办公室，就接到《穗城晚报》名记的电话，说新闻已经排版印刷了，下午就能见到。卫建国心中更是笃定，客气了两句，挂断了电话。

当初让于青山邀请报社记者的时候，卫建国也是费了一番心思，最后才决定邀请晚报社的记者过来。因为粤东省三大平面媒体中，其他两家报纸都是上午出版，而《穗城晚报》却是下午出版，正好打一个时间差。

刚才卫建国去向丁一尘说这件事情的时候，故意没有提有报社的记者陪同前往。而今天上午的报纸上也没有报道卫建国卖车扶贫的消息，丁一尘就没有往舆论报道这件事情上想，所以才对卫建国的态度才那么不客气。如果没有什么意外情况的话，卫建国知道，丁一尘一定会到分管劳动局的副市长胡功成面前去告状。因为卫建国这个级别属于市管干部，丁一尘虽然可以刁难卫建国，批评甚至训斥他，但是要想动他，还必须市里面发话，所以胡功成市长对卫建国的看法就至关重要。

果然，正如卫建国推测的那样，碰头会草草结束后，丁一尘立即打电话给了胡功成市长，汇报了卫建国私卖公车，而且还大闹局长碰头会的情况。因为劳动局的重要性，胡市长一向很器重丁一尘，但是这次，胡功成听了丁一尘的汇报后，却沉默了很久，最后却说：“老卫这件事是做得有点过了，不过老丁，你也要多从自身上面找原因啊。这件事情还是要妥善处理，闹大了影响也不好，对不对？”

胡市长那边挂了电话，丁一尘还呆呆地拿着话筒发愣，胡市长这是什么意思？让我从自身找原因？妥善处理，可是怎么一个妥善处理法呢？如果不处理卫建国，以后在劳动局内怎么服众？如果要处理，又怎么着才不会闹大呢？

到了下午，让丁一尘更头疼的事情来了，《穗城晚报》上竟然有了大半个版面刊登了卫建国卖车扶贫的事迹，还配发了照片。丁一尘拿着晚报的手都是冰凉的，他真的不知道，卫建国还埋了这么一手。这下麻烦大了……

就在这个时候，丁一尘办公桌上的蓝色电话响了起来，他迟疑了一下，还是抓起了电话，里面传来一个陌生的声音："请问，是海州市劳动局丁局长吗？"

丁一尘在脑海里搜索了半天，也没有找到与这个声音匹配的资料，又迟疑了一下，才问道："你是……"

"哦，我是海城二路岗楼值班交警，我们这里发现一个人骑着自行车违规载人，拦下来之后，骑车的人说他是海州市劳动局的司机，坐在后面车座上的是海州市劳动局的副局长卫建国，我们觉得这件事情有点不可思议，堂堂的副局长坐自行车？您知道的，现在社会骗术百出，无奇不有，我们担心……所以就打电话证实一下。"

丁一尘直觉得一股热血涌上脑门，要把他整个人憋炸了，这个卫建国究竟要干什么？竟然让司机骑自行车载他上街？他放下电话，立即把办公室主任戴天德叫过来，让他立刻赶到海城二路岗楼去看看，卫建国在搞什么名堂。

戴天德点头哈腰地领命出去，来不及叫司机，自己拿着备用车钥匙就开着那辆八成新的桑塔纳2000过去了。等戴天德赶到海城二路岗楼，发现有两个电视台的记者正扛着摄像机在采访呢，卫建国的专车司机正一脸正气地对着摄像镜头说道："我们卫局长不是没有车，但是他看到山区的老乡们还生活在困苦之中，就把专车卖掉，把钱拿过来支持山区老乡们扶贫项目。然后他自己骑自行车上下班，但是今天中午下班的时候，他被别人不小心撞了一下，扭伤了脚，没有办法骑自行车，所以我就骑自行车载着他出来办事。"

"噢，他就是卖了专车帮助东江县山区老百姓建设高山蔬菜基地的劳动局局长卫建国啊？"旁边有人正拿着《穗城日报》，打开来对比着上面的照片，"可不是嘛，报纸上还有他的照片呢！"

电视台记者又把话筒递到坐在后车座上的卫建国面前，问道："卫局长，我们看到，现在的领导干部出入都是高级轿车，你这个时候却骑着一辆破旧的自行车上下班，脚扭伤了也不休息，还坚持在工作的第一线，请问你是怎么想的呢？"

卫建国摆了摆手，说道："记者同志，请你不要采访我好吗？领导干部本来就是公仆，是为人民服务的，所以就不能讲条件，比享受。我现在不过是和我们广大市民同志做得一样而已，他们每天也是顶着烈日暴雨，骑着自行车上下班，和他们相比，我这点行为也很普通不过，所以，我也没有什么好讲的，也请记者同志不要再采访我，你们应该去采访……"

说到这里，卫建国用手指了指周围大堆看热闹的人群，"你们应该去采访这些市民，他们才是第一劳动生产力，是创造我们这个时代的主人啊！"

戴天德不敢再听下去了，他连忙下车，一边往里走，一边说道："让一让，让一让。"他穿过人群，走到卫建国的面前，对记者说道："记者同志，先不要拍了。"然后又对卫建国毕恭毕敬地说道："卫局长，丁局长听说你摔伤了，特意派我开车过来接你。"

卫建国摆了摆手，义正词严地说道："戴主任，我有一辆自行车就足矣。如果局里还有多出来的车，还不如捐出来给希望工程，给山区的孩子们买几件文具，给乡下的孩子添几张课桌。"

卫建国扭头拍了拍扶着自行车的司机，说道："走吧，我还要去市扶贫办汇报工作，不能再耽误了！"

司机心领神会，说了一声："大家让开！"然后就从前面跨上自行车，猛蹬了两下，歪歪斜斜地向前骑去。

两个值班交警一时也忘记了自己的工作职责，竟然没有再去阻拦这种骑车载人违反交通法规的情况。海州市电视台的两名记者却把摄像镜头追着卫建国猛拍一气。

"两位，两位记者，你们辛苦了，辛苦了！"戴天德连忙上前挡在镜头前面，笑呵呵地给两位记者递烟，"你们这么辛苦地拍摄我们局领导，我怎么样都要表示一下是不是？这样，咱们先找个地方坐一坐？"

两个记者已经搜集了足够的新闻素材，听说要去坐一坐，倒是也不反对，两个人就收了摄像机，往新闻采访车里放。

趁着这个工夫，戴天德立即打电话给丁一尘，把刚才发生的情况汇报一遍："丁局长，我这边先稳住两个记者，看看能不能直接在这里把这个新闻给抽掉，如果不行，我就去找他们的副台长，总之，我向你保证，这个新闻不会在海州市电视台播出！"

听说赵长风要到省里去，东江县县委书记马千里就领着县委办主任赶了过来。

"赵市长，您这次到省里去活动，肯定要打通不少关节。东江县家底薄，我也拿不出多少东西，县里小金库中只有二十多万，我都带过来了，当活动经费，另外还运来了一卡车土特产，虽然不值钱，但都正经是东江县山里产的。"马千里小心翼翼地捧着茶杯，一边向赵长风汇报着，一边看着赵长风的脸色。

赵长风沉吟了一下，一脸和蔼地看着马千里："老马，市里面去跑这条公路，哪有道理让县里出钱？别人知道了还不笑话我这个市长抠门？"

上司们向来对下属的经济支援是来者不拒，马千里却没有想到赵长风和其他领导不一样，竟然拒绝了他送上门的"心意"，心中很是没底，就期期艾艾地说道："赵市长，我也知道这确实有点拿不出手……要不，我、我再给下面打几个电话，让他们再给凑点？"

"呵呵，老马，你误会了。"赵长风身子往后一靠，微笑着看着马千里，"我不是嫌你手笔太小，是真的不需要。东江县财政本来就不宽裕，我再向你伸手，不是乞丐碗中抢饭吃吗？市里虽然也不怎么宽裕，但是毕竟家大业大，有点底子，跑一条公路，这点活动经费还是能拿得出的。你把东西都带回去吧，东江县需要办的事情还很多啊！"

"赵市长，那怎么能行？"马千里急得脸上的汗都出来了，"怎么说这海东新线东江段都是为我们东江县造福，我们能没有一点表示吗？如果我把这些东西带回去，东江县的干部群众还把我的脊梁骨戳断啊？"

他往前挪动了一下屁股，身子几乎倾斜在大班桌上，"赵市长，我知道市里财政富裕，不差我们东江县这一点。可是到省里活动用钱的地方很多啊。

要不，这钱您先带上，万一不凑手时，拿出来应应急……”

“老马，让我怎么说你！”赵长风有点哭笑不得，他沉吟一下，说道：“这样吧，钱你带回去，土特产给我留下，这总行了吧？”

“那……那好吧。”马千里见赵长风态度十分坚决，知道这已经是最好的结果了，只好说道：“这钱县里给您准备着，万一需要用，打一个电话，我马上给您送过去。”

见赵长风抬腕看了一下手表，马千里就知道该走了，他站起来说道：“赵市长，那您忙。您看那车土特产……”

“找秋山秘书长吧，下午我们就动身到省里去，正好带上。”赵长风站起来和马千里握了握手算是送别。

半个多小时后，市政府副秘书长余秋山和交通局局长陈心仁一起来到赵长风的办公室。

赵长风略微沉吟一下，说道：“陈局长，你是老交通了，我却是个新手，以前从来没有过和交通系统打交道的经验，所以这次出去办事还是要借重你的丰富经验啊。”

赵长风说话这么坦白，倒是让陈心仁有些忸怩起来。以往他遇到的领导都是万能的，即使以前对某一方面一窍不通，但是一旦走到领导岗位上，分管了某方面的工作，就立刻摇身一变，具有无限的神通，可以对某方面的专家学者指手画脚，而令人惊奇的是，这些专家学者往往俯首帖耳，对领导狗屁不通的观点点头称是。像赵长风这样大大方方承认自己没有经验的领导简直成了凤毛麟角。

“赵市长，像您这么谦虚的领导不多见了。”陈心仁脑海一转，嘴巴上立即来了词汇，“当初您也没有和电业局打交道的经验，可是您在粤海县当县委书记时，硬生生地从省电网集团多弄来了二十万千瓦的用电指标，这样的奇迹恐怕即使那些在电业局干了一辈子的老手也做不到吧？我们下边这些人都佩服得紧呢！”

从省电网集团弄过来二十万千瓦的用电指标可以用虎口拔牙来形容，这确实是赵长风最得意的事情，陈心仁这个马屁还真是踏踏实实地拍到了地方。赵长风哈哈笑了起来，伸手指着在一旁泡茶的鲍晓飞说道：“陈局长，这个功劳你可别安错了，虎口拔牙的功臣在这里呢！”

鲍晓飞没有想到赵长风把话题扯到他身上，连忙说道：“这还不是您面子大，指挥得好？如果不是您面子大，又指挥得力，我一个小兵去跑腿，谁买我的账啊？”

余秋山和陈心仁都笑着附和：“可不是咱们赵市长面子大，主意多嘛！”

赵长风摆了摆手，继续刚才的话题，他对陈心仁说道：“总之这次我们要掌握这个原则，到省里去跑这条公路，陈局长你是老交通，熟悉里面的道道，我可就靠你来把关了啊！”

陈心仁连忙说道：“赵市长，请您放心，我绝对为您当好参谋。”

“陈局长，咱们也搞个分工吧。”赵长风给余秋山和陈心仁分别让了一根烟，笑吟吟地说道：“交通厅综合计划处处长这一关你来负责。分管副厅长、厅长这一关我来负责，怎么样？”

陈心仁寻思了一下，有些为难地说道：“赵市长，综合计划处王处长很难说话，我……”

赵长风收了笑容，手扶着皮转椅扶手，淡淡地说道：“陈局长，你在海州市交通局局长这个位置上五六年了吧？别告诉我，你连省交通厅里的一个处长都搞不定。”

陈心仁心中一咯噔，咽了一口唾沫，说道：“赵市长，那王处长就交给我了，我豁出去这张老脸，也要把综合计划处上上下下都打点得周到满意。”

“老陈，这才像话嘛！要的就是这个态度！”赵长风脸上又浮现出了笑容，“那你们准备一下，我们下午就出发。”

到了下午，一行车队浩浩荡荡地从海州市出发，往省会羊城开去。这支车队就是海州市到省交通厅去活动的车队，领队的是海州市常务副市长赵长风，海州市交通局局长陈心仁和市政府副秘书长余秋山陪同，下面就是陈心仁精心挑选的几个得力干将，这些人都分有任务，利用自己的关系，把这次海东新线更改设计方案所涉及的交通厅职能部门包干到人，对口公关。至于综合计划处王处长，则由陈心仁亲自做工作。

公安局长高昌山派了两个民警，开了一辆警车沿途护送，有警车开道路上会顺利一些。

两个半小时后，这支车队抵达了羊城，驶入了海州市驻羊城办事处。办事处主任早就殷勤地等候在外面，见赵长风下车，连忙迎了上来，连声说赵市长辛苦，房间都安排好了。

赵长风就把余秋山、陈心仁两人叫到自己的房间，又商量了一下行动细节，看没有什么问题，就让两个人带队出去办事，争取早点把综合计划处这一关攻克。

这时候鲍晓飞已经把卫生间浴盆放满了热水，他又用手试一下温度，又往里加了点热水，这才出来请赵长风去泡个澡。这个时候泡澡倒不是为了解乏，主要是要见客人，冲洗一下让自己焕然一新，也是对客人的尊重。

洗完澡出来，赵长风伸手抓起了手机，拨通了公安厅常务副厅长何承明的电话。

何承明一听到赵长风的声音就热情地说道："长风老弟，我算着你也该到了呢！在海州办事处啊？那我过去接你？"

"别，"赵长风连忙说道："何大哥，还是我到厅里去找你吧。你这好端端的开个警车过来，办事处的人看了还以为我犯了什么事呢！"

嘴里这样说笑，实际上赵长风是不想太招摇。办事处人多嘴杂，能低调就尽量低调一些。

到了省公安厅，大门口的保安职业素质挺高，看来的是一辆奥迪 A6，再一看车牌肯定是下面地市的领导，就免除了登记证件的那道手续，把电动伸缩门打开，老张一踩油门，车就驶进了公安厅大院。老张停好车之后，赵长风夹着公文包进了办公楼。

公安厅的办公楼只有十一层高，在到处都是摩天大楼的羊城市，这样的办公大楼就有点太过于平凡，如果再考虑到这是一个实权极大的正厅级单位的办公大楼，那么平凡两个字应该换成寒酸才对。

厅长们的办公室都集中在最上面一层，明确无误地传达出了他们在公安厅内高高在上的地位。

何承明的办公室在 1102 号，赵长风来到门前，轻轻地敲了两下，里面就传来一个威严的声音："进来！"

赵长风暗笑了一下，推门进去。这是一个巨大的办公室，分为里外间，外间装饰精美豪华，很有一种华贵的气度，这是何承明用来招待客人的会客室，里间才是正儿八经办公的地方。

何承明正坐在皮转椅上收拾着桌面上一些文件，他抬头一看是赵长风，就把手中的文件放下，推开皮转椅，笑着从大班桌后面绕了出来："长风老弟，来得真快啊！"一双大手已经和赵长风紧紧握在了一起。

"我想念大哥，怎么能不跑得快一点呢？"赵长风笑嘻嘻地说道。

"走，到里面坐去。"何承明拉着赵长风的手往里走去，经过大班桌时，伸手按了一下上面一个红色按钮。

来到巨大的落地窗帘前，何承明又按了墙上一个白色的按钮，电动落地窗帘就缓缓打开，后面是一扇落地推拉门，推开门，就来到阳台上。

这个阳台面积足有三十多平方，上面种了一些君子兰、金合欢、苏铁等花木，长得郁郁葱葱，看起来甚是喜人。

阳台的一角摆放了一张巨大的根雕茶几，茶几乃是依据树根的天然形状一气呵成，左边采用圆雕手法，刻的是一条金龙腾云驾雾，嘴边衔着一只圆珠，取"金龙吐珠"之意；右边采用深浮雕技法，雕出几只喜鹊在一支老梅上叽叽喳喳，则是"喜上眉梢"。整个茶几造型古朴、层次错落有致，四角摆放着四只黄褐色的枣木圆凳，和根雕茶几浑然一体。

"呵！"赵长风惊讶地叫了一声，上前抚摸着根雕茶几，说道："何大哥，我一个月没有过来，你的茶几可就升级换代了啊。"

"唉！"何承明叹了口气，嘴角却有一丝得意之色，"半个月前，羊城公安局的老张过来，相中了我原来那套茶具，硬是把它讹走了。没办法，只好又添置了一套。"

"旧的不去，新的不来。何大哥，我看这套新的比你原来那套老的要高级得多啊。"赵长风用手轻轻拍着茶几。

"长风老弟还真是有眼力。"何承明被赵长风搔中痒处，他用手爱惜地抚摸着根雕茶几，轻声说道："这个茶几的原料是南方红豆杉，这么大一块树根，说明这红豆杉至少生长了三千年以上……"

这时何承明的秘书端着托盘进来，托盘上摆放着精致的紫砂茶壶，配着六个大小如酒盅的紫砂茶杯。刚才何承明按大班桌上的红色按钮，就是通知秘书送茶。

何承明让秘书退下，他亲自为赵长风斟茶，茶色金黄，醇香扑鼻，这特级铁观音喝起来和赵长风平日里的信阳毛尖香味大异其趣，倒是各擅胜场。

何承明等赵长风放下茶杯，又为他斟满，这才语重心长地问道："长风老弟，真没有想到，你最后还是选定了海东新线下手啊。"

赵长风微笑着反问："怎么，何大哥不看好我？是不是觉得我这样做很鲁莽？"

何承明嘿嘿一笑，骂出一句粗话："鲁莽个屁！你的心思，别人猜不出来，大哥会猜不出来？"

他端起茶杯，轻轻嗅着杯口的香气，瞟着赵长风慢条斯理地分析道："海州市不比粤海县，要想推行财政制度改革，涉及的方方面面利益太多，老弟在海州市又没有根基，光靠上面杜书记的支持，恐怕难以服众，只有展示出自己强大的实力，才能够震慑住海州市这些实权派们……"

"长风老弟，你这个如意算盘可是打得哗啦哗啦响，搞海东新线项目一举两得，如果项目成功，不但可以打通海州盲肠，让海州市西北部经济塌陷带迅速发展起来，更可以敲山震虎，向海州市地方上实力派展示一下你强健的政治肌肉，这样你在海州市推行财政制度改革的阻力才会减到最小。"

何承明慢条斯理地分析着赵长风的心理，让赵长风也不得不佩服他的敏锐眼光。何承明还真是一块老姜啊！也是啊，能够居于公安厅常务副厅长高位的岂能是一般人？何承明在官场上打滚数十年，经验之丰富，为人处世方面之历练通达，政治眼光之敏锐，自然不是下面的基层官员所能比拟的。自己这点用意被何承明看出来，也没有什么奇怪。不过，何承明毕竟不是赵长风，他还是用权谋的老眼光去分析这个问题，所以虽然把握住了赵长风七八成心理，却并不是全部，赵长风最深层的用意他并没有品味出来。

"只是还有一个问题，"何承明放下了茶杯，望着赵长风说道："长风老弟，你这算盘打得虽然很好，但是你想过没有？万一失败了，会是什么样的后果呢？"

"何大哥，有你在旁边替我压阵，怎么可能失败呢？"赵长风笑呵呵地岔开话题，回了一记不轻不重的马屁。

“你呀，这句话去对杜书记去说还差不多。”何承明伸手虚点着赵长风，“我最多也就是帮你敲敲边鼓，这件事情上，除了杜书记外，谁敢替你压阵?”

何承明以为赵长风不愿意回答他的问题，实际上确实赵长风也不知道怎么回答他的问题。这件事情上赵长风并没有什么绝对的把握，但是又不得不这样去做。他如果不是分管着交通局这一块，那么海东新线他还可以视而不见，但是既然分管了这块工作，他必须要把海东新线拿下来，而且要首先拿下来。

在别人看来，海东新线改线项目涉及老省长孙金平，肯定是块难啃的骨头，不如先避让开，从海州市财政制度改革入手。但是赵长风心中却很清楚，财政制度改革牵扯太多人、太多部门的利益。他在粤海县之所以能够顺利推行财政制度改革，原因不外乎有三，第一，粤海县层次比较低，推行财政制度改革虽然也牵扯方方面面的利益，但是以赵长风的背景，在县级这个层次上解决这些问题并不困难；第二，县里政治派系之间的权力斗争给了赵长风机会，让赵长风可以利用高明的政治手腕顺利分化瓦解各派势力，并且佐以一些高压强硬手段，又打又拉，从而为推行财政制度改革扫清了障碍；第三，也是最重要的一点，就是赵长风在粤海县把旅游产业和永磁材料产业搞得红红火火，成为粤海县新兴的两大支柱产业，县里的财政收入翻了将近两番。这样虽然财政制度改革了，控制了下面各乡镇、各县直部门的钱袋子，但是由于财政收入总量激增，下面各乡镇各县直部门实际享有的福利待遇其实并没有比财政制度改革前减少，反而是略有增加，在自身实际利益没有受到明显损害的情况下，他们又有什么理由出面去反对县委书记的财政改革呢？更何况这个县委书记还是颇有背景、手腕高明的政治强人。

现在到了海州市，这三个有利条件都不存在了。首先海州市是一个在粤东省经济排名第五的地级大市，重要性远非粤海一个县所能比拟的。市里面这些实力派人物，谁在省里没有个背景？赵长风在海州推行财政制度改革，说不定就牵动了省里某些政治大佬的神经。虽然说明着有省委书记杜红军，暗里有省长赵强的支持，但是赵长风在海州市面对的局面无疑要比在粤海县面对的局面艰巨得多；第二，越是到高层，权力斗争就越是显得温情脉脉，除非万不得已，否则各方都会尽量选择相互妥协。动不动就斗个你死我活的那种方式并不适合海州市这个环境。赵长风如果在海州市动作过大，很可能会被上面当作妥协的一部分牺牲掉。第三，赵长风是带着任务到海州市上任的，没有太多时间让他去先振兴海州市的经济然后再推行财政改革。再说海州市经济盘子这么大，再想像在粤海县那样靠一两个项目就让海州市的财政收入激增的愿望肯定是不现实的。这么一来，在推行财政制度改革的过程中，相当一部分既得利益者的利益肯定会受到损害，如果是短时间的受损，这些既得利益者或许还能忍受下来，但是如果时间稍长一点，难保这些既得利益集团不反扑。这样，赵长风不得不陷入权力斗争的怪圈。那时候赵长风就是想腾出手来为海州市人民做一两件实事，恐怕也身不由己了。

赵长风有这个顾虑，倒不是害怕推行财政改革失败自己的退路问题。他是领着省委书记杜红军的令箭来的，即使改革失败了，在海州市待不下去了，杜红军也不会不管他。对于忠实执行领导命令的下属，即使是任务失败了，领导也会给安排一个很妥当的去处，不然，兔死狐悲，以后谁还肯为领导效力？同理，对于那些不听领导招呼的下属，即使干出了很出色的政绩，领导也可能会把这个下属调到闲衙门中坐冷板凳，以示惩戒。

赵长风顾虑的是，他为官一任，造福一方的心愿能不能实现。既然走到海州市常务副市长的位置上，总得给海州市人民留下点什么纪念吧？不能上来就搞财政改革，财政改革失败了虽然自己不愁退路，但是在海州市这段政治经历却留下了一块大大的空白带，别人提起赵长风来，除了失败的财政改革，都想不起他还为海州留下了什么，给海州市人民干了什么实事。

正是因为有这样的顾虑，所以赵长风才想首先从海东新线入手，这样即使推行财政改革失败离开海州市，至少他还可以拿打通了海州盲肠、振兴了海州市西北部经济聊以自慰。更何况这海东新线项目如果成功，又可以反过来促进他推行财政制度改革的成功呢？

虽然有人觉得海东新线有孙金平老省长横亘在那里，就是一个不可能完成的任务。赵长风却觉得大有希望，毕竟孙老是一个很讲原则的人，他虽然是大溪镇人，更是东江人，不能因为一个大溪镇，就耽误了整个东江县的发展吧？以前之所以觉得不可能完成这个任务，只是因为某些官员担心得罪人，不敢去做，甚至根本就没有想到去做孙金平孙老的工作，只是听到孙老名头就被吓退了。如果真的去做了工作，说不定孙老很好说话呢！

何承明见赵长风岔开了话题，也无意深究，说道："长风老弟，我和交通厅副厅长梁山路关系不错，他的工作就交给我。但是交通厅厅长金冠天的工作，你恐怕要去找富海秘书长了。"

说到这里，他压低声音神秘地说道："金冠天家的老二就在富海秘书长手下当差。"然后他伸手戳着赵长风的肩膀，大笑着说道："你可别告诉我说，你不知道啊。"

赵长风笑了起来，他还真是知道这个事情，所以谢富海秘书长肯定也是要出马的。不过程序要一个一个来，他必须先把分管副厅长梁山路解决了，然后再让谢富海带他去找金冠天。

"好了，我带你去找梁山路吧。"何承明看了看赵长风说道："不过你首先要换一套休闲装，你现在西装革履的太正式。"

"休闲装，为什么？"赵长风挠了一下头。

"哪里有那么多为什么啊？"何承明拍了拍赵长风的肩膀，"总之，你听我安排就行。"

"那……这也好办！待会儿在路上找个专卖店买一套吧。"赵长风说道。

"行！"何承明说道："你稍等一下，我也把这身行头换了。"

这间办公室还隐藏了一个小套间，里面面积不大，供领导工作累了休息之用。

何承明进了小套间，工夫不大，就换了一身便装，头上戴着一个遮阳帽，手里还拿着一个太阳镜，对赵长风说道："走吧，我带你去找老梁。"

赵长风心里跟闷葫芦一样，何承明既然没有说，他也不多问，跟着何承明下去，在不远处的花花公子专卖店买了一身休闲装换上去，任谁看到了，都以为他是一个有钱的年轻老板，绝对不会想到他是海州市副市长。

何承明正在打电话，看赵长风换好了便装出来，就挂了电话说道："长风老弟，一会儿咱俩单独行动，小鲍和司机就……"

赵长风心领神会，过去把换下的衣服交给鲍晓飞，让他和老张就近找个地方等他。鲍晓飞接过手提袋，仔细地放进车厢里，又把手包递给赵长风。

赵长风也不多说，接过沉甸甸的手包夹在腋下，转身回到何承明的身旁。何承明指着赵长风那辆逐渐远去的奥迪 A6，说道："我也把司机打发回去了，今天去的地方咱俩的车都不合适，太扎眼。我打电话让下边送一辆普通的车过来。"

赵长风笑着说道："大哥，这是你的地盘，你说怎么安排就怎么安排，反正我啥都不想，就听大哥的。"

"长风老弟，你这可是推卸责任啊！"何承明笑着说道："硬是往我身上压担子。"

赵长风说道："大哥，你的肩膀结实着呢，我再压一点分量没有什么嘛！"

"哈哈，那就借老弟吉言了！"何承明一脸欢愉。他现在是公安厅常务副厅长，如果没有意外，基本上是要接厅长的位置了，而当上公安厅厅长，那么省委常委、政法委书记也是情理之中的事情了。但是，谁敢保证没有意外呢？赵长风后面站着杜红军，如果赵长风能够替他美言几句，那么他这个优势地位无疑就更巩固了一些。刚才他和赵长风之间的对话其实也就是在打这个哑谜，公安厅常务副厅长，再压一点分量，那会是什么？赵长风这边要是帮着使一点劲儿，那可要省他多大工夫啊？

正聊着，一辆银灰色的捷达开了过来，停在了两人身边，一个三十出头、外表文文静静，戴着个金丝眼镜的年轻人从车上下来，对何承明干脆利落地警了个警礼，说道："何厅，庞伟军奉命向您报道。"然后把一串钥匙递到何承明手里。

"回去吧。"何承明一脸严肃地接过钥匙，冲年轻人挥了挥手。

"是！"年轻人又敬了个礼，转身离去。

"刑警总队大案科科长，我的宝贝疙瘩。别看外表文气，可和你原来的司机小方一样，特种兵出身呢。"何承明看着年轻人的背影为赵长风介绍了一句，然后挥了挥手中的钥匙，说道："走吧，今天我当你的车夫。"

"哎呀，能让公安厅厅长给我开车，我今天也算是享受了省部级的待遇啊！"赵长风开玩笑道。

"长风老弟早晚也是一方诸侯，封疆大吏，今天我不过是提前为你服务了一回。"何承明笑着说道。虽然这话有点肉麻，但是不夸张。赵长风还不到三十岁已经上了常务副市长这样的实权副厅级地位。按照这样的速度，省部级还不是早晚的事情？虽然说何承明现在地位比赵长风高一些，但是以赵长风过硬的背景和条件，再过个十年八年，地位肯定会在他之上啊。

何承明既然充当车夫，赵长风当然不能坐在后排了，他打开车门坐在副驾驶的位置上，一个是礼节问题，另外一个也方便和何承明说话。

何承明没有往交通厅方向驶去，而是调转车头，快速而稳定地向西开去。一边开车，一边笑着说道："长风老弟，肚子里是不是憋了好多问题啊？是不是很奇怪，我这又是换车，又是换行头的，究竟干什么呢？"

赵长风双手放在脑后，嘴角挂着一抹笑意，优哉游哉地说道："我才不管呢！我就不信大哥你能把我卖了。"

"嘿嘿，我就是打算把你卖了，卖给梁山路。"何承明嘿嘿两声，然后才正色说道："我们这是去西关古玩城。梁山路是学历史的，这些年他的专业工夫一直没有落下，平时就喜欢捣鼓这些瓶瓶罐罐的东西，不过这些东西他从不在外人面前谈起，所有很少人知道。我和他是多年的交情了，所以知道他这个秘密。"

一边说着，何承明一边熟练地打着方向盘，拐向了高架桥。

"我上午听说西关古玩市场今天新到了一批酸枝木家具，老梁喜欢淘便宜，肯定会赶过去的。"何承明说道："我们现在过去，正好可以碰到他。"

赵长风这时候才明白为什么要换便装，要换车了，到古玩市场那种地方，他们是要遮掩一下身份，不能让人从他们身上看出官味来。

捷达敏捷地在车流中奔行着，看得出来，何承明的车技绝对是一流。他一边瞟着后视镜，一边对赵长风解释道："老梁淘到好东西时心情会非常好，选在这个时候和他谈事情，就等于事情成功了一半。今天我是专门压着这个点带你去找他。对了，你如果懂得古玩方面的知识，那就更对老梁的胃口了，他满肚子牛黄马宝平时憋在心中没办法对人说，难得遇到一个知己，肯定会一吐为快的。"

到了西关古玩市场，何承明把车停好，就领着赵长风往里走去。刚进去两步，就有一个鬼鬼祟祟的黑瘦男子拦住了他们的去路，他拿出腋下的旧报纸包裹的一块东西，举在两人面前，压低声音说道："我有一块好东西，两位老板要不要看一看?”

“什么东西?”何承明收住了脚步，赵长风在一旁饶有兴趣地看着。

黑瘦男子机警地往四周望了望，然后用诡秘的语气说道：“铜镜，晋西省那边的古墓挖出的，昨天才到咱们粤东的。”

他一边说着，一边打开了报纸，里面是一面锈迹斑斑的铜镜，看起来很有些年头，上面还沾了一些泥土，倒是像从古墓中刨出来的。

何承明拿在手里看了两眼，然后放回到男子手中，问道：“多少钱?”

黑瘦男子脸上露出谄媚的笑容，说道：“这位大老板一看就是个明白人，您开个价，咱俩碰一碰。”

何承明哈哈一笑，指着那面铜镜说道：“带河路那边批发过来的吧? 上星期我过来，就见你卖这种铜镜，你仔细看看我，脸熟不?”

黑瘦男子讪讪一笑，用报纸把铜镜包了起来，嘀咕了一句，然后就奔向下一个目标去了。

赵长风问何承明：“大哥，你也经常来?”

何承明摆了摆手，说道：“一年也就那么一半回。这小子我虽然没有见过，但是古玩城贩卖假货的都是这个调调。”他指了指两边林立的古玩店铺，说道：“如果真有好东西，还轮得到咱们? 早就被这些古玩老板淘走了。”

一边说笑，一边往前走着，不知不觉就走到古玩城的中心地带，何承明用手指着对面挂着荣祥斋牌子的古玩店说道：“老梁应该在这里。”说着拉着赵长风正要过去，却见荣祥斋里面出来一个中年人，留着齐刷刷的板寸头，戴着黑色大墨镜，上身一件梦特娇真丝提花 T 恤，下身一条浅白色的纯棉休闲裤，脚上一双老人头皮鞋，看着仿佛是黑社会老大，步履昂扬地走了出来。

“老梁，真巧啊!”何承明一拉赵长风，过去冲这个黑社会大哥打了个招呼。

“老何，哪阵风把你给吹来了?”梁山路有些意外，“今天怎么会有此雅兴啊?”

“老梁，我听说今天这里到了一批酸枝木家具，所以很感兴趣，看看能淘出一两件不。”何承明也不忙着介绍赵长风，只是先顺着梁山路的话说道。

“唉，这个古玩市场是越做越差，真是世风日下，人心不古!”梁山路摇了摇头说道：“什么酸枝木家具，九成都是假货，剩下的一成虽然是真货，但是品相很差，没有什么收藏价值。”

说到这里，梁山路像是想起什么来了，看着何承明说道：“对了，听说你前一段淘换了一套红豆杉根雕茶几。刚得到个宝贝还不满足，怎么又打起酸枝木家具的主意了？”

“我这不也是被那套根雕茶几勾上瘾了吗？”何承明笑眯眯地说道，看着梁山路目光落到他身旁的赵长风身上，就介绍说：“老梁，我来为你介绍一下。这是我的小老弟，我以前跟你提过的，海州市的赵长风。”

“噢，赵市长是吧？你好。”梁山路伸出手和赵长风握了一下，态度却不怎么热络，想来是没有淘到满意的酸枝木家具，心情不佳。

赵长风知道现在再按照何承明的套路走下去肯定是不行，于是脑子一转，就决定临时改变一下剧本，于是笑吟吟地说道：“梁厅长，我可是久闻你的大名了。听何大哥说，你是学历史出身，古玩古董鉴别是专家级水准。今天也该着我巧了，正好碰上了你，就借借你的光，用你的慧眼帮我挑一件东西。”

梁山路最得意的就是他文物古玩方面鉴定的特长，却苦于身在官场，无法多向别人展示。今天一听赵长风求他帮忙挑一件东西，立刻来了兴趣，于是也不推辞，只是问道：“不知道赵市长要买什么东西？这个东西是自己用的还是送人的？”

“算是自用，也算是送人吧。”赵长风笑着说道：“老爷子喜欢摆弄瓷器，我这做女婿的当然要投其所好了。”

梁山路点了点头，说道：“难得赵市长有这份心啊。不过我还要多问一句，你买这个瓷器是给你老泰山凑个趣儿，还是要……如果只是表示一下心意，花上个几千块钱意思一下就好了，要有别的意思，没有几万块钱可淘换不来。”

梁山路的意思很明白，就是问赵长风打算花多少钱去买瓷器，这样他心中有数，才好帮赵长风去选，不然即使选到了好东西，价钱方面不对，那岂不是出力不讨好？

赵长风笑着说道：“梁厅长，我还指望着老泰山稳定大后方呢，所以这个钱是省不得的。”

何承明在旁边笑着说道："长风老弟，敢情你走的是曲线救国的路线，变着法哄老婆开心啊？"

赵长风嘿嘿笑着。

何承明又对梁山路说道："老梁，我可是替你在小老弟面前吹下了大话，今天你可要好好掌掌眼，不要李逵没有买到，弄了一只李鬼出来。"

"老何，你也别激我。"梁山路哼了一声，"今天就让你这老鬼见识见识，什么叫做真工夫。"说着也不搭理何承明，侧脸对赵长风说道："走，我们到前面枕云斋去看看。"

到了枕云斋，只见柜台后面坐了一个胖胖的老头，五十多岁的样子，他一手拿着一把描金折扇，一手端着一只素色陶瓷茶杯，在悠闲自得地品茶。

梁山路领着赵长风和何承明进了店内，那胖老板眼睛扫见梁山路，连忙放下茶杯，笑吟吟地迎出了柜台。赵长风只看这个架势，就知道梁山路一定是经常往这个枕云斋跑。他以前跟着林欣萍也逛过中州市的古玩市场，知道这些古玩店古董店的规矩。

一般来说，做古董古玩这门营生的人对那些不知道根底的新顾客，一般是不主动理睬的，只是在一旁冷眼观察你的动向，分析你的心理。你在店里随便走着看着，他看似漫不经心，实际上像一只猎豹在悄悄地窥视着自己的猎物，等你停下来把目光落回到他的脸上时，他心中基本上已经判断出来，你是个行家里手、普通玩家又或者是刚入门的新手，你只是随便看看，还是心中打算要买东西，甚至连你的身份、职业，这满屋的宝贝你喜欢哪个，不喜欢哪个，哪一个又是你特别上心的，都能揣测个八九不离十。要不说玩古董的人眼睛毒，这个毒不光是说看东西准，而且看人也同样准。

果然，就像赵长风推测的那样，胖老板老远就亲热地叫道："梁老板，我还说您今天在那边看老家具，不会到小店来了呢！"说着就要张罗着给三个人泡茶。

梁山路摆了摆手，说道："王老板，今天时间紧，你就别张罗了。我来选一件瓷器，你这一段有没有进什么好货？"

胖老板嘻嘻一笑，说道："赶巧了，我这里还真有这么一件。"说着弯腰在柜台下面搬出一个木箱，打开之后，里面用棉花衬着一只大肚小口的青花瓷瓶。

梁山路接了过来，先用眼睛瞄了一眼，也不细看，只是用手轻轻掂了两掂，那个动作有点像卖西瓜的人挑西瓜时鉴别西瓜生熟时的动作，然后又微闭双眼，用两只手轻柔地抚摸着瓷瓶，来回往复，大约抚摸了两三遍。这才睁开眼，抱着瓷瓶到窗户旁，把瓷瓶放在阳光下仔细端详着。

赵长风见识过林欣萍和中原省博物馆的专家鉴定瓷器的过程，今天一见梁山路这个套路，却完全和他以往见过的不一样，心中不由得好奇起来。

何承明也在一边观察着梁山路的一举一动，他虽然不玩瓷器古玩，但是这种场合中好奇心还是有的。

胖老板站在一旁不动声色，微笑着看着，任梁山路在那边摆弄。

“放大镜。”梁山路把手伸了过来。

胖老板仿佛这才想起来，转身去柜台里面拿出一把放大镜，递给梁山路。梁山路拿着放大镜仔细地看着瓶体，一寸一寸看着。时不时还把放大镜停留在某一个部位仔细观察着。大约有十多分钟，这才把放大镜交还给胖老板。

赵长风以为程序已经结束，可是梁山路又把瓷瓶倒过来，在阳光下仔细观察瓷瓶底足部没有上釉的胎体，他一边观察着，一边用手摸着瓶底，动作缓慢轻柔，神情很专注。这一刻在赵长风眼里，梁山路完完全全是个老学究，身上丝毫没有副厅长的影子。

抚摸了好几遍瓶底，梁山路抬起头来对胖老板说道：“水。”

胖老板伸手拿起他放在柜台上的白底蓝花的陶瓷茶杯递了过来。

梁山路眉头一皱，说道：“我不要茶水。”

胖老板笑着说道：“我今天感冒了，喝的是凉白开。”

梁山路这才舒展眉头，接过胖老板的茶杯，把瓷瓶倒转起来，往瓷瓶底部倾倒了几滴水，然后把茶杯还给胖老板。胖老板接过茶杯，随手放在柜台上，然后跨前一步，并排和梁山路站在一起，观察这瓷瓶底部的那几滴水珠。

赵长风和何承明被梁山路的动作弄得大气不敢出，在一旁伸着脖子看着瓷瓶底部的水珠。只见水珠慢慢地慢慢地缩小，大约过了四五分钟，水珠竟然被瓷瓶底部裸露的胎体吸干。

梁山路脸上露出一丝微笑，然后抱起瓷瓶，把瓶底凑近鼻子，用力嗅了嗅，微微点了点头，又把瓷瓶送到赵长风鼻子下让他嗅了嗅，问道："赵老板，你看行吗?"

赵长风除了嗅到瓷瓶底部散发着一种淡淡的带着枯腐泥土味外，什么也嗅不出来，嘴里却连声说道："行，行，梁老板看过的东西，还能有什么问题?"

"包起来吧。"梁山路扭头对胖老板交代道。

胖老板利索地把瓷瓶用棉花包裹好，放回木箱里，然后抬头看着梁山路。梁山路不说话，也盯着老板。胖老板就笑，梁山路也跟着笑，还是不说话。胖老板架不住了，他摸了摸有些稀疏的头顶，说道："梁老板，知道您是个爽快人，我老王今天也不磨叽了，五万块钱，您拿走。"

梁山路微笑着点头："五万块？倒是值得起这个价。不过我看四万块你也不会赔本。"

胖老板眉头就耷拉下来，苦着脸说道："梁老板，您也知道的，我再给您让一让，四万八吧。"

"四万三，行不行，你说个利落话。"梁山路依旧是满脸微笑。

胖老板叹了口气，说道："梁老板，如果买家都像您这样精明，我看我的店铺也不要开了，关门大吉好了。"

"老王，你亏不了的。"梁山路从腋下拿过手包，就要去拉拉链。

赵长风连忙拦着梁山路，抢着拉开自己的手包，从里面拿出一沓钱，数了七十张出来放回手包，其余的塞到胖老板手里。

胖老板愁眉苦脸地接过钱，看也不看，直接撂进柜台后面的抽屉里，指着那个有些粗糙的木盒子对赵长风说道："货是你的了。"

何承明看了看粗糙的木头盒子，说道："王老板，这包装有点太简陋了吧？送一只好的盒子过来嘛。"

梁山路伸手拍了拍何承明的肩膀，说道："老何，你明明就是个白脖，还硬要充内行。这古玩城里，只有假货才会用配上精美的包装来糊弄你!"

何承明和梁山路关系极好，被刺了也不恼，嘿嘿笑着随着赵长风和梁山路出了门。梁山路仿佛有意刺激何承明，问道："老何，知道老板刚才喝水的茶杯值多少吗?"

“多少？”

梁山路一边戴上墨镜，一边感慨地说道：“如果你花三百万能够买下来，老何你这个厅长干不干都无所谓了！”

何承明张了张嘴巴，却没有说话。梁山路显然是被勾起了兴趣，他转身问赵长风道：“赵市长，还需要挑什么东西不？”

赵长风笑了笑，说道：“讨好老爷子，一件东西就够了，反正他家闺女早就被哄到手了。”

梁山路看了看手表，说道：“那好，我还要到那边去看看，就不陪你和老梁了。”

赵长风怎么肯放梁山路走，他连忙说道：“梁厅长，那怎么行？你今天帮我挑了这么一件好东西，怎么着也得给我个机会谢谢你啊。再说，我还想向你讨教一下瓷器方面的知识呢，以后老爷子问起来，我也好有个应对。”

梁山路还在犹豫。何承明就一把拉着他的胳膊嚷嚷道：“老梁，这地方你天天过来，还没有看够啊？走，今天陪我喝酒去。长风老弟酒量大，我一个人可招架不住。”

梁山路无奈，说道：“酒就不喝了，瓷器方面的知识倒是可以和赵市长交流一下。”

当下三个人出了古玩城，梁山路看来也不想引人注目，开了一辆桑塔纳2000，就停在何承明这辆捷达车不远的地方。

何承明建议，今天就咱们三兄弟了，别的人就不请了。距离这里不远有个荔园，环境优雅，我们就到那里去吧。

当下三个人两辆车一前一后往荔园开去。到了荔园，要了个精致的小包，坐下之后，赵长风找了个由头，拿着电话离开了包厢。

小包厢里，何承明正和梁山路在嘀咕。

“老梁，咱俩的关系，我还会害你吗？当初我在厅里的情况你也知道，就是因为长风老弟，转眼之间就越过前面四个，成了常务副厅长。你再看看我这小老弟，还不到三十岁，级别就和我们一样了。你别说咱们粤东省，就是找遍全国，有几个不到三十岁的副厅级干部？”何承明推心置腹地对梁山路说道：“你还记得去年那期《粤东工作研究》吗？杜书记什么时候洋洋洒洒给别人批过那么多字？你是学历史出身，这东西看得不比我明白？”

梁山路手里捻转着香烟，一脸凝重，缓缓说道：“可是，老何，那条海东新线是孙老亲自定下来的。孙老这人，你也不是不知道。”

“嗨，我说老梁，你也不想一想，孙老之所以在省里受尊重，不就是因为杜书记吗？杜书记和我这小老弟可是……”说到这里，何承明比划个手势，“你明白吧？”

梁山路把香烟在桌面上顿了两下，沉吟着说道：“即使我这一关过了，还有老金的一关啊，我看这个事情难度太大。”

何承明笑了笑，说道：“别人做可能难度大，但是我这个小老弟既然做，我看也不会有什么难度，你这边先放一马再说。”

这时，后包厢门一响，赵长风推门进来。何承明就收住了话头，指着赵长风说道：“长风老弟，你这是去跟哪个红颜知己打电话了，把我和老梁晾在这里？”

“对不起，对不起，家里的电话。”赵长风拱手笑道，“待会儿我自罚三杯，算是向两位领导请罪。”

赵长风这边一入席，服务员立即上菜，很快就上齐，服务员又捧来两瓶酒，打开为三个人斟酒。

赵长风挪开面前的小酒杯，让服务员拿了三只玻璃茶杯一字排开放在面前，示意服务员倒酒。服务员心中吃惊，脸上却带着浅笑，打开另外一瓶酒，正好把三只玻璃杯倒满。

赵长风双手捧着玻璃杯说道：“两位领导，刚才小弟有所怠慢，这里向两位领导赔罪。”

梁山路心中也是吃了一惊，他前面听赵长风说自罚三杯，以为就是普通的小酒盅，三杯也不过一两，罚了不算啥。却没有想到，赵长风竟然用三只大玻璃杯来认罚，这个有点太……他本来想阻拦，心中一动，却停了下来，只是看着何承明。

何承明却一点都不惊讶，笑嘻嘻地看着赵长风。

赵长风双手捧着向梁山路和何承明示意了一下，说道：“请两位领导监督。”一仰脖，喉咙动了两下，一大杯白酒已经下肚。他把杯口朝下，让梁山路和何承明看清楚，他的酒杯里干干净净，没有一滴酒滴落。这才又捧起第二杯酒，如法炮制，也不过就不到一分钟的工夫，赵长风竟然把三大杯白酒全部灌下了肚。

“怎么样，老梁，看到了没有，我这小老弟可是实诚人啊。”何承明捅了一下身边的梁山路，“这样的人现在可是越来越少了，我们可不能让老实人吃亏啊。”

梁山路听出了何承明的话外音，他也举起了酒杯，笑着说道：“自古英雄出少年，赵市长果然是海量啊。和老何一样，我也喜欢实诚人，你远来是客，我敬你一杯。”

赵长风连忙端起了酒杯，说道：“梁厅长，这杯酒应该我敬你。今天借你的慧眼帮我挑选了这件瓷器，我还没有感谢你。”

“哎，举手之劳，赵市长既然信得过我这双老花眼，我又怎么敢不尽力？”梁山路笑着和赵长风一碰，两个人都是一饮而尽。

这酒杯一碰，气氛就上来了。何承明也居中调和气氛，三个人你来我往，连干了好几杯酒。

赵长风识趣，也不提海东新线的事情，只是虚心地向梁山路请教瓷器的知识。梁山路几杯白酒下肚，又被搔中痒处，谈兴大发，为赵长风讲解起来：

“这个古瓷器鉴别，各人有各人的路数。比如那些科班出身的专家学者，有他们一套鉴定方法，有的还要动用先进的科学仪器。咱们这些玩家没有那么些先进仪器，怎么办呢？各人有各人的套路。比如说我吧，除了一些常规的鉴别古瓷器的方法外，还有一些独家心得。在鉴定古瓷器时，手感非常重要。”

梁山路双眼灼灼发光，摇头晃脑的，完全沉醉在自己的述说之中，真有“酒不醉人瓷醉人”的感觉。

“凭我多年的研究，发现大多数清初以前的古瓷器，只要釉面保存良好，手感都会有点‘软’，摸上去特别舒服，表面好像镀了一层膜。新仿的或近现代的，手感就会有点‘硬’，没有那种舒服感。什么叫‘软’？什么叫‘硬’？用言词很难说明，只能举例：手摸玻璃、光滑的金属表面，那种感觉为‘硬’，手摸漂亮而厚厚的漆膜，那种感觉就是‘软’。如果是出土古瓷器，由于环境等原因，釉膜受到破坏，虽然没有那种舒服的‘软’的感觉，但它却是滋润的，甚至有的有点像触摸陈年盐缸的感觉。如果是人工做旧的，绝没有那种滋润感。就连胎体，真东西摸上去也会有滋润感，棱角部分也会感到润滑。即使是破瓷片，只要年代久远，摸上去也没有锋利感，决不会刺手。”

“真正的古瓷器，胎釉必然都会老化，质感自然不同。所以，质感也是鉴定古陶瓷不可忽视的一个方面。凭我多年的经验，发现真正的古瓷器，都会有‘熟’的感觉，新的就会觉得‘生’。什么叫‘熟’？什么叫‘生’？也很难用言词来表白，也只能举例说明：刚切开的冬瓜就为‘生’，煮过的冬瓜就是‘熟’。这就像是卖西瓜一样，我伸手一掂瓷器，就基本上知道它是‘生’是‘熟’……”

见梁山路越扯越远，何承明出声打断了他的话：“老梁，来日方长，以后还怕没有机会在长风老弟面前卖弄你这些陈谷子烂芝麻？咱们谈点正事，长风老弟这次到省里来是想跑一跑海东新线的事情，你能不能给长风老弟指一条明路？”

赵长风没有想到何承明会在这个时候把他的目的直愣愣地甩了出来，纵使他脑子转得太快，此时也不知道该说什么话，只好尴尬地笑着，席间的气氛十分微妙。

“你这个老何，我难得遇到个知音，让我过两句嘴瘾还不行？”梁山路不满地看了一眼何承明，这才笑着对赵长风说道：“也罢，我先把我这些陈谷子烂芝麻收起来，以后赵市长若是有兴趣，只管来找我，可是有一点，我事先声明啊，像老何这样牛嚼牡丹的俗物，赵市长可不要再给我带来了啊。”

何承明点燃一根烟，嘿嘿地笑着，也不生气。

梁山路数落了一番何承明，这才正色说道：“赵市长，当年厅里其实也不赞同海东新线目前的方案，这也包括我和金厅长。但是呢，当时省里的有些领导却有不同意见，我们交通厅是省政府的职能部门，省政府领导拿出意见，我们确实不好再说什么，所以最后海东新线就成了现在的方案。”

赵长风知道，梁山路嘴里的“有些领导”指的就是当时分管交通的孙金平省长，只是这种话外边人能说，梁山路作为交通厅的领导，却不好点出当时力主修改线路的领导名字。

梁山路接着说道："现在你们海州提出要修改海东新线的设计方案，要求也是合情合理。我们交通系统修桥铺路是为了什么？还不是为了支援地方经济建设？可是作为我个人来讲，在这件事情上活动的余地很小，最多也就是放你们的申请报告过关。至于金厅长那边，工作恐怕还需要你们亲自去做，我是帮不上什么忙的。"

赵长风喜上眉梢，他折腾了这么久，要的不就是梁山路这句话吗？

"梁厅长，"赵长风举着玻璃杯腾地站了起来，"感谢的话我就不再多说了。总之现在像你这样能够顶住上面压力的好领导太少了。今后交通厅工作需要我们下边支持的，只要你梁厅长放一句话，海州市长一定倾尽全力支持你！这杯酒我代表海州市四百万父老乡亲向梁厅长表示一下心意。"话音一落，赵长风头往后一仰，三两多白酒又灌进喉咙。

"哎，你看，你看这个小赵市长，这是干什么嘛，太见外了！"梁山路对何承明叫道，他心中有点过意不去，算下来，赵长风差不多喝了有一斤半白酒了。

"长风老弟，你是不是心疼你这顿饭钱？所以要猛吃猛喝混个够本？"何承明举起桌子上的酒瓶："你看看，一共两瓶，你一个人就喝了一瓶半，真是吃不得一点亏啊！"

赵长风放下酒杯，嘿嘿一笑，说道："大哥，怎么着？要不你也来一瓶半，补补亏秤？"

"算了吧，我这把老骨头可没有你小子这么能折腾，我和老梁还是细斟慢饮吧。"何承明举起了白旗。

第二天早上，赵长风起床之后，市政府副秘书长余秋山和市交通局局长陈心仁就在外面的会客室等候，他们要趁着吃早餐的时间向赵市长汇报一下昨天下午公关的情况。

从陈心仁的汇报来看，他们这一路进展也算是顺利，当然指望用半天时间就把下面这些人的工作做好是不可能的。下面地市上来跑项目，省城这些部门拖个三五个月，甚至一年半载都是很正常的。不过陈心仁能够在海州市交通局局长的位置上坐了六七年，自然也有他的门路，厅长副厅长够不上吧，下面的处长科长差不多都熟了，只要工作做到位，应该不会难为他的。

吃过早饭，陈心仁和余秋山分别率领着两路人马继续出去活动，赵长风这边则考虑如何作通交通厅厅长金冠天的工作。虽然何承明提起金冠天时说得轻松，什么金冠天家的老二在谢富海秘书长手下工作，谢富海去做金冠天的工作，老金还能不给面子？但是赵长风却知道，何承明说这话多半是在宽他的心，这件事情远非想象的那么容易。因为金冠天是孙金平亲手提拔到交通厅厅长的位置上的，现在要修改海东新线的设计，金冠天能够不顾忌到老领导的感想？不过事在人为，这条路再难，赵长风也必须走下去。

看看时间已经九点多了，估计谢富海秘书长早上的公务已经处理得差不多了，赵长风才把电话打过去。

“长风，这件事情难度很大啊。不过你难得开一次口，这件事情难度再大我也得给你办下去。”谢富海在电话中说道：“这样吧，一会儿我打个电话，把老金约出来中午吃个饭，你俩先碰个面，简单地交换一下意见。至于下面的工作怎么做，到时候看情况再说。”

放下电话，谢富海苦笑着摇了摇头，赵长风还真是塞了一个烫手的山芋给他。如果是别的事情还就好办，偏偏却是……唉！

金冠天虽然不是孙金平一手提拔上来的，但是在当初确定交通厅厅长人选的时候，孙金平在关键时刻却说了一句很有分量的话，也就是这句很有分量的话，才让金冠天脱颖而出，战胜了强劲的对手，坐上了交通厅厅长的宝座。金冠天受了孙金平这样重的恩惠，现在让他推翻当初孙金平确定下来的海东新线设计路线，这岂不是强人所难？

但是这件事情谢富海又不得不去做。因为他前几天他专门找了一个没有第三个人在场的机会，把赵长风修改海东新线的事情汇报给省长赵强，赵强听了之后脸顿时沉下来了，把签字笔重重往桌上一搁，说道：“这臭小子刚升了官，就翘尾巴了？你们都不要管他，让他自己折腾，看他究竟能折腾出什么结果！”

谢富海跟着赵强也快有两年的时间了，这两年的时间已经足够让他去了解和熟悉他的新领导。现在的谢富海在体会和揣测赵强的心思方面甚至超过了黄秘书。可以不夸张地说，谢富海甚至能够从赵强的眼神、脸色、口气以及举止上去判断赵强此时是否是口渴、是内急或者只是走神，是否体虚、疲劳或者郁闷什么的。

就好比现在，赵强声色俱厉地发赵长风的脾气，其实却传达了他对赵长风涓涓爱护的心意。这个时候做下属的一定要会体会好领导的意思，赵省长越是说“你们大家都不要管他”，做下属的越是要一定去管，假如你把领导这句话当真，不去理睬赵长风的事情，那么赵长风一旦出了什么差错，赵省长绝对不会给谢富海什么好果子吃的。

正因为领会赵省长的意思，所以这件事情再难办，谢富海也必须硬着头皮办下去，而且还必须办好。不然单单凭赵长风的要求，谢富海是不会接下这个烫手的山芋的。

谢富海一边想着，一边拨通了金冠天的电话。

在电话接通的那一刻，谢富海脸上的神情已经恢复了正常：“金厅长，我是老谢啊。”

“福海秘书长啊，”金冠天笑着说道：“领导亲自打电话过来，有什么指示？”

“老金，你真不厚道啊。论级别，咱俩平级，论地位，我是在领导跟前跑腿的，你却是领导一个实权大衙门，要说领导，应该我称呼你才对。”谢富海笑着回敬道。

“富海秘书长，可不敢这样说。虽然级别是平级，但是你却是在领导身边工作，一举一动都代表着领导，对我们来说，你说出来的话就等于是领导的指示了。”金厅长打着哈哈。

“你这个老金啊，这话传到省长耳朵里，又得批评我们这些人了。”谢富海说道：“怎么样，中午有没有安排？”

“中午啊？倒是有几个地方让去呢，暂时还没有决定。”金冠天说道：“秘书长这边有什么指示？”

谢富海就道：“也没有什么，就是好久没有和你拼酒了，怪想得慌，中午想请你出来坐一坐。”

电话那端就沉默了下来，过了好久，才传来金冠天的声音：“富海秘书长，和你也不是外人，我也就不藏着掖着，实话实说了。今天中午如果是秘书长你请我，我二话不说，什么邀请都推了，过去陪秘书长。但是如果是有其他人，那我恐怕只能谢谢秘书长的好意了……”

从金冠天的回答来看，他已经知道谢富海邀请他是为海州市当说客，这点其实也不奇怪，赵长风他们动作搞得那么大，作为交通厅厅长，金冠天会一点都不知道？

“呵呵，老金，确实是有人想见你啊。海州市赵长风市长想邀请你出来，怕你不同意，特意拜托我来过来邀请你。老金，不要拒人千里之外嘛。只是一起吃个饭，聊一聊，给老弟我个面子，行不行？”谢富海身段放得足够软。

“富海秘书长，麻烦你替我转告一下赵市长，就说我谢谢他的好意了。”金冠天态度很是坚决，“富海秘书长，这不是我不给你面子。赵市长是为什么事情找我，秘书长应该清楚，如果是别的事情，秘书长一句话，我绝对给办了。但是现在……我和孙老的关系，秘书长也很清楚，让我做出那种事情来，我真的办不到！”

“老金！”

谢富海还要说话，金冠天却抢着说道：“富海秘书长，改天我亲自上门向您赔罪。我有点急事要出去一下，对不起了。”就把电话挂了。

谢富海脸色一下子变得铁青！虽然他想到金冠天会拒绝，但是没有想到会拒绝得这么彻底，甚至在他没有开口之前就彻底把他堵死了。如果是别的事情，谢富海也就算了，但是现在这涉及赵长风，是领导很关注的一件事情，如果他办不下来，领导会怎么想他？一个大管家连这点能力都没有，还有什么用处？

不知道在那里坐了多久，桌上的手机响了，谢富海拿起一看，是赵长风的电话。

“秘书长，金厅长那边……”

赵长风等了很久没有见谢富海的消息，看看时间马上要十一点了，就顾不得礼貌，把电话打了过来。

“长风，很棘手啊！”谢富海调整了一下情绪，平静地说道：“老金还是顾念着孙老当年对他的提携之情啊。他甚至连私下里见你一面的机会都不给。”

停了片刻，他又说道：“不过你放心，这件事情你既然找上我了，我绝对不会撒手不管的。只要给我点时间，我会想办法做通老金的工作的。”

“唉，早知道给秘书长添这么大的麻烦，我就……”赵长风叹气道：“要不……秘书长就……”

“什么要不要不的？”谢富海板起了脸，“长风，这件事情你如果不让我管的话，那么以后什么事情你都不要找我了！”

话说到这个份儿上，赵长风还能说什么。

“秘书长，我就知道你关心我这个小老弟，我的事就是你的事，你怎么会不管我呢？”赵长风嘿嘿笑着，“马上就中午了，咱俩找个地方坐坐？”

“没那个工夫！”谢富海没好气地说道：“你该忙啥忙啥去。我这边还要想办法搞定老金呢！”

放下电话，谢富海背着手在办公室走来走去，忽然他目光落在办公桌上一份文件上，他嘴角露出一丝微笑，暗道，我怎么忘记这件事情了。

第三章　争来改去为工作，是非曲直难辨别

赵长风也是一头倔驴子，索性一不做二不休直奔主题，拜见赋闲在家的孙副省长，动员他同意修线。谁知不等他说完，两头倔驴子就杠了起来，孙老直接把他往外赶，弄得赵长风灰头土脸。赵长风豁出去了，通过省政府和省交通厅邀请国家交通部对海东新线项目进行重新勘测。

金冠天刚进屋子，还没有换拖鞋，就听见里面一阵说笑的声音，原来是儿子儿媳一家过来了，他心中就有点奇怪，今天也不是周末，儿子怎么会一家人都过来呢？

他换上拖鞋往里走，老伴儿看到他回来，就抢着嚷嚷道："老金，好消息，好消息，正军要下去挂职锻炼了！"

就好比每年三月十五日一定要举行一场轰轰烈烈的保护消费者权益打击假冒伪劣的活动一样，每年这个时候，粤东省就会开展一轮选派优秀青年干部下基层锻炼的活动。

干部下基层锻炼，又叫做挂职，前提就是现有干部行政关系保持不变，到基层挂一个具体职务开展工作，这颇有点"身在曹营心在汉"的味道。

在以前，提到下基层锻炼，干部们是谁都不愿意去。基层都是穷乡僻壤的小地方，去了就是吃苦受罪，哪里有待在上面安逸？在下面又远离领导的视线，不比在上面机关，就在领导身边，干出了什么成绩领导都看得到。所以经常出现这样的情况，干部到基层锻炼，苦哈哈地干了一两年，等回来之后，却看到原来比自己级别低的同事和自己平级了，和自己平级的同事成了

自己的上级，心中怎么能够平衡？吃苦的人没有升官，享福的人却提拔了，哪里有这样的道理？所以每逢有下基层锻炼的任务时，干部们能躲就躲，能推就推，托关系走后门，什么招数都使出来。

也许是听到广大干部们的呼声，后来这种情况得到迅速而有效的遏制。组织上开始对到基层挂职锻炼的干部给予政策上的倾斜，凡是到基层挂职锻炼的干部，只要在下面不犯什么大的错误，回来后级别都会提上一提。按照某位领导的说法，这叫做不能让老实人吃亏；而另一位领导也指出，不能让优秀干部流汗又流泪。从这个时候开始，挂职锻炼又多了一个雅称——“镀金”。

金冠天有两个儿子，老大移民去了美国，老二叫金正军，在省政府办公厅担任副处长。省政府办公厅副处长，外面看着倒是风光无限，可是等你回到办公厅，就会发现办公厅到处都窝的是正处长、副处长，享受正处级、副处级待遇的调研员、副调研员更是数不胜数，还不说上面还有大大小小二三十号秘书长、副秘书长，巡视员、副巡视员等正厅、副厅级领导。所以金正军这个副处长，比起一个大头兵好不到什么地方去。

和办公厅其他副处级干部相比，金正军的年龄算是比较年轻的，才三十一岁，金正军三十岁当上副处长就被别人诟病，说他资历浅，经验少，尚需锤炼。

如果金正军能拿到一个挂职锻炼的指标下去，那么两年后挂职回来，正处级的待遇是跑不了。按照年龄计算，两年后才三十三岁，能混上个正处级，将来还是大有可为啊！

省政府办公厅的挂职锻炼指标只有两个，能够对这两个指标有决定权的当然是秘书长谢富海。

至于现在得罪了谢富海，对金冠天来说也是没有办法的事情，老省长的提拔之恩他不能不报吧？谢富海应该会体谅他这一点的。即使是现在有点气，等过了一段时间也会消了，到时候金冠天再上门去赔罪，老谢还会真的为这点事情和他计较？都七八年的老关系了嘛！

再说了，即使谢富海真的计较，也不可能去省委组织部把金正军的名单给撤回来啊。别说是没有理由，即使有光明正大的理由也不能去撤回来啊！

那只能证明你们当初没有认真对待组织上的工作，太过于草率了——这是组织上选拔优秀青年干部下去锻炼，不是小孩子过家家，你说让谁去就让谁去，你说想撤掉谁就撤掉谁？

今天金冠天听老伴儿一嚷嚷，顿时明白了，儿子一定是接到了挂职锻炼的正式通知，一家三口过来报喜来了。于是他笑眯眯地问儿子道："正军，你到什么地方挂职啊？"

"我到海州市东江县挂职副书记。"金正军兴奋地说道。

"哦，东江县啊？不错。"金冠天淡淡地说道，走向卧室去换衣服了。金正军见父亲脸上并没有出现他期待的笑容，心中也有些意外。俗话说父子连心，谁又能比他这个做儿子的更明白，父亲对他这次下去挂职锻炼的期待？

"这老头子，越来越阴阳怪气了！"老伴儿对金冠天的态度也很是不满，冲着他背影哼了一声，扭头对金正军说道："咱们娘仨继续扯，不用理睬老头子！"

金冠天关上卧室门，坐在床上，一张脸完全垮了下来，他没有想到，谢富海竟然在这里等着他。这一招一下子就打中了他的要害，让他没有任何还手之力。

干部下去挂职锻炼，虽然说是镀金，回来就可以获得提拔，但是这只是一般情况，少数干部下去锻炼两年回来，还是安排在原来的位置上，在那里原地踏步踏。更有个别人，回来之后甚至连原来的位置都不能保住，被弄到一个闲职上去，就那样挂了起来，直挂得发霉，也没有领导会想起你来。

这两种干部之所以落得这么个结果，一般不外乎是两种原因，第一，是挂职期间和下面的领导关系相处不好，甚至是很僵，这样当组织上到下面去考察挂职干部的情况时，下面领导给挂职干部的评价就会不高，甚至会给一些负面评价。如此一来，组织上怎么会提拔这个干部呢？连最基本的团结都搞不好。即使想提拔，也要考虑一下影响啊！这样挂职干部挂职锻炼回来，也就只能是继续担任原来的职务；第二种情况，则是挂职干部在下面挂职期间犯了严重错误，这样的干部回来之后当然连原来的职务都保不住，只能去一个闲置反省错误。

这也符合组织上用人的一贯原则：能者上，平者让，庸者下。只有在挂职期间表现优异的干部才能获得提拔，那么表现一般的、表现很差的，只能是让一让、下一下了。

原则制定得是很好。但究竟谁是“能者”，谁是“平者”，谁又是“庸者”，却没有什么统一的标准。

正因为如此，那些聪明的挂职干部，到了下面之后，首先要做的就是甩掉高高在上的大衙门大机关的习气，和下面泥腿子出身的干部打成一片，获得这些泥腿子干部的认可，更重要的是获得泥腿子领导的认可，这样在将来挂职干部总结时，挂职单位的评语才会是金灿灿的一片，让组织上不提拔你都会感到不好意思，所谓事半功倍，此之谓也！

这些道理平时金冠天没少给老二金正军灌输，为的就是让金正军下去后能有一个正确心态，平平安安顺顺利利地度过两年挂职锻炼期，然后回来迈上一个台阶。可是今天，金冠天才知道，他给金正军讲的这些道理都白费了。金正军要到海州市东江县去工作，即使再端正态度，再会做人，工作表现得再好都没有用，都不会获得一个正面的评价，而这一切，都是拜他这个当交通厅一把手的老爸所赐。

金冠天前两天因为海东新线东江段的问题给海州市常务副市长赵长风那么大的难堪，甚至不惜把谢富海秘书长都得罪了，现在金正军到海州市东江县去挂职锻炼，还能有什么好结果？赵长风是金正军的顶头上司，要找金正军的麻烦还不好找？金正军再小心翼翼夹着尾巴做人，也架不住别人用放大镜去挑毛病啊。万一金正军再有个什么工作疏漏被赵长风抓住来个小题大做，金正军这两年的挂职生涯可就算完了。两年后即使再回到省政府办公厅，有一份负面评价放在哪里，还能给什么好的安排？恐怕这个副处长的位置也保不住了，说不定会被弄到党史办当个副调研员干一干。现在竞争这么激烈，紧赶慢赶还怕跟不上别人的脚步，哪里还经得起到闲得发霉的衙门去蹉跎？一步跟不上，步步跟不上，永远就落于人后啊！

唉！早知道如此，当初是何苦呢？金冠天心头涌起一片苦涩。比起不听话的老大来，老二金正军就是他的宝贝疙瘩，是光大金家门风最好人选。从某种意义上来说，他的政治生命正是通过儿子金正军得以延续。假如老二金正军因为他仕途上受了影响，这个后果是他无论如何都承担不住的。

阴毒啊阴毒，老谢这一招太阴毒了，知道他最在乎什么，一下子就拿住了他的命门。事到如今，自己也只能对不起老省长的恩惠了。自己受点损失都没有啥，如果说为了一条本来就是错误的公路再把儿子的前途搭进去，这个代价也太大了，金冠天承受不起啊！

罢了，算了，就拼着老省长责骂吧，反正自己也是要退休的人了，只要正军争气，将来能有一个好的发展，自己做出这一点牺牲也是值得的。

尽管很艰难，金冠天还是做出了抉择，他拿起手机，拨通了谢富海的电话，笑着说道："秘书长，您有空么？"

余秋山进办公室的时候，赵长风正皱着眉头坐在皮转椅上看着一份报纸。

"像什么话！"见余秋山进来，赵长风把报纸往桌上重重一搁，说道："老余，你马上打电话，把财政局老李和劳动局的老丁给我叫过来。"

余秋山还是第一次见到小赵市长发脾气，他心头一紧，也不敢多问一句话，连忙打电话给财政局局长李明生和劳动局局长丁一尘。

"余秘书长，赵市长召见有什么事情，给透露一下。"李明生在电话里和余秋山套着近乎。

"让你来你就来，哪里来那么多废话？"余秋山和李明生关系熟络，说话也不见外，"我可给你提醒一句，赵市长今天心情不怎么好。"

李明生心中咯噔一下，也不敢多问，立刻挂了电话往西湖一号大院赶来。

对于劳动局局长丁一尘，余秋山就是另外的说话口气："丁局长，这个我也不清楚，你来了不就知道了？"

丁一尘摸了摸脑袋，也想不明白赵市长叫他过去干什么。他想给胡功成市长打个电话探一探口气，话筒都拿到手里了，却又轻轻放下。还是不打这个电话吧，市长与市长之间，情况很难说呢！万一因为这个电话生了什么矛盾，那最后吃亏的还不是他这个下边跑腿的人？

在西湖一号大院市长楼门口，丁一尘碰到了同样行色匆匆的李明生，就打了个招呼："李局长，你是……"

"领导召见啊。"李明生用手指了指上面，然后问丁一尘道："丁局长，你呢？"

“和你一样，也是领导召见。”丁一尘说了一句，忽然间想起了什么，又问道：“是……赵市长？”他想赵长风分管财政工作，李明生嘴里的领导多半就是赵长风了。

“是啊。老丁，你呢？”李明生看着丁一尘的脸色，迟疑地问道：“你不会也是……”

“嗯，就是。”丁一尘郑重地点了点头。两个大局长心头就沉了一沉。财政局和劳动局都是海州市举足轻重的大局，赵市长同时召见两个大局的一把手，问题肯定不会简单！

上了市长楼，先去余秋山秘书长的办公室，想探一下风声，却没有人。李明生和丁一尘只好往赵长风的办公室走去。他们停在鲍晓飞小办公室门口，见房门虚掩着，就推门进去。鲍晓飞正在伏案写东西，见李明生和丁一尘进来，就站起来迎了上去。

“鲍科长，赵市长……”丁一尘指了指着隔壁办公室，说道：“在不在？”

因为赵长风是分管副市长，李明生经常过来汇报工作，和鲍晓飞关系比较熟悉，他没有说话，就贴近赵长风办公室的门口，探头探脑地往里看。

鲍晓飞咳嗽一声，低声说道：“赵市长在讲电话呢！”

李明生脸上神情就不大自然，往后退了两步。

鲍晓飞借着给两人倒茶的机会，用身子背着丁一尘，给李明生悄悄地递了个眼色。李明生一颗心顿时放到了肚子里，知道今天没有他什么事情，看样子老丁就够呛了。

鲍晓飞把两杯茶往两位大局长面前一搁，也不再说话，低头拿起笔继续工作，李明生和丁一尘相对而坐，端着茶杯大眼看着小眼。丁一尘本来想在鲍晓飞这里套些话，但是一看刚才鲍晓飞对李明生的架势，他也就熄了这点小心思。

空气有些沉闷，两个大局长就那样坐在那里喝着茶水，都反复加了两三次开水，茶杯里的水寡淡如白开水一样无味的时候，隔壁办公室终于传来一个威严的声音：“小鲍，人来了没有？”

鲍晓飞连忙放下笔站了起来，嘴里应道：“来了，两位局长都来了。”说着推开中间的隔门，做了一个手势，示意李明生和丁一尘可以进去了。

李明生和丁一尘两个人脸上挂着笑容，小心翼翼地进去，赵长风就坐在高高的皮转椅上，隔着宽阔的大班桌，居高临下地看着他们。

李明生虽然得到了鲍晓飞的暗示，这时候还是被赵长风的目光盯得冒汗，脸上的笑容也不自然起来。丁一尘心中更是忐忑不安，虽然从分工上来讲，赵长风不是他的分管市长，但是常务副市长是协助市长处理政府常务工作的，地位本来就高于普通副市长，从这一点上来说，如果赵长风要过问其他副市长分管的工作，也完全是职责范围之内，况且谁不知道小赵市长来头很大，身后有杜红军书记的背景？如果是赵长风要找劳动局的不是，别说是他丁一尘，就是分管副市长胡功成又能如何？

李明生和丁一尘来到赵长风的办公桌前站定，赵长风目光冷冷地从李明生脸上滑过，却微笑着对丁一尘说道："丁局长，坐吧。"

丁一尘迟疑了一下，他望了望赵长风，又看了看李明生，拉开了椅子坐了下来。

李明生也想跟着坐下，但是赵长风只说了让丁一尘坐下，他犹豫了一下，就没有敢跟着坐下，双手规规矩矩地贴着裤缝站在了原地。

丁一尘坐下后，赵长风目光又转到李明生脸上，脸上的笑容随即隐去。

"李局长，"赵长风用手指敲了敲桌子，"咱们市财政是不是很困难？"

李明生有点蒙头了，不知道赵长风问这话是什么意思，他在脑海里转了好几转，才小心地开口说道："赵市长，咱们市财政情况还算良好，虽然比不上羊城、深州，但是比起其他兄弟城市，还算不错。"

"还算不错？我看你是在说漂亮话吧？"赵长风脸一下子就沉了下来，他伸手抓起桌上的报纸就扔了过来，"你看看，你看看，报纸上都怎么写的？"

李明生发现那是一份《穗城晚报》，和其他报纸不同，《穗城晚报》是下午发行的，而他们这些领导都是趁早上吃早餐的时间浏览报纸或者是早上到办公室时抽时间看几眼，而下午他们多半是忙于工作，对《穗城晚报》就顾及不到了。不知道今天《穗城晚报》上刊登了什么消息，让赵市长这么震怒。

一边想着，李明生一边拿起了报纸，上面赫然写着"时代呼唤这样的公仆——记海州市劳动局副局长卫建国。"

赵长风手指重重地敲着桌子，态度越发严厉："咱们海州市的副局长上下班都要让人骑着自行车接送。李明生啊李明生，你说财政千好万好，怎么连给副局长买一辆小车都买不起呢？现在可好，全粤东省都知道了，都知道海州市穷得连堂堂的副局长都要骑自行车上下班了。先不说全省上下怎么看我们海州市的笑话，就说那些准备来我们海州投资的大老板看到海州市穷成这个模样，还敢来投资么？”

虽然赵长风斥责他的态度越来越严厉，李明生悬着的一颗心却放进了肚子里。他现在终于明白了鲍晓飞刚才的暗示，果然不是他的问题，虽然赵市长现在把他骂得狗血喷头。

领导骂人也是一种艺术，而下属怎么去领会领导的责骂，更是一门博大精深的学问。

一般来说，领导骂人有这么几种情况。第一种情况是气骂。下属责任心不强，工作不认真，捅了大娄子，正在气头上的领导开口骂人的概率就相当高了。但这种情况下骂人，往往对事不对人，基本上属于领导情绪的自我发泄，并不真想问下属什么责，治下属什么“罪”。噼哩啪啦骂完了，气消了，事情也就过去了。如果挨上这种骂，下属只管闭着耳朵听着就是了，不必辩解，更不能还口，忍一忍天就会放晴。如果这个时候下属不知道进退，傻乎乎地为自己辩解，那就是触犯了领导的忌讳，给自己的屁股上争取到几记冤枉之极却又踏踏实实的板子。

第二种情况是护骂。什么是护骂呢？就是为了保护下属的一种骂法。这护骂的方式多种多样，比如前面说到的，赵强省长当着谢富海秘书长的面骂赵长风，这其实就是一种护骂，表面是骂，实质却是在护。

再给大家举一个护骂的例子，比如秘书处新来的一个秘书送给赵长风的一份报告中有一个重要数据搞错了，惹得赵长风大怒。副秘书长余秋山得知后，二话没说就把这个新秘书拎到赵长风的市长办公室，当着赵长风的面狠狠地臭骂一顿。新秘书还不理解，以为余秘书长这是在落井下石。其实余秘书长是在演一出苦肉计。有些事是可大可小的。领导惦记上了就大，领导不在意了就小。像新秘书出了这种差错，如果等赵市长再算回头账，那这位新秘书可能就要吃大苦头了。而余秋山秘书长趁赵市长还在气头上，当面又责又骂，这样赵市长反而不好意思逮住蛤蟆捏出尿，也就只好不了了之了。这就是有心计的护骂，也叫假骂，骂给别人听的那种骂。

第三种情况，则叫诈骂。这种骂是所有骂中最可怕的。为什么说它可怕呢？因为这种骂其实是指桑骂槐，手法比较隐蔽。

这个诈骂呢，也分为好几种情况。给大家随便举个两种。一种呢，就是从表面上看，领导是因为你某一件事情没有做好而在骂你，你如果只是就事论事，只在这件没有做好的事情上反思，那就出了大问题了。因为领导骂你其实并不是因为这某一件事情，而是因为另外一件事情，只是另外一件事情由于种种原因，领导不方便骂你或者没有来得及骂你，现在就借着这某一件事情把它给补回来。一般来说，挨这种骂的下属需要点高智商，去认真分析前因后果，才能琢磨出领导骂你的真实原因，然后才好对症下药，改正错误，更准确地说，是改正惹领导骂你的行为。

再来说诈骂的第二种情况，也就是大家通常理解的指桑骂槐。领导虽然是冲甲下属发脾气，但是实际上却是冲乙下属来的。就像赵长风今天这样，虽然是冲着财政局李明生发脾气，但是实际上却是在敲打着劳动局局长丁一尘。比起前一种诈骂来，这种诈骂相对来说就好理解一些。

现在赵长风拍着桌子骂李明生，丁一尘如何听不出来赵市长这火是冲着他发的呢？他顿时面红耳赤，额头上的汗也出来了，虽然是坐在椅子上，但是却比站在那里俯首帖耳听赵长风训斥的李明生要难受百倍。

“赵市长，您批评得对，这是我的工作失误，给咱们海州市抹了黑，我向您检讨。”李明生低着头，态度非常诚恳。

丁一尘也连忙站起来，准备开口向赵长风承认错误，赵长风却先开口了。

“丁局长，坐下，坐下说话。”赵长风做了个手势，脸上笑眯眯的，完全没有对着李明生那样冷若冰霜的神情，他说道：“老丁啊，我得感谢你们劳动局，支持我这个扶贫工作领导小组的工作。前几天我到省里去，省扶贫开发领导小组组长孟书记还点名表扬了咱们海州，这都是你们下边这些同志为我争了光啊。就像建国同志为了扶贫事业，连自己的专车都卖掉了，如果咱们海州市各级领导都能像建国同志这样全心全意地对待扶贫工作，我们海州市贫困山区全体脱贫指日可待啊。”

丁一尘强笑着说道：“这都是建国同志觉悟高。劳动局对扶贫工作一向都很重视，把它当个战略性工作来抓。当初局里决定让建国同志担任扶贫工作领导小组，也是看中了建国同志身上的这种优秀品质，想踏踏实实地为我市扶贫工作做一点贡献。”

“好啊！丁局长对扶贫工作能有这么高的认识，建国同志在扶贫工作上取得了令人瞩目的成绩也就不奇怪了，强将手下无弱兵嘛！”赵长风身子靠在皮转椅上，手指轻轻地敲打着扶手，“如果其他部门的领导也能有丁局长这种觉悟，我这个扶贫工作领导小组组长的位子才坐得下去嘛。”

丁一尘耳朵后细汗都冒出来了，他这个时候已经明白，以前那些所谓的赵长风和卫建国这对曾经的搭档关系紧张显然是假消息。可惜他明白得太晚了点。他现在心中满是懊悔，在拼命地盘算，如何能挽回这个局面。

赵长风又扭过头看着李明生，说道：“老李，你看一看人家丁局长是什么态度。”他指了指着椅子，说道：“也坐下吧。”

李明生心中差不多要把丁一尘骂死，嘴上却虚心地说道：“是啊，我以后一定要多多向丁局长学习。”一边拉开椅子，李明生一边扭头对丁一尘说道：“老丁，找个机会我专门登门向你求教，你可不要对我有什么保留啊，一定把经验无私地传授给我。”

丁一尘装着糊涂，觍着脸说道：“老李，咱们互相学习，互相学习。”

“老李，要学习就要有一个端正的态度！”赵长风端着茶杯抿了一口，望着李明生意味深长地说道：“不能光有口号，没有行动。”

李明生跟赵长风时间不长，还不是很能适应赵长风的语言风格，所以听了赵长风的话没有敢立即回答，而是凝神想了一想，感觉自己把赵长风的意思琢磨得差不多了，这才说道：“请赵市长放心，我们财政局一定会以实际行动向劳动局学习的。回去后我立即安排资金，把卫建国同志的专车问题解决了，不能让扶贫英雄吃亏！”

赵长风慢条斯理地放下茶杯，微笑着说道：“这是你们的具体工作，我不干涉。”

丁一尘此时已经完全咂摸出味道来了，他也望着赵长风说道：“赵市长，我们局里最近准备举行一场扶贫工作表彰大会，表彰建国同志在扶贫工作中做出的突出贡献，希望到时候您能在百忙之中抽出时间去讲两句话。”

“这个你和秋山秘书长沟通一下，让他安排吧。”赵长风一边说着，一边伸手抓起了一份文件。

李明生和丁一尘就知道谈话结束了，连忙起身告辞。

到了外面的走廊上，李明生看着丁一尘摇了摇头，说道：“老丁啊老丁……”然后自顾自地走了。

丁一尘一路上只想着如何弥补自己的失误。得罪卫建国不要紧，但是千万不能得罪赵长风。别的不说，粤海县几个县领导的下场在那里放着呢！那时候赵长风刚从中原省交流过来，只身到了粤海，立足未稳，就把钱云枫、段志魁粤海两个本地大佬送进了监狱，过了一年多，赵长风的力量只会更强大。丁一尘虽然是劳动局局长，但是还没有蠢到认为自己可以和赵长风掰手腕的地步。事到如今，只能放低姿态，向卫建国伸出橄榄枝，希望卫建国能原谅他。

回到办公室，丁一尘立即打电话把办公室主任戴天德叫了过来。

“老戴，局长楼能不能倒腾出一套房子？”丁一尘问道。

戴天德有些吃惊，摸不准丁一尘什么意思，局长楼是一个萝卜一个坑，都被占得满满的，哪里能够腾出房子来？

“局长，恐怕……困难。”戴天德小心翼翼地回答道。

“再困难也得想办法倒腾出一套房子出来。”丁一尘冷着脸说道：“我给你一周时间，够不够？”

戴天德不知道丁局长是哪里来那么大火气，他被逼迫到墙角，寻思了一下，只好说道：“目前没有在我们局的只有黄局长和张局长。黄局长就……我看只能做一做张局长的工作。”

丁一尘摆手道：“任务我交给你了，你自己看着办。”

“是，是，我想办法。”戴天德小心翼翼地回答。张局长现在到江州市担任劳动局局长了，但是房子却没有交出来，留给自己妹妹住着。现在去要房子，肯定会很麻烦。尤其是当初是张局长把戴天德从县里调到海州市劳动局来，戴天德才能够一步一步往上爬，最后到了办公室主任这个位置上，但是现在……戴天德也没有办法了。局里现有的局长惹不起，到省里任职的黄局长更惹不起，唯一比较好下手的只有张局长了。

“对了，你立即打个申购新车的报告上来。卫局长天天坐自行车上下班，这怎么能行？你这个办公室主任严重失职啊！”丁一尘又说道。

戴天德一下子就愣住了，丁局长这是怎么了？要给卫建国配车？怪不得丁局长火气那么大，原来是因为这件事情。

“还愣着干什么？赶快去办啊！”丁一尘挥手说道。

“噢，好的好的。我马上去。”戴天德哈着腰点了点头，转身出去，刚走到门口，丁一尘又把他喊住：“还有，房子钥匙拿到手后，去红太阳家具城挑一套家具配上！明白吗？”

丁一尘和陈心仁刚离开，赵长风就接到了谢富海秘书长的电话，说金冠天的问题已经解决了。

“长风，为了你的事情，老兄也只能给你做到这一步了，接下来刘省长的工作，就需要你亲自去做了。”谢富海说道。

“秘书长，我也不和你客套了，反正你帮我也不止一次两次了，老弟还是那句话，什么时候秘书长有用得着我的地方，撂一句话过来就行。”

放下电话，赵长风兴奋地击打一下拳头，金冠天的工作做通了，剩下的事情就好办了。相比起金冠天，分管交通的刘兆东省长的工作还更好做一点。

刘兆东副省长原来是交通部副部长，半年前才到粤东任副省长的，和粤东官场没有什么牵扯。孙金平省长三年前就已经退休了，和刘省长之间更没有交集，所以刘省长对孙金平这位老省长不会像粤东省那些干部一样有所忌讳。再者说来，刘省长是京官下放，眼界很高，只要自己认准的事情，是不会理会地方上干部说什么的。

俗话说知己知彼，百战百胜。会做工作的人，都会事先收集做工作对象的详细资料进行分析，然后有针对性地制定出方案，这才过去做工作，一般来说，没有做不通的工作，只看你会做不会做。

就拿刘省长来说吧，虽然粤东省干部对他不是很熟悉，但是并不等于别的地方的干部对他也不熟悉。赵长风通过京城的关系，很快就找到了刘省长在交通部时的司机。现在金冠天的问题已经搞定，赵长风就打算到京城去见一见刘省长原来的司机，看能不能从他嘴里套出一下东西。

皇城根，天子脚下，京城的人个个能侃，从开出租的司机到卖矿泉水的老大娘，任意一个人来放到讲台上，保管能上一堂精彩绝伦的时事政治课。刘兆东在交通部的老司机也不例外。

这位司机叫冯天根，三十四五岁，刘兆东临去粤东前，把他安排进京城高速公路总队任副队长，也是一位侃爷，和赵长风坐在酒桌上也不见外，几杯酒下肚，更是超级能侃。

“其实刘部长那人很好打交道的，如果是第一次上门，你就说你对刘部长的书法慕名已久，想要他一幅字画，专门托了我的关系上他家来求字的。”冯天根端着酒杯说道。

赵长风和冯天根碰了碰酒杯，有些为难地说道：“我和刘省长第一次见面，就求他写字合适吗？再说人家愿意给我写吗？”

“愿意，怎么会不愿意？”冯天根拍了拍赵长风的肩膀，说道：“我告诉你，刘部长还就喜欢这个调调。平常有人向他求字，他总装得不愿意给，懒得写，其实心中高兴得很啊！你上他家去，刚开始向他要，他肯定也会推辞一番，但是你听我的，千万别信他那一套。就当他是天下第一号书法家，缠着他磨着他求着他就好了，到最后他肯定会给你写一幅的。这幅字拿到手之后，你千万别拿什么颜体啊、柳体啊那些什么体来形容他的字，不然就要坏菜。你就说刘部长这字有特点、有性格、别开生面、独树一帜之类的话，保管刘部长听了会高兴。”

“你拿了字之后，马上找最好的装裱店，把这幅字裱糊起来。然后立即返回他的家，再向他要字。这一回呢，你可以拿一些礼品，你就说，人家装裱店的老板见了这幅字，喜欢得不得了，非要买下来，你舍不得只好回来再麻烦他给写一幅。刘部长听了之后表面上会不高兴，其实心里是乐透了。你多缠着他一会儿，总之他不写你就不走，他最后就还是会给你写的。”

天下之大无奇不有，这领导的爱好也是多种多样，如果不是刘兆东的司机冯天根在这里讲出来，赵长风绝对不会相信，刘兆东省长会爱这个调调。赵长风虽然还没有和刘兆东省长打过交道，但是刘兆东省长的字他还是见过的，是刘兆东到海州市交通局调研时留下了题词，看来这一趟京城没有白来，收获颇丰啊！

替赵长风和冯天根穿线的是方天雷的一个老部下，京城高速总队总队长，他在旁边听了就说了一句："刘部长靠这一套赚了不少钱吧？"

冯天根摆了摆手，说道："总队长，你这可误会了刘部长。那些润笔费，你前脚走，他后脚就派人把这钱送到红十字会、青少年基金会、福利院什么的。我可没少替他跑腿。去送这些钱的时候，还要一定告诉这些机构，这些钱是刘部长的润笔费，刘部长一分钱不留，都捐给慈善机构了。"

冯天根把酒喝完，继续说道："没办法啊，刘部长就是好这一套，简直入迷了。咱们也别管他图啥，只要能哄刘部长高兴，把赵市长的事情办了，不就可以了？"

"多谢冯队长了！"赵长风笑了笑，抓起酒瓶为冯天根倒酒。

总队长在一旁问道："老冯，是不是求过字画之后，事情就成了？"

冯天根拿着筷子夹了一个象拔蚌，蘸了蘸芥末，嘴里说道："这也只能说是敲门砖，等于说是认识了，获得了刘部长的好感，下面的事情然后再说嘛。不过他既然喜欢写字，记住，千万不能给他送什么名家字画，送这些玩意儿，刘部长会认为你看不起他的字。"

赵长风心中暗叹，幸亏这次托了方天雷的老部下，找到了冯天根，要不然光听说刘省长喜欢写写画画，就贸然送一些名家字画过去，岂不是把刘省长给得罪了？

第二天一早，赵长风就乘坐飞机回到粤东，在羊城下了飞机之后，赵长风直接奔省政府就去了，找到了谢富海秘书长，把他在京城了解到的情况说了一遍。谢富海听后也是窃笑，还真没有看出来，就刘省长那两把刷子，还喜欢给人题字。

"这样吧，我跟张秘书打个招呼，有他带着你，去刘省长家也方便点，是不是？"

张秘书虽然是刘兆东省长的秘书，但是从行政关系上来说，他也是省政府办公厅的人，谢富海这个秘书长交代一句话，张秘书还真不敢不办。

有了谢富海的交代，张秘书爽快地答应了下来。但是即使是有张秘书，刘省长也不是说想见就能见到的，张秘书让赵长风先等着，有机会他会第一时间通知赵长风。

赵长风也不敢回海州，只害怕这边接到张秘书的电话再赶到海州时间上会来不及，就在海州驻羊城办住下。一连等了两天，张秘书那边都没有消息，赵长风也不好打电话去催问。到了第三天下午，张秘书终于来电话了，他告诉赵长风，刘省长今天晚上有时间，到时候他领着赵长风过去拜访。

到了晚上，张秘书带着赵长风，熟门熟路来到刘兆东省长家。开门的保姆见是张秘书，就亲热地打着招呼。

进了客厅之后，张秘书对赵长风说道："赵市长，你先坐这里喝杯茶，我上去看看。"

赵长风坐在宽大的沙发上，品着保姆刚沏好的茶，打量着客厅。让赵长风想不到的是，客厅墙上挂的条幅竟然全出自刘兆东之手，别人的字一幅都没有。看来冯天根说得果然没有错，刘兆东对自己的字真的是爱到无以复加的地步了。

几分钟后，张秘书陪着刘兆东从楼上书房下来。刘兆东五十出头，身材高大魁梧，脸上带着典型的北方人特征。

"刘省长。"赵长风连忙从沙发上站起来。

"长风市长，比上次开会时更精神了嘛!"刘兆东握住赵长风的手摇了一摇，亲切地说道："坐吧。"

"领导目光如炬啊，明察秋毫。"赵长风摸着头笑了起来，"我昨天中午稍微修正了鬓角，这就被您看出来了。"

张秘书当然不会放过这个机会，他在一旁恭维道："当然了，上次省人民医院专家过来体检，刘省长两只眼睛都是一点五的，这样出色的视力政府大院里年轻人中也挑不出几个来。"

刘兆东靠在宽大的沙发上，脸上挂着慈祥的微笑，显然张秘书这话很对他的心思。当领导的，谁不希望自己年轻啊。

赵长风又跟着恭维了几句，见刘兆东心情不错，就开口说道："刘省长，知道您工作繁忙，我也不敢多耽误您的宝贵时间。我这次上门来，是带着任务来的。"

刘兆东正靠在沙发上，手指轻轻地在扶手上打着拍子，听了赵长风的话，依旧是笑眯眯的，没有说话，只是手指的节拍中间停顿了一下。

“为了帮助山区农户脱贫，粤海永磁材料公司投入巨资，无偿在东江县青梅岭地区修建一个绿色无公害高山蔬菜基地。本来这件事情也没有什么，谁知道这个永磁材料公司的老总在海州市交通局参观的时候见过一幅字，喜欢得不得了，回去之后日思夜想不能入睡，于是提出一个要求，说这个绿色无公害高山蔬菜基地无偿援建，但是市里面必须找一个大书法家给这个高山蔬菜基地题名。下边人向我汇报之后，我也很是诧异，就到海州市交通局去看了那幅字，一看之下，原来是刘省长的手迹，别说是永磁材料公司的老总喜欢，我自己也喜欢得紧。今天我登门拜访，就是想请刘省长支持一下我们海州市的扶贫工作，帮那个高山蔬菜基地题个名。”赵长风按照事先打好的腹稿，态度诚恳地说道。

张秘书赶快在一旁帮腔，“赵市长，你们海州市的老总还真不会吃亏啊，援建个蔬菜基地，就想换刘省长一幅字？赚大发了啊！”

赵长风就说道：“那可不，现在企业家都精明着呢！付出五十，就想赚回一百呢！”

刘兆东听赵长风和张秘书一唱一和夸赞他的字，心中也是舒坦，他沉吟半天，才拿捏着说道：“本来呢，我的字是轻易不写给外人的。但是长风市长既然说了，是为了海州市的扶贫事业，我就不能不破例了。”

“是啊，刘省长最热衷慈善事业呢！”张秘书说道：“前两天还给希望工程……”

“小张，说这个干什么？”刘兆东“不悦”地瞪了张秘书一眼，这才说道：“长风市长，我可事先声明，只此一次，下不为例啊！”

赵长风连忙点头说道：“刘省长，我也就敢大这么一次胆子。下次他们缠着要刘省长的手迹，我让他们亲自过来——这么珍贵的手迹，是能说要就要的？”

刘兆东颔首微笑，说道：“唉，这弄的！不是逼上梁山吗？”说着就站了起来往楼上走。张秘书给赵长风一个眼色，赵长风连忙站起来，一起跟着刘兆东来到楼上书房。

张秘书熟门熟路打开书柜，从里面抱出一卷宣纸，在书桌上摊开，又拿出一锭松墨，往砚台里倒了点水，在里研磨着。刘兆东也不说话，双手背在后面，在书房里踱来踱去，酝酿着情绪。

赵长风在一旁屏住呼吸看着这一切，心中却暗自好笑，如果不看刘省长的字，这书法家的派头倒是一丝不苟……

不大会儿工夫，张秘书的墨汁已经研磨好了，他把狼毫递到刘兆东手里。刘兆东接过狼毫，眼里顾盼生威，望着赵长风道："是海州市高山蔬菜基地?"

"海州市青梅岭高山蔬菜基地。"赵长风说道。

"嗯!"刘兆东缓缓地点了点头，双眼盯着书桌上雪白的宣纸，手持着狼毫，在砚池里蘸上浓浓的墨汁，又轻柔地在砚池边沿蹭了两下，去掉多余的墨汁，然后手腕一抖，运笔如飞，转眼之间，只见"海州市青梅岭高山蔬菜基地"十一个字在雪白的宣纸上跃然而出。在赵长风看来，这十一个字气势非凡，当得起别具匠心、独具一格的评语。

"妙！妙哉!"赵长风扼腕而叹，"刘省长，这几个字无论是谋篇布局还是笔力笔意都与众不同，既不类古人，也远胜现代名家，虽然不敢说是后无来者，但是前无古人这四个字是绝对当得起的。"

"小赵，哪里有你说得那么夸张?"刘兆东微笑着说道，不知不觉中已经把对赵长风的称呼改成比较亲昵的小赵，"信手涂鸦而已。"

赵长风伸手拿出早已经准备好的一方端砚，放在书桌上。

刘兆东一看，脸色大变，说道："长风市长，你这是干什么?"

赵长风正色说道："刘省长，这东西是粤海永磁材料厂包总祖上传下来的，可惜传到他这一代，不喜欢写写画画，倒是喜欢做生意，这东西放在他手中也等于是明珠暗投。前几天他知道自己看的那幅字是刘省长写的后就动了心思，想把这块端砚赠送给刘省长。他知道刘省长清正廉洁，从不收礼，但是用这砚台换刘省长一幅字总可以了吧？他书香门第出身，也知道刘省长字的价值，说刘省长这一幅字，随便拿到书画行，至少能换个十来万。这一副砚台才能值几个钱？不过是向刘省长表示支持扶贫工作的一点心意而已。"

冯天根指点的这一招果然很对刘省长的脾气，很快就拉近了赵长风和他的距离。赵长风本来打算拿到了刘省长的字，今天的任务就算完成了，要觑个机会告辞。谁知道刘省长的兴致却上来了，硬是又留着赵长风坐了将近一个小时。临告别的时候，刘省长握住赵长风的手说道："今天你认门了，以后来省里出差可别忘记老头子，记得来我这里坐坐啊！"那手也握得分外有力，让赵长风都有些痛感。

出了门，张秘书感慨地对赵长风说道："我跟刘省长半年，还没有见他对谁这样过。"

赵长风微微一笑，说道："这还不是托了首长秘书的洪福？你引荐的人，刘省长给一点特别对待，也是很正常的嘛！"

回到海州之后，赵长风向苗书记汇报了一下海东新线项目工作的进展，苗书记听了之后也很是高兴，但是他也郑重告诫赵长风，行百里者半九十，事情进展到现在，还差最后一步，那就是孙老那边工作。只有孙老的工作做通了，才能保证海东新线修改线路方案的顺利实施。

赵长风这边其实已经计划好要去孙老家拜访一趟。但是在苗书记面前，却故意像是遗忘了这件事情一样。海东新线是一个海东人民都瞩目的大工程，这样的大工程当然离不开市委的正确领导，尤其是市委苗书记的正确领导。真正会做事的下属，是懂得什么时候留给领导一个表现的机会的。

于是赵长风就一拍脑门，有些懊悔地叫道："哎呀，这些天我一定是忙昏了头，忙来忙去，把最重要的事情跟忘记了。要不是苗书记的提醒，我肯定要犯下大错误的！"

他对苗晓说道："苗书记，你提醒得真的是太及时了，我马上安排一下，去看望一下孙老。"

苗晓嘴角挂着一抹满意的微笑。其实他何尝不知道赵长风这是故意做给他看的？以赵长风的智商，这最关键的事情会忘记了？明明知道下属说的是假话，但是领导还要正儿八经当成真话来听。

其实，真话假话不要紧，关键的就是在于一个态度。赵长风今天这样的表现，就是告诉苗晓，赵长风很尊重他这个班长，很注意维护他这个班长的权威。这样的年轻人了不得啊！后台扎实过硬，能力又强，却懂得时时刻刻给领导留面子，不抢领导风头，还有什么比跟这样的副手合作更愉快的呢？

赵长风又说道："苗书记，听说您以前去看过孙老，您说我这次去看望孙老，带点什么好呢?”

“长风，孙老一生清廉，现在虽然退下去了，还是依旧保持着以前的习惯。”苗晓叮嘱道：“所以你去拜访的时候，千万不要带什么贵重礼品，那样孙老会毫不犹豫地把你赶出来。”

“那什么都不带，会不会不好看?”赵长风望着苗书记。

“呵呵，孙老也不是那种非常迂腐的人，他呢，特别喜欢吃家乡的东西。”苗晓说道：“你就带一点青梅岭产的年桔、草菇、观音菜什么的，这些东西不值几个钱，又对孙老的胃口，他一定会收下的。”

孙老家位于省政府老干楼的深处，赵长风按了门铃，朱红色的铁门就开了一个缝，里面露出一个十七八岁的小姑娘的脸，也不说话，只是用询问的眼光上下打量着赵长风他们三个人。

赵长风笑着说道：“孙老在家吗？我是海州市副市长赵长风，专程来看望老领导的。”

小姑娘扭身喊道：“爷爷，有人过来看您，说是海州市的副市长。”

里面就传来一个老年人的声音：“让他们进来。”语音之中有着浓浓客家话的痕迹。

小姑娘这才把大门拉开，赵长风又笑着对小姑娘点了点头，这才提着袋子进去，在他身后是司机老张和秘书鲍晓飞，每个人都抱着一个大纸箱，里面装满了东江县的特产。

进了门，才发觉院子的面积很大，有一百五六十个平方，院子角落是一棵高大挺拔的木棉树，郁郁葱葱。院子中间是一条鹅卵石铺就的小径，把院落分为左右两边。左边有一个水泥池塘，里面养着五颜六色的锦鲤，鱼儿在水中欢快地游动着，煞是好看。池塘旁边是一株不高的小树，树茎上上挂着两个绿色的果实，正是一株木瓜树；右边则是一片菜圃，里面种着西红柿、茄瓜、朝天椒等林林总总七八样蔬菜，一个头戴斗笠的老者正打着赤脚，拿个小铲子在菜圃里锄草。见赵长风等人进来，就放下小铲，站起来往这边看，正是老省长孙金平。

赵长风本来以为这老者是孙老雇过来的园丁，可是他仔细一看，心中吃了一惊，这不是老省长孙金平，又是什么人呢？只是比起照片上来，眼前的孙金平似乎黑了一点，皱纹多了一点。

“孙老!”赵长风连忙走上前去，说道：“您好，我是海州市政府的赵长风。”

淡淡的“哦”了一声，孙金平目光从赵长风脸上一扫，没有说话，低头又去侍弄他的蔬菜。

赵长风完全没有设想到会在这种情形下和孙金平对话，让他准备好的一肚子话都没有办法说出来。现在孙金平的态度明显是拒人千里之外。想了一想，赵长风决定直来直去，开门见山说明来意。虽然会很尴尬，但是为了海东新线，为了东江县老百姓，赵长风也顾不得了。

“孙老，我这次过来，是向您负荆请罪的!”赵长风往菜圃旁凑了凑，低着头说道。

孙金平不紧不慢地给蔬菜松着土，嘴里说道：“赵市长，我只是一个离休在家被人遗忘的老头子，无权无势，怎么能当得起你的请罪呢?”

“孙老，我知道，您肯定对我有些误会。”赵长风横下心来，不管孙金平怎么想，他也要把事情说完，他说道：“我刚到海州不久，就发现海东新线一直停在那里，严重制约了海州市西北部，尤其是东江县经济的发展，所以才根据海州市的财力物力情况，主张对海东新线现有设计线路进行修改。我知道，海东新线现有线路经过青梅岭，对青梅岭山区人民脱贫致富有着很重要意义，但是这是在海东新线能够顺利建成的情况下。像现在这种海东新线停滞不前这种情况，即使规划的目的再好，又有什么意义呢?”

“而对海东新线现有线路进行修改之后，虽然青梅岭山区的人民要受一点损失，但是东江县整体上却会因为这次线路修改而获得腾飞的契机……”赵长风一边说着，一边试图观察孙金平的神色，可惜孙金平的脸都被大大的斗笠遮盖住，他什么都看不到。

“赵市长，我现在只是一个普通市民，这些你没有什么必要跟我说，我也懒得听。”孙金平蹲在那里挥舞着铲子说道：“至于什么线路的利弊，你应该去找交通主管部门去陈述，对不对？我要侍候我的瓜瓜菜菜，没有时间招待你们，请回吧!”

“孙老，请您……”赵长风还想说。孙金平却叫道：“小楠，送客人出去!”

那个小姑娘立即站到赵长风面前，做了一个凶巴巴的手势，“走吧，爷爷没有时间招待你们!”

赵长风大失所望，他本来以为孙金平这样为官清正、两袖清风的老领导，只要把道理说明白，工作还是比较好做的，毕竟是小家重要还是大家重要，是少部分人的利益重要还是大部分人的利益重要，孙老应该能拎得清的，可是现在却是这样的结果，孙老甚至不让他把话说完，就直接把他往外赶。难道说在孙老心目中，维护家乡的一点蝇头小利就那么重要吗?

赵长风也无心纠缠，就扭头对鲍晓飞和老张示意，让他们把手中的东西往屋里搬，嘴里说道：“孙老既然忙，那我就不打扰您了，这些观音菜、年桔等特产是东江县的乡亲们托我带过来的，他们听说我来看望老省长，非要让把这些东西带来，说是让老省长尝个鲜。”

孙金平蹲在菜圃里不说话，小姑娘就凶巴巴地拦着，不让鲍晓飞和老张往里送。鲍晓飞和老张转过脸求救地看着赵长风，赵长风就递了个眼色，鲍晓飞和老张把手中这些土特产放在院子里，转身就往外跑。赵长风也把手中的袋子放下，不理睬身后的小姑娘急促的叫声，跟着鲍晓飞和老张离开了。

坐进车里，老张和鲍晓飞虽然没有说话，但是可以看出来，两个人脸上都是愤愤不平的，显然为领导受到孙金平这样的对待感到气愤，如果不是赵长风平时管教他们严格，恐怕两个人早就出声埋怨了。

赵长风脸色却很平静，虽然场面有些狼狈，但是结果他却早有准备。当初去做刘兆东的工作，为的就是防止孙金平这一关通不过。刘兆东是交通部的副部长下来的，到粤东来也是想做一番事业。这种京官的心理赵长风早就摸透了，他们背景深厚，并不在乎地方上错综复杂的势力，而且急于干一番事业，以证明自己比这些地方上出身的官员高明。尤其是刘兆东，还不同于别的京官。他可是交通部副部长出身，像交通部这样实权部门，掌握的道路建设资金都是成百上千亿的，每年省里那些主管官员都眼巴巴地在交通部里排着队，指望着从交通部里抠出一些钱来，用于发展本省的交通。而像刘兆东这种身份，一般省里分管交通的副省长去了，他都不一定出面接待，大多都是下面的司长出面。只有省里的省长、省委书记这样的主官亲自过去，才能请得动刘兆东的大驾。现在刘兆东到粤东省担任副省长，无非就是镀一下金，多一个主政地方的政绩，为自己将来的发展谋一份资历。像他这样的人，如果下决心要做一件事情，又怎么会受一个退休了三年多的副省长意见的左右？

赵长风心中做好了计划，就掏出机密电话本，拨通了张秘书的电话："张秘书，我是赵长风啊。我想找刘省长汇报点工作，你看看能不能安排一下？"

张秘书一听是赵长风，也非常热情，他想了一下说道："刘省长今天的日程安排得很紧张，我抽空给你汇报一下，至于能不能见到，我可不敢保证啊！"

"多谢张秘书。"赵长风笑着说道："回头有时间到我们海州去钓鱼吧。蟒河水库里的大鱼可是有上百斤重呢！"

"赵市长，您还和我客气？"张秘书笑着说道："我也是天天侍候领导，脱不开身，等哪天有空了，我一定去海州蹭饭吃。"

挂了电话，赵长风就让老张把车开到海州市驻羊城办事处，开了个房间，在里面静静地等着，大约过了一个小时左右，赵长风才接到张秘书的电话："赵市长吗？刘省长听说你要见他，非常高兴。他现在正接待着一个美国商务代表团，没有时间。中午吃过饭后他能挤出一点时间，一点半你到他的办公室去，他在办公室等你。"

赵长风有些不好意思，说道："张秘书，那不是耽误了刘省长中午休息吗？"

张秘书一笑，说道："赵市长，我跟你说一句实话啊。中午是刘省长雷打不动的休息时间，从来没有在这个时间接待过客人，没有想到对你却破了这个例啊！"

挂了电话，赵长风匆匆在办事处里吃过饭，就让老张开车去省政府大院。进了院子之后，赵长风让老张在距离省长办公楼不远地方一棵大榕树的树荫下停着。坐了有十几分钟，赵长风双眼皮就有些打架，最近为了忙这条海东新线，真的把他折腾得不轻。鲍晓飞在前面轻声说道："你打个盹养养精神，我和老张在这里替你盯着刘省长的车。"

赵长风轻轻地合上了眼睛，抓紧时间打个盹，待会儿要去见刘兆东，精神一定要养好。

闭上眼大概有二十多分钟，赵长风感觉到有只手在轻轻地推着他，他张开眼睛一看，鲍晓飞正从前座探过身来，轻声说道："刘省长的车到了。"

赵长风透过前面望过去，只见刘兆东从一辆黑色的奥迪里出来，迈步向省长楼走去。

鲍晓飞又打开手包，递过一张湿巾，赵长风接过来擦了一下脸，顿时觉得精神百倍。鲍晓飞拉开车门，赵长风迈步下车，说道："小鲍，你和老张在这里等着，我自己上去。"他伸手接过鲍晓飞递过来的手包，迈步进了省长楼。

上到七楼，来到刘省长办公室门前，赵长风轻轻敲了一下门，里面传来张秘书的声音："请进。"

赵长风推开门，张秘书就伸着双手迎了出来，并把嘴往里面努了一努。赵长风会心地一笑，里面传来刘兆东的声音："长风吗？请进请进。"

张秘书抢步上前，推开里间的门，把赵长风领了进去。

赵长风一进去就连忙抱歉地说道："刘省长，您好您好。真是不好意思，耽误您中午休息。"

刘省长站起来和赵长风用力握了握手，说道："长风，你从下面风尘仆仆赶过来，比我更辛苦啊。在基层工作不容易，我休息不休息算什么？"然后又问："苗晓同志和刻舟同志都还好吧？"

赵长风连忙说道："苗书记和王市长都托我问候您呢！苗书记还说，这么长时间也不见刘省长到海州去视察工作，是不是忘记海州了？"

"呵呵，苗晓同志这是在批评我啊！"刘兆东摸着肚子大笑起来，"长风，你回去转告你们苗书记，就说我回头一定过去，到时候他莫嫌我烦就行！"

"刘省长，瞧您说的？我们基层同志盼望领导下去指导工作都望眼欲穿了，还怎么会嫌……"赵长风笑着恭维道。

"赵市长，请喝茶！"张秘书泡了一杯茶端过来，小心地放在赵长风面前。

"多谢多谢。"赵长风轻轻叩了一下桌面，扭头对刘省长说道："刘省长，张秘书是个难得的人才啊，我这里先说好啊，你什么时候放张秘书下去锻炼，可一定要放到我们海州啊！我提前跟刘省长预定了！”

张秘书表面上若无其事，内心中却已经是翻江倒海了。

当个秘书，整天鞍前马后地侍候着领导，为的是什么？不就是为了能在仕途上走一个捷径，争取一个好的发展吗？那些当秘书的，谁心中不是揣着这样的心思？刘兆东是京官下派，在粤东省分管着交通等实权部门，在几个副省长中权力仅次于常务副省长。张秘书只要安心靠着刘兆东这棵大树干上一两年，到时候下放到下面当个县长什么的，不会有太大问题。

可是下派到下边之后，怎么混就看个人的机缘。虽然说背靠大树好乘凉，但是到了下面，中间隔着一层关系，刘兆东不可能时时刻刻都关照着张秘书，张秘书混好混坏，还要看顶头上司的态度，所谓县官不如现管。

赵长风现在年纪轻轻就是海州市的常务副市长，那么一两年后，赵长风身上又会出现什么奇迹，还真不好说。即使是赵长风一两年后还依旧在海州市常务副市长的位置上原地踏步，但是以他在省里的背景，再加上和市委书记苗晓的密切关系，海州市的财权和人事权都捏在手里，如果张秘书到海州市下面去做个县长、县委副书记什么的，有赵长风的照顾，想捞一点政绩还不是手到擒来？

今天赵长风这样说，明显是递过来橄榄枝了，张秘书心思岂能不活泛？不过当着刘兆东的面，张秘书也只能当没有听见，心中却在想下去后怎么再和赵长风加深一下感情。

“长风，这怎么能行？挖墙角都挖到我这里来了！”刘兆东板着脸说道：“小张我用着正顺手呢！现在还离不开他。你要是真想要他，就给他留个好位置，两年后我把他放到你那里去！”

“刘省长，那就这么说定了啊！”赵长风笑吟吟地说道：“张秘书在你身边再学习两年，到了我们海州正好发挥传帮带的作用。”

张秘书毕竟涵养浅，听得浑身燥热，又不知道该说什么，就过来为刘省长杯子里加了点水，轻声说道：“刘省长，您们谈，我到外边看看。”

刘省长含笑着看着张秘书轻轻带上房门，这才正色对赵长风说道：“长风，你这次……”

赵长风连忙坐直了身体，说道：“刘省长，我这次过来是向您汇报一个事情。”他就把海东新线的情况讲述了一遍，说海东新线东江段如果按照最初的设计路线走直线从横塘、麻涌经过，不但可以节省两个多亿的巨额投资，工期也可以缩短三到四个月。可是听说省里有些领导对最初的路线有不同看法，最后海东新线东江段就绕了一个大弯，走了青梅岭，这一绕弯，路线不但比原来远了将近六公里，而且光穿越蟒河的大桥就要多修三座，还要打通一条穿山隧道，整个工程造价比最初设计路线多了两个多亿，超过了东江县和海州市的财政能力。致使这条路拖了三年半，还没有修通。两个多月前，赵长风到海州市担任常务副市长后，了解到海东新线的情况，就打算修改海东新线，恢复最初的线路设计。

说着，赵长风把有关海东新线的材料交给了刘兆东。刘兆东拿到手里，慢慢地翻看着。赵长风一边看着刘兆东的脸色，一边说道：“我下这个决心的时候压力很大，上上下下方方面面都有阻力。很多人劝我说，还是算了吧，省里定下的路线，你现在要去调整，能成功吗？但是面对着这些压力和冷言冷语，我还是毅然下定了决心，一定要把海东新线修改线路的项目报上去。”

“刘省长，不瞒您说，促使我下这个决心的相当一部分原因是因为您。”赵长风望着刘兆东恳切地说道：“我还在中原省的时候，就听过您的事迹。知道您担任交通部副部长期间，硬是顶着一位老领导的意见，把京黄高速裁弯取直，节省了十几个亿的巨额投资。”

刘兆东本来神情严肃，听赵长风提起他最得意的事情，脸上不由得露出一丝笑容，他摆摆手说道：“长风，这些陈芝麻烂谷子的事情，你提它干嘛？我不过是做了一个交通官员应该做的事情罢了。”

说到这里，刘兆东语气又严肃起来，“现在有很多官员不尊重科学，也不讲经济规律。认为修路建桥，就是拍一拍脑袋，下个文件的事情。路想从哪里过从哪里过，桥想建在哪里就建在哪里。也不考虑考虑，这样做经济上划算不划算，要多付出多大的代价。我们是个发展中国家，经济上还不富裕。即使这些年经济上有了些发展，但是地广人多，需要用钱的地方多着呢，怎么能这样浪费？我个人认为，修桥铺路还是要尊重科学。就像你们海东新线，到底该怎么走，设计该怎么做，哪一个领导说了也不能算，最终还是要看实际勘查结果。”

听了刘兆东的表态，赵长风的心一大半放进肚子里了，如果说要看实际勘察结果，海东新线最初的设计路线肯定占优。只是，他心中还是有些担心……

于是赵长风说道：“刘省长，省道路勘察设计院的专家当初就是受了外来的干扰，才修改了最初的设计方案。现在让他们重新勘察，我还是怕……”

刘兆东手端着茶杯，中指在上面轻轻地敲着，沉吟了一下，说道：“海东新线虽然是二级公路，但是也可以请国内一些权威专家参与嘛。”

赵长风终于放心了，孙金平影响力再大，也仅仅局限于粤东省，如果刘兆东能够在京城请一些全国交通系统有名的专家过来，孙金平可就影响不了了。而且有了这些全国著名交通权威的意见，对海东新线进行修改也显得名正言顺。

“刘省长，我本来心中很紧张的，听您这么一说，心中就亮堂起来了。”赵长风说道：“有您这样内行的领导在上面把关，我们基层的工作就好做多了。”

刘兆东微笑着说道：“长风，也不能说是内行，我不过是在交通系统多干了几年，看到的东西多一些而已。这材料我先留下，回头再和金厅长沟通一下。你回去也要多做一些准备，再搜集一些材料，越翔实越充分就越有说服力！”

赵长风连忙说道：“刘省长，我回去就立即按照您的指示开展这个工作。”

“什么我的指示？”刘省长笑了，“我可什么都没有说。”

赵长风也笑了，他看时间差不多了，就说道：“刘省长，那我就告辞了。耽误了你中午的休息时间。”

刘兆东就站起来，紧紧握住赵长风的手，使劲儿拍了拍赵长风的肩膀，语重心长地说道：“长风，好好干。现在像你这样直言不讳的年轻人越来越少了，不过该收敛的时候也适当收敛一下，当年我可没少在这上面吃亏啊！”

“多谢刘省长，我一定牢记您的指示。”赵长风恳切地说道。

“嗯，好好干！有什么问题再来找我！”刘兆东握住赵长风的手，又送了两步，几乎快到门口了，这才松开，和赵长风挥手告别。

张秘书在一旁看得心中暗自眼热。赵长风怎么就这么得领导的欢心呢？

平时市长、市委书记过来汇报工作，刘省长最多也就是握一下手，哪里有这样送到门口的？

回到海州后，赵长风又把交通局局长陈心仁叫过来，吩咐他再尽最大可能地详尽收集一切关于海东新线的资料。

又经过半个月的等待，交通厅那边终于传来好消息。海州市申报的海东新线路修改项目在省交通厅厅长办公会上获得了通过。金冠天打电话告诉赵长风，交通厅那边已经开始和京城有关方面进行了接触，准备委托交通部第一勘察设计院负责海东新线路修改项目的勘察设计。

消息传到海州，海州市政坛大为震动，绝大部分海州市官员没有想到，年轻的常务副市长赵长风竟然真的把这个海东新线道路修改项目给跑成功了。这太不可思议了。交通厅副厅长就不说了，交通厅厅长金冠天可是老省长孙金平一手提拔上来的，他难道就忘记了老领导的恩惠？

还有老省长孙金平，怎么不见一点动静，他难道就眼睁睁看着他的心血被赵长风毁掉？

也有人认为，老省长是引而不发，先让赵长风蹦跶两天，等方案报到分管副省长那里的时候，老省长孙金平再出手，彻底扼杀赵长风的希望。

就在众说纷纭中，赵长风接到了省委书记杜红军秘书的电话，让他立即到省委来一趟。

“刘处长，能给透个底吗？杜书记召见是什么事情，我也好提前做个准备。”接到电话，赵长风心中咯噔一下，这个关键的时候，杜书记召见能有什么事情呢？一种不祥的预感升了起来，于是电话里和杜红军的秘书刘延松套着近乎，看看能不能获得一些有用的信息。

“你来了就知道了。”刘延松淡淡地说了一句，就把电话给挂了。

赵长风摸了摸脑袋，心中感觉更是不妙。他也不敢再耽搁，立即给苗晓书记和王刻舟市长做了简单汇报，然后立即出发。

老张开着车稳稳地驶上了高速公路。赵长风手里拿着手机，靠在宽大的真皮靠背上，目不转睛地盯着，显然是在期待什么。

鲍晓飞知道小赵领导心情不好，上车后就静悄悄地坐在那里，没有像往常那样往车载CD里放他很喜欢听的理查德·克莱德曼的钢琴曲。

车内的气氛有些沉闷。

在高速上跑大约有半个小时，赵长风手中的手机终于耐不住寂寞，响了起来。赵长风看着显示屏上熟悉的号码，眼中掠过一抹喜色。

“大哥，我知道你不会不管老弟的。”赵长风把手机放在耳边，嬉皮笑脸地说道。来电话的是省政府秘书长谢富海。如何和谢富海、何承明这些铁杆关系相处，赵长风自有一套心得，他完全明白，什么时候该称呼职务，什么时候又该用“大哥、老兄”来称呼。

“哎，长风，你这次可踢到铁板上了。”谢富海在电话的语气很严肃，赵长风听声音就知道谢富海在那边是什么样一张面孔，“连我也没有想到，孙老的脾气，真是老而弥坚。”

“大哥，果然是孙老?”赵长风虽然早有预感，但是听到谢富海口中亲自证实，还是吃了一惊。

“是啊，我上午就听说，孙老到省委大院去了，我想可能是因为海东新线的问题。本来我想摸一摸情况，等得到确凿的消息了，再向你透气呢，谁知道杜书记这么快就打电话给你了。”谢富海又叹了一口气，向赵长风说明了缘由。

今天上午，孙金平老省长拄着一根拐棍，来到了省委大院。一般来说，像孙金平这样的老同志，在台上的时候风风光光、威风八面，一旦退下来之后，随着手中权力的丧失，笼罩在他身上的光环也必将随之褪去。正因为这样，那些曾经在省委大院、省政府大院叱咤风云、风光无限的老干部退休之后，一般不愿意出现在这些记录下他们显赫历史的地方。他们曾经高高在上地坐在皮转椅上，居高临下地看着下面的人过来汇报工作。而现在，那间象征权力的办公室、象征权力的皮转椅，都已经不属于他们，坐在上面的或许就是当年给他们提公文包送文件的下属。他们如果出现在这里，就要接受下属居高临下的目光，这心理上巨大落差，绝对不是一两句话就能说清楚的。

有些老同志退下之后思想转变得快，很快找到了归属。比如孙金平，就把自己的兴趣转移到种菜上面，在小院里开了一小块菜地，整天乐此不疲地侍弄着那些蔬菜，还不时摘下一些成熟的蔬菜送给自己那些退休的老伙计，声称这是绝对绿色无污染的蔬菜，自己一手种出来的，比机关事务管理局特供的还要正宗。

有些老同志呢，放不下过去那点感觉，退下来后心中还是耿耿于怀，整天一股闷气在心中郁结，时间不长，身体就出现了毛病。所以才会有那么多的老干部，在台上生龙活虎的，一点毛病没有，刚一退下来，身体这个零件坏了，那个零件出毛病了，最后只好病怏怏地躺在特护病房里静养着。

平心而论，孙金平在这些退下来的老领导中还属于比较开明的，心胸也比较开阔，一退下后立即抛弃了对权力的眷恋，躲在家里侍弄小菜园，非迫不得已不往省委大院、省政府大院里来。即使是春节省委省政府联合举办的老干部团拜会，孙金平也是能推就推，尽量不来。为什么，就是因为孙金平不想别人尴尬，也不想自己尴尬。以前他无论是出现在省委大院还是省政府大院里，别人见了都不断地打招呼，口口声声地孙省长长孙省长短的，围着要说半天。现在见面呢，基本上就是点点头就走，实在是没有办法，也是上前握个手，问一声孙老好，说我这里正好有事要出去，就不……

当然，也有一些老干部不知道进退，比如孙金平的一位老搭档，退休之后不知道自己的角色发生了变化，依旧仗着过去的那张老脸，动不动就对省委省政府的工作指手画脚，没事还喜欢到省委省政府一些领导的办公室坐一坐，一坐下就东拉西扯，唠唠叨叨。如果哪位领导稍微对他有点怠慢，他甚至会站在办公室外的走廊上气哼哼地骂人，最后落得个神憎鬼厌，搞得省委省政府这些领导谁见谁躲，像躲避瘟神一般。刚开始这位老干部还有力气在外面走廊上骂骂。时间长了，见没有人搭理，才明白自己是被这些领导集体晾到这里了，心中就极为气愤，一时想不开，当场中风，送到医院抢救过来，成了个半瘫，天天坐在轮椅上，也不再往省委省政府来了。

孙金平轻易不来省委省政府，是因为他懂得进退、懂得做人，不想给省委省政府的领导添麻烦，这并不代表他软弱可欺。他在青梅岭长大，对那里一草一木都有感情，在位的时候，考虑到自己的身份，从来没有主动为家乡办一件事情，临退休前为家乡争取了一条公路，竟然还要被人推翻，让孙金平怎么能咽下这口气。

孙金平也懒得去找刘兆东，再说即使去找刘兆东，人家也不一定认识他这张老脸，给他这个面子。一般来说，新官上任，都要去拜访一下以前的老领导，沟通沟通感情，请教请教经验，再询问一下老领导们有没有什么困难需要解决一下，总之，把老领导面子给得足足的，这样自己在做事的时候，就会减少很多阻力，甚至在遇到某些阻力自己不好出面的时候，还可以把老领导搬出来化解一下，即使有些事情做得不符合老领导们的心意，碍于面子，老领导也不好意思出来说三道四，人敬我一尺，我敬人一丈，总有个礼尚往来吧？

可是这个刘兆东倒好，来到粤东省将近半年了，竟然从来没有登过孙金平的门。这说明人家京官出身，压根就没有把孙金平这样粤东省土生土长的老干部放在眼里，即使你孙金平是交通系统的元老。

关于海东新线的事情，孙金平甚至在项目没有上海州市常委会讨论的时候就获得了消息。是大溪镇党委书记朱光辉亲自上门过来告诉他这个消息的，朱光辉说，海东新线东江段不仅是大溪镇的脱贫公路，更是孙老的心血，不能就这样被个别领导毁掉。因此他冒着巨大风险来向孙老汇报这个事情，请孙老一定要想一想办法，不能让海东新线绕过大溪镇，让大溪镇的乡亲们继续受苦受穷。

孙金平听后只是淡淡地笑笑，也不多说，客客气气地把朱光辉送走，有很多事情，他没有必要说，说了朱光辉这样的层次的人也不一定能懂。那个海州市常务副市长赵长风想修改海东新线？简直是异想天开。这种事情还用我去操心吗？以我在粤东省交通系统的影响力，这个项目根本不用我说一个字，就会有人替我枪毙了它。

可是孙金平没有想到，赵长风活动能量还是真的是很大，不但顺利在海州市常委会议上获得了通过，而且到了省交通厅之后，也一路绿灯，甚至他亲自提拔上来的交通厅厅长金冠天竟然也给这个项目发了通行证。金冠天怎么回事？别人不知道，你难道也不知道？这条海东新线对我老头子来说意味着什么？老头子一辈子从来没有做过什么违反原则的事情，临退休前，为家乡破了这么一次例，现在还要被你们破坏掉？说一句难听话，也怪自己当初瞎了眼，怎么看上金冠天这么一个过桥抽板的人！

而孙金平正为金冠天忘恩负义愤怒不已的时候，这件事情的始作俑者赵长风却登门拜访了，孙金平能给他好脸色吗？

让赵长风碰了个钉子后，孙金平反而下了决心，他倒是要看看，赵长风这个年轻人究竟能把事情办到什么地步？二级公路的勘察设计都是由省交通勘察设计院来完成的，交通勘察设计院的院长也是孙金平一手提拔上来，孙金平就不相信，这个交通勘察设计院的院长也跟金冠天一样，是个白眼狼。只要勘察设计院在出具设计报告的时候找一些理由，海东新线修改线路的事情也会无疾而终。

可是孙金平没有想到，副省长刘兆东准备把事情做绝，竟然指示交通厅和交通部第一道路勘察设计院进行联系。京城那帮交通权威下来，会买他这个老头子的账？到那个时候，即使孙金平再想去活动恐怕也回天无力了。

这压垮孙金平心理防线的最后一根稻草，把他彻底激怒了，老头子既然丢过一回人了，就不在乎再丢一回！他决定亲自出马，谁也不找，直接去找省委书记杜红军，看看原来的秘书还认识不认识他这个老领导。

就这样，孙金平提着拐棍到省委大院来了。其实孙金平身体康健着呢！走路根本不用拐棍，这个拐棍是一根登山杖，是孙金平爬白云山时才用的，这时候提在手里，其实就是做给省委书记杜红军看的。

来到杜红军办公室的门口，会客室里已经坐了七八个人，看来都是等着省委书记杜红军的接见。杜红军的秘书何大平看到孙金平，连忙迎出来扶着孙金平道：“孙老好。您先坐，杜书记里面还有人，我……”

孙金平一把甩开何大平，拄着拐棍就往里间的房门走去。

“孙老，孙老，您这是……”何大平在一旁求饶似的叫着，却也不敢阻拦，他清楚地知道，孙金平和杜红军之间的关系。如果他惹怒了老爷子，杜红军不知道会怎么尅他呢！

孙金平来到门前，也不敲门，用拐棍戳开房门，拄着拐棍就进去了。

杜红军正坐在办公桌后听农业厅厅长汇报工作，忽然间见房门一开，老领导孙金平拄着拐棍气哼哼地走进来，他连忙向农业厅厅长做了一个手势，起身就迎了出来。

杜红军上前扶着孙金平，亲热地叫道：“老首长，哪股风把您吹来了？”

农业厅厅长也连忙站起身来，满脸堆笑和孙金平打招呼：“孙老，您来了。”

“你坐，你们先谈事情，我在旁边等等。”孙金平可以对自己的秘书杜红军摆脸，但是对农业厅厅长却不能这样做。

“孙老，我的事情已经汇报完了，正要出去呢！”农业厅厅长乖巧地说，“您和杜书记谈吧。什么时候孙老有空，到我们那里指导一下工作。”说着就拿起桌上的手包退了出去。

何大平连忙为孙金平泡了一杯铁观音，小心翼翼地放在他面前，说了一句：“孙老，请用茶。”然后就悄悄地把房门带好，退了出去。

外面会客厅内那七八个等候杜书记召见的地市领导和省直属厅局干部正在悄悄议论，见何大平出来，立刻闭上了嘴。

杜红军拉过一把椅子坐在孙金平身边，半是亲热半是埋怨地说道：“孙老，您有什么事情，打个电话给我说一声，我亲自去上去向您汇报。您这么大年龄了，还要大老远地跑过来……”

孙金平用拐棍戳着地说道：“杜书记公务繁忙，我怎么敢耽误您的时间？好在我这把老骨头还能动弹，跑一趟也不算什么！”

杜红军脸上挂着笑说道：“哎呀，我的老领导，您这是和谁生气啊？消消气，有话慢慢说。谁得罪您了，我替您出气。”

“就您，就您杜红军得罪我了。”孙金平气哼哼地说道。

“老领导，您这可是冤枉我了啊，我什么时候得罪您了？我怎么不知道啊。”当初孙金平在香山县当县委书记的时候，杜红军就是他的秘书，他一直在孙金平身边干了五年，孙金平对他的提携功不可没，所以孙金平发再大的脾气，杜红军也不会生气。

“那我问你，海东新线的事情你知道不？”孙金平敲着拐棍。

“海东新线？这个我还是第一次听说，怎么回事？”杜红军一头雾水。

孙金平见杜红军不像是说谎，心中的气就消了一点，他说道：“红军，我是个什么样的人，你比谁都明白。你说说看，我这一辈子干过几件违反原则的事情？”

杜红军点头说道：“是啊，老领导一身正气、两袖清风，一直是我学习的榜样。到现在，我还经常拿老领导做例子，教育下边的干部啊！”

“红军，你也别往我脸上贴金。我早就没有资格当那个榜样了。”孙金平叹了一口气说道：“我这一辈子，只做了一件违背原则的事情，就是临退休前，为了帮助家乡父老乡亲脱贫，让交通厅改动了海东新线的设计。我当时何尝不想做一个完人？大半辈子都过去了，眼看要退休了，非要违反这个原则不成？可是，没有办法啊，家乡的老百姓生活太苦了，太穷了，他们心中巴望着有一条致富路能够帮助他们脱贫致富，让他们过上和山下百姓一样的生活。我在青梅岭长大，对那里的山山水水、一草一木都有感情，在自己正当年的时候，乡亲们来求我，我总说，放到下次吧，挪到下次吧，还有比青梅岭更需要帮助的地方。自己反正还年轻，只要在这个位置上，还怕找不到一个机会帮一帮青梅岭的乡亲们？就这样一推再推，一拖再拖，我一次又一次辜负了青梅岭乡亲们的厚望，我几乎不敢面对着他们期待的眼神。就因为这个，我离休之前，从来没有回过青梅岭。不是因为我对青梅岭没有感情，是因为我回去后无法面对青梅岭的乡亲们啊！”

孙金平说着说着动了感情，浑浊的老眼中有泪花闪现。杜红军第一次听老领导说心里话，鼻子也有些发酸，他扯了一条纸巾，递到老领导手中。

孙金平继续说道：“就这样一次又一次，直到我马上就要退下来了，青梅岭的乡亲们再一次找到我，恳求我能够给予家乡一点帮助。这个时候，我无法不答应乡亲们的要求了，因为我知道，这次如果我不答应帮他们，以后或许再也没有这个机会了。因此我才会破天荒地做出了生平唯一一次违反原则的事情，动用了自己的影响力，让海东新线改道，经过青梅岭。不这样做，我对不起青梅岭的乡亲们，这样做了，却违反了有关制度和原则。如果说在这件事之前，我还可以拍着胸脯说自己可以成为其他干部学习的榜样的话，这件事情之后，我就彻底丧失了这个资格。”

“老领导……”杜红军深情地叫了一句，想要说话。孙金平却摆了摆手，阻止了他，孙金平用纸巾擦拭了一下眼角，继续说道：

“红军，你知道我为什么不愿意到省委、省政府大院来吗？我为什么连新年老干部团拜会都不想参加吗？不是我不支持你们的工作，是因为我觉得我老孙心中有愧啊！以前在任何人面前，我老孙都能够昂起脑袋，挺起胸膛，因为我一辈子堂堂正正、光明磊落，不怕和任何人比较。可是那件事情之后，我就再也不好意思出现在这里，在你们面前，我感觉我抬不起头啊！我用原则教育了你们一辈子，最后自己却做了违反原则的事情！”

杜红军看着陷入深深自责的孙金平，心中感慨万千，说起违反原则，很多干部一辈子不知道干过多少违反原则的事情，甚至就是他杜红军，不是也迫于各种压力，或多或少地干过一些违反原则的事情吗？而老领导一辈子只做了这么一件违反原则的事情，还不是为了个人的利益，就如此自责，怎么能够不让他感动呢？

“可是我没有想到，现在竟然被人逼得来干第二件违反原则的事情了。”孙金平嗓门忽然间高了起来。

“老领导，怎么回事？”杜红军吃了一惊，连忙说道：“有什么事情您尽管说，能解决我一定帮您解决，不能解决我想尽办法也要替您解决。”

“海东新线，还是海东新线啊！”孙金平说道：“海东新线又被人修改了，不走青梅岭了。”他激动地看着杜红军，“红军，你知道的，退下来后，我从来不会干涉省里的具体工作，但是这海东新线要修改，不是逼着我违反自己的原则吗？真没有想到，为了海东新线，我竟然违反了两次原则！唉！唉……”

“海东新线要修改？我还真不知道！”杜红军惊讶地说道，他沉吟了一下，说道：“老领导，您也先别着急，您先坐着，我马上让人了解一下具体情况。”

说着杜红军立刻把何大平叫了进来，让他马上了解一下海东新线的情况。

“杜书记，这情况您什么时候……”何大平试探着问。

“马上！你以最快的速度了解情况，向我汇报！”杜红军手指敲了两敲，“我在这里等你的汇报。”

何大平不敢怠慢，立刻出去打电话给交通厅，了解清楚了有关海东新线的一切情况，然后回到办公室向杜红军做了汇报。

“赵长风？”杜红军眉头轻轻皱了一皱，他当初调赵长风去海州，是为了推行公共财政制度改革，却没有想到赵长风会拿海东新线来下手，这可真是搬起石头砸自己的脚啊！这个赵长风，还真能惹事！

不过也奇怪，这小子活动能量还真大，连老领导一手提拔上的嫡系金冠天竟然也不顾老领导的颜面，批准了海州市的申请报告。而海东新线勘察设计撇开粤东交通勘察设计院，准备交由交通部第一道路勘察设计院来勘察设计，这在粤东省的历史上还是第一次，这显然是副省长刘兆东的主意，不是交通部下来的大员，如何会想到动用京城交通部的资源？赵长风啊赵长风，你小子还真是能蹦跶！

一想起赵长风，杜红军嘴角不由自主地露出一抹不易察觉的微笑。不为别的，他太喜欢这个敢打敢冲的年轻干部了。一个外地交流过来的年轻干部，短短一年多时间内，就让粤海县来了个大变样，这样有能力的年轻干部寻遍粤东省，还真找不出几个来。

即使是海东新线项目，赵长风出发点也无可挑剔。比起绕道青梅岭来，海东新线修改后的线路可是节省两个多亿的巨额资金，还可以加快工程进度，是一条利国利民大好事，即使杜红军心中向着老领导，还真不好挑赵长风的毛病。

“老领导，这件事情我知道了。”杜红军沉吟了一下，下了决心，“请老领导放心，这件事情就交给我了，我一定会想办法，帮助老领导完成心愿。”

杜红军跟了孙金平五年多，孙金平对自己这个曾经的秘书的了解就如同杜红军对他了解一样多。他知道，杜红军既然这样说，肯定会想办法做到的。他叹了一口气，站起来握住杜红军的手说道：“红军，上了年龄了，脑袋有点糊涂，今天我脾气不好，你就别往心里去啊。”

“哎，老领导，您说的是哪里话？”杜红军紧紧握住孙金平的手说道：“别说您是我的老领导，即使您不是我的老领导，就冲您的年龄，让您骂两句出出气，也是应该的。又况且这件事情是我考虑不周，没有提前替老领导解决，还让您大老远跑来……”

一番知心知肺的话让孙金平两眼又有些泛红。自从离开副省长的位置后，四年来，还是第一次有人这么和他推心置腹。

送走了孙金平，杜红军坐回座位上，冷着脸对何大平说道：“你立即往海州打电话，让赵长风过来见我！”

第四章　事有难为硬要为，针尖麦芒较上劲

省委书记杜红军得知情况后，指示由省交通勘察设计院负责东江新线的勘测，这样处理，既否决了海州市改线的计划，也给赵长风找了个台阶，保护了他。孙老那边为防万一，甚至亲赴勘察队押阵。事已至此，赵长风依然不依不饶，他铁了心，即便得罪杜红军，也要把这条线路改了。

“老弟，这次我可实在帮不了你了，你自求多福吧。”谢富海最后说道。

“你告诉我这些消息，就是帮了我大忙了，我怎么敢再麻烦大哥？”赵长风苦笑着说道。

事到如今，赵长风也没有其他办法，只有走一步说一步，看看杜红军究竟是个什么态度吧。

两个小时后，赵长风赶到了省委大院，这时候是下午六点，已经过了下班时间。赵长风进了常委楼，来到杜书记的办公室门口。刘延松见赵长风过来，就上前拉住赵长风的手轻轻说道：“杜书记心情很不好，你当心点。”

赵长风年纪轻轻，将来发展前途未可限量。虽然说目前因为海东新线的事情惹了杜书记生气，可是杜书记对赵长风的喜爱之情也在那里摆着呢！要不是这样，杜书记会为了一个海东新线的事情，大动干戈地把赵长风从海州市叫过来？

打电话通知赵长风过来的时候，是在杜书记办公室，何大平不能多说什么，这时候见了赵长风，自然要稍微亲近一下，以免赵长风心中记挂着这件事情。虽然他是粤东省一把手的秘书，但是杜红军眼见着在这一两年内，就

要到京城去养老了……

赵长风点了点头，手上用力，表示对刘延松的感谢。

刘延松推开房门，领着赵长风轻手轻脚地走了进去，来到杜红军身边，轻声说道："杜书记，赵市长来了。"

杜红军夹着一根香烟，正坐在沙发上看报纸，他点了点头，眼皮子都没有抬。

刘延松知道这种情况他不宜在场，就知趣地退了出去。

赵长风知道，杜书记这是给他下马威呢！他也不言语，就那样静静地站在一旁，等候着杜红军的发落。

杜红军戴着老花镜，细心地浏览着报纸，整整看了二十分钟，才将手中的报纸看完。他把报纸放在一边，把老花镜拿到手里，仿佛这才发现站在身边的赵长风一般。

"坐吧。"杜红军拿着老花镜的那只手指了指。

赵长风规规矩矩地在沙发上坐好，双手放在膝盖上，挺直着腰板，平静地望着杜红军。

"知道为什么找你过来吗?"杜红军斜靠在沙发上，面无表情地问道。

"知道。"赵长风老老实实地回答道。

"哦？消息挺灵通的嘛！"杜红军脸上神情颇值得玩味，"怪不得有那么大的能量，要修改海东新线呢！本事不小啊！"

"我没有什么本事，只是凭着良心做好自己分内的事情而已。"事到临头，赵长风心中反而非常平静，自己做这件事情全凭的是公心，纵然惹了杜书记不高兴，他也不能退却，大不了被调到一个闲衙门里去坐冷板凳，"海东新线已经停工了三年，在海州老百姓中间，海东新线已经不叫海东新线，而叫做海东盲肠，已经严重阻碍了海州市西北部的经济发展。"

他抬起头，直言不讳地说道："杜书记，您把我提拔到海州市副市长的位置，不也是希望我能够为海州市经济发展做出一些贡献吗？海东新线的设计既然已经阻碍了海州市经济发展，为什么就不能修改它呢？仅仅是对线路上做一些必要的修改，就可以节省下两个多亿的投资，这样就不需要再坐等资金，仅仅凭着海州市的能力就能够打通这条海州盲肠。作为一个分管交通的副市长，这样既能促进海州市经济发展，又能给沿线老百姓带来实惠的工作不去做，那不就等于是渎职吗？”

“嗬！这么说你还有理了？”杜红军脸顿时就沉了下来，“赵长风，你在那里拨拉着小算盘，把经济小账算得倒是挺清楚，但是政治大账却一塌糊涂。”

省委书记陡然发威，那气势绝非一般人所能承受得了的。赵长风脖子后面一片毛毛汗都出来了，可是他却毫不退却，梗着脖子说道：“不管是政治账还是经济账，能够给老百姓带来好处的才是好帐。我不认为，我修改海东新线的设想有什么错误。”

杜红军轻易不会沉一回脸，但是他若是沉下脸，别说是下面的地市一把手，即使是副省长、副书记都噤若寒蝉。没有想到赵长风一个小小的副市长，竟然这么大胆子，非但不怕他，反而敢与他对视。这小家伙，再不敲打敲打，将来了不得啊！

“没有什么错误？你敢保证在海东新线修改线路申请的过程中所作所为都经得起组织调查吗？”杜红军冷着脸用眼镜腿轻轻地敲着沙发扶手。

赵长风一下子就愣在那里。省委一把手的虎威岂是他这种小官员可以轻易捋的？以杜红军的老辣，赵长风那点心眼儿岂能是对手？杜红军一下子就点中了赵长风的穴位。在海东新线修改线路的申请过程中，赵长风虽然自身清清白白一尘不染，但是为了减少交通厅那些大爷们的掣肘，让这个项目尽快通过交通厅的审批，海州市还是按照时下的潜规则做了一些工作。潜规则之所以叫潜规则，就是上不了台面的。平时大家都心照不宣，相安无事，可是真的要是有人认真追究起来，也是麻烦。如果换作别人，肯定不会冒着得罪整个交通系统的危险去追究海州市在项目申报过程中有没有违规行为，但是省委书记杜红军却不一样，他身处封疆大吏的位置上，想动一个小小的交通厅，那还在话下吗？赵长风相信，只要杜红军一声令下，不出两天，就能把他为了海东新线修改项目申报中做得那些事情调查得一清二楚……

想到这里，赵长风不敢再犟，低下了头，小声说道：“整个过程中我也有考虑不周的地方，比如事先没有和孙老做好沟通就开始擅自行动，给领导添了麻烦，也让工作陷入了被动……我向您做出深刻检讨。”

“做检讨？太轻巧了吧？”杜红军严肃地说道：“你知道这件事情影响有多

坏吗？姑且不谈那些老干部们在位的时候，为省里的经济建设做出了多大贡献，就是现在，省里很多工作都离不开老干部们的鼎力支持。你现在做的这件事情，知道寒了多少老干部们的心吗？他们现在都在戳我的脊梁骨！你的海东新线账算明白了，可以省下两个多亿来，但是全省那么多项目，还要靠老干部们的面子到中央去要钱，他们一旦闹情绪，省里损失的可是几十亿上百个亿啊！”

杜红军一顶顶大帽子扣下来，压得赵长风几乎抬不起头，他万万没有想到，动一个海东新线会惹出这么大麻烦。他咬了咬牙，说道：“这件事情全由我一个人而起的，责任都由我一个人承担。我这就去向孙老承认错误，并接受省委的任何处分！”

杜红军盯着赵长风看了半天，嘴角露出一抹不易察觉的微笑。这小家伙，竟然敢和他顶嘴。想和我斗，还嫩了点吧？这时候不敲打敲打，将来指不定怎么吃亏呢！

“这就对了嘛！”杜红军点了点头，说道：“年轻人首先要有个端正的态度，要正确认识自己的错误。这件事情由你而起的，那就由你去做孙老的工作。只要你能把孙老的工作做通，什么政治账经济账随便你算，我才懒得干涉！”

杜红军说着戴上了老花镜，抓起茶几上的报纸又看了起来。

赵长风骤然听到杜红军的话，还有点不敢相信，停了片刻，才肯定他没有听错，杜红军的确是那样说的。从杜红军的话中来看，是不打算追究他在海东新线中违纪违规的行为，而且还点出，只要他能做通孙金平的工作，海东新线修改不修改都由着他，杜红军不会插手的。这和杜红军刚才疾风骤雨般严厉的表态相比，简直是天壤之别，究竟是什么原因让杜红军把板子高高举起，却又轻轻放下了呢？赵长风想不明白。难道说杜红军真的是欣赏他的能力，所以才……

赵长风呆呆地愣在那里，不知道该怎么办。过来很久，他才轻声问道：“杜书记，那，那我先走？”

杜红军哼了一声，抬眼说道：“闯了这么大的祸，你不走，难道还想我请你吃饭？”

赵长风不敢言语，讪讪一笑，就退了出去。

看着赵长风走了出去，杜红军轻轻一笑，起身来到办公桌前，抓起桌上的红色保密电话，拨打了一个号码出去："老齐，你这个外甥女婿还真是胆大包天啊……哈哈，那是，那是，自古英雄出少年嘛！嗯，嗯，我已经敲打过了……"

到了外间，刘延松观察了一下赵长风的脸色，却什么也看不出来，就指了指里间，轻声问道："老爷子……解决了？"

赵长风苦笑着摇了摇头，说道："这个老爷子解决不解决，还要看另外一个老爷子的态度啊！"

刘延松一脸同情地拍了拍赵长风的肩膀，说道："赵市长，好好做做工作，孙老也不是……"

赵长风又一阵苦笑，摊了摊手，走了出去。

第二天，羊城地铁二号线开始正式运营，省委书记杜红军在分管交通的副省长刘兆东的陪同下给地铁二号线剪了彩，并亲自登上地铁考察了运行情况。在考察过程中，谈起粤东省的交通建设情况，杜红军就把孙老省长的请求转告给刘兆东，他笑着说道："兆东省长，我只是把孙老的请求转告给你们，具体工作你们该怎么做还怎么做，我不干涉。"

刘兆东心中苦笑，要真是不干涉，你还会把孙金平的要求告诉我？

刘兆东可以不把老省长孙金平放在眼里，但是他绝对不敢不重视杜红军的意见，纵使他在京城人脉深厚，狂妄到以为自己可以挑战杜红军的权威。粤东省可是杜红军的一亩三分地，除了省长赵强可以和杜红军掰掰手腕外，其他人谁还有这个能力？刘兆东完全没有想到，杜红军会为了一个退休了好几年的老省长出面说话，没有想到，海东新线还真是个烫手的山芋。

不过现在后悔已经晚了，刘兆东需要考虑的就是，如何能够不露痕迹地把这个事情转圜过来，让他能够在这个事情上找个台阶体面地退下来。说白了就是找个借口而已，这对刘兆东这样身份的官员来说不是什么难事。

回去后，刘兆东立即打电话给交通厅厅长金冠天，说："老金啊，粤东省交通勘察设计院也有很多知名的交通建设方面的专家，而且对粤东省的情况更为熟悉一点，我们在安排具体工作时要考虑到这一点，要适当地向省交通勘察设计院倾斜一下，这也是为了更好地扶持我们本省的交通设计力量嘛！”

说完这句没头没脑的话之后，刘兆东就挂断了电话，他想金冠天会明白他的意思的。这件事情的最佳解决办法就是海东新线重新交给粤东省交通勘察设计院，以孙金平的影响力，粤东省交通勘察设计院在出具勘察设计报告的时候，自然还会坚持青梅岭大溪镇的路线，否决海州市上报过来的修改线路，如此一来，省交通勘察设计院的专家就成了刘兆东的挡箭牌，海州市修改海东新线设计线路的报告就会被打回去，根本递不到他手里，赵长风要怪也只能去怪那些专家，总不能强迫那些专家去修改意见吧？再说，这件事情赵长风估计也不会再闹下去，听说杜书记把他叫过去尅了一顿，如果省交通勘察设计院的专家否决了海东新线修改线路的申请报告，等于也给赵长风一个稍微体面的台阶下……

金冠天接到刘兆东的电话后，第一时间就打给了赵长风，他说道：“赵老弟，你也不要责怪老兄。老兄在这件事情上确实尽力了，但是现在……没办法，没办法啊……”

赵长风神情却很平静，对于这个结果，昨天他从杜红军办公室里走出来就已经想到了。他告诉金冠天，既然刘省长都发话了，你硬扛也扛不住，该怎么办就怎么办吧。

“那……”金冠天没有挂电话，期期艾艾的。

赵长风知道金冠天不放心儿子金正军的事情，真是可怜天下父母心啊！他笑起来说道：“老兄，你就放心吧。这件事情不管最后怎样，我都欠着你一分人情，正军这边我会好好关照的……”

金冠天这才干笑几声，挂断了电话。

世上没有不透风的墙。没有几天，赵长风在海东新线项目上碰了一鼻子灰的消息传开了，有很多本来心理不平衡的人忽然间就平衡起来，心中大爽：好事不能让你赵长风都占了，也该你栽个跟头了。果然是少年得意非好事啊，这次碰到孙老，你总算知道自己姓什么叫什么了吧？看你在这件事情上怎么收场！

赵长风不理会别人如何看他，他需要考虑的就是，如何去做通孙金平的工作。这个海东新线项目不到最后关头，他是绝对不会放弃的！但是怎么做通孙金平的工作，赵长风也想不出一个有效的办法，他只能在心中安慰自己，精诚所至，金石为开。工作没有做通，说明他没有付出足够多的努力。只要付出足够多的努力，孙老的工作是一定会做通的。

抱着这个信念，赵长风开始在海州和羊城之间展开了跋涉。每天下午下班后，在处理完手头上的工作之后，赵长风就让老张开车载着他到羊城去孙金平家拜访，希望能够用自己的诚意打动老省长。

可惜的是孙金平根本就不愿意见他。赵长风头两个晚上去的时候，小保姆冷冷地说爷爷没空，把他挡在门外。再后面几个晚上，孙金平干脆就躲了出去，赵长风敲开门，里面就小保姆一个人，只有无可奈何地回去。

就这样一连折腾了将近半个月，赵长风这边毫无进展。海东新线修改线路项目的设计勘察工作已经开始，负责这项工作的省交通勘察设计院派的勘测设计工作组已经到了海州市。

赵长风就放下手头所有的事情，把全部精力都集中在接待好勘测设计工作组方面，他盼望这些勘察设计人员心中还能保留一点知识分子的良知，把最经济最合理最适合海州市目前需要的线路选出来。为了陪好他们，赵长风甚至连去羊城找孙金平的时间都没有了。

可是就在赵长风不打算见孙金平的时候，孙金平却出现了。他从羊城赶过来，拄着个登山杖，来到勘测设计人员中间，陪着勘测人员到野外实地勘测。对于自己的行为，孙金平美其名曰下来散心，实际上却是给这些勘测人员施加压力。小赵市长活动能量很大，虽然说设计院院长是自己提拔上来的，可是一万中总会有一个万一，万一赵长风那小子使出什么花招，让这些勘测设计人员同意了修改线路，到时候可又麻烦了。我老头子前面就过于托大，相信自己的老脸，吃了大亏，这次说什么都不能再疏忽大意，还是亲自过来压阵比较好。

对于孙金平的来意，赵长风心知肚明。但是他每天也来到勘测设计现场，在一旁堆着笑脸，侍候着孙金平，即使孙金平摆着一张臭脸不理睬他。

对于孙金平的态度，鲍晓飞看在眼里恼在心里，一次从野外回来，鲍晓飞大着胆子对赵长风说道："市长，我都替您委屈，替您不值！您想为海州市、为东江县做点事情，却天天受着这么大的窝囊气！那孙金平欺人太甚，您不能就这样……"

"小鲍！说什么呢！"赵长风沉下脸吼了一句，也许是感觉到自己说话的态度过于生硬，随即又缓和了一下，语重心长地说道："其实，我敬重孙老，主要是敬重老人家的人品。当官几十年，能够两袖清风、一尘不染，这样的好官员太少了。虽然说在海州新线上犯了糊涂，但是一辈子只有这么一件事情，情有可原啊！所以对待孙老，不能用对待其他人一样，去耍什么心眼，弄什么计谋。用那些手段对付这样一位可敬的老人家，我于心不忍啊！"

"可是……您也不能一直……"鲍晓飞咬着嘴唇说道。

"我不能什么？"赵长风摇了摇头，淡然地说道："为了东江县的老百姓，我个人受这一点委屈算什么？假如孙老能够同意海州新线不走青梅岭，即使是比现在十倍百倍的委屈给我受，也是值得的！"

"赵市长，我明白了！"鲍晓飞重重地点了点头，双眼充满了敬佩。这是他在私下场合难得的不使用"老板"来称呼赵长风。鲍晓飞觉得，这个时候用老板这个词，是对赵长风的侮辱。像赵长风这样为了给老百姓干点事情，把自己个人荣辱置之度外的领导几乎是凤毛麟角了。从这个意义上来说，鲍晓飞有点理解了赵长风为什么不愿意用其他手段来对付孙金平，那是因为孙金平也是一位堂堂正正的领导，虽然孙金平最后在海东新线这件事情上做得有些过分，但是出发点也是想为青梅岭的老百姓谋一点福利啊……

这天，技术人员要上青梅岭进行现场勘测，这也是一个必要的流程，以便对两条线路孰优孰劣进行对比。其实这些数据以前都勘测有，但是现在重新勘测一遍，一个是为了减少数据失误，一个也是显得对这个项目的重视。毕竟谁都看得出来，海州市赵长风市长强烈希望修改线路，而孙金平孙老却希望能够坚持原有的经过青梅岭的线路。这种情况下，虽然勘测人员知道最后的结果会是什么，但是在过程中又不得不做出一副非常重视的态度来，以免将来给海州市留下口实。

孙金平早早地就跟着交通勘察设计院的勘测组一起出发了，赵长风因为有个重要的接待任务，没有办法再跟着勘测组一起到青梅岭去，就特意把交通局局长陈心仁叫过来，千叮咛万嘱咐，让他跟着勘测组出发，路上要重点照顾好孙老。老人家年龄大了，跟着勘测组在平地上跑跑还行，上青梅岭肯定会吃不消的。

到中午快要吃饭的时间，赵长风忽然间接到了谢富海的电话，谢富海在电话里告诉他一个消息，京城一位老首长后天就要到粤东省来视察了。

“老弟，你的时间可不多了，要抓紧时间做通孙老的工作。”谢富海压低声音透露出口风：“这位老首长是孙老中央党校的同学，两个人关系可不一般。这次他到粤东来，如果知道海东新线的情况，肯定会为孙老说话的，以老首长的权威，他这话一说出口，你就再也没有扳回来的可能了……”

“多谢老兄的关心。”赵长风心头沉重，嘴上却若无其事地笑道：“算起来距离老首长下来还有一天半的时间，我可要好好珍惜了。”

挂了电话，赵长风立即把副秘书长余秋山叫过来，说他这里有紧急情况，要到青梅岭去，中午就请其他副市长出面陪一下省里的客人。

余秋山心中叫苦，这眼看就要中午了，其他副市长肯定都有了安排，这个时候再去通知恐怕是……但是他看了看赵长风的脸色，话就没有敢说出口。赵市长这么匆匆忙忙跑去青梅岭，肯定还是为了海东新线的事情。他这边再难，能难过赵市长手中的海东新线吗？算了，就是拼着挨几句尅，也要把其他副市长请过来一位。

鲍晓飞见赵长风连午饭都顾不得吃，就急匆匆地要往青梅岭赶，就悄悄地到机关小食堂里打了三份快餐，等赵长风坐进了车内，递了一份过去。

“你们也吃啊！”赵长风伸手接过快餐，对鲍晓飞说道。说着打开快餐，坐在后座上香甜地吃了起来。虽然心头有沉甸甸的压力压着，一点胃口都没有，但是赵长风还是强迫自己要吃饭。人是铁饭是钢，吃饱了才能更好地去说服孙老爷子嘛！

鲍晓飞又递了一份给老张，老张伸手接过来放在一旁，说道：“到地方了再吃。”一踩油门，车就驶了出去。

鲍晓飞笑了笑，也不勉强，打开自己的饭盒吃了起来。司机和秘书饿着肚子为领导服务是家常便饭。今天这种情况，鲍晓飞比老张占点便宜。

平时老张为赵长风开车，向来都是平平稳稳，控制着速度。但是今天老张也知道时间紧急，路上开得飞快，一个半小时后，车就开进了青梅岭。

鲍晓飞已经提前和陈心仁局长联系好了，知道勘测组在青梅岭隧道选址的地方进行测量，老张直接就把车开到那里。

车开到的时候，已经是下午两点。赵长风下了车，发现只有交通勘察设计院的勘测组人员、交通局局长陈心仁和交通局办公室主任等人在，孙金平老爷子并不在那里，于是就问陈心仁道："孙老呢？"

陈心仁指了指青梅岭的主峰，说道："老省长由大溪镇党委书记朱光辉陪着到主峰上。"

"乱弹琴！"赵长风脸就沉下来了，"孙老上去了，你还留在这里干什么？我不是说了，让你寸步不离地照顾孙老吗？"

陈心仁苦着脸不敢说话。因为海东新线修改线路的问题，孙老省长见他就来气，根本懒得和他说话。这次听说他要跟着上主峰去，老省长就说了，陈局长，你要去主峰，我老头子就不去了。陈心仁无奈，只好留在了下边。好在大溪镇党委书记朱光辉还领着五六个人，有他们在，照顾孙老省长应该没有问题。

赵长风看了看手表，说道："小鲍，你打电话问一问那个朱光辉，孙老现在到什么地方了，咱们也上去。"

说着迈步就走，鲍晓飞立刻拿出电话，一边打着电话，一边在后面快步跟着。陈心仁和局办公室主任连忙抢前几步，在前面领路，嘴里说道："赵市长，青梅岭主峰我爬过两次，道路我熟悉，我在前面给您带路。"

鲍晓飞通过电话，对赵长风说道："朱书记说，他们陪着孙老已经到了山半腰。"

赵长风没有说话，看了一眼陈心仁，陈心仁连忙说道："从这里到山半腰，按照我们的脚程，一个小时出头也就到了。"

赵长风点了点头，迈步就往上走着，随口问道："青梅岭主峰上有什么名胜古迹？"

陈心仁一边在前面领着路，一边侧身回答道："也没有什么名胜古迹。主峰顶上有一座小庙，叫做娘娘庵，建筑简陋，青梅岭附近的一些百姓会过来上上香火。就是这山顶上的植被保护还算好，有一座小型的林场。”

青梅岭虽然不是很高，但是非常陡峭，山路非常难走。好在正如陈心仁所说的，青梅岭植被保护很好，在丰沛的雨水滋润下，植物都长得郁郁葱葱的。山路两边都是古树老藤，还有茂盛而美丽的花草。赵长风在北方长大，对南方这些树木花草基本上叫不出名字。

才走了十几分钟，几个人都大汗淋漓，好在随着山势逐渐升高，风也逐渐凉了起来，一阵阵清凉的山风吹过来，那凉爽舒适的感觉，远胜于在房间内的空调。

五十多分钟后，往上升的山路陡然往下一降，一条小溪把山路拦腰截断，小溪中间摆放着十来块青石，供路人踩踏。小溪旁有一块巨大的山岩，上面刻着巨大的两个字“青梅”，字体雄伟，气势磅礴。只是没有落款，不知道是什么人什么时间在这里刻上去的。青梅岭名字的由来说不定就是因为这块摩崖石刻。

陈心仁虽然爬过一次青梅岭主峰，但是对这两字也没有多在意，此时见赵长风很是看了这两个字几眼，心中暗自后悔，上次来过之后，应该去考证一下这两个字的来历。

鲍晓飞又拿出手机打朱光辉的电话，却传来提示，你拨打的用户不在服务区。陈心仁就说道，山顶上面没有信号，按照脚程，老省长他们现在差不多也该到山顶了。

赵长风来到小溪旁，弯腰掬了一捧水擦拭了一下汗津津的脸，顿时感觉清爽很多。他迈步踏上青石，往小溪对岸走去。马上就要追上孙老了，可是追上孙老后，他又如何让孙老改变主意呢？后天京城老省长在这个关键时刻到粤东来，无疑是火上浇油，海东新线项目，留给赵长风的时间不多了……

快到山顶的时候，赵长风终于见到了孙老，他正手拄着登山杖，被七八个人簇拥着往下走着，为首的那个人正是大溪镇党委书记朱光辉。

朱光辉看到赵长风，连忙迎了上来，招呼道：“赵市长。”

赵长风对这个在海东新线拆迁工程中上下其手的镇党委书记并无好感，他淡淡地点了点头，说了声“好”，径直向孙老走去。朱光辉连忙侧着身靠住了峭壁，把山路让开。

“孙老。”赵长风走到孙老身边，恭敬地叫道。

孙老眉毛皱了皱，用登山杖戳着青石板冷声哼道：“怎么爬个山都不让人消停？”

赵长风脸上依旧挂着微笑，轻声说道：“孙老，您能不能给个机会让我谈一下我的想法？就占用您几分钟时间。我保证就此一次，以后绝对不再打扰您。”

孙老看着赵长风脸上挂着真诚的笑容，心中也不由得一软。这个年轻人还真是执著，说起来还真有几分像自己年轻的时候。

“你找我这么多次，我如果不答应你，别人会笑话我这个老头子不通人情。就按照你说的，”孙老看了一下手表，说道：“十分钟吧。”

“多谢孙老。”赵长风松了一口气，只要孙老肯听他说话，那么他就有机会。他上前搀扶着孙老的胳膊说道：“咱们到那块大石旁，你坐着听我汇报。”

孙老甩开赵长风的手说道：“不敢劳动赵市长大驾，我老头子还走得动！”说着拄着登山杖就往前边的大石走去，健步如飞，一点都不像是快七十岁的人。

赵长风连忙在一旁快步跟上，手半伸着，准备随时搀扶着孙老。

朱光辉还有孙老的司机等几个人想要跟上去，鲍晓飞却往山道上一站，伸着胳膊横空虚拦，硬是把这七八个人挡在那里。

孙老坐在大石上看着赵长风也不说话，只是伸手指了指手表，意思是时间有限，你有话快说。

赵长风也不敢浪费时间，开口就说道：“孙老，我还是想跟你汇报一下海东新线的问题。”

孙老摆了摆手，还是以前那副腔调：“我已经退休，不在其位，不谋其政，这件事情与我没有什么关系吧？你要汇报海东新线的问题，还是去找交通厅金厅长，又或者去省政府找刘省长。”

“海东新线是您老当时批准的，所以我觉得还是有必要向您老汇报一下。”赵长风说道：“您老这些天也跟着勘测组一起勘测了，其实应该比我更清楚，相比起经过青梅岭的海东新线，我们海州市这次报上去的方案无论在建设成本和建设工期方面都有着巨大的优势。目前海东新线已经成为制约东江县经济发展的一个重要因素，必须尽快予以修通。如果还坚持原来的施工方案，无疑会给海州市和东江县带来巨大的财政压力。”

孙老脸沉似水，抬眼望着前方的山峰。

赵长风又说道：“我知道孙老还在忧心家乡青梅岭的发展，关于这个我们海州市也做了相应的规划。如果孙老能够支持海州市上报的海东新线修改线路的方案，我们也准备新修一条三级公路，连接青梅岭和东江县城，这样即使没有海东新线经过青梅岭，青梅岭的百姓也能拥有脱贫路、致富路。”

说完，赵长风期待地望着孙老，为了这条海东新线，赵长风可以说前所未有的委曲求全，而且还站在孙老的角度上去出发，提出了一个解决办法。

听了赵长风的话，孙老心中也是一动，如果真的能够修建一条三级公路连接青梅岭和东江县城，虽然没有海东新线方便，但是至少也让大溪镇的乡亲们摆脱了交通条件的制约。不过孙老前面弓已经拉得太足，为了这条海东新线，他甚至豁出了老脸去求杜红军，现在就这么让他收回去，杜红军会怎么想？那些老家伙们又会怎么想？还有青梅岭这些乡亲们又会怎么想？

想到这里，孙老有些软化的心又硬了起来，他冷冷地说道：“我还是那句话，不在其位不谋其政，这件事情你找我没有什么用，该去找谁还去找谁吧！”

“孙老……”赵长风叫了一声。

孙老却看了一眼手表，说道：“你还有其他话没有？没有的话我可要下山了。”

赵长风心头的火一下子冒了起来。他之所以在孙金平面前委曲求全，不外乎有两个，一个是看着孙金平年纪大了，足够做他的爷爷，即使是出于对老人家的基本礼貌，也要求他对孙金平要客客气气；第二呢，还是因为孙金平做官时的名声，一个兢兢业业、克己奉公了一辈子的老革命是值得他打心眼里去尊敬的。可是没有想到孙金平退休之后，却糊涂如斯，不讲理如斯，这让赵长风心头压抑很久的不满一下子爆发出来了。

这些天来，其实赵长风一直在做最坏的打算，那就是如果孙金平的工作做不通，那么他究竟该怎么办？是不是就这样忍气吞声地认了？可是真的要是这样，赵长风就不能不问自己一个问题，他做这个忍气吞声的官，究竟有什么意义？

当初在华北财经学院读书的时候，赵长风就一直在经商和从政方面摇摆不定，最后他之所以选择了从政，出发点有两个，一个是他选择了从仕途发展，以后可以不看别人的脸色。另外一个出发点是赵长风心中也有一些理想抱负，觉得一个人一辈子不能只为自己活着，还应该给这个社会，给这个国家做一点什么。从这个意义上来讲，一个高官无疑比一个富商更容易实现理想。所以赵长风才会在大学时代就选择从政的道路。

到了官场之后，赵长风才知道，自己当初的想法确实有些幼稚。潜规则无时无刻都在约束着你，把你那颗想干一点利国利民大事的雄心壮志一点一点地打磨掉，直到消磨殆尽。好在赵长风始终没有背离自己的本性，虽然他很多时候不得不向潜规则屈服，但是那颗做人的本心并没有迷失，赵长风始终记得自己的理想，就是要为这个社会、为老百姓多做实事、好事。

可是现在，眼睁睁看着一条有利于海州市经济发展，有利于东江县人民脱贫的路就这样被搅和着，硬是修不下去，而原因仅仅是因为这条路没有经过老省长的家乡，这事情说出去让人都感觉到荒唐，偏偏又真实地发生在赵长风眼皮子底下。

就是不干这个鸟副市长，也一定要把这条路修下去。赵长风心中发了狠！孙金平有几个副省长支持又怎么样？有省委书记杜红军的支持又怎么样？有京城老首长支持又怎么样？我难道就想不出别的办法瞒天过海把这条海东新线修通？到时候杜红军最多也就是不让我干海州市副市长，还能把我怎么的？我就暂时先去闲衙门里坐几年冷板凳！

想到这里赵长风冷笑起来，望着孙金平说道："孙老，我原来很敬重您，在内心中一直把您当作我的楷模，现在却知道，原来我竟然错了。你根本就没有资格做我的楷模！"

"什么？"孙金平本来拄着登山杖要走，听到赵长风的话猛然转过身来，脸色涨红，瞪大了眼睛望着赵长风，"你说什么？"

"我说你根本没有资格做我的榜样。"赵长风眼睛里带着一丝蔑视，"为了自己家乡的一点蝇头小利，就根本不顾全海州经济建设的大局，硬是要海东新线经过青梅岭，干了几十年革命，就这么一点素质！”

“你……”孙金平拄着登山杖，浑身打哆嗦，一头白发在山风中凌乱地飞舞着，似乎随时都能被山风吹倒。

赵长风心中却丝毫没有对老年人的怜悯，他继续冷笑道：“还说口口声声说自己已经退下来了，不在其位不谋其政，如果真的是这样，那为什么要去找省委杜书记？”

说到这里，他看也不看孙金平，手一挥，对鲍晓飞和陈心仁说道：“咱们走！”他说着大踏步地从孙金平身边越过，迈步向山下走去。

鲍晓飞立刻快步跟上，经过时看也不看面色涨红、浑身发抖的孙金平，往下走去。

倒是陈心仁路过孙金平身旁的时候，低声说道：“孙老，您看这事，您看这事……”他做了个很无奈的手势，又低声说道：“您老可千万别生气啊，赵市长也是年轻。”说着就追着逐渐远去的赵长风去了。

赵长风走出去两百多米，脚步这才放缓，陈心仁追了上来，气喘如牛地来到赵长风身侧，想开口说话，偏偏气息倒腾不匀，嘴边张了几张都没有说出话来。

赵长风斜睨陈心仁一眼，问道：“你什么也不要说，我就问你一个问题。从蟒河一号桥到东江县这十六公里公路，如果采取村村通的方式分段修建，你们交通局敢不敢批准？”

陈心仁闻言吓了一跳，本来逐渐平稳的呼吸声又立刻急促起来：俺的亲娘唉！小赵市长这是打算干什么？明修栈道，暗度陈仓？一旦被上面发现，岂能有好果子吃？

见陈心仁目瞪口呆的模样，赵长风冷冷一笑，本来想给你一个表现的机会，谁知道你却是烂泥扶不上墙。

“陈局长，你也不用担心，我是主管交通的副市长，到时候报告就由我来签字，有什么后果，你都推到我身上，说是我逼着你们交通局干的。”赵长风目光越过陈心仁的头顶，向远处看去。

陈心仁这时候才清醒过来，他连忙说道：“不，这事您一点都不知道。明明是我们交通局私下里做的手脚，到时候有什么处分，我来担着。不管怎么说，我在海州市交通局局长的位置上也干了五六年了，至少也要为海州老百姓踏踏实实做一件事情吧？”

陈心仁表面上说得大义凛然，冠冕堂皇，心中却在打着如意算盘。赵市长敢当面责骂孙金平，又敢瞒天过海采用村村通的方式来修这条路，这分明是有恃无恐啊！只有后台特别强硬的人才敢如此嚣张，要不然为了一条公路得罪孙老，得罪杜书记，这岂不是拿自己的前途开玩笑？赵长风现在还不到三十岁，也不是马上要退休的干部，能这么不珍惜自己的前程吗？即使是脑子进水，也不会做出这样的傻事啊！自己如果能通过这件事情向赵长风效忠，靠上这棵大树，就是暂时因为瞒天过海修通海东新线的事情受一点处分，过后小赵市长肯定会给自己更大的补偿。

“好！”赵长风满意地点了点头，“这件事我们回去好好筹划一下，我就不信死了张屠户，大家都要吃带毛猪！”

三个人快步往下走，大约走了二十分钟，忽然间一阵猛烈的山风吹来，吹得几个人几乎站立不稳，山路旁水桶粗的杉树在狂风中摇摆着，树干发着吱吱呀呀的声音，仿佛随时会被这暴虐的狂风折断。刚才还是万里晴空的天空顿时被黑压压的乌云笼罩着。漫天落叶和碎草被狂风裹杂着，做出扶摇直上的样子，可是却敌不过乌云，怎么也升不起来，只好在低处肆虐着。

好大的风！好重的云！

“怕是要下雨！”鲍晓飞惊叫了一声，这次出门他特意收听了天气预报，是晴转多云，没有预报有雨，所以上山的时候就没有从后备箱里拿出雨伞雨衣，没有想到这天说变就变。

赵长风往远处看去，只见云层呼啸着往下压着，和远处的山峰碰撞着，那山头一个接着一个，像是浪头一样，在云层和狂风之间起舞。空气潮湿得要命，仿佛伸手一捏就能挤出水来，看来这雨是说下就要下，根本来不及跑到山底啊。

“赵市长，我们到小林场那边去避避雨吧。”陈心仁用手指着来路说道，“林场就在上边不远，十来分钟就到，里面有三间房子，可以暂时躲避一下。”

赵长风点了点头，说道：“走，我们上去。”此时他忽然间又牵挂起孙金平，生气归生气，老头子可千万不要被这场大雨淋着啊！就说道：“孙老……”

陈心仁知道赵长风的心事，就在一旁说道："朱光辉就是大溪镇人，肯定也领着孙老到林场去避雨。"

赵长风遂放下心来。

空气中的湿味越来越大，三个人越走越快。往回走了十分钟，来到一个不起眼的岔路口，陈心仁指着说道："从这里进去就是林场。"赵长风担心孙老，就使劲儿往青梅岭顶峰方向看，见上面没有人，知道孙老他们应该是沿着岔路去林场避雨，这才示意陈心仁在前面带路。

弯弯曲曲地走了两百多米，前方出现了三间黑灰色山石垒成的小房子，非常不起眼。石头房子外面站了两个人，正是朱光辉和孙金平的司机，他们既然在，孙金平应该也在。

赵长风见到孙金平果然到了，这才放下心来。三个人快步向石头小房子奔去。刚来到房子前面，就见云层中一道闪电耀眼地亮了起来，将昏黄的大地照得通明。尚未反应过来，一声震耳欲聋的轰隆声已经传到众人的耳朵里，整个大地都在闪光中颤抖着、战栗着！

天空浓密低沉的云层就这样被这声炸雷炸开，仿佛是那道长长的闪光在云层中劈开一条长长的河，无边无际的水就顺着这条半空中的河道飞泻而下。赵长风三人快步向中间的小屋门口奔去，仅仅四五步的距离，三个人浑身就被淋湿。等进了小屋门口，扭头向后看去，身后已经是白茫茫的一片，铺天盖地的水往下倾泻着，甚至连四五步外的树木都看不清晰了。

小屋里面积不大，本来已经挤了八九个人，此时赵长风三个人加进来，更显得拥挤。在小屋中间的原木方桌上，一支蜡烛已经点燃，昏黄的火焰在风中摇曳着，孙金平就坐在旁边的木凳上，脸色比外面的天空还要阴沉。

赵长风刚才痛快淋漓地骂过孙金平一顿，却没有想到会这么快地又和他见了面，一时间也觉得尴尬。不过他还是上前去和孙金平打了一声招呼，孙金平却根本不回应他，仿佛面前没有他这个人存在。

朱光辉却觍着脸来到赵长风身边，小心翼翼地套着近乎："赵市长，看这场雨，我们今天晚上恐怕要被困到山上了……"

这时鲍晓飞把护林员找过来，对赵长风说道："赵市长，隔壁是厨房，我让他们生着火，您把衣服烤干吧。"

赵长风就领着陈心仁和鲍晓飞随着护林员到了隔壁，搬了一个木礅坐在灶火前面，熏烤着身上的湿衣服。

到七点半的时候，雨终于停了。赵长风三个人的衣服早已经烤干，他迈步走出门外，一轮明月斜挂在天空中，银白色的月光透过疏淡的云层，清清爽爽地照了下来，把树叶和野草茎蔓上挂的水珠衬托得如珍珠一般。

地上到处都是积水，踩在上面，混合着枯枝落叶，发出滋啦的水声。

司机扶着孙老也走到外面，孙老嚷嚷着要下山，旁边的护林员就大着胆子说道，这场暴雨这么大，恐怕会引发山洪，再说天色也黑了，下山不安全。

赵长风看了一眼鲍晓飞，鲍晓飞立即心领神会，他让护林员拿着一只手电筒，和他一起到下面去探路。如果山路没有被山洪阻断，那大家还是一起下山，否则这么十几个人，三间小房子，晚上怎么住啊？

鲍晓飞、朱光辉还有一个护林员就拿着一只手电筒，往山下走去。下过雨的山路非常湿滑，好在天上有一轮明月，他们手中又拿着手电筒，小心翼翼地走着，倒是没有遇到什么麻烦。

扶着山崖拐了一个弯，眼看着要到青梅摩崖石刻的地方了，前方传来水流咆哮的声音，如同打雷一般。鲍晓飞连忙加快脚步到前面一看，只见从山路中间穿过的那条温顺的小溪此时变成一条愤怒的巨龙，在那里咆哮着。鲍晓飞伸手从护林员手中接过手电筒，往水面上照去，等他看清楚之后，不由得倒吸一口凉气。原来小溪不过五六米宽窄，现在足足有三十多米宽，将整个山路拦腰冲成两截。那轰隆隆作响的水流犹如怪兽一般，夹杂着树枝树干还有乱石，怒吼着向下游出去。

“就这一条路？”鲍晓飞扭头问护林员道。

“还有一条。”护林员说道，“虽然没有山洪，但是却比这条路更危险，晚上根本没有办法走，必须等天亮以后。”

这时鲍晓飞的手机响了起来，是司机老张的电话。

“鲍科长，你和赵市长怎么样了？”老张焦急地说道，“怎么一直联系不上？”

“山顶上没有信号。”鲍晓飞说道，“这半山腰才有信号，看样子我们下不去了，山洪把路给冲断了。”

老张听了之后就更是担心，他紧张地问道：“那要不要我跟东江县委联系一下，让东江县连夜派人上山?”

鲍晓飞看了看水势，说道：“你先别联系，等我回去汇报一下，看看赵市长是什么意见。”

回到林场，鲍晓飞把情况向赵长风做了汇报，赵长风沉吟了起来。刚才烤衣服的时候，他已经把林场的情况摸了个清楚，这里有三个护林员，三间小屋。一间是厨房，一间是会客厅兼林场办公室，另一间是卧室，卧室里有两张床，平时一个人在办公室休息，另外两个人在卧室里休息。

现在山上加上护林员一共是十三个人，三间小房子虽然挤了一点，但是凑合凑合还是没有问题的，厨房里的食物储备也算富裕，十三个人吃个一两天没有什么问题。

“小鲍，你这就去告诉老张，通知东江县委先做一下准备，明天早上等我们的电话。如果到时候山洪还没有退，他们就带人过来。”赵长风说道。

“好，我马上过去!”鲍晓飞应了一声，拿着护林员的手电筒，到半山腰去打电话了。

赵长风又让护林员赶快做饭，然后过去向孙老把情况汇报了一下。孙老已经从朱光辉这里听到了消息，知道今天晚上下不去山了，虽然不想理睬赵长风，但是对于赵长风的安排也没有表示什么异议。

四十多分钟后，鲍晓飞回来，正好护林员把饭菜做好，虽然都是些粗茶淡饭，但是大家折腾了一下午，个个饿得要命，吃起来就觉得味道分外香甜，那感觉不比在五星级大酒店吃海鲜差。

吃过晚饭，看看时间，已经是夜里十点了，孙老毕竟是上了年纪，不停地打着哈欠。于是赵长风就开始安排房间，孙老和他的司机睡那间卧室，其余人分成两拨，五个去厨房歇着，另外六个就在林场“会客室”挤着。

孙老的司机却连连摆手，不肯接受这个安排，原来他有着严重的打鼾的毛病，和孙老睡在一个卧室，害怕影响孙老睡觉。

赵长风不去，司机不去，其他人谁又敢去?赵长风看了看狭小的房间，如果他不过去，甚至大家连个坐在地上靠墙休息的地方都不够，没有办法，虽然明知道孙老讨厌他，还是硬着头皮进了卧室。

小卧室昏暗潮湿，摆了两张小木床，就把房间占得满满当当的，只留下一米来宽的空间。赵长风走进去时，孙老已经躺在床上，脸朝着墙壁，发出低沉而均匀的鼾声。也是啊，孙老体质再好，怎么也是快七十岁的人了，这么折腾一天，肯定是疲倦了。

赵长风想着，慢慢地躺在床上，伸手拉过毛巾被盖在身上，然后探起头来，将桌上的蜡烛吹灭，头一挨着枕头，立刻进入了梦乡——他也累坏了。

正睡得迷迷糊糊，赵长风忽然间被一阵噼噼啪啪的声音惊醒，他睁开眼睛借着窗外透过来的月光一看，孙老正在那里噼噼啪啪地拍打着身子。赵长风正在纳闷，忽然间觉得身上奇痒，思维稍微反应过来，手掌已经下意识地拍到自己的大腿上。

蚊子，该死的蚊子！孙老也一定在拍打蚊子。

赵长风连忙摸出了打火机，点着了桌上的蜡烛，果然，孙老就是在那里拍打蚊子。赵长风再往身上一看，自己两条大腿上不知道什么时候已经被挠红了半截，想来是在睡梦中不知不觉地挠的。再看孙老身上，只有两三个红疙瘩，想来孙老惊醒得早，一直在打蚊子，没有被咬多少。

赵长风翻身下床，打开卧室门，却看到鲍晓飞就站在外面，手里拿着一小瓶风油精。

鲍晓飞低声说道："我想给你送进去，却又怕吵醒了孙老。"

"你再问问，有蚊香没有？"赵长风伸手接过风油精，顾不得往自己身上抹，就扭身就往里走，鲍晓飞在后面追着说道："没有，护林员说他们整天在山上住，被蚊子咬习惯了！"

只听说虱子多了不痒，还没有听说过蚊子多了不痒。

赵长风身上火急火燎地痒痒，不由得在心里骂了一句粗话。他拿着风油精来到孙老身旁，把风油精递过去，轻声说道："孙老，这是风油精，你往身上抹一些，就不痒了！"

孙老把身子猛地往后一闪，顾不得打蚊子，挥手像是驱赶什么可怕东西似的对赵长风说道："你快拿走，我对樟脑油过敏！闻着这味就喘不过来气！"

哎，还真叫赶上了，这个巧劲儿！赵长风苦笑一声，孙老对风油精过敏，连带着他都不能往身上抹了。他转身出去，鲍晓飞还站在那里。赵长风把风油精塞到鲍晓飞手里，说道："好了，你回去睡觉吧，不用管我！"

"市长……"

"好了，去睡觉吧，听到了没有？"赵长风把脸沉下，鲍晓飞才迟迟疑疑地走了。其实他已经从孙老的司机那里听到了孙老对风油精过敏，可是他还是坚持把风油精给赵长风送来，孙老过敏不关他的事情，他一定要保证领导不要被蚊子咬。可是现在……

赵长风回到卧室，抓起枕巾，在房间内挥舞起来，往外拼命地驱赶着蚊子，也别说，这一招多少有些效果，房间里的蚊子顿时少了很多，连嗡嗡声都小了很多。

赵长风扭头看了看孙老，脸色疲倦，一个哈欠连着一个哈欠，眼角的眼泪都流出来了，他不由得内心一软，一时间也忘记了两个人在海东新线上的龃龉，眼里的孙老只是一个可怜的疲倦的老人。

"孙老，您裹好被单子，只把眼睛露出来，这样蚊子就不咬了。"

孙老这时又倦又困，他也不再拒绝赵长风的好意，伸手揭起身下的单子，把自己包裹好，赵长风又在一旁帮着掖掖边角，孙老终于把自己包裹得严严实实，只有眼睛和鼻子露在外面。

这一招果然管用，蚊子对孙老无可奈何。不知不觉中，孙老就躺在那里睡着了。到了后半夜，孙老起床小便，他迷迷糊糊地看到对面的床上，赵长风直挺挺地坐在那里，一动也不动，仿佛是挺尸一般。孙老吓了一跳，他点着蜡烛仔细一看，只见赵长风浑身上下就穿着一条平角内裤，脸上、胸膛上、小腹上、胳膊上、大腿上，沾满了芝麻大的黑点点。孙老举着蜡烛仔细看了半天，这才反应过来，赵长风身上这些芝麻大的黑点点都是把肚子吸得饱饱的蚊子，它们喝饱了血，懒得动弹。

"小赵！"孙老浑身一抖，蜡烛就掉落在地上。

第二天一早，东江县委书记马千里率领着消防战士赶到青梅岭，把孙老、赵长风一行人接应下了。

下了山之后，孙老没有做丝毫停留，急匆匆地乘车返回了羊城。到了羊城，孙老也没有回家，而是让司机直接把车开进了省政府，找到副省长刘兆东。

刘兆东因为海东新线的事情在杜红军那里碰了个钉子，这才知道老省长孙金平的影响力，所以一见是孙金平过来，就连忙客客气气地迎了出来。对于这样虽然退下来但是在地方上还有巨大影响力的老干部，刘兆东打定主意再也不轻易招惹。他们有什么要求尽管提，只要不是太过分，就尽量答应。实在是超出自己能力和权限范围之外的，那就耐心说明，总之，不能再起冲突。

但是刘兆东没有想到，孙金平开口第一句话就是要求省里尽快批准海州市的海东新线项目，说当初他分管交通时，制定的海东新线项目本身就是一个错误，现在海州市提出修改方案是对当初他的错误的纠正，省里应该尽快批准。

纵使刘兆东在官场久经历练，见过无数大场面，但是听到孙老提出的要求时还是不由自主地惊讶了一下。他甚至怀疑孙老是不是在正话反说，对他兴师问罪来了？但是他仔细看了一下孙老的神情，揣摩了一下孙老的语气，这才敢肯定，孙老不是在说反话，而是真的想让他批准海州市上报的方案。

这是怎么了？发生了什么事情？昨天下午还有人汇报，孙老在海东新线勘测现场监督那些勘测人员，怎么今天上午，孙老立场就改变了，跑过来要求同意海州市上报的方案？究竟是什么原因让孙老的态度怎么会发生这样截然不同的变化？难道说又是赵长风？假如是真的，那么这个小赵市长的活动能量也太大了吧？连这样老顽固的工作都能做通，真是不可思议啊！

见刘兆东半天没有说话，孙金平就忍耐不住了，他双手扶着登山杖作势欲起：“刘省长，这件事情要是为难的话，我去找杜书记。如果杜书记还不行，我就去京城找副总理。总之，我一定要看到我当初的错误得到纠正！”

“孙老，孙老。”刘兆东连忙伸手扶住了孙金平的胳膊，笑着说道：“您老咋是个急性子啊？海东新线当初是集体决策，从当时的背景来看，是正确的，符合当时的经济形势和社会要求的，所以不能说是有错，更不能说是具体哪个人的错误。至于说现在线路究竟该如何走，还是要看勘测组的具体意见。”

见孙金平面色涨红，又要起身，刘兆东连忙接了一句，“不过孙老的意见，我会帮您跟杜书记反映的，您老就安心回去休息，杜书记那边有什么意见，我会转告您的。”

孙金平摆了摆手，说道：“错了就是错了，也不需要往我脸上贴金！我一个退了休的老头子连这点勇气都没有吗？刘省长，你是交通部下来的，我也是搞了一辈子的老交通，海东新线两条线路孰优孰劣，不都清清楚楚地摆在哪里吗？我当初犯了糊涂，你可不能跟着我犯糊涂啊！”

他叹了一口气，目光透过窗户，望向海州市的方向：“现在海州市的赵市长给我创造了一个机会，让我来挽回以前的错误，我如果不能把握这个机会，那就是一错再错了！”

话题有些沉重，刘兆东有点不太好表态，只好在一旁劝道：“孙老，喝茶，喝口茶。”

孙金平没有端茶杯，而是转过头直视着刘兆东：“我也知道，这时候让你表态会让你很为难，所以也不打算……我只提一个要求，就是你在审批海州市海东新线的方案时以实事求是的态度，选择那条最合适的、经济效益和社会效益最充分的线路。”

“孙老，这个请您放心，我在这里以一个党员的党性向您保证，我一定会把那条海东新线的最佳设计方案选出来！”

刘兆东本来就倾向海州市的新方案，此时见孙金平态度如此真诚，就顺水推舟地保证道。

“我老头子谢谢你了！”孙金平站了起来，“那好，我就不打扰你的工作了。”

刘兆东心中舒了一口气，终于把这个难缠的主儿给支应走了。他站起来紧紧地握住孙金平的手用力摇着，诚恳地说道：“您是交通系统的老领导，以后要多往我这里走动走动，给我指导一下工作！”

依依不舍地把孙金平送到办公室门口，又冲孙金平挥舞了两次手，刘兆东这才退回办公室，他擦了一下额头上的汗。

那边张秘书已经悄悄地打电话给赵长风，告诉了他这个喜讯。赵长风接到这个意料之中的电话却没有丝毫喜悦。想干一件好事怎么这么困难？那方方面面层层叠叠的压力几乎能把人给压死。即使赵长风背景如此强大，却还是步履维艰。就拿海东新线来说，明明他要放弃了，准备赌上自己的前途，冒着得罪杜红军的危险瞒天过海，没有想到最后却获得了奇迹般的收场。

想起在山顶上的一幕，赵长风心中就无限感慨。当时他之所以选择那样做，完全没有考虑到海东新线的问题，也并没有想到他这样做会感动孙金平，让孙金平改变了主意。在他的眼里，孙金平只是一个可怜的疲倦的老人。一个快七十岁的老人，爬了整天的山，晚上又折腾了那么久，再被蚊子叮咬无法睡眠，赵长风心中实在有点不忍。又想想孙金平从政几十年都两袖清风一尘不染，为老百姓做了不少实事，这次被困到青梅岭上，很大一部分原因也是由他而起，他为老人做出一点牺牲，让老人能够踏踏实实睡上一会儿也是应该的。只是后面的发展出乎赵长风的意外，真没有想到，一身包竟然换得海东新线的线路因此得以改变。值啊，一身蚊子包换了两个多亿，这样的买卖做得值啊！

世上没有不透风的墙，孙金平突然转变态度的消息也传回到海州，在海州掀起了一场轩然大波……

什么？孙老同意了海东新线的修改方案，还亲自去找刘兆东副省长做的工作？海州市代市长王刻舟听到这个消息第一反应就是不可能，这绝对不可能！孙金平树大根深，虽然退下来几年了，但是在粤东省政坛上影响力依然是深不可测，这老头举着一根拐棍，连省委一把手的办公桌都敢敲，还有什么人他不敢惹？可是一个赵长风就能硬生生地压得孙金平去改变主意，莫不是赵长风在京城还有过硬的关系？否则没有理由啊！

对，一定是这样的！王刻舟立刻联想到岳父告诉他的那个消息，心中嘀咕，难道说京城下来的那位老省长是赵长风请下来做孙金平工作的？如果赵长风能请得动这位大首长，那么他的后台就太……

对这个消息感到震惊的不光是海州市代市长王刻舟，海州市整个政坛都被这件事情给惊呆了。这些过惯了太平日子的官员对赵长风担任海州市常务副市长，准备推行财政制度改革的事情是很反感的，所以见赵长风不知道天高地厚要动手改变海东新线的设计方案，心中都暗自庆幸，指望着赵长风在海东新线的项目上碰个鼻青脸肿，威风扫地，到时候在海州市推行起财政制度改革来就没有什么底气。而且事情也正如他们所料想的那样，孙老省长发怒了，亲自出手干预了海东新线的方案，可是谁又能够想到，最后的结局竟然是这样，赵长风连孙老省长都解决了。换句话说，连孙老省长这样树大根深的粤东省政坛元老都抵挡不住赵长风的攻势，那么他们这些海州市的小鱼小虾，在赵长风推行公共财政制度改革时又如何敢跳出来螳臂当车呢？

别说是这些人，连市委书记苗晓亲自打电话给赵长风，虽然没有明说是什么事情，但是话里话外的意思都想知道赵长风究竟是走了什么门路，做通了孙金平的工作的。

对于其中的原委，赵长风自然不能如实相告，他只是含糊其辞地说自己也不是太清楚，因为他京城和粤东上下托了好几层关系，究竟是哪层关系起了作用，让孙老在海东新线上吐了口，还真的不好说，也许是几层关系都起作用了吧？这才让苗书记不再追问下去，不过苗书记又撂下一句话，说以后海州市遇到什么难做的工作，一律交给赵长风公关。这真是让赵长风哭笑不得。还让我去公关呢？就是孙金平一个人，都弄得我狼狈不堪，都使上义务献血这一招了，最后才搞定，如果再来几个像孙金平这么难缠的人，岂不是糟糕之极？

关于赵长风是如何让孙金平改变主意的内幕，海州市高层领导都不清楚，更别说下面的基层干部了。按理说这件事情也仅仅限于有限的几个人知道，但是消息还是不胫而走，不但在海州市官场上传开，还传到了社会上，并且迅速地衍生出几套所谓的内幕消息，演绎出几个不同的版本。

虽然说粤东省风气与内地相比，商业气氛更为浓郁一些，但是国人那种与生俱来的政治基因却并没有因此消失，对小道消息的传播速度并不比内地某些城市逊色。

就海州市来说，老百姓同样热衷于传闻消息，并且习惯于根据自己的好恶评论当政者，那些大爷大妈，每天早上喝早茶时，下午打麻将时，都会嘴递嘴传播一些所谓的内幕消息。而那些号称消息灵通的民间评论家更不示弱，他们争先恐后地向人兜售自己不知道从什么渠道得到的消息。而且事实证明，这些大爷大妈以及兼职的民间评论家的消息真实率还蛮高，很多事情都是先从他们嘴巴上发端，最后才得到证实。

对于著名的海州盲肠，海州市老百姓投入的关注程度一点不比赵长风低，一条宽阔的大道，出了西湖区就被阻塞在那里，还有那座横跨了蟒河两岸的半成品大桥，就那样孤零零地停在那里，任凭风吹日晒，谁看了会不心疼？老百姓提起这件事情都骂干这件事情的败家子，即使是孙金平官声一向很好，但是此时老百姓提起他，忍不住还是要骂上几句。大家都知道，正是这个孙金平为了家乡青梅岭的一点蝇头小利，把海东新线硬生生弄成了海州盲肠。

现在，新任常务副市长赵长风竟然能够修改孙金平当初定下来的方案，让海东新线重归正途，这怎么能够不引起海州市老百姓的兴奋和热议呢?

关于赵长风如何做通孙金平的工作的，社会上流传着不同的传闻，大致有这么两个版本:

一个版本是说，赵长风在青梅岭上当着很多人的面怒斥老省长孙金平，孙金平被赵市长骂得羞愧难当，落荒而逃，躲回到羊城市闭门不出，声称以后再也不管海东新线的事情。

另一个版本则更传奇一点，赵市长屡次登门拜访孙金平，向孙金平动之以情，晓之以理，但是孙金平一直顽固不化，坚持海东新线现有的方案，赵市长最后被孙金平的态度激怒了，就越过粤东省委直接向中央领导上书。中央领导接到赵市长的信之后，就下来一位老首长亲自来粤东调查，孙金平一见事情闹大了，才不得不向赵市长低头，同意赵市长的海东新线方案。

一时间赵长风在海州民间名声大振，所有人都知道，赵市长和其他官员不一样，不但来头大，而且敢作敢为，敢为老百姓做主。有很多人在庆幸海州市来了这么一位好官的同时，都在偷偷地写着材料和状纸，准备把自己受到的委屈和不公平待遇向赵市长诉说，让赵市长给自己做主。

不说民间百姓的反应，就说官场上的这些大小干部，对赵长风的态度也不一样。以前赵长风来到西湖一号大院，很多机关干部见面了虽然也打招呼，但大多只是礼貌地招呼一声，并没太多热情，只有赵长风直接分管的那些干部才会恭恭敬敬地站在那里，敬畏地叫着赵市长。

现在却又不同，不但是市政府的机关干部，连市委的机关干部见了赵长风都老远地拐过来，热情而又敬畏地同赵长风打着招呼。谁都知道，赵长风虽然只是常务副市长，在海州市委领导班子中不过排行第七，但是按照赵长风的实际影响力，恐怕至少要排在海州市第三号的位置上。

搞定一个海东新线竟然能带来这么神奇的效应，这确实有点出乎赵长风的意料。不过这样也好，有海东新线立威，在推行财政制度改革时，看谁敢撞上枪口。

来到办公室，赵长风刚端起茶杯，鲍晓飞就推门进来汇报了：“劳动局丁一尘局长过来，说是要向您汇报劳动局扶贫的情况。另外发改委、财政局、审计局、国资办、法制办、金融办、驻京办、住房公积金管理中心主任等十几个局长、主任都等着向您汇报工作呢！”

赵长风轻轻一笑，这些局长、主任，眼皮子还真活络啊！前一段他忙着海东新线不可开交的时候，也不见这些局长、主任这么勤快过，现在看自己在海东新线上有了斩获了，都赶快跑来献忠心了。

“丁局长就让余秘书长接待一下，余秘书长是扶贫开发办公室主任，正好对口嘛。”赵长风沉吟了一下，先把最让他冒火的丁一尘给支走。卫建国在丁一尘手下吃了那么多苦头，这个事情绝对不能算完。赵长风以前是被海东新线缠着脱不开身，现在腾出手来，肯定要给卫建国一个说法，否则他没有办法向自己的老搭档交代。

“是！”鲍晓飞应了一声，却没有走，等着赵长风的进一步指示。

“另外让财政局李明生局长和发改委张主任留一下，其他人嘛，如果没有什么紧要事情就先让他们回去。有机会再安排他们过来汇报。”

鲍晓飞一走出去，挤在他小办公室里的十几个局长、主任都围了过来，纷纷问道：“鲍科长，赵市长现在有空吗？什么时候见我啊？”

鲍晓飞摆了摆手，示意大家少安毋躁，他扭脸望向丁一尘，丁一尘就一脸期待。鲍晓飞说道：“丁局长，赵市长今天很忙，不能听取你们劳动局扶贫工作的汇报了。你可以先去找余秘书长，他是扶贫办主任，你可以把有关情况先和余秘书长交流一下。”

丁一尘脸色就有些昏暗，他还想说什么，鲍晓飞却不给他机会，转身面对财政局李局长和发改委张主任。

“李局长、张主任，你们两位留一下。”鲍晓飞说道。

李局长和张主任听说鲍晓飞让他们两个留下，不由得精神一振，知道今天是一定能够见到赵市长了。遂也不多话，而是面带得意地看了看周围一脸焦急的同僚们，笑眯眯地坐回到沙发上安心等候了。

其他局长、主任哪里顾得上看李局长和张主任的表情，他们围着鲍晓飞焦急地追问：“我们，我们呢？赵市长有没有提到我们？”

鲍晓飞笑着说道："很是抱歉啊，各位局长、主任，因为赵市长时间实在有限，今天怕是抽不出时间见你们了，你们先回去，等这两天赵市长能挤出时间，我打电话让你们来汇报，行吗？"

"鲍科长，拜托你再想一想办法嘛。"这些局长、主任当然不肯就这么死心，"我们只占用赵市长一点点时间，你再去帮我们在赵市长面前通融通融。"

"通融通融什么？"一个威严的声音在身后响起，他们扭头一看，原来是市委常委、政法委书记、公安局局长高昌山。职务同样是局长，但是局长和局长可不一样，高昌山挂着市委常委、政法委书记的牌子，是海州市的领导，而他们这些局长、主任之流，不过只是中层干部，和高昌山是没办法相比的。

"高局，我们有工作要找赵市长汇报，这不让鲍科长帮忙通融吗？"这些局长、主任的脸上都挂着笑。

高昌山看了鲍晓飞的神色，知道是赵长风不愿意见他们，于是就挥手说道："你们改天吧，我这里有重要工作要和赵市长商量，恐怕要弄到深更半夜了！"说着也不理睬这些局长、主任，推门进了赵长风的办公室。

这些局长、主任互相看了看，无奈地叹了一口气，被高昌山这么一搅局，最后一点希望也没有了，只有改天再来向赵市长剖白心意了！

赵长风见到高昌山进来，连忙迎了出来，把高昌山让到沙发上。

高昌山也不和赵长风客气，伸手抓起茶几下的软中华，往嘴里塞了一根，一边点火，一边漫不经心地说道："长风市长，是时候了吧？我们什么时候动手？"

"证据都收集齐了？"赵长风也摸了一根烟，捏在手里。

高昌山伸手打开手包，拿出一沓材料递给赵长风："这是东江县大溪镇党委书记朱光辉和海东新线工程指挥部副总指挥相互勾结，在海东新线工程中收受贿赂、贪污侵占工程款的材料，反贪局经过秘密调查，已经掌握了确凿的证据，只要你点头，随时可以动手。"

赵长风翻看着手中的材料，脸色越来越阴沉，当翻看完之后，他把材料重重地往桌子上一放，说道："这几只硕鼠，好大的胆子，官职不大，竟然敢几百万地贪污，如果不给予处置，人民会骂我们失职的！"

"是啊！这几个家伙也胆大妄为了！"高昌山说道，"我这就通知反贪局，立即动手！”见赵长风没有说话，高昌山就明白赵长风默许了他的意见，立即打电话给海州市检察院反贪局：“王局长吗？我是高昌山，我现在以政法委书记的名义，命令你们立即展开一号行动！务必不要让一个人漏网！”

“高书记，请放心，所有目标都在我们侦查人员的监控之中，绝对不会让一个人漏网！”电话里传来清晰的回答。

“好，提醒同志们注意安全，等你们胜利归来，我给你们庆功！”

挂了电话，高昌山说道：“朱光辉这几个家伙鬼得很呢。得知孙金平老省长同意了海东新线的修改方案，就知道自己很快就会暴露。他已经订了明天去加拿大的飞机票，如果我们晚一点动手，很可能让这只硕鼠溜掉。”

“呵呵，有高局在后面坐镇，他们这几个小角色还能溜掉？”赵长风伸手弹了弹烟灰。

“嘿嘿，这个倒是！如果我亲自布置了还让这几个小鱼小虾溜走，那么以后也没脸来混你的烟抽了。”高昌山笑嘻嘻地又点了一根烟，和赵长风套着近乎，“长风市长，我这件事情给你办得这么漂亮，你的存货是不是也得……”说到这里，高昌山用手指做了一个往外捻的手势。

“高局，我哪里还有什么存货啊？上次杜书记一共只给我两盒熊猫，我不是已经分给你一盒吗？”赵长风苦笑着说道。

“那还有一盒呢？”高昌山厚着脸说道，“我可知道，你不喜欢熊猫的味道，那一盒应该还在。”

“哎，你这个老高啊！”赵长风无奈地摇了摇头，走到办公桌前，拉开抽屉，拿出那盒特供熊猫，扔给了高昌山。

“我就知道你心疼老兄，一定替我保存着呢！”高昌山嘻嘻一笑，把熊猫烟装进了口袋，“长风市长，劳动局那边也有些消息了。我的一个手下从海王汽车维修厂老板嘴里撬出了消息，劳动局办公室主任戴天德每年在车辆维修费方面要吃六七万回扣呢！”

“准确吗？”赵长风眼睛亮了起来。劳动局办公室主任戴天德是丁一尘的心腹，肯定掌握了丁一尘很多秘密，如果反贪局能够掌握证据把戴天德抓起来，那么以反贪局的办案手段，不出三天，戴天德肯定会把他所知道的一切都倒出来，丁一尘肯定跑不掉。

关于丁一尘的举报信，赵长风这边也收到有，但是丁一尘是市管干部，要想调查他，必须经过市委常委会的同意。而从戴天德身上入手，就不用顾忌这些，高昌山可以直接下命令。而一旦撬开戴天德的嘴巴，掌握了确凿的证据，到市委常委会上，谁还敢袒护丁一尘？

赵长风本来不打算这么早就对丁一尘动手，但是卫建国在劳动局的遭遇促使赵长风提前动手，他必须还卫建国一个公道。

“我已经亲自落实了！”高昌山点头道：“这个戴天德，不光是吃汽修厂的回扣，还给汽修厂老板戴上一顶绿帽子，汽修厂老板一直是敢怒不敢言，只是暗中留下了证据，这次全交出来了。”

按理说一个六七万元的小案子，怎么着也不会让一个堂堂的市委常委、政法委书记亲自关注，但是高昌山知道卫建国和赵长风的关系，所以也就以市委常委之尊，亲自去落实戴天德这个小小的科级干部贪污数万元的证据。

“好，立即对这个戴天德采取措施。”赵长风说道。

“请放心，这件事情就交给我了，我一定会最短时间内撬开他的嘴巴。”高昌山笑道，“要不然我就对不起你这一盒熊猫了。”

他说着就站起身来：“我看老李和老张在外面火急火燎地等着见你，我如果再坐下去，指不定这两个家伙在心里怎么骂我呢！我还是给他们留下点时间吧。”

赵长风站起来拉着高昌山的手笑着说道：“老李和老张哪里敢骂你？他们还担心你去揪他们的小辫子呢！”

把高昌山送到门口，李局长和张主任连忙从沙发上站起来，热情地叫道：“赵市长。”

“好。”赵长风微笑着点了点头，目光在财政局李局长和发改委张主任脸上扫了一扫，说道：“李局长，你进来一下。”说着转身进去。

李局长连忙整理整理衣领，又拉了拉西装下摆，嘴角露出一抹得意，瞥了张主任一眼，然后就迈着小碎步跟着赵长风进去了。

见赵长风首先接见李局长，张主任就有些沮丧，但是旋即他想起刚才那些被赶走的同僚们，心理又平衡多了。那些个家伙，赵市长今天见都不愿意见，说明在赵市长心目中，自己比他们地位还是重要得多。

第五章　拔出萝卜带出泥，检举信后有猫腻

赵长风正着手查处大溪镇党委书记朱光辉在海东新线建设中的贪腐问题，代市长王刻舟说接到举报信，举报赵长风在粤海县剧院改造工程项目上存在受贿问题。赵长风付之一笑，十分坦然。其实检举信背后的猫腻是海东新线东江段副总指挥王文封大肆贪腐，担心查处朱光辉拔出萝卜带出泥，便采用下三滥的办法迫使赵长风收手。

在市长楼的走廊里站得都腰酸背痛了，丁一尘还是没有能够见到赵长风，看看天色马上要黑了，丁一尘知道今天是没有希望了，只好沮丧地下楼，让司机开车送他回去。在回去的路上，丁一尘接到几个电话，都是邀请他出去吃饭的，他这个时候哪里还有心情吃饭啊？

当初他不知道卫建国和赵长风的关系，把卫建国得罪得那么狠。后来知道了赵长风和卫建国的关系之后，丁一尘就拼命地开始修补他和卫建国之间的关系，在局里处处向卫建国示好，奈何前面他把卫建国整得那么狼狈，卫建国心中的积怨之深，并不是丁一尘一点小恩小惠就能消弭得了的。

见卫建国并不接受他的示好，丁一尘心中虽然有些忐忑不安，但是并不厉害。毕竟卫建国的靠山赵长风目前正陷入海东新线不能自拔。假如海东新线这个工程搞不好，赵长风开始就栽了一个大跟头，那么接下来海州市财政改革，赵长风肯定会步步受阻。相比起海东新线修改线路损害一部分人的利益来，全市财政制度改革，损害的可是整个海州市全体官僚阶层的利益。手中的财权被市里收回去了，对部委办局这些头头脑脑来说，等于说权力被捋

夺了一大半，谁会甘心乖乖地把权力奉送上去。加上海东新线赵长风已经出师不利，威风先折了一半，财政制度改革再四面树敌，够赵长风焦头烂额的，到时候赵长风拉拢自己这个实权局的局长来还不及，又怎么会继续纠缠卫建国过往的一点小事而把自己推向他的对立面？

丁一尘如意算盘虽然打得很精，但是事情的发展却出乎他的意料，几乎所有人都认为不可能被攻克的堡垒竟然被攻破了，以孙金平孙老在粤东省政坛的实力，最后竟然也不得不向赵长风低头，同意了海州市上报的海东新线修改方案。丁一尘还从在省政府办公厅里当副处长的一个关系比较好的同学那里得到准确消息，是孙老亲自到刘兆东副省长那里要求对海东新线开绿灯的。这个事情说明了孙金平孙老所受的压力之大，也说明了赵长风后面的背景深不可测。

现在这海东新线已开工，赵长风就等于在海州市站稳了脚跟，挟着在海东新线项目上大获全胜的威势，赵长风开始在海州市推行财政制度改革，海州市大小官员谁敢直缨其锋？恐怕是市委书记苗晓、代市长王刻舟，对这个炙手可热的副手都要退避三舍吧？

丁一尘知道，以前赵长风没有刻意为难他，是因为深陷海东新线泥潭，自顾不暇。现在海东新线已经搞定，赵长风权势如日中天，又得出了空暇时间，能不追究他在劳动局对卫建国干下的那些龌龊事？即使赵长风不打算追究，但是能架得住卫建国过去诉苦打小报告吗？卫建国对他可是恨之入骨啊！

丁一尘正坐在小车里忧心忡忡地胡思乱想，手机又响了起来，他一看号码是自己秘书的号码，以为又是谁想约他吃饭，于是接通电话不等秘书说话，就没有好气地说道："烦不烦啊？我不是交代过了，这几天谁请我吃饭我都不去，一律推掉！"

"局……局长，不是……不是的。"秘书在电话里慌里慌张地说道。

"不是什么啊？连个话都说不清楚，慌里慌张地干什么？说，怎么了？"丁一尘本来心情就不好，一听秘书说话的腔调如丧考妣，心中的气更是不打一处来。

"局……局长，检察院反贪局的人把戴主任给抓走了！"秘书受了一顿呵斥，说话果然流利多了。

“什么?”丁一尘浑身一颤，心就无边无际地沉下去了，“什么时候的事情?”

“半个小时以前。”

“混账，半个小时以前的事情，怎么现在才汇报?”丁一尘气急败坏地吼道。

“局长，我也刚接到戴主任家属的消息，反贪局是在戴主任家把他带走的。”秘书委屈地说道。

“我知道了!”丁一尘停了一下，又说道:“这件事情注意保密，不要告诉任何人。”

“局长，我得到消息第一时间就向你汇报了，其他人谁都没有告诉。”

“做得对。”丁一尘交代道:“你就留在局里，注意局里的动向。有什么消息，第一时间向我汇报。”

挂了电话，丁一尘想了一想，拿出电话号码簿，翻出检察院一个老关系的电话，拨了过去。

“老张，是我啊，丁一尘。”丁一尘说道:“向你了解个情况，我们局办公室主任老戴……”

“啊，丁局长，你是说那个戴天德吧?”老张在电话里很客气，“这件事情我也只是听说一点，好像是什么经济问题，具体情况也不大清楚，你要想了解详细情况，最好是找王局长，这件事情是他们反贪局负责的。”

丁一尘和反贪局王局长虽然在一起吃过几次饭，但是并没有太多交情，要找他了解情况攀交情肯定是行不通的，看来只有公事公办了。想到这里，丁一尘就找出王局长的电话拨打了过去。

“王局长，我是劳动局老丁，我刚才听我们局办公室主任戴天德的家属反映，说戴天德被你们的人带走了，是不是有这么回事啊?”

“丁局长啊，是有这么一回事。”王局长说话倒是爽快。

“王局长，这里面是不是有什么误会?戴天德同志工作起来一向是勤勤恳恳，任劳任怨的，在我们局里风评很好，是我们局优秀的干部，不可能犯什么错误啊，你们为什么要抓走他?”丁一尘说道。

“丁局长，戴天德是个什么样的人，现在下结论还为时过早。总之，我们既然把他带走，肯定有我们的原因。”王局长说道：“具体是什么原因，因为办案需要，暂时不能告诉你。”

“王局长，这就是你们的不对了吧？”丁一尘见王局长承认了，语气就冲了起来，“保密保密！你抓走了我的办公室主任，连声招呼也不打，事后我问起来原因，还口口声声说保密！我们劳动局也是堂堂正正的政府机关吧？先不管戴天德同志究竟有没有犯错误，即使他犯了什么错误，他也还是劳动局的办公室主任吧？你们反贪局过来带走我们劳动局的办公室主任，是不是得先向我这个局长通一下气、打声招呼呢？你们这样的搞法，是不是太不尊重我们劳动局啊？”

“丁局长，这件事情是市委常委、政法委书记高昌山亲自布置下来的，你如果对我有什么意见，可以直接去向高书记反映。”王局长却根本不吃丁一尘这一套，淡淡地说了一句，就挂断了电话。

听说是政法委书记高昌山亲自布置下来的，丁一尘心头上的虚火一下子被一盆冷水浇灭了。今天下午在市长楼，他亲眼见到高昌山去找赵长风，然后就发生了戴天德被反贪局带走的事情。现在又听王局长亲口说，这个事情是高昌山亲自布置下去的，那么就说明，高昌山去见赵长风，很可能就是商量戴天德这件事情。这样下来，整件事情才合情合理，动手的是高昌山，背后站着的人却是赵长风。

动手了，竟然在这个时候动手了！丁一尘心中叫道，他完全没有想到，赵长风这边会下手这么快，海州新线刚有个眉目，这边就立即对戴天德下手，根本不给他们丝毫喘息的机会。

丁一尘的阅历，自然不会傻到认为赵长风对戴天德下手，目标就是戴天德，很明显，项庄舞剑，意在沛公。表面上看他们对付的是戴天德，实际上目标针对的却是他丁一尘。办公室主任，天生就是局长的心腹，如果不是丁一尘的心腹，丁一尘也不会把戴天德放到办公室主任这么重要的位置上。既然是心腹，等于说丁一尘很多事情都不会避开戴天德，甚至会亲自交给戴天德去办。现在把戴天德抓过去，就等于抓住丁一尘的软肋，只要戴天德在里面顶不住，开口交代出丁一尘的事情，丁一尘就是案板上的鱼肉，任赵长风宰割了。

不行，不能这样坐以待毙，必须迅速行动起来，想办法把戴天德捞出来。现在他们刚把戴天德抓进去，戴天德肯定还会顶一顶，不会开口交代，如果能够及时找到关系，把戴天德放出来，事情还有挽回的机会。不然等时间一长，戴天德顶不住压力开口交代，那么什么都完了！

丁一尘在脑海里盘算着自己的关系网，看看哪一个能起作用把戴天德捞出来。就在这时，他的手机又响了起来，一看是个陌生的号码，本不想接，转念一想，却又接通了。

“丁局长，是我。”

电话里声音压得低低的，但是丁一尘一下子还是听出了，是自己的老关系检察院老张，“啊，老张，你好你好，是不是有什么消息了？”

“丁局长，情况不是很乐观啊。”老张说道：“根据我刚得到的消息，你们局的戴天德收取了海王汽修厂六万多元的回扣，反贪局掌握了确凿的证据之后才动手的，这次老戴怕是在劫难逃了。”

“啊，我知道了，多谢，多谢。”丁一尘虽然心情很沉重，还是对老张表示感谢。关键时刻老关系还是起了作用，能够冒着风险换电话号码向他透漏这个消息，说明这个朋友没有白交。

挂了电话，丁一尘面色苍白地瘫在车座后面，他刚鼓起的决心像是一个虚张声势的气球，啪的一声被老张递过来这个锋利的消息给刺得粉碎。前面他所设想托关系捞戴天德的计划，都是建立在检察院反贪局没有掌握戴天德具体犯罪证据的基础上，这样托的关系也好说话，你们又没有掌握什么确凿的证据，还不把人给放了？即使不放人，也不能无限期扣押吧？最多三天，七十二个小时，就必须把戴天德放出来。可是现在呢，反贪局已经掌握了戴天德的犯罪事实，这种情况下，即使托的关系再硬，反贪局只要顶着，别人也无可奈何，毕竟掌握着铁的犯罪证据，反贪局就立于不败之地了。以他们的手段，只要多关戴天德几天，戴天德肯定就会顶不住，把一切都和盘托出，到时候丁一尘想再置身事外，恐怕是不可能了！

完了！全完了啊！一步错，步步错！早知今日，何必当初呢！看来自己这次是在劫难逃了！丁一尘心中哀叹道。

丁一尘为什么这么恐惧，是因为他有一个致命的把柄在戴天德手中。海州劳动大酒店，也就是海州市劳动局培训中心的承包商是戴天德的小舅子，为了低价拿到劳动大酒店的承包权，他给丁一尘行贿。现在戴天德进去了，这件事情肯定会被咬出来……

这时司机已经把车开到了劳动局大院，他见丁局长呆呆地靠在后面愣神，就扭头小声地提醒道："丁局长，到了。"

"啊，"丁一尘一下子清醒了过来，他往窗外望了望，摆手说道："我不下去了。走吧，到丽景路去。"

司机跟随丁一尘多年了，知道这个时候丁局长到丽景路去，只可能去一个地方，那就是丁一尘的叔叔，原海州市人大副主任丁桥梁家里去。

啪！丁桥梁把手中的茶杯重重往桌上一蹾，冲丁一尘吼道："我当初怎么教育你的？莫伸手，伸手必被捉！你怎么这么大胆子，什么钱都敢收啊？"

丁一尘额头上立即冒出汗来，他低头看着自己的脚尖，嗫嚅地说道："叔叔，我错了，当时我也是一时糊涂。您再帮我这一次吧，我以后……以后再也不会了。"

"就你这样，还想着以后？这次能保住一身平安，我就要去菩萨面前给你烧高香了！"丁桥梁吼道，"即使你不考虑自己的前途，就不想想老婆孩子吗？"

丁一尘不敢再言语，只是用手不停地抹着额头上的汗。

"老头子，乱发什么脾气？有话不会好好说？看把孩子吓的！"丁一尘的婶娘走过来了，她伸手递给了丁一尘一盒纸巾，说道："阿尘，把汗擦一擦。"

丁一尘和这个婶娘还有一层关系，丁一尘的老婆是婶娘的亲外甥女，当初就是婶娘亲自为他们撮合的，所以婶娘对丁一尘比丁桥梁还要亲。

见老太婆出面，丁桥梁面色就放缓了一下，他长长地出了一口气，问道："阿尘，我现在只问你两个问题。第一，除了这钱，你另外还有没有收其他人的钱？第二，这些钱放在哪里？"

丁一尘一连用了五六张纸巾，才把脸上的汗擦干净，这时婶娘又把茶杯递给他，他喝了一口，才轻声说道："没有了，我一直牢记着你的教诲，除了平时接受别人一些吃请外，从来不收受大的钱物。这些钱也是戴天德非坚持要送，说是他弟弟的一片心意，我又考虑他也不是外人，不会出什么问题，一时糊涂，就收下了。至于其他人的钱物，我从来不敢收，担心不可靠会出问题。”

他抬头偷偷看了一下丁桥梁的脸色，顿了一顿才说道：“这些钱我都存在银行里，分文没动。”

“胡闹啊，胡闹！”丁桥梁站了起来，背着手在客厅里走来走去。丁一尘屏住呼吸，眼睛盯着叔叔的身影来回移动，他现在所有的希望都寄托在叔叔身上了。

丁桥梁走了四五个来回，这才站住了身子，扭头对丁一尘说道：“我现在只能豁出去这张老脸去求苗书记了。苗书记和赵市长关系不错，他如果肯为你出面，赵市长想必要买几分面子，对你网开一面。”

丁一尘大喜，连忙站起来说道：“多谢叔叔，多谢叔叔，我知道还是叔叔心疼我！”

“先别高兴得太早！”丁桥梁沉声喝道：“你这边还要答应我两件事情，答应了，我才能过去找苗书记，不答应，你就爱怎么办怎么办，我是帮不了你了。”

“叔叔，你说的话我能不答应吗？别说是两件事情，就是一万件事情我也答应。”丁一尘赔着小心说道。

丁桥梁重重地哼了一声，说道：“第一，你必须马上去找到戴天德的弟弟，想办法让他把这笔钱收回去。”

“好，我一会儿就去找他！”丁一尘说道。

“第二，这个海州市劳动局你恐怕不能再待下去了，要换个地方。”丁桥梁斜着眼睛看着丁一尘。

“叔叔！”丁一尘叫了起来。

“怎么？不愿意吗？”丁桥梁冷冷地说道：“那你就等着反贪局上门吧！”

丁一尘面色惨白，拳头攥了又放，放了又攥，心里别提有多难受了。在海州市这些部委办局中，劳动局可是响当当的热门大局，管理着几十个亿的社保资金，不知道多少人眼热这个位置。为了当初能够爬上这个位置，叔叔甚至不惜提前半年退居二线。可是付出了那么大代价得到的这个位置，现在就这样眼睁睁地要让出去，不甘心，不甘心啊！

丁一尘呜呜呜地哭了起来，“叔叔，我不是不愿意，我是觉得对不起您的这一番心血啊。当初为了我，您……”

见丁一尘哭了起来，丁桥梁心中也是一软，他拉着丁一尘的手缓缓坐下，语重心长地说道：“阿尘，不要哭了，没有失去的痛苦，就不知道拥有时的弥足珍贵。职位再高再好，也得要有福享用啊，对不对？留得青山在，不怕没柴烧，只要能保住你的行政级别，即使到闲杂衙门中坐几年冷板凳，以后只要找准了机会，还能东山再起，如果你舍不得这个职位，最后恐怕要把自己的政治前途全部葬送啊。你想一想，当初你整卫建国那么狠，现在他们抓住了你的把柄，你不给他们一个交代，他们就会这么轻易地放过你吗？”

下了专用电梯，苗晓迈了几步，来到赵长风办公室的侧门，推门进去。这个侧门开在办公室的另一侧，另外一侧需要经过秘书办公室的门。

交通局局长陈心仁正拿着本本，坐在赵长风对面毕恭毕敬地汇报着工作，赵长风一边听着一边不时地在关键环节上问一两句话，这时却听见侧门一响，苗晓书记推门进来了。赵长风连忙站了起来，绕过办公桌大步迎了出来。

“苗书记，您怎么亲自过来了？有什么事打个电话，我过去向您汇报啊。”赵长风握住苗晓的手谦恭地说道。苗晓是班子的班长，虽然两个人关系好，但是在人前人后，赵长风总是注意维护班长的权威，给苗晓以足够的尊敬。

“呵呵，我也是走到这里，顺便过来看看。”苗晓用力摇了摇赵长风的手。

“苗书记。”陈心仁脸上堆着笑，站在一旁打着招呼，心中却暗自惊叹。乖乖啊，小赵市长还真了不得，苗书记竟然亲自来办公室看他。一般来说，市委书记作为领导班子的班长，在市委市政府享有最高的权威，除了下来检查工作，否则是不会到副手办公室来的。别说赵长风是一个常务副市长，即使是苗晓有什么事情找代市长王刻舟，也是打一个电话让王刻舟去他办公室汇报，绝对不会屈尊纡贵，到王刻舟的办公室去，这就是所谓的身份问题。至于市政府这边普通的副市长，说句不好听话，除非是苗书记亲自召见，否则眼巴巴地上门去汇报工作，也不一定能够踏进苗书记办公室的大门。

“呵呵，你们谈，你们谈。”苗晓笑呵呵地在长沙发上坐下。

"我已经汇报完了。"陈心仁忙说："正要出去呢!"说着看了一下赵长风，见他没有别的表示，就退了几步，这才小心翼翼地转过身，推门出去。

见陈心仁从赵市长办公室里出来，等了一上午的海州市机关事务管理局局长李夏华就连忙站起来，急吼吼地要往里冲。陈心仁一把拉住了李夏华，说道："你不能进去，里面有人。"

"谁又抄了老子的后路？明明是轮到我了嘛!"李夏华愤愤不平地说道。

"谁？说出来吓死你!"陈心仁冷笑了两声，"苗书记!"

"啊！苗书记?"小小的秘书办公室里一片惊呼，小赵市长还真是炙手可热啊，连苗书记都亲自过来，这也太那个了吧？

李夏华更是目瞪口呆，他想起刚才爆的那句粗口，恨不能打自己两个耳刮子。本来以为是哪个局长、主任大着胆子走了后面去抢先见了赵市长，谁又能知道，竟然是苗书记亲自光临？

办公室内，赵长风亲自给苗书记泡茶，看见鲍晓飞推门要进来，就轻轻挥一下手，鲍晓飞识趣地退了出去。

在秘书办公室等候的这几位局长、主任本来还有点不相信陈心仁的话，但是看到鲍晓飞刚推开门就轻手轻脚地退了出来，一脸凝重的表情，这才知道，陈心仁刚才说的话全无虚假，苗书记真的是过来看赵市长了。

把茶杯端放在苗书记身前，赵长风挨着苗书记并排坐了下来，显示出两个人之间非同一般的关系。

苗晓端起茶杯轻轻吹了几下，这才把茶杯放在嘴边抿了一口，连连点头说道："长风市长，你这个信阳毛尖愣是好喝得很啊。还有没有，再给我弄两盒。"

赵长风笑着说道："苗书记，中原省茶叶公司昨天给我送来了四盒，我正说要给您送过去两盒呢，没有想到您竟然提前摸上门来了。"

"是吧？我的鼻子可是很灵啊!"苗晓斜靠在沙发上，得意地笑了起来。

赵长风知道苗书记来肯定是有事，绝非他自己所说的顺便过来看看，但是苗书记既然不开口提这件事情，赵长风也不着急问，就笑呵呵地陪苗书记扯谈着。

又扯了几句，苗晓这才把话题收回，望着赵长风说道："长风市长，听说劳动局办公室主任被检察院反贪局抓起来了，这件事情你知道吗？"

"知道，高局长跟我谈起过这件事情。"赵长风说道。作为常务副市长，他名义上也分管着政法系统，高昌山向他谈这件事情也是职责之内的，别人说不出什么的。

虽然说政法系统一般都是市委分管，但是市政府这一块，也会有一个副市长名义上分管着政法系统，一般来说，都是常务副市长来分管政法系统。只是赵长风作为常务副市长分管和高昌山政法委书记分管有些区别，从职责上来说，常务副市长的分管更多是联系和协调，至于说要下达命令，还是需要通过政法委书记来下达。不过具体到海州市的情况，却又是两样，由于赵长风和高昌山之间关系很密切，所以赵长风这个负责联系和协调的政法系统的常务副市长，实际上在指挥政法系统上并不存在什么障碍。

"你怎么看这件事情？"苗书记又问道。

赵长风不知道苗书记为什么会突然间关心起这件事情了，但是他还是按照本来的意思说道："据反贪局掌握的材料，戴天德仅仅是在车辆维修费方面就贪污了六七万元，至于其他方面有没有贪污，还正在调查。这件事情出来之后，影响很坏，下面的干部群众反应很强烈，不严肃处理，不足以服众啊！"

"是要严肃处理！"苗书记点了点头，手指在茶杯上轻轻叩了两下，抬起头望着赵长风道："不过呢，我的意见是就事论事，不要扩大化，到此为止。"

"苗书记……"赵长风很是不解，不知道苗晓怎么会忽然出来干涉这件事情。如果是其他事情也就罢了，但是这件事情是冲着劳动局局长丁一尘去的，根据赵长风收到的举报信，丁一尘在海州劳动大酒店的发包环节上有重大的受贿嫌疑，而承包海州劳动大酒店的正是戴天德的内弟，赵长风正准备通过戴天德来抓住丁一尘的狐狸尾巴。

"长风啊，有些事情你不了解。"苗书记把身子挪了一下，对赵长风说道："我今天过来就是想和你坦率地谈一谈，给你交一下实底。"

赵长风听到这里，就明白苗书记今天过来的意思了，看来苗书记心中已经有某种倾向了，今天放低姿态亲自来到自己办公室，想必就是为了做自己的工作。

“昨天晚上，咱们海州市原人大副主任丁桥梁，也就是劳动局局长丁一尘的叔叔，到家里去找我了。”苗书记说道，“丁主任说起来是我的恩人。十多年前，我还在下面当县长，到外面招商，却被人设圈套陷害，骗走了两百多万元。当时丁主任还是市委副书记，他利用在东北公安厅一个老同学的关系，帮我抓到了这个骗子，把款追了回来，这件事情才算交代过去，也幸亏如此，我仕途也没有受到太大影响。这件事情丁主任从来没有向任何人说起，所以外人基本上不知道。”

“即使我后来担任海州市市长，乃至现在的市委书记，丁主任也从来没有向我提过什么要求。可是昨天晚上，丁主任却上门来找我……”说到这里，苗书记叹了一口气，看着赵长风道：“我也是没有办法啊！”

赵长风倒是还不知道苗书记和丁一尘还有这层曲里拐弯的关系。但是现在让他就此作罢，那肯定是不行，这既不符合自己做人在准则，也无法向卫建国交代。难道说，因为丁一尘的事情，他和苗书记之间亲密无间的合作关系就要到此结束了？

赵长风沉吟一下，这才说道：“丁一尘的问题究竟有多大？”

“我知道你肯定会这么问的。”苗书记笑起来，伸手虚点着赵长风：“长风啊长风，你怎么每次都是直指关键要害啊？”

赵长风微笑了一下，没有言语。

苗书记端起茶杯喝了口水，这才继续说道：“应该说，丁一尘问题还是比较严重的。他在劳动大酒店对外承包的时候，曾收取了承包人红包，不过后来他又把钱退给了承包人。”

“这个红包，不是个小数啊！”赵长风点燃一根烟，缓缓说道。

“是啊，数额巨大！”苗书记蹙着眉头说道：“不过呢，考虑到丁一尘已经把钱退还给承包人，而且又能在组织上发现问题之前主动承认错误，态度也算诚恳……你看，是不是？”

赵长风伸手弹了弹烟灰，说道：“我这边没有啥问题，就怕劳动局那些同志想不通啊。”

苗书记微微一笑，明明是自己不同意，偏偏推到劳动局的同志上。劳动局的同志能有谁？不就是卫建国吗？你赵长风点头了，卫建国还敢说个不字？

不过苗书记并不认为赵长风这是跟他在讲条件，换作他是赵长风，恐怕也会这样说的，这件事情如果就这么算了，赵长风怎么下台啊？总要有个台阶是不是？

“这个呢，还需要你去做一些工作啊！”苗书记说道，“我今天来找你，也是这个意思。不过呢，对于劳动局的一些违法乱纪问题，我的态度一贯是明确，那就是必须要严肃处理，包括对丁一尘同志。他收了红包，虽然退了，错误还是很严重。我的意见是，丁一尘已经不适合继续担任劳动局局长，考虑调整到其他部门去。这个意见我已经和丁一尘也沟通过了，他表示无论怎么处理他，都坚决服从市委的决定。对于谁来接替他出任劳动局局长，丁一尘也推荐了一个候选人……”

顿了一顿，苗书记又说道，“丁一尘认为现任劳动局副局长卫建国同志，是继任劳动局局长的最佳候选人，建议市委慎重考虑他的意见。我个人的意见，也认为卫建国同志担任劳动局局长比较合适。”

说完之后，苗书记也不着急催赵长风表态，他双手捧着茶杯，悠闲自得地品着信阳毛尖。这件事情欲速则不达，他要给赵长风时间，让他去梳理一下。

赵长风用力吸了一口烟。

应该说，苗书记开出的条件还算优厚。丁一尘调走，卫建国扶正，成为海州市劳动局一把手，这个结局对卫建国来说肯定是可以接受的。

表面上看来，丁一尘受贿，就这样平安无事地调到别的部门去，似乎是便宜了他，但是赵长风知道，即使在这件事情上继续追究下去，恐怕也难追求更好的效果。关键是丁一尘知机太早，及时退回了赃款，还向苗书记主动做了交代。假如丁一尘不这么警醒，或者存有侥幸心理，看看几天风声再说，那么高昌山拿到确凿的证据，即使是苗书记出面，也救不了丁一尘。现在呢，赵长风如果继续追究下去，最多也就是让丁一尘受的处分再重一点，但是却彻底得罪了苗书记。

虽然说赵长风背景扎实，后台很硬，但是苗书记毕竟是海州市的一把手，在海州市有着不容置疑的权威，赵长风如果和苗书记之间闹起不愉快来，虽然不见得会吃亏，但是以后做事肯定处处收到掣肘，这就违背了赵长风在海州大干一番事业的初衷。

再者说来，他和苗书记之间的关系一向很融洽，苗书记对他的工作一向是全力支持，现在为了丁一尘一件事情，却要把关系搞僵，值得吗？

在这件事情上，苗书记已经给足了他赵长风面子，亲自跑到他办公室来，做足了姿态，而且又承诺了实际利益，把卫建国放到劳动局局长的位置上，这还不够吗？如果还要继续追究下去，即使能够让丁一尘再多背负点责任，卫建国恐怕也坐不到劳动局局长的位置上吧？得不偿失啊！

脑海里想了很多，实际上却是一转念的事情。赵长风伸手把烟头在烟灰缸里摁灭，说道："我看这样的处理结果很好，完全没有问题。"

"呵呵，我就是说嘛！"苗书记高兴地笑了起来，"咱俩之间还是很有默契的，对不对？"他看了看赵长风，继续说道："至于丁一尘的安排，正好畜牧局的张局长年龄马上到杠了，我看可以考虑让丁一尘过去，抓一抓咱们海州市的畜牧产业。"

从位高权重的劳动局局长一下子调到闲得发霉的畜牧局局长，丁一尘这个跟头摔得也够大的。赵长风一边往苗书记茶杯里加水，一边说道："您是班长，您怎么决定，我就怎么执行！"

"我这个班长，还不是要靠你们给我当好参谋吗？"解决了丁一尘的问题，苗书记心情很是愉快。

等赵长风坐回到沙发上，苗书记又问道："长风，我还听到一件事情，听说东江县有几个干部和海东新线有牵扯？"

赵长风心中一跳，寻思道，苗书记不会又为朱光辉等人讲情吧？

"是啊！大溪镇里几个干部牵扯进去了，因为还有些事实没有调查清楚，我就暂时没有向您汇报。"赵长风说道。

"很好！这件事情一定要好好查一查，不管牵扯到谁，都要坚决一查到底。"苗书记严肃地说道："海东新线是牵扯到海州市社会经济发展的重大项目，那些蛀虫竟然敢在里面上下其手，不严肃处理，何以平民愤？"

赵长风此时听出意思来了，原来苗书记这是对他在海东新线上的动作表示支持呢！于是连忙表态说："苗书记，有了您的支持，我的信心就更足了！"

苗书记意味深长地笑了笑，就站起身来。赵长风知道苗书记要走，连忙起身，一直把苗书记送到专用电梯口，两只手紧紧握着，指导电梯上来，赵长风把苗书记送进电梯，等电梯关上门，这才转身回去。

刚回到办公室，赵长风正要让鲍晓飞把机关事务管理局局长李夏华叫进来，桌上的电话却响了起来，他伸手拿起电话，里面传来代市长王刻舟的声音："赵市长，我是王刻舟，你现在有时间吗？过来一趟吧。"

"好的，市长，我马上过去。"

放下电话，赵长风却不着急过去，坐在那里琢磨，王刻舟这时候叫自己过去是什么事情呢？一时间也没有个头绪。

鲍晓飞轻手轻脚地走了进来，说道："李局长……"

赵长风摆了摆手，说道："让他们回去吧。我去市长那边一趟。"说着夹着手包从侧门走了。

鲍晓飞回到自己的办公室，李夏华立刻站了起来，兴奋地说道："赵市长是不是让我进去啊？"

鲍晓飞摇了摇头，说道："今天赵市长没有空，你们都回去吧。"

"啊，鲍科长，我们可是有重要情况向赵市长汇报，你再去通融通融啊！"几个局长、主任都把鲍晓飞围了起来。

李夏华也着急地说道："赵市长不是说好了要听我汇报工作吗，怎么现在……"

鲍晓飞摊开了双手，说道："各位局长，各位主任，不是我不给你们通融啊，是市长把赵市长请走了，我能有什么办法？"

局长、主任们顿时不吭声了。看来不光是他们排着队来见赵市长，苗书记和王市长也要排队来见赵市长。你看看，苗书记刚从赵市长这里离开，赵市长又被王市长请过去了。小赵市长可不是一般的炙手可热啊！

赵长风来到王刻舟的办公室门口，进了会客室，里面坐了四五个局长、主任，在等候王刻舟的召见。见赵长风过来，他们连忙站起来，热情地围上来打招呼。

赵长风微微点了点头，说："你们坐。"然后推门进了王刻舟的办公室。

王刻舟戴着金丝眼镜坐在沙发在看文件，见赵长风进来了，只是欠了欠身子，并没有离开沙发。

“赵市长，坐吧。”王刻舟用手指了指对面的沙发。

赵长风就在对面的单人沙发上坐下。

王刻舟又低头看了看手中的材料，轻轻摇了摇头，像是对自己不满意，又像是对手中的材料不满意，又或者像是对其他什么东西不满意一样。

他抬起头来，看了看赵长风，正要说话，却又向门的方向瞥了一眼，见办公室门只是虚掩着，就起身过去轻轻把门关好。

对领导来说，开着门谈话和关着门谈话意义是大不一样的。赵长风刚才进来的时候有意把门口留了一道缝。他别的时候过来，这个门开着还是关着倒是都无所谓，但是唯独这个时候不行，因为时间不对。苗书记前脚刚离开他办公室，后脚他就到了市长王刻舟的办公室关起门来说话，虽然赵长风光明磊落不怕人多想，但是这些小细节方面该注意还是得注意，尤其是现在外面会客室有那么多局长、主任，赵长风可不想有什么风言风语传出去，说市长王刻舟和常务副市长赵长风关起门来说悄悄话。

见王刻舟郑重其事地起身关上房门，赵长风脸上虽然不动声色，内心却又是一动，王刻舟究竟有什么事情非要关起门来说呢？

王刻舟坐回到沙发上，看着赵长风微笑了一下，这才说道：“长风市长，今天把你请过来呢，我先声明一点，请你不要误会。你是常务副市长，是我最重要的也是最信赖的助手，就我个人来说，我是非常信任你的。”

赵长风听了王刻舟的开场白，心中很诧异，知道肯定发生了什么事情，但是脸上却保持着尊敬的微笑，看着王刻舟，静候他的正文。

王刻舟顿了一下，端起茶杯喝了一口水，这才又继续望着赵长风微笑着说道：“我收到一份举报材料，说你在粤海县担任县委书记的时候，在粤海县电影院改造项目中收了天一房地产公司的好处费。”

赵长风听了之后，心头一团怒火就冒了起来，这是谁往他身上泼脏水啊？粤海县电影院改造项目的确是在他担任粤海县县委书记的时候进行的，基本情况他也了解一些，但是具体运作都是当时的政府办主任莫日根在负责，他根本就没有插手，哪里来的收好处费这一说？

看着王刻舟的微笑，赵长风心中很不舒服。这微笑看起来神秘莫测又意味深长，一时间让赵长风分不出王刻舟这微笑是在表示信任他，还是在表示幸灾乐祸，又或者是有意表现出一个年长上司对年轻副手的宽厚和理解？

“市长，您今天这个谈话是什么意思？是代表组织还是代表你个人？是想让我说一说情况，还是想告诉我组织上对这件事情的态度？”

想到这边刚让高昌山去查别人，自己就被其他人举报了，赵长风就有点控制不住自己的情绪，态度不免有点生硬。

“呵呵，”王刻舟摘下金丝眼镜，从怀里掏出眼镜布，一边擦着，一边微笑着说道：“长风市长，你多想了啊。我没有其他意思，向你通报这件事情呢，就是希望这件事情不要影响你的情绪。我说了，你是我最重要的助手，有很多工作都需要拜托你啊！”

赵长风双手十指交叉着合到了一起：“这件事情，我自己说有或者没有，都不算数，也证明不了什么。为了澄清事实，以正视听，我请市长向组织上建议，尽快派调查组到粤海县调查这件事情。我究竟有没有在粤海县剧院改造项目中搞什么名堂，很容易查清楚的。”

“长风市长，”王刻舟又把金丝眼镜戴上，摆了摆手，说道：“我看这个就没有必要了吧？立案调查，影响不好啊！”

赵长风说道：“没有什么不好的，清者自清，浊者自浊，调查结果出来，比什么都有说服力。像这样任凭谣言流传，我认为影响更不好。”

“放心，这件事情我会处理的。”王刻舟正色说道：“我是信任你的。市委苗书记那里，我会替你解释的。”

“那么，市长。”赵长风说道：“那个举报材料，能不能让我看一看？”赵长风望了望王刻舟面前放的那份材料，估计就是关于他举报信。

“呵呵，”王刻舟又微笑起来，“这样不妥当啊。长风市长，你知道的，按照规定，举报材料是不能同被举报人见到的。我这样也是为你好啊。”

赵长风心中冷笑，王刻舟口口声声说信任他，这就是所谓的信任？

“市长，粤海县剧院改造项目，只是一个普通的房地产项目，就是把旧的剧院拆掉，在原址上盖一座商用住宅楼。这个项目我当时只是听取了下边人的汇报，具体负责招标的是当时县政府办主任莫日根，我根本就没有参与。对于这个项目最后落到什么建筑企业手中我根本就不清楚，还谈什么收好处费？当然我知道我说这些都没有用，我在这件事情上是否清白，还是请组织上调查。”

王刻舟却避而不谈这个话题，他含糊地点了点头，却说起了另外一个话题：“听说劳动局的办公室主任和东江县的一个镇党委书记都被反贪局带走了？这件事情他们有没有向你汇报？”

“这件事情我知道，高书记和我打过招呼。”赵长风点了点头。

“赵市长，这件事情你应该及时向我汇报嘛！”王刻舟有些严肃地看了看赵长风：“你是我最信赖的助手，有什么事情，一定要及时和我沟通啊，对不对？”

“市长，您批评得对，这一点确实是我疏忽了。”赵长风心头一闪，基本上把握住王刻舟请他过来的意思了，他姿态看似放得很低，其实却软中有硬地说道：“我只是觉得您公务繁忙，劳动局办公室主任和大溪镇党委书记都是正科级小干部，这点小事没有必要惊动您。”

赵长风的意思很明白，处理戴天德和朱光辉这样科级干部，只要证据确凿，市检察院反贪局可以直接办案，不用向市委市政府请示。

“海州的情况很复杂啊！”王刻舟瞟了赵长风一眼，“你和我一样，到海州时间不长，又是市政府的一二把手，就更需要多沟通，多交流，才能够应对海州市这错综的复杂局面，对不对？”

说到这里，王刻舟轻轻咳嗽一声，端起茶杯喝了一口水，然后大手一挥，语气就严肃起来：“对于腐败，我的态度很明确：腐败不除，亡党亡国！这一点上，海州市的领导干部也必须有清醒的认识，要坚决和腐败现象做斗争。但是，具体到个案上，我们还是要坚持具体情况具体分析，把案件控制在本身的范围之内，不要捕风捉影，更不能节外生枝。这个意思，也希望你能和反贪局的同志们沟通一下。”

“市长，我会把你的意思传达给反贪局的同志的。”赵长风说道。

“那就好，总之，铲除腐败一是要加大力度，二是要讲求方法，既要防止有些别有用心的人借反腐败之名行政治斗争之实，也要防止基层办案人员为了追求轰动效应，刻意扩大案子的范围，夸大案情的严重性。”王刻舟说到最后，才又微笑起来：“你是负责公检法的副市长，这一点一定要好好把握，不管做什么事情，都要以市政府的统一部署为指导，要符合市里的经济发展大局。明白吗?”

“是，我明白，市长。”赵长风回答道。

“那好，今天就到这里吧。我还有点事情。”王刻舟端起了茶杯。

“市长，我还是要提一个要求。对于那封举报我的材料，我还是建议组织上立即立案调查这件事情。”赵长风说道。

王刻舟笑了起来，手在肚子上轻轻拍了两下，“长风市长，你的心情我很理解。这件事情你放心吧，我来处理。再说了，按照干部管理权限，你是省管干部，要对你立案调查，不是市里能够做得了主的，这必须省委点头才行啊。”

赵长风很不痛快地回到办公室，对王刻舟今天的表现琢磨了好半天。他在想，王刻舟把他叫过去，究竟是什么意思？是对他最近的一些行为表示不满，所以拿一封举报信来警告他？还是希望他不要深究劳动局主任戴天德和大溪镇党委书记朱光辉的事情？又或者是不要深究他们其中的一个？王刻舟虽然是这样绕着弯说话，但是赵长风推测，王刻舟多半还是为大溪镇党委书记朱光辉的事情。劳动局这边，丁一尘的叔叔已经去找了苗书记，不可能再过来找王刻舟。办这种事情一般都是认准一个人一直跟下去，最忌讳就是这个也找，那个也托，同时托了好几个人，最后大家都犯忌讳，谁也不敢帮忙。

不过看王刻舟的意思，也并不是要保下大溪镇党委书记朱光辉，而只是希望这件案子不要再扩大化了。那么也就是说，这件案子很可能还牵扯其他人，在海东新线的建设当中，还有其他人在后面上下其手，说不定朱光辉只是台前木偶，背后还隐藏有大人物。

想到这里，赵长风嘴角就露出一抹微笑：莫伸手，伸手必被捉。只要你们伸手拿了，就必须要承担伸手拿的后果。有高昌山在那里督办，还怕拿不到确凿的证据？这些人一个都跑不了。

赵长风又想到王刻舟口里说的举报材料，他自家知道自家事，当然知道这封举报材料上面写的东西肯定是子虚乌有。现在王刻舟不向市委苗书记汇报，也不同意立案调查，目的其实很简单，即使这举报材料是假的，只要不立案调查，就没有个结论，这么一来，关于赵长风在粤海县电影院改造项目中收了好处费的谣言就会继续流传下去，最终达到诋毁赵长风声誉的目的。

赵长风心中反复权衡着，最后拿起电话打给了苗书记：“苗书记，我有件事情要向你汇报。有人写了举报材料，说我在粤海县电影院改造项目中收了天一集团的好处费。我和王市长沟通了一下，请他向市委汇报，向组织上建议立案调查这件事情，但是王市长却不同意立案调查。我个人的意见是，请苗书记向省委汇报一下，请省委派人下来调查一下，澄清事实真相。”

电话里沉默了一会儿，苗书记才说道：“长风，我就问你一句，你说实话，你经得起调查吗？”

赵长风一字一顿地说道：“我经得起调查。”

“好！果然和我想的一样。”苗书记在电话里说道：“长风，有你这句话我就把心放到肚子里了。这个举报材料，我也刚收到一份，我还正准备打电话问你呢。既然这样，我就放心了。至于向省委汇报，我觉得很有必要，省委派个调查组下来，不但可以澄清事实，也可以查清楚，究竟是谁在背后起的妖风。”

听苗书记答应下来，赵长风这才放心。有些人害怕调查组，那只能说明他们心中有鬼。赵长风心中坦坦荡荡，反而欢迎调查组。谣言既然起来了，能扑灭谣言的只有事实，更何况，就如苗书记所说，要看看是谁在背后起的妖风，调查组的来到必然会使那个捏造事实的诬告者浮出水面。

不过赵长风虽然心中坦坦荡荡，却也知道世上的事情是无风不起浪，他在粤海县干了一年半，也搞了七八个项目，那些人为什么别的项目都不举报，偏偏选中了粤海县电影院改造项目呢？

赵长风寻思了一阵，又拨通自己的老部下、粤海县委办主任莫日根的电话。

莫日根正在跟秘书布置任务，见是赵长风的电话，就轻轻挥了挥手，让秘书赶快出去，这边已经毕恭毕敬地说道：“赵市长，我是日根。您有什么指示？”

赵长风也没有心情和莫日根兜圈子，他开口就直奔主题：“粤海电影院那个工程是怎么回事？”

粤海电影院改造项目在一年前已完工了，莫日根负责这个项目时可是清清白白的，完全按照规定办事，所以现在骤然被赵长风这么一问，不由得丈二和尚摸不着头脑，他愣了一下，才说道："那个工程很好啊，没有听说有啥质量问题。"

"你少给我打马虎眼。"赵长风板着脸说道："我问你，粤海县电影院改造过程中有没有收人家好处？"

"没有，我绝对没有！"莫日根急得眼睛都红了，是谁在造谣啊，他说道："您还不了解我？我本来就是要被排挤走的人了，是你一把手提拔了我，让我到了现在这个位置上。我为你尽心尽力做事还来不及呢，怎么会去向工程上伸手？"

听到莫日根急促的语气，赵长风一下子松了一口气，本来嘛，以他对莫日根的了解，莫日根根本不是那种吃拿贪占的人，要不然也不会在粤海县那么长时间郁郁不得志。不过他还是吓唬莫日根道："没有？你真的没有向天一公司伸手要过什么东西？我这里可是有一封举报信啊！"

"这肯定是一些别有用心的人在造谣，我是清白的，请您相信我，在这个问题上，我可以和任何人对质。至于说天一公司，无非就是接受他们几次吃请，收个把条烟、两三瓶酒的事情，但是金钱上我可是一清二白的，从来没有收过任何人的钱。我向您发誓。"莫日根急声说道："您可以派人下来调查，如果我收过任何人哪怕一毛钱，您都可以撤了我的职。"

听到这里，赵长风彻底放下心来。接受几次吃请，收下一些烟酒，这都是再正常不过的事情了，谁也不会在这上面做文章，只要莫日根没有收钱，那就没事。

"那就好，那就好。日根果然不错，经得起考验。"赵长风微笑着说道："我也就是这么随便一问，你也不要多想，好好干你的工作。"

"那封举报信还说了我什么？"莫日根说道。

"那封举报信只是说有人在粤海电影院改造项目中有经济问题，并没有点名说是谁，我是担心你，所以就打电话问一问。"赵长风并不想让莫日根知道这封举报信其实举报的对象是自己，莫日根知道后心理压力会很大，就故意含糊地说道，"既然你没有问题，我就放心了。"

"那……要不要我这边先内部调查一下，看看当初项目部是不是有什么别的工作人员收了别人的好处？”莫日根听说举报信不是举报他，心中反而有些忐忑起来，他挠了挠头说道：“我是绝对没有问题，但是下边的那些工作人员是不是手脚干净，就难说了。虽然我当时要求他们很严格，但是人心隔肚皮，这种事情我也不敢替他们打包票。”

“你没有收就行。”赵长风说道：“举报信的事情你就别操心了，不要多想，安心工作。有什么情况，我再打电话找你。”

挂了电话，赵长风坐在皮转椅上，翻来覆去琢磨这件事情。当初粤海县电影院改造项目是他指定莫日根去负责的，他最担心的就是莫日根在这个项目中有什么问题，现在莫日根既然没有问题，虽然让他大为放心，但是他还是想不通，为什么会有举报信说他在粤海电影院改造项目中贪污，还指名是收受了天一房地产公司的好处？难道这真的是一封凭空捏造的诬告信吗？如果是这样，一定要让省委尽快派人下来调查，揪出这个诬告者。

可是以赵长风的直觉来判断，又觉得事情恐怕没有那么简单。如果真的是一封凭空捏造的诬告信，诬告者为什么要指名是粤海电影院改造项目，还指明是收受了天一房地产公司的好处费？俗话说真的假不了，假的真不了，这些东西是真是假，一调查不就全清楚了吗？这样写是因为这个诬告者没有经验？还是因为这封信不完全是诬告，是事出有因呢？

其实莫日根刚才说要先内部调查一下，赵长风内心是赞同的，但是他却不能同意。因为被举报对象是他本人，一个是他要避嫌，没有权力这样做，第二是别人会怎么看这样的行为？是不是贼喊捉贼？是不是借内部调查之名串通口供，消灭证据？

所以这件事情即使要调查，也必须是找人私下里悄悄调查，绝对不能像莫日根说的那样由他出面搞一个内部调查，到时候就真的成了黄泥落到裤裆里，不是屎也是屎了。

考虑了很久，赵长风给在粤海县公安局担任刑警大队副大队长的方忠海挂了个电话，让他换一身便装，到海州市来一趟。

方忠海很快就赶到了海州，寻了一个僻静的茶楼，和赵长风见了面。比起莫日根来，方忠海就是赵长风嫡系中的嫡系，他什么都不隐瞒，把事情原原本本地告诉了方忠海，末了说道：“小方，这件事情你怎么看？”

虽然才干了四个多月的刑警大队副大队长，方忠海却比以前老成多了，他沉吟了一下，说道："姑夫，我看这件事情是空穴来风。"

赵长风摇头说道："恐怕不那么简单。即使是空穴来风，也得先有穴才有风啊。没有穴，风怎么会吹进来？俗话说针尖大的窟窿斗大的风，就是这么一个意思。以我的意思来看，这件事情肯定是事出有因。所以我想让你想一想办法私下调查一下，不要惊动任何人。"

"姑父，您就放心吧，这件事情交给我了。即使这股妖风再奇怪再隐蔽，我也会把那个起风的窟窿给您找出来。"方忠海自信地说道。

"好，这件事情你自己就掂量着办，宁可慢一点，稳一点，也不能急于求成。总之，不能闹出什么动静，最后收不了场。"赵长风又拍着方忠海的肩膀叮嘱了一番，这才让他离去。

第二天早上，赵长风到了办公室，正在埋头批阅文件，桌上那部红色电话急促地响了起来。他连忙放下笔，伸手抓起话机，电话里传来赵强熟悉而又严厉的声音："长风，你是怎么回事！"

赵长风怔了一下，他没有想到赵强这个时候会打电话给他。到了粤东省以来，除了他主动去向赵强汇报工作，赵强很少主动打电话给他，两年时间内赵强主动打电话给他的次数加起来不过两三次而已，今天怎么会忽然间打过来了？而且还是这么严厉的语气。

不过赵长风很快就反应过来了，赵强肯定是听说粤海县电影院改造项目的事情了，于是就平静地说道："您是不是听说了什么风言风语？"

赵强说道："难道我是聋子吗？外面都传得满城风雨了，我能听不见？"

赵长风知道赵强还是关心他的，心态就轻松起来，说道："我跟您这么多年了，您还不了解我？我如果是那种人的话，您还会让我跟您跟到现在？"

赵强哼了一声，说道："人是会变的。"

"不管再怎么变，我做人的原则不会变，对您的忠心不会变。"赵长风觍着脸说道。

"少给我嬉皮笑脸！"赵强又哼了一声，"你能保证自身没问题就好。"

"我绝对没问题。我已经主动要求苗书记向省委汇报，请省委派调查组立案调查。”赵长风说道。

“嗯，让人下去查一查也好，只要组织上有个结论，那些谣言就不攻自破了。”赵强语气缓和一下，他停了一停，又嘱咐道：“长风，你现在不比以前，已经是副厅级干部了，做事更要讲究个策略，要学会保护好自己啊！”

挂了电话，赵长风心中暖洋洋的，虽然说杜红军很欣赏他，可是关键时刻，还是赵强这层关系过硬啊。从上大学时第一次见到赵强，到现在都十二年了，两个人的关系也一步一步深化，到现在真的好似亲叔侄一般。

听说赵长风要求苗书记向省委汇报，王刻舟吃了一惊，他还专门打电话给赵长风，责备赵长风过于冲动，一点都不考虑后果。如果省委真的派工作组下来调查，无论最后结果如何，对赵长风的威信都是一种伤害。

赵长风则是客客气气地感谢了王刻舟对他的关心，至于王刻舟后面所说的话，他却未置可否。王刻舟下面的话无法继续说下去，只好打个哈哈，说既然长风市长内心坦荡，那么让省委派个调查组下来查一查也未必是坏事。

放下电话，王刻舟知道事情没有办法按照他的计划进行了，既然如此，就不能给赵长风留什么面子，必须抓住这件事情让赵长风自顾不暇，没有精力继续在海东新线工程问题上追究下去。

原来海州市交通局副局长、海东新线东江段常务副总指挥王文封是王刻舟的高中同学，当初王刻舟的表弟裴可安之所以能够当上粤海县交通局局长，王文封是出了不少力气的。在海东新线东江段的征地拆迁工作中，王文封和大溪镇党委书记朱光辉等人勾结在一起捞了不少好处，这次朱光辉被反贪局抓起来之后，王文封就如同惊弓之鸟，连夜找到王刻舟，求王刻舟想一想办法，救他一次。

对于这样的铁杆关系，王刻舟自然不能见死不救，但是他也知道赵长风的脾气，软硬不吃，当初表弟裴可安就是被赵长风亲手送进去的。现在要想作通赵长风的工作，当然不那么容易。

不过现在和以前相比情况也有所不同，以前王刻舟是在羊城市当副市长，鞭长莫及，赵长风完全可以不买他的账。现在呢，王刻舟则是赵长风的顶头上司，赵长风总要顾忌一下上司的脸面吧？

更巧的是，王刻舟这个时候接到一封举报信，举报赵长风在粤海县担任县委书记期间，在粤海县电影院改造项目上收取了天一房地产公司的好处费。王刻舟当时就如获至宝，这封信来得太是时候了。

对于举报信上的内容，王刻舟没有丝毫怀疑，世界上能有不吃腥的猫吗？既然坐在那个位置上，必然会向外伸手的，如果连这点便利都没有，谁还挤破脑袋去当官啊？赵长风也不是不食人间烟火的圣人，他也只是一介凡夫俗子。既然是凡夫俗子，那心中的贪念就戒除不掉，借着抓工程的机会向外伸一伸手也是很正常的。

但是王刻舟并不打算利用这件事情去整赵长风，虽然说当初赵长风把他的表弟裴可安送进了监狱。表弟既然已经进去了，再整赵长风有什么用？把赵长风整垮，最多就是心头出了一口恶气，对表弟的处境并没有什么实际帮助。既然没有什么帮助，那么去做这件事情的意义也就不大。

反之，王刻舟认为，把这封举报信压下去，替赵长风遮掩这件事情，反而更符合他当前的利益。

王刻舟从羊城来到海州担任市长，是怀着一副雄心壮志来的，是下定决心要在海州市放开手脚大干一番的。但是他在海州市有一个天然的制约，那就是市委书记苗晓。苗晓是海州市一把手，以前又在海州干过多年，在海州市的影响力远非王刻舟这个外来户所能比拟的。所以王刻舟要想摆脱苗晓影响力的钳制，做出一番事业，必须培养出自己的班底，最重要的就是在市委常委会中拉到自己的同盟军。其中最理想的同盟军就是常务副市长赵长风，市政府在市委就他和赵长风两名常委，他们可以算是天然的同盟军，如果赵长风能够时时刻刻和他调门保持一致的话，那么就等于在常委会上，市政府的意见是一致的，虽然在常委会上还是处于绝对少数地位，但是包括苗晓在内的其他常委不能不考虑一下市政府的意见。

这就是王刻舟的大局，这样做也最符合他当前的政治利益。与这个政治利益相比起来，当初赵长风和表弟裴可安那些过节根本不值得一提。没有永恒的朋友，也没有永恒的敌人，只有永恒的利益。

在王刻舟看来，赵长风也没有理由不接受他的示好。毕竟赵长风在海州市还没有站稳脚跟，这封举报信如果捅上去了，对赵长风蒸蒸日上的仕途将带来巨大的负面影响。

抱着这种想法，王刻舟打电话把赵长风请到自己办公室，先谈了一谈海东新线的问题，试探了一下赵长风的态度，然后把这封举报信扔了出来。在王刻舟看来，赵长风如果会做人，这个时候肯定会表示服从市长的领导，服从市政府的大局，对于海东新线上的一些问题坚持个案处理的原则。只要赵长风肯服这个软，只把案件办到朱光辉这个层次，王刻舟就会把这封举报信压下来，以后两个人精诚合作，苦心经营，再慢慢拉拢其他常委，在海州市的影响力未必见得就会输给市委书记苗晓。

可是王刻舟没有想到，赵长风竟然会不知好歹，不但不接受他的好意，反而会去把这个问题向苗书记反映，还让苗书记向省委建议，派调查组下来调查这件事情。这不由得让王刻舟有些恼羞成怒。即使这样，王刻舟还是压着怒火打电话给赵长风，试图再给赵长风一次机会。只要赵长风接受，即使是事情已经到了省委那个层次，王刻舟也会利用岳父路跃进的影响力把这件事情替他摆平。但是，王刻舟再一次失望了，赵长风竟然又拒绝了他的好意。

哼！年轻啊，到底是年轻啊！你以为得到省委书记杜红军的赏识，就可以有恃无恐了吗？杜红军赏识的是你的能力，而不是你的贪婪。这件事情如果传到杜红军的耳朵里，他对你恐怕更多的是失望，而不是出手来帮你。

再说，即使杜红军会起恻隐之心，拉你一把，省委也并不是他一手遮天。还有其他常委，还有同样强势的省长赵强，只要你赵长风收钱的证据确凿，杜红军即使想帮你，也要有所顾忌、有所避讳吧？

好吧，年轻人，既然你这么自信，那么栽一个跟头对你来说也不是什么坏事，它可以让你更加清醒。

王刻舟下定了决心，一定要让赵长风重重地摔一个跟头，甚至是摔倒了永远爬不起的那种大跟头。而能不能达到这个目的，最关键的问题就是能不能拿到赵长风收好处费的证据。而这个又要看省委下派的调查组的工作力度了。

一边想着，王刻舟一边拨通了粤东省委副书记、纪委书记路跃进的电话："爸，我想跟您汇报一件事……"

对于海州市常务副市长在粤海县担任县长、县委书记期间受贿的问题，粤东省纪委反应非常迅速，在征求了省委书记杜红军的同意后，立即成立了由省纪委副书记马龙飞领导的工作组，第一时间内赶到海州。

马龙飞到了海州之后，首先在市委小招和海州市委书记苗晓、代市长王刻舟闭门谈了半个多小时，然后又把赵长风请到自己的房间。

“长风同志，这次组织上派人下来，你思想上不要背什么包袱，不要因为这个影响了正常工作。”马龙飞一见面就说道：“组织上对你还是很信任的，只是问题反映了上去，我们如果不下来查一查，别人就会说我们纪委是聋子的耳朵，对不对？其实组织上这样做，也是对你好，是对你本人的一种保护。”

看看赵长风，马龙飞继续说道：“我们这次来呢，主要目的就是弄清楚事实的真相，替你洗刷掉不白之冤。路书记在下指示的时候也特别强调了，我本人和工作组全体同志也都是这个态度。只是由于工作的需要，接下来可能一些环节上需要你配合一下，还请你多多理解。你本人对工作组有什么要求，也可以提一提，只要在政策允许的范围内，我都会给你开这个绿灯的。”

在政策允许的范围内还需要开绿灯吗？那不是六个指头挠痒，多那一道吗？其实赵长风在工作组下来之前已经接到黄秘书的电话，他告诉赵长风，马龙飞虽然在纪委几个副书记中只排在第四，但是却是路跃进的心腹。路跃进这次把自己的心腹派下来查这个案子，其用意不用说也明白，不就是因为赵长风拒绝了王刻舟伸过来的橄榄枝，想趁机让赵长风好看吗？

赵长风想着，嘴上非常诚恳地说道：“马书记，我很感谢组织上以及你本人对我的信任，但是作为这次调查的对象，我不能就有没有在粤海县电影院改造工程中收好处费说半句话。对于组织上派工作组下来调查，我是举双手欢迎的，因为这本来就是我本人主动要求的，对于我这个态度苗书记和王市长都知道，我也向省领导汇报过。对于工作组的同志们，我只有一个请求，那就是尽量抓紧时间办案，尽快得出结论。”

“一定一定，这个请长风同志放心。”马龙飞哈哈一笑。

赵长风站起身来，伸手和马龙飞一握：“那就不耽误马书记工作了。”

第二天上班，赵长风一进西湖一号大院，就感觉气氛有些不对。以往那些机关干部见了他，老远就仰着个笑脸向他问好。可是今天有好些个干部看见他躲躲闪闪，远远地就绕过去了。那些实在躲不过去的，就站下来脸上挂着尴尬的笑容，招呼道："赵市长好。"然后迅速溜之大吉。

赵长风昂首挺胸、目不斜视地走着，看似在抬头望天，其实却把这些机关干部犹犹豫豫、躲躲闪闪的样子都看在眼里，他心中冷笑，昨天下午工作组才下来，你们今天就以为我要倒霉了吗?

赵长风堂堂的市委常委、常务副市长，自然不能和这些机关小干部计较，不计较是不计较，看到这种情形还是让赵长风有点郁闷。

鲍晓飞在后面看着也是直生闷气，心中叫骂道，狗眼看人低的家伙！听到一点风吹草动就这个样子了？以为赵市长真的在粤海县受贿了，这次要被整倒啊？做你们的春秋大梦吧！赵市长有没有收好处，还有谁比我这个秘书更清楚的？这次工作组空手而来，也只能是空手回去，本来就是子虚乌有的事情，他们能屙出证据来?

出了电梯，往办公室方向走，门口冷冷清清的。往日这个时候，那些局长、主任早早就赶过来在办公室门口排着队，争着抢着向赵长风汇报工作，但是今天，办公室门口只孤零零地站了一个人。看来眼皮子浅的不光是那些的机关小干部，这些局长、主任们同样眼皮子浅啊。

再走近两步，发现门口站的人是卫建国，卫建国这个时候也看到赵长风了，就快步迎了上来："赵市长。"

赵长风微微一笑，说道："老卫，你怎么来了?"

卫建国毕恭毕敬地说道："我来向您汇报工作。"

"好，也别在外面站着了，进去吧。"赵长风又是一笑。他对卫建国的表现还是比较满意，这个关键时刻能够顶住，说明老卫的立场还是比较坚定的。不像是其他那些局长、主任，平时溜得火热，但是刚有点风吹草动，立刻就躲得远远的，要和他划清界限避嫌了。

卫建国在外面脸色还算平静，一进门就气愤地嚷道："赵市长，省里那些领导怎么了？瞎了眼吗？这不是扯淡吗？说谁收好处费我都相信，说你收好处费，我一万个都不相信，即使把我枪毙了，我也不会相信！你是什么人，我还能不清楚吗?”

“老卫，激动什么?”赵长风给卫建国递了根香烟，“来，抽根烟，坐下来说。”

卫建国接过香烟愤愤地坐下。

赵长风微笑着说道：“是我主动要求省委派工作组下来的。”

“什么？你主动要求的?”卫建国愣了一下，随即释然，“也是，也是。如果任由这谣言流传下去，还不如早早让组织上派人调查，得出结论，也好澄清事实。我说呢，省委领导也不会糊涂到这个地步，连谁是金子，谁是泥沙都分辨不出。”

卫建国说着摸出打火机为赵长风点上香烟，然后自己又点上火，继续说道：“赵市长，这个办法好是好，但是也有个副作用，那就是在工作组没有得出结论之前，会有很多对你不利的谣言。”

“哦?”赵长风手夹着香烟，看着卫建国。

“这不，昨天下午省里工作组下来，夜里就有谣言了。”卫建国说道：“凌晨三点多的时候，我被一个朋友的电话吵醒，他说在吃宵夜的时候听人说你贪污了好几百万，被省纪检委的工作组给抓起来了。当时我就把他骂得狗血喷头，恨不能冲过去揍那混蛋一顿。”

赵长风心头一紧，却不动声色地微笑着说道：“街头巷尾的小道消息，何必去生那个闲气？是不是？也不能怪你的朋友，他也是听别人说的嘛。”

“赵市长，我知道。可是我听到这些混蛋话心中就难受！看你的清白声誉被他们这样糟蹋，我控制不住自己啊!”卫建国狠狠地抽了两大口烟。

“算了，见怪不怪，其怪自败。他们爱说就让他们说去吧。”赵长风弹了弹烟灰，“我是怎么样一个人，也不是他们说说就真的是了。”

“道理是这样讲，但是，你还是要想一想办法啊。赵市长，不能让这些混账话就这么流传下去。”卫建国忧心忡忡地说道。

“好了，我知道了。”赵长风把香烟在烟灰缸里摁灭，伸手拍了拍卫建国的肩膀：“老班长，你安心回去吧。这件事情我会处理的。”

卫建国这边刚走，那边高昌山的电话就打了过来：“长风，事情有些不对啊!”

“有什么不对的？你听到什么风声了？”赵长风以为高昌山也听到关于他的风言风语，就问道。

“反贪局花了几天时间，眼看要撬开朱光辉的嘴巴了，谁知道今天早上他好像是打了强心剂一般，态度忽然间又强硬起来，问什么都不知道。我估计他在里面是不是收到什么工作组下来的风声了？”高昌山恨恨地说道：“那些人竟然敢搞到我的头上，我已经派人对专案组的成员逐一进行调查，看哪个不长眼的胆敢给朱光辉传递消息！”

“这很正常，林子大了，什么鸟都有。”赵长风倒是不吃惊，“朱光辉的案子也不着急，既然他心存幻想，就让他多幻想两天，等这边工作组调查清楚我的问题之后，看他还有没有勇气再负隅顽抗。”

“嗯，那就暂时放一放，我也正好对专案组的内鬼调查一下，只要让我抓住，立刻就扒下他身上的警皮！”

挂断了电话，赵长风暗自吃惊，究竟是谁有这么大的能量，竟然能撬得动反贪局专案组成员？政法系统可是高昌山苦心经营了五六年的地盘，没有点分量的人是根本插不进手的。除非是……

赵长风脑海里一闪，浮现出一个人的名字。假如真的是这个人，那么包括以前发生的一切事情，都不难理解了。

在海州市，有这个能力又有这个胆子往高昌山地盘里掺沙子的只有市委书记苗晓和代市长王刻舟两个人。至于说其他人，在公检法系统中有一两个心腹眼线并不稀罕，但是如果说要在高昌山精挑细选的专案组成员中布下眼线，恐怕还没有那么大的能耐。

就苗晓来说，以他和赵长风、高昌山的关系，有什么事情可以直接提出来商量，还有必要使用这么下作的手段吗？那剩下的可能性只有是代市长王刻舟了。王刻舟不但是海州市代市长，岳父路跃进更是身兼粤东省委副书记、纪委书记两职，政法系统又不是铁板一块，想攀高枝的大有人在啊，再由他们私下里和专案组的成员联系，摆出代市长王刻舟这尊大菩萨出来，难保没有个别意志薄弱的人会……

海东新线开工修建的时候，王刻舟正在羊城市担任副市长，赵长风以为王刻舟不会与海东新线有什么瓜葛，所以当王刻舟在他面前提起朱光辉的案子时，赵长风以为王刻舟也只是受人之托讲讲情面，并没有想到王刻舟本人会与海东新线有什么牵扯。但是假如专案组里的内鬼真的是受王刻舟指使的话，那么情况就又不一样了。再联想到王刻舟对举报信前后截然相反的态度，这些虽然不能说明王刻舟本人一定在海东新线工程中捞了什么好处，但是至少可以证明他和海东新线贪腐案中那窝硕鼠关系绝非一般。

当然，这一切都是赵长风的推测，在没有拿到切实的证据之前，他也不敢说自己的推测一定正确，只能说事情发展到这一步，代市长王刻舟有很大的嫌疑。对于自己的推测，赵长风只能暂时埋在心底，不过他相信，以高昌山的办案能力，要挖出专案组里的内鬼并不难，到时候一切疑问都会迎刃而解了。

正在寻思，市政府秘书长白宇航拿着一份通知进来："赵市长，按照市政府党组的安排，今天下午三点要召开市政府党组党员先进性教育专题民主生活会，不知道您有没有时间……"

"下午三点是吧？我会参加的。"赵长风微笑着说道。这个党员先进性教育民主生活会每年都要轰轰烈烈地举行一次，尤其是对赵长风来说，这是他担任常务副市长来第一次参加党组的民主生活会议，更是非要参加不可。

"那好，那好。"白宇航说着看了看左右，忽然间趴在办公桌上，低声对赵长风说道："赵市长，省纪委专案组刚才来了三个人，说是要找干部谈话，了解一下情况……"

"哦，知道了。"赵长风淡淡地说了一句，也许意识到自己的态度过于冷淡，会让白宇航有其他想法，又微笑着递给了白宇航一支帝豪国风，"老白不错。听说嫂子烧得一手地道的客家菜，啥时候让嫂子给我露一手啊？"

"好烟，好烟啊！赵市长，我早就听说这里藏有中原名烟，天天惦记着呢！"白宇航受宠若惊地接过香烟，用鼻子嗅了一嗅，觍着脸说道："想去我家尝地道的客家菜可以，一包烟换一顿饭。"

"你这个老白啊，算盘打得真精明啊！"赵长风伸手虚点了点白宇航，伸手从抽屉里把那大半条帝豪国风拿出来塞到白宇航手里，说道："好了，这一周的饭我可都要让嫂子帮着解决了。"

"没问题，没问题！"白宇航笑嘻嘻地把帝豪国风往胳膊下一夹，"那婆娘，知道赵市长喜欢吃她烧的菜，怕高兴得上天。”然后又低声说了一句：“您忙，那边专案组还在会议室，我要做好‘接待’工作啊。”他把“接待”两个字咬得重重的，笑着退了出去。

赵长风一直是满脸微笑，等白宇航走出门去，他脸上笑容一下子垮了下来！省纪委专案组搞什么名堂？明明是粤海县电影院项目的问题，为什么要大张旗鼓地来市政府这里了解情况？这样的举动是向下面的干部传递什么信息？简直是欺人太甚！王刻舟也是在羊城市当过几年副市长的人了，就这么一点涵养？稍微不遂他的意，就搞出这么大的动作出来，就这么点容人之量，即使他老岳父是省委副书记，在仕途上也不会有什么大的发展。

赵长风相信，白宇航一定也是看出这一点了，认为王刻舟这棵树再往上也长不了多高，所以才会过来向他示好。看来白宇航能在市政府里稳稳当当地做这个大管家，确实有过人的眼力。

正在想着，鲍晓飞推门进来向赵长风汇报：“莫主任刚才来了电话，说省纪委专案组的人已经到了粤海，正在约人谈话。”

兵分两路，气势很大啊！赵长风嘴角挂着一抹冷笑，看来不挖出赵某人一点东西，有些人是不会甘心的。那咱们就等着看吧，看你们最后会怎么收场！

下午两点五十分，赵长风缓步走进了市政府小会议室，他惊奇地发现，代市长王刻舟竟然提前到了。往常市政府开会的时候，王刻舟像是一个千呼万唤的压轴明星一般，总是在会议马上就要开始的时候才会出现，没有想到今天却一反常态。

此时王刻舟正坐在会议室正北的米黄色双人真皮沙发上，高跷着二郎腿，满面春风地和市政府党组成员们闲聊着，仿佛根本没有见到赵长风进来一般。

赵长风端着茶杯走到王刻舟面前，微笑着说道：“市长好。”

“好，好。”王刻舟点了点头，目光在赵长风脸上一扫而过，仿佛多停留一秒就是浪费时间。

赵长风就在对面的沙发上坐下，拧开茶杯，靠在那里喝水。

王刻舟神采飞扬地和大家闲聊着，不停用目光和部下们进行交流，仿佛是一个威严而又慈祥的大家长，偏偏到赵长风这里，他的目光怎么都不肯再瞟一下。

赵长风一边喝水，一边淡淡地笑着，目光跟着王刻舟的视线在走。而王刻舟的视线就好像是讨厌的苍蝇一般，嗡嗡地飞着，一会儿近一会儿远的，就是不肯落下。赵长风暗暗摇头，真没有想到王刻舟就这么一点肚量，一件小事就能彻底拉破脸面。这种水平的上司，得罪就得罪吧，没有什么关系。

“哈哈，”王刻舟开怀大笑起来，爽朗的笑声在会议室里回荡，他抬起手腕看了看手表，说道：“时间到了，我们开始吧。”

海州市政府党组党员先进性教育专题民主生活会终于正式开始。会议主持人市委副书记、市政府党组书记、代市长王刻舟面容立刻严肃起来：“本次市政府党组党员先进性教育专题民主生活会是按照我市关于先进性教育活动的统一部署，经过海州市委同意召开的。我们要从加强党的先进性建设的高度，深刻认识开好这次专题民主生活会的重要性。”

“这次专题民主生活会既是市政府党组班子成员参加先进性教育活动分析评议阶段的一个关键环节，又是加强班子建设的一项重要措施，要把思想认识统一到中央的要求上来，着眼于加强党的先进性建设，着眼于搞好先进性教育活动，着眼于提高市政府党组的领导能力和工作水平，深刻认识开好这次专题民主生活会的重要性。”

“我们要紧紧围绕加强党的先进性建设、保持共产党员先进性这个主题，严格按照总书记提出的‘提高认识、端正态度，摆正位置、自觉投入，找准问题、认真整改，完善制度、健全机制’的总体要求，扎实搞好‘五对照五检查’，认真查找和解决班子及个人在理想信念、坚持科学发展观和正确政绩观、求真务实、联系群众、廉洁自律等方面存在的突出问题，使这次专题民主生活会成为提高认识、增强党性、净化思想的有效途径，成为开展好先进性教育活动的重要环节和扎实措施，成为全市党员同志积极参与先进性教育活动的带动力量，促进我市党的先进性建设迈出新的重要步伐。”

讲了一大通套话之后，王刻舟话锋一转，谈起了廉政建设：“我们要结合这次先进性教育，增强廉洁自律意义，加强在反腐倡廉方面的建设，要充分认识到当前反腐败的重要性复杂性，要警惕那些打着红旗反红旗，高唱着反腐败的高调，暗地里却大搞腐败的腐败分子！”

会场上气氛顿时微妙起来，谁都知道，王刻舟这段话是针对谁来的。

赵长风不动声色，慢慢地旋转着手中的茶杯。对于王刻舟的意有所指，他根本就不当一回事。当初六祖慧能祖师曾经说过，“本来无一物，何处惹尘埃?”如果他是一个贪腐分子，听到王刻舟这些诛心之言或许会心惊肉跳，可是他本身就是清清白白的，想平白无故地往他身上泼脏水，也得要能泼得上去啊。

等王刻舟讲完了，赵长风这才合上茶杯盖，轻轻咳嗽一声，开始了他的发言：“刻舟市长刚才的讲话很深刻，很重要，很发人深思。我认为我们在座的所有干部都要认真学习刻舟市长的讲话，深刻领会其中的重要精神。”

王刻舟点燃一根烟，大模大样地靠在沙发上，左腿搭在右腿上，那只脚轻轻地摇晃着，很是契合他这个时候的心情。马龙飞这次下来，即使查实不了粤海县电影院的案子，但是这么大张声势地一搞，赵长风是黄泥落在裤裆里，不是屎也是屎了。只要名声臭了，看他还怎么继续在海东新线上搞下去。

“刻舟市长刚才重点谈到了反腐的问题，下面呢，我就对反腐这个问题谈一点个人看法吧。”赵长风微笑着扫了会场一眼，目光最后落到了王刻舟脸上。王刻舟却晃着脚，双眼望着天花板。

会场上其他领导都心照不宣地碰了一个眼神，小赵市长也不是瓤茬，王刻舟拿反腐问题敲打他，他竟然毫不示弱地也谈起了反腐，这说明小赵市长腰杆子硬着呢！王刻舟和小赵市长这一场龙争虎斗究竟是谁能够获胜，恐怕很难讲。于是个个就打定了主意，一会儿假如轮到他们发言，一定要和好这个稀泥，既尊重王刻舟，又肯定赵长风，总之，谁也不得罪，情势不明朗的时候，千万不要搅进去。

赵长风继续说道：“近年来，中央不断加大了反腐败的力度。一些高级领导干部也先后受到了党纪、政纪甚至是刑事处分。我们应该看到，反腐败斗争取得了一定的成效，党在人民群众中的威信也不断加强。我党‘为人民服务’的宗旨也得到了更加充分的发挥。但是，我们同时也要清醒认识到，当前反腐败的形势依旧非常严峻，党内腐败，特别是领导干部的腐败案件时有发生，而且还呈现出串案窝案的现象。可以说，腐败问题目前已经严重影响到我党作为执政党的执政水平，严重影响到党和人民群众的鱼水关系、血肉关系，严重影响到领导干部的成长与党本身的健康。因此，今天刻舟市长在党员先进性教育的生活会上谈起这个反腐败问题，可以说是抓住了问题的要害，是十分必要的！”

会场上一片寂静，除了王刻舟，其他领导个个都神情严肃，态度端正。王刻舟仰头看着天花板，对赵长风的发言似听非听，心中不停地冷笑，我说得不错吧，这家伙果然是一个打着红旗反红旗的家伙，说话做事都很有欺骗性。看他今天的发言，说起来一套一套的，对腐败是深恶痛绝，可是背地里呢？不还是收了天一房地产公司的好处吗？

赵长风停下来喝了两口水，润了润喉咙，这才继续说道：“谈起这个腐败，有人总是认为这是别人的事，是其他单位、其他部门的事情，与自己关系不大，其实不然，腐败距离我们并不远，甚至可以说就在我们身边。”

“往稍远一点说，我在粤海县任职的时候，前后发生了钱云枫腐败窝案和段志魁腐败窝案，前前后后牵扯进去十几个干部。往近说，前几天，检察院反贪局就抓了海东新线项目指挥部和东江县大溪镇镇党委书记等七八个官员。同志们，触目惊心啊，这就是腐败，最大的腐败，人民给了我们权力，可是我们中有很多人却不懂得珍惜它，甚至是用它来以权谋私。”

会场上依旧是一片寂静，所不同的是，绝大多数领导都低下了头看着桌面，即使有个别没有低头的，也是目光无神地望着天花板想着心思。小赵市长的讲话越来越深了，甚至可以说是触及到他们灵魂的深处。

赵长风仿佛嫌自己的说话不够重一样，继续加大发言力度：“再往更近的地方说，即使我本人，不也正在被省纪委专案组在调查吗？当然在专案组下结论之前，我不能说自己究竟是一个什么样的干部。但是就我本身来讲，我认为这个调查是非常有必要的，因为这正说明我党目前反腐败制度的行之有效——无论是谁，是哪一级干部，只要做了对不起党和人民的事情，必然会受到党纪国法的惩处，当然这也包括我本人。今天在这个会议上，我可以撂下一句话，关于粤海县电影院改造工程，只要省纪委调查组查出我有一点经济问题，不管问题的大小，我立即辞职！”

这句硬邦邦的话砸在桌面上，会场上的寂静终于被打破了。这些副市长们互相交流了一下眼神，他们既惊讶于赵长风的胆识和气魄，又对赵长风这种动不动就把辞职挂在嘴边的做法不以为然，身为党的中高级领导干部，这种做法显得太幼稚太草率了，即使是在粤海县电影院改造工程中有问题，那问题也有大小之分啊，究竟该怎么处理，该承担什么责任，应该由组织上说了算，作为个人在组织结论没有做出之前，就擅自发表意见，这成何体统？

王刻舟也很是吃了一惊，终于把眼睛从天花板上移下来，那眼睛睃了赵长风一下，心中琢磨，赵长风说话这么硬气，难道说他行动足够快，把漏洞都弥补上了？不可能吧？事情只要做下了，再去弥补，终究会留下破绽。也许有人做了组织上没有发现，那是因为组织上不想发现，否则，以组织上强大的能力，什么真相查不明白？年轻人，你还是太年轻啊，就凭你今天这句话，将来省里讨论问题时，即使是杜红军书记恐怕也保不了你。

会议结束后，赵长风也不理会其他人的目光，端着茶杯径直地回到办公室。坐到皮转椅上，他盘算着是不是要给方忠海再打个电话催问一下，看看那边的进展究竟怎么样了，算起来也差不多有五六天的时间了。

白天不能说人，晚上不能谈鬼。赵长风念头刚转到方忠海身上，方忠海的电话就打过来了："姑父，事情我调查清楚了。是政府办小车班司机老王搞的鬼。"

"老王？"赵长风有点糊涂，"哪个老王？"

"就是您刚到粤海县时，我还没有调过来，政府办给你安排的临时司机。"方忠海说道。

"哦，我想起来了，是有这么一个人。"虽然想起了这个人，但是赵长风脑海里依旧很是糊涂，那个王师傅不过是政府办小车班的司机，他怎么能够在粤海县电影院改造工程中搞鬼，又怎么能牵扯到自己身上呢？想到这里，赵长风就问道："这个老王怎么搞的鬼？和我又怎么扯上了关系？"

"事情是这样的，这个老王平时工作还算踏实，但是他有一个毛病，就是喜欢赌球，而且越赌越大，因为输多赢少，家当几乎被他败光，可是他却依旧执迷不悟，竟然发展到借高利贷赌球，结果越欠越多，最后欠了有五十多万高利贷，当时债主派人上去收债，告诉他如果再不还钱，就去卸掉他儿子的一条大腿。老王被吓坏了，就想办法凑钱还高利贷，最后把主意打到粤海县电影院项目改造工程上面去了。”

“这个项目上马的时候是莫日根主任负责的，很多人都去找莫日根主任做工作，莫日根就说这是赵县长亲自定下来的工程，我可不敢打马虎眼儿，你们找我也没有用。”方忠海继续说道：“当时那些建筑承包商在莫日根主任这里碰了钉子，就想通过你去做工作。他们又打听了，知道你为人正派，从来没有收过别人的钱，所以也不敢送钱给你，就在这个时候，老王出现了。因为他给你开过两天车，就到处声称是你的司机，说他可以帮忙，让你把电影院改造的项目安排给别人。”

方忠海在电话里继续说道：“老王接下来又说，不过你们也不能让赵县长白辛苦，多少也得给一点表示不是？钱不多，六十万就够了。为了欺骗这些承包商，让他们放心，他还说，这钱你们也不要先给我，给我也不要，万一赵县长不答应你们，事情办不成，我不是还得把钱退给你们？这不是净找麻烦吗？这些钱呢，我现在也不会要的，等事成之后，你们再给我，这样大家都放心，是不是？”

“他对每一家投标的公司都说同样的话，说赵县长是个正派人，如果是别人去向他开口，恐怕早就被骂出去了，但是我给他当过司机，关系就又不一般了，只要我开这个口，他多少都要照顾一下我的面子是不是？自己人嘛！等事情成了，你们再把钱给我就好了。”

“然后呢，老王也不去找你说，他心中盘算，反正这几个投标公司，总会有一家中标吧？结果是天一房地产中了标，老王就上门去了，天一房地产公司以为是你关照了他们，所以就把事先说好的六十万给了老王，他们也不敢不给，毕竟他们只是中标了，只要工程没有完工，只要工程款没有结算清，你随时都可以卡他们——他们还真以为老王是你派过去的。”

“这个老王，也太胆大包天了！”赵长风愤怒地说道：“搞名堂都搞到我的头上了。他现在人呢？”

“我已经把他控制起来了，您看该怎么处理？”方忠海说道。

“先看好他。这件事情我要立即向市委苗书记汇报。”赵长风沉吟了一下，又问道：“那这封举报信呢？有没有查出来是谁写的？”

方忠海说道：“暂时还没有查出来。反正不会是老王和天一房地产公司写的，天一房地产公司的工程款还没有结算清楚，他们当然不会写这封信。那剩下的就是其他几家没有中标的房地产公司有嫌疑了。但是我又不好过去一家一家查，因为动静太大。”

“那就不用查了，反正事情已经清楚了，谁写这封举报信都不重要了。”赵长风说道：“小方，辛苦你了。有没有想法到海州来工作啊？”

方忠海嘿嘿笑道：“我当然是离你身边越近越好啊。”

“好，好。”赵长风说道：“等这件事情了结了，我就把你调到海州来。身边有个得力的人，办事才能放心啊。”

放下电话，赵长风一身轻松，心中的大石头终于落了地。虽然说是县政府小车班的司机老王收了建筑承包商的钱，但是这与他本人没有关系，与莫日根也没有关系，甚至与整个工程招标领导小组都没有关系，只是老王的个人诈骗行为。剩下的事情就简单多了。

赵长风也不耽误时间，立即赶到苗书记办公室，把情况向他做了汇报。

“好！”苗书记也是一脸喜悦，伸手拍了拍赵长风的肩膀：“长风，我就知道，你是经得起考验的！”

赵长风笑着说道：“多谢苗书记的信任，我总算没有给你丢脸。”

苗书记笑了两下，又说道：“我这就去把情况通报给马如飞，让他们该干什么就干什么去，别没事在海州市瞎折腾了，我们还要干正事，奉陪不起！”

赵长风知道这是苗书记替他鸣不平，他只是微笑着不说话。经过这场风波，他和苗书记之间的关系越来越近了，以前苗书记可是很少在他面前说这种对上级机关大不敬的牢骚话的。

说着苗书记就拨通了电话，把情况向马如飞做了通报。

“什么？”马如飞听苗书记在电话里做了情况说明，当时就愣住了，“情况确实吗？”

“证据确凿。”苗书记含笑瞟了坐在一旁的赵长风一眼，“粤海县公安局的同志已经拿到了那个司机的口供和银行有关的单据，正在积极地追捕赌球的庄家。”

马如飞失望地挂断了电话，呆呆地窝在沙发里，他实在是想不明白，这件粤海县电影院改造项目受贿案最后会以这个结局收场。这次他下来的时候，可是兴冲冲地以为要揪出一条大鱼。以马如飞在纪委系统多年的工作经验，只要一认真查，必然会有问题。至于说问题的大小，全看纪委调查的力度。而纪委调查的力度又与上级领导的态度有关系。可以说只要是上级领导态度坚决，基本上纪委下来查案一查一个准。

这次来海州办赵长风的案子，路书记特别强调了，这件案子无论涉及谁，都要一查到底。对于路书记的意思，马如飞当然心领神会，他是抱了很大的决心，一定要把赵长风这个蛀虫揪出来，但是，马如飞没有想到最后竟然是这样的结果。赵长风竟然是一只不吃荤腥的猫，粤海县电影院改造那么大的工程，硬是一分钱好处没有捞。

不光是粤海县电影院改造项目，在其他方面，赵长风同样是无懈可击。纪委专案组兵分两路，派两个小组分别进驻市政府和粤海县同时展开调查，但是根据这两个小组反馈过来的情况，那些机关干部对赵长风的问题多是什么态度粗暴了、不近人情了之类，竟然没有一个干部提到赵长风有什么经济问题，即使调查小组的成员发出暗示，那些机关干部也都是连连摇头，说赵市长平时连烟酒都不收，更别说什么钱财了。

马如飞当然不相信，他认为赵长风绝对不会没有经济问题，只不过隐藏得比较深而已，正准备指示部下加强工作力度，耐心细致地寻找一切有价值的线索的时候，海州市委书记苗晓却忽然间打电话告诉他，粤海县电影院改造项目的问题弄清楚了，是一个县政府老司机的个人诈骗，这怎么能不让马如飞感到失望？他们就是挂着调查粤海县电影院改造项目工程的名义下来的，现在这个问题弄清楚了，和赵长风无关，纪委专案组也就失去了继续在海州市待下去的理由了。

这时专案组副组长从外面进来，向马如飞请示道："马书记，第一工作小组汇报说，他们今天就不回海州了，要利用夜里的时间抓紧约谈粤海县的机关干部。"

"谈什么谈！让他们撤回来！还有第二工作小组，也从海州市政府给我撤回来！"马如飞重重地拍了一下沙发扶手，吼叫道："谈了一整天，什么收获都没有，还不觉得丢人败兴啊？"

副组长讪讪地退了出去，不知道马如飞书记为什么要发这么大的火。

粤海县电影院改造项目由一个领导干部受贿案变成了一个普通的经济诈骗案，事情当天晚上就在海州市传了开来，很快就家喻户晓。到了这个地步，省纪委专案组继续呆在海州市也没有什么意思了，当天晚上就要打道回府，苗书记和赵长风硬是强留着他们，说怎么样也得吃过晚饭再走，否则就说明上级机关对海州市有意见，说明海州市的接待工作还没有做到位啊。

已经得罪了赵长风，马如飞不能再把苗书记得罪了，他只好率领工作组留下来参加了海州市的送行宴会。在宴会上，赵长风客气地说道："马书记，本来昨天你们到海州市来，我就该陪领导们吃顿饭，但是戴罪之身，多有不便，没敢造次。今天晚上这顿饭，就算是向马书记和各位领导赔罪了。"

马如飞心中尴尬，脸上却若无其事地笑道："长风同志这是在开玩笑啊！我昨天和你一见面，就对你说了，路书记派我率领工作组下来，当然还有我本人的目的，都是为你洗刷掉不白之冤，好让你去掉包袱，轻装上阵。你看，你看，这目的不是很快就达到了嘛！"

场面虽然很客气，可是一晚上赵长风连个酒杯都没有端，连马如飞敬他酒，他都推说身体不舒服，医生交代不能喝酒，今天就不好意思了。其实谁都知道，赵长风这哪里是身体不舒服啊，明明是心里不舒服。马如飞心中虽然不快，可是也没有什么办法。如果他只是派工作组到粤海县调查，还能怪赵长风这个人不懂事，可是他大张旗鼓地在市政府展开了调查，还能怪赵长风不给他面子吗？

马如飞心中不舒服，王刻舟就更是难受。本以为这次抓住了一个绝好的机会能把赵长风打得翻不了身，谁知道最后却是闹了一场笑话，还把赵长风往死里得罪了，以后在海州市，他的日子恐怕不会好过了。

第六章　身在其位谋其政，站好最后一班岗

省委书记杜红军将要离任，可南江市的发展始终是他的一块心病。南江原是经济特区，一直是改革的排头兵，可现在却显得步履蹒跚、老态龙钟。杜红军考虑选派一个有想法有能力有冲劲的年轻干部去打破坚冰，使南江再次焕发青春。赵长风脑子活，能力强，敢冲敢打，不墨守成规，把他放到南江去是人尽其才物尽其用。

省纪委专案组离去后，海州市形势又是一番翻天覆地的变化，那些当初认为赵长风要倒霉的局长、主任们立刻调转了方向，拿着笔记本捧着汇报材料在鲍晓飞的办公室排着队等候汇报工作。机关里的小干部们，在路上见到赵长风又开始主动问好，只是脸上比以前更多了两分敬畏。

与此同时，关于这次省纪委下来办案的戏剧性结局，海州市民间流传着不同的版本，衍生出无数的细节。其中不乏小赵市长拍着桌子和省纪委专案组叫板，最后把专案组吓得灰溜溜跑回去的情节。大家最热衷探讨的，就是小赵市长后台究竟有多硬，连省委副书记路跃进都奈何不得，至于小赵市长是不是在粤海县电影院工程项目中受贿了，这个反而不是人们关注的焦点。用他们的话说，还关注什么啊？现在的官员，有不贪的吗？贪不贪不要紧，贪少贪多也无所谓，关键就是这些官员在贪的同时，不要忘记为老百姓做一点好事，这样老百姓就知足了。在人们眼里，小赵市长肯定不能免俗，在粤海县电影院改造工程中肯定会拿一点好处，至于什么司机老王之类的人，不用说是充当替罪羊了，等着看吧，等将来老王出来，那封口费肯定不是个小

数字。只不过比起别的领导干部来，小赵市长还是很踏实地为老百姓做事，无论是在粤海县，还是到海州市，都踏踏实实地干事，这样的领导，即使多贪一点多占一点，也没有啥嘛！

官场中人看待这件事情和普通百姓的看法又是不同，他们的大脑甚至都不会去考虑小赵市长贪污没有贪污，司机老王是不是替罪羊等等这些问题，这纯粹是浪费时间。所以对他们来说，最关键的问题不是小赵市长贪没贪，而是小赵市长倒没倒。这次省纪委专案组来势汹汹，小赵市长却依旧能够屹立不倒，说明在这场不见硝烟的战斗中代市长王刻舟落在了下风，再联想在此前省委书记杜红军对赵长风的青眼有加，老省长孙金平也在海东新线上对小赵市长服了软，稍微有点智商的人，都会明白这个时候究竟该何去何从的。

对于这些，赵长风全然不放在心上，古来成大事者，莫不誉满其身，谤满其身。自己是什么样的人没有必要向每个人都解释，只要自己问心无愧就行了。

在高昌山的督促下，海东新线工程指挥部的腐败窝案终于侦结，除了大溪镇党委书记朱光辉外，涉案的还有海州市交通局副局长、海东新线东江段项目指挥部常务副总指挥王文封、东江段项目指挥部拆迁领导小组组长、大溪镇镇长等十余名领导干部，其中副处级干部两名，科级、副科级干部九名，涉案金额高达九百多万，海州市上下都为之震惊。

市委书记苗晓专门把赵长风叫过去，谈起海东新线的腐败窝案时痛心疾首，连声说想不到，想不通，这些人衣食住行全部都由国家包了，还要那么多钱干什么？这不是自己往自己脖子上套绞索吗？愚蠢，愚蠢之极！

赵长风也陪着在一旁发了一通感慨。

苗书记发泄了一番以后，情绪好多了，他话锋一转，忽然间问道："长风，来市里快半年了吧？"

"您的记性真好，到今天为止，整整五个月零十天。"赵长风微笑着说道。

"对市里的情况熟悉了吧？"苗书记又问道。

"基本上都熟悉了。"赵长风说道。

"那就好。"苗书记伸手在肚皮上轻轻揉着，沉吟了一下，说道："由于各种原因，市里干部职位出现一些空缺，还有一些领导干部的职位需要调整，本来这些工作应该在两个月前进行，因为你和王市长刚到海州来，情况还不熟悉，所以就推迟到现在。我看现在你对市里的情况了解也差不多了，这个工作也应该开展了，你说是不是?”

“您是班长，这事应该您来安排，我们下边人执行就是。”赵长风说道。

“长风，现在不是谦虚的时候。对于这次干部调整，你有什么想法，可以提出来。”苗书记伸手拿出一份表格递给赵长风，“有相中的干部，趁着这次机会选上来，这样也有利于你以后开展工作啊。”

赵长风接过来一看，市委组织部统计出来的海州市干部岗位空缺表，正处级、副处级加起来有三十来个，再加上一些需要轮岗调整的，一共有近六十个岗位空缺。这可是一轮大调整啊。

见赵长风看得入神，苗书记又说道：“不忙，这份东西你拿回去看看，仔细考虑一下，看什么人选合适，到时候把名单交给我就行。”

赵长风把岗位空缺明细表拿回去之后，仔细斟酌了好几天，他明白，这是苗书记送他的一份大人情。在海州市工作，没有几个得力心腹，那怎么能行？虽然说以前的局长、主任之类的也可以拉到自己身边，但是毕竟不是自己亲自提拔的，无论是能力还是使用起来的顺手程度都会有所欠缺。所以趁着这次干部调整的机会，调几个心腹上来，以后在海州市的工作无疑会好开展得多。

对于第一个人选，赵长风毫不犹豫地画到卫建国身上。卫建国能力和水平都不差，就是机遇差一些，在粤海县吃够了苦头，到海州市又吃了这么多苦头，这次该好好补偿一下了。这个问题前一段时间苗书记也谈过，卫建国出任劳动局一把手的问题应该不大。

至于第二个人选，赵长风选的是粤海县政府办主任莫日根。这次市财政局有一个副局长的空缺，赵长风打算把莫日根调过来，到财政局担任副局长。虽然说以莫日根的资历，财政局里担任副局长排名肯定是倒数第一位，但是排名是排名，和实际权力大小无关。卫建国在劳动局副局长中排名倒是第一，却被丁一尘整得死去活来的。

按照赵长风的想法，莫日根到了海州市财政局之后，也不要分管其他工作，就把赵长风即将成立的海州市财政局会计委派中心主任的职务兼起来。

这个职位虽然是新设立的，但是手中的权力甚至比海州市财政局局长的权力还要大。会计委派中心成立后，海州市这些部委局办的财权可就完全被会计委派中心掌握了，他们这些局长、主任花钱的时候都要看会计委派中心主任的脸色。这是一个要害职务，必须掌握在自己人的手里。莫日根当初在粤海县就是财经领导小组办公室主任，对这一套工作流程非常熟悉，加之又忠心耿耿，是出任海州市会计委派中心主任的最佳人选。

想到这里，赵长风在表上写上莫日根的名字，又重重地划了一个钩。

第三个人选，赵长风却考虑到苗书记的专职秘书闻言声身上，闻言声在苗晓担任市长时就跟着苗晓，赵长风也和闻言声打过不少交道，知道闻言声不但脑子灵活，善于领会领导意图，而且为人也谦逊低调，一点都没有在市长书记身边当秘书的那种张扬，如果能好好培养一下，这个闻言声将来肯定可以大用。赵长风平时听苗书记提起闻言声也是赞不绝口，说小伙子很机灵，又很有自己的想法，如果有机会可以到下面历练一下。

赵长风心中思忖，闻言声目前还是市委办副主任，副处级，这次提名苗书记肯定不好提起，不如自己做一个顺水人情，把闻言声级别先提起来，也方便将来苗书记对他的安排是不是？这次如果先提一个虚职，挂名市委办公厅副秘书长，正县级，将来苗书记也不用再费这个心思了。

第四个人选，赵长风想到了自己的秘书鲍晓飞。鲍晓飞自从被赵长风从粤海县政研室挑选到身边之后，一直表现非常出色，赵长风交给的任务无论有多难，他都能顺利地完成，尤其是当初到省电网集团要用电指标，在那么艰难的情况下鲍晓飞都能完成任务，可以说比起苗书记的秘书闻言声来说，鲍晓飞要更为出色。除了能力出色、吃苦耐劳外，鲍晓飞对自己更是忠心耿耿，即使不说功劳，这鞍前马后的操心，苦劳总是有的吧？那么这次是不是趁着这个机会给鲍晓飞的级别问题也解决一下呢？如果按照年龄来说，鲍晓飞比他还大两岁，这次如果解决个副处级，也不算过分吧？这次如果给鲍晓飞挂一个市政府办公厅副主任的虚衔，让他还跟着自己锻炼，以后自己如果调走了，鲍晓飞有副处级这个级别在这里，也好安排啊。

当然，和自己关系不错，按照能力也该提拔的还有不少，比如粤海县常务副县长董金坤、粤海县公安局局长刘大江，这些人按照能力和业绩都该获得提拔，可是呢，赵长风还要把握一个分寸。这次干部调整名单看着挺多，有好几十个，可是海州市有十一名常委，哪一个常委不想趁着这个机会安排一些干部？自己这边提的人多了，苗书记也不好掌握平衡。再说了，自己到海州市还不到半年，一下子提的人多了，别的常委会怎么想？苗书记又会怎么想？是不是？自己来海州市是打算踏踏实实干事的，至于人事方面的问题，还是越少介入越好。

想到这里，赵长风就放下了笔，本打算让鲍晓飞把这份名单送到组织部部长吕集体那里，可是刚要开口，又停了下来，伸手拿起拟好的名单，反复地看了好几遍，在心中斟酌了很久，最后才恋恋不舍地把鲍晓飞的名字给划掉。初来乍到，就提拔自己的秘书，讲出来不好，这次还是让鲍晓飞暂时受一点委屈，等以后有机会再说吧。

把名单又抄了一遍，赵长风这才让鲍晓飞过来，把名单送到组织部吕部长那里。

按照组织部提拔干部的程序，一般都是各个常委把拟提拔的人选名单报过来，组织部再汇总起来，报送到市委苗书记那里，由苗书记通盘考虑，最后定下来名单，再交给组织部派人进行考察，如果组织部考察没有发现什么大的问题，最后把拟提拔的人选放到市委常委会上进行讨论，常委会通过之后，下达任命文件，组织部派人到拟任单位或者部门宣读任命文件，基本上就算完成了整个提拔程序。

“苗书记，这是各个常委报上来的名单。”吕部长坐在苗晓书记对面，把各常委报上的拟提拔人选名单交了过去。

“老吕辛苦了，抽烟。”苗书记扔了一支烟过来，拿起名单看了起来。

吕部长一边抽烟，一边看着苗书记的脸色。只见苗书记看着看着眉毛就微微蹙了起来，然后越皱越厉害，最后竟然拧在了一起，形成了一个深深的川字纹。

“乱弹琴！”苗书记重重地把名单搁在了桌面上，“以为这是卖白菜萝卜，可以一大车一大车的批发啊？一个个都提了十来个人上来，让市委怎么统筹安排？把所有的位置填三遍都还富裕！”

苗书记嘴里虽然说是“一个个”，但是吕部长却知道苗书记这“一个个”

其实指的只是一个，那就是代市长王刻舟。其他常委们提名多则七八个，少则五六个，偏偏是代市长王刻舟拟好的名单上一口气写了十九个人，几乎占据了这次调整干部名额的三分之一。连吕部长都觉得有点不像话，可是王刻舟毕竟是市委书记、代市长，是吕部长的上级，有些话吕部长还真不好说出口。

“是，是。”吕部长连忙说道：“我也觉得他们这样搞不妥当，只是……”

“只是什么，老吕，你是组织部长，要把好关嘛！”苗书记说道：“党和人民给了我们挑选干部的权力，我们就要珍惜好这个权力，一定要把真正品德好、有能力，能够为国家和人民做出大贡献的干部提拔上来，是不是？你把名单给他们退回去，就说我讲了，让他们认认真真地考虑一下，再报上一个名单给我。谁如果不满意，让他们直接过来和我打官司！”

“苗书记，我就等着你这把尚方宝剑呢！”吕部长这下可放心了，回去王刻舟如果要问他，他直接说是苗书记的意见，王刻舟如果有意见，就去找苗书记打官司去。他笑着说道：“有您给我撑腰，我底气就足了，我这就回去让他们重新把名单拟过。”说着拿着名单转身要走，苗书记却又说道：“老吕，等一下，把赵市长那份名单给我一下。”

吕部长微微一愣，旋即笑道：“好，好。”伸手抽出赵长风拟好的名单，交到苗书记手里。

苗书记拿在手里看了几眼，抓起笔在上面刷刷刷地写上“鲍晓飞”三个字，又在名字后面注了个“市政府办公厅副主任”的字样，然后才把这份名单递还给吕部长：“老吕，这份名单就不要退回去了，按照上面写的办吧。”

吕部长扫了一眼名单，看到苗书记把赵长风的秘书鲍晓飞名字填上去了，连忙说道：“好，好，就按照您的指示办。”

走出了书记办公室，吕部长心中还在感叹，小赵市长虽然年轻，但是办起事情来四平八稳，滴水不漏。那么多常委们，个个都拼命地往名单上填写自己的人，生怕少选一个自己就吃了大亏一般。再看看小赵市长，只写了三个人，而且其中一个人还是市委书记苗晓的秘书，这样的心思别说是其他常委，就是自己这个在组织部干了二十多年的老组工也没有想到，怪不得苗书记欣赏他呢。这不，一报还一报，苗书记就主动地把赵长风的秘书鲍晓飞的名字写了上来，要提拔成副处。哎，自己当初怎么没有想到这一招呢！

目送吕部长走出办公室，苗书记伸手拿起桌上的电话拨通了赵长风的号码："我说长风啊，你也别太自律了啊！连古人都有举贤不避亲的传统，难道说我们连这点肚量都没有？你身边那个小鲍我看就很不错嘛，小伙子精明能干，人品又好，参加工作也有十多年了吧？你不能又要马儿跑，又要马儿不吃草啊。不能再耽误人家了。刚才呢，我没有征求你的意见，就把他的名字给加上去了，你不会有什么看法吧？"

听到苗书记又是亲切又是埋怨的话语，赵长风也很是感动。当初他把闻言声的名字写上去的时候，并没有想苗书记能够投桃报李，把鲍晓飞也给提上去。毕竟苗书记是市委一把手，下边人为他做什么事情都是应该的。自己不过是一个在市委常委中排名第七的常务副市长，怎么能够奢望苗书记主动替他解决问题呢？

"苗书记，你这么关心年轻干部的成长，我感谢您还来不及，又怎么会有什么看法啊？我这里先代小鲍谢谢您。这小子听到这个消息，不知道要高兴成什么样子呢！"赵长风笑着说道。

"有什么好高兴的！听说这小子下得一手好象棋，有空过来陪我杀两盘就好了。"苗书记打了个哈哈，然后话锋一转，又说道："长风啊，你这里自律，可知道其他领导干部是怎么做的？有个别领导，好家伙，逮住这个机会跟过年办年货似的，恨不能弄一车皮的干部上来。我刚才已经对老吕说，统统地拿回去重新考虑。干部是我们党的宝贵财富，必须要精挑细选，如果跟赶集一样一窝蜂地蕹上来，这成了什么样子，你说是不是啊？"

"苗书记，党管干部的原则一百年也不能动摇。有您在这里把关，他们那些人即使再一窝蜂，最后还不得听您拍板？"

挂了电话，赵长风暗自吸了一口气，幸亏他这次有所克制，没有提名几个人。不然刚才苗书记的话可就是批评他了。只是他有点想不明白，苗书记口中个别领导指的是谁？提名干部之多，竟然让苗书记用火车皮来形容，这样大的手笔恐怕也只有……能做得出吧？

赵长风摇了摇头，都做到这样高的位置上了，还这样不懂得进退，恐怕今后也没有什么大的发展前途了。

“什么？名单要重新拟定?”王刻舟重重地拍了一下桌子，冲秘书乔学雨吼道：“老吕是这样说的？这个老吕，搞什么搞，我打电话问他。”

说着王刻舟风风火火地拨通了吕部长的电话：“老吕，那个名单是怎么回事？上面的人选一个一个都是我深思熟虑过的，为什么要重新写过?”

吕部长不冷不热地说道：“刻舟市长，这是苗书记意思，要不您亲自打电话去问他?”

“你……”王刻舟怒哼了一声，愤愤地挂断了电话。苗书记苗书记，你们眼里就只有个苗书记!

不过愤怒归愤怒，王刻舟还没有失去理智真的去打电话质问苗晓，苗晓毕竟是海州市一把手，他这个电话一打，以后和苗晓之间的矛盾恐怕就公开化了。

王刻舟把名单在手里压了几天，最后勉强去掉三个人，报送了一个十六人的名单到了市委组织部。

票很快就投好了，现场统计结果出来，鲍晓飞八票赞同，三票反对，提名顺利通过。这个结果出来后，王刻舟脸色铁青，和举手表决相比，无记名投票他输得更惨。

赵长风却是微微怔了一下，他没有想到除了王刻舟，鲍晓飞还得了两张反对票，看来无记名投票果然是一把双刃剑。在发言的时候，别人不光要顾忌王刻舟的面子，还是顾忌苗书记和他赵长风的面子，因此很可能把要说的话咽下去了，把不想说的话违心地讲了出来。但是投票却不一样，反正是不记名，只知道结果，却无法知道是谁投的票。最多心中猜测一下，但是没有切实证据，是没有办法说具体是哪个人的。

吕部长却知道，其中一票反对票是他投的，倒不是说他反对鲍晓飞，他只是怕如果这次投票结果出来之后是个十比一，那么王刻舟肯定知道所有的常委都反对他，而那些常委们心态也会起变化，说不定在下一个名单表决时会改变主意，投票支持王刻舟。但是如果王刻舟得到两票以上，那么就说明不是全体常委都反对他，王刻舟就拿不准这些常委们中间究竟谁支持他，谁反对他，这样一来，常委们后顾之忧也解除了，下次投票会继续按照自己的意思去投。

但是吕部长却猜不出另外一个投票反对鲍晓飞的是谁，那个人是抱着和他一样的想法，还是真就支持王刻舟呢？琢磨不清。

接下来的进度就快多了，每一个提名干部都是白长江介绍一下情况，然后有常委发言就发言，没有常委发言直接开始无记名投票，现场统计投票结果，即使这样，五十八个干部都表决完，也到了凌晨一点。最后的表决结果是，王刻舟三个正县级提名只过了一个，十三个副县级提名过了五个，其余的全被否决，成为这次常委会彻彻底底的失败者。一下子否决掉这么多提名，这在海州市常委会上也是非常罕见的一幕，不能不说苗书记提出的这个无记名投票威力巨大。至于其他十名常委，加起来不过只有三个提名被否决，其中两个还是无关紧要的闲职。

会议结束后，高昌山见苗书记心情不错，就笑着说道："苗书记，今天大家都饿着肚子陪您开会，这晚上的宵夜，您是不是要负责啊？"

苗书记哈哈大笑，说道："老高，你啥时候都不忘敲诈勒索，这明明我们大家的事情，怎么变成陪我开会了？不过一顿宵夜，还吃不穷我，你们说吧，去什么地方？"

常委们纷纷凑趣，七嘴八舌地说着某某地方宵夜好吃、某某大排档风味独特之类的，最后定到西湖梅林美食街。

王刻舟却没有心情吃宵夜，他借口身体不舒服，独自回去了。回去之后，他不顾已经是凌晨一点多了，立即打电话向岳父路跃进诉苦，说苗晓和赵长风在海州市拉帮结派，有意孤立他，还添油加醋地把常委会的情况学了一遍。路跃进当场黑着脸训斥他一顿，让他不要时刻拿捏着自己的身份，要搞好和海州市本地干部的团结，尽早融入海州市领导班子里去。

"我当初就说了，不要去调查赵长风，你不干。结果呢？调查出什么来了？现在呢，常委会你又一口气提名了十六个干部？你想干什么？海州市是你王刻舟自家开的公司，想用谁用谁？也不考虑考虑别的常委的感受？活该！你这是自作自受！"路跃进毫不客气地说道："我一直劝你，眼界要开阔一点，心胸要宽广一点，结果你呢？刻舟，这样很危险！你一定要好好反省一下自己的行为，再这样下去，你今后进步的道路会越走越窄！"

气哼哼地挂断了电话，路跃进觉得一阵心胸气闷，就要翻身下床。爱人岳灵芝早就被吵醒，见路跃进要下床，忙问道：“老路，你要干什么?”

路跃进捂着胸口说道：“药，快给我拿药。”

岳灵芝连忙跳下床来，连拖鞋都没有顾得上穿，拉开抽屉取出一瓶速效救心丸，又接了一杯纯净水，服侍路跃进喝下，还用手在后面轻轻地替路跃进抚摸着后背。

路跃进吃下了药，过了好一会儿，那股心悸的感觉才缓了过来，他冲岳灵芝说道：“看你养的宝贝女儿，我当初给介绍老何家的小子多好，她死不同意，自己千挑万选，最后就选这么一个女婿！总有一天，我非被你这个宝贝女婿气死不行!”

“我说老路，你冲我发脾气干嘛？咱家的丫头那臭脾气，你又不是不知道。你要是有本事，当初她寻死寻活的时候就不要慌张嘛，任她去闹。怎么到最后你比我弄得还紧张啊？选这个女婿，你最后可是点了头的，现在又把责任一股脑推到我的身上!”岳灵芝却不肯吃这个埋怨。

路跃进被王刻舟气得够呛，又被岳灵芝一阵抢白，睡意早就抛到九霄云外了，他披着睡衣起来，叼着一根烟，坐到沙发上。

岳灵芝可能也知道自己刚才嘴快了一些，让丈夫心中不痛快了，于是就跟着过来，坐在路跃进的旁边，推了推路跃进的腿，说道：“老路，你不是常说，事情要一分为二看待？刻舟这孩子虽然毛毛躁躁，有不少缺点，但是他对咱家丫头可真是体贴，整天把咱家丫头当成一个宝贝公主一样供着，即使现在当了市长，不是依旧对咱丫头服服帖帖吗？这样的好男人到哪里去找啊？而且不光是对咱家丫头好，对咱俩不是也很孝顺吗？又知冷又知热的。咱家哪回有事情，不都是他忙里忙外地张罗着？你再看看咱家小宝，是怎么对待咱们的？如果不是咱们主动去问他，他十天半月也想不起打一个电话回来。不是我偏心啊，我觉得刻舟这孩子比咱家小宝强太多了。”

那倒也是。路跃进点了点头，面色才缓和下来。王刻舟有点不争气，但是对他们二老却是没啥说的，真的是比亲爹娘还要亲。以路跃进的阅历，当然能够看出来，王刻舟对他们那股亲热劲儿绝对是发自内心的，不是伪装出来的，即使在他最失意担任档案局局长的那一阵子，王刻舟还是天天鞍前马后地劳顿着，根本没有嫌弃他这个老泰山没有本事。

岳灵芝见路跃进面色缓和下来，就又说道："老路，虽然刻舟这孩子不争气，咱们该帮还得帮不是？咱不为他着想，还不得为咱家丫头着想着想？不能眼睁睁看着咱家丫头将来受人欺负不是？"

路跃进缓缓地叹了一口气，说道："唉，他这么不争气，让我怎么帮啊？这次是海州市常委会的决议，程序上没有一点毛病，我能有什么意见？以后，以后看机会吧……"

常委会过后没有几天，高昌山又把方忠海从粤海县公安局调过来，担任海州市公安局刑侦支队第一大队队长。这样赵长风该安排的人基本上安排到位了，他再也没有后顾之忧，全身心地投入到海州市财政制度改革当中去。

莫日根在粤海县的时候就对财政改革熟门熟路，到了海州市之后，财政制度改革基本上是照搬粤海县的那一套，没有太大的改变，他这个财政局副局长兼会计委派中心主任就很快投入到角色当中去，成为赵长风推行财政制度改革的强力臂助。

虽然说常委会上的情况按照要求是需要保密的，但是现在，什么东西都不可能保密，往往是常委会还没有结束，外边就有人开始绘声绘色地描绘常委会前面发生的细节了。大家都知道，代市长王刻舟在这次常委会上和小赵市长闹了起来，结果却吃了个大瘪，威风扫地。一时间所有人对代市长王刻舟在海州市的发展前景都不看好，认为以小赵市长的能力和背景，要不了多长时间，就会把代市长王刻舟排挤走，坐上代市长的位置。

与此同时，由于财政制度改革正式展开，下面的部委办局的财权全部被会计委派中心收了回来，而会计委派中心又掌握在小赵市长手中，那些部委办局的局长、主任们要想用钱都要看小赵市长的脸色行事，一时间大家纷纷往赵长风的办公室那边跑，排着队等着求见赵长风，把鲍晓飞小小的秘书办公室挤得水泄不通。反观代市长王刻舟的办公室，门前冷落车马稀，偌大的专用会客室，经常是冷冷清清只有一两个不疼不痒的闲职在那里等候汇报工作。干部们私下里还开玩笑，有事去找刻舟市长，能办成就怪了，那不是明摆着"刻舟求剑"吗？没听说"长风几万里，吹度玉门关"吗？事情要想过关，还得去找长风市长啊！

海州市公共财政制度改革推进顺风顺水的，几乎没有遇到什么大的波折，即使出了一些问题，也都是技术层面能解决的问题，不涉及什么深层次的矛盾。眼见着海州市财政制度改革步入了正轨，赵长风心情也非常愉快，所谓磨刀不误砍柴工，他在海州市前期做的那些工作看似与财政制度改革无关，却为自己开展财政制度改革积累了足够的声势，让下面那些部委办局的头头脑脑见证了他的个人实力，所以在推行财政制度改革工作时才会如此顺利，没有哪一个部委办局的头头脑脑敢玩花花肠子。

时间转眼进入了二〇〇四年，不知不觉又是一个春节要到了。和往年相比，二〇〇四的春节来得特别早，一月二十二日就要过年，所以海州市到省里各个厅局拜山门的活动也比往年提前了半个多月。

赵长风在分管的局长们的陪同下，也到羊城依次拜访对口厅局，表达了基层部门对上级领导机关的心意。

忙忙碌碌地弄了快一周，才把所有对口的厅局都拜访完毕。局长们主任们都打道回府，赵长风却留在了羊城，因为按照计划，他还要去拜访省委书记杜红军。

从一九四九年十月十五日解放军入驻羊城市起，羊城市新华路都一直是粤东省政治权力中心，无论时代如何变迁，都从来没有失去过上位者独有的矜持和自信，甚至连外貌都没有什么大的改变。即使是在改革开放之后，羊城市城市建设日新月异，大厦洋楼一座座拔地而起，新华路却依旧保持着它特有的宁静，一座座森严的大院矗立在摇曳的绿荫当中，在人们的印象里，这些大院的门似乎永远都是关闭着，让这些大院在人们心目中更增加了几分令人敬畏的神秘。

稍微有点政治常识的羊城人都知道，新华路历来都是省部级高官云集的地方，这里每座洋楼的主人或者曾经的主人都不是等闲之辈，他们在会在某个历史阶段主宰着粤东这个华夏南部重镇的历史命运。即使在今天，这里的主人们名字传出去，依旧会让每一个粤东人都感到敬畏，因为他们依旧主宰着包括两千多万流动人口在内的总数超过一亿的海量人口的政治、经济命运。

省委书记杜红军住在新华路一号别墅。这是一栋外表看起来很不起眼的法式小洋楼，建造于上世纪二十年代，但是洋楼内部早就按照现代住宅的标准修缮一新。

在洋楼的后面，就是面积达二点三平方公里的城中湖——龙源湖。这是一个上世纪五十年代开挖的人工湖，站在湖边向里望去，很有些烟波浩渺、碧波荡漾的感觉。当年挖湖清出来的土并没有运走，堆在湖心形成了两座小岛，一左一右立在那里，犹如是龙源湖的两只眼睛。在小岛上当年种植的小叶榕、木棉等绿化树种，还有荔枝、芒果、龙眼等果木早就连成茂密的一片，把两个小岛遮盖成绿色的海洋。在绿色的海洋正中，还修建有亭台楼阁，供人歇息之用。

有一座弯弯曲曲的廊桥，从小洋楼中向湖中延伸，一直到延伸到右边那座小岛，省委书记杜红军有个习惯，每天早上就沿着廊桥跑到湖中心的小岛，打上半个小时太极。

晚上九点，赵长风的专车出现在新华路一号别墅门口，门口值班的武警伸手拦住了车，查看了车上的通行证，又打电话请示了一下，这才挥手放赵长风进去。

司机老张把车开到楼门前，赵长风刚下车，省委书记杜红军的专职秘书刘延松就迎了出来："长风老弟，最近忙什么呢？好久都不见你的影子。"语气中半是亲热半是埋怨，让人一听就心中舒服。

赵长风用力握住刘延松的手，笑着说道："基层那点事，你又不是不知道，还不是穷忙吗？我一直想过来看看，就怕打扰杜书记。"

"瞧你这话说的，什么打扰不打扰的？书记听到你来不知道有多高兴呢。他正在书房等你。"刘延松嘻嘻哈哈拉着赵长风的手，边走边聊。

上到二楼，踩到软绵绵的地毯上，赵长风和刘延松两个人几乎同时闭上了嘴边，除了沙沙的脚步声，再无其他声响。

来到书房门口，刘延松轻轻敲了敲门，"书记，长风市长到了。"

"带他进来吧。"杜红军平和又不失威严的声音从里面响起。刘延松就推开房门，把赵长风让了进去。

赵长风一进去，就把手中提的袋子放在了杜红军的书桌上："杜书记，这是你爱喝的冬凌茶，我这次又给你带来了两盒。"

杜红军放下手中的材料，把老花镜摘下来，看着赵长风说道："什么我爱喝的冬凌茶，给我带过来两盒，我看你小子是黄鼠狼给鸡拜年，不安什么好心。是不是又惦记上我的熊猫烟了？”

赵长风拉开椅子坐在杜红军对面，笑嘻嘻地说道：“杜书记真是目光如炬，我这一点小心思，怎么能逃过你的法眼？”

“你看，你看，”杜红军指着赵长风对刘延松说道：“延松，你看这个长风，做强盗也做得这么理直气壮。”

刘延松正在给赵长风泡茶，听了杜红军的话就有点吃赵长风的干醋。他跟了杜红军将近四年，都没有见杜红军对他这么亲热过，赵长风才和杜红军认识不到两年，关系就如此亲密。要不怎么说人比人气死人呢？

他把茶水放到赵长风面前，微笑着对杜红军说道：“书记，你现在知道他的厉害了吧？省里这些厅局长听说长风市长过来，都绕着走，生怕一不小心被长风市长刮一层皮呢！”

“哦？有这么厉害？”杜红军笑眯眯看了赵长风一眼。

赵长风老脸破天荒红了一红，说道：“杜书记，你别听延松在这里添油加醋，他是嫌我没有送他冬凌茶呢！”然后扭头对刘延松说道：“放心，后备箱里还给你留着一盒呢！”

刘延松摇头苦笑两声，退了出去，轻轻把门带上。

杜红军这时才收了脸色，开始了正式谈话，问道：“怎么样？”

对于这样没头没尾的问话赵长风早已经习惯，他打开手包，从里面拿出一沓厚厚的材料，递到杜红军手里，“杜书记，这是海州市半年多来推行财政制度改革的工作总结，我这边先给你口头上把大致情况简单汇报一下。”

然后，他介绍起海州市这半年来财政制度改革的得失。

杜红军一边听着一边轻轻点头，对赵长风的汇报很是满意。他又戴上老花镜，简略翻看了一下赵长风交上来材料。

“嗯，不错，成绩斐然。”杜红军看完之后摘下了老花镜，“长风不错。海州市财政制度改革能够在半年内取得如此巨大的进展，远远超出省委的期望，值得表扬。”

赵长风毕恭毕敬地说道：“这些成绩算不得什么，都是在您和省委的支持下，在市委苗书记的领导下，以及海州市各级干部共同努力下才取得的，我个人不过是居中协调了一下，作用微乎其微。”

杜红军笑了起来，“长风，你说的这些都对，但是不要妄自菲薄，能取得这些出色的成绩，当然也包含了你个人的努力，是不是?”

笑眯眯地看了赵长风一眼，杜红军又说道：“好了，先不谈这个。这些材料我回头仔细看一看，到时候有什么问题，再让你过来汇报。”

杜红军拉开抽屉，把材料仔细地放在里面。合上抽屉后，他抬眼看一下赵长风，忽然间问道：“长风，你经常上网吗?”

“如果没有什么特殊情况，我每天都会上网上去看一看。”赵长风不知道杜红军为什么会突然间问起这个话题，就老老实实地回答。

“挺好，挺好。”杜红军抚摸了一下头发，说道：“时代在发展，领导干部也不能与时代脱节，通过网络了解民生众愿，了解市政措施的真实社会反响，也是领导工作的一部分。”

感慨了一番，杜红军又问道：“网上最近有一篇《南江，谁把你抛弃》的帖子，你看过吗?”

“看过。”赵长风老老实实地回答。《南江，谁把你抛弃》是近三个月来在网上炒得非常热的帖子。这个帖子大约是二〇〇三年十月份下旬在网上出现，然后迅速引起人们的关注，在网上越炒越热，赵长风在两个月前看到这个消息，还专门去找了这篇帖子仔细看了一下。没有想到这篇帖子现在竟然引起了省委书记杜红军的注意。

改革开放之初，国家设立了四个经济特区，其中三个经济特区都位于粤东省，分别是江州经济特区、深州经济特区和南江经济特区，其中又以南江经济特区最为引人注目，经过近三十年的发展，南江市已经由当初的荒凉的小渔村发展为现代化的国际大都市，和羊城市一起成为带动玉江三角洲乃至整个南部经济发展的两大龙头之一。

只是近些年来，和国内其他重要城市相比，南江市的发展步伐明显慢了下来，甚至染上了故步自封、停滞不前的毛病，很多南江的有识之士敏锐地看到了这一点，终于有个人在网上发出一声重量级的呐喊：南江，你被谁抛弃?

省委书记杜红军为什么会关注这个帖子？是因为杜红军和南江市之间有

着很深的渊源。杜红军就是从南江市副市长一步一步做起，历任南江市市长、南江市市委书记，再到粤东省省长，乃至最后成为粤东省委书记。谈起南江来，他比粤东省其他领导感情都深厚。杜红军一直都关注着南江市，对于南江市近些年发展速度放缓的事实也很清楚，只是由于南江市在全国都有着重要的影响力，即使杜红军是省委书记，对南江市做什么动作也不得不慎之又慎。

就在前两天杜红军在偶然的机会听人说起网上有一个重量级的帖子，题目叫《南江，你被谁抛弃》，针对南江市的现状尖锐地提出了一个又一个问题。杜红军当即让秘书刘延松去把这份帖子打印出来，拿到手里看了又看，反复思索着帖子中提出的问题。就在赵长风进来的时候，杜红军还在研究这篇帖子。这时听赵长风说也看过这篇帖子，就看似随口地问道："你怎么看待帖子中提出的问题？你认为是谁抛弃了南江？"

赵长风来之前做了很多功课，都是关于海州市财政制度改革的，可是没有想到杜红军在这方面没有多问，反而问起了距离海州市一百多公里外的南江市的问题，这个功课赵长风可没有准备，仓促之间要想回答好确实不太容易。他沉思了一下，才郑重其事地开口说道："杜书记，两个月之前我看到这个帖子的时候，也做了一些思考，只是我毕竟没有在南江市工作过，没有帖子中那种切身感受，我的思考也许就是隔靴搔痒，切中不了要害……"

杜红军笑了起来，他摆摆手说道："长风，不过就是随口谈一谈看法而已，哪里有那么严重？我就是想听一听你们年轻人是怎么看待这个问题的。"

杜红军的态度让赵长风轻松了许多，只要不是正式征询意见，只是随口谈一谈，就没有必要顾虑那么多，自己怎么思考就怎么谈吧。他略一停顿，把思绪在脑海里整理一下，这才又开口说道："就我的看法，谁也没有抛弃南江，是南江自己抛弃了自己。"

"哦？为什么会这样说？说说你的理由。"杜红军饶有兴趣地问道。

"就如帖子中所说，要想问谁抛弃了南江，首先得去追问一下当初为什么选择了南江。"赵长风说道："当初选择南江，最主要的有两点，一点是南江毗邻香江地区，具有地理上的优势。另外一点就是南江当时不过是一个小渔村，一张白纸好作画，尽可以放手去开拓创新，即使改革试验失败了，也不会造成什么太大损失。于是南江市就获得国家赋予的很多特殊优惠政策。所以说南江市当初的成功可以归结为这两点，政策上的优势加地理位置上的优势。”

“但是近几年来，南江发展步伐慢了下来，经济失去了活力，如果从表面上来看，似乎是因为南江市逐渐失去了这两个优势。首先是一九九七年席卷亚洲的金融危机，香江经济遭受重创，经济陷入低迷，到了现在都没有调整过来，这使南江的经济不可避免受到影响，南江市毗邻香江的地理优势因此受到极大的削弱；其次就是随着改革开放的深入，我国大陆的发展从局部实验性阶段开始向普遍改革推进，搞市场经济、对外开放、与国际市场接轨已经成为全国的要求，不能再局限于几个特殊的区域。这也意味着南江市不能再凭借特殊的政策去享受红利。南江市不得不面对着特区不特的尴尬局面，第一次和全国其他城市站在同一条起跑线上进行公平的竞争。在两个因素综合在一起，就造成了当前南江市经济局面。”

“这么说来，你认为是时代抛弃了南江，是政策抛弃了南江？”杜红军问道。

赵长风摇了摇头，“不，恰恰相反，我认为是南江自己抛弃了南江。”

“哦？往下讲。”杜红军饶有兴趣地说道。

赵长风说道：“比起内地其他城市来，南江已经具备有巨大的先发优势，即使目前地理优势被削弱，特殊的政策优势不复存在，但是南江市在此之前已经享受了二十多年的政策红利和地理红利，这二十多年的积累足以让南江市轻松地把内地的那些竞争者远远地甩在身后，可是南江市却没有表现出这种潜力，反而被内地的竞争者一个一个追上，甚至是超越，面对着这些情况，南江市的决策者没有想办法积极去应对，只是站在那里怨天尤人，抱怨国家没有给予他们新的优惠政策，抱怨现在面临的竞争局面太过于激烈，这只能说明一点，是南江市自己抛弃了南江。”

“嗯，有些道理。”杜红军点了点头，说道：“继续讲下去……”

赵长风受到杜红军的鼓励，也就放开顾忌，继续按照自己的思路讲下去：“就我看来，把当初南江的高速发展归功于地理优势和政策优势完美结合这个观点完全是错误的。南江市之所以能够高速发展，其实就在于两个字：

创新!”

“就在十几年前，在我还在上大学时，南江曾经是一个高不可攀的城市，一个非身怀绝技不可闯荡的城市，是我国改革开放的橱窗，是一代青年们心目中的梦想之城。”赵长风说道。

杜红军的记忆也被赵长风的话语带到了十几年前，甚至是更早以前，那时候可以说是南江市最为辉煌的时候，她在华夏大地上独领风骚，是年轻人心目中的圣地，吸引着一批又一批青年人如潮水一般涌向南江……

赵长风继续说道：“那个年代，南江市是改革大潮的发端，是先进思想的发源地，从‘时间就是金钱，效率就是生命’口号的提出，到‘龙口风波’，南江风采、南江精神总是占据《华夏青年报》等报刊杂志的头版，在神州学子心中掀起一道又一道壮阔的波澜。当时的南江，被称为‘盗火的普罗米修斯’，以只争朝夕之势成为思想解放的先驱，观念更新的楷模，大胆创业与开拓进取精神的象征。南江速度成为华夏人意气风发走向新时代拼搏进取的代名词，南江确实创造了世界城市发展史上的奇迹。《人民日报》曾经总结南江的精神就是敢为人先的精神，不争论、大胆尝试的精神，敢于创新、埋头苦干的精神。”

“可是从我毕业到现在还不到十年，再看看南江，再看看南江精神，变成了什么？人民都说南江城市富了，南江人牛了，可是胸怀变得狭隘了，脾气变坏了。是的，南江还在发展，可是她已经不再激动人心。而当年南江创业之初那些可歌可泣的故事，如今正在其他城市上演。当初南江的创业者早就吃够了官僚主义的苦，才跑出来自立门户，决心建造一个‘小政府，大社会’的体制。特区之特，在我看来，首先是在于政府职能之特，是特区政府有别于其他地区政府的职能转变，从而使政府变得廉洁而高效。而现在呢，伴随着南江这二十多年的发展，南江市的政府机构已经出现严重膨胀，和全国其他地区相比，南江市在政府效率上已经没有什么特色可言，甚至和其他城市一样，出现了贪污腐败现象。”

“从这篇帖子中来看，南江和南江人似乎更关注谁抛弃了她，中央又给了哪一个城市什么优惠政策。殊不知南江本身就是中央优惠政策空前绝后的受益者。南江现在还有制度创新、观念创新的勇气吗？往昔朝气蓬勃的城市如今变得暮气沉沉，和别的大城市没有什么二致，那个作为青年人心目中的梦想之城、年轻人心目中圣地的南江早已经死去。”

赵长风受到杜红军目光的鼓励，把心中的一些思考和感慨全部都讲了出来，等他全部说完，却蓦地发现自己刚才讲的话实在是有点多，有点过，甚至是不像一个党的中高级干部应该讲的话。身为海州市常务副市长，这样放肆地评价一个兄弟城市，还是在粤东省有着举足轻重影响力的城市的得失，实在是有点不符合规矩。这可以说是大忌，赵长风以前觉得不会犯这样幼稚的错误，可是今天杜红军的目光仿佛有一种魔力，让赵长风情不自禁地把自己所思所想全部讲了出来。看来杜红军能够当上粤东省的一把手，成为最重要一个省份的封疆大吏，绝非是偶然，从今天的情况来看，杜红军个人的魅力可见一斑。

“好啊，好啊！”杜红军点了点头，“能够想到这些，说明你对南江市历史和现状还是进行过一番有益的思考的。不过呢，有些观点还不够成熟，而且也比较零散，没有形成一个完整的体系，没有自上而下完完整整地去思考这些问题。长风啊，你回去就这个问题再好好思考一下。从表面上看，南江市遇到的问题是南江市自己的问题，其实则不然，这已经成为我省玉江三角洲地区，乃至我们粤东省全省普遍性的问题，南江现在遇到的问题，我省其他城市都大大小小或多或少地在不同程度上遇到过，当然你们海州市也遇到过，对不对？可以说南江现状就是我们整个粤东省目前现状的缩影。厘清这些问题，思考如何解决这些问题，不仅仅是对南江，对我们粤东省今后的发展都不无裨益。这些问题你如果想通了，理顺了，找出了解决办法，对海州市今后的发展也大有好处，是不是？”

“是，是。”赵长风连连点头，“我回去就会进一步思考这个问题，争取让自己的观点再深入一些，系统化一些，力争找出一些切实可行的解决办法。”

“那就这样吧。”杜红军弯腰从书桌下面的抽屉里拿出一条特供香烟扔到赵长风面前：“这是你念念不忘的熊猫，拿去吧。”

赵长风立即眉开眼笑，抓起特供熊猫夹在腋下，觍着脸说道：“我就知道杜书记心疼我们这些基层干部。那我就不耽误您休息了。”

说着赵长风转身要走，杜红军却在后面喊了一声：“站住！”

赵长风连忙又转过身来，望着杜红军道："杜书记……"

杜红军板着脸说道："你可别光惦记着熊猫烟，记住，这次我还给你布置了家庭作业！"

"是，是，我一定认真思考，认真完成！"赵长风笑着答应道，转过身来，悄悄地擦了擦汗，看来杜老头的特供熊猫越来越不好骗了，还要布置家庭作业！

赵长风拜见杜红军的同时，海州市代市长王刻舟也在自己的老岳父、省委副书记路跃进的书房里大吐苦水。

"爸，苗晓和赵长风两个真的太不像话了。我这半年来规规矩矩地按照您的交代，努力接近他们，配合他们，试着争取融入他们，可是没有效果，根本没有效果！他们不吃这一套！"

路跃进靠在皮转椅上，眼睛半睁半闭，轻轻晃动着皮转椅，对王刻舟的诉苦似听非听，王刻舟喋喋不休说了大半个小时，见路跃进一个字都没有说，一下子就着急了，说道："爸，他们轻视我，就是藐视您的权威，您难道就看着他们这样嚣张下去吗？您说是不是啊？"

"好了，我知道了，你先出去吧。"路跃进睁开眼睛扫了王刻舟一眼，挥手说道。

王刻舟在路跃进这里没有得到明确的说法，当然不甘心就这样退出去，他往前凑了一步，焦急地说道："爸，您可一定要帮我想想办法啊。"

"想办法，想办法！除了这句话你还会说什么？刻舟，你能不能争一点气啊？你也不想一想，我在这个位子上还能坐几年？我们身上的担子将来都要慢慢转到你们手上，可是看看你现在的样子，连一个海州市都搞不定，将来能挑更大的担子吗？"路跃进用手指重重地点着桌子，"刻舟，你很让我失望！"

"爸……"王刻舟羞愧地低下了头来，"我对不起您，辜负了您的一片期望。"

路跃进叹了一口气，目光柔和了下来，说道："好了，这件事情我会帮你想办法的，你以后收敛一下自己的脾气，多用一点心思。不要让人家再看笑话了，知道不？以后要多有点担当，不要动不动就来找我，我希望这是最后一次为你动用我的影响力……”

春节过后，一个有关省委书记杜红军的传言悄悄地在粤东省传开，并且越传越烈。传言中说，省委书记杜红军很快就要离开粤东了，省委一把手的位置要由省长赵强来接替。根据这个传言，杜红军很可能在三月底粤东省两会结束后把一把手的位置交给赵强，然后到京城去担任全国政协副主席。

这个传言传播范围很广，连省委书记杜红军本人也听到了。他心中暗道，这民间业余组织部长们还是厉害的，虽然不知道他们从什么地方听到的消息，但是连杜红军都不得不承认，这些消息来源挺有门道。

关于传言中杜红军要调到京城去担任全国政协副主席的消息是确有此事，不过消息还处于保密状态，就粤东省来说，也就是省委常委们那有限的几个高层领导知道。接替杜红军的人选的确是赵强，这个倒是不让人感觉什么意外，毕竟当初中央安排赵强来粤东省当省长时，意图就是为了将来让赵强接替杜红军的职务。不过传言中还是有一点说错了，那就是杜红军离开粤东省的日期并不是在三月底，而是要往后推迟一个多月，要到五月中旬左右。

这天早上，省委几个副书记都出现在省委小会议室内，因为他们昨天下午就接到了省委秘书长李敬天的电话，说杜书记交代，要碰一下干部问题。副书记们其实也都在等着这一天，自从获知杜红军调走的消息之后，他们心中就有所准备。按照惯例，一把手走之前都会动一动干部，甚至会突击提拔一些干部。

一般来说，碰一下干部问题，其实和书记办公会差不多，参加会议的除了一把手、市长，分管组织工作的副书记和其他副书记外，组织部长也必须参加。在会上只要书记、副书记们的意见取得一致，那么就会交到常委会上去研究。通常情况下，只要书记碰头会上通过的人事方案，在常委会上基本上会顺利通过。

今天参加会议有省委书记杜红军、省长赵强、分管组织工作的副书记任高原、副书记路跃进、省委副书龙临桂、省委副书记刘波涛、省委副书记孙华风，以及省委组织部部长王树声、省委秘书长李敬天。

九点半的时候，在副书记们的簇拥下，杜红军和赵强并肩走进省委小会议室。小会议中间是圆形的会议桌，周围摆着一圈真皮沙发椅。

杜红军率先落座，赵强坐在杜红军的左边，任高原则在杜红军的右边落座，其他副书记们都按照自己的固定位置坐下。组织部长王树声和省委秘书长李敬天等书记们都坐下后，这才在最远端的座位上一左一右坐下。

杜红军坐在那里看着身边的副手们，看着会议室熟悉的布置风格，心中很是感慨，两个多月后，就要离开这个他生活工作了近三十年的地方了，此时此刻他内心中充满了不舍，倒不是说杜红军眷恋省委书记的位置，而是他心中割舍不下对粤东省那份浓浓的感情。

会议室内沉默着，没有人说话。大家都知道，不出意外的话，这可能是杜红军书记主持的最后一次人事碰头会。

赵强知道杜红军心情复杂，他递了一根熊猫过去，“班长，抽烟。”

杜红军笑了笑，接过香烟轻轻闻了一下，却又搁下。他缓缓扫视了一下会场，开口说道：“从去年到现在，有大半年没有研究干部问题了吧？昨天和任书记谈起这个事，任书记说省里出现不少职位空缺，已经影响某些部门的运作，因此要尽快研究解决这些干部人选的问题。所以就利用今天上午的时间咱们大家先碰一碰。任书记，你把情况讲一讲吧。”

任高原说道：“干部问题大半年没有研究，现在积攒了不少。年龄过线的干部有十人，其中有三个已经过了快四个月了。这十个人当中，下面地市的有四人，省直机关的有六个，另外还有五个厅级干部因为违反有关纪律，需要做出处理，这次碰头会上也研究一下。下面就请王部长把每个人的具体情况都说一说吧。”

王树声翻开手中的文件夹，把年龄过线的十个干部的基本情况，尤其是出生年月日和准确的到线时间做了详尽的说明，然后又把那五个违纪厅级干部违纪的时间、地点、情节以及单位党组报上来的处理意见都做了介绍。

王树声说完之后，会场上出现了短暂的沉默，大家都在等杜红军的开场白，班长开了场，定了调子，大家才好顺着往下说。

杜红军有意沉默了片刻，给副手们留一些思考的时间，然后才说道：“这五个违纪的干部，我的意见比较明确，那就是这些人不能继续留在领导岗位上。对于这一点，你们有没有不同意见?”

一边说着，杜红军一边用眼神和几位副书记进行交流。副书记们都点头表示赞同。

杜红军又说道：“我们再说年龄过线的几位同志。六十岁退休是国家的统一政策，到龄退休，按政策办事，对不对？这个不需要研究，大家也不会有什么异议吧?”

副手们又点头。

“那就好，今天的议题就明确了，到线退休和违纪不适合担任领导职位的加起来一共有十五个位子，我们今天就初步讨论一下，看这十五个岗位安排哪些同志去干合适。”说到这里，杜红军扭头看着王树声：“王部长，你们组织部有没有什么意见?”

王部长连忙说道：“组织部也要服从省委的领导，这些还是要靠你们领导拿主意。”

杜红军点了点头，说道：“那好，我们就一个一个来吧。早点把这些位子定下来，也省得下边一些人东跑西跑的，让他们早点安下心来工作。”

“那就先从第一个开始吧。”他低头看了看手中的表单，念道：“南江市委副书记。”然后他抬起头说道：“南江市委副书记梅邦雨同志今年一月份已经满五十八岁了，该退居二线了，大家看看，谁接替梅邦雨同志合适。”

副书记们都沉吟着不愿意先开口，他们都想看一看别人的底牌。

杜红军扫视了一圈，目光落在省委副书记、省长赵强的身上：“赵强同志，你心目中有没有合适的人选?”

“这个我还没有考虑成熟，还是班长定吧。”赵强微笑着摇了摇头，这次干部碰头会可以说是为杜红军召开的，主要是解决杜红军后顾之忧，让他心无牵挂地去京城上任，至于赵强自己的人选，着急什么？只要他坐到粤东省委书记的位置上，还发愁解决不了吗?

见赵强如此谦让，杜红军看向他的目光就多几分意味深长。他知道，赵强是用这种方式来表达对他这个班长的尊重，在他在粤东省的最后时刻仍然毫不犹豫地给予了全力的支持。杜红军没有说话，心中却记下了赵强对他的这份情意。

应该说，赵强到了粤东省这两年多来和杜红军之间的配合还是非常默契的，完全没有其他地方常见的那种书记和省长之间钩心斗角的局面。在粤东省，赵强从来不插手人事问题，只是埋头在政府事务中，一心一意地抓经济，体现了对一把手杜红军的尊重。而杜红军，也几乎不干涉省政府方面制定出来的经济政策，在经济方面放手任赵强施为，也表现出对赵强的极大信任。

其实班长、副班长相互共事就是这样，人敬我一尺，我敬人一丈，这和街坊邻里间相处并没有什么本质的区别。就像目前这种地方领导双线配置的现象，即使放在历史上去看，也是非常罕见的，既体现了一种分工负责、相互配合的原则，同时也具有相互监督、相互制衡的作用，体现了制度设计者的高度政治智慧。可惜的是，有些地方领导吃不透这个政治智慧，或者说，对这种分工协作、相互制衡的政治体制认知理解不同，在具体执行中就出现了一些偏差。把这种制度中分工协作、相互配合的一面全部抛到脑后，只记得相互监督，相互牵制的这一面。于是配合变成了凑合，监督变成了扯后腿、甚至是相互攻讦，用文件中的语言来描述，就是班子闹不团结，凝聚力下降，结果惹起上面的反感，两败俱伤，双方都没有得到什么好结果。

当然，能做到省级大员的，政治智慧都非常高明，不会像地市一级甚至是县区一级那些领导一样，闹个你死我活不可开交，即使书记和省长两人不对路，但是表面上的和谐还是能维持住的，只是私下里使绊子、下套子的事情却是屡见不鲜。

而杜红军和赵强之间和睦关系绝非只是在表面上做给别人看的，而是一种实实在在的和谐关系，虽然说两个人出身背景不一样、学识素养不一样、甚至在人生理念乃至价值观方面都有很多不同的地方，所以不可避免两个人看待事物时会存在意见分歧，但是两个人都能求大同、存小异，抱着互谅互让的精神，顺利解决两个人之间的分歧，从而使两个个性差异非常巨大的人成为了中央领导中班子团结协调的典范。

今天是杜红军在粤东省最后一次召开人事碰头会，赵强却依旧不肯插手人事问题，他知道，赵强是用这种方式来最后一次向老班长表达敬意。

收回了思绪，杜红军又看了看其他几位副手，微笑着说道：“你们也说说看，有没有什么好的提议？”

路跃进捧着茶杯轻轻地抿了一口茶，在嘴里转了转，然后才放下茶杯，把目光望向杜红军：“班长，我这里倒是有一个不错的人选。”

其他几个副书记虽然抽烟的抽烟，喝茶的喝茶，摆弄钢笔的摆弄钢笔，但是听路跃进说到这里，看似依旧漫不经心，其实一个个耳朵都竖了起来。

“哦？说给大家听听。”杜红军微笑着说道。

“海州市常务副市长赵长风。”路跃进说道：“他年轻富有朝气，能力又强，正是南江经济特区所需要的那种类型领导干部。”

赵强不动声色地抽着烟，心中却是有点吃惊，真没有想到，老路会提名赵长风到南江市担任市委副书记。不过他心中再往深处一琢磨，顿时明白了老路的用意。这个老路，手腕果然是老辣啊。

对于路跃进的建议，杜红军没有直接发表看法，而是询问其他几个副书记：“对于跃进书记的这个建议，大家有什么看法？”

副书记任高原拿着派克金笔正在笔记本上写写画画，听到这里就把钢笔往笔记本里一夹，说道：“赵长风的确是不错，能力强，朝气蓬勃。只是他一年前刚提升为副厅级，现在再提一级（注：南江市是副省级市，市委副书记、副市长都是正厅级），会不会太快一点？再说，赵长风还在海州市推行财政制度改革，这个时候调到南江去，怕是不妥当吧？”

路跃进微笑着说道：“省委以前下过文件，强调在干部选拔工作中要打破条条框框，走不拘一格、任人唯贤、唯才是举的路线，所以选拔一个干部到一个领导岗位，只有看这个干部品德是否优秀、能力适合不适合这个领导岗位的问题，没有快不快的问题。我们粤东省不能只能在经济工作方面有特区，我们在干部任用工作方面更是要有特区啊。赵长风同志的品德是优秀的，能力是出众的，成绩更是有目共睹的。这样优秀的年轻干部更是要压一压担子，到更重要的岗位上去锻炼一下，这既有利于年轻干部的成长，也有利于南江特区的经济建设。”

停下来喝了一口水，路跃进继续说道：“至于说海州市的财政制度改革，已经推进了快大半年，目前已经全面走上了正轨，这种境况下，即使赵长风同志离开海州，也并不影响海州市财政制度改革的继续深入，不能说一个良好的制度，离开了某个人就运作不起来了，是不是？所以我还是坚持我的建议，把赵长风这样朝气蓬勃、敢闯敢拼的优秀年轻干部放到南江市委副书记的岗位上是最合适不过的。”

任高原用眼睛瞟了一下杜红军，见杜红军嘴角有一抹不易察觉的微笑，显然是对路跃进的话很是认可，他又想起那个杜红军对海州市常务副市长赵长风另眼相看的传闻，就今天来看，绝对不是空穴来风。想到这里，任高原就把要说的话咽下去了。

“还有没有其他意见？”杜红军停顿了一下，见没有人说话，这才接着说下去：“那么我来说两句吧。应该说，高原书记的顾虑有一定道理，培养干部要有计划地循序渐进，如果太快了就是拔苗助长，对这个干部不见得是一件好事。但是呢，循序渐进不是说一定要按部就班进行，循序渐进是要求我们尊重干部成长的客观规律，根据他能力的大小安排相应的担子。”

说到这里，杜红军看看大家，又看了看任高原，“赵长风这个同志我大致了解，他干劲足，点子多，很有创新意识。当然，刚提拔成副厅级一年，就又提到正厅级的位置上，速度看起来是有点快，但是中组部也下过文件，强调对于那些有培养前途的年轻干部要破格提拔，是不是？对于这样优秀的年轻干部，我的意见是，提拔稍微快一点不要紧，关键是一定要安排在合适的岗位上，保证能够最大程度发挥他的作用。这就要求我们在任命年轻干部时一定要用得好，把握得好才行。就我个人的看法，跃进书记的建议还是比较恰当的。你们说呢？”

副书记们相互看了看，班长都定下了调子，他们还能说什么？于是一个个都表态同意路跃进的意见，连任高原也再次表态，说经过仔细考虑，发现赵长风出任南江市委副书记还是比较合适的。只有赵强低头喝茶，没有发表意见。

杜红军见大家都说完了，又扭头征询赵强的意见：“赵强同志，你是什么看法？”

赵强沉吟了半天，才说道：“就我个人的看法而言，觉得赵长风同志虽然有一定能力，但是进步稍微快了一点，不过我服从大家的意见。”

杜红军微微点了点头，说道：“那好，如果再没有不同意见的话，这件事情就这么定下来了，回头放到常委会上再讨论吧。”

其实人事问题只要在书记碰头会上取得一致意见之后，到常委会上不会有什么太大阻力的。因为书记、副书记加在一起，在常委会中已经占据了多数地位。除非是在开常委会时有个别书记临时改变主意，不过一般来说，这种事情在正常情况下不大可能出现的。

副书记们心中就感叹，赵长风的运气太好了，还不到三十一岁，就成了正厅级干部，这不就是人们常说的火箭式干部吗？

在副书记们的感叹中，会议继续进行，组织部部长王树声介绍起了下一个空缺岗位……

十五个岗位很快就讨论完了，这十五个岗位中杜红军只用了六个，还剩下九个岗位让包括赵强在内的六个副书记去分配。作为要离任的省委书记，杜红军还是懂得克制自己的，如果他一个人把这些岗位都包圆，纵使这些副手们在会上不说什么，会下还不知道怎么议论他呢。他在粤东省工作了快三十年，名声一直不错，不能到临走的时候犯下糊涂，让人在背后戳他的脊梁骨。

赵强依旧坚持不提名的原则，用实际行动表达了自己对老班长即将离去的依依惜别之情。其他副书记各有斩获，即使是组织部长王树声，也通过了一个干部提名。

讨论完这十五个干部人选，已经是中午十二点半了。杜红军说道："这样吧，我看我们就一鼓作气，下午召开常委会，把提名放上去讨论一下，如果没有问题，会后就立即让组织部下达任命文件。这样也避免那些早盯住这些位置的有心人跑来跑去，不但自己不能安心工作，还要过来干扰你们的正常工作，你们说是不是？"

副书记们都说好，早点定下来，也早点让那些疯跑的干部死心。

"那好，我们中午就简单吃个工作餐，下午继续参加常委会。"杜红军扭头对省委秘书长李敬天说道："老李，马上给各个常委下通知，下午三点到常委会议室开会！"

当天下午五点，赵长风接到省委办的电话，说省委书记杜红军同志召见，让他立刻赶到省委。赵长风一肚子纳闷，杜书记不是快要离开粤东省了，这个时候召见他过去会有什么事情呢？比起其他人来，赵长风有一个在 Z 组部当常务副部长的小姨夫，他也就更早更准确获知了杜红军要离开粤东省去京城担任全国政协副主席的消息。海州市那些干部听到找个传言时都替赵长风惋惜，觉得小赵市长最大的后台走了，以后日子肯定不会像现在这么好过了。赵长风听到这样的风言风语却一笑了之，很少有人知道，他真正的后台赵强省长马上就要接替杜红军担任省委书记了。

晚上七点，赵长风的奥迪 A6 来到了省委大院，大院门口的武警战士把他拦了下来，看了看前面挡风玻璃上的通行证，又要了他的工作证仔细看了看，然后拿起电话打给省委书记杜红军的秘书刘延松，确认了确实是杜书记召见的客人，这才放赵长风的车进去。

停下车之后，赵长风迈步下车，往常委楼走去，在常委楼门口，又经过一番繁缛认真的查验证件程序，赵长风这才进了常委楼，踩着铺着红地毯的楼梯上到了五楼，来到粤东省一号首长的办公室门前。

杜红军的秘书刘延松一见到赵长风，立刻笑着迎了上来，热情地握住他的手说道："老弟，路上辛苦。来，坐，坐，先喝杯茶。"他说着过去给赵长风泡了一杯凤凰单枞端了过来。

赵长风接过茶杯，往杜红军的办公室看了一眼，小声问道："里面有人？"

刘延松笑着说道："领导还在会议室开常委会呢，你先安心在这里等着。"然后他又意味深长地说了一句："老弟，以后飞黄腾达了，可别忘记这帮弟兄啊。"

赵长风觉得刘延松的话很奇怪，想要追问，却又忍了下来。这种事情如果刘延松能直说，肯定就告诉了他，现在跟他打这个哑谜，说明时机不到，那么即使自己刨根问底，估计也得不到更多的东西。想到这里，赵长风索性就安静地等着，只要火候到了，不用猜谜底就会自动揭开。

"老弟，你先在这里坐着，我过去那边一趟。"刘延松往会议室那边指了指就出去了。

赵长风安安静静地坐在那里等着，杯子里的水喝完又续，直到凤凰单枞泡得发白，杯子里的水寡淡无味如白开水一般，才听到外面响起一阵脚步声。赵长风连忙站起身来，却看到赵强和杜红军低声交谈着走了过来，两个人到了杜红军的办公室门口，同时停下了脚步，赵强伸出手说道：“班长，那我就不耽误您的时间了，您交代的事情我会抓紧时间办的。”

杜红军右手紧紧地抓住赵强的手掌用力摇晃了两下，左手合上去轻轻拍了拍，微笑着说道：“有你去办，我还有什么不放心的？去吧。”

赵强谦恭地笑了笑，松开了手，转身离去。

赵长风站在房间里，能够清晰感觉到赵强在离去的一瞬间视线扫过了他的脸庞，但是却好像是穿过空气一般，根本感觉不到他的存在。

杜红军这才转过身来，他看到站在会客室的赵长风，淡淡地点了点头，说道：“跟我来吧。”然后推门进了办公室。

赵长风连忙跟着杜红军走了进去。

杜红军进去之后，走到靠近窗边的一张双人沙发上坐下，然后指了指身前的真皮沙发，平静地说道：“坐吧。”

赵长风规规矩矩地在那张单人沙发上坐下，双手扶着膝盖，挺直腰板望着杜红军。杜红军从口袋里摸出一盒特供熊猫，往自己嘴里塞了一根，然后把烟盒往赵长风面前一撂，说道：“自己来。”

赵长风也不客气，先抓起茶几上的火机为杜红军点着火，这才拿起烟盒轻轻一抖，一根香烟大半截身子就从烟盒里探了出来，赵长风把这根香烟塞进嘴里，为自己点着火，顺手把那大半盒特供熊猫揣进了自己口袋里。

杜红军对赵长风的小动作只能装作看不见，心中笑骂道，这臭小子，每次都来占自己的便宜，这账我可暂且先记在心里，等回头到了京城，找老齐去要讨这笔账，谁让老齐的外甥女找了这么一位宝贝女婿呢？

杜红军抽了两口烟，凝视着赵长风，说道：“知道我为什么叫你过来吗？”

赵长风沉吟了一阵，大胆地说道：“您是不是要批改我的家庭作业？”

杜红军笑了起来，夹着香烟双指虚点着赵长风：“算你小子有几分鬼聪明。”

“这都是杜书记平时点拨的功劳。”赵长风一本正经地回答道。

“好小子，我今天让你过来，可不是听你来拍马屁的。”杜红军把香烟往烟灰缸上一架，身子往沙发上靠了靠，说道：“我看了你交上来的文章，你为什么说，要根治南江市乃至玉江三角洲的现状，要先从根治房价入手？”

赵长风没有着急回答杜红军的提问，而是把观点重新在脑海里组织了一遍，咀嚼了两番，感觉没有什么大的疏漏，这才缓缓开口说道："就以南江市为例来回答这个问题吧。因为我一直认为，南江市竞争力不断下滑，是因为南江市这个城市失去了当初最宝贵的特质，创新。而创新的问题，归根到底就是一个'人'的问题。因为人才是创新的根源，是推动创新的前进动力。"

杜红军靠在沙发上，眼睛望着赵长风，静静地听着。

赵长风继续说道："一个城市如果失去了对'人'的吸引力，那么这座城市无论如何都不能说是一个朝气蓬勃的城市、一个奋发向上的城市、一个敢于创新勇于创新的城市。"

"我看了一个很有说服力的数据，当年的南江市曾经是青年学子心目中的天堂，每年都有二百多万的大学生到南江寻找机会。而现在呢，每年到南江市寻找机会的大学生不足二十万，这充分说明，南江市对人才吸引力的减弱。"

"从数据上看，南江市不仅仅在刚毕业的大学生中失去了吸引力，而且在年轻白领、技术工人、甚至是农民工当中也失去了吸引力。我手头上有这么两个小例子，一个是在《穗城晚报》上刊登的调查报告显示，去年年底，南江市的农民工有八十多万返乡后再也没有回来。另一个是《南风桥》杂志上刊发了一篇文章，说经过调查，很多已经在南江安家落户的普通工薪族都正在计划或者已经开始卖掉自己的房子，返乡创业，或者重新去别的城市寻找机会。文章中预计，今年下半年开始，将会有大量白领抛弃南江，因为南江这座城市不仅失去了自己的发展方向，也让许多年轻人迷失，而让年轻人迷失的城市，表明这个城市正在衰落。"

杜红军面色平静，但是手指却不停地叩打着沙发扶手。

说到这里，赵长风却停顿了下来，犹豫地看着杜红军说道："杜书记，我还看到一个很尖锐的观点，不知道该不该讲给你听。"

"讲吧，我们共产党人不是气球，被尖锐的问题一碰就破。"杜红军说道："问题再尖锐都不怕，只要直指问题要害之所在，我们欢迎还来不及。啄木鸟敲打一棵大树，不是为了把这棵大树击倒，而是为了帮助这棵大树更牢稳地站下去，对不对？我们需要的就是针砭时弊、以治病救人为己任的啄木鸟，而不是报喜不报忧的花喜鹊。”

“那我就做一只针砭时弊的啄木鸟吧。”赵长风抛开了心中的犹豫，说道：“关于南江，在民间流传着这么一句话，那就是说，从二〇〇三年开始，一个年轻的女大学生，无论她曾经怀有什么样的梦想，只要一来到南江，只她想要在南江立足，最后的解决无非是两个，要不是去当高官、富商的情人和二奶，要不就去做妓女，很少有人能逃脱这种宿命，除非她离开南江。”

“什么?”杜红军还是第一次听说有这么一句话，他脸色一下子变得涨红起来。虽然说他已经做好了一棵病树的角色迎接啄木鸟尖锐的喙，但是这只啄木鸟的喙太尖锐了，一下子刺穿了杜红军的心脏，让他感到一种锥心刺骨的疼痛。作为南江市的第一批拓荒牛，作为共和国引以为傲的南江精神的创建者之一，杜红军不能够容忍别人这么污蔑南江市，他强压着心中的怒火，斥责道：“长风，你从哪里听来的乱七八糟的东西？现在的南江虽然说发展势头受阻，竞争力有所下降，也不至于堕落到你说的那种地步。”

赵长风平静地迎接着杜红军的怒视，目光中没有丝毫退让，他说道：“虽然我也是从别人那里听到这段话的，但是遗憾的是，我不得不承认这段话说得都是事实。现在的南江生活成本高企，两极分化严重，不要说和南江创业初期相比，就是和五年前相比，南江的公寓房租提高了两倍，普通商品房价涨了三倍，和京城、东海这些大城市相比没有地铁，公交车的票价还是京城的六倍，东海的三倍，水电气就不用说了，南江市所有涉及基本民生的费用都是全国各大城市中最高的，而普通工薪族的薪水非但没有提高，大量岗位的薪水和以前相比其实还有所降低，和全国一线城市相比，南江白领的收入，从曾经令人骄傲的第一，变成倒数第一。以倒数第一的薪水，承受着全国最为昂贵的生活成本，一个刚毕业的女大学生要想在南江生活下去，有很大可能会成为二奶、情人，甚至是妓女。”

杜红军其实也知道南江存在很大问题，所以才会动了心思，想借助赵长风的拼劲闯劲到南江去振聋发聩，改变一下南江市眼下这种暮气沉沉的局面，但是他绝对没有想到，南江市的问题会严重到这个地步。如果连普通工薪族、白领阶层都无法在南江生存下去的话，南江终究会成为一个空壳城市。

接连抽了两支烟，杜红军的情绪才平复下来，在这个过程中，赵长风只是静静地坐在沙发上喝茶，并无一句言语。

早在几个月之前，杜红军就知道他要调到京城去的消息，对于中央的这个安排，杜红军并没有什么异议，虽然他内心深处依旧强烈眷恋着粤东这块生活战斗了大半辈子的土地，但是他也知道，新旧交替是自然界的客观规律，不得不服从这个客观规律，长江后浪推前浪嘛，这个时候把担子交给年轻人，对粤东省将来的发展无疑是更为有利。而中央给他安排的接班人赵强，正是年富力强，无论是能力还是品性，都是极其出色的，是一个让杜红军非常满意的接班人，有这样的接班人，杜红军可以放心地离开粤东到京城去履新。

可是这并不是说杜红军没有遗憾，杜红军心内深处还留着一个比较大的遗憾，就是在他担任粤东省长、省委书记期间，改革开放的桥头堡南江市日渐平庸，从一个勇于开拓进取，在思想和政策方面不断创新，在全国范围内都具有强烈示范作用的制度孵化器变成了一个满足于现状、浑浑噩噩甚至是畏首畏尾，整天幻想着中央大力扶持或者说并入毗邻的香江特别行政区的南方城市。

做为南江特区的第一批拓荒牛，杜红军当然不愿意看到曾经充满活力的南江变成如此平庸的城市，他一直思考如何改变南江市的现状。但是即使杜红军是粤东省的一把手，也知道要想改变南江市的现状太难了。

当初南江市的创业者因为吃够了官僚主义的苦，才跑到南江市来自立门户，决心建立一个“小政府、大社会”的体制，南江特区之特，就在于政府的职能转变，政府的廉洁高效。可是经过近三十年的发展，当初那批创业者已经老去，他们身上曾经熊熊燃烧的激情已经不复存在，他们锐意创新的心也早已平庸，更重要的是，这些最早的创业者在这近三十年时间内已经演变成既得利益集团和群体，本身就成为南江市进一步改革的最大障碍，他们抗拒改革，害怕改革，目的就是维护他们的既得利益。

历史就是这么嘲讽，曾经的改革者却成了改革前进道路上最顽固的路障。这些原来的改革者，现在的既得利益者，形成了错综复杂的利益集团，从上到下把持着南江市的方方面面，其影响力之大，即使是省委书记杜红军要想有所动作，也要投鼠忌器，考虑到他的举措会不会给南江市带来动荡，给南江市的经济发展带来什么影响。

因为顾虑太多，所以对南江市的调整就一拖再拖，在杜红军的心中，更希望南江市能够发挥自我调节功能，慢慢抛弃那些保守的，甚至是陈腐的东西，逐步回归到以制度改革和观念创新为核心竞争力的正确轨道上来。可是最终的结果让杜红军彻底失望了，没有外来因素的影响，既得利益者是不会轻易放弃到手的利益，而任何方面的改革，则意味着这些既得利益者要把手中的利益分出去一部分，他们当然不会同意，哪怕是这样做对南江市的长远发展多么有利。

当杜红军对南江自我调节功能彻底失望的时候，却发现自己已经没有时间了，因为他就要离开粤东，到京城去任职了。对一贯好强的杜红军来说，这样的结局无疑是不可接受的，把问题遗留给下一任，带着遗憾走，这从来就不是杜红军的性格。

在京城向总理汇报工作时，总结这几年粤东省得失的时候，杜红军特别提到了南江市，提到他的这个遗憾，历数近年来南江市体制创新受到既得利益干扰的种种现象，痛陈其中的弊端。

南江市是一座举足轻重、在国内有着巨大影响力的城市，也是中央一直关注的特殊城市，杜红军相信，对于他能够看到的问题，中央领导不会看不到，看到了为什么没有动作，杜红军相信中央领导必然有他们更深层次的考虑。

所以这些问题杜红军以前虽然也在总理面前提到过，但是言辞都是含蓄的，有很大保留的，基本上是点到为止，从来没有像今天激烈过。因为以前杜红军身处在粤东省一把手位置上，要从大局出发，要考虑到自己言行会对粤东省产生什么影响，会不会干扰中央领导的整体战略布局等等。

但是这一次，杜红军没有做任何保留，把自己的看法和观点全部讲出来了。因为他马上就要退居二线，再也没有后顾之忧，虽然是人走茶凉，但是也意味着他不用再看其他人的脸色行事。虽然还会到京城挂着一个全国政协副主席的职务，但是在这种二线职务上多数是养老，基本上不可能再发挥在粤东省一把手位置上那种巨大的影响力，也就是说，杜红军的政治生命基本上可以画上一个句号了，关于他的政治生涯，盖棺论定已经不远了。这时候如果再讲一些看似很原则实际上却是空话套话没有任何意义，还不如直抒胸臆，把自己所思所想讲出来，虽然言辞可能有些激烈甚至有些出格，但是这都不要紧，作为一个马上要盖棺论定的政治人物，在政治生命的末期总要讲一些真话，传下一点真知，让后人见证一个政治人物的人格魅力，也算是杜红军为自己政治生涯结束时做的一个精彩注脚。

让杜红军想不到的是，总理对他这番激烈甚至是有些出格的话在很大程度上表示了肯定。总理说，关于南江目前现状，中央也有所认识，也一直在认真考虑这个问题。中央认为，不仅仅是南江，就整个国家而言，都已经到了一个非常时期，遇到了许多阻碍社会发展和经济发展的问题，这说明改革已经到了攻坚阶段，要打破这个发展的瓶颈期，必须进行一场全方位的变革，才能突破瓶颈，使全国社会经济又快又好地发展。所以中央也在考虑，选一个城市进行试点，寻找到突破口，总结出规律和经验，再在全国范围内推广……

总理还说了很多，杜红军都深感认同，深受鼓舞，当然，最后让杜红军感到鼓舞的就是总理最后的一句话："这个试点，中央认为，还是放在南江市比较合适。"

不过总理又对杜红军说，虽然对推进新一轮的改革，中央领导层取得了一致的看法，但是因为新一轮的改革涉及面太广，千头万绪，还需要耐心准备，精心筹划，有关改革具体内容和措施也需要进一步思考，进一步深化，所以距离改革方案具体推出还需要一段时间。这是一件影响深远的大事，着急不得。不过粤东省可以先在南江市采取一些措施，进行一些有益的探索，总结出一些规律，为中央推进下一轮的改革提供有益的借鉴。

总理还说，思想观念一定要放开，一定要大胆，在南江市的动作可以适当大一些，即使错了也没有关系，要勇于试错嘛，对不对？即使是错了，也得出一些宝贵的经验教训，让日后正式改革少走一些弯路，对不对？

总理的话让杜红军很受鼓舞，回到粤东后，杜红军找到了赵强，把总理的意见传达了一下，考虑采取一些改革措施，在南江市进行一些小范围的试点。赵强的态度很明确，坚决支持这件事情，而且建议杜红军亲自抓这个工作。赵强说："班长，您是从南江出来的，对南江市有着深厚的感情，在省领导班子中又最熟悉南江市的情况，所以这项工作出您亲自抓最合适不过。"

杜红军想了一想，说道："我再有几个月就要离开粤东了，抓这个工作不大合适。可是如果不抓，就等于把问题留给你们下一届班子，这有点不负责任。我看这个问题还是咱们俩共同抓吧，我这边先替你开个头，当一当恶人，等你接手的时候阻力就会小一些。"

杜红军本身就一直关注着南江市，对南江的情况很熟悉，回来之后又花了一个多月的时间收集了社会各界包括很多著名经济学家对南江市现状的剖析与看法，这中间很多看法和杜红军的看法不谋而合，都提到了南江市目前存在既得利益集团已经严重阻碍了南江市的进一步发展。杜红军知道，要想打破南江市的坚冰，必须选派一个和南江市既得利益集团毫无瓜葛的，有想法有能力有冲劲的年轻干部过去。正好这个时候，赵长风到他办公室汇报工作，杜红军脑海里就有一个想法，赵长风脑子活，点子多，能力强，在工作中不墨守成规，勇于创新，也敢于创新，本身和南江市那些干部又没有什么牵扯，让赵长风去南江市无疑是最合适的。于是杜红军才会给赵长风布置了一道家庭作业，考察一下赵长风对南江市的认识。

应该说，赵长风的答卷让杜红军非常满意，杜红军发现，在很多方面，赵长风的想法和他不谋而合，尤其让杜红军感到满意的是，和他一样，赵长风把解决问题的切入点放在了住房价格上。

赵长风在报告中说道，现阶段，包括南江和海州市在内的整个玉江三角洲地区，房价偏高、增长偏快已经成为群众关注的焦点，住房问题已经不单纯是一个经济问题、社会问题，更是一个政治问题。所以必须迅速采取措施抑制玉江三角洲地区的房价过快增长。

赵长风认为，对于经济特区南江市来说，采取措施抑制房价、稳定房价的任务尤其来得紧迫和重要。只有将生活成本降下来，尤其是房价降下来，使南江变成一个宜居城市，增加南江市对外的吸引力，使南江市发展建设急需的各类技术人才，包括对青年学生、技术工人、也包括对构成工厂产业、工人主体的青年农民工的吸引力，使他们有兴趣来，而且能进得来，留得住，才能保证南江市经济的欣欣向荣，为南江市经济不断蓬勃发展，在人力资源方面提供坚实有力的保证。

赵长风还说，如果还是按照目前的管理方式，任由房价飞涨，不采取任何措施的话，不出三年，玉江三角洲地区将会出现巨大的人力缺口，不但是高新技术人才短缺、技术工人短缺，甚至是目前看起来人满为患的农民工也会短缺，会大面积出现民工荒。赵长风最后说，他这些观点绝对不是危言耸听，而是从客观事实出发经过分析得出的真实结论。如果一个地区，一个城市连社会最底层的农民工都留不住，这个城市无论从表面上看如何繁华如何繁荣，从本质上来讲，它绝对是一个没有前途的城市，是一座濒临死亡的城市。

对于赵长风的这些分析，杜红军深感认同，他也认为，房价已经严重影响到南江乃至玉江三角洲，甚至是整个粤东省社会经济的健康发展，已经到了非治理不可的地步。赵长风的这份家庭作业促使了杜红军下定决心，把赵长风从海州市挪开，放到一个位置更特殊、更重要的南江市去。

今天召开的书记碰头会，杜红军其实事先已经下定决心，推荐赵长风出任南江市委副书记。只是按照他的工作习惯，开头先摸一下底，征求一下副手们的意见，把副手们的态度摸清楚之后，杜红军才会最后提出自己的意见来。否则他如果一上来就亮明自己的态度，那么一些副手就会产生顾虑，不愿意把自己心中真实的想法说出来，而是去附和他的意见。杜红军认为这种做法很不好，书记碰头会乃至常委会都不是一言堂，都要集思广益，利用集体的智慧。就拿南江市委副书记的人选来说，虽然杜红军认为赵长风最为合适，可是如果其他副书记能够提出一个连杜红军都意想不到的合适人选呢?所以先听，先看，先摸底，最后才表明自己的态度和大家讨论，是杜红军的一贯作风。

可是连杜红军都没有想到，省委副书记路跃进会提名赵长风出任南江市委副书记。这个提名乍一看，似乎有点不可理解，但是稍微往深里一想，就不难明白省委副书记路跃进的用意。在海州市，赵长风的锋芒已经完全盖过了路跃进的女婿王刻舟，甚至对王刻舟的地位产生了很大威胁。路跃进这个时候把赵长风提一级，推到南江市去，其实是采取釜底抽薪的办法。赵长风离开了海州，和王刻舟的利益就不会再产生冲突，对王刻舟就不构成威胁。而且赵长风在海州市主持的公共财政改革已经初见成效，赵长风去南江之后，公共财政改革的果实就顺理成章地落到王刻舟头上。

对于路跃进的如意算盘，杜红军不得不承认，实在是打得很精明，很巧妙。不过杜红军此时没有心情再去研究路跃进的算盘，对他来说最重要的是，路跃进的这个提名正好吻合了他的想法，也省了他再提名赵长风的工夫。于是杜红军就顺水推舟的表态，顺利地让路跃进的提议通过了书记碰头会。

在常委会上，赵长风作为南江市委副书记候选人的提名也没有遇到什么障碍，顺风顺水地通过了。对于这个结果，杜红军非常高兴，他甚至认为这是他担任粤东省委书记之后数得着的几个让他非常满意的人事任命之一，在常委会还在召开的时候，他就迫不及待地交代秘书刘延松，让他把赵长风从海州市请过来，在常委会结束后，他要立即和赵长风谈话。

只是杜红军没有想到，在谈话中赵长风的观点会这么尖锐，刺痛得连杜红军都受不了。相比之下，赵长风在报告中写的那些“尖锐”的观点和口头上表达出来的观点相比，都显得温情脉脉。

不过杜红军很快就调整过来，他知道赵长风讲的这些虽然有点让一直关心关怀南江市的他有点难堪，但是应该是时下里南江市真实情况的反映，作为海州市常务副市长，赵长风还没有那么大的胆子在省委一把手面前信口开河。至于口头汇报比书面汇报观点来得更为尖锐，也在情理之中，毕竟书面的东西可是留下了实实在在的证据，有据可查，而口头汇报虽然尖锐一些，但是一般来说要安全一些，稳妥一些，除非是对谈话进行录音。

沉思了半天，杜红军才缓缓开口说道：“房价问题，的确已经从经济问题变成一个社会问题，甚至是政治问题。对南江市来说，稳定房价、抑制房价，已经成为当务之急。”停顿了一下，他看了看赵长风，“长风，如果省委派你出任南江市委副书记，承担整顿南江市房地产市场、稳定南江市房价的任务，你愿意吗?”

赵长风虽然心中有一些模模糊糊的预感，但是听到杜红军的话还是吃了一惊，他有点不敢相信，杜红军会真的让他去南江市担任市委副书记。

从赵长风的内心来说，是不愿意在这个时候离开海州的，他在海州局面已经打开、关系已经理顺，正准备放开手脚大干一番事业的时候，却要把他调到另外一个城市去，实在是有点……

但是赵长风同时不得不承认，到南江市担任市委副书记，诱惑实在是太大了，首先级别上就提了一格，从副厅跨到正厅的台阶上。虽然这台阶看着只有半步之差，但是不知道有多少副厅级干部在这半步台阶前止步不前，把大好岁月都蹉跎掉，临退休前也不见得能迈上。相比之下，赵长风自己就太幸运了，从正县级提到副厅级刚满一年，竟然又再次获得擢升，跨过了那道很多副厅级干部终其一生都不能越过的鸿沟。

抛开这个行政级别问题，南江市的重要地位也不是海州这个玉江三角洲边缘小城所能比拟的，南江市不但在粤东省，就是在全国范围内也有着举足轻重的影响力，不仅仅是粤东省领导，连中央领导都在时时刻刻关注着南江市的情况，从这个意义上来说，赵长风到南江市去无疑是更容易干出一番事业。

再说了，省委书记杜红军既然找他谈话，开诚布公地把这个问题提出来，说明省委对他的去向已经做了安排，这个时候，赵长风还能说不愿意吗？

这些想法看似很多，但是在赵长风脑海里不过也就是一瞬间的事情，迎着杜红军殷切的目光，赵长风毫不犹豫地回答道："我感谢省委对我的信任，我愿意到南江市去工作。我有决心也有能力完成杜书记布置给我的任务，绝对不辜负杜书记对我的期望。"

"好，好！"杜红军连叫了两声，笑了起来，"省委没有看错人。"不过杜红军面容很快就又严肃起来，他说道："长风，在这里我要事先提醒你一句，南江的情况很复杂、甚至是很棘手，尤其是涉及房地产市场，更是各种势力纵横交错，各方利益盘踞期间，整顿房地产市场，稳定住房价格，这可是一个相当艰巨的任务，你可是要有足够的心理准备，切不可盲目乐观。"

赵长风点头称是。

杜红军见赵长风一脸凝重，觉得自己刚才的话太沉重，又微笑了起来："不过有一点也请你放心，只要你是秉持着一颗公心在下面做事，无论什么时候，省委都是你坚强的后盾。你这次到南江去，我送你三句话：'快刀斩乱麻''锋芒渐露''治大国如烹小鲜'。"

"'快刀斩乱麻''锋芒渐露''治大国如烹小鲜'……"赵长风低声重复着，咀嚼着其中的深刻含义，若有所悟。

"呵呵，回去再慢慢琢磨。"杜红军拍了拍赵长风的肩膀，笑了笑，说道：

“今天晚上就留在羊城吧，明天省委组织部王部长还要找你正式谈话。”

赵长风知道今天的谈话结束了，就连忙站起来告辞，杜红军又用力握了握赵长风手，鼓励了几句，这才让赵长风离去。

赵长风出了常委楼，坐在车里愣了好一阵子，他实在有些缓不过劲来。这个消息来得太突然了，虽然前面也有一些征兆，但是赵长风以为杜红军只是征求他的一些看法，绝对没有想到自己在海州刚工作满一年就要调到另外一个城市去，尤其是在海州市公共财政制度改革尚未全面完成时。

对于即将去南江市任职，赵长风心里既有些兴奋，但是同时也有一些战战兢兢。毕竟南江不比海州，在那里一举一动都引人注目，干得好了，固然可以引起上边领导的注意，为今后的升迁打开一条快速通道，但是万一完成得不好，甚至是干砸了，上边领导可是同样看得到，一旦在领导心目中留下负面印象，那今后想要再去扭转，恐怕要付出十倍甚至是百倍的力气都不一定能够达到目的。

想到这里，赵长风心中短暂的兴奋一扫而空，他甚至产生一种如临深渊、如履薄冰的感觉。

“赵市长，咱们现在去哪里？”司机老张在前面等了半天没有见赵长风说话，就开口问道。

赵长风这才从沉思中醒来，他说道：“去海州驻羊城办吧。”

这个消息太突然，赵长风要找个地方好好消化一番。另外他还需要等候明天组织部部长王树声的谈话，去海州驻羊城办也方便组织部联系。

第七章　冲锋陷阵又一城，南北转战为民生

不久，赵长风转任南江市委副书记。他经过调查研究，决定对城中村进行改造，这样做既能解决城市毒瘤问题，又能解决城市发展土地供给不足的问题，对日益高涨的房价起到抑制作用。他提出一个崭新的理念，在整个改造项目中不引入开发商，而是让城中村的居民以土地和房产入股，利用银行贷款进行自主运作，聘请有经验的职业经理团队进行管理。

到了海州办，海州办主任连忙亲自拿着房卡，把专门留给市委主要领导住的豪华套房给赵长风开了一间，还殷勤地问赵长风有什么需要。

赵长风摆了摆手，说自己想要休息一下，让海州办主任去忙别的事情。海州办主任见鲍晓飞没有跟赵长风过来，就自做主张进了卫生间，放了满满一浴缸水，试过水温之后，才出来笑着说赵市长旅途劳累，先洗个澡，他就不打扰了，然后退了出去，把房门轻轻带上。

赵长风走进卫生间，试了一下水温，比自己习惯的温度有点偏高，看来海州办主任虽然殷勤，但是毕竟不是鲍晓飞，对自己的习惯了如指掌。他又放了一点凉水进去，这才跳进浴缸，把全身都浸入水中，头枕着浴缸边缘，闭目沉思，回想着刚才一切。

大约过了十几分钟，赵长风感觉水温有点凉了，正要开水龙头放点热水，忽然间卫生间的电话分机却鸣叫了起来。赵长风愣了一下，这个时候谁会打电话过来？如果是关系密切的人，肯定会打手机啊。

一边想着，一边接通了电话。里面是一个带点东北口音的中年男子，他

自我介绍说是南江市副市长韩国新，分管国土局、房产局和城建局。介绍完自己的身份之后，他就热情地表示欢迎赵长风到南江市工作。

赵长风感到非常震惊，他到南江市担任市委副书记的消息并没有公开，连他也是一个多小时前在省委书记杜红军的办公室里才知道的，再说，省委组织部领导还没有正式谈话，也没有正式下文，消息怎么这么快就传到了南江市？

但是，考虑到韩国新是南江市副市长，分管的工作范围和赵长风到南江市将要分管的工作范围基本上重合，以后二人存在着相互配合相互支持的工作关系，赵长风还是客客气气地说了几句，什么“到南江市工作是一次难得的学习机会”啦，什么“希望今后在工作中得到大家的支持和帮助”等等，在电话里莫名其妙地寒暄一通。

相比之下，韩国新市长表现得很是亲热，他似乎是在和一个共事多年的老战友谈话。他在电话里反复强调，坚决拥护省委的英明决策，欢迎赵书记到南江市来任职，他一定会全力配合赵书记的工作，为南江市房地产市场的继续繁荣做出自己的贡献。

都是粤东省市级干部，赵长风当然知道韩国新这个人，但是两个人之前从来没有接触过，赵长风对韩国新的了解也仅仅是限于知道名字而已，其他方面并无太深的了解。虽然他对韩国新今天在电话里的突然袭击感觉有些不适应，但是韩国新这样做毕竟也在表示一种善意，也想给他留下一个好印象。不管怎么说，到了南江市以后，在整顿房地产市场、稳定住房价格方面，赵长风离不开韩国新的配合，所以他在电话里还是客气了一番。

放下电话，赵长风也失去了继续泡下去的兴趣，他匆匆忙忙地洗浴一番，穿上浴袍出了卫生间，坐到宽大的沙发上，刚点燃了一根烟，门铃却响了起来。赵长风以为是海州办主任去而复返，心中就有些不耐烦。不是已经交代过了嘛，不要过来打扰，怎么又过来了？献殷勤也不是这个献法啊！

拉开房门，海州办主任果然站在外面，不过他身旁还站着一个四十出头的中年人，留着板寸头，很精干的样子，见到赵长风出来，脸上立刻浮现出热情的笑容。

海州办主任连忙在一旁介绍道：“赵市长，这位是南江市驻羊城办主任胡国路。他有重要事情找您。”

“哦，胡主任啊，进来坐吧。”赵长风侧身把胡国路让了进来，心中无奈地想到，看来消息传播得真快，不光是南江市副市长韩国新得到了消息，连南江市驻羊城办主任胡国路也得到了消息，还专程跑了过来，这真是近水楼台先得月啊！

海州办主任也跟了进来，倒了一杯水递给胡国路，胡国路接过来放在桌子上，人却没有坐下，依旧是毕恭毕敬地站在赵长风面前。

海州办主任又拿起赵长风的水杯添了一点水，然后说自己外面还有点事，先过去一下，知趣地离开了。

胡国路等海州办主任离开后，就往前凑了两步，依旧是站在那里，殷勤地向赵长风汇报道：“赵书记，我虽然是一个小小的驻省办主任，但是我市领导服务从来不敢懈怠马虎。以前我就知道赵书记您，听过您很多事迹，打心眼儿里仰慕您这样的领导。你们海州市驻省办主任和我是好朋友，他多次向我提起你，讲起你的事迹，对你的为人和领导水平赞不绝口。现在，您调到南江来了，我终于有了机会，可以跟着您这样优秀的领导身边多学一点东西……”

“胡主任，今后在工作中少不了麻烦你们的。”赵长风客气了一句，也不想多说什么，他心中感叹，消息的传播速度真的是不可思议。

胡国路受宠若惊地笑了笑，说道：“市委罗达功秘书长刚才打电话过来，给我下达了命令。他要求我立刻进入角色，当好赵书记的大服务员……”一边说着，胡国路一边看着赵长风的脸色，“放下电话，我就立即赶了过来，看看赵书记什么要求。这样吧，赵书记，车就在楼下等着，我马上帮您搬到南江大饭店去，那是我们……不，是咱们南江市驻省办的饭店，五星级，住着比这里要舒服一些。”

“我看就先不用了。我这边还有点事情，搬过去联系就不太方便。”赵长风婉言谢绝。当然，他不会把在这里等待省委组织部领导谈话通知的事情告诉胡国路，“你替我谢谢罗达功秘书长，他想得真周到。”

胡国路还不肯走，又磨了几句，见赵长风态度很是坚决，只好作罢。他留了一张自己的名片给赵长风，说赵书记有什么事情只管打一个电话，无论是用车用人还是其他什么，他都随叫随到，保管不耽误赵书记的事情。

好不容易把胡国路劝走，赵长风刚消停一会儿，手机却叫了起来，拿出来一看，是省政府秘书长谢富海的电话。他接通电话，里面传来谢富海兴奋的声音："长风老弟，恭喜恭喜啊。"

赵长风笑着说道："秘书长，你怎么也学别人，来调侃你老弟了？"

"什么调侃？从副厅级一步到正厅级，这不是天大的喜事吗？"谢富海压低声音嚷嚷道："长风，我看今天晚上你是不是出来一下，咱们小范围聚一下？"

赵长风沉吟了一下，说道："秘书长，这样不妥吧？八字还没有一撇，我就在这里兴师动众，让别人看到了影响不好，不如以后有机会吧，到时候我陪你和何厅长喝个痛快。"

"听着啦咕咕叫，还都不种庄稼了呢！"谢富海说道："你不要顾虑那么多，我们找个僻静点的地方就是了。再说，今天也不光是你的喜事，还有老何的喜事。"

"何厅长，他有什么喜事啊？"赵长风精神头立即来了。

"他接到通知，到中央党校去学习一年。"谢富海压低声说道："等学习结束后，这个常务副厅长的副字就该去掉了。"

"啊！那可是大喜事啊，是该聚一聚。不过得何厅长买单，你说是不是啊秘书长？"赵长风心中也替何承明高兴，这几年来，何承明一步一个脚印，走得极为扎实，终于要迈上公安厅厅长的位置了。

"哈，这个你就要和老何商量了，不管你俩谁买单都行，反正不干我的事情。"谢富海嘿嘿了笑，又说道："你现在在海州办吧？这样吧，你的奥迪 A6 太扎眼，就不要开了，你待会儿出来，我派一辆不显眼的车去接你。"

羊城市新华路五号别墅是省委副书记路跃进的住宅。此时在二楼书房里，正进行一场谈话。谈话的对象分别是省委副书记兼纪委书记路跃进、省纪委副书记马如飞、南江市代市长王刻舟。

路跃进坐在书桌后真皮转椅上，微微摇晃着椅子，可以看出来，他心情很是不错。马如飞和王刻舟坐在距离书桌不远的两张红木单人沙发上。王刻舟正一脸不忿地说道：“爸，我想不明白，为什么你早点不想办法把赵长风调走，现在他的后台杜红军马上要走了，你把他调到南江去，还给他提了一级，这是又是为什么？既然杜红军要走了，赵长风没有了杜红军的支持，就成了没牙的老虎，就让他留在海州市好了，看他还能折腾成什么花样。”

路跃进收敛了脸上的笑容，不悦地哼了一声，用手指敲了敲桌面，说道：“刻舟，你以为杜书记走了，你就可以掌控海州市的局面吗？真是幼稚！只要赵长风留在海州，你恐怕连市政府都抓不到手里！”

见王刻舟还有些想不通，马如飞在一旁笑着劝解道：“刻舟，你难道没有看出路书记这样做的高明之处吗？不把赵长风的级别提一提，能这么顺利地把赵长风从海州市调走吗？再者说，表面上看赵长风到南江市出任市委副书记是占了一个大便宜，可是实际上呢？以赵长风的性格和做事方式，到了南江，能够不闹出一点动静吗？南江市可不比其他城市，那可是杨一斌的地盘，以杨一斌的作风，能容得下赵长风吗？即使有杜红军在粤东省的支持，赵长风也不能撼动杨一斌这棵大树，现在杜红军又马上要离开粤东，失去了最大的助力，赵长风在杨一斌那边能讨得了好吗？”

听了马如飞的点拨，王刻舟总算明白了路跃进的真实用意。南江市市长杨一斌，是省委常委、南江市委书记崔中凯也惹不起的角色，赵长风只不过是个市委副书记，去南江整顿房地产市场，岂不是要往杨一斌刀刃上撞？

赵长风参加过海州市委为他举办的规模浩大的送行仪式，喝了送行酒之后，就乘车离开了海州，到省委组织部去报到。和以往调动时总要带着一两个亲信一起走不同，这次赵长风到南江市去没有带任何人。

在组织部办完手续之后，歇了半天，第二天一早，在省委干部一处处长孟成林的陪同下，赵长风前往南江市赴任。南江市这边，则派了一名市委副秘书长早早赶到省城迎接，因为按照规矩，赵长风这一级别的干部上任，必须按照一定的规格派专人前来迎接以示尊重，虽然这种规矩不知道是从什么时候传下来的，既没有明文规定，也看不见摸不着，但是这种规矩一旦形成就必须老老实实遵守，绝对不能破坏，否则就是犯了大忌。

其实领导干部上任时，不光是什么级别的领导派什么样的干部过来迎接有规矩，就连组织部派什么级别干部陪同也是有规矩的。

比如说送市委书记上任，一般来说都是组织部部长或者常务副部长亲自送过去，究竟是部长还是常务副部长去送，则要根据所赴任地市在省里的重要性以及即将赴任的市委书记本人在省委主要领导心目中的地位做出不同的考量。

而市长赴任，则相应略微降低个等级，一般安排副部长或者是身兼部务委员的处长前去宣读任命。

至于再往下的市委副书记或者副市长之类的干部，则一般由组织部普通的处长送去。

当然，以上说的是一般情况，任何时候都有例外。

不过赵长风今天上任却没有任何例外，组织部这边比照着规格，由干部一处处长肖平出面送到南江市。

其实赵长风和肖平也是老关系了，两年多前赵长风还在粤海县当县长的时候，就因为财政厅的拨款问题，找肖平帮过忙。那时候肖平还是干部一处的副处长，经过两年多的时间，肖平也进了一步，坐上了在组织部位置非同一般的干部一处一把手的位置。

送赵长风赴任的是一辆最新款的别克，司机是组织部小车班的老把式，车开得很稳，即使此时车速达到了每小时一百二十公里，车内的人也感觉不到车身的一丝震动，耳边只有车窗外呼呼作响的风声和车轮在地面摩擦所发出的沙沙声。

三月份的粤东，气温异乎寻常地高，让人提前感觉到夏天的威力。司机也早早开了冷气，在车内营造出一方凉爽的小天地，把夏天阻隔在车窗外。

南江派来的市委副秘书长叫毕守成，坐在前排副驾驶的位置上，赵长风则和肖平坐在后排，两个人随意说着话，显得很是热络。

省委书记杜红军要调走的消息传出来之后，很多人都不看好赵长风在粤东的发展前景，肖平却根本不这么看，在他眼里，杜红军走了之后，恐怕赵长风发展前景会更加美好。

肖平和赵强的秘书小黄是校友，当初赵长风从中原省调去粤海县的时候，又是他亲手经办的，当然知道赵长风的真正后台不是即将离任的省委书记杜红军，而是现在的省长、候任的省委书记赵强。杜红军走了，赵强上位，对赵长风来说意味着什么，这是不言而喻的。

路上肖平大发感慨："赵书记真是一年一个脚印啊，来粤东才两年半的时间，就从正处级跨越到正厅级，这次又受命到南江市这样的经济大都市去担任市委副书记，可是给咱们粤东省年轻干部树立了一个好的榜样啊。"

"哪里哪里，这要感谢组织上的培养。"赵长风谦虚地说了一句，却把话题扯到肖平身上，说道："肖处长进步也不慢啊，现在已经是省委核心岗位上响当当的一把手，以后可要多照顾一下我们这些基层干部。"

赵长风说这话倒也不是挖苦，肖平虽然只是一个正处级干部，但是省委组织部干部一处的位置太重要了。就拿肖平来说吧，粤东省上上下下的干部，尤其是到了地厅级这一级别的干部，考察啊、鉴定啊，都要经过他的手。就肖平本人来说，现在的级别虽然比赵长风低一些，但是要提拔到赵长风现在的位置，是早早晚晚的事情。

一路上赵长风和肖平就这样说说笑笑闲扯着，很是亲热。坐在前面的孟成林把这种情形看在眼里，心中很是诧异，肖平在省委组织部是出了名的面冷，即使面对着下面的市委书记、市长，也只是保持礼貌上的客气，说话也是言简意赅的只言片语，很少见他像今天这么多话，态度又这么热情。

孟成林就心中琢磨，为什么肖平独独对赵长风这么客气呢？难道说是因为赵长风很得省委书记杜红军的青睐吗？不过杜红军马上就要调走了，赵长风眼看在粤东省就没有了后台，肖平为什么还会对赵长风另眼相看？难道说这里面另有玄机不成？

嗯，一定是这样的！孟成林心中想到，组织部负责管理干部，有个风吹草动，往往是组织部里的人最先知道，肖平是省委组织部干部一处处长，消息比组织部里普通干部又要灵通许多，他既然对赵长风这么热情，证明省委书记杜红军调走对赵长风影响不大……

反复观察反复琢磨了一路，孟成林基本上肯定了自己的判断，眼看车要到南江市的时候，一直保持沉默的他也加入了聊天的行列。他从副驾驶的位置上扭过头笑着说道："赵书记可是咱们粤东省有名的人物，连我们南江市的干部都知道，赵书记抓经济那是很有一套的。粤海县当初只是一个不起眼的小县，现在经济总量能够在两年半时间内跃居全省前三，除了赵书记外，谁还能有这么神奇的手笔?”

小车下了高速，驶进了南江市区。望着这座自己即将履新的现代化大都市，赵长风心中涌起一种错综复杂的感觉，既有兴奋，也有期待，甚至还夹杂着一两分如履薄冰战战兢兢的感觉。毕竟，南江市是祖国的窗口城市，它和赵长风以往工作的任何城市都不相同。

沿着笔直而宽阔的迎宾大道，小车向南江市行政大楼驶去。

南江市行政大楼是五年前新修建的，市委、市政府合署在大楼里办公。行政大楼为中心，几条笔直而宽阔的大道呈辐射状向外延展。行政大楼是一座中西合璧式建筑。大楼的外墙轮廓有着浓重的哥特式建筑风格，屋顶却又有着明显的中式传统建筑的特征。大楼正门外是宽阔的广场，在寸土寸金的特区，这么宽阔的广场尤其引人瞩目。广场上有着大片绿茵茵的草坪，草坪四周还种植着带着浓郁热带风情的绿化树种，在广场的正中央是一个面积巨大的花圃，颜色绚丽多姿，许多名贵花草在花工的精心照料下正开得耀眼夺目。

在行政大楼的正前方，是一座颇具规模的人工音乐喷泉，此时晶莹的水柱正随着音乐的节奏在阳光下高低起伏喷涌，一道忽高忽低的彩虹在水雾中若隐若现。

司机熟练地把车绕过音乐喷泉，直接开到行政大楼后面一座造型别致的会议中心，在会议中心巨大的旋转门前停了下来。

透过车窗，赵长风看到一个年龄三十岁出头，打扮得入时得体、气质优雅的女子笑容可掬地带着两名美女级别的小服务员快步来到别克轿车跟前。孟成林在前面说，这是我们市委市政府接待处处长王雪芝，书记和市长都在里面等着呢。

赵长风当然不会认为自己的分量能够让南江市委书记崔中凯和市长杨一斌亲自出门迎接，作为一个新上任的副职，书记和市长在会议中心等候是很自然不过的事情。

王雪芝来到小车前面，两名小服务员一左一右，伸手替坐在后座上的赵长风和肖平拉开车门。当赵长风迈出车门的时候，王雪芝伸出胳膊，用一只雪白而纤细的小手托在车门上端，护住赵长风的头顶。这种动作赵长风并不陌生，但是由一个女人来做，他还是感觉有些不自在。他下意识地往肖平那边一看，见肖平也是从小服务员肌肤雪白的玉臂下钻出来。

这边王雪芝又略微一躬身，笑语盈盈地说道："两位领导一路辛苦，崔书记和杨市长都在里面等着呢。里边请！"

她说着伸出手来，做出一个姿态优雅的"请"的手势。两位小服务员也脆生生地齐声说道："首长请！"

这样的做派，让赵长风感觉到，南江市和海州很不一样。

在进门的时候，赵长风和肖平互相谦让了一下，都不肯走在前头，最后两个人相视一笑，并肩走进了门内。

刚走进门厅，就看到南江市委书记崔中凯和南江市长杨一斌率领一大帮官员从门厅内宽大的真皮沙发上站了起身来，伸出手来和肖平、赵长风依次握手寒暄。崔中凯和杨一斌在同赵长风握手的时候都非常热情，异口同声地对赵长风到南江市来任职表示了欢迎。他们说，欢迎欢迎，长风同志，欢迎你到南江市来工作。又对肖平表示，感谢省委给我们南江派来了一位年轻有为的干部。虽然知道这不过是场面上的客套话，赵长风心头还是一热，南江市到底是移民城市，市里两位主要领导的胸襟也这么开阔。

寒暄了一阵，市委书记崔中凯看了看手表，就征询肖平的意见："肖处长，快十一点了，你看是先休息一下吃饭，下午再召开会议，还是现在就……"

"现在吧，先把工作完成再吃饭吧，时间还早。"肖平说道。

"那好，我们就先开会吧。"崔中凯点了点头，又看了一眼杨一斌，说道："你说呢？一斌市长？"

杨一斌说道："就按肖处长说的办吧。"眼睛却没有看着崔中凯，只望着肖平。

于是崔中凯就把肖平往里面让，肖平却谦让着，互相客气了有半分钟，队伍就自然分成了几段，崔中凯和杨一斌陪同着肖平在前面走，赵长风则落后了两步，和几位副书记走在一起，再往后，则是几位市委常委……

会议安排在二楼的小会议室，参加会议的是南江市班子全体成员，会议的内容呢，则是由肖平代表组织部宣布有关赵长风的任命通知，这就算是正式履行了一个交接手续。也就是这次不算长的会议，让赵长风一改最初的印象，见识到杨一斌的嚣张。

会议是由市委书记崔中凯主持的，按照惯例，他讲几句开场白，然后咳嗽了一声，清一清嗓子，准备说："下面请省委组织部干部一处处长肖平同志宣读省委组织部关于赵长风同志到我市工作的任命通知。"

可是他这句话还没有出口，就被杨一斌打断了。杨一斌趁着崔中凯清嗓子的工夫，从手包里摸出一盒特供熊猫，叼了一根在嘴上，然后动作颇为夸张地向左右两边的人道："抽吗？抽了自己拿啊！"随手把烟盒"啪"的一声扔在桌上。

赵长风敏锐地注意到，崔中凯的眉毛轻微地皱了皱，瞟了杨一斌一眼。

杨一斌恍若未觉，他扭过头就着身边一个领导伸过来的打火机上点着了火，使劲抽了一口，然后重重地靠宽大的真皮靠背上，嘴里的浓烟才喷了出来。

崔中凯等了几秒钟，等那股浓烟散去，才接着说道："下面，有请省委组织部干部一处肖处长宣读省委组织部对赵长风同志工作的任命。"

肖平拿起面前准备好的任命文件，冲崔中凯微笑了一下，还没有开口，杨一斌却又在这个间隙开口道："肖处长，这是你当部务委员之后第一次送干部下来吧？第一次就到了我们南江，说明是缘分啊。以后可要对我们南江市的工作多多关照啊。哈哈！"

杨一斌说这话时口吻轻松随意，让人一听就知道是在开玩笑。只是在会议这么严肃的场合显得非常突兀。会场上很多人的眼神就微妙起来，杨一斌却对此视而不见，只是笑着看着肖平，那神态仿佛就是在私下场合和一个老朋友闲扯。

赵长风注意到，崔中凯的眉毛又拧了一下。

肖平是个老组织了，在干部处工作多年，和下面各地市的领导都相当熟悉，对于一些干部的脾气性格也相当了解。虽然说下面这些干部从职务级别上都比他要高，但是对着他这个在省委要害部门掌握干部提拔考察大权的处长，却从来不会端什么架子，对他的态度甚至比对上一级别但是位置不那么显赫的干部更为尊重，而且互相能够很随意地开玩笑，这也表示着，那些领导干部职务级别虽然比肖平高，但是在他们心目中还是把肖平当做一个身份和自己基本平等的对象来看。杨一斌却又不同，他本身是副省级干部，虽然双方关系也算熟，但是杨一斌很少跟他开过玩笑，怎么今天会在这么个场合和他“亲热”地开起玩笑来了？

肖平心中想着，嘴上却也用着开玩笑的语气说道：“关照南江那可是领导们的专利，哪里轮得到我这个小处级干部。我不过是部长们的传声筒，来照本宣科地宣读一下任命文件。不过呢，我下来的时候，王部长也让我带个话，向崔书记和杨市长问好呢。”

说着肖平就打开了文件，宣读了粤东省委的决定：赵长风同志担任南江市市委委员、常委、副书记。

宣读过任命之后，肖平又代表省委组织部发表了讲话。肖平在讲话中指出，这次派赵长风同志出任南江市市委委员、常委、副书记的任命，是粤东省委从全省工作的大局出发，充分考虑到南江市地位的重要性和领导班子建设的实际情况，根据需要，经过反复酝酿、慎重研究决定的。省委调赵长风同志到南江市担任市委副书记，充分体现了省委对南江市工作、领导班子建设的高度重视和关心。赵长风同志政治上成熟、政策理论水平高、工作经验丰富、纪律性好、大局观强、作风务实、公道正派、清正廉洁，在干部群众中有较高的威信。南江市是我省的经济重镇，不但在我省有着举足轻重的地位，在全国都有着重要的影响力。希望南江市委认真学习十六大精神，高举邓小平理论伟大旗帜，全面贯彻“三个代表”重要思想，团结全市广大干部群众，统一思想，振奋精神，齐心协力，推动南江市经济建设和社会各项事业不断取得新的成绩。

肖平讲完话之后，赵长风做了发言，他的发言很简短，也没有用讲话稿，他说：“省委派我到南江市来工作，是一个非常光荣的任务，同时也是给了我一个做事的机遇。我感到任务艰巨、责任重大。我会坚决服从市委的领导，认认真真做事，清清白白做人，请崔书记和在座的所有同志们监督我。我一定不会辜负省委领导的信任和重托，在南江市委的领导下，尽职尽责地努力工作，以优异的成绩回报省委、市委领导和群众的信任。”

这几句讲话四平八稳，很原则，但是却没有任何出彩的地方，让在场的一些南江市班子成员有些意外。都说赵长风年纪轻，能力强，创新意识出众，他们还期待赵长风能有一场别开生面的演讲，却没有想到只等来几句空泛的套话。看来传言不可信啊。

市委书记崔中凯就代表南江市委做了总结性发言，表示坚决拥护省委的决定，欢迎赵长风同志到南江市来工作。他说："我们一定要站在全局的高度，充分认识省委决定的重要意义，在政治上、思想上、行动上始终与省委保持高度一致。我代表南江市全体广大干部群众，热情地欢迎赵长风同志到南江市来工作。南江市是一个团结和睦的大家庭，我们相信，赵长风会很快融入这个大家庭，在市委的领导和支持下做出一番事业，开创出一个新的工作局面。"

到了这里，会议议程就算进行完毕，"接交仪式"正式结束。手表的指针也指向了十二点半，下面就开始宴请。

宴请和会议上的主席台一样，都是讲究"座次"的，有经验的官员在没有入席前就要掂量一下自己的分量，在参加宴会所有人之中给自己找到一个准确的位置，然后按照这个位次入座。

但是今天这个宴请，却有点特殊，座次非常不好安排。按照职务级别来安排吧，肖平的职务级别最低，可是他却是省委组织部的干部，按照基层一些人的习惯，凡是上面来人，不管职务高低，一律要称之为"领导"以示尊重。更何况今天肖平又是代表省委送赵长风来南江市上任的，任务也比较重要。这个座位究竟如何安排，就让人煞费苦心了。

不过肖平见惯了大场面，在心中给自己已经找到了一个准确的定位，他最多也就是坐在"主宾"的位置上，也就是首席的右边。崔中凯和杨一斌在座，一个是省委常委，一个是响当当的副省级干部，有他们两个在场，肖平即使再代表上级领导机关，也不敢觊觎首席啊。

肖平虽然知道自己的位置，但是却没有入座，而是按照礼节等待主人的安排——今天的场合，也就是南江市委书记崔中凯的安排。可是所有人都没有想到，杨一斌却抢先一步做出了动作，他拉着肖平强按到首席的位置上，嘴里说道："肖处长啊，你今天就是我们最尊贵的客人，以后没事了常下来看看，我们见到你就像是见到王部长一样。”

肖平猝不及防之下被杨一斌按到首席上，他屁股一挨着椅面，立刻像被火烫着一样跳了起来。崔中凯在省委常委中排名比他们组织部老大王树声还靠前，杨一斌虽然只是南江市市长，但是却是副省级干部，这两位只要有一位在场，肖平都不可能坐在首席，更何况是两位都同时在场呢？

见肖平不肯入座，杨一斌就佯装不高兴地说道：“怎么，肖处长，看不起我们基层啊？我和中凯同志还等着省里领导的亲切关怀呢！”说着杨一斌就冲着崔中凯大声说道：“崔书记，你说是不是啊？”

崔中凯知道杨一斌这一番做作都是冲着他来了，但是还是强压着心中的不满，笑着说道：“是啊，是啊！”

肖平又如何看不出这一点呢？杨一斌这是借着他来生事，想让崔中凯难堪。否则以杨一斌副省级市长的地位，又如何肯自降身份，和他拉拉扯扯套近乎？

对于杨一斌的心理，肖平还是能隐约揣摩出几分的。杨一斌上届就是南江市的市长，但是和前任市委书记合不来，一直是闹矛盾，终于在一年前，前任市委书记被杨一斌排挤到外省去了，杨一斌本来以为前任书记一走，这南江市委书记的位置他唾手可得，可是最后却没有想到，上面又从另外一个省调了一个崔中凯过来，担任了南江市委书记。这让杨一斌非常不爽，认为崔中凯是个摘桃派，把本来属于他的胜利果实给摘走了，所以在日常工作中，杨一斌继续沿用着对付上任市委书记的套路，处处给崔中凯难堪。南江市的干部也相应地分成了书记派和市长派，甚至影响了很多职能部门之间的工作协调。杨一斌刚才说的那番话含义非常丰富。因为杨一斌一直认为，他没有顺利接任南江市委书记，是因为省里主要领导向上面表达了不同意见，最后才导致从外省把崔中凯调了过来。所以他才会说等着省里领导的亲切关怀，借此暗指省里领导对他关心不够。

赵长风在一旁看着杨一斌的做派，暗皱眉头。这个杨一斌也是出身高干家庭，怎么就这么一点素养，为人的风格有点类似王刻舟，只不过相比起王刻舟来，杨一斌的家庭背景不知道要强大多少倍，再加上已经在南江市苦心经营了五六年，他在南江市的势力也不是王刻舟在海州像个无根草的状态。

当初赵长风获知他要到南江市来，和谢富海、何承明三个人在一起喝酒时也聊起了杨一斌这个人。当时赵长风还有点奇怪，杨一斌在南江市资历也够，怎么会让外省过来的崔中凯捡了便宜。

谢富海当时分析了有几个原因，其中有两个原因比较重要，第一个原因当然是杨一斌作风太强势，和上一任市委书记闹得不可开交，最后两败俱伤。市委书记虽然被调走，但是杨一斌本人也在省委领导中留下了负面印象，所以在上面征求意见时，省委投了杨一斌的反对票。第二个原因呢，谢富海分析，杨一斌的身份固然看着花团锦簇，让人眼热，但是也有不利的地方。

今天到了南江市，见了杨一斌的做派，赵长风内心深处感觉就更为强烈，杨一斌连这种迎接新干部的场合都要和崔中凯唱对台戏，让崔中凯难堪，那么他在其他时候得罪了其他人也没有什么稀奇。

肖平不管杨一斌怎么说，就是不肯再往首席上坐，最后还是崔中凯坐到首席上，肖平在主宾的位置上落座，然后其他人各就各位，酒宴这才正式开始。

酒宴开始后，杨一斌又大出风头，一下子成了酒宴的主角，一杯又一杯地迎来送往，嘴里一个又一个段子。

赵长风在旁边观察，见崔中凯其间蹙了几次眉头，就知道崔书记对杨一斌的行为很是不满，像这种宴会，一把手是天然的主角，哪里有二把手盖过一把手的风头的?

酒宴上大家敬酒的对象是肖平，因为他是代表省委下来的，所以大家要敬省委领导。又因为肖平的职级要低于在场大多数人，别人的敬酒他又不好推辞，所以几轮下来，就有点高了。

也有干部把目标瞄准了新任市委副书记赵长风，赵长风总是借口说今天履行过接交仪式，正式上任了，就算是南江人了，你们要敬酒去敬省委领导去，至于说咱们，以后都在一起工作了，喝酒的机会还不多的是?

因为赵长风刚来，大家也摸不准赵长风的脾气，他这么一说，也不好强劝，就又掉过头去敬肖平。肖平急得直冲赵长风使眼色，赵长风就当看不见。他刚到南江市，并不想让人过早知道他喝酒是海量中的海量。

趁其他人围攻肖平的工夫，赵长风低声和崔中凯交谈起来，也许都是外地过来干部吧，崔中凯对赵长风很是关心，他说道：“长风同志，听说夫人还在中原省工作？这可不好啊。什么时候回去一趟，做一做夫人的工作，把她调到咱们南江市来。省得别人说咱们是飞鸽牌干部，在南江市扎不下根来，迟早要飞走的。”

赵长风也厌倦了两地奔波的生活，最近也一直在考虑这个问题，想着是不是把方佳怡调到身边来工作。此时听崔中凯这样说正中下怀，嘴里却说道：“她在中原省中州师范大学教书，到咱们这边怕没有什么合适工作。”

“教书，好啊！咱们南江大学就不错嘛，最起码不比中州师范大学差吧？”崔中凯说道：“如果她愿意继续教书，那么我出面和南江大学打个招呼，让他们接收一下。如果不愿意再教书，到市委机关安排一个位子也可以啊，财政局、劳动局、审计局，这些地方腾出一个领导职位还不成什么问题。”

“多谢崔书记的关心。”赵长风低声说道：“等我回去和她商量一下，看看她究竟是什么意思。”

“哎，商量什么，一个大男人还做不了老婆的工作？”崔中凯摆手说道：“依我看呢，就不用商量，你过去直接把她的手续一办，拿在手里，拉着她只管来。”

赵长风笑。

杨一斌刚眉色舞地讲了一件趣事儿，扭头却看见赵长风低声和崔中凯说笑，就大声喊道：“赵书记，在酒桌上怎么能说悄悄话呢？这样可不对，来，罚酒一杯……”

酒席结束时肖平已经喝得大醉，被人送到市委小招去休息。赵长风这边，则由市委副秘书长孟成林和接待处处长王雪芝陪同着，前去距离行政大楼几公里外的天成花园。天成花园实际上是市里为了解决市一级领导干部的住房问题而修建的，赵长风隔壁住的他的前任、原市委副书记梅邦雨。两个人既是前后任，又是比邻而居，也算是缘分。不过这个时候赵长风并不知道这件事情。

因为是独身一人，赵长风的随身行李并不多，就是一些衣服和洗漱用品，还有几本刚买过来关于房地产方面的书籍。这些东西加起来也不过就是一个带轮子的拉杆箱，一个密码箱，外加几个手提袋，和出一趟差提的行李差不多。

此时他们已经下车，来到门前。市委副秘书长孟成林一手拖着拉杆箱，一手提着密码箱，接待处处长王雪芝则一手提着那几个手提袋，另外一只手拿着钥匙打开院门，在前面领着路。赵长风自己倒是空着一双手，他感到很不好意思，说道："孟秘书长，你把密码箱给我吧，咱俩一个人拿着一件。"

孟成林连忙说道："不用不用，赵书记，哪里能让当领导的辛苦。"

赵长风也就作罢，他知道，像孟成林和王雪芝这些做行政事务工作的已经习惯于替领导考虑，唯恐照顾不周。如果他不让他们干，他们肯定还会想东想西的，以为是自己哪里不小心得罪了领导呢。

王雪芝一边在前面走着，一边不时回头看一眼赵长风，仿佛一不小心赵长风就会跟丢了似的。她的高跟皮鞋踩在碎石铺就的小径上，发出清脆的响声，还不时地为赵长风介绍着天成花园的情况。赵长风听了王雪芝的介绍，才明白前任市委副书记梅邦雨就住在他的隔壁。赵长风心中想到，这样安排也好，有时间多去拜访一下梅书记，多向他请教一下工作上的问题，想必是不无裨益。

说话间已经走到小楼门口，王雪芝用钥匙打开门，抢先走进客厅，把吊灯打开，然后就站在一边，等赵长风和孟成林跟着进来后，才笑语盈盈地说道："赵书记，这就是市委给您安排的住房，条件有点简陋，您可要多包涵。"

赵长风打量一下住房，暗自惊叹，住房内的装修可以说是美轮美奂，雪白的墙壁上挂着几幅西洋风景画，在角度很巧妙的灯光照耀下，别具一番美感。

蓦地，赵长风的目光被一幅风景画死死地吸引住了，他很是吃惊，这不是……

原来这幅风景画作的主人不是别人，正是方佳怡。方佳怡现在已经是中州师范大学美术学院的副教授，在中原省美术界也小有名气，其画作曾经被人民大会堂收藏过。现在客厅内竟然挂上了方佳怡的画作，不能说南江市的接待人员没有下工夫啊。

赵长风内心虽然感慨良多，却没有当面点破，他很快就把目光移开，转移到其他方面去了。王雪芝一直在旁边用心观察赵长风，见赵长风目光虽然在方佳怡的画作上停留了一下，脸上却并没有出现应有的惊喜，内心不由得略微感到一些失落。这幅画可是她费了很大工夫，才托人从中原省一个美术馆里买过来……

接下来王雪芝又领着赵长风转了一通，把包括卧室、书房、卫生间等大大小小的所有房间都察看了一遍，连阳台都没有放过。赵长风发现从卧具到厨具乃至是洗漱用具都全部配备整齐，他没有任何需要添置的东西。

赵长风一边看一边感慨，这未免有点太铺张浪费了吧？我一个人来南江工作，随便弄个小窝休息就行了，没有必要这样吧？

王雪芝声音甜甜地说道："赵书记，您是省委派下来到我们南江工作的，为我们南江市八百万老百姓来服务了，您肩膀上的担子这么重，我们这些人如果不把您的生活安排好，那就是我们的失职。我们不光是对不起您，也对不起南江市八百万人民啊。"一边说着，王雪芝一边把脸转向孟成林副秘书长，有些娇滴滴地说道："孟秘书长，您说我说的对不对啊？"

"对，当然对了，是这么个道理。"孟成林接过王雪芝的话稍微做了一些解释："这是市政府做出的统一规定，我们这样也是按照市里统一规定来做的。"

又看了一会儿，孟成林感觉差不多了，就见王雪芝兀自在房间里摆摆这个，动动那个，没有一点离去的意思，就开口说道："小王，赵书记一路奔波，中午又喝了不少酒，肯定非常疲倦，我们就别打扰赵书记休息了。"

王雪芝这才有点不情愿地停止了忙碌，她对赵长风说道："赵书记，您以后工作肯定很忙，这么大的房间多半是没有工夫去收拾，我从市委小招调一个服务员过来，每天负责帮你打算房间，您看好吗？"

赵长风摆了摆手，说道："不必要吧，我自己来就行。"

王雪芝有些娇嗔地说道："赵书记是嫌弃服务员笨手笨脚，怕她们不会收拾吧？那要不我每天过来帮您收拾。"

赵长风吓了一跳，连忙摆手说道："你每天还要忙于接待工作，怎么敢劳动你呢？还是派个服务员吧，也没有必要天天过来，一个礼拜来个三两次就行。"

王雪芝见赵长风答应了下来，这才心满意足地和孟成林告辞离去。

赵长风点上一支帝豪国风，坐在客厅的沙发上，回想这今天发生的一切，尤其是市委书记崔中凯和市长杨一斌为首的南江市诸多官员的神态言行，其中很有些值得琢磨的地方。看来南江市这潭水也很深很深，一个不小心，很可能就陷进去了……

书记办公会很快对赵长风的工作进行了分工，赵长风主要负责城建规划、居住房、国土资源等方面的工作。这其实在省委决定派赵长风下来时已经安排好了，这时候不过是走一个形式。

分工明确了之后，赵长风就立即着手展开工作。他是带着省委的使命来的，所以不能耽误一点时间，必须尽快熟悉情况，进入角色。平时除了开会之外，赵长风就带着自己的秘书宁之明到下属各部委办局去搞调研，听取这些局长主任们的工作汇报。除此之外，赵长风还经常走到南江市的街头去考察，除了繁荣的商业地段之外，赵长风还深入到南江市的城中村去考察，获得了大量的第一手资料。

赵长风早就听人说过，南江市是一个二元世界，一个世界就是由老牌的田旺商业中心和禹寺商业中心、冶墙商业中心、还封商业中心三个新兴的商业中心构成的所谓中央商务区，按照时下流行的洋文，叫做 CBD，这些地方高楼林立，人气旺盛，其繁华程度可以和世界上任何一个大都市媲美，南江市那些在全国乃是在世界范围内都有影响力的商业、金融业乃至制造业总部基本上都安在这四大中心。如果单看着由四大中央商务区构成的这个世界，很容易让人以为南江市在城市发展上已经完全可以和欧美日那些现代化大都市并驾齐驱了。

同时南江市还有另外一个世界，那就是城中村。比起豪华气派的中央商务区来，城中村简直就是另外一个极端，这里的建筑更确切的说法，叫做南江市原住民的自建房，由于缺乏统一规划，城中村的建筑几乎是杂乱无序的，走进去一看，密密麻麻的一大片六七层小楼，楼挨着楼，楼挤着楼，人走在里面几乎望不到天空，有人形象地称呼这些楼为“握手楼、接吻楼”。走在城中村的小巷里，地面污水四溢，随处都能看到乱丢乱放的垃圾，半空中的电线在小楼的外墙上密密麻麻地绕来绕去，就好像是蜘蛛网。总之，城中村这个世界就是脏乱差的代名词，到处都是治安隐患、消防隐患和安全隐患。

其实这个二元世界不光是南江市独有，在全国各地的城市中都或多或少存在着这种情况，即使是在赵长风以前工作的海州市，也存在着这么一个对比分明的二元世界，可以说，城中村已经是绝大多数城市发展过程中必须要面对的问题。

可是相比起其他地方，南江市的二元世界反差却更为强烈，相对比起来更为悬殊，尤其是城中村脏乱差的情况让赵长风看了也感到触目惊心。

仔细想来着其实并不奇怪，南江市户籍人口不过八百万，但是外来流动人口早已经突破了一千万，这种流动人口总数超过户籍人口总数的情况在全国非常罕见。南江市一千多万流动人口中，大部分都居住在城中村。这么庞大的人口居住在城中村，加上城中村在市政管道和道路等公共配套设施上非常落后，脏乱差是在所难免的。

赵长风经过三个月的时间，通过听取汇报、查阅资料和走街串巷获取第一手资料的现场调查，他脑子里终于有了关于南江市城市建设的一些初步想法，他把这些想法整理出来，又经过仔细思考，进行了进一步加工和完善，最后写出了一篇材料，题目就叫做《城中村改造是突破南江市城市建设困局的最有效途径》。

在材料中，赵长风首先充分肯定了南江市城市建设中取得了突飞猛进的喜人成果，把四大中央商务区等一大批城市建设的亮点一件一件摆出来，说这些成绩是“在改革开放以来南江历届市委市政府的正确领导下，全市干部群众团结起来齐心协力，坚持以经济建设为中心，坚持改革开放，不断提高城市战略地位，从而使南江市城市建设实现了共和国历史上极为罕见的跨越式发展”。

紧接着，赵长风又点出了制约南江市目前发展的关键问题，那就是由于南江市地域狭小，特区关内的土地绝大多数已经开发完毕，开发土地的短缺已经成为制约南江市城市发展的一个非常关键的问题。

赵长风认为，要想改变这种情况，就必须把目光投向城中村，通过对城中村的改造，解决南江市城市发展中土地短缺的问题。

在这里赵长风重点谈了他对城中村现象的思考，他认为城中村发展到现在，不应该叫做“城中村”，叫做“城中城”或许更为合适。城中村现象已经深深融入了南江市城市发展的过程中，解决了南江市很大一部分外来人口的居住和生活空间，它本身已经成为南江市城市发展中不可或缺的一部分。

赵长风说，现在有一些干部，甚至是专家学者，把南江市的“城中村”现象贬得一无是处，甚至说“城中村”是南江市城市发展过程中的“毒瘤”。赵长风认为这种对“城中村”现象妖魔化的做法绝对要不得。固然，城中村存在环境差、治安差、消防隐患多，甚至有些黄赌毒的现象，但是持着妖魔化论调的这一部分人却忽视了正是由于城中村环境较差，所以租金较低，那些低收入阶层也能负担得起，才能在城中村中住下来，暂时安身立命、图谋发展。

赵长风还引用了一组数据，据不完全统计，南江市一千多万外来人口中，大约有超过七百万人都租住在城中村，城中村是这七百多万人在南江市不可缺少的发展环境，这些人不可能去住所谓的花园住宅，一方面他们的收入负担不起，另一方面南江市发展到今天，各类条件较好的花园式住宅的建设只满足了城市中另外约百分之三十收入较高者的居住需求。

赵长风在文章中说，他这样的说法并不是为城中村做辩护，只是实事求是地肯定城中村在南江市城市发展过程中所做出的特殊贡献。但是，在肯定城中村对南江市发展特殊阶段贡献的同时，还要正视到城中村本身确实存在各种各样的问题，脏乱差、治安隐患和消防隐患众多等问题已经迫在眉睫，是城中村必须要立即解决的问题。而要彻底解决这些问题，就必须对城中村进行大规模的改造。

关于城中村改造，赵长风又说，这是一个非常错综复杂的问题，尤其是在南江，城中村改造面临的问题就更为棘手。但是不能说因为复杂，因为棘手，就不去想办法解决这个问题。经过三个多月的调研和思考，赵长风就城中村改造问题提出了一些看法。

赵长风首先提出一个非常鲜明的观点，就是在城中村改造工程中，要尽量避免引进开发商进行开发。因为开发商追求的是有利可图，是改造过程中追求商业利润，甚至是暴利。按照城中村目前的现状，容积率已经普遍比较高，在此基础上再加上开发商要获取利润的容积率，那么城中村开发的强度自然会很高。

根据赵长风调研的情况来看，许多城中村的改造规划容积率已经达到惊人的四点五以上，但是开发商还是觉得无利可图，他们提出容积率至少要在六以上，这么大的容积率，必然会对城市公共配套设施造成巨大的压力，大大增加开发的成本。同时，按照这么高的容积率进行改造，不过是把一个所谓“难看的肿瘤”改造成一个好看一些的“新肿瘤”，如果这样一味去迁就开发商的利益，这其实不是在“改造”城中村，而是在“制造”新的城中村。

那么在城中村改造项目中不引入开发商，究竟是以谁为主体来负责城中村改造呢？赵长风认为问题非常好解决。引入开发商的初衷是想借用市场运作的机制来解决改造中的诸多问题。但是，开发商本质是商人，不是慈善家，他不会那么好心地用自己的钱来为老百姓服务，他们是想通过城中村改造项目赚钱。

中原山水建设集团下面就设立有专门从事房地产开发的子公司，对于房地产开发商那一套运作机制赵长风了解得一清二楚。开发商的目的就是赚钱，而且从目前国内房地产开发模式而言，开发商甚至不必用自己的钱去赚钱，他们只要能拿到项目，就可以通过运作从银行贷出款项，用银行的钱来赚钱。就拿城中村改造项目来说，如果在改造项目上引入开发商的话，不过是用社会和老百姓的钱来让这些开发商运作盈利而已。

因为把握住问题的本质，所以赵长风就大胆地提出了一个观点，既然开发商承接城中村改造项目的资金不是出自开发商自己的腰包，那么为什么不能够让城中村的居民以土地和房产入股，以城中村本身为依托，成立股份公司，利用银行的贷款来自主运作开发城中村改造项目呢？当然这样做也存在一个问题，那就是城中村居民成立的股份公司没有像开发商们那样在房地产项目开发方面有那么多经验，其实这个问题不难解决，只要聘请有经验的职业经理团队来管理就可以解决。即使开发商本身，不也都是依靠一支成熟的房地产开发职业经理人队伍吗？

赵长风来南江市的目的就是整顿房地产市场，控制住房价格，而让城中村居民成立股份公司自主经营、自主开发城中村项目，少了房地产开发商为牟取暴利从中盘剥的一个环节，无疑对南江市日益高涨的房价起到一个非常大的抑制作用。而且让城中村居民自主经营开发城中村改造项目，对南江市住房的市场意义绝非仅限于此。

赵长风在调研中看过许多份城中村改造规划，这些规划给他的感觉是，普遍定位比较高，和城中村改造的目标之间有较大偏差，对改造项目应该承担的社会责任没有一个统一而明确的定位。

在这些规划中虽然都提出了，原有的城中村为城市低收入者提供了与他们经济收入水平和自身能力相适应的住房的事实，并且都承认，这一状况仍将持续很长一段时间。但是在具体的城中村改造规划中，却都没有廉租房的位置，没有把廉租房建设当做自己的事情，似乎是希望在其他地方来建设廉租房。

可是在南江特区内已经没有空间来建设廉租房了。南江特区五百六十八平方公里的面积，到现在剩余的可开发利用土地不足四十平方公里。也就是说，如果不考虑通过城中村项目改造工程来解决廉租房的问题，那么低收入者住房问题根本没有办法解决，南江特区内六百多万低收入者将在南江无处容身。也就是说，城中村是建设廉租房的最佳地方，也是南江特区内唯一的地方。

作为南江市分管土地和住房建设的最高领导，赵长风清醒地认识到，在城中村改造项目中，特别是在南江市特区范围内的一些城中村改造项目中，在现阶段，或者是在很长的一段时间内，都必须将建设廉租房当做一个主要目标。

赵长风在文章中提出一个设想，“城中村”股份公司在政府的部分资金的支持下，按照商业运作模式进行改造，将改造的“城中村”四分之一的建筑面积用来建设少量高标准的住宅，用来解决城中村原住民的生活环境。因为根据有关部门的统计资料，有超过百分之九十的原住民还生活在城中村，城中村项目改造必须首先要保证这一部分原住民的住房环境。其次则再拿出四分之一的建筑面积来建设配套设施和商业、办公楼等。剩余的二分之一建筑面积用来建设廉租房。廉租房、配套设施、商业类和办公楼等少量出售或者不出售，全部拿来当股份公司的产业。这样改造的结果，南江市原来生活居住在城中村中的六七百万低收入者，依旧可以居住在和他们收入标准相适应的廉租房内。而这些由城中村股份公司统一建造管理的廉租房，可以有效地解决以前城中村中大量存在的脏乱差现象，减少消防隐患和治安隐患。而同时，城中村改造项目中的商业楼、办公楼等配套设施和廉租房一起，都成为股份公司的再生产工具，成为一只下金蛋的金鹅，城中村居民每年都可以根据股份领取大量的分红。

赵长风在文章中说，他提出的1：1：2的量化比例是否合适，这个可以再探讨，再研究，但是从整体上来看，这个设想还是具有很大的合理性，很强的可操作性，很切合南江市目前的实际。

由于城中村问题是冰冻三尺非一日之寒，因此城中村改造问题不可能一蹴而就，一步到位。而渐进式改造无疑是一种比较可取的方式，在充分研究的基础上，可阶段性地解决问题，分轻重缓急，逐步改善，可以首先选择一到两个城中村改造项目进行试点。这样摸着石头过河，可以一边发现问题一边解决问题，为后续的城中村改造项目积累经验，同时也避免一下子上马多个项目给特区政府带来的巨大资金压力。相信有了一两个成功的城中村改造项目当作样板之后，其他城中村居民对城中村改造的热情必然会大大提高，这对减少改造项目所遇到的阻力，顺利推进城中村改造项目有着巨大的促进作用。

写完之后，赵长风反复读了几遍，又修改了一些词句，觉得很是满意，这才把秘书宁之明叫进来，把稿子交给他，让他到打印室打印出来。

宁之明拿着稿子刚走，有人在外面敲门，赵长风说了一声请进，外面就进来脸色苍白的中年人，戴着一副黑框眼镜，斯斯文文的，进来后也没有一丝笑容，面容有些冷峻，或者说是麻木，眼镜片下面的目光也有些倔强。

赵长风就注意起来，因为通常到他办公室的人都是一脸热情得近乎阿谀的笑容。

“你有什么事情吗?”赵长风问道。

中年人说道：“我是南江市教育局的副局长王天坤，来向赵书记汇报一下思想。”

赵长风很是诧异，他也不分管教育，怎么教育局副局长王天坤会过来向他汇报思想？他脸上却是笑着说道：“王局长啊，请坐吧。有什么想法，你说吧。”

王天坤就掏出一份材料放在桌上，望着赵长风说道：“赵书记，我来这里是实名向您举报我们教育局局长李飞泉伙同南江市第一中学校长宋百强，在南江市第一中学搬迁过程中收受玉江房地产开发公司巨额贿赂。这是举报材料，请您过目。”

赵长风就意识到麻烦来了。他倒不是害怕麻烦，只是他刚来南江不久，两眼一抹黑，对很多情况都不熟悉，很多事情都不宜插手，尤其是这个王天坤举报的教育局长李飞泉和南江一中校长宋百强都是教育口的干部，不归他管，他也没有分管纪委，这件事情他如果过问了，别的领导会怎么想？肯定会说他狗拿耗子，赵长风的手伸得也太长了吧？

再者说来，时下官员们最讨厌的事情就是告状，尤其是下级举报上级。因为这不但牵扯数千年流传下来的官场伦理，也会触犯到官员们敏感的神经，如果今天支持了其他人的下级告上级的状，那么改天很可能就轮到自己的下级来告自己了，这还要不要规矩了？不都乱了套吗？所以在干部口中，最喜欢说的三句话，就是加强法制，加强法制，还是加强法制！仿佛法制利剑就是专门针对民告官，或者下级举报上级这种现象设立的一般。

赵长风刚到南江来，并不想标新立异，当这个出头鸟。可是现在告状人王天坤已经走进他的办公室坐在他面前，他能怎么说？说这件事情不归我管，你去找教育口的主管领导，去找纪委的有关领导？身为一个领导干部，这种没有水平的话能说出口吗？

他正在沉吟，王天坤那边继续说道：“赵书记，接受玉江房地产开发公司贿赂的不光是李飞泉和宋百强，在这件事情上，房管局局长舒红旗也接收了贿赂。”

赵长风心中就是一动，如果房管局局长舒红旗真的涉案的话，那么他这个主管领导是需要说一句话了。

想到这里，赵长风就把举报信接到手里，却并不打开，看着王天坤道：“你先讲一讲具体情况吧。”

听了赵长风的话，王天坤眼里就冒出一股灼热的光，像是一个垂死挣扎的溺水者抓到一块浮木一般，他挺着了腰板，扶了扶黑框眼镜，汇报了起来。

赵长风本来以为，玉江房地产公司既然在南江一中搬迁新校址的过程中向教育局局长李飞泉、房管局局长舒红旗以及南江市一中校长宋百强行贿，目的必然是想承接南江市一中新校区的工程建设，谁知道听了王天坤的汇报后，才知道根本不是这么一回事，玉江房地产公司向李飞泉、舒红旗和宋百强行贿，目的不过就是想让南江一中把新校区设立在冶墉区而已。因为玉江房地产公司在冶墉区搞了一个叫做中央翰邸的大型住宅建设项目，计划分为三期，总建筑面积合计有一百五十多万平方米，目前建成的是第一期，建筑面积七十多万平方米，正在对外发售。

影响房地产价格的因素非常多，其中有一个非常重要的因素就是楼盘旁边有没有学校，有没有一个好学校。中国人有着浓重的望子成龙情结，一向重视对子女的教育，所以一座楼盘旁边如果有一所重点小学或者重点中学，楼盘的价格能在同等条件下每平方米高出两三千元。

就南江市来说，最好的中学当属省重点中学南江市一中，如果孩子能进入南江一中读书，就等于一条腿迈入了重点大学的大门。所以只要是南江市一中招生片区的房子，即使是二手房，价格也会超出别的地方的新楼盘。

南江一中原来位于南江市老牌商业中心禹寺区，但是校园狭小，招生规模一直受到限制，所以南江市教育局的领导和南江市一中的领导就萌生了建立新校区，把南江一中迁出去的想法。当时备选的地址有三个，分别是禹寺区的下沙、冶墉区的弼塘和田旺区的凤冈。消息传出去之后，先不说下沙、弼塘和凤冈几个地方的角力，就是南江市的各大房地产集团都应声而动，开始了活动，谁都明白，如果南江一中新校址能选到自己开发的楼盘附近意味着什么。最后南江一中的新校址定在了冶墉区的弼塘，这正是玉江房地产集团开发的南江市最大的楼盘，中央翰邸的所在地。南江一中新校区破土动工的那一天，中央翰邸的楼盘应声而涨，每平方米比原来足足涨了将近两千元，有人替玉江房地产集团算过一笔账，仅仅是中央翰邸一期工程，因为南江一中新校区带来的收益绝对不会低于十个亿，这是何等惊人的数字啊！

因为南江一中迁址是一年前发生的事情，赵长风来南江市时间很短，注意力主要放在城中村改造项目上了，所以还是第一次听到这方面的情况，心中也很是吃惊，一个中学的搬迁，竟然能让一家房地产集团在一个项目上获得超过十个亿的暴利，简直是不可想象。如果情况真的如王天坤所说的这样，那么教育局局长李飞泉、南江一中校长张百强和房管局局长舒红旗，每个人受贿超过数百万也没有什么稀奇了。

心中斟酌了一下，赵长风说道："王局长，你反映的这个情况非常重要，我一定会给予高度重视的。这样吧，材料先放我这里，我和市委其他领导研究一下，然后再给你一个答复。"

"赵书记，我向您保证，材料中写的东西全部都是真的。"王天坤听赵长风只给出了模棱两可的原则性回答，一下子就急了起来，"上面不仅有我个人的签名，还有南江一中十几个领导干部和老师的签名。您可以派人查证，如果我在材料中写了一句假话，就可以立刻开除我的党籍公职，把我送到法院法办!"

"王局长，我知道，我知道，你不要激动。"赵长风微笑着说道："这毕竟涉及了两个副厅级和一个正处级领导干部，我们不能不慎重啊。您放心，这件事情我是绝对会查下去的，不会不了了之，请你也要相信我，好吗?"

赵长风一边说着一边站了起来："我这里还是点事，你先回去，好不好?"

王天坤倔强地站在那里，还想开口说什么，正好宁之明从打印室回来，他看到王天坤不知道什么时候进来了，连忙跑了过来拉着王天坤的胳膊说道："王局长，赵书记既然答应了，你还有什么不放心的?好了，先走吧，赵书记正忙着呢，有什么情况，我会打电话通知你的。"说着半推半拉地把王天坤请到了外面的走廊上，又劝说了好半天，王天坤这才离去。

宁之明回到办公室，向赵长风承认错误："赵书记，对不起，我的工作没有做好，让他进来了。"

赵长风摆了摆手："之明，不要什么事情都往你自己身上揽，你不是正好去打印室了么?"

宁之明见赵长风没有责怪他的意思，这才放心，伸手把打印好的文章递给赵长风。赵长风接过文章没有翻看，而是看着王天坤刚才留下的那份材料。如果王天坤反映的情况都是真的，这肯定是一场惊天弊案，不但牵扯巨额资金，还涉及两个副厅级和一个正处级干部，事关重大，事关重大啊。赵长风沉吟了许久，这才摇了摇头，把王天坤留下的这份材料放进抽屉里。这件事情看来还只能先放一放，等找到一个合适的机会再说。他目前在南江立足未稳，暂时还是以静制动为好。

宁之明一直在注视着赵长风的脸色，欲言又止，最后还是忍不住说道："王局长也真是的……"

赵长风就停了下来，抬头望着宁之明："王局长怎么了？你说啊。"

宁之明话一出口，就觉得自己有些鲁莽了，支支吾吾地说道："一年前，王局长就因为举报玉江房地产集团，被弄到省委党校去学习了。这才刚回来两天，他就又开始举报了。他怎么能斗得过玉江房地产集团呢？赵书记，这件事情您最好不要插手。"

"哦？"赵长风饶有兴趣地望着宁之明："听你这么说，玉江房地产集团很有背景了？"

宁之明就往赵长风身边凑了凑，压低声音说道："您还不知道？玉江房地产集团的老总陈玉莲，和杨市长是……"

赵长风吃了一惊，怪不得玉江房地产集团经营着南江市最大的楼盘，原来竟然有杨一斌的关系，这样看来就不奇怪了。

心中想着，赵长风的脸色却沉了下来："什么乱七八糟的！"他呵斥道，"之明，你也是一个副处级干部了，不要听风就是雨的。以后少说这些没有根据的话！"

当然赵长风这也是做一做样子，并不是真的生气，宁之明能够把这种事情告诉他，说明真的把他当成了领导，担心他贸然掺合进去，得罪了杨一斌。不过这种事情心里明白就行，表面上赵长风还不得不板着脸义正词严地训斥一番宁之明。

宁之明当然不会认为赵书记真的生气了，他也懂得其中的关窍，这时候领导骂得越凶，说明心中越是喜欢你。领导初来乍到，对南江市的情势了解并不透彻，自己这个做秘书的在旁边可一定要尽好心腹的职责。

第二天晚上，杨一斌在南江宾馆设宴接待新任交通厅厅长梁山路，赵长风因为和梁山路是老朋友，也出席了招待宴会。宴会的气氛非常融洽，正喝得酒酣耳热的时候，南江市公安局局长房兴盛接了一个电话，回来之后就悄悄地走到杨一斌身边咬着耳朵说了几句话，杨一斌面色顿时黑了下来，说道：“一定要严肃处理，太不像话了！”

众人都面面相觑，不知道发生了什么事情。杨一斌好像意识到自己的失态，举着酒杯冲梁山路说道：“梁厅长，不好意思，下面出了点小事，让你见笑了。来来来，咱们喝酒。”

梁山路连忙端起酒杯低低地和杨一斌一碰，笑着把酒喝完。

酒宴结束后，趁着大家去三十八楼夜总会的时候，杨一斌把赵长风拉到身边，说道：“赵书记，你先陪一下梁厅长，我去处理点事情就回来。这个王天坤，真是丢人丢到家了！”

赵长风听到王天坤三个字，很是吃惊，问道：“王天坤怎么了？”

杨一斌说道：“他竟然在南江宾馆一边吸毒一边嫖娼，被缉毒大队的刑警当场抓获。亏他还是南江市教育局主抓教学的教育局副局长，他这个样子怎么为下面的教师们做表率？简直是一个斯文败类，这样的害群之马，一定要坚决清除出干部队伍！”

赵长风就觉得事情有点不对，王天坤他见过一面，是一个很倔强的老实人，嫖娼或许有可能，但是怎么会吸毒呢？再说了，即使是吸毒嫖娼，又怎么会被缉毒警察抓住呢？南江宾馆就是南江市委小招，没有上边领导的批准，刑警怎么敢随便进来？

“真的是太不像话，竟然在市委小招胡来！”赵长风低声嚷了一句，也不知道是说王天坤胡来，还是说缉毒大队的刑警胡来：“我的个人的意见，还是让公安部门先处理，等公安部门的正式结论出来，组织上再讨论如何处理。”

杨一斌意味深长地望了赵长风一眼，说道：“那就等公安部门的正式调查结论吧。不管如何，这件事情都给我们敲响了警钟啊。它在提醒我们，必须高度重视干部的思想教育工作，一刻也不能松懈。今天梁厅长第一次到南江来，就出了这么一件丑事，真的是丢南江市的人啊！赵书记，你和梁厅长是老熟人了，待会儿你可要做好工作啊！”

赵长风点了点头，说道：“我明白。”

在夜总会唱了几首歌，杨一斌就说有事，嘱咐赵长风和分管交通的王市长一定要陪好梁厅长，然后起身告辞。赵长风望着杨一斌匆匆而去的背影，心中总感觉有些别扭。

杨一斌走了没有多久，赵长风的手机就响了，低头一看号码，是市委书记崔中凯的电话。赵长风就拿着手机躲进了包厢里的卫生间，接通了电话。

“长风书记，王天坤的事情你清楚不？听说你当时也在场？是怎么回事？”崔中凯在电话里问。

赵长风就有点生气，这明显是拿他当挡箭牌，他说道：“我当时在陪梁厅长吃饭，并不清楚下面发生了什么事情。只是晚餐结束后，一斌市长向我简单透露点情况。”

“这个房兴盛，简直是胡闹！公安队伍的作风是需要好好整顿一下了。”崔中凯显然有些恼怒。刑警大队的人没有向市委汇报，就敢直接进南江宾馆抓人，这种做法简直是胆大妄为。

赵长风初来乍到，也不好多说什么，只是拿着电话听着。

崔中凯好像也意识自己有些失态，他顿了一顿，放缓语气说道：“长风书记，梁厅长那边就交给你了，一定要照顾好。”

“请班长放心，这个任务我一定会完成得很好。”赵长风笑着说道。

出了卫生间，梁山路取笑道：“长风老弟，有什么悄悄话要躲到卫生间去说？”

赵长风正色道：“是崔书记的电话，他让我向你问好，嘱咐我一定要陪好你，否则就要追究我的责任。”

“崔书记太客气了，他还在羊城么？”梁山路态度立刻端正起来。他这个交通厅厅长可以不买其他地市一把手的账，但是对于南江市一把手崔中凯，他必须保持足够的尊重。

“已经在回来的路上了。”赵长风笑着端起了酒杯，“梁厅长，这杯酒我先代崔书记敬你，明天崔书记还要好好招待你呢。”

“崔书记总是这么见外。”梁山路笑着端起了酒杯。

在包厢里又坐了两个多小时，就结束了。临出门时，王市长小声询问赵长风，要不要请梁厅长到外面吃点宵夜。赵长风知道梁山路酒喝多了就犯困，就摆手说不用，只是和王市长一起把梁山路送到房间门口，握手告辞。

第二天早上，赵长风起床洗漱完毕之后，来到餐桌旁。餐桌上摆满了丰盛的早餐，这是服务员专门从南江宾馆的小餐厅用保温食盒带过来的，旁边还放着一叠今天刚出版的报纸。

赵长风摇头苦笑一下，他已经交代过服务员早餐不要弄这么多东西，一碗小米粥、一个咸鸭蛋足矣，可是这两个小服务员……总是要弄这么一大桌子东西。

他坐在餐桌旁，一边喝着小米粥，一边飞快地浏览着报纸，迅速从海量的新闻中撷取最有用的信息。

忽然，赵长风的目光猛然停顿了下来，盯着手中《南江都市报》的一篇配发着新闻图片的新闻：南江市教育局副局长嫖娼吸毒，被市公安机关当场抓获。

赵长风的脸当时就沉郁了下来，他立即拨打了市委宣传部部长刘广临的电话："刘部长，《南江都市报》上刊登的市教育局副局长王天坤吸毒嫖娼的新闻，这件事情你知道吗？"

"这个新闻我也是刚看到。"刘广临说道："我正要打电话给《南江都市报》社长，问问究竟是怎么一回事！"

"哦，那你了解一下也好。"赵长风说道："我总觉得这种做法不妥当。王天坤是教育局副局长，在组织上没有给出正式处理意见之前，报纸就登出这样的新闻，很被动啊！"

放下电话，赵长风心中就思忖，这件事情怕没有那么简单吧？《南江都市报》怎么会有那么大的胆子，不经过市委宣传部的同意，就擅自刊发这样的新闻？还有报纸上那个照片，看署名是《南江都市报》的记者拍摄的。事情怎么那么巧，难道说缉毒警察扫毒，还会带着记者去吗？

到了办公室，赵长风刚坐下不久，市委秘书长罗达功神色匆忙地跑了进来。

"赵书记，王天坤自杀了！"他喘着粗气说道。

"什么？王天坤？怎么回事？"赵长风也吓了一跳，"人死了吗？"

"人已经死了。这边刚接到看守所的消息，说是上吊自杀，具体情况还在了解。”罗达功说道：“崔书记请您马上到会议室去。”

赵长风不敢怠慢，抓起手包就往外走，走了几步，又想起一件事情，转身回到办公桌前，打开抽屉，拿起一份东西塞进手包里，这才又转身出门，快步赶到小会议室。推门进去，市长杨一斌、市委副书记吴南城、石成名、纪委书记章贡平都已经坐在会议桌旁边。崔中凯面色严肃，站在窗户旁，夹着一根烟望着窗外。杨一斌低头喝着茶，神情也很凝重。两位副书记吴南城和石成名交头接耳地低声说着什么。纪委书记章贡平却挺直着腰板，面无表情地盯着墙对面一幅油画在看。

工夫不大，其他几位市领导也来了，市委常委、政法委书记、公安局局长房兴盛走在最后。

崔中凯背后好像长有眼睛，知道所有的人都来齐了，他转身回到座位上坐下，沉着脸说道：“兴盛同志，具体什么情况，了解清楚了么?”

房兴盛脸色有些发红，他望着崔中凯汇报道：“崔书记，我首先要向您、向市委做检讨。发生这样的事情，是我们的失职。刚才看守所王所长向我汇报了具体情况。昨天晚上王天坤被送到看守所之后，考虑到王天坤是市教育局的一名领导，就给他单独关在一个房间里。因为是嫖娼的问题，不是什么大事，看守所就没有给予足够的重视，晚上没有派专人到房间内看守。今天早上过去的时候，才发现王天坤把T恤撕成绳条，吊死在铁窗上了。发现的时候，尸体已经冰凉，人已经死透了。”

“为什么会出现这样的情况？是自杀还是其他方面的原因，查清楚了吗?”崔中凯用手指重重地戳着桌面。

“刑侦大队派人到现场调查过了，初步结论是自杀。”房兴盛说道，“进一步的结论，还得等法医检验报告之后才能得出。”

崔中凯哼了一声，又问道：“你们公安局到南江宾馆去查房，为什么不提前向市委汇报?”

“我也是事后才知道这个情况的。”房兴盛强压着心中的怨气，“缉毒大队是由范留根同志分管的，他说当时接到线报，有毒贩在南江宾馆进行秘密毒品交易，因为时间紧急，他就当场拍板。谁知道进去之后，才发觉是一个吸毒女为了筹措毒资，和王天坤进行性交易……”

“一定要严肃处理！”崔中凯说道：“南江宾馆是什么地方？当时交通厅梁厅长也在，万一闹出大笑话，该怎么向省委交代？”

杨一斌一直在闷头喝茶，听到这里，把茶杯放下，开口说道：“我同意中凯书记的意见！即使缉毒大队的同志出发点是好的，也必须得严肃处理！否则以后南江宾馆谁想进谁进，谁想查谁查，那还了得？兴盛同志，你回去一定要强调一下纪律，坚决杜绝这种好心办错事的情况出现！”

顿了一顿，杨一斌扫了一下会场，继续说道：“尽快调查清楚王天坤的死因，拿出一个经得起人民和历史检验的结论来！”

其他市领导都相应做了发言，无非是顺着崔中凯或者顺着杨一斌的话说下去，并没有什么实质性的内容。

赵长风坐在那里一根接着一根地抽烟，却并不说话。到最后，崔中凯点了他的名：“长风同志，你也谈一下你的看法。”

赵长风心中一直在想一个问题，就是王天坤死得太蹊跷了。他想起王天坤前两天送过来的实名举报信，又想起秘书宁之明所说的玉江房地产公司老总陈玉莲和杨一斌的关系，越发觉得王天坤的死背后隐藏着太多东西。本来他是不打算过早介入南江市复杂的局面，但是现在王天坤死得这么蹊跷，赵长风如果再不把这封举报信拿出来，就对不起自己的良心。

听到崔中凯点了他的名，赵长风终于下定了决心，他拉过烟灰缸，把大半截帝豪国风在里面摁灭，这才抬起头望着崔中凯说道：“两天前，王天坤同志到我办公室，送上来一封实名举报信。现在他虽然不在了，但是就举报信里的内容，我觉得还是有必要调查一下。”

说着赵长风打开手包，把王天坤那封举报信拿出来交给崔中凯。

崔中凯接过举报信看了一遍，面容越发严肃，他把举报信推到杨一斌面前，说道：“大家都看看这封举报信，谈一谈看法。”

杨一斌深深望了赵长风一眼，这才拿起举报信大略看了几眼，就放了下来，说道：“完全是无稽之谈。李飞泉同志和舒红旗同志我都了解，这两个同志都是能力出众、任劳任怨的好同志。以前纪委不是也收到过关于李飞泉同志和舒红旗同志的举报信吗？结果怎么样，章书记可以说一说嘛。”说着就看着纪委书记章贡平。

章贡平喝了一大口水，这才说道："以前是接到过反映李飞泉同志和舒红旗同志的举报信，纪委也去做了一些初步调查，后来因为调查南江机场的事情，就停了下来，没有全部调查完，但是根据已经调查过的情况来看，李飞泉和舒红旗同志没有什么大的问题。"

"所以嘛，我的意见是不要听风就是雨，要注意保护干部的积极性。如果我们每收到一封举报信就要派人下去调查一下，那么我看我们什么工作都不要做了，整天就去调查举报信好了。"杨一斌抽出一根熊猫夹在手指间，严肃地说道："现实中总有那么一些人，甚至是一些党员干部，因为一些个人利益没有满足，整天热衷于写举报信，借以要挟组织，甚至是往一些勤勤恳恳干工作的同志身上破脏水。同志们，我们是领导干部，不是普通人，尤其要警惕这种现象啊！"

会场上响起一片喝茶的声音。杨一斌话里话外的倾向性已经十分明显，这个时候谁也不愿意再开口。

崔中凯抽出一根香烟拿在手里轻轻在桌面上顿了顿，然后看了看会场，说道："一斌市长的意见很中肯，可以说是切中时弊。我们必须注意保护干部的积极性。但是怎么样才是真正保护干部的积极性呢？我的看法是，调查，一定要深入调查。真金不怕火炼嘛！真正优秀的干部，是经得起组织调查，经得起实践检验的。如果我们收到举报信，不研究不调查，只是简单地搁置在一旁，那么下面的干部群众会怎么想？难免会有一些风言风语出来，甚至会形象到领导干部的威信，影响到领导干部在人民群众中的形象。所以我的意见是，不管举报信反映的问题是真是假，我们都有必要调查核实一下。这样才是对干部积极性的最好保护。大家说呢？"

会场的气氛又微妙起来，常委们互相碰着眼神，显然很诧异崔中凯今天强硬的态度。在以往常委会上，崔中凯对杨一斌的意见多采取避让的方式，很少会直接和杨一斌发生冲突。但是今天情况却变了，崔中凯破天荒亮明了自己的态度。看来，老崔被王天坤的死彻底激怒了。以后这常委会可就有的热闹看了……

赵长风对杨一斌刚才含沙射影的话很不满意，这时候见崔中凯站出来支持他的想法，自然是不能退缩，他说道："我同意班长的意见，这封举报信中反映的问题又不是小问题，涉及上亿的巨额资金，不能就这么不了了之。”

会场上都沉默了下来，虽然这件事情是赵长风引起的，但是明显地变成了市委一二把手掰手腕，在没有看清楚局势之前，谁也不愿意轻易表态。

关于赵长风的为人，南江市这些领导都听说过了，知道小赵书记行事作风往好的说，是大胆果断，往贬义里说，就是鲁莽冲动。以前赵长风在粤东之所以可以顺风顺水，那是因为前任省委书记杜红军非常赏识这个年轻人。但是一个月前，杜红军已经离开粤东，到全国政协去了。离开了杜红军的庇护，赵长风如果还是这样鲁莽冲动的行事作风，能讨得了好吗？

就拿今天的事情来说，赵长风也不事先做一做功课，搞清楚举报信中涉及的都是谁？教育局局长李飞泉和房管局局长舒红旗都是杨一斌小圈子里的人，还有那个玉江房地产集团的老总陈玉莲，大家都知道，但是都不能说出来，不能捅破这层窗户纸。这不光是因为杨一斌是一个强势副省级市长，更是因为杨一斌身后站着杨家的庞大势力。如果杜红军还在粤东，还可以帮赵长风顶一顶压力，但是现在杜红军不在了，若是老杨家发威，赵长风恐怕轻而易举就被扳倒。

可是这个时候，市委书记崔中凯却明确表态支持赵长风，让简单的势力对比又变得复杂起来。崔中凯身后的势力虽然不能和杨家相提并论，但是具体到粤东省来说，崔中凯却是省委常委、南江市委书记，来南江的时间虽然不长，但是在南江市布置下来的势力足以和杨一斌抗衡。再加上赵长风的势力，天平似乎又往不利于杨一斌的方向倾斜。

崔中凯用目光睃巡着会场。常委们有些人迎着他的目光，虽然没有点头之类的多余动作，但是已经用目光把支持他的意思传达得非常到位；而有些人则用低头喝茶、看材料之类的动作来掩饰自己，以避开他的目光。

对于常委们的姿态，崔中凯自然是一目了然。在常委们中间，支持他和支持杨一斌的本来是五五之数，现在加入了一个赵长风，那情况可就不一样了。杨一斌在南江市一向是飞扬跋扈，谁都不放在眼里。这次正好借着王天坤的事件敲打敲打他，让他收敛一下锋芒，否则好端端的南江市会被搞得一团糟的。

“如果没有其他意见的话，那我们下面开始表决。”崔中凯清了清嗓子，拉长声调说道："同意长风同志的意见，对举报信进行立案调查的请举手。"

会场上顿时一震。

杨一斌心中也叹了一口气，知道这件事情无可挽回。在南江市，他的势力再大，毕竟是二把手，而决定召开常委会，提议在常委会上表决的权力都在一把手崔中凯这里。这让崔中凯在先天上就掌握了很大优势，可以随时决定在对自己有利的情况下进行表决——就比如现在。

和崔中凯一样，杨一斌把常委会中的力量对比计算得清清楚楚。他本来和崔中凯势均力敌，但是有了赵长风的加入，就稍微落在下风。这次又是公开表决，那些骑墙派心中小算盘打得再清楚，也不敢在常委会上公开反对崔中凯的提议，所以如果不出意外，这些骑墙派还是会统一行动，举手支持崔中凯。这种局面，想来崔中凯也计算得清清楚楚，要不然崔中凯也不会提议进行举手表决。在这种情况下，杨一斌面临的是有败无胜的局面。与其这样，不如举手支持崔中凯的提议。即使是纪委立案调查，杨一斌就不信，章贡平真的敢往深处调查开来，最后还不是和上次的结果一样，找个借口草草收兵了事？

心中盘算清楚，杨一斌第一个举手说道："崔书记说得对，立案调查也是对下面同志积极性的最好保护。"

杨一斌既然举手了，其他人更无异议。市委常委会一致同意，由纪委书记章贡平牵头，抽调纪检机关和政法机关的精兵强将组成调查组，对教育局和房管局同时展开调查。

会议结束后，崔中凯率先起身离开会议室。在起身的一刹那，他的目光有意无意地掠过赵长风的脸，里面包含的意思意味深长。

杨一斌是第二个走出会议室的。他在会议室内还是满面笑容，可是一走出会议室，脸立刻沉了下来，这个赵长风，还真的是不识抬举，来到南江就想折腾，以为还有老杜给你撑腰啊？

赵长风等其他副书记都起身了，这才起身跟在后面。一般来说，在几位副书记中，市长排在第一，分管组织工作的副书记排在第二，至于其他副书记，除非是上级下文的时候有明确排序，否则就是按照资历顺序往下排。因此，在南江市委几位副书记中，赵长风这个新来的副书记排名最末，当然，这个排名并不和实际权力挂钩。

对于这次会议的结果，赵长风谈不上满意，也谈不上不满意。他拿出这封举报信，只是对死去的王天坤聊尽人事而已。至于纪委书记章贡平能够调查出什么样的结果，赵长风并不乐观。从刚才的发言就可以看出，纪委书记章贡平是个典型的骑墙派，以杨一斌势力的强大，赵长风并不相信章贡平敢真的得罪杨一斌。所以这件事情最终结果很可能是不了了之，事出有因，查无实据。

果然如赵长风所想，纪委调查组大张旗鼓地下去，调查了一个多月，却没有查出什么实质性的东西，教育局局长李飞泉和房管局局长舒红旗安然无恙。

不过这个时候，赵长风已经没有心思再去关心李飞泉和舒红旗的问题了，他全部精力都投入到关于城中村改造的问题当中去了。而他的那份关于《城中村改造是突破南江市城市建设困局的最有效途径》的材料，也早已经送到市委书记崔中凯的案头。

这天上班不久，赵长风就接到崔中凯的电话，让他到书记办公室去一下。赵长风就连忙放下手中的事情，带上房门，往书记办公室走去。

以前崔中凯有事找赵长风，都是让市委秘书长罗达功过来通知，很少会亲自打电话过来。但是自从上次常委会中赵长风拿出王天坤的举报信之后，崔中凯对赵长风的态度就有了很大改变，有什么事情都是自己亲自打电话过来，很少会出现让罗达功过来通知的现象。

几分钟后，赵长风来到崔中凯办公室，崔中凯的秘书高相成看到赵长风到了，连忙从办公桌后笑着迎了出来，嘴里热情地招呼着，做了个请的手势，把赵长风引进里间崔中凯的办公室，泡了一杯茶，这才悄悄地退了出来。

崔中凯手里拿着红色的电话机正在讲电话，见赵长风进来，脸上露出一丝微笑，做了个请坐的手势，让赵长风坐下，嘴里继续说道："是，我明白。老领导请放心，我一定抓紧时间办。"

放下电话，崔中凯把目光投向赵长风，笑着说道："长风同志，最近挺忙吧？"

赵长风笑着说道："还行，都是在忙城中村的那点事情。不过要说起忙来，班长，我们这些做副职的怎么也比不上您啊。下面千条线，上面一根针。我们手里的工作最后还不是要归拢到您这里？您比我们更忙啊！"

"大家都忙，这说明我们的工作没有做好啊。"崔中凯笑了笑，递给赵长风一根烟，说道："什么时候我们这些当领导的不用忙来忙去了，才说明下面的工作真的做好了，理顺了，不用我们操心了。"

"恐怕很难啊。"赵长风接过香烟，说道："您是班长，下面的事情还要靠您来把关。您如果要清闲了，别说下面，就是我们这些副职做起工作来也找不准方向。"

"长风，你呀……"崔中凯摇了摇头，虚点了一下赵长风，然后伸手拿起桌面上的材料看了看，说道："你的那份关于城中村改造设想的材料我看了，不错，想法很新颖，很大胆。"

一边说着，崔中凯一边看了一眼赵长风："不过呢，关于城中村改造的问题，韩国新同志也弄了一份材料，你看看。"说着伸手把手中的材料递给了赵长风。

赵长风接过来一看，材料的题目叫做《南江市城中村改造规划研究》，正是分管城建规划住房的副市长韩国新弄出来的。

赵长风是分管城建规划的副书记，韩国新是分管城建规划的副市长，但是两个人在城市建设方面的思路完全大相径庭，尤其是在城中村改造方面，两个人的意见几乎是针锋相对。当初赵长风在调研时，提出的城中村改造不要引进房地产开发商的观点，就遭到韩国新的抵制，弄得赵长风不得不抛开韩国新，单独弄了一份材料出来，他却没有想到，韩国新也弄一份材料交到崔中凯这里来了。

虽然知道韩国新材料中写的是什么，赵长风还是耐着性子仔细地看了一遍。看完之后，他把材料合起来，轻轻地放在桌面上。

在赵长风看材料的过程中，崔中凯一直捧着茶杯不忙不忙地喝茶，等赵长风看完材料之后，他才放下茶杯，说道："对于韩国新同志的观点，一斌市长就很是支持。"

"开发商唯利是图，"赵长风摇了摇头，说道："让开发商介入城中村的开发，对南江市的房价只能起到推波助澜的作用。这是要把六七百万中低收入的打工者赶出南江市啊。且不说这些中低收入的打工者在南江市发展过程中所做出的重大贡献，就拿南江市今后的发展来说，依旧离不开这些人。如果房价过高，让这六七百万中低收入者无法在南江市立足，南江市的发展前景必然大受影响。”

“长风，从个人角度来讲，我是支持你的想法的。”崔中凯沉吟了一下，说道：“但是呢，一斌市长的担心也不无道理，让村民组织成股份公司来开发城中村，在全国范围来说还没有先例。而开发商开发城中村倒是有不少成功的案例，因此，要想推进你这个方案，阻力不小啊。”

赵长风一下子就听出崔中凯的意思了，他笑了笑，说道：“班长，当初中央决定在南江这个小渔村设立特区的时候，全国也没有先例。可是二十多年过去了，南江市却从一个小渔村成长为国际性的大都市。”

他一边说着一边看着崔中凯的脸色，“邓公当年提出摸着石头过河嘛。这城中村改造方案，如果不尝试一下，怎么知道会不会获得成功呢？就我个人来说，我认为这个方案只要认真规划，精心准备，严密实施，肯定会获得成功的。我有这个信心！”

“好，好，有信心就好！”崔中凯满意地点头，“南江市是特区，一向是敢开全国风气之先。可是近些年南江市的一些同志思想却变得保守、僵化了，甚至故步自封起来，这种趋势如果任其发展下去，后果很严重啊。现在外边人谈起南江来，都说是特区不特，如果再不搞一些创新的东西出来，南江市又有什么优势和那些后起之秀进行竞争呢？”

说着崔中凯从桌上拿起另一份材料，正是赵长风经过三个多月调研搞出来的《城中村改造是突破南江市城市建设困局的最有效途径》那份材料。

“照我来看，你这个想法很好，可以先选一两个试点搞一搞，如果获得了成功，再在全市大范围内推广。如果效果不理想，或者说比较差，也不要紧，就当是我们在改革过程中交的学费。这学费也不白交，最起码我们获得了经验和教训，是不是？”崔中凯拿着手中的材料对赵长风说道：“当然，这只是我个人的一些想法，具体如何，还要到常委会上进行讨论。”

听了崔中凯这样表态，赵长风如何还不明白。虽然崔中凯口口声声说个人看来、个人的想法等等，但是这个个人可是南江市的一把手，他的意见很大程度上就等同于市委常委们的意见。一般来说，只要不是涉及重大人事问题，一把手提出的意见在常委会上被否决几乎没有什么先例。即使是杨一斌和崔中凯不对付，也不可能为这样的问题就在常委会上撕破脸。

“不过呢，”崔中凯话锋一转，又拿起韩国新那份材料，“韩国新同志这份材料我们也要给予足够的重视，毕竟一斌市长比较支持这种方案。”

说到这里，崔中凯有意顿了一下，端起茶杯喝了一口水。倒不是因为口渴，是他有意留出时间给赵长风思索。

赵长风已经猜出崔中凯的意思，心中叹了一口气，政治果然是妥协的艺术，是平衡的艺术。他故意不说透崔中凯的意思，装着糊涂问道：“班长，您的意思是……”

崔中凯说道：“既然是试点，两个方案都试一试。韩国新同志这个方案，也可以找一个城中村来试点搞一搞。最后看看效果，哪个方案效果好，在南江市就推广哪个方案。”

第八章　利益链不言而喻，改革路步履维艰

不料想赵长风关于城中村改造的新设想遭到了副市长韩国新的大力阻击，在市长杨一斌的授意下，韩国新提出城中村可以交由玉江房地产公司负责进行开发。双方争执不下，南江市委常委会决定设立两个试点，分别推行韩赵二人的城中村改造计划。没多久，玉江房产开发公司实行野蛮拆迁，和村民爆发了激烈的冲突，造成人员伤亡的恶性事件。愤怒的村民围堵住市委市政府的办公楼讨要说法。

经过南江市委常委会的讨论，最后决定在南江市设立两个试点，分别推行赵长风和韩国新提出的城中村改造方案。

从表面上看起来，赵长风和韩国新似乎打了个平手，可是实际上，赵长风却是落了下风。因为韩国新方案的试点选在了南江市最繁华的商业区田旺区最大的城中村——石排村，而赵长风方案的试点选在了南江市四个区中经济最落后的冶墙区的一个叫做罗庄村的无关紧要的城中村。

对于这种结果，赵长风当然谈不上满意，但是他明白，这已经是目前情况下所能争取的最好的结果。毕竟韩国新背后站的是杨一斌，杨一斌在南江市经营了五六年，远不是赵长风这种初来乍到的外来户可以轻易动摇的。而在对待杨一斌的态度上，崔中凯显然还有所顾虑，对赵长风的支持力度也有所保留。显然，对崔中凯来说，更多程度是把赵长风视为一种牵制杨一斌的力量，但是如果要求崔中凯为了这种牵制力量去和杨一斌摊牌，崔中凯是绝对不会去做的。

不过对赵长风来说，这毕竟是迈出了可喜的一步，只要同意展开试点，哪怕是一个无关紧要的小城中村，赵长风也有决心把这个试点做成一个样板，证明自己所提出城中村改造设想的前瞻性和优越性。

常委会上，还分别成立了以赵长风组长的罗庄村改造领导小组和以韩国新为组长的石排村改造领导小组。田旺区副区长、冶墙区副区长分别在两个领导小组中任职，另外领导小组的成员还包括南江市建委、南江市国土局、南江市房管局、南江市市政园林局以及冶墙区、田旺区相应对口部门的负责人等等。

常委会结束后，两个领导小组都紧锣密鼓地运转起来，展开了一场别开生面的轰轰烈烈的城中村改造竞赛。

这天上午，赵长风在市委副秘书长毕守成的陪同下前往冶墙区参加完罗庄村改造工程拆迁协调会，在路过石排村附近时，看到一辆架着两只高音喇叭的宣传车正播放着南江市石排村改造领导小组的通告，赵长风即使是坐在小车里，也被那高音喇叭的巨大分贝震得耳朵疼——

"根据《南江市市委常委会关于实施城中村改造的若干意见》的精神和要求，为加快我市城中村改造步伐，改善人民群众居住条件，提高城市环境质量，市政府决定加速推进城中村的改造和开发，举南江市全市之力，打一场城中村改造的攻坚战和歼灭战……凡有拆迁任务的部门和单位都要高度负责，谁家的孩子谁抱走。拆迁户主及其家庭成员有工作单位的，由所在的工作单位负责，没有工作单位的，所在地的街道办事处负责……要加大领导力度，'一把手'是第一责任人。要采取有力措施，确保拆迁任务如期完成。广大干部群众要提高认识，做改革发展的促进派，坚决与各种错误思潮和妨碍城中村改造的错误现象做斗争，要依法严厉打击一切蓄意破坏城中村改造的人和事，对各种违法犯罪活动决不手软……"

赵长风听到这些内容，比高分贝的声音本身更为刺耳。石排村改造领导小组这个通告摆明了就是告诉石排村村民，他们要展开强拆。难道就不怕激化社会矛盾吗？他轻轻蹙了蹙眉头。

毕守成敏锐地捕捉到了赵长风脸上的信息，他也摇头说道："赵书记，我看他们这就是胡来。相比之下，您在罗庄村采取的措施才真正的是以人为本，充分考虑到了罗庄村绝大多数村民们的意见和利益。”

一边说着，毕守成一边看着赵长风的脸色：“我看他们这样搞，迟早会出事的！”

赵长风望着窗外没有说话，他知道毕守成这样做是表示向他靠拢，但是毕守成的话毕竟涉及南江市其他领导，赵长风就不好表态，所以就装着糊涂。

毕守成见赵长风没有说话，就知道他的话已经达到了目的，这个时候赵书记不说话就说明对他的观点赞同。不过他没有就这个话题继续深入下去，这种事情点到为止，让领导明白你的心意就行。

司机老李专注地开着车，仿佛根本没有听见毕秘书长和赵书记的对话。作为领导的小车司机，这一点上尤其要把握好，该听的话就听，不该听的话就穿耳而过，绝对不在大脑里留下任何记忆。对于老李的这种性格，毕守成也很是了解。要不然毕守成也不会从那么多值班司机当中选中了老李当赵书记的专车司机。

奥迪 A6 继续往冶墙区方向开去。不远处，另外一辆宣传车高音喇叭正传出刺耳的声音：

“最后通牒，最后通牒！田旺区政府警告仍滞留在拆迁地的居民，你们的行为已经严重阻碍了石排村改造工程建设，违反了治安管理条例。限你们二十四小时内从这里撤离，否则，一切后果将由你们自己承担……”

赵长风面容严肃，目光阴郁地望着前方，不知道在思考着什么……

第二天一早，司机老李和秘书宁之明开车接上赵长风，往南江市行政大楼驶去。快到行政大楼的时候，宁之明的电话忽然间响了起来，他接过电话之后面容一变，立即对赵长风说道：“赵书记，毕秘书长的电话，说石排村昨天晚上被强拆，死了两个人。现在石排村村民抬着尸体，堵住了行政大楼大门。毕秘书长通知我们从后门绕过去……”

几乎在赵长风接到毕守成的电话的同时，崔中凯正坐在办公室。和其他领导不同，崔中凯一直保持着一个特别的工作习惯，每天总是提前半个小时到办公室。这时候他刚浏览完报纸上的新闻，拿起办公桌上的文件准备批阅，却猛然听到房门一响，办公室门被推开，市委秘书长罗达功急匆匆地冲了进来，一脸焦急。

罗达功进了办公室后，并没有马上说话，却先站在那里喘了几口气，把呼吸调匀，稳定稳定情绪。

罗达功是个很老成持重的人，崔中凯很少在他脸上见到过如此焦急的神态。他敏锐地感觉到一定有什么重大情况发生，但是脸上却不动声色，轻轻地把手中的材料放下，摘下眼镜，望着罗达功不慌不忙地说道："坐下来慢慢说。"

罗达功却没有坐下来，他就站在崔中凯的对面，汇报道："崔书记，行政大楼的正门被石排村数千村民给堵住了，他们还带领着人去堵后门和侧门，说是要把整个行政大楼包围，只需进不许出！"

"胆大包天！"崔中凯唰地一下站了起来，问道："怎么回事？这些村民怎么会有这么大的胆子？"

罗达功看了看崔中凯的脸色，汇报道："我初步掌握的情况是，今天凌晨石排村城中村改造拆迁工地发生了纠纷。据村民说，凌晨四点多的时候，有数百名戴着安全帽的黑衣男子手拿着凶器带着铲车闯进石排村强行拆迁房屋，和村民发生冲突。村民中死了两个人，轻重伤号有几十个，现在他们抬着两个死者的尸体来行政大楼讨要说法，要求市委市政府严惩凶手和开发商，为他们主持公道！"

"什么？死了两个人？那些人是怎么搞的！"崔中凯心中很是愤怒，他重重地喘了两口粗气，踱了两步，却稳了下来，问罗达功道："安排接访了吗？"

"我去了。"罗达功汇报说："村民们问我是谁。我告诉他们，我是市委秘书长，有什么事情可以派代表到信访局去说明，我到信访局去接待他们。可是村民们根本不理睬我，还把我推了回来。他们情绪非常激动，说要让您和杨市长亲自出面给他们一个说法。"

这个杨一斌，真能够惹事！石排村位于田旺区的中心部门，这么好的地段安排给你开发，闭着眼就能发财。你的人只要注意一点，这拆迁工作还搞不定吗？崔中凯实在没有想到，杨一斌的人竟然会派黑社会去强拆，打死了两个村民。南江市可不比其他地方，它毗邻香江，这里的一举一动不但是国内媒体关注，国外的媒体也在关注。崔中凯几乎敢保证，当天下午香江报纸的头条就会出现南江市拆迁打死村民，村民包围南江市委市政府的新闻。

踱了两步，崔中凯停了下来，扭头对罗达功交代道："要稳住，不要紧张。你先派人出去和村民接触着，另外通知各位常委，立即召开紧急常委会，我们研究一下处置方案。"

罗达功立即回答道："好，我马上去安排！"说着急匆匆地就走了出去。

崔中凯摇了摇头，缓缓地坐回到座位上。

钟世杰轻轻按了按门铃，服务员就过来打开了房门，甜甜一笑，说道："钟秘书早。"

"小李早！"钟世杰笑着问道："领导吃过饭了吗？"

服务员站在一旁，把钟世杰让了进去，嘴里说道："刚吃过，正在客厅看新闻呢。"

钟世杰轻手轻脚地走进客厅，杨一斌正坐在真皮沙发上看翡翠台的新闻，一边看一边摇头，说道："民什么主？香江人就会胡闹，离开大陆，他们算个屁！"抬头看见钟世杰，就一按遥控器，"啪"的一声关了电视，说道："世杰，咱们走。"

钟世杰就伸手拿起桌上的手包夹在腋下，又端起杨一斌的水杯，跟在后面往外走。就在这个时候，手包里忽然间传来手机的铃声。钟世杰连忙打开手包，拿出手机一看号码，是市政府秘书长王清文的电话。

"秘书长，您好。我是小钟。"钟世杰接通了电话。

"世杰，你快让市长接电话，有急事。"王清文语速又急又快。钟世杰不敢怠慢，连忙把手机递给了杨一斌，说道："王秘书长的电话，他说有急事。"

"这个老王，总是大惊小怪的。"杨一斌接过电话，放在嘴边，"嗯"了一声。

"市长，今天凌晨四点多的时候，石排村强拆的过程中死了两个村民。现在石排村来了几千村民，包围了行政大楼。"王清文急匆匆地说道。

"什么？包围了行政大楼？这简直是无法无天！公安局是干什么吃的？"杨一斌哼了一声，问道："你和房兴盛联系了吗？"

"还没有来得及。"王清文说道，"不过我已经通知市政中心警卫中队的中队长，让他们带着武警先维持着秩序。"

“嗯，很好。一定要维持好秩序。”杨一斌问道，“崔书记在不在？”

“崔书记的专车就停在后院，他应该已经到了。”王清文说道。

“好，我知道了。”杨一斌交代道：“你在那边跟我盯好，我马上就到。”

王清文当然明白杨一斌所谓“盯好”是什么意思，他说道：“市长，您放心，我一定会安排好的。”

赵长风刚从后门进了行政大楼，来到自己的办公室，他来到巨大落地窗前，按了一下按钮，窗帘就自动冉冉升起，外面的景象一览无余。透过落地窗向外望去，只见行政大楼外面聚集了黑压压一群人，大约有五六千人。这些人并不像赵长风以前见到过的上访群众那样杂乱无章，而是整齐划一地坐在行政大楼外面的空地上。在空地前面，举着几幅巨大的横幅：“还我房屋，还我亲人！”“坚决要求市委市政府严惩开发商、严惩杀人凶手！”

在他们后面，有两个年轻人正激动地挥舞着拳头，领着村民高呼口号，什么“反对血腥拆迁，反对暴力拆迁！”“要住房，要生存！”“城中村改造要维护老百姓的利益，反对借着改造名义坑害老百姓！”等等。

喊完口号后，年轻人又指挥着数千村民一起合唱《义勇军进行曲》、《社会主义好》等歌曲。四五千人一起放声合唱，声势浩大，嘹亮的歌声直冲云霄。赵长风即使在十二楼，也听得清清楚楚的。

赵长风叹了一口气，正准备转身离开窗户，忽然间看到行政大楼的内院里，市政府秘书长王清文和武警驻市政中心中队长一起带着一群武警战士往门外赶去。赵长风脸色一变，暗叫不好，外面的村民们虽然情绪激动，但是却秩序井然，没有什么过分的举动。这时候王清文带着武警战士出去，村民们见了肯定以为武警过来抓人，会激化矛盾。再说这些武警战士都是青涩的兵蛋子，和有着丰富工作经验的公安干警又不一样。他们一旦和村民们起了冲突，下手肯定没有个轻重。一旦有个什么闪失，这四五千村民就会变成一个巨大的炸药包，引爆出来的能量岂能是这一中队武警战士所能控制的？

想到这里，赵长风立即拨通了王清文的电话：“王秘书长，我是赵长风。你们现在去干什么？”

“赵书记，我奉市长的指示，带领警卫中心的武警战士去外面维持秩序。”

王清文说道。

“这件事情你们向崔书记汇报过了吗?”赵长风沉着脸问道。

“这个是市长安排的,具体我不清楚……”王清文避重就轻地回答。

“你们先不要出去,等我请示一下崔书记。”赵长风说道。

“啊?那好,那好。”王清文讪讪地说道。

赵长风放下电话,罗达功正好推门进来,说道:“崔书记请您到常委会议室去一下,要紧急召开常委会议。”

“好,我正好有事要去找崔书记。”赵长风点了点头,急匆匆地来到崔中凯的办公室,推门进去,崔中凯正神情沉重地靠在皮转椅上抽烟。

“崔书记,一斌市长安排王清文带着武警战士出去维持秩序,这事您知道吗?”赵长风顾不得客套,一进门直接问道。

“什么?”崔中凯一下子站起来,快步走到窗户边,拉开了窗帘。往下看去,几排武警战士正排着整齐的队形严阵以待,市政府秘书长王清文在一旁焦躁地走来走去,还不时地抬头往楼上看。

“乱搞什么?这个时候出去,不是激化矛盾吗?”崔中凯见武警还没有出去,这才松了一口气,他哼了一声,说道:“长风同志,你立即给王清文打电话,让他撤回来,一个武警战士都不能带出去!”

赵长风立即给王清文打了电话,电话那头,王清文吞吞吐吐的,有点不情不愿的样子,赵长风重重地说了一句“这是崔书记的指示”,王清文那边才没有话说。

“坐吧,长风同志。”崔中凯坐在窗户旁边的红木沙发上,往后一靠,伸手拍了拍旁边的沙发扶手。

赵长风就挨着崔中凯坐了下来,伸手递给崔中凯一根帝豪国风。崔中凯接过香烟,摇头说道:“人命关天啊!”然后看了赵长风一眼,问道:“你怎么看?”

赵长风一听崔中凯说出“人命关天”四个字,立即领会了崔中凯的意思。看来在这一点上,崔中凯的态度和他完全一致。他摸出打火机为崔中凯点着香烟,这才严肃地说道:“崔书记,我完全同意你的看法。搞经济开发绝不能以人民群众的生命财产做代价!”

崔中凯点了点头，他要的就是赵长风的态度。只要赵长风能够旗帜鲜明地和他站在一起，那么在常委会中，崔中凯就掌握了绝对话语权。这次城中村改造，杨一斌搞得太不像话了，必须敲打敲打。如果他这次选择退让，结果必然会让杨一斌更加飞扬跋扈。崔中凯到南江来，是抱着干一番事业的雄心壮志来的，他可不是来当杨一斌的傀儡，更不是专职为杨一斌擦屁股的！

在赵长风和崔中凯说话的时候，杨一斌的小车也到达了行政大楼。他看到行政大楼的正门口被情绪激昂的村民们堵着，而门口不但没有王清文的影子，连武警战士也没有见到一个。杨一斌脸色不由得一下子沉了下来。他立即拨打了王清文的电话，劈头骂了起来。

“市长，我、我正要向您汇报……”王清文抹了一把额头上的汗，连忙向杨一斌解释，“我本来要带着武警中队出去，可是赵书记把我们拦下了，还说、还说这是崔书记的意思……”

杨一斌来了一句京骂，这个赵长风也太爱管闲事了。说不定看到石排村拆迁出了事，正躲在一边幸灾乐祸呢！不让武警战士出来维持秩序肯定是他跟崔中凯出的主意，目的就是把事情闹大，看他杨一斌的笑话。

“你别管其他人怎么说。我让你现在立即给我带武警战士出来，把行政大楼门口给我清理出一条通道！”杨一斌愤怒地说道：“行政大楼是市委市政府的办公场所，被人堵了门口，像什么话?”

挂了电话，杨一斌冲司机张新唯一挥手，说道：“开过去。”

张新唯跟杨一斌这么久，当然了解杨一斌的作风。他二话不说，开着车就到了行政大楼门口，见村民还在前面挡着，张新唯就死命地按着喇叭，滴滴滴地一通乱叫。

村民本来就是许进不许出，见有车要进去，就准备让路，但是见这辆小车喇叭一通乱响，不由得也来了气，让路的动作就变得慢吞吞的。

张新唯开的是南江市二号车，在南江市享有无上特权，这时见这些不长眼的村民竟然敢耽误杨市长的宝贵时间，不由得大怒。他打着方向盘，故意把车子右前灯在前面一个女人的屁股上轻轻顶了一下，把那个女人顶了一个趔趄，差点摔倒在地——当然，张新唯也只是吓唬一下这个女人，就当是给其他不长眼的村民一个警告，以他的驾驶技术，做这个动作还是驾轻就熟，不会出任何问题。

那个女人的丈夫就在旁边，他伸手扶住了妻子，转身重重拍了一下张新唯的前车盖，骂道："怎么开车的？眼睛长到屁股上了？"

这时张新唯正好看到王清文带着武警战士来到大门口，他心中的胆气更壮了，就摇下车窗，对着那个男人回骂了一句："你的眼睛才长到屁股上了。没有看到车要进去？"

村民们本来就是强压着情绪，这时候见这个小车司机撞了人还这样说话，不由得找到了发泄口，立即把小车围了上来，拍着车身骂道："你什么玩意儿啊？开个老鳖盖就觉得自己了不起了？小心撞到电线杆上撞死！"

张新唯没有想到村民们这么彪悍，他瞟了一下后视镜，见杨一斌脸色阴沉地靠在座位上，心想坏了，这次发飙也没有发对地方，外面这些泥腿子不知道轻重，万一有个什么事情，伤到领导，那就完了。

想到这里，他就冲不远处的王清文大声喊道："秘书长！秘书长！"然后迅速摇下车窗，紧张地把着方向盘。

王清文那边也早看到这一幕，他急匆匆地带着武警战士冲了过来，强行把挡在小车前面的村民们拉开。张新唯自然不会放过这个机会，他立即沿着武警战士用身体挡出来的一条通道迅速地把车开进了行政大院。

武警们都是青涩的兵蛋子，动手并不知道轻重，几个村民被拉开的时候吃了点亏，不由得大喊大叫起来。大多数村民都在不远处整齐地静坐唱歌喊口号，就派了几十个年轻的村民过来堵着大门。这时见武警战士出来扭着村里的人不放，不由得群情激昂。有人就叫道，真是没有天理了，他们打了人，我们只是过来要个说法，他们却派警察过来把我们当坏人来抓！当下也顾不得事先大家商量好的什么纪律，哗啦啦地就往行政大门冲了过来。

武警战士也就四五十个人，见几千个村民都冲过来了，也不敢再动手，立刻迅速撤到行政大院里面，把钢闸门关上，严阵以待地看着外面愤怒的人群。

杨一斌下车后看到这一幕脸色铁青。他立即给公安局局长房兴盛打电话，让公安局的防暴警察立即出动，到行政大楼来制止石排村村民的暴力事件。

房兴盛这时已经坐在市委小会议室内，他得到石排村村民围堵行政大楼的消息之后就立即做了准备，让防暴支队紧急集合起来，等候下一步命令。这时接了杨一斌的电话，他不敢怠慢，立即给防暴支队下了命令。防暴支队已经准备好了，就在行政大楼不远处等着，这时接了房兴盛的电话，立即拉响了警笛，四辆深蓝色的大巴开了过来停在行政大楼门口，头戴钢盔、手持防暴盾牌，全副武装的警察迅速从车门口一个个跳了下来，强行穿插过来，把石排村的村民和行政大楼隔离开来。

村民们激动的情绪刚才已经宣泄了不少，加上村中老成持重的人一直在劝说，情绪已经逐渐稳定。这时候又看到来了这么多防暴警察，手里提着警棍和盾牌，那架势有点让人望而生畏，一时间也就住了手，站在那里和防暴警察僵持着。

杨一斌给房兴盛打过电话，迈步就往行政主楼里面走，王清文小步跑过来跟上，见左右没有人，这才低声在后面说道："市长，我跟保卫处刘处长交代过了，他已经派了两个侦查员，躲在隐蔽处对村民们进行着跟踪摄影。"

杨一斌紧锁的眉毛这时才略微舒展了一下，他说道："记住，事情完结后把母盘直接交给我。不允许任何人进行翻录！"

"是！"

"还有，房兴盛那边有没有派侦查员出来录像？"杨一斌又问道。

"这个……这个我不清楚。"王清文有些尴尬地说道。

"那你就去打听一下。"杨一斌挥了挥手，"如果公安局那边有人录了像，你就想办法控制住，不要让录像流出来。另外再派人在四周侦查一下，看看有没有什么不法分子偷偷录像。这个工作一定要做好，否则会很被动！"

"是！"

"好了，你去吧，在外面给我盯紧点，有什么消息随时向我汇报。"杨一斌又挥了挥手，迈步进了电梯。

王清文不敢怠慢，立刻着手去落实杨一斌的指示去了。

杨一斌乘坐电梯到了七楼，并没有往常委会议室去，而是转身进了卫生间，他倒不是内急，而是一种习惯，有意让常委们多等他一会儿，显示一下他与众不同的重要性。秘书钟世杰对他这个习惯非常了解，一手端着杨一斌的水杯，一手提着杨一斌的手包进了常委会议室。除了杨一斌，常委们都已经到了，包括市委书记崔中凯和副书记赵长风。

钟世杰冲各位常委笑了笑，把杨一斌的水杯和手包放在崔中凯旁边的位置上，然后退到会议室门口，恭候杨一斌。

几分钟后，杨一斌从卫生间那边过来，冲钟世杰点了点头。钟世杰见他没有什么交代的，这才到外边的会客室去等候。

“太不像话了！”杨一斌一进会议室就先声夺人，“你们进来的时候也看到了吧？行政大楼就那样被几千人堵着。这简直是给我们南江市委市政府抹黑！”

杨一斌说着，一边用目光扫视着会议室内的各个常委，他虽然是南江市的二把手，但是内心中却总是认为自己才是南江市这座城市的主宰，所以很喜欢用居高临下的目光去和各个常委们进行交流，他喜欢从常委们的目光中读出或者是臣服、或者是畏惧、又或者是献媚的目光——可惜，总有几个不识时务的家伙让他心中不痛快。

赵长风并没有看杨一斌，而是坐在那里端着茶杯不动声色地喝水。他敏锐地注意到，当杨一斌说到“给南江市委市政府抹黑”这句话时，崔中凯眉毛不易察觉地蹙了一下。

赵长风知道，杨一斌这句话冲动了崔中凯敏锐的神经。毕竟杨一斌只是市长，而只有市委书记才能够代表市委市政府。今天村民们闹事，本来就是杨一斌惹下的麻烦，他不知道反省自己，而且一进门就首先代表“市委市政府”给这件事情定性，崔中凯心中能痛快吗？

“这些村民，依我看就是见利忘义！”杨一斌继续说道：“城中村改造，本来就是有利于国家有利于社会有利于人民的三赢事情，可是他们为了自己的一点蝇头小利，就狮子大张口，漫天要价，意图阻挠市委市政府的城中村改造计划……”

崔中凯往嘴里塞了一根烟，点着了火，然后把打火机随手扔在桌面上，打火机和桌面接触，发出一阵刺耳的声音……

“中凯同志，”杨一斌好像这才发现崔中凯在场，他拉开椅子在崔中凯旁边坐下，“我们要当机立断啊。那些村民觉悟低，不支持政府工作倒还是小事，可是他们这样子跑到行政大楼闹事，简直就是意图阻挠南江市经济发展的总体部署！”

“一斌市长，昨天开发商强拆，死了两个村民，你知道不?”崔中凯伸手弹了弹烟灰。

“死了人，我们当然痛心！那也是开发商的事情，和我们市委市政府有什么关系?”杨一斌端起水杯用手拧开水杯盖子，口里说道：“况且人究竟是怎么死的，还没有一个正式结论，是不是?即使与开发商有关，他们通过公安部门和法院这种正常渠道处理。动不动就上访、堵市委市政府的大门口，这是赤裸裸的要挟、讹诈，说得再严重的，就是‘文革’遗风的翻版，我认为南江市这个头不能开!”

说到这里，杨一斌喝了一大口水，把茶杯重重地放在桌上。

崔中凯没有接杨一斌的话茬，而是扫了一下会场，说道：“人都到齐了，我们开会吧。”他看了一下市委秘书长罗达功说道：“达功同志，你把情况向大家通报一下。”

罗达功简要地把事情的来龙去脉讲述了一遍。常委们或多或少了解了一些情况，罗达功的介绍不过是把他们所了解的情况补充完整而已。罗达功介绍完情况之后，会议室的气氛非常凝重，毕竟是出了人命，村民堵着行政大楼的大门。而且这一切都是负责石排村城中村改造计划的玉江房地产公司搞出来的，而玉江房地产公司老总陈玉莲和市长杨一斌之间的关系，在南江市已经成为公开的秘密……

“同志们，情况大家都了解了。很是令人痛心啊!”崔中凯语气沉重地开了口，“就在两个月前，国务院办公厅下了通知，要求各地加强拆迁管理，坚决杜绝、严厉查处野蛮拆迁行为。为了贯彻好国务院办公厅这个文件精神，市里三令五申，也做了文件规定，要求拆迁单位一定要保护好被拆迁人的利益，凡是发现房屋拆迁单位有野蛮拆迁行为的，要立即撤销其拆迁资质，并配合公安部门追究当事人的法律责任。”

一边说着，崔中凯一边扫视着会场，“可是今天凌晨，就在市委市政府眼皮底下，就有开发商悍然进行了野蛮拆迁，还打死了两个村民。同志们，这说明什么问题呢?”

“是啊，这个关头发生这样的事情，的确令人痛心。我理解中凯同志的想法。不过我个人认为，现在不是追究责任的时候。”杨一斌不紧不慢地开了口，

“目前当务之急，就是要抓紧时间做工作，把外面那些人劝回去。总不能让他们一直堵着市委市政府的大门口吧？其他问题，等这些人回去了再谈也不迟。”

召开常委会，决定常委会的议题，这是市委一把手的天然权力。杨一斌这一番话实际上就是否定崔中凯提出的议题，这等于就是藐视崔中凯作为一把手的权威。来到南江之后，遇到飞扬跋扈的杨一斌，崔中凯处处缚手缚脚，心中很是不痛快。现在杨一斌不但惹出了事情，而且还一再藐视他作为一把手的权威，这让崔中凯怎么能够不生气？

不过崔中凯心中越是生气，脸上就越是挂着笑容。他嘴唇微微上翘，说道：“一斌市长的话不无道理。我们现在开这个会，也就是为了解决这个问题。去把村民劝走，说起来简单，做起来可就难了。毕竟两条人命啊，我们如果不给村民一个明确的答复，他们会离开吗？”

“我看难度不大。”杨一斌靠在椅背上说道，“群众嘛，大多数都是识大体，顾大局，听政府话的，和政府离心离德的毕竟只是极少数。这次六七千人过来闹事，背后肯定有黑手挑动唆使，我们只要把这只黑手找出来，教育群众明白真相，群众自然会离去。”

说到这里，杨一斌看着公安局长房兴盛说道：“当然，这个幕后黑手能不能抓出来，就看你们公安部门的了。”

房兴盛看了看崔中凯，没有说话。

赵长风在旁边越听心中越冷，他本来以为，这次玉江房地产公司搞强拆打死了两个村民，杨一斌怎么样也要做一做姿态，处理一下责任人，平息一下群众的怒火。可是听杨一斌刚才的话，丝毫没有提及如何追究肇事者，反而要对村民们下手。就这样的人物，偏偏还是南江市委副书记、南江市市长，这让赵长风实在有点接受不了。

“这样处理恐怕不妥，我担心解决不了问题，反而会激化矛盾。”赵长风抬头说道：“而且就这件事情来看，我并不认为有什么幕后的黑手。玉江房地产公司野蛮拆迁，打死人才是导致石排村村民上访的因素。我们应该拿出一个处理意见，给村民一个明确答复。正如一斌市长所说，村民们都是通情达理的，只要我们拿出了合理的处理意见，村民们自然会离去的。”

“长风同志，我们的目光应该放得长远一些。”杨一斌鼻翼往外张了张，说道："如果我们这次在村民们的压力下答应了他们的要求，那么就等于开了一个极其恶劣的先例，人们知道，以后不管有什么事情，只要拉起人把市委市政府大门一围，市委市政府自然会答应他们的要求。这么一来，不是什么都乱套了吗？"

"还是一斌市长那句老话，群众是听话的，是通情达理的，绝大多数是和党和政府同心同德的。"赵长风不理会杨一斌目光后面的深意，径直说道："我相信只要我们严格按照政策法规办事，一斌市长担心的情况是不会出现的。"

"我还是坚持我的意见，宁硬勿软。不然以后我们的工作会陷入极大的被动。"杨一斌重重地盖上水杯盖。

会场上沉默了起来，自从赵长风来到南江市之后，常委会的火药味就越来越浓了。两种态度针锋相对，丝毫没有妥协的余地，让常委们想在中间打打擦边球的机会都没有了。他们都在心中权衡着利害关系，看看怎样做才是最稳妥的办法。

就在这个时候，罗达功的手机响了起来，他躲在外面接了电话，然后迅速跑了进来："不好了，石排村的村民离开了行政大楼，往田旺口岸去了。他们说，既然市委书记、市长不给他们这个说法，就去田旺口岸外面，让香江的同胞们给个说法。"

崔中凯面色一变，看了杨一斌一眼。杨一斌脸色也变得非常难看，他实在想不到，石排村这帮城市农民竟然会想到这个龌龊主意。田旺口岸是香江和南江市之间的通关通道，每天有大量的香江同胞来往于两地。这六七千村民打着横幅往那边一站，将会是怎样一个轰动效应啊？香江那些无孔不入的记者肯定会闻风而动，翡翠电视台、亚洲电视台说不定就在口岸那边架设远程摄像机，来个现场直播。如果事情真到了这个地步，肯定会惊动最高层。

"好好的，村民们怎么会忽然间要往田旺口岸去？"崔中凯问道。

"村民们说，"罗达功看了一眼杨一斌，稍微犹豫了一下，还是继续说道："说市里既然出动了武警、出动了防暴警察，就是把他们当罪犯看。他们跟市领导没有办法说理，就去找对岸的香江同胞评理。"

崔中凯毫不客气地看了杨一斌一眼。如果不是杨一斌坚持要出动防暴警察，怎么会闹到这个地步？

“怎么不派人拦住他们?”杨一斌强作镇定地问道。

“让防暴警察拦了，可是村民们人太多，根本就拦不住。”罗达功苦笑着说道：“防暴警察只能在一旁警戒着，看着村民浩浩荡荡地往田旺口岸方向去。”

“事不宜迟，没有时间讨论了，必须早做决断!”崔中凯敲了一下桌子，说道：“我现在提出几条意见。第一，我们马上成立一个调查工作组，调查关于玉江房地产公司强拆打死石排村民的事件。工作组组长我看就由长风同志担任，副组长由房兴盛同志和章贡平同志担任。”

“第二，长风同志要马上下去把村民拦下来，把市委的这个决定传达给村民，你告诉村民，对于玉江房地产强拆的事情，市委的态度是坚决的，一定会查明真相，严肃处理。另外村民们有什么要求，你可以根据情况灵活掌握，对于一些合理的要求可以答应下来。总之，一定要把村民们的情绪稳定住，务必不让他们到田旺口岸区。”

“大家看呢?”崔中凯说完之后，在后面加了一句，用目光扫视着大家。他平时对于杨一斌有诸多忍让，这关键时刻却显示出了杀伐决断的魄力。

常委们都没有说话，这个时候，沉默无疑是最好的办法。杨一斌本来反对赵长风出任工作组组长，但是他张了张嘴，最后却没有说出来。石排村那六七千愤怒的村民正往田旺口岸前进，如果不给赵长风这个权力，赵长风未必愿意去劝阻石排村的村民。如果赵长风不去，那在座的常委们又有哪个愿意去？总不能让崔中凯和他直接去面对愤怒的村民吧？那几千村民就等于是巨大的火药桶，谁知道会不会爆炸?

崔中凯目光扫过杨一斌，最后落在赵长风的脸上：“长风同志，你有什么意见?”

赵长风何尝不知道去面对数千村民将会存在怎样的风险啊？他深深吸了一口气，平静地说道：“我服从市委的决定。”

崔中凯点了一下头，说道：“那好，你现在就出发。”他扭头又对房兴盛说道：“兴盛同志，你立即安排你们局里几个同志换上便装跟着长风同志，务必保护好长风同志的安全。”

赵长风带着秘书宁之明来到楼下，司机老李已经把车开过来了。在他身后，还停着一辆白色的面包车，几个公安局的侦查员已经换了便装在一旁等候。

赵长风其实并不想带这几个侦查员过去，面对着六七千名愤怒的村民，这几个侦查员起不了什么作用。可是崔中凯也是一番好意，既然安排下来了，他也无法拒绝，于是就挥了挥手，说道："出发吧。"

正要上车，身后传来一阵脚步声："赵书记，我也去！"扭头一看，却是市委副秘书长毕守成气喘吁吁地追了过来。

赵长风很是意外，他到南江市才四个来月，对毕守成这个专职为他服务的副秘书长并没有什么特别的关照，倒是没有想到，在这个紧要关头，毕守成会主动追过来要求跟他一起去。

"老毕，你去干什么？"赵长风佯怒道："我还指望你留在这里给我看家呢！"说着用手指了指上边。

"常委会已经暂时休会，他们都在等候您的消息。我留在这里也没有什么用处。"毕守成诚恳地说道："赵书记，您还是带我过去吧。"

赵长风深切地看了毕守成一眼，伸手拍了拍他的肩膀，说道："好，那就上车吧。"

毕守成大喜，立刻跟着赵长风钻进了车内。

车很快就驶出了行政大楼，沿着迎宾大道往田旺口岸方向开去。十多分钟后，已经看见道路前方出现黑压压一大片人群，全副武装的防暴警察紧紧跟随在两边，把村民和周围的人群隔开。

"开到前面去！"赵长风交代道。

老李应了一声，一打方向盘，拐向一个岔道，几分钟后，就出现在村民的前方。赵长风让车停下，迈步下了车，宁之明和毕守成紧紧贴在他的两侧。后面面包车里的便衣侦查员快步赶上来，要挡在赵长风的前面。

"退回去！"赵长风说道："你们就站在原地，没有我的命令，不要过来。"

"这……不好吧？"为首的是南江市公安局特警大队副大队长，他为难地看着赵长风说道："房局有命令，要求我们……"

"你们既然跟我过来，就要听我的。这个时候我说了算！你们就在这里等着。”赵长风果断地一摆手，快步向前走去。

其他几个便衣侦查员望着副大队长，副大队长叹了一口气，立即拿出手机，向房兴盛汇报这边的情况。

在村民们队伍的前方，两排防暴警察严阵以待，他们手持着盾牌，不停向后退却，不敢和村民发生冲突。市政府秘书长王清文满头大汗地站在防暴警察身后，手里拿着个喇叭，大声吆喝着，徒劳地劝阻着村民。

“你们都让开！”赵长风走过去对防暴警察说道。

“赵、赵书记，您来了？”王清文见到赵长风喜出望外，心中说道总算盼来救星了。赵长风既然来了，不管这件事情如何解决，自己都不用背这个黑锅了。

“把喇叭给我！”

事态紧急，赵长风也懒得跟王清文多说什么，伸手从王清文手中抓过电喇叭。这时防暴警察已经让开一条道路，赵长风手持着喇叭迎着人群就上去了。

“村民们，请大家冷静一下。我是市委副书记赵长风，代表市委市政府来看望大家的。”赵长风一边走着，一边大声喊道：“请大家停下来。你们有什么意见和要求，可以和我谈，我会给大家一个满意的答复！”

“赵长风赵书记？”村民们纷纷停下了脚步，互相看着，“不就是那个主持罗庄村改造的赵书记？”

“可不是嘛，咱们南江市可不就这一个赵书记？”

“这可是个难得的好官啊！罗庄村那边人都念着赵书记的好呢！”

……

人的名，树的影。赵长风来南江市虽然刚四个月，但是在南江市人民心中，特别是在石排村、罗庄村两个正进行城中村改造的村民心目中威望极高。这两个村里也有在南江市委市政府上班的工作人员，对赵长风和杨一斌、韩国新在城中村改造问题上的路线之争都了解得一清二楚，他们回去自然会给村民讲一些这方面的情况。石排村的村民在憎恨杨一斌、韩国新的同时，对赵长风却是无比的敬佩，认为赵长风是一个真正从老百姓角度出发、处处维护老百姓利益的好官员，只是石排村没有这个福气，没有轮到让赵书记来主持改造工程。现在见到他们心中敬佩的赵长风书记出现在面前，大家都止住了脚步。毕竟，他们的火是冲那些和开发商勾结的贪官污吏发的，不能发泄到赵书记这样的好领导身上。

“赵书记，我们知道你是好官，所以我们并不想为难你，请你让开好吗?”为首一个青年走上前对赵长风说道。

“你们先冷静一下好吗?”赵长风站在那里脚步纹丝没动，“大家停下来。你们有什么要求可以向我提出来，都可以谈的。”

“谈？有什么好谈的?”那个青年瞪着通红的眼睛愤怒地说道：“我们要求惩治杀人凶手，我们要求开发商立即停止拆迁，这些条件你能答应吗？你能做主吗?”

“对啊！要求停止拆迁，要求抓捕杀人凶手！赵书记你能答应吗？你能做主吗?”听到那个青年的话，已经停下了脚步的村民们就围上了上来，纷纷问道。

毕守成和宁之明一阵紧张，两个人紧紧挡在赵长风身侧，试图保护赵长风。

“我当然能做主!”赵长风大声说道。他知道这个关键时刻，一个回答不好，这些村民们就会往田旺口岸奔去。于是赵长风当机立断，大声说道：“市委既然派我来和大家谈，当然就授予我拍板的权力。现在我就代表市委市政府宣布几项决定：第一，针对今天凌晨发生在石排村的野蛮拆迁和暴力活动，市委已经成立了专案小组，由我本人担任专案组的小组长，彻底清查这里面的问题。我以我的人格和党性向大家保证，无论案子有什么背景，涉及谁，我都会一查到底，把犯罪分子绳之以法!”

“第二，在这个案子没有调查清楚之前，立即停止玉江房地产公司在石排村的拆迁行动……”

“第三，大家有什么要求，可以选派代表过来和我谈。只要大家的要求合情合理，不违反有关政策法规，我都会尽量替大家解决。”

老百姓一向是安分守己、善于忍耐，几千年的封建统治早就把逆来顺受四个字写入了平民百姓的基因当中去。只要不是把他们逼迫得走投无路，只要他们能够看到一丝希望，一般都会选择继续忍受下去。

就拿今天石排村的村民来说，虽然他们群情汹涌，那也是被开发商逼迫得没有退路了。如果他们能有一点办法，也不会选择集体上访，甚至是打算要到田旺口岸去的念头。现在既然是市里派领导过来和他们谈判，而且当场宣布了三条措施，虽然不能让他们心服口服，但是至少让他们看到了解决问题的希望，尤其是这个负责和他们展开对话的市领导，还是他们心中敬佩的好领导赵长风书记。

于是村民们经过商量，选出十几个代表和赵长风进行对话。

赵长风又说："大家都堵在马路上不好吧？我们不能影响其他人出行的权力，是不是？这样吧，你们石排村有大一点的会议室没有？"

有人就说："大一点的会议室没有，但是村里祖屋的祠堂很大。"

赵长风就说："那好，咱们就回你们石排村，我和你们选的代表在祠堂里谈话，其他人就在外面等着，怎么样?"

村民代表们就互相看着，犹豫了起来。

赵长风知道他们在担心什么，就大手一挥，说道："如果对话的结果不能让你们满意，你们还可以再出来嘛!"

这些代表商量一下，觉得可以接受赵长风的意见，在他们看来，回村里祠堂里谈判还安全一些，那毕竟是他们的地盘儿，如果说跟赵长风到行政大楼谈判，他们还担心万一谈判不成，市里找个什么借口把他们这些代表扣起来。

于是村民们就同意了赵长风的提议，几千村民簇拥着赵长风，浩浩荡荡回到石排村，在祖屋的祠堂里展开了谈判。

在祠堂里谈了两个多小时，赵长风听取了村民代表的情况反映，收取了村民代表揭发玉江房地产公司和某些政府官员互相勾结的材料，最后做出三点承诺：第一，严惩杀人凶手，给死者报仇。第二，追究有关官员和开发商在这次暴力拆迁中的责任。第三，提高拆迁补偿标准，按照市场评估价进行拆迁补偿。

谈判结束后，赵长风立即在电话里跟崔中凯做了汇报。其实崔中凯早在两个多小时前赵长风把村民们带回石排村的时候就已经松了一口气，这时候彻底放下心来，他在电话里大声说道："好，很好，长风同志，辛苦你了!"

"班长，您太客气了。"赵长风说道："我也是市委的一分子，为市委排忧解难本来就是我的分内职责。"

“长风同志的觉悟总是这么高。”崔中凯感慨地说道，他停顿了一下，才又说道：“你马上赶回来，我们继续召开常委会……”

常委会争论很激烈，等到结束时已经快下午三点了。杨一斌没有回办公室，而是直接让司机把车开到玉江大酒店。

玉江大酒店是玉江房地产公司开设的五星级大酒店，高二十八层，里面的设施非常豪华。下面二十六层是客房和餐厅，二十七层是夜总会。至于第二十八层则从来不对外开放，有一道墙从中间把二十八层分开，西边一半是贵宾客房，是玉江房地产公司专门用来招待贵客用的；而东边一半，则是专门留给杨一斌的。

钟世杰陪着杨一斌来进了玉江大酒店，乘坐着专用电梯直达二十八层楼，把杨一斌送到电梯门口，钟世杰并没有继续往前送，而是知趣地把手包递给了杨一斌。

杨一斌接过手包也不看钟世杰，径直踩着豪华的羊毛地毯往里走去。钟世杰冲杨一斌的背影挥了挥手，这才回到电梯里按了按钮下去。

这边半层楼一共有四个豪华套房，杨一斌走到二八八八房间门口，还没有按门铃，房门就自动打开了，一个丽人站在房间门口，冲着杨一斌嫣然一笑，她正是玉江房地产公司的老总陈玉莲。

杨一斌瞪了陈玉莲一眼，说道：“你那个弟弟就是个猪脑子！不就拆个房子吗？弄这么大阵仗干什么？”

陈玉莲的弟弟叫陈玉龙，是玉江房地产公司的副总，昨天晚上就是陈玉龙率领人到石排村去拆迁的。

“一斌，你也知道玉龙的。虽然他性格冲动一点，但是一向忠心耿耿，办事从不装奸耍滑。怎么说他也是玉江房地产公司的副总了，但是昨天夜里为了拆石排村的房子，他就亲自到了第一线。如果换个其他副总看看，谁会这么真心实意地卖力？”

“脑子，以后叫他动动脑子！”杨一斌语气也放缓了一点，“都什么年代了，还总是打打杀杀的？他再这样冲动，就要考虑给他换个位子。”

“我不是说了，那些土包子好说不行歹说也不行。玉龙最后采取这种手段也是迫不得已!”

杨一斌说道:“可是出了人命,我们就陷入了被动,不停工也不行。毕竟现在的南江和以前不同,也不是我一个人能够说了就算的!”

陈玉莲不说话。

“这次就算了,你交代玉龙,下次呢,遇到类似的事情,一定要多动动脑筋。”杨一斌说道:“比如这个拆迁,不一定要打打杀杀才能完成嘛!可以用商讨拆迁补偿标准为借口,把这些村民请到一个地方去开讨论会。”

正说着,杨一斌的手机响了起来,他拿起来一看,是公安局政委范留根的号码,于是就接通了。

“市长,我是小范啊。”范留根虽然年龄比杨一斌大了五六岁,但是却总喜欢在杨一斌面前称自己为小范,“您交代的事情我都安排妥当了。”

“留根不错,关键时候顶得上,靠得住!”杨一斌满意地说道。

范留根跟随杨一斌这么久,第一次听杨一斌这么暗示,一时间不由得心头怦怦地乱跳,想象着不久成为南江市公安局的一把手,进而成为南江市政法委书记,顺理成章地进入到南江市委常委会的美妙前景……

在赵长风的部署下,公安局抽调精干力量成立了专案组,因为石排村的强拆发生在九月二十六日,专案组就被称为“九二六”专案组。

对于这个案件的阻力,赵长风心中已经做好了充分的准备。所以专案组成立后,赵长风就全力督办,不停给专案组成员打气,每日都会询问专案组的进展情况。可是赵长风发现,他对情势的估计还是过于乐观了,专案组所遇到的阻力之大远远超乎他的想象,整整用了半个月的时间,专案组的破案进度没有一点进展。

这种情况让赵长风很恼火,他就不相信,那一百多个在石排村行凶的歹徒难道就这样凭空在人间蒸发了吗?竟然一点线索都没有留下来?究竟是专案组的成员无能,还是因为专案组的成员所受的压力太大,不敢去办呢?

但是赵长风又毫无办法,他只身一个人来到南江,在南江市公安系统里没有自己的力量,即使撤换专案组的成员,最后的结果恐怕和现在并无二致。赵长风明明知道问题出在什么地方,偏偏却又无可奈何。

他能怎么办？向崔中凯诉苦？说公安机关不配合？证据呢？专案组的成员每天都忙忙碌碌，两天一小会三天一大会讨论案情，能说不努力吗？再说，崔中凯任命他为专案组组长，已经把权力交给了他，如果办不下来，那不就说明是他能力有问题吗？

出了南江市往东，就是南江市著名的风景旅游区银沙湾，一条宽阔的水泥路几乎与银沙湾海岸线平行，一直往东方延伸过去。

此时，一辆黑色越野车正风驰电掣地奔行在这条宽阔地道路上，车里的南江市公安局政委范留根一身休闲打扮，穿着红色的碎花T恤，米黄色的裤子，鼻梁上架着墨镜，看着好像是香江那边过来的大佬。

这辆2004年最新款的越野车并不是局里给范留根的配车。范留根的配车是一辆奥迪A6，但是那辆奥迪A6范留根也就是在市区跑一跑，或者到羊城去办公务时用一用，平时要出南江市，他还是喜欢乘坐这种外观看着狂野霸道的越野车。开车的司机是一个身高马大的男人，一脸络腮胡，看着很是凶悍，这个人是南江市保安总公司的副总王一军，虽然不是警察机关中人，但是却是范留根的铁杆心腹兼保镖，很多私下的场合，范留根都是让他担任司机。

沿着海边行驶了一段道路，王一军一打方向盘，熟门熟路地拐向一条柏油路，柏油路的尽头通向一个海中小岛，小岛名叫银沙岛。在改革开放之前，银沙岛还是个无人居住的小荒岛，上面都是南江县的渔民海水养殖基地。改革开放后，随着南江市经济的迅速发展，这个荒芜的海岛也被利用起来，被建成一个风景疗养区，随着设施的不断完善，这个疗养区的档次越来越高，最后成为南江市最著名的疗养区，连许多中央领导和重要的国际友人到南江市之后都曾在这里下榻过。

这里建筑的特点就是把公园与庭院融为一体，到处都是郁郁葱葱的树木，四季盛开的鲜花。马路两边行道树品种各异，银沙路是高大挺拔的木棉，号称“木棉迎宾”，每年十一月份木棉花像火一样绽放在枝头，热烈欢迎四面八方的宾客；南湖路上种植的是棕榈科植物，海风吹来，树叶摇曳，好一派南国风光，看着就如同椰子林一般，故名“南湖椰风”；岭南路种植的是榕树，什么大叶榕、小叶榕、花叶榕、垂叶榕、金钱榕等等，枝叶盘错、板根虬结，这段路叫做“岭南榕韵”；紫荆路上面则遍植紫荆树，紫荆花开时灿烂如云霞一般，所以起名叫做“紫荆花海”……总而言之，银沙岛一年四季花开不断，是一座花岛、花的海洋。岛上的建筑物虽然都是改革开放后新建的，年代不长，但是却博采众家之长，造型独特、风格各异。由于森林覆盖率高，又处于碧蓝的银沙湾中，这里到处都是干干净净的，连马路上都没有一丝尘土，即使穿着雪白的衬衣躺在地上，起来后身上也不会有一丝污垢。空气也像是被凝固中一般，混合着海风和花香的味道，再浮躁的人上到这个海岛上，心情也会平和很多。

范留根就是在银沙岛上第一次见到杨一斌的。那时候杨一斌还没有到南江市任职，而是在一家大型央企担任老总。那年冬天，杨一斌陪着老爷子到南江市来休假，就下榻在银沙岛上。当时范留根被抽调到负责外围的保卫工作，在一次乘船出海时，杨老爷子一块怀表掉进了海里，这块怀表还是杨老爷子的父亲在一次重要战役中的战利品，对老爷子有着非凡的纪念意义。

虽然南江地处祖国南陲，但是冬天的时候，海水温度也极低。当时范留根就在旁边，他出身于渔民家庭，水性极好，见此情况连想都不想，跃身跳入了冰冷的海水中，硬是潜入了十多米的海下，把那块怀表摸了上来。

杨老爷子拿着失而复得的怀表，看着嘴唇青紫、冻得瑟瑟发抖的范留根，心中很是激动，他拍着范留根的肩膀，等知道范留根的名字之后，杨老爷子就亲切地称呼范留根为“小范”，还交代杨一斌，以后要多照顾“小范”——这也是范留根在杨一斌面前自称小范的来历。

范留根当时对这件事情并没有放在心上，杨老爷子虽然德高望重，杨一斌也不是普通人，但是他们毕竟不在粤东省，只是临时过来休假，几天后就要离开，对范留根的命运不会有什么影响。范留根并不明白，杨老爷子带杨一斌到南江市休假，其实是来打打前站，为日后杨一斌调来南江做铺垫的。

这次任务结束后，范留根也小升半级，被调到南江市看守所任所长。当时范留根想，这大概就是杨家的报答吧。跳一次海换来一顶看守所所长的帽子，也值得了。

半年后，杨一斌调到南江市担任代市长，当参加全市处级干部大会，听大会主持人介绍代市长杨一斌的时候，范留根激动得浑身发抖，双拳紧紧握着，指甲几乎把掌心戳破，他明白，机会来了。

可是范留根没有等到杨一斌的赏识，却先等来市纪委的调查。

原来，看守所押了一个叫做石燕飞的女嫌犯。石燕飞是大学毕业生，人长得非常漂亮，家境也很好。哥哥开了一家叫做天地通信的手机零售连锁企业，手机销售份额几乎占了南江市手机市场的百分之四十。石燕飞大学毕业后，就进入天地通信担任总经理，协助担任董事长的哥哥管理企业。可是随着哥哥在一次车祸中丧生，家族的矛盾就尖锐起来。嫂子向公安机关诬陷石燕飞侵占天地通信的巨额财产。由于嫂子活动能力很大，石燕飞就被关押进看守所里，等候司法机关的处理。

石燕飞的父亲是范留根父亲的老战友，他这次就找到了范留根，要求范留根想想办法解救石燕飞，还石燕飞一个公道。于是范留根就趁着一次值夜班的时候，把石燕飞提到办公室，在了解清楚情况后，范留根就动用了自己的力量，最后还石燕飞清白，使她免于牢狱之灾。

但是范留根没有想到，这件事情却被政治对手抓住，当作攻击他的把柄。市纪委连着收到好几封关于范留根的举报信，其中就提到范留根利用值夜班的机会，私自提审女嫌疑人石燕飞，还在办公室和石燕飞发生了性关系。而后就想办法千方百计为石燕飞洗刷罪名，使她逃离了法律的制裁。

在某些力量的推动下，市纪委立案进行了调查，调查的结果是，范留根虽然没有和石燕飞发生两性关系，但是却有猥亵女犯罪嫌疑人的事实，加上私自提审嫌犯等等违纪现象，市纪委建议对范留根进行撤职处分……

范留根提前知道了这个消息，当然不肯坐以待毙。他盘算了自己所有关系，觉得这时候能够帮他的只有代市长杨一斌了，只是不知道半年多过去了，杨一斌还记不得他这个“小范”。范留根这时候已经走投无路，就抱着死马当活马医的心态去找了杨一斌。

杨一斌当然记得这个叫做“小范”的公安干部，而且印象很深。倒不是因为杨一斌记挂着老爷子的叮嘱，而是杨一斌很欣赏范留根的狠劲，那么深，那么冰冷的海水，范留根连想也不想就跳进了海里。

于是杨一斌很快就出手干预了这个案件，并且在不久之后，力排众议，把范留根从南江市看守所所长的位置上提到市公安局副局长的位置上。

如果说捞怀表的事情是让范留根结识了杨一斌的话，那么这件事情就让范留根成为杨一斌的心腹，死心塌地地跟着杨一斌。在杨一斌的支持下，经过几年，范留根逐步到了公安局政委的位置上，并且有望在不久的将来，正式出任公安局一把手……

范留根今天到银沙岛来，就是来找市长杨一斌的。自从第一次来银沙岛之后，杨一斌就和银沙岛结下了不解之缘。闲暇之余最喜欢的地方就是银沙岛，范留根也有了机会，隔三差五来银沙岛，一边陪着杨一斌在沙滩上散步，一边汇报自己的工作。

银沙岛上有一座豪华的大酒店，叫做银沙大酒店。虽然没有星级标志，但是去过里面的人都知道，这座银沙大酒店的设施其实比五星级酒店还要奢华。

银沙大酒店前面是一栋五层高的主楼，主楼后面则是一栋栋别墅。领导们到银沙岛疗养时就下榻在这些别墅之中，其中那座名字叫做海天楼的朱红色别墅，曾经接待过中央一号首长。

杨一斌平时到银沙岛来，就喜欢下榻在海天楼。本来呢，海天楼下面专门设有餐厅，但是杨一斌来到南江市之后觉得这样的格局太小。海天海天，海天一色嘛，应该有“眼中沧海小，衣上白云多”的境界。为了让领导能够感受到这份境界，杨一斌特意安排人把隔壁的一栋叫做邀月楼的别墅改造成餐厅，以供领导吃饭的时候也能“举杯邀月，对海听涛”。

而后邀月楼又前后秉承杨一斌的意思进行了数次改建扩建，形成了规模虽然不大，但是档次在整个粤东省都可以算作是超一流的酒楼。杨一斌又特意把石燕飞找过来，承包了邀月楼。范留根知道这个消息之后，又是感动莫名，更加死心塌地地为杨一斌效力。

范留根到达海天楼的时候，正好是日落时分，远远就看见杨一斌带着几个人向不远处的沙滩走去。范留根迅速跳下车向杨一斌迎去。

“市长!”

“小范，不是说了嘛，你忙就不要来了。”杨一斌嗔怪地说道。

“那怎么行!”范留根笑道：“我是您的大警卫员，怎么能够不在您身边?”

原来杨一斌虽然是在京城长大，但是却很喜欢游泳，到了南江市之后更是如此。只是银沙湾毕竟是大海，跟杨一斌在京城的恒温泳池不一样，在这里游泳，肯定需要人在旁边跟着。杨一斌当初见识过范留根的水性，所以每次游泳的时候就喜欢带着范留根一起，所以范留根就喜欢自称为杨一斌的大警卫员。而杨一斌则最喜欢选在这个时候下海去游泳：被太阳晒了一天，海水的温度冷热适宜，又可以避开阳光的暴晒……

今天省公安厅副厅长到南江市来，范留根本来应该留在南江市搞接待，但是当他听说杨一斌到了银沙岛之后就立即找了个借口离开，迅速赶往银沙岛。运气还不错，正好在日落时分赶到，杨一斌还没有下海。

这片半月形的沙滩属于专用沙滩，显得清清爽爽，海水也特别洁净。来到沙滩上之后，大家换好了泳衣，簇拥着杨一斌跳进了大海。

今天天气不错，海面上刮着微风，顶多也就是二三级的样子，海面涌起一波又一波浪花，也就是半米来高，非常适宜游泳。

经过这几年的锻炼，杨一斌的游泳技术已经非常不错，只见他如浪里白条一般，一会儿跃上浪尖，一会儿潜入海底，把自己良好的水性展现得淋漓尽致。

再看范留根，则老老实实地跟在杨一斌身边，用最平实的自由式泳姿在水里游着，时刻关注着杨一斌的情况。倒是其他几个水性出色的小警卫员，变着花样陪着杨一斌游泳，仿佛是用行动告诉杨市长，我们的水性也是不错的……

在水里游了将近四十分钟，杨一斌终于过足了瘾，游回了岸边，这时范留根才松了一口气。虽然明知道有这么多水性出众的警卫员保护在身边，还有自己这样顶尖的水性高手，但是每次陪杨一斌游泳，范留根总是紧张得不行。

游泳特别消耗能量，在水里还不觉得，一上岸就觉得肚子特别饿。杨一斌拍了拍肚子，笑着说道：“好了，也该吃饭了。就不去别处了，邀月楼吧。”

范留根连忙点头说好，其他人也跟着点头。

回到海天楼，范留根就在楼下的房间里匆匆冲洗了一下，然后换上衣服，提前往邀月楼去安排。

邀月楼是一座线条明快的建筑，全部用名贵的花岗岩建造而成，带着浓重的欧式建筑风格，从外表看，色彩雅致，造型庄重美观，很得杨一斌的喜爱。

范留根刚走进大厅，经理石燕飞就迎了上来："范政委。"

范留根微笑着打量石燕飞，在邀月楼当经理这么几年来，见识太多权贵阶层，石燕飞身上渐渐就多了一些贵族习气，举手投足之间动作总带着一份高雅，即使范留根用最挑剔的眼光去看，也不得不承认，石燕飞算是一个标准的窈窕淑女。

"都安排好了吗?"范留根微笑着问道。

"安排好了，在二楼观海阁。"石燕飞抿嘴微微一笑。

范留根心不争气地跳了一下，连忙把目光移向左右，随口问道："生意怎么样?"

"挺好的，"石燕飞眼神中有些微得意，她说道："中午开了六桌，晚上开了八桌。"

"客人有什么意见吗?"范留根又问道。

"谁会有什么意见啊。"石燕飞笑着说道，"虽然说能来这里的客人嘴巴都很刁，但是邀月楼大厨的手艺绝对会让他们满意。再加上咱们的海鲜可是真材实料……"

正说话间，杨一斌就从外面进来了，身后还跟着秘书钟世杰和市政府秘书长王清文。范留根和石燕飞连忙迎了上去，一行人就到了二楼的观海阁。

几个人簇拥着杨一斌坐在主位上，石燕飞在一旁小声请示道："市长，还是五粮液?"

"就五粮液吧。"杨一斌大手一挥，看了看桌上几个人，说道："咱们四个人，实行总量控制，就来两瓶吧。"

大家都连忙点头，说道："总量控制，两瓶两瓶。"

石燕飞一边示意服务员去拿酒，一边笑着说道："四个人两瓶酒，市长，今天您可有保留啊。"

杨一斌说道："有没有保留得看大局，没有全局观念那怎么能行。"

石燕飞这边正拿着茶壶给杨一斌斟茶，听了杨一斌的话就娇憨地说道："市长批评得对，您是做大事的，目光长远，我们这些女孩子家总是盯着眼前这一点东西，目光短浅，您以后要多教育我。”

王清文和范留根碰了一下目光，他们一下子就听出了杨一斌话中特别的含义。

“是啊，市长。在南江市，有多少人能够像您这样高瞻远瞩，统领全局？”王清文说道，“没有您这几年来兢兢业业地真抓实干，南江市城市面貌能有这么大的变化？可惜某些人整天只懂得盯着芝麻大的一点小事。什么老百姓利益了，群众利益了，没有南江市的发展，怎么去奢谈老百姓的利益？二十多年前，南江市就是一个小渔村，即使再考虑老百姓的利益，他们还不是天天啃着咸鱼干过日子？”

范留根敲了一下桌子，说道：“我是个粗人，不会说什么大道理，但是我也清楚，很多事情都是踏踏实实干出来的。有些领导，也不看看实际情况，就那么下去转悠个两三个月，写了一篇狗屁不通的文章，就以为号准咱们南江市脉搏了，就以为可以为南江市今后发展指明方向了！我看都是狗屁空话，一点实事都不顶。”

钟世杰到底年轻，悟得最晚，这个时候听王清文和范留根的一番表态，他也醒悟过来了，领导刚才那句话是发泄对赵长风的不满了。于是他也连忙跟着说道：“对啊！连个城市建设是什么都没有搞懂，就来个下车伊始，指手画脚地乱讲一通。如果说是把什么都考虑进去，我看那城市建设也不用搞了，经济也别想发展了！”

石燕飞眨了眨眼，脸色有点微红，她这个时候才明白，原来刚才杨市长说的并不是喝酒的事情啊？这些领导们，说话真跟打哑谜一样。

这一番对话尽管很短，但是每个人都说了，并且都是顺着杨一斌开头那句话的方向去说的，这就等于王清文、范留根和钟世杰都表了个态度，拥护杨一斌市长的观点。虽然每个人话里并没有指名道姓，但是大家都知道说的是谁，说的是什么意思。当然相比起王清文的滴水不漏来，范留根和钟世杰的话就稍显有点欠火候。在王清文看来，像范留根和钟世杰的讲话，后来让石燕飞就听出了异样，虽然说有石燕飞整天接触官场中人，耳濡目染的因素，但是何尝没有范留根和钟世杰说话欠雕琢的缘故？当然，如果再往深处去想，也许钟世杰年纪还轻，火候控制不好，但是范留根也算是官油子了，他也许是故意用这种看似笨拙粗糙的话向杨一斌表忠心吧？

说话间服务员端着酒菜过来了，杨一斌在海水里畅游了四五十分钟，体力消耗很大，肚子早就饿了，就挥手招呼大家道："来来来，别光顾着说话，忘记了吃饭。咱们边吃边聊。"

石燕飞就从服务员手中接过两瓶五粮液，把两瓶白酒给杨一斌四个人匀了，然后就在一旁伺候领导们吃饭。

说说笑笑的，一顿饭吃了一个多小时，到了最后，杨一斌放下筷子，端起酒杯说道："来，咱们圆杯吧。"

于是范留根几个人都连忙端起酒杯说道："圆了，圆了。"仰起脖子陪着杨一斌把酒杯中剩下的酒一饮而尽。

杨一斌把酒杯放在桌子上，伸手拿过一根牙签，一边剔牙，一边说道："要不你们几个就在这里住一晚吧？"

范留根、王清文都连忙说道："不了不了，晚上要回去，还有事情。"

杨一斌把牙签扔进面前的盘子里，石燕飞连忙递过一条纸巾到他手里，他用纸巾不慌不忙地擦拭了一下嘴角，这才抬起眼皮说道："也好，那我就不留你们了。"

范留根和王清文就站起来，把杨一斌送到海天楼门口，临分别时，杨一斌忽然对范留根说道："张厅长代表省公安厅下来视察，意义重大，你们可一定要搞好接待工作，千万不要出什么岔子。"

范留根愣了一下，不知道杨一斌怎么会忽然提起省公安厅的张副厅长，但是还是毫不犹豫地回答道："是，我们一定牢记您的指示，全力以赴地搞好接待工作。"

杨一斌见范留根没有理解透他的意思，就意味深长地看了范留根一眼，严肃地说道："咱们南江市的社会形势总体上是好的，但是也有一些影响治安的不安定因素。我听下面的同志向我反映，我市最近黄赌毒现象又有所抬头，特别是田旺区的一些治安死角，黄赌毒现象有日趋泛滥的趋势……"

范留根听到"田旺区"和"治安死角"几个字，心中骤然间一亮。所谓治安死角，一般指的都是城乡结合部和城中村，对南江市来说，特指的就是城中村。杨一斌平时很少关心治安问题，这个时候忽然间提到黄赌毒，提到治安死角，范留根心中咂摸了一下，那股味道就出来了。石排村强拆事件发生已经快一个月了，虽然说有范留根在公安局这边把关，干警们出工不出力，赵长风主持的专案组对案件的侦破毫无进展，但是与此同时，由于和石排村的村民拆迁补偿谈不下来，玉江房地产公司的石排村城中村改造项目也一直在那里不能动工，这每停工一天，对玉江房地产公司来说都意味着大笔的金钱损失，现在杨一斌肯定是等得不耐烦了。

范留根飞速地把城中村、黄赌毒和治安死角几个词汇组合在一起，再从自己的角度出发去看待这件事情，很快，他就明白了杨一斌说这个话的真正含义。

“您批评得对，是我们公安机关工作没有做好，某些地方黄赌毒沉渣又开始浮现出来，严重影响到咱们南江市的治安形势，影响到咱们南江市的对外形象，影响到上级领导对我们南江市的印象。对于这几种丑恶现象必须给予狠狠的打击。”范留根沉痛地向杨一斌做检讨，他最后说道：“这次一定要痛下决心，不能有妇人之仁，对于在黄赌毒方面屡教不改的死硬分子，必要时可以采取劳教手段。以往在这方面决心不够，这是我这个南江市劳动教养管理委员的失职……”

杨一斌摆了摆手，说道：“你们下面具体工作我不干涉，总之一定要保持好南江市社会稳定，维护好南江市这来之不易的大好局面，不能让少数不法分子影响到南江市的大好形象！”

从银沙岛返回市区的路上，范留根就给田旺区公安分局刘局长打了电话：“老刘，上次石排村闹事的几个骨干分子，现在情况怎么样？”

刘局长说道：“局里的侦察员二十四小时对这几个骨干分子进行监控，他们的所有行动都在我们的控制之中。”

“让侦察员继续严密监视，只要发现上述人员有涉及黄赌毒有关的行为，立即行使抓捕，符合劳动教养条件的，要马上报市局法制处劳教审批科审批。”范留根面容严肃。

“政委，请您放心，保证完成任务！”刘局长毫不犹豫地答应了下来。

挂了电话，范留根长长嘘了一口气，重重地靠在了宽大柔软的真皮靠背上。他相信这次石排村那几个煽动村民闹事的骨干分子是在劫难逃。南江市这些城中村村民，靠着房租过着比神仙还滋润的日子，每天无所事事。纵使不涉及到毒品，但是打个小麻将，去洗头房洗个头的现象是免不了的。这两样活动在平时看起来没有什么，但是公安机关一旦认真起来，那可就是赌博和嫖娼了。这几个领头的死硬分子被关进去强制劳教，对石排村的其他村民无疑是一个强大的震慑，这种情况下，签订拆迁补偿协议的阻力就会大大减少。只要签订了拆迁补偿协议，“九二六”命案没有告破，玉江房地产公司的城中村改造项目就有了正当的复工理由，即使是崔中凯和赵长风明白是怎么回事，但是也找不出理由去阻拦。只要有涉黄涉赌的事实存在，有劳动教养管理条例这个大帽子顶着，崔中凯和赵长风又能怎么办？

想到这里，范留根心中就无比佩服杨一斌，虽然说遇到了重大危机，但是杨市长这招一出，轻而易举地就把危机给化解了。

“卑劣！”

听到石排村几个谈判代表都被送进劳动教养的消息，赵长风气得拍案而起。他抓起电话就想去质问范留根，可是伸手要去拨号时却又停了下来。他去质问什么？质问劳教这几个人的依据？他相信范留根的回答肯定是天衣无缝，田旺区公安分局既然敢这么做，肯定把一切材料都准备好了。说到底还是这几个谈判代表不争气，都什么时候了，还要去打什么麻将？

事到如今，赵长风不得不承认，在和市长杨一斌的较量中，他输了一局。在南江市这个地方，杨一斌几乎掌握了一大半的行政资源，而赵长风却身单力孤，崔中凯手中虽然也掌握了一定的行政资源，但是对他的支持却总是犹犹豫豫的，这让赵长风感觉到自己好像是手持长枪冲向风车的堂吉诃德，是去挑战一个几乎不可能战胜的对手。

对赵长风来说，目前最致命的就是公安局没有掌握在他的手里，手中没有可以动用的力量，他又如何去完成调查？如果何承明没有到中央党校去学习，赵长风还可以借助省公安厅的力量下来调查，可是何承明现在身在京城，让赵长风无可借力。毕竟调查罪案是一个长期的过程，何承明不在那个位置上，不可能长期调派一支人马到南江市来听赵长风指挥。

赵长风正在生闷气，忽然间手机响了起来，他拿起手机一看，很是意外，怎么这个时候会接到“他”的电话呢？

第九章　调查组山穷水尽，录像带柳暗花明

市委责成赵长风牵头公安局负责，派出专案组调查强拆伤人案。然而案件调查却迟迟没有进展。有记者说正巧路过拍下了当时发生冲突的录像带，可录像带却不知所踪。正当赵长风山穷水尽之际，大舅子方天雷突然来到，带领特警队在拆迁片区所在派出所所长冯伟才家里搜出了录像带。赵长风大喜过望，案情处理可谓柳暗花明。

“什么？天雷哥，你就在南江?”赵长风惊喜地说道：“你这是搞突然袭击啊。到南江来也不提前给我打个招呼。”

方天雷拿着电话笑呵呵地说道：“没办法，任务在身，身不由己啊。我就住在军区的八一宾馆。你有时间就过来一趟吧。”

“好，我马上就去。”

赵长风放下了电话，抬头正好看见钟世杰进来：“赵市长，有几个石排村的妇女在行政大楼门口哭闹，说要见你，我已经通知毕秘书长去处理了。”

赵长风轻轻摇了摇头。这几个石排村妇女应该是那几个被送去劳教的谈判代表的家属。而且钟世杰的话肯定打了埋伏，这些妇女肯定不是在那里哭闹，而是在叫骂。

“让毕秘书长小心处理，不要为难她们。”赵长风轻声交代道，伸手抓起了桌上的手包，“我出去一下，有什么情况及时给我反映。”

赵长风牵挂着石排村的事情，路上倒是忘记了琢磨方天雷为什么会忽然间出现在南江市。司机老李熟练地驾驶着奥迪 A6 在车流中穿梭，很快就来到

了八一宾馆。

方天雷其实是三天前就到达了南江。原来两个月后，方天雷的部队要在粤东沿海地区参加一个秘密的军事演习，方天雷这个师参谋长就需要到南江打前站，为军事演习做一些必要的准备。所以方天雷也就没有把行程告诉赵长风，他到了南江市之后立刻投入了忙碌的准备工作，眼见任务都布置下去，自己有了点时间，方天雷才打电话通知了妹夫赵长风。

赵长风来到房间，敲开房门，迎接他的是方天雷惊喜的笑脸："长风，动作挺快啊。来来，进来，我为你介绍几个老部下。"说着拉着赵长风的手进了房间。

进了房间，赵长风这才发觉，房间里已经坐了三个人，虽然都是便装，有两个人身材臃肿发福，但是从气质上一眼就能看出，这几个人都在部队锤炼过。

"参谋长……"几个人都站了起来，标准的军姿，恭敬地望着方天雷。

"呵呵，都坐，都坐。"方天雷笑着说道："你们现在又不是在部队，搞得那么严肃干嘛?"

几个人笑了一下，却没有坐下。

"来，我给你们介绍一下，这位就是我的妹夫，叫赵长风，也在南江市工作。"方天雷伸手指着赵长风说道。

"赵长风?"一个穿着红色梦特娇短袖的平头略微迟疑了一下，打量了一下赵长风，试探着问道："南江市几个月前新来那个市委副书记也叫赵长风，莫非是你?"

赵长风微笑着说道："南江市委好像就有一个叫赵长风的。"

"真的是你啊？赵书记，幸会幸会!"平头又惊又喜，他一边跟赵长风握手，一边对方天雷埋怨道："参谋长，你不够意思，妹夫在南江市当这么大的官，也不给我们透透口风。"

"是啊，参谋长不够意思。"旁边几个人也跟着起哄，"是怕我们去占赵书记便宜吧?"

"起哄是不是?"方天雷板着脸哼了一声，数落道："瞧你们几个出息样，时时刻刻就想着占别人便宜，还是我方天雷带出的兵吗?"

然后方天雷又对在一旁偷笑的赵长风说道："你偷乐什么？以后他们给你添麻烦的时候看你还乐不乐！"

"天雷哥，我不怕麻烦。"赵长风笑着说道："你的老部下就是我的老部下，老部下的事情我还怕麻烦？"

"听到了没有？听到了没有？"方天雷重重地拍着赵长风的肩膀，冲几个老部下吼道："以后在南江市，这就是你们的新领导了，待会儿喝酒的时候，你们可要把新领导侍候周到了，不然别说以后领导不照顾你们！"

"参谋长请放心，这个任务就交给我们了。"几个人互相挤眉弄眼，心照不宣地笑了，他们今天本来打算把老首长方天雷给灌醉，现在看来要修改一下目标了。

方天雷在一旁也暗自得意，你们几个臭小子打什么主意我不知道？今天叫我妹夫过来，灌死你们。

趁着这个机会，这几个人都拿出了名片，向赵长风做自我介绍。这三个人混得不错，其中两个人都在南江市开办了自己的公司，另外一个人则在南江邻市西江市国土局担任科长。

说说笑笑中，方天雷抬眼看了一下手表，说道："咦，什么时候了，这个李正强怎么还不来？"

日兴有限公司老总严浩磊——也就是那个穿红色梦特娇短袖的平头说，"可不是吗？这个老李平时都是抢先一步，今天怎么拖拖拉拉的？我给他打个电话。"

就在这时，房门被推开，一个三十五六岁，穿着一身警服的精干男子走了进来："参谋长，对不起，所里出了点情况，我来晚了！"

"李正强，你这个对不起还是待会儿留在酒桌上说吧。来，我为你介绍一个人，这位是咱们妹夫……"方天雷把李正强拉到赵长风面前，还没有说完，李正强就叫道："赵书记？"

"你好。"赵长风微笑着回应道，脑海里对李正强一点印象都没有。不过这也很正常，他虽然到南江市时间不长，几乎不在新闻中露面，但是毕竟到下面很多单位做过到调研，李正强认识他并不奇怪。

"啊，你们认识啊？"方天雷一笑，说道，"那更好，省得我介绍了。"

“我认识赵书记，赵书记却不认得我。”李正强笑着说了一句，然后对赵长风解释道：“赵书记，我是田旺区公安分局石排派出所副所长李正强。你去石排村和村民代表谈判的时候，我就在外面维持秩序……”

原来如此。赵长风点了点头，伸手握住李正强的手说道：“李所长，感谢你那天替我维持秩序。”

“赵书记，您太客气了。”李正强说道：“我当警察也六七年了，还是第一次见到您这么大的领导肯冒着那么大的危险，当时那种局面，我们都为您捏着一把汗……”

方天雷在一旁听着就知道赵长风肯定又干了什么冲动的事情了，他心中说道，找机会一定要劝劝妹夫，都当爹的人了，还这么冲动，就算不为自己考虑，就不为佳怡、不为孩子考虑考虑？

心中想着，方天雷嘴里却说道：“好了，人都齐了，走，咱们去喝酒，有什么话都留到酒桌上去说吧！”

“天雷哥，我都安排好了。”赵长风笑着说道：“大家跟我走吧。”

“长风，虽然这是你的地盘，但是这一次你就别抢了。”方天雷拍了拍赵长风的肩膀，说道：“反正我在南江市还要待两三个月，你还怕没有机会出血？”

“是啊，赵书记，你可别和我们抢。”严浩磊说道：“我们和参谋长好几年没有见面了，这第一顿怎么也得让我们来。”

赵长风知道方天雷和这些老部下战友情深，就笑了笑，默许了。

一群人下了楼，司机老李正在楼下大厅看报纸，见到赵长风下来，就迎了上去。

“咱们到什么地方？”赵长风看着严浩磊。

“赵书记，你去过罗河岭吗？”严浩磊说道：“罗河岭是个地地道道的客家村，那里的客家砂锅远近闻名。”

“确实很有乡土特色，适合咱们军人的口味。”李正强在一旁补充道，他去过罗河岭几次。

司机老李却吃了一惊，罗河岭那个地方虽然有名，但是毕竟档次太低，乡土味太浓，虽然不知道赵书记旁边的这几个人是什么人，但是让堂堂的市委副书记去那个地方吃饭，实在是有点太寒碜了吧？不过这些话他只是在心里转了转，嘴上并没有说出去。

赵长风就很有兴趣，问道："罗河岭？在什么地方？"他问司机老李："你知道吗?"

司机老李就说道："在关外。赵书记，距离羊南高速入口处不远。"

赵长风就笑着说道："好好好，到乡下转转也挺好的，呼吸几口新鲜空气。天雷哥，你还是这个脾气啊，总是能找到这些地方。"

方天雷笑了笑，说道："还是要深入群众啊，不要当了领导，就有了架子，是不是？今天就跟我去体验一下生活吧。"

一群人说说笑笑出了宾馆，除了李正强，每个人都带有车，司机们已经把车开了过来。李正强就跟着方天雷上了他那辆挂着军牌的黑色奥迪。赵长风听说李正强是石排派出所的所长，很想把他拉到自己的车上问一问情况，但是也知道急切不得，反正既然有了这一层关系，还不是早晚的事情？

当几辆小车一前一后开进罗河岭时，赵长风吃惊不小，虽然地理位置偏僻，但是村子里水泥路平整宽阔，一幢幢小洋楼簇新气派，比田旺区、禹寺区里的城中村的小楼还要高档几分。打开车窗，就能闻到空气中飘着的若有若无的香味，随处可见客家砂锅居、客家砂锅坊、客家砂锅城、客家砂锅王、客家砂锅皇、客家砂锅全、客家砂锅仙、客家砂锅总汇之类的招牌，还有什么客家老砂锅、祖传客家砂锅、客家张砂锅、客家王砂锅、客家李砂锅、什么阿龙砂锅、罗大头砂锅之类的。有些店门不涂门漆，就是老旧的木色，看上去勾人思绪回流。

这些不起眼的门店门口都停满了各式各样的汽车，一眼望去，什么宝来、捷达、天籁、开利、通福道、桑塔纳、切诺基、马自达、红旗、劲风、尼道、路虎、深姿、特里提，以及奥迪、加华、皇冠、福特、本田、丰田、奔驰、加愣、别克子弹头等等，车型种类简直比得上特大型的车展。

见赵长风眼睛望着窗外的车海，司机老李笑着说道："这里天天都是如此，客人多得要命，来晚了就得等着。"

看着外面的车，赵长风就知道司机老李所言不虚。他还真不知道，南江市的下边竟然有这么一个所在。

再看外边的车牌，除了南江的牌照之外，还有什么羊城市、西莞市、深州市、海州市等等地方的车牌，看来这个地方可真是名声在外。

车停稳后，司机老李抢先下车，替赵长风开了车门。那边方天雷等也都下了车。赵长风走了过去，却见方天雷抽着鼻子四处看着，一副瞧哪都是新鲜的味道。

一条黑白相间的土狗溜溜达达地跑了过来，方天雷就笑着弯下腰，逗着这条土狗。

赵长风摇了摇头，天雷哥真是，就是喜欢这么个地方。

严浩磊熟门熟路，在前面领路，带着大家进了一家外表普通的砂锅店，上面招牌着写着“老三家砂锅”。

进了里面，严浩磊和迎上来的小伙计笑着说着话，看上去双方都很熟络的样子。

店里一共摆了七八张桌子，每张桌子上面都坐有人。赵长风看了看四周，寻找是不是设有雅间，可是没有。他低声问旁边的李正强道：“没有雅间?”

李正强对这里也很熟悉，他低声对赵长风说道：“赵书记，设了雅间，就没有了乡村特色了。罗河岭这里，凡是带雅间的都不是正宗罗河岭人开的店。”

一个市委副书记和一个军队的师参谋长来这种地方吃饭，还要眼巴巴地等位子，赵长风倒是第一次见到，想想也是好笑。下次天雷哥即使再坚持，这种地方还是不能来。

方天雷却是兴致勃勃地站在那里看着一排排客家特色砂锅，很有兴致的样子。在方天雷看来，军人嘛，本来就要大块吃肉，大碗喝酒，这种乡野风味的地方正好。如果大家坐在包厢里斯斯文文甚至是扭扭捏捏地小嘴吃菜，小口喝酒，那有个鸟意思。

严浩磊也觉得第一次带赵长风书记出来吃饭，总这样等着不好，正要和店老板商量能不能想办法加一张桌子，旁边有一桌客人却已经吃完买单。于是小伙计把这张桌子清理一下，大家就围坐了下来。

严浩磊的司机从后备箱里搬出来两箱五粮液送了过来，赵长风扫了一眼，心中说道，两箱十二瓶，六个人人均两瓶，看来这几个人战斗力也不容小觑啊！

小伙计在一旁递过来一份简陋的菜谱，问道："严总，今天点什么菜？"

严浩磊先把菜谱递给方天雷，方天雷摆摆手，严浩磊又要把菜谱递给赵长风，赵长风笑着说道："我第一次来，你们熟悉情况，就做主吧。"

严浩磊就收了菜谱，对小伙计说道："那就来一桌八仙回人间吧。"

工夫不大，小伙计陆续送上来八个热气腾腾，香气扑鼻的砂锅。这砂锅外表看起来土里土气，陶红色，中间鼓肚子，底部和锅口收得很窄，看起来有点类似于装酒的坛子，在市面上倒是很少见。

小伙计过来拿着一把式样古旧的紫铜漏勺，从八个砂锅中给几个人分盛了一碗炖品，然后笑着说一声："几位老板慢用。"退了下去。

赵长风和方天雷看着面前的炖品，都是些很平常的东西，什么排骨、猪肚、土鸡之类，但是偏偏闻起来香喷喷的，那种味道诱人之极，让人还没有入口就食欲大振。能把很平常的东西做出不平常的味道，这罗河岭的客家砂锅果然名不虚传。

那边严浩磊和李正强都分别开了一瓶酒，替方天雷和赵长风把酒倒上，然后又一次给其他几个人倒酒。

"我们几个敬两位领导一杯。"严浩磊和李正强几个人端着酒杯就站了起来。这种场合，也不好带出职务称呼。

方天雷大手一挥，说道："哪里来那么多规矩？坐下来，咱们一起干杯。"

赵长风也端起酒杯，笑吟吟地在一旁陪了。

又喝了几杯，叙完战友之情，严浩磊、李正强几个人就把目标对准了赵长风。赵长风看方天雷嘴角那抹微笑，就明白今天大舅子把自己叫过来就是替他挡酒。

赵长风喝酒如喝水，来者不拒，一场拼杀下来，除了李正强还清醒一些，方天雷的其余三个部下都喝得有七八分醉意了。至于李正强，那是赵长风手下留情，他还有情况要向李正强打听。

方天雷在一旁抽着烟，饶有兴趣地看着这场面。这几个老部下和他关系都很好，尤其是李正强，是方天雷一手把他从一个普通战士提成连长的，后来李正强的娘想念儿子，非要坚持让李正强转业，李正强是个孝子，只有听老娘的话，方天雷虽然舍不得，最后还是放李正强离去。可是李正强转业到地方之后，过得不开心，这六七年过去了，还只是一个派出所的副所长。这次把他这几个老部下领到赵长风面前，意思就是让赵长风照应一把，尤其是李正强。当然，作为大舅子，这种话他肯定不会开口的，也无需开口，他只要让赵长风看到他和这几个部下不平常的关系，赵长风自然会懂得怎么去做。要不方天雷也不会特意交代严浩磊，找这么一个地方来吃饭。堂堂的师参谋长，不是过硬的关系，会肯陪人到这种地方吃饭？

见火候差不多了，方天雷主动举起酒杯，对李正强说道："正强，咱俩喝一个。"李正强连忙双手捧起酒杯，用杯沿低低地和方天雷轻轻一碰："参谋长……"

方天雷把酒喝完，放下酒杯说道："正强啊，这么多年，还是个副所长，没什么进步嘛！"

赵长风深深地看了李正强几眼，他当然相信方天雷看人的眼力，李正强能够让方天雷专门为他说话，一方面说明两人有着很深厚的上下级感情，另一方面也说明李正强的能力绝非一般。

"参谋长，我还真想念咱们部队啊！"李正强眼圈红红的，"在您手下当兵，根本不用要什么心眼，只要有能力，就会脱颖而出。可是在地方上，狗屁！"

赵长风脸庞有些发烧，虽然李正强这话不是说他，可是他毕竟也是地方上的领导。看来即使他有所控制，李正强酒也喝高了，否则不会说出这样的话。

方天雷看了看店里，其他几桌客人早就走了，老板老板娘还有小伙计们都躲在屋后的榕树下打牌，也听不见这边的说话，于是就说道："正强，受了不少委屈是吧？今天长风在这里，有什么委屈就吐一吐，让长风给你做主。"

方天雷当然了解李正强的能力，只要给机会，别说是派出所副所长，就是一个分局长也该提拔上了吧？看李正强牢骚满腹的样子，肯定是受了不少委屈。

李正强这才想起赵书记也在旁边，他冲赵长风拱了拱手："赵书记，不好意思，我有点高了，乱说，你别介意。"

赵长风微笑着说道："天雷是我大哥，也是你的领导，咱们都是自己人。再说咱们都是酒后闲聊，有什么关系？"

"对，没事，长风也是直爽人。正强你有啥话就说吧。"方天雷一边说道，一边示意司机兼警卫员把严浩磊几个人先扶回车内休息。

"哎，我这个副所长，干得窝囊！"李正强点燃一根烟，说道："赵书记，有时候我就想不明白，为啥军队和地方上差别这么大呢？在地方上，有很多事情，行不行就在于领导一句话。就拿石排村那个'九二六'命案来说，我明明有线索，可是所长就压着，愣是不让往下查，真能把人憋屈死！"

"什么？你有线索？"赵长风心中又惊又喜，他看了看周围，低声对方天雷说道："天雷哥，李所长说的这个案子我正好是专案组组长，我需要和他好好谈一谈。"

方天雷点了点头，拍了拍李正强的肩膀，说道："正强，咱们走，换个地方说话去。"

于是大家就开车回到八一宾馆，方天雷开了几个房间，把严浩磊三个呼呼大睡的家伙送进去，然后又给赵长风开了一间房间，让他和李正强进去说话。

"正强，你把你知道的情况都讲出来吧。"方天雷对李正强交代道，"有你们赵书记在，你以后不会再憋屈了。"

来到房间，关上房门，李正强就把他知道的情况说了出来。原来九月二十六日凌晨玉江房地产公司派烂仔去强拆石排村房屋，和村民发生冲突的时候，石排村的村民打了110报警，石排派出所也接到了电话。可是派出所冯伟才所长却下了命令，说等候市110指挥中心的指挥，统一出警。石排村那边村民把派出所的电话都快打爆了，冯伟才就是按兵不动。最后李正强实在忍受不下去了，只身一人赶往石排村去。当他去的时候，正是那群烂仔撤退的时候，李正强在这群烂仔中看到一个自己熟悉的身影，这个烂仔叫做阿三，是田旺区一个黑老大的马仔，当时阿三手里还提着一根铁棒，上面往下滴着血。李正强本想往前去追，又忧心石排村里情况，就往村里去，等他过去时，村里哭成一片，村民轻伤无数，重伤十几个，还有两个人被当场打死。十几分钟后，冯伟才和110的巡警才姗姗来迟。

“后来我把这个情况汇报给冯伟才，冯伟才知道这个情况之后非但没有派人抓捕那个阿三，反而禁止我参与这个案子。而且还向分局长反映，说我平时工作自由散漫，要求把我调离石排派出所。听说分局那边已经点头了，我现在赋闲在家等候调令，如果没有意外，最多半个月，我就要调到其他辖区。”李正强说道。

“有这样的事情?”赵长风心中很是震撼。

“是啊!”李正强说道，“赵书记，我还知道一个情况，说那天那帮烂仔打砸的时候，有记者闻讯赶来偷偷地在一旁录像，可是后来这个记者的录像机却被几个自称是石排派出所的人抢走了，事后记者来所里要录像机，所里没有一个人承认这件事情。当时天色昏暗，情况混乱，记者也找不出究竟是谁抢了他的录像机。”

“正强同志，你说的情况非常重要。”赵长风点了点头，心中很是兴奋。如果李正强能够帮他抓到那个阿三，那么“九二六”专案组的坚冰就打开了一个口子。他说道：“你有办法查到这个阿三的下落吗?”

“我尽力而为。”李正强说道。

“那好，正强同志，你就想办法查一查这个阿三的下落，查到之后不要惊动任何人，悄悄地通知我。”赵长风交代道。

“我这段时间在家休息，正好可以去查一查这个阿三。”李正强心中很是兴奋。作为一个有正义感的公安，最难过的就是看见犯罪分子却没有办法去绳之以法。现在市委副书记亲自给他交代下任务，还怕那个阿三能够逃脱吗?

“还有一点，正强同志，要注意人身安全。”赵长风叮嘱道。

“赵书记，请放心，我会小心的。”李正强说道。

赵长风就拍了拍李正强的肩膀，两个人一块回到方天雷的房间。李正强牵挂着那个叫阿三的烂仔，也无心再坐下去。方天雷和赵长风就把李正强送到门口，离别的时候，方天雷也交代道：“正强，一定要小心。”

李正强笑着说道：“他们也不过是几个烂仔而已，再怎么说，我也是参谋长带出来的兵，还能收拾不了他们？我不会给您丢脸的。”

“刘局长，你找我?”李正强走进田旺公安分局局长刘春放的办公室时，刘春放正在打电话，他看到李正强进来，就做了个手势，示意李正强先在沙发上坐下。李正强就不再说话，安静地坐在沙发上等着。

“那好，就这样。你的要求我会尽量考虑。下次局党组会议上，我会把你的要求提出的。”

刘春放打完电话，这才从宽大的皮转椅上站起来，伸手抓起桌上的软中华走了出来。

“来支烟。”刘春放在李正强对面的沙发上坐下，笑眯眯地递给李正强一根香烟。

李正强心中有些吃惊，不知道刘春放今天唱的是哪一出戏。由于性格不讨刘春放喜欢，往常刘春放见了他总是横挑鼻子竖挑眼，今天怎么会如此亲热？事物反常即为妖，李正强当然不会自作多情地认为，自己一夜之间就变成了刘春放分局长眼里的红人。

李正强默默接过香烟，也不说话，摸出打火机自己点上。刘春放那边也自己点燃了一根香烟，亲切地说道：“正强同志，转业回来也有六七年了吧？”

“嗯，差三个月七年。”李正强摸不准刘春放的意思，闷声回答道。

“你从部队专业回来时，我还担心你不适应地方上的工作。”刘春放说道：“可是事实证明，我这种担心是多余的，完全不必要的。这六七年的工作经历完全证明，无论是工作能力还是个人品质，你都是过硬的，完全可以胜任更高层次的工作……”

一边说着，刘春放一边亲切地看着李正强，仿佛是跟自己最信任的部下话家常一般。

李正强就更琢磨不透分局长的意思了，听刘春放的意思，难道说要提拔他不成？这怎么可能？他这个人不识时务，一直是分局领导和派出所所长冯伟才的眼中钉、肉中刺，他们每天都在琢磨怎么把自己拔掉，怎么会提拔自己呢？

“正强同志，局里经过慎重考虑，决定给你压一压担子。”刘春放严肃地说道：“你也知道，咱们分局横岗派出所的力量一直偏弱，前几天横岗派出所的老王又调到禹寺分局去了，局里需要派一个工作能力强的人去横岗主持大局。局领导经过研究，决定任命你为横岗派出所所长，去把横岗派出所的工作抓起来。今天我找你过来谈话就是传达一下局里的意思，你有什么想法也可以给组织上提一提。”

李正强很是吃了一惊，他只是隐约听说，分局要把他从石排派出所调走，但是却没有想到分局竟然会把他调到横岗派出所担任一把手。从某种意义上来讲，这可是一种提拔重用。可是刘春放局长为什么要把一向不讨他喜欢的自己提拔重用呢？这中间肯定有缘故。即使李正强脑子再迟钝，也能隐约猜测出一点什么。难道说这与自己最近一直在追查的“九二六”命案有牵扯的烂仔阿三有关吗？

“感谢组织上对我的信任，感谢刘局对我的关怀。”李正强知道事情没有这么简单，所以也就装着糊涂，做出一副受宠若惊的样子，“我个人没有啥要求，坚决服从组织的安排。”

“那就好，那就好。”刘春放和蔼地点了点头，目光深远地望了一会儿李正强，才说道：“正强，你到分局来，六七年都没有好好休息了吧？”

“还好，还好。”李正强说道：“最近冯所长就给我放了半个月的假，我休息得很好。”

刘春放摆了摆手，说道：“冯伟才尽是糊弄老实人，辛苦工作了六七年，放半个月够干啥？”

李正强笑着不说话。

刘春风继续说道：“是这样的，市局最近准备组织一批优秀公安干警到马尔代夫修养半个月，本来没有下面分局的指标的，经过我积极争取，从局里要过来一个指标。考虑到你这些年来对分局所做的贡献，局里决定把这个指标给你。”

说到这里，刘春放停顿了一下，希望从李正强脸上观察到惊喜的表情，遗憾的是，李正强一脸平静。

“局里的通知说，每个干警都可以带两名家属，费用由市局承担。”刘春放往李正强这边靠了靠，笑眯眯地说道：“正强同志，你正好可以带着老婆孩子一块去。这么多年来，你一直忙于工作，亏欠她们太多，这次正好补偿一下。等你从马尔代夫休假回来后，我亲自送你到横岗派出所就职。”

李正强这下算是彻底弄明白刘春放的意思了。就是说嘛，马路上哪里有那么大的蛤蟆满街跳？怎么会平白无故地有这样的好事掉到自己头上呢？刘春放又是提拔他职务，又是送他全家免费去马尔代夫旅游，目的是什么？调虎离山。肯定是他这边追查烂仔阿三的行动被某些有心人获悉了，所以刘春放才弄这么一个糖衣炮弹，准备来俘获他，让他放弃继续追查阿三。如果是以前，李正强说不定会被刘春放这么优厚的条件说动了心，但是现在情况却有点不同。因为这件事情是参谋长的妹夫赵长风书记亲自交代下来的，他就一定要查个水落石出，要不先不说能不能对赵书记交代，以后他哪里还有脸面再去见参谋长？所以刘春放给的条件再优厚，李正强也只能敬谢不敏了。

“刘局，您这番好意我只能心领了。”李正强遗憾地摇头说道：“只是我爱人有恐飞症，不能坐飞机。这马尔代夫恐怕去不成。”

“哦，是这样啊？”刘春放微微一怔，继续说道：“那也没有关系，你可以带着孩子去嘛。难得有这么一次机会，一定要带着孩子去开阔一下眼界。”

“那我回去和爱人商量一下，看看她的意见。”李正强微笑着说道：“反正平时她绝对不让我带孩子，说一个大老爷们照顾不了孩子，还说孩子跟我都学坏了。”

“回去好好商量一下，她应该不会不同意的。”刘春放耐心地说道：“实在不行你一个人出去放松一下也行，对不对？多好的机会。”

“刘局，我尽量说服她吧。”李正强说道，“如果你没有其他事情，那我就先回去了。”

“好吧，你回去吧。”刘春放有些失望，他说道：“你尽快给我答复。旅游团三天后就出发。”

李正强回到派出所，坐进自己的办公室，正琢磨这件事情，考虑该怎么应对，要不要给赵长风书记那边通个气。没有想到所长冯伟才微笑着走了进来，还把门轻轻地虚掩了。

李正强见冯伟才故作神秘的样子，心中就感觉好笑，但还是客客气气地请冯伟才坐下。

冯伟才拉了一张椅子，在李正强办公桌对面坐下，笑着说道：“正强，恭喜你了！”

李正强端着茶杯吹着水面的浮茶，淡淡说道：“冯所长，有什么可恭喜的?”

“哎，正强，你呀你呀。”冯伟才就笑着用手不停地虚点着李正强，仿佛两个人从来没有产生过任何矛盾，是很亲密的老朋友一般，他身子往前倾了一倾，用轻轻的声音说道：“其实，分局领导前一段时间就过来向我了解你的情况，只是当时我没有办法把这个事情告诉你。”

他说到这里，故意停顿了一下，意味深长地望着李正强。李正强笑了笑，不说什么，只是哦哦两声。

冯伟才就说道：“正强，咱俩共事这么多年，虽然也产生过矛盾，但是那都是工作上的，我个人对你不但没有任何偏见，反而还很佩服你。局里领导们当时了解得很细致，我就全面客观地介绍了你的情况。”

李正强心中暗自哂笑，脸上却一脸真诚地说道：“冯所长，说真的，在石排这些年，也是我工作最愉快的几年，这主要是和同志们，尤其是和冯所长你合得来。”

冯伟才心中得意，没有想到李正强也这么会说话，看来不管是再有个性的人，本质上也就是一条狗，平时乱叫，是因为没有人扔给他骨头。现在分局刘局长只是随便扔了一根骨头给李正强，李正强就感恩戴德的，连说话都是和自己一般无二的语气。

冯伟才故意谦虚了几句，又说道：“正强，你虽然要到别的地方去，但是石排永远是你的家，你要常回来看看，千万不要忘记弟兄们。”

李正强微笑着说道：“当然，咱们永远是兄弟。”

“当然，当然。”冯伟才笑了笑，又说道：“听说分局从市局给你要了个去马尔代夫旅游的指标?”

李正强说道：“嗯，刘局长跟我说了。不过我恐怕去不了。”

“为什么去不了?”冯伟才说道：“去，一定要去。多好的机会啊！正强，不是我说你，你千万不要辜负刘局的一片苦心啊！”

李正强笑了笑，不置可否。正不咸不淡地扯着，李正强的手机响了起来，他扫了一眼号码，是赵长风秘书宁之明的，就接了电话，抢先说道：“我在所里呢，有什么事情吗?”

冯伟才那边就站了起来，冲李正强扬了扬手，说道：“正强，你接电话，我还有点事。”

李正强就移开手机，冲冯伟才也扬了扬手，大声说道：“冯所长，回头再扯啊！”

等冯伟才出去，李正强才把手机放在耳边，压低声音说道：“好了，现在就我一个人了。”

宁之明刚才听出异样来了，也不言语，这个时候才说道：“李所长，你这边有什么进展？”

李正强面色凝重，低声说道：“就我现在掌握的线索来看，我们派出所某些领导恐怕与那些人有牵扯。不过这些只是推断，必须抓到那个阿三才能证实。”

宁之明问：“有没有阿三的消息？”

李正强说道：“我已经查到阿三有一个相好的湘南洗头妹最近刚从湘南回来，我到那边去盯着，阿三一定会去找她的。”

“好的，这些情况我待会儿就汇报给赵书记。”宁之明又叮嘱道：“赵书记还让我交代你千万小心，安全第一。”

“多谢赵书记关心，我会的。”

李正强挂了电话，抬手看了时间，已经是十一点半了，这个时候，那些洗头妹也差不多该起床了。他于是就脱下警服，换上便装，开着那辆老旧的普桑出了派出所大院。半个小时后，李正强来到了中山大道南段的一家一剪梅发廊，推门走了进去。

一个打扮妖冶的三十多岁丽人就笑着迎了上来，说道：“哟，老板，洗头还是按摩？”

李正强摆摆手说道：“我找人！阿红是不是在这里？”

妖冶丽人脸色微微一变，笑着说道：“哎哟，我们这里好几个阿红，不知道你要找哪个阿红？”

“八号，孙晓红。”李正强说道：“湘南冷水滩的。”

“噢，八号啊。她请假回家了，还没有回来上班呢！”妖冶丽人说道：“要不你换一下其他小妹？技术都一样的好！”

李正强往发廊里打量了几眼，不再多说，转身出门。他身影一消失在门口，那妖冶丽人立即拿起电话拨打了一个号码：“龙哥，请你转告阿三，有人过来找阿红。”

李正强坐回到车里，透过车窗望着一剪梅发廊的招牌：阿红没有回来？不可能，他得到的消息绝对可靠，有人亲眼见到阿红回来了。亮明警察身份冲进去检查？这里属于还封区管辖，他如果没有一个正当的理由，怎么好进去？即使是扫黄抓嫖，他也不能跨区作业吧？再说万一孙晓红真的不在呢？那不是打草惊蛇了吗？

李正强想了一想，决定回去，找那个线人问清楚孙晓红住在哪里，然后直接去出租屋守候。

开着车往回走，李正强的手机忽然间响了起来，他一看，一个非常陌生的号码，并不想接，又想了一想，还是接通了电话。电话里传来一个阴沉的声音：

“李正强吗？”

“我是李正强，你是哪位？”李正强心中略过一丝警觉。

“你别管我是谁！”电话里那个声音说道：“我是给你传一句话，好好地去横岗当你的所长，不要多管闲事！”

“我不管谁指示你打这个电话的，我只想请你转告你身后的那个人，这一套不管用，我李正强不怕威胁！”李正强严厉地说道：“等着你们这些人渣的必将是法律制裁！”

“不怕？”电话那边哈哈大笑起来，“李正强，听说你有个很可爱的儿子，在田旺一小读书吧？那可是祖国的花骨朵，你可要看好了，千万不要出什么意外！”

说完啪的一声，那边挂断了电话。

李正强心中一惊，他对个人的安危不在意，但是总不能不在乎儿子的安全。电话里那家伙既然知道他儿子在田旺一小上学，说明已经完全掌握了他的信息，如果要对他儿子下手的话，那岂不是……

想到这里，李正强一身冷汗，他立即按着刚才的电话号码回拨了过去，对方却已经关机。他心中又是一惊，立即拨打了妻子的电话：“雅菲，接到强强了吗？”

“接到了，已经到家了，我们正等着你回来吃饭呢！”妻子埋怨道：“都什么时候了，还不回来？”

“好好，我马上回来！”李正强舒了一口气，他说道：“你们就在家等我，千万不要出来啊！”

挂了电话，李正强飞快地往家开去，等回到家，看到妻子和孩子都安然无恙，一颗心才彻底放到肚子里。

妻子见他脸色有点发白，就问道：“正强，身体不舒服吗？脸色怎么这么难看？”

李正强摆了摆手，说道：“没事，没事。车里冷气效果太好，我喝一碗汤就好。”

吃完饭，在家休息一会儿，李正强亲自开车把强强送去学校，强强见爸爸难得肯开车送他去上学，开心得要命。到了学校门口，李正强牵着强强下车，交代道：“放学后就在学校等爸爸，爸爸接你回家。如果爸爸没有过来，你就在学校里等着，千万不要自己跑出来。”

“嗯，爸爸，我知道了！”强强点了点头，背着大大的书包，蹦蹦跳跳地跑进了学校。

李正强坐回到车里，心中天人交战。怎么办？作为警察，绝对不能向恶势力低头，只是他这次面对的恶势力太强大了。他可以不考虑自己，但是不能不为老婆孩子的安全考虑。想了一想，他还是决定去向赵书记说清楚，把自己已经掌握的线索交给赵书记，剩下的事情，就请赵书记想办法去调查了。说起来虽然对不起赵书记，可是他一个小警察，又能有什么办法？

下了决心，李正强就开车准备去市委市政府行政大楼，当面向赵书记说清楚。他刚打着火，手机却响了起来，他拿起手机一看，是那个给他当线人的老嫖客的电话：“李所长，我刚才又看到阿红了。”

“什么，你又看到阿红了？她在什么地方？”李正强顿时精神一振。

“她就在还封区弼塘北便村出租屋。”线人说道，“具体地址是北便村二百八十三号，她就住在里面六楼，我去过一次。”

“好！你小子这次立了大功了。我马上就过去。”李正强调转方向盘，向还封区开去。此时他心中充满了兴奋，只要找到阿红，肯定能找出阿三的下落！

二十多分钟后，李正强来到北便村，这是一片建筑杂乱无章的城中村，握手楼接吻楼比比皆是，把天空遮挡得严严实实的。

李正强把车停在村口的停车场，问清楚了二百八十三号怎么走，就迈步走了过去，在他身后不远处，一辆大功率摩托车若即若离地跟着他，上面坐着两个黑衣人，戴着头盔，把自己的脸遮挡得严严实实的。等看着他确实要往二百八十三号走去的时候，前面的摩托车手冲后面那个人嘀咕了一句，后面的人就伸手从衣服下面抽出一根木棒。然后摩托车手猛地一加油门，轰鸣着追了过来。李正强听着身后传来巨大的摩托车轰鸣声，感觉到一股浓浓的杀气快速而恐怖地逼近了他，他说了一声不好，刚要回头，一根巨大的木棒就挥舞过来，正砸在李正强脑袋侧面。一股鲜血喷涌而出，摩托车的巨大冲击力加上木棒的力量，李正强整个身子被带动起来，如同在空中飘了一米多远，然后像一只麻袋一样重重地砸在地面上。

整个过程中，摩托车没有做丝毫减速，他们挥舞出一棒之后，就迅速逃离现场，转瞬间已经无影无踪。

远处的人看到这一幕，本来以为是飞车党抢劫，在南江市，飞车抢劫屡见不鲜，市民们已经是见怪不怪了。等看到李正强倒在地上一动不动，他们才知道有点不对，于是就有人就赶快打电话报警。

十多分钟后，警察赶到了现场，一摸李正强，还有非常微弱的心跳，立即通知 120 急救车把李正强送到了医院抢救。他们从李正强的警官证中知道他原来是田旺区石排派出所的副所长，就立即打电话通知了冯伟才。

冯伟才听了之后一副很震惊的样子，连连问警察李正强的情况，当听说李正强还有心跳，正在抢救时，就连说好好好，让医生无论如何要把李正强抢救过来，他这边就通知李正强的家属，自己也会立刻赶到。

放下电话，冯伟才一边让人通知李正强的妻子，一边坐上他那辆大切诺基，往医院赶去。到了医院，他快步来到手术室，看到两个警察正蹲在手术室外面抽烟，他心中说道是了，李正强肯定就在里面抢救。

“谁是张队长？”冯伟才迎了上去。

那个三十多岁的警察就站了起来，看着冯伟才：“我就是。你是？”

“我是石排派出所的冯伟才，李正强的领导。”冯伟才和张队长握了握手，又看了看手术室，问道：“情况怎么样？”

张队长摇了摇头，说：“还不清楚。”

正说着，几个医生从手术室内走了出来，冯伟才立即迎了上去：“大夫，人救过来了吗？”

为首的医生摇了摇头，遗憾地说道：“送来太晚了，我们也无能为力！”

冯伟才一脸悲痛，含着热泪抓住医生的手说道：“怎么，怎么会这样！大夫，你们一定要想想办法啊！”

医生无奈地摇了摇头，从冯伟才手中挣脱出来，转身离去。

张队长拉着冯伟才安慰道：“冯所长，谁也不想这样。你也不要太难过了。”

冯伟才声音有点哽咽，说道：“张队长，你不知道，正强同志已经接到调令，要到横岗派出所任所长，我们所里正准备这一两天就安排一个欢送宴会呢，谁知道就……”

张队长拍了拍冯伟才的肩膀，表示理解。

冯伟才背过身来，掏出纸巾偷偷沾了沾眼角，再转过身来已经一脸刚毅：“张队长，是谁杀害了李正强同志，你们可有什么线索？”

张队长有些抱歉地摇了摇头：“目前的线索来看，只知道是一辆无牌照的大功率摩托车，车上一共有两个人，其他线索都没有了。据目击者说，当时李所长手里也没提任何东西，看来这不是一场普通的飞车抢夺案件……”

冯伟才认真听着，就凭这一点线索想追查出来绝对不容易，只是可怜还封区这些警察同事要背个黑锅了，一个派出所所长在他们辖区被杀，还破不了案，分局领导肯定少不了挨批，说不定还要被问责。

“无法无天！”赵长风一拳砸在桌面上，发出一声巨响，桌面上的茶杯被震得跳了几跳，茶杯盖被震得滚落下来摔在地上滚落了好远。

宁之明也不敢说话，只是悄悄地把茶杯盖捡起来，用开水冲洗了一下，重新盖在茶杯上。

赵长风站起来背着手走了几步，转身对宁之明说道：“你给我打通房兴盛的电话。”

宁之明连忙翻出保密电话本，拨通了房兴盛的电话，轻声说道：“房局长，赵书记找您……”

话还没有说完，赵长风劈手从宁之明手中夺过来电话，说道：“房兴盛，你立刻到我办公室来一趟！”

“赵书记，我正在开……好吧，我这就过去。”房兴盛听赵长风语气不对，立刻中止了会议，往赵长风办公室赶了过来。

八一宾馆。方天雷面色平静地站在那里，只有熟悉他的人才能够看出他眼神深处那一抹悲哀。

李正强去了，就这样去了。他当初把李正强介绍给赵长风，是希望赵长风能够稍微提携一下他这位混得不怎么得意的老部下，但是到了最后，正是他这分好意让李正强付出了生命的代价。

“这群王八羔子，动到老子部下的头上来了。不让你们付出代价，老子以后就不姓方！”方天雷心中恶狠狠地想。

“警卫员！”方天雷喊道。

“到！”一个年轻的警卫员跑步进来，在方天雷面前立正敬礼，大声说道：“参谋长，请指示！”

“你立即通知特种连王连长，让他带五个人过来！”

“是！”警卫员又敬了一个礼，转身出去。

方天雷望着警卫员远去的背影，眼里有一簇火苗在跳动。他已经下决心，用自己的力量把李正强的死因查个水落石出，为李正强报仇。至于目标，方天雷就定在石排派出所那个叫冯伟才的所长身上。因为李正强曾对他说过自己的怀疑，派出所所长冯伟才和“九二六”命案可能有牵连，因为有不少人见过冯伟才和玉江房地产公司的副总陈玉龙在娱乐场所一起出入。三个小时后，在沿海某演习基地的特种连王连长带着五个特种兵赶了过来。

方天雷看着面前这六个站得比标枪还笔直的特种兵，目光扫视了两遍，忽然间大声问道：“你们知道我为什么叫你们过来吗？”

“不知道！”六个人摇头回答。

“那我现在告诉你们！”方天雷脸色铁青，说道：“就在昨天，我的一个老部下，你们的一个老大哥，被卑鄙的小人陷害，在街头遇袭而死。我现在让你们去为他报仇！你们有没有这个胆量？”

“有！”王连长带头大声回答道。

“好！不愧是我方天雷带出的兵，有种！”方天雷脸色稍霁，“你们过来，我现在把任务给你们详细交代一下。”

王连长就领着五个部下靠拢在方天雷面前，方天雷低声地把任务给他们讲述一遍，最后问道：“你们有没有信心完成这个任务？”

王连长说道：“参谋长，我们整天就是训练到战场上抓舌头，干这种事情还不是小菜一碟？你放心，我们保证完成任务！”

“好，那你们去吧，千万不要暴露自己的身份，以免打草惊蛇！”方天雷拍了拍王连长的肩膀，把他们送到房间门口。他这次派出最精锐的特种兵，想看看是对方的无赖手段厉害，还是他的特种兵厉害！

王连长领了任务之后，和手下五个特种兵都换上了便服，然后两个人一组，分成三组，全天候二十四个小时对冯伟才进行跟踪监控。对经过特种作战训练的特种兵来说，跟踪监视一个人，还不是小菜一碟？更何况冯伟才做梦也没有想到，竟然有人会在南江市对他这个派出所所长展开跟踪监视活动。

经过三天连续的监控，王连长很快就掌握了冯伟才的活动规律，他们发现，冯伟才的家虽然在田旺区的警官公寓，但是三天内只有一天在家里睡觉，其余两天，冯伟才都会换上便服，然后开车到银沙湾海边一栋小别墅内共度良宵。

“参谋长说得不错，这个冯伟才果然是有鬼！”王连长躲在一辆灰色的捷达里，目送冯伟才的黑色宝马离开。

“这小子一看就不是好鸟！”副驾驶座位上的特种队员说道：“老大，我们什么时候动手？”自从换上便装之后，队员之间的称呼立刻就变了，王连长从连长变成了老大，其余五个特种队员依次被称为老二老三乃至老六。

王连长点了点头，说道：“盯了三天了，该收网了！你通知老二他们到银沙湾那边等候，今天晚上，我们就对目标展开行动！”

“是!”老六兴奋地说道，他立即拨打了老二的电话，用暗语说道：“老大说了，今天晚上出海夜钓，让你们提前到银沙湾去准备。”

冯伟才驶入了快车道，往南开去。王连长开着捷达在后面不紧不慢地坠上。

王连长在后面远远地坠着，他出色的驾驶技术，可以保证他在滚滚车流里不会跟丢，也不会因为距离太近被发现。

一个小时后，王连长跟着冯伟才来到了银沙湾，远远地看着冯伟才的黑色宝马开进了那栋别墅中。

别墅里情况王连长已经基本上摸清楚了，主体是一座三层高的小洋楼，还带有地下室。院子前面是一个小花园，花园旁边是停车场，面积足够停五六辆小车。院子的周围是一圈高高的铁栅栏，安装有保安公司提供的目前市面上最先进的防盗报警系统，安全措施做得非常到位。当然，这也只是对一般人来说，对王连长这种特种兵来说，这种防盗报警系统就好像是小孩子过家家的游戏。

王连长的灰色捷达远远地停在阴影里，不一会儿，一辆深蓝色的桑塔纳2000开了过来，停在捷达的旁边，老二从里面跳了出来，钻进了捷达车内。

“老大，一切正常。院子里的防盗报警系统已经做了手脚，到时候只要一按按钮，就全部失效。”老二汇报道。

王连长点了点头，说道：“好，我们在这里等候，凌晨三点动手!”

也不知道睡了多久，冯伟才从一阵剧痛中醒了过来，他睁开眼睛，发现自己躺在地上，一只大脚就踩在他脸上，旁边还有一把闪闪发光的匕首……

一个声音低声喝道：“给我老实点，哥几个是来求财，不是想伤人性命!”

冯伟才心中一惊，立刻明白，自己碰到劫匪了。他的目光越过踩在脸上那只硕大的劣质旅游鞋边缘往外看，目光所及之处，看到四个带着丝袜头套的黑衣人，除了踩着自己的这一个外，另外还有三个，其中一个劫匪抓住自己的小情人的头发把她按在墙上，一把闪亮的匕首就架在她雪白的脖子上。另外两个黑衣人正在卧室内翻箱倒柜，显然是在寻找钱物。这种处境下，纵使冯伟才是个派出所所长，他能够做的也就是保命第一。

“兄弟，兄弟，只要你们不伤害我，钱你们随便拿，都是你们的!”冯伟才强忍着脸上的疼痛说道。

“你给我闭嘴!”一只大脚踩在冯伟才脸上的黑衣人正是王连长，他和部下一直在外面等到凌晨三点，然后才留着老五、老六两个人在外面望风，他和老二、老三、老四几个人戴上黑手套，头上罩着丝袜，悄悄地潜进了冯伟才的别墅。他见冯伟才开口，就厉声喝道：“大爷没有问你话，你少开口，否则的话，别怪大爷让你见血了!”

冯伟才是派出所所长，整天和亡命之徒打交道，经验丰富，他一下子听出这话中传来的狠劲，不敢再多说话，乖乖地闭上了嘴巴。

这时老三抓起了冯伟才放在沙发上的衣物一阵翻腾，翻出了冯伟才的钱包、警官证。他对王连长说道：“老大，不好，是个警察，你看，这是他的警官证!”说着故意把警官证递到王连长面前。

王连长接过来仔细看了两眼，说道：“哟，还是个派出所所长呢！这下事情大发了。”他对老三说道：“去找两根绳子过来，给我把这两个狗男女捆起来!”

老三应了一声，在房间内寻找了两根绳子出来，把冯伟才和那个女人捆得结结实实的。

王连长往沙发上一坐，用戴着黑手套的手从皮夹里翻出一叠钱，熟练地数着，末了把皮夹往地上一摔，说道：“奶奶的，咱们弟兄们花这么大工夫，才弄出这三五千块钱。”他扭头问老三、老四道：“你们还有什么收获?”

老三老四抱着一堆东西过来，有现金、首饰、手表、手机等等。这些东西是从房间内找出来的，有的干脆是从冯伟才身上抢拽下来的。

“老大，就这么多东西了。”老三老四把东西往王连长面前一堆。

王连长扫了一眼，叫骂道：“操，就这么点东西，够干什么用？先装起来!”

老三立即拿过来一只塑胶袋，把这一堆东西全部装起来。

冯伟才一阵心疼，现金就不说了，那些首饰、还有那只江诗丹顿的名表，加起来值二三十万呢！就这样被几个小蟊贼给抢走了。

王连长又指了指冯伟才，对老四说道：“给我拖过来!”

老四立即提着冯伟才，跟拖死狗一样拽到王连长面前。

王连长似笑非笑地看着站在自己面前的冯伟才，心中一阵厌恶，如果不是参谋长说要讲究方式方法，他恨不能一脚把眼前这个人踹死！老连长李正强他虽然没有见过，但是从参谋长口中听到过老连长的不少事迹，其中最著名的就是一九九八年上江堤抗洪水的时候，一个垸堤忽然崩溃，参谋长落入洪水之中，是老连长跳入洪水，拼死拼活把参谋长救了上来。而在救参谋长的过程中，老连长的腰被洪水中的乱木撞了一下，落下了毛病，抗洪救灾不久，老连长就申请转业，虽然理由是母亲需要他回去照顾，但是大家都知道，老连长是因为腰部受伤，不能继续执行特种任务才申请转业的。参谋长每当提起这件事情时就唏嘘不已，说自己欠李正强一条命……可是谁也没有想到，老连长没有死在抗洪前线，没有死在战场上，却死在小混混的谋杀中，虽然没有直接证据，但是参谋长说，老连长的死很可能与眼前这个叫冯伟才的人有关……

“跪下！”王连长吼道。

冯伟才还在犹豫，老四一脚就踹在他膝窝上，他双腿一软，噗通一声，膝盖重重地磕在地板上，一阵剧痛传来，冯伟才眼泪不由自主地流了出来，嘴里呜咽着：“兄弟，兄弟，求求你们，别这样好不好？有话好好说！”

“啪！”王连长反手一个耳光抽在冯伟才脸上，“没有问你话，不许开口！”

冯伟才脸上出现五个红肿的手指印，他乖乖地闭上了嘴巴，眼睛恐惧地望着王连长。他平时整治犯罪嫌疑人时虽然耀武扬威，看着不可一世，今天位置倒了过来，落到了别人手里，他才明白，自己不过也跟小小的蝼蚁一样，生命随时都可能被眼前这帮穷凶极恶的歹徒拿去。

“对嘛，这才好嘛！”王连长把二郎腿一跷，用脚尖轻轻地托起了冯伟才的下巴：“前面说了，我们是劫财不伤命，要想保命呢，就得把钱财交出来……”

说着王连长隐藏在尼龙丝袜后的眼睛眯了一眯，问道：“明白吗？”

“是，明白，我明白！”冯伟才这时候哪里还敢有什么骨气，脑袋点得跟小鸡啄米似的。

“啪!”王连长抬手又一个大嘴巴，“明白还不把钱财都给大爷交出来!”

冯伟才嘴唇蠕动了一下，可怜巴巴地说道：“兄弟，我们钱包里还有几张银行卡，加起来也有二三十万，我告诉你们密码……”

王连长冷笑一声，说道：“银行都有摄像头监控，自动取款机也都装有摄像头，我们去取钱，不是找死吗？知道你是派出所所长，心眼多，可是大爷几个也不是吃素的。大爷再问你一句，你究竟要财还是要命？大爷就不相信，你这别墅里就没有个藏钱的地方!”

老二那边也狞笑着把女人按在床头柜上，手中的匕首就高高举了起来……

“不要啊!”女人尖声叫道：“我不想死啊！书房里那个秘密保险柜……”

老二的手就停在半空中，扭头看着王连长。

“噢，原来还有个秘密保险柜啊！我说嘛!”王连长上前一把揪起冯伟才，挥拳狠狠地打在他肋骨下面。他下手极有分寸，既能够让冯伟才痛不欲生，又不会留下太多的伤害。

“啊!”冯伟才嚎叫一声，老四手中的毛巾已经把他嘴巴堵上了，冯伟才脸上苍白，额头上渗出黄豆大的汗珠，嘴里发出“嗯嗯”的声音，拼命地摇着自己的头。一直等过了五六分钟之后，肋下那股翻江倒海的疼痛才停止下来。老四这个时候才把拿着毛巾的手移开。

冯伟才大声喘着气，过了很久，才有气无力地对王连长说道：“在书房的正面的壁画后面，藏着一个暗门，暗门打开之后，里面是个保险箱，密码是……”

老四拿着冯伟才警用皮夹上的一串钥匙，举起其中一个在冯伟才面前晃动了一下，问道：“这把是不是就是那个保险柜的钥匙？”

冯伟才看了一眼，连声说：“是，就是这一把。”

两个人来到书房，一进门，就见书房的正墙挂着一幅徐悲鸿油画《八骏图》的复制品。王连长做了一个手势，老四立刻搬了一张椅子过来，站在椅子上，小心翼翼地观察了一下《八骏图》周围，这才伸手把《八骏图》摘了下来，油画后面，是一道非常不起眼的暗门，如果不是仔细观察，很容易和周围的墙壁混为一体。

老四又观察了一阵，用手轻轻在暗门上一按，“啪”的一声，暗门向外弹开，一个精致的保险柜就隐藏在暗门之后的空间里。

老四又爬在那里上下左右仔细观察一下，确定没有什么暗线与保险柜连接，这才把钥匙塞进保险柜的锁孔里，接着在保险柜的按钮上输入了复杂的十六位密码，只听保险柜发出一声清脆的电子音，这才慢慢扭动钥匙。只听保险柜门传来一声轻响，老四一拉保险柜上的把手，保险柜门就被打开了。

保险柜的中间，不是现金，却是一些贵重物品，这些东西下面，还有几张存单。老四拿出来递给王连长，王连长翻阅了一下，存单上是用不同的人名存款，几张存单的金额加起来竟然有三百多万。

保险柜的最下层，是一个抽屉。王连长抽了一下，没有拉开。王连长心想，下面这个锁得紧紧的抽屉一定装着更值钱的东西。他给老四做了个手势，让老四打开。

老四拿着手里的一串钥匙看了看，摇了摇头，说：“抽屉钥匙不在这里!”他也懒得回去问冯伟才要抽屉的钥匙，直接从怀里取出一个小物件。这是一束由长短不一的钢丝组成的小玩意儿，顶端往外微微张开，像是一朵美丽的小花瓣。

老四把这个小玩意儿往抽屉的钥匙孔里一插，来回扭动了几下，锁马上就打开了。拉开抽屉，里面的物品却出乎两个人的意料，只是一台普通的DV摄影机。

“奇怪，这台DV摄影机非常普通，冯伟才为什么会郑重其事地把它当在保险柜里，还锁在抽屉里呢?”王连长心中想着，拿着那DV机摆弄着。只见DV机外表有几处明显破损的地方，显然是经过一些磕碰。在看抽屉的里面，还放着一盘DV带。

王连长感觉这里面肯定有一些不寻常。他说道：“老四，把这个DV摄影机和DV带拿走，我们回去好好看。其余东西你都用DV拍摄下来，把存单给他留下，其他东西我们全部带走!”

“是!”老四应了一声，从腰包里拿出事先准备好的数码相机，把保险柜里的东西都拍了照，重点是那几张存单，上面的账户名称、账号还有存款余额，都拍摄得清清楚楚。

搞完这些，老四才拿出一个黑旅行袋，把保险柜里的东西一股脑都装了进去，把几张存单却放回了原位。做完这之后，老四才把保险柜锁上。他又想了一下，又拿出另外一个小玩意，塞进锁空里，一阵扭动之后，然后按动上面一个按钮，只听“噗”的一声，保险柜里冒出一股青烟，还有一股轻微的胶皮烧焦的味道。

“嘿嘿，老大，我把保险柜的机械开锁装置和电子开锁装置都破坏了。”老四笑着说道：“冯伟才即使把保险柜厂家的人请过来，也别想轻易打开这个保险柜。”

王连长点了点头，和老四一起回到卧室，把那串钥匙随手扔在地上，对老二老三说道：“得手了，咱们走！”

两辆车在路上兜了几个圈，确定没有人在后面跟踪之后，才一路向西，从后门驶入了八一宾馆。

回到房间之后，老四立即把DV带装进DV摄像机里，然后打开军用笔记本电脑，连上数据线，DV带的影像立即播放了出来。王连长几个人都趴在笔记本电脑前，死死地盯着屏幕上的影像：

这DV看样子应该是从远方偷拍的，画面黑不溜秋的，中间还抖动了两次，对话的声音也有些飘，不过画面中人的模样基本上能看清楚，对话的内容也能听出个大概。

首先出现在画面里的，是十几台黄色的铲车和挖掘机，这些大家伙发出巨大的轰鸣声，排气管里冒出一股股黑烟，但是却没有往前移动，因为在它们前面，手挽着手站着数百个村民，他们高声喊着“保卫家园，反对强拆”之类的口号，面对着轰鸣的铲车和挖掘机，毫不退缩。

镜头不停移动，捕捉着画面，忽然间，镜头停住了，这次出现在镜头内的是一个二十四五岁的青年，长得人高马大的，一脸彪悍相，他正在指手画脚地训斥着跟前一个三十多岁的络腮胡男子，虽然距离很远，声音也有些小，但还是听得很清晰，这个男青年在骂：“养活你们这么多人干什么用的？你们上去给我打啊！你们给我往上冲，有什么事情，老子给你们担着！”

“陈总，你别生气！我这就指挥弟兄们上！”络腮胡子应了一声，转身杀气腾腾地向旁边走去。

就在旁边，挨着马路一溜停着七八辆大巴车，络腮胡子到大巴车跟前，喊了一声：“弟兄们，操家伙，给我上！”

话音未落，大巴车里就冲下来无数黑衣人，头戴安全帽，胳膊上缠着白毛巾，每个人手中一根铁棍，杀气腾腾地往挡在铲车前面的村民那边冲去。

接下来的画面就惨不忍睹，这群黑衣暴徒冲到村民跟前之后，二话不说，抡起铁棍就砸向手无寸铁的村民。血肉横飞中，惨叫声、呼救声不绝于耳！

画面也剧烈抖动起来，还伴随着粗重的呼吸声，显然是拍摄者也被这场面吓坏了，那粗重的呼吸声应该就是拍摄者发出来的。

络腮胡子杀气腾腾，拎了一根铁棒冲了上去，一个瘦弱的中年村民正好逃到他面前，络腮胡子手中铁棒就狠狠地砸在这个中年村民的太阳穴上，这个可怜的村民甚至连惨叫声都没有发出一下，身子就像是一个麻袋一样，重重地栽倒在地上……

忽然间，画面中传来一个声音：“你是干什么的？谁让你在这里拍摄的？”

紧接着镜头一暗，画面戛然而止！

几个人面面相觑，停顿了有半秒钟，王连长才说道：“这一定是九月二十六日强拆石排村的录像，没有想到冯伟才手中竟然有这种东西！走，找参谋长去！”

“穷凶极恶！这帮歹徒简直没有人性！”赵长风脸色铁青地看完录像，对方天雷说道：“不错，应该就是这盘带子，那个中年村民正是石排村的两个死者之一。当时有个记者碰巧在现场，偷拍了一些画面，可是后来摄像机被一个警察收走了，事后再也找不到这个警察，没有想到这盘带子竟然保存在冯伟才手里。”

“是啊，不知道出于什么样的原因，冯伟才竟然没有销毁这盘带子。”方天雷点头说道，“事情很清楚了，看来当初正强怀疑得没有错，冯伟才确实和玉江房地产公司以及这些歹徒有瓜葛。”

说到这里，方天雷眼中满是怒火，“这么看来，正强的死，冯伟才这个混蛋肯定逃不脱干系！”

“嗯，冯伟才至少是个知情人！”赵长风点了点头，“我们现在掌握了证据，主动权就掌握在我们手中了，我一定要为李所长报仇！”

“对，报仇！这群混蛋一个都别想跑！”方天雷也冷静下来，他说道：“王连长，你去把录像刻录下来，然后把DV带交给我。”

王连长答应一声，拿出DV带，又指了指着黑色旅行包，问方天雷道：“参谋长，这些现金，该怎么处理？”

方天雷拉开旅行包看了一下，骂道：“我让你去找线索，你把这些东西都拿过来干嘛？”

“参谋长，为了不引起冯伟才的怀疑，我们只有假扮劫匪。如果不把这些东西带过来，冯伟才会相信我们是劫匪吗？”王连长苦着脸说道。

“长风，这些东西就交给你来处理吧！”方天雷说道。

“这事还真是麻烦啊！”赵长风看着提包里的巨额现金和还有金光闪闪的金条、几块名贵的名表，这些东西加起来，也差不多有两百万了。该怎么处理，还真是棘手。

他寻思了一下，无奈地说道：“看来只有这样了。人民币呢，直接捐给希望工程基金会。这些美金港币还有贵重物品，就要想办法到香江那边处理，换成人民币，然后再捐给希望工程。捐款收据一定要保存好，将来万一有个什么问题，也好说清楚。”

“这倒是一个解决问题的办法。”方天雷想了一下，觉得只有采取赵长风这个办法，否则这么巨额的资金，还真不好处理呢。他对王连长说道：“这件事情也交给你办了！”

王连长走后，方天雷看着赵长风：“长风，证据到手了，我们下一步该怎么办呢？”

此时的石排村已经是一片萧条的景象。

“九二六”强拆事件发生之后，村里几个发动村民到市行政大楼的活跃分子陆续被田旺公安分局以赌博嫖娼等各种名义送进南山劳教所劳教。这件事在相当程度上震慑了村民，动摇了他们继续反对拆迁的决心。

紧接着，田旺区又下了通知，给了那些在石排村里有亲属的公职人员一个星期的时间，让他们去做亲属的工作，让亲属在拆迁协议上签字，并在一周内搬出石排村。

与此同时，玉江房地产公司又偷偷地展开了一对一的上门服务，对于这些公职人员许诺说，只要他们的亲属能先行搬迁的话，每提前一天就可以给予百分之零点六的浮动补偿。

于是这些有亲属在政府机关担任公职的石排村村民，包括石排村委会的干部，都一家接着一家往外搬。

不管闹事也好，搬迁也好，什么事情都怕有个领头的。国人受了几千年孔孟中庸之道的教育，有着浓重的从众心理，见这些国家干部的家属，包括村干部都开始搬迁，他们这些无根无底的平民百姓就更不用说了。而且这世上没有不透风的墙，提前搬迁一天，将会得到百分之零点六浮动补偿的消息也传了出来，虽然只是口头上说一说，并没有什么文字依据，但是很多村民还是相信如果能早搬家，这一天百分之零点六的浮动补偿也会拿到手，于是就加入了搬迁队伍。一时间石排村里就去了二分之一多的村民。

一个星期的期限到了之后，石排村里的水电供应就开始出问题了，头两天要么停水，要么停电，从第三天开始，水电完全停了下来。村民们打电话报修，自来水公司和供电局却告诉他们，上面的领导下了指示，为了保证石排村拆迁工作顺利进行，从即日起，停止对石排村供水供电。

南江市地处祖国南陲，气候炎热，虽然已经到十二月份，但是气温经常维持在二三十度，没有水电供应，村民怎么能生活下去？尤其是南江人有冲凉的习惯，一天不冲凉，简直欲生欲死的。即使这个能忍受，吃饭也可以叫外卖进来，但是总要上洗手间吧？大便小便后没有水冲洗，卫生间臭烘烘的，让人怎么忍受？

很快，村里又搬走了一大批人，这时候，留在石排村的人不到三十户人家。这些人家是典型的死硬分子，他们下定了决心，如果开发商不能给予合理的补偿，他们就是不搬。玉江房地产公司后台再硬，总不能把他们这些人全部送去劳改吧？

为了防止玉江房地产公司重演强拆的那一幕，留下来这二十多户强硬分子都做好了准备，什么煤气罐汽油瓶木棍铁棒都准备好了，晚上睡觉的时候轮番值班，一旦发现有动静，立刻拿起武器，准备玉石俱焚。

对于这个情况，玉江房地产公司的总经理陈玉莲当然清楚，前面出了一次人命，杨一斌想办法压下来了，这次如果再出人命，即使杨一斌是南江市长，恐怕也不好再压了吧？但是拆迁工程总不能一直就这样拖着，既然不能强攻，那只有智取了，陈玉莲当然也是一个聪明的女人，她最后想出了一个釜底抽薪的主意……

田旺区政府拆迁办主任办公室，玉江房地产公司副总陈玉龙靠在沙发上，大模大样地跷着二郎腿，拨打着手机：

“对不起，你拨打的用户已关机。对不起，你拨打的用户已关机！”

“冯伟才死哪儿去了？怎么两部手机都关机？”听着电话里传来的声音，陈玉龙不由得咒骂道。他拿着手机翻出田旺区公安分局刘春放局长的号码，拨打了过去：“刘局，知道冯伟才在什么地方吗？怎么两部手机都关机啊？”

刘春放说道：“陈总，老冯在不在都没有关系，有事情可以找石排派出所的指导员老张嘛。要不要我这里给老张打个招呼？”

“算了，我自己跟老张说吧。”陈玉龙说道：“只是老冯用起来要顺手一些。”

刚挂断电话，拆迁办主任李火旺就从外面进来，他笑着说道：“哎呀，陈总，不好意思不好意思，刚才王区长叫我过去谈话，让你久等了。”

陈玉龙大模大样地跟李火旺握了握手，说道：“王区长都跟你交代了吧？”

“是是是。”李火旺在陈玉龙对面坐下，递过来一根香烟，说道：“王区长吩咐过了，要我尽量配合陈总的工作。”

“那就好！”陈玉龙接过香烟，说道：“其实你这里的工作最没有难度，就是把石排村那些钉子户集体邀请过来，和我们公司代表谈一下关于拆迁补偿的问题。这个事情呢，当然我们自己也可以过去谈，不过呢，有政府部门出面主持，权威性大一些，公信力高一些。这些钉子户，最相信的就是政府！其实最后出钱解决问题的，不还是我们这些开发商吗？是不是？”

“对，对，陈总说得很有道理，这些钉子户啊，都是鼠目寸光，为了那一点蝇头小利斤斤计较，完全分不清个人利益与集体利益之间的关系。”李火旺拿着打火机殷勤地替陈玉龙点上火，继续说道：“个人利益服从集体利益，局部利益服从全局利益，这个原则必须要贯彻。”

“老李不错，是个明白人啊！”陈玉龙喷了一口烟，伸手拍了拍李火旺的肩膀，“对于今天的谈判，我只有一个要求，就是你们一定要想办法，让钉子户全家都过来，明白不?”

“全家都过来?”李火旺迟疑了一下。

“对!”陈玉龙看了李火旺一眼，说道：“就是让他们家里不要留什么人!”

“这个啊……”李火旺吃了一惊，他旋即明白了陈玉龙是什么意思。但是明白归明白，这个话是绝对不能说破的，于是就连连点头说道：“对，是应该让他们全家人都过来，每个人都把自己的要求说出来，只有在全面收集意见的基础上才好做出科学决策啊！除此之外，陈总还有其他要求吗?”

“没有了，就这么一个要求。”陈玉龙不耐烦地摆了摆手，他看了一下手表，站起身来说道：“你现在就派人去通知他们，时间就定到下午一点半！到时候我们公司会派谈判代表过来。”

陈玉龙走后，李火旺立刻把自己一个得力部下小刘叫了过来，对他仔细叮嘱了一番，小刘连连点头，领了李火旺的命令去了。

在石排村委会干部的陪同下，小刘来到了石排村，村委会的干部去把石排村剩下的二十多户钉子户的代表叫了过来，小刘向他们传达了拆迁办的通知，说在上级领导的关怀下，玉江房地产公司终于同意，和石排村尚未搬迁的村民就拆迁补偿标准展开一次新的协商。时间就定在下午一点半，希望你们到时候准时参加。

听说开发商要重新和他们展开拆迁标准的谈判，这二十来户钉子户都又惊又喜。这些日子停水停电，又日夜防止开发商派人过来强拆，他们精神已经严重透支，到了一个极限。这时候听说这个消息，都觉得这苦日子终于熬到了头，有了个盼头。既然政府部门出面协调，开发商答应重新谈判，即使补偿标准达不到他们的要求，但是终归要比以前高一些吧？这说明他们这么长时间的坚持还是起到了效果的。于是他们纷纷围住小刘，要多打听一些内部消息。比如开发商准备提高多少补偿标准，要做出哪一些让步等等。知道这些消息，他们过去谈判的时候不是心中也有个底?

“这个嘛，我也不清楚。”小刘按照李火旺的交代说道：“不过呢，你们过去和开发商谈判，可以多去点人，不管男女老少，能去的尽量都去，人多力量大吗？要不就去二十来个户主，开发商看你们人单势孤，说不定就不会有过多的让步了。”

“是啊是啊！”村干部也在一旁帮腔，“多几个人在场，考虑问题也周全一些。你们平时都没有在会场上发言的经验，那种大场合，难免会紧张，一紧张就会忘记提要求。多去一些人，大家互相提醒一些，省得到时候要签订补偿协议时吃亏。”

说完这些话，小刘和村干部回去了。这二十多户钉子户扎在一堆议论开了，有人说大家坚持了这么久，这次终于熬到头了，现在开发商终于肯坐下来和我们谈了，还是区政府主持的呢。也有人说，不要太过于乐观，区政府主持的又怎么样？“九二六”的事情，是市委副书记赵长风亲自抓的，到现在不是也没有结果吗？村里阿根几个带头人反而送进去劳改去了。前面的人就反驳说，如果没有赵书记压着，开发商说不定会又派一些流氓混混来打打杀杀的了，还能让我们坚守到现在？再说了，阿根他们几个为什么会被送进去劳改？不是因为他们本身有问题，被人家抓住了吗？如果他们也像我们这样洁身自好，又怎么会被公安送进去呢？说到底还是自身不过硬啊。

好了好了！又有人说了，都什么时候了，你俩打这个官司干嘛？还是说说下午的事情吧，我们究竟该怎么办？去还是不去？

去！为什么不去？现在是开发商求政府部门来找我们谈，如果我们不去，开发商不就有了借口了？

对啊，我们大家伙都去，人多力量大，我们都过去，和玉江房地产公司交涉的时候胆气也壮一些，就像村干部说的那样，万一我们人去少了，到时候一紧张，该说的话没有说出来，该提的条件没有提出来，吃亏的可就是我们自己啊。

其他人都点头称是，于是就这么定下来了。因为下午一点半就要去区政府，所以午饭吃得就格外早，吃过午饭之后，二十多户人家都出来了，按照事先商量好的，不管男女老少，只要能去的，都跟着去区政府，除了是为了相互提醒着之外，主要还是为了营造一下气势，壮一壮声威，让政府部门和玉江房地产公司看一看他们这些钉子户的人数也不是一个小数目。

本来村民们还商量着，要留下几个人看家，主要是村里大部分建筑都拆了，只留下他们这二十多户钉子户，如果所有人都走了，担心有贼会趁机偷东西。可是没有想到政府部门早就替他们考虑好了，石排派出所的张指导员领着几个警员赶了过来，说是知道村民们要去区政府开会，所以特地来村里巡逻，以防不法之徒潜入村民家里偷东西。

村民们心中最后一点后顾之忧也解除了，于是就不再犹豫，他们把自家的门窗关好锁好，每家每户都是全家出动，甚至正在吃奶的孩子也被抱着过去，还有两户推着坐轮椅的老人一起，总之是要向政府和开发商展示一下决心。这样二十多家钉子户，加起来一百二三十号人，浩浩荡荡地杀向了区政府。

村民们刚到区政府门口，就看到拆迁办的小刘领着几个干部在大门口等候，他见村民们过来，立刻客客气气地上来招呼，然后把大家领进了区政府小礼堂。小礼堂里布置得花团锦簇，甚至比政府部门开重要会议还要隆重一些。一字形的长条桌上，摆满了矿泉水、水果、花生瓜子之类的东西，仿佛这不是一个谈判会，而是一个新春茶话会。

小刘请村民们在会议桌一边的真皮沙发椅上坐下，说大家先坐下喝点水，休息一下。趁着这个机会，再整理一下你们的想法，不要等待会儿开始的时候，一紧张就忘记了。

村民们见一向绷着脸对他们吆来喝去的拆迁办干部态度竟然这么和蔼可亲，说话处处为他们着想，刚走进小礼堂时心中那份忐忑不安的紧张情绪立刻放松不少，大家低声议论着，看来这次可能真的有戏，政府部门都站在我们这一边，玉江房地产公司应该会做出一些让步吧？

小刘客客气气地说完话，就出去了。小礼堂里一下子就静了下来。村民们都是第一次来政府机关开会，坐着柔软舒适的真皮沙发椅上，手脚都不知道怎么放，也不敢大声说话。毕竟政府机关是安静肃穆的场所，他们如果说话声音大了，会不会影响人家工作？大家都面面相觑地看着，时不时抬眼看一下墙上的挂钟，看距离一点半还有多少时间。

小孩子们却没有大人们的讲究，他们看见面前的干鲜水果，伸手就要去拿，不想父母的巴掌打了下来，低声呵斥道："就知道个吃？在家还没有吃够啊？"

孩子哇的一声就哭了出来。旁边没有带孩子的就笑着说道："就让孩子吃嘛。他们摆到桌子上，还不是吃的？不怕不怕。"说着抓起一个芒果塞到孩子手里。

"是啊，我们在村里受了那么多罪，吃点水果算什么？"有一些不讲究的年轻人也伸手抓起碟子里的瓜子。有人开了头，其他人都跟着。一时间会议室内响起了一片喝水的声音、吃水果的声音、嗑瓜子的声音，这些嘈杂声混在一起，大家心中那份拘谨心情又去掉了几分。

眼见着时间已经到了一点半，可是玉江房地产公司的人却没有出现，政府机关也就刚才小刘冒了一头，这时候也不知道去干什么了。开始村民们还在忍着，想着开发商和政府干部都很忙，不一定准时。可是眼见着二十分钟又过去了，时间马上就要到一点五十分了，还是没有人露面，大家都有点坐不住了，那柔软的真皮沙发椅好像也有点烫，大家不停地在上面挪动着屁股。

"这算怎么一回事吗？说是一点半，现在都快两点了，人都没有出现！就这样把我们干晾着？"有急性子的村民就说了。

"是啊，要不找个人去问问？"另一个人说道。

就在这个时候，小礼堂外面终于传来了一点动静，大家伙听到有不少人说话声，那声音听着越来越近，似乎就是往小礼堂这个方向来的。

果然，小礼堂的门被人推开了，拆迁办的小刘率先进来。他进来后，侧着身子站在一边，后面的人就鱼贯而入。

来小礼堂的人也不少，有将近二十个，他们有的端着茶杯，有的夹着手包，有的拿着文件夹。村民们就认出来了，领头的那个就是区拆迁办主任李火旺，他身后跟的那个人高马大的像是黑社会的年轻人正是玉江房地产公司的副总经理陈玉龙。

李火旺进来之后，先请陈玉龙在长条形会议桌对着村民的一端落座，然后他径直往长条形会议桌顶端走过去。陈玉龙坐下后，又对他身后几个人招了招手，那几个人就分成左右在他身边落座。剩下那些人，则随便坐在会议桌后面那排挨着墙根的椅子上。

小刘等人都进来之后，轻轻地把小礼堂的门关上，然后就走到李火旺旁边，翻开一个笔记本，坐了下来。

李火旺坐在会议桌顶端，等所有人都坐下之后，他才打量了一下小礼堂里所有的人，严肃地开口说道：“今天我受区领导的委托主持这个会议，召集玉江房地产公司和石排村拆迁村民双方坐在一起，共同商讨一下拆迁补偿的问题。这样吧，大家相互认识一下吧。”他扭脸望着石排村的村民，说道：“你们先自我介绍一下。”

村民们问：“我们这些多人，都要自我介绍吗？”

李火旺摆了摆手：“只要户主自我介绍一下就行了。就从第一个开始吧，自我介绍。”

二十多户户主就自我介绍起来。等介绍完毕后，李火旺又伸手指着村民们对面的陈玉龙说道：“这位是玉江房地产开发集团的副总经理陈玉龙先生，这位他们公司的韩总监，这位是他们公司的刘主任。”

在李火旺介绍时，陈玉龙双眼望着天花板，大模大样的，一脸傲慢。这让石排村的村民们心中很不高兴，傲什么傲？再傲不是也得请我们过来谈判？村民们也都绷着脸，不苟言笑，看区政府拆迁办主任李火旺如何协调。

介绍完毕之后，李火旺一伸手，小刘立即把一叠文件递了过来。李火旺接过文件，翻了开来，一份一份慢条斯理地宣读了起来。这几份文件，既有南江市委关于石排村进行城中村改造的决议，也有田旺区政府关于石排村拆迁补偿标准的规定。李火旺这样慢条斯理地读下来，时间就指向了下午三点钟。

“这文件精神你们双方应该都清楚了。”李火旺端起茶杯喝了一口水，说道：“接下来就请玉江房地产公司代表和石排村拆迁户各自谈一下你们的立场吧。”他看了看陈玉龙，又看了看村民们，说道：“我看还是请拆迁户先谈吧。不管是不是户主，每个人都可以发表意见。你们商量一下，看谁先来。”

钉子户们以前虽然也参加过和玉江房地产公司的谈判，但是那都是小场面，哪里参加过这样在政府小礼堂开会的大场面啊，一时间都有些怯场，你看我我看你的，小声议论着，都想推别人第一个出来发言。

钉子户们小声议论了四五分钟，最后终于有人肯站出来打响头炮，第一个发言，拆迁补偿事关重大，这个时候再怯场也得顶着啊。

“嗯，很好，很好。”第一个钉子户发言完毕后，李火旺连连点头：“对嘛，就是应该抱着这个态度嘛。首先你们要敢于讲话，把你们的要求提出来。至于说你们的要求是否合理，玉江房地产公司方面是否答应，那是接下来要谈的事情。对不对？如果你们连要求都不提出来，那还谈什么谈啊？不要怕，大胆地提出你们的要求。来，下面谁还有话要说？”

有了人带头，接下来的事情都好办多了，钉子户个个要求发言，常常是一个户主在发言，旁边的家属时不时插上几句话，补充一些要求。平心而论，虽然有极个别钉子户有些不合理的要求，但是大多数人的要求还都是在合理范围之内的。当然，这些话李火旺也只能在心中想一想，是万万不能说出来的。

所有的钉子户都发过言之后，时间差不多已经是下午五点了。李火旺就请玉江房地产公司的副总陈玉龙谈一下开发商方面的意见。

陈玉龙刚才已经接到手机短信，知道石排村那边的事情已经接近收尾了，所以这个时候一开口就很冲：“石排村城中村改造项目，是市委市政府安排给我们玉江房地产公司来搞的一个民心工程，我们玉江房地产公司在这个项目上根本就没有钱可赚，之所以接下市委市政府安排给我们这个政治任务，完全是出于对市委市政府的尊重和公司自身强烈的社会责任感。这是一个公益项目，不可能赚钱的，所以希望你们这些钉子户不要狮子大张口，提什么太过分的条件，那样的条件我们是绝对不会答应的。你们看看你们城中村目前的那些破烂房子，建筑成本能有多少？我们公司目前给予你们的补偿已经是非常优厚了，远远超出你们当初建房子的成本，你们还有什么不满意的？”

钉子户们本来以为这次专门把他们请过来，玉江房地产公司的代表说话至少要客气一点，多少表示出一些诚意吧？没有想到这个陈总一开口说话就这么不客气。于是就有人忍不住反驳说：“钉子户？你们以为我们愿意当钉子户啊？本来就是你们给的补偿太低。不管我们房子当初的建筑成本是多少，你们现在给我们的补偿总得让我们买得起相同地理位置、相同面积的房子吧？”

“什么？你们公司在这个项目上不赚钱？骗鬼去吧！开口公益性，闭口社会责任，少在这里恶心我们了。你们开发商如果有社会责任，为什么要让人停我们的水电？”

……

见钉子户们闹了起来，李火旺连忙出来，他双手往下按着，连声说道：“静一静，静一静，我们把你们双方请过来是谈判，不是吵架。希望大家要顾全大局，尤其尚未拆迁的村民们，你们要懂得支持咱们南江市的建设和发展，石排村城中村改造那么大一个项目，目前就因为你们二十多户人家不肯搬迁，停滞在那里，给国家和社会造成多么大的损失啊！”

钉子户们这个时候才忽然间发现，田旺区拆迁办主任李火旺的屁股竟然又和开发商玉江房地产公司坐在了一起，前面所有的一切竟然都是伪装的，到最后的关头，竟然又跳出来为玉江房地产公司说话，话里所谓的体谅，不过是让钉子户们要保证石排村城中村改造项目的顺利开工，不要再耽误下去了，至于钉子户门最关心的拆迁补偿问题，竟然只字不提。

于是钉子户们都叫嚷起来，百十号人在会议室内一起发声，声势很是浩大，一起质问李火旺，到底是什么意思？今天是来主持公道的，还是来替开发商说话的。

李火旺笑眯眯地说道：“作为政府主管部门，我们今天主要是主持你们双方协商，但是并不能强制你们任何一方答应什么条件。具体是什么样一个条件，还需要你们双方继续协商。”

说到这里，李火旺的手机响了起来，他拿起手机边往外走边说：“你们继续谈，我去接个电话。”

陈玉龙这边早就没有了耐心，他两眼望着天花板说道：“条件还是以前的条件，拆迁补偿标准早就定下来的，不可能改变。这个项目是市委市政府定下来的，所以你们还是要尽快拆迁，否则造成什么后果，全部由你们负担！”

钉子户们这时候已经看出来了，玉江房地产公司一点诚意都没有，还动不动拿市委市政府来吓他们。这老一套招式他们个个都领教过了，不怕！谈不成就不谈，反正我们就是不搬，有本事你们派黑社会来把我们打死。

钉子户吵吵嚷嚷要离开，李火旺正好接完电话拐了回来。钉子户们这时候心中对李火旺还残存着最后一丝希望，毕竟这个会议是政府部门主持召开的，李火旺作为拆迁办主任，多少也得为拆迁户们说说话，是不是?

没有想到李火旺见到这样的情形，竟然说看来开发商和拆迁户们的立场相差太远了，我们召开这次协调会虽然希望你们能够达成一个协议，但是毕竟是市场经济，具体细节上政府部门也不好过多干涉。你们双方都回去冷静一下，好好想一想，什么时候想通了，我们再找个时间开一个会议，协调一下你们的立场，看看能不能达成一个你们双方都能接受的拆迁补偿协议。

到了这个时候，钉子户们已经彻底绝望了，知道今天的会议就是做一个样子，不可能达成任何协议了，于是个个都有点垂头丧气，这与他们来参加会议那种自信满满的心理形成了强烈的对比。

一路上大家心里充满了沮丧，想着还要继续在房子里坚持过着没有水没有电的黑暗日子，心情都压抑到极点。可是当他们走到石排村之后，迎接他们的是更加让他们感到悲惨的局面：他们的房子竟然都变成了一堆堆残砖断瓦，家具电器还有其他财产，都被掩埋在瓦砾之下……

第十章 黑势力为非作歹，正义剑鸣声出鞘

赵长风发现强拆案牵扯到南江市的重要人物，他带着录像带秘密前往省城请示省委书记赵强。赵强立即把省公安厅长何承明从中央党校招了回来，寓意不言自明。何厅长干了几十年的老公安，他心里明白，在南江，与恶势力的较量已经上升到了白热化的程度，必须从快从重，迅猛出手。

八一宾馆，方天雷听完赵长风的主意，拍了一下大腿，说道："好，长风，就按你说的办。我再给房兴盛打一个电话，看他怎么说。如果还是推脱敷衍，我直接去找崔中凯去！"

方天雷说着抓起电话，拨通了南江市公安局局长房兴盛的电话号码。在此之前，方天雷已经去找过房兴盛几次，要求南江市警方要抓紧时间侦破李正强被杀的案子。只是当时方天雷手中没有证据，说话还相当克制，但是今天王连长已经拿到扎实的证据，方天雷自然不会再客气。

"房局长，我是方天雷，关于我部转业干部李正强被杀的案子，你们那边有什么进展了吗？"

"啊，方参谋长啊？你好你好。"房兴盛接到方天雷的电话，太阳穴就发紧，真没有想到，那个派出所副所长李正强身后还有这么硬的背景。但是话说回来，李正强的案子背景也很复杂，房兴盛这边还真不敢往深处查下去。他不是傻瓜，知道这件事情肯定与玉江房地产公司有关系，而玉江房地产公司的老总陈玉莲，又是市长杨一斌的关系，他一个小小的市委常委、公安局局长，去和杨一斌这样的庞然大物去斗，结果还用问吗？但是李正强这边又

牵扯到军队，一个师参谋长亲自为他出头，一个处理不好，也是天大的麻烦啊。

房兴盛一边揉着太阳穴，一边说道："方参谋长，这件案子已经被列为市局重点督办案件，市局正在全力以赴追查凶手……"

"追查追查！都过了半个月了，也没有见你们追查出什么结果来！"方天雷口气很冲，"房局长，你也别给我绕来绕去，你今天就给我一个准确时间，你们什么时候才能抓到凶手？"

"方参谋长，我这边时刻在关注着案件的进展，一旦有新的突破，我立刻向你通报情况，好不好？"房兴盛打着哈哈说道。

方天雷见房兴盛到这个时候还一味给他打着太极，不由得勃然大怒，他说道："房局长，我看你这个公安局长以后改个名字，叫扯淡局长好了！"说着把电话重重地扣下。

房兴盛听着电话里传来的那声巨响，无奈地耸了耸肩膀。不是他不肯尽力，只是李正强这件案子牵扯的背景太大，他实在是惹不起啊……

挂了电话，方天雷脸色铁青地说道："长风，果不其然，房兴盛还是一味的推脱，看来不来点硬手段是不行了。"

赵长风点了点头，说道："我们证据在手，怕什么？双管齐下吧。"

"好，就按你说的办。"方天雷说道："你去省里，我去找崔中凯。我倒是看一看，这南江市的浑水究竟能有多深！"

这边方天雷又让王连长把 DV 带内容刻录了一个光盘，交给赵长风带走，至于原始证据，还保存在方天雷这里。南江市虽然是杨一斌的地盘，但是借给杨一斌几个胆子，他也不敢到八一宾馆打方天雷的主意。

赵长风拿着刻录好的光盘，方天雷安排两个特种兵，找了一辆普通的民用车，把赵长风悄悄送往省城。送走赵长风之后，方天雷立即带着两个警卫员，风风火火地赶到南江市委书记崔中凯的办公室。

崔中凯办公室外面的会客室，坐了十多个局长书记，排着队等候召见，等着向书记汇报工作。有几个性急的还站着在崔中凯专职秘书高相成的办公桌前套着近乎，试图从高相成嘴里获得一些有用的信息。高相成每天应付着这样的场面，早已经习惯了，他随口敷衍着，既不得罪这些部委办局一把手，却也不会透露一点有用的信息。

就在这个时候，方天雷带着两个警卫员大步走了进来，看也不看会客室里的人，迈步就往会客室里面那道门走去。

高相成抬眼一看，这个一脸严肃的军人肩上扛的是两杠四星的大校军衔，不敢怠慢，连忙摆脱面前几个人，迎上来问道：“您好，请问您有什么事情吗?”

方天雷没有说话，目光望向通向崔中凯办公室的那道房门。他的警卫员接过高相成的话说道：“这是我们师方参谋长，要找你们市委书记崔中凯。他在不在?”

“啊，参谋长，您好您好。”高相成笑着说道：“我们崔书记房间里还有客人，要不您先坐下来喝杯茶，我进去向崔书记汇报一声。”

“他在就好。”方天雷点了点头，迈步就往里间办公室闯去。

“哎……方参谋长，请您等……”高相成还想阻拦，两个警卫员一下子把他推开。方天雷两步来到门口，一把将门推开，率领着两个警卫员，大步流星地闯了进去。高相成迈着小碎步在后面追着，嘴里还说道：“请等一等，请等一等……”

崔中凯正在听财政局长汇报工作，猛然间听到办公室门被推开，见一个大校领着两个警卫员闯了进来，后面高相成一脸惶急地跟着，心中就是一愣，不知道发生了什么事情。

高相成见拦不住，就快步抢到方天雷前面，对崔中凯汇报道：“崔书记，这位是方参谋长，找您有急事。”一边说着，一边给崔中凯递了个眼色。

崔中凯心中诧异，不记得自己和部队之间有什么瓜葛。眼前这个方参谋长虽然是个大校，但是他堂堂的粤东省委常委、南江市委书记，地位可比一个大校要高得多。而这个大校还这么没有礼貌，不顾高相成的阻拦闯了进来，实在是有点……

心中这么想着，崔中凯就坐在宽带的皮转椅上没有起来，抬眼望着方天雷说道：“请问你们有什么事情吗?”

财政局局长见方天雷忽然间闯了进来，本来想先起身回避，但是又见崔中凯的神情，显然没有让他出去意思，于是也就坐在那里静观其变。等摸准了崔书记的意思之后，再决定是走是留。

方天雷没有回答崔中凯的话，只是冲两个警卫员一挥手。两个警卫员心领神会，一个人上去一把抓起财政局局长的胳膊，生硬地说道：“我们参谋长要和崔书记谈工作，请你回避一下。”说着不管财政局局长什么反应，拽着他就往外走。

另外一个警卫员则上去拖住高相成的手，说道：“对不起，也请你配合一下。”说着也拉着高相成往外走。

高相成和财政局局长两个人拼命挣扎，但是如何是这两个警卫员的对手，很快就被拖了出去。拖出去之后，两个警卫员把崔中凯办公室的门一关，一左一右地站在办公室门口，同时把腰间的武装带往前一扭，两只枪套就展露在所有人的面前。

会客室内顿时响起一片吸冷气的声音，这是从哪里跑过来的方参谋长，他又打算唱什么戏？

高相成愣了两秒钟，扭头就往外跑，他本想去找驻扎在行政中心的武警中队过来，转念又一想，如果武警中队战士过来了，这个动静就太大了，万一出了什么问题，他一个小秘书可担当不起。于是就往楼下跑，去找市委秘书长罗达功汇报，究竟该怎么办，还是让罗秘书长拿个主意。

“你们这是干什么？谁给你们的权力，把我的客人给赶走的？”崔中凯脸色阴沉了下来，“你是哪个部队的？你们领导是谁？”

方天雷冷笑一声，手往腰间一探，就拔出他的手枪，重重地往桌上一拍。崔中凯没有想到眼前这个大校竟然是个二百五脾气，上来什么话不说就先掏枪，看着寒气逼人的手枪，听着那一声巨响，他不由得浑身一颤，心中的怒气烟消云散，取而代之的是一种莫名的恐惧：这个二百五大校究竟是来干什么的？难道说是……

“崔书记，你先别问我是哪个部队的！我倒是要先问问你，这南江市还是不是归共产党领导，是不是共产党的天下？”方天雷冷笑着说道：“一个派出所所长大白天被人当街杀害，南江市公安局竟然半个多月都没有查出凶手。我想问一句，究竟是不查不出来，还是不想查？”

“派出所所长？你是说，那个李什么？”崔中凯迟疑着说道。

“对，李正强，我们部队的转业干部！”方天雷说道：“今天过来就是想问崔书记一句，这个案子你们南江市到底管不管？如果你们南江市不管的话，给一句痛快话！”

崔中凯这个时候才明白方天雷是为什么来的。他心中这个气啊，堂堂的省委常委、南江市委书记，被人拿着枪逼上门来，这都是房兴盛惹的祸。如果房兴盛把这件命案给破了，他今天怎么会被这个二百五大校如此羞辱？

“怎么？这个命案还没有破吗？”崔中凯故做惊讶地说道：“这个房兴盛是怎么搞的？一点政治敏感性都没有！我在获知这个案件之后第一时间就向公安局下了指示，要求公安局集中精兵强将，抓紧时间破案。因为这不是一般的刑事案件，而是一起非常严重的政治案件，歹徒太嚣张了，竟然敢光天化日之下当众杀害警方人员，这简直是公然向党和政府叫板！怎么这么久了，凶手还没有抓到？”

他抬眼看了看方天雷，有些自责地说道：“说起来我也有点太官僚，这段时间一直在羊城出差，竟然没有顾得上询问这件案子……”

见方天雷面色有些缓和，崔中凯伸手抓起桌上的特供熊猫，递了一支到方天雷面前，说道：“来，先抽一支烟。有什么情况我们坐下来谈。”

有道是伸手不打笑脸人，方天雷今天过来就是要对崔中凯施加压力，见崔中凯如此低姿态，他倒是也不好再继续强硬下去。

“我不抽烟！”方天雷摆了摆手，拉开椅子坐在崔中凯的对面，手枪依旧扔在桌面上，“不知道崔书记还需要了解什么情况？”

崔中凯缩回手，把香烟塞回烟盒，故意不看桌面上冷冰冰泛着金属光泽的手枪，微笑着问道：“可以先自我介绍一下吗？你刚才说李正强，这究竟是怎么回事？”

“XXXX 部队 XX 师参谋长方天雷。”方天雷说道：“李正强当初在我手下当过连长，在一九九八年抗洪时曾经救过我一命。我这次到南江市来，是执行一项军事任务，却没有想到遇到李正强这事……”

崔中凯一脸沉痛地说道：“是啊，方参谋长，李正强同志的牺牲很让人痛心啊！他是一位非常优秀的基层公安干部。这件案子拖了这么久没有结果，不管存在什么客观原因，都是我们南江市领导干部的失职……”

他一边说着，一边看着方天雷的脸色："这样吧，方参谋长今天既然来了，我向你做个保证，请你再给我们一点时间，我相信南江市警方一定有能力抓到杀害李正强同志的凶手，为李正强同志报仇！"

"那好！"方天雷站了起来，拿起桌面上的手枪装了起来，说道："我再给你们两周时间，如果到时候你们还破不了案，就别怪我不客气了！"

"方参谋长，请放心，我们一定会尽快抓到杀害李正强同志的凶手的。"崔中凯心中暗自舒了一口气，他虽然相信方天雷不敢真的动用那把手枪，但是看着手枪就摆在自己面前，心中毕竟有点不好受，他也跟着站了起来，说道："你还有其他什么要求？"

"其他要求等抓到凶手再说。"方天雷摆了摆手，说道："不打搅了。两个星期后，我会再来拜访崔书记的！"

方天雷说完之后，也不理睬崔中凯的反应，转身出了门，对守候在办公室门口的两个警卫员说道："走！"

两个警卫员连忙跟在方天雷后面去了。

会客室的干部面面相觑，有人偷眼往房门打开的里间办公室看了一眼，见崔中凯好端端地坐在办公桌后，这才舒了一口气。

这时市委秘书长罗达功和高相成慌慌张张地赶了过来，一进会客室见守在门口的两个军人不在了，就连忙问道："人呢？他们人呢？"

财政局局长小声说道："刚走！"

"走了？那崔书记呢？"

"崔书记在办公室呢，没事。"财政局局长知道二人担忧什么，连忙说道。

罗达功和高相成这才把心放在肚子里，他们连忙来到里间办公室，正要进去，只见崔中凯铁青着脸冲他们挥了挥手，说道："你们出去，把门给我带上！"

罗达功和高相成心中一颤，连忙退了出来，把办公室门带上。

崔中凯回想起刚才那一幕，心中这个气啊！他什么时候丢过这么大的人？还是当着这么多部下的面！虽然从职级上来说，他要高于方天雷，但是方天雷却是军方的人，还是一个惹不起的师参谋长。军方的干部独成体系，一向就很嚣张。

想过方天雷，崔中凯又想到房兴盛，如果李正强的案子查出结果来了，自己今天又怎么会遇到这么屈辱的一幕？

想到这里，崔中凯立即拨打了房兴盛的电话："房兴盛，我给你十五分钟时间，你立刻过来！"

"劫匪"离开之后，冯伟才和女人被捆在卫生间的水管上，老老实实，一动都不敢动，生怕"劫匪"去而复返。一直等了大约有一个多小时，见"劫匪"没有再出现，冯伟才这才确定，"劫匪"们是真的走了，不会再回来了。于是才开始用力挣扎，试图从绳子里挣脱出来。可是"劫匪"们绳子捆得非常结实，冯伟才怎么都挣脱不出来。可是冯伟才这个小窝除了他自己没有其他人知道，如果不能挣脱出来，恐怕会被活活饿死在这里，所以冯伟才说什么都不敢放弃，一直在努力挣扎着。等挣扎累了，就停下来歇歇喘口气，等身上有了点力气，就再用力挣扎。就这样翻来覆去使尽全身力气挣扎着，也算是皇天不负苦心人，到了下午四点多的时候，冯伟才终于成功地从绳子里挣脱了出来。他心中暗叫一声侥幸，终于不会被饿死在这里了。

其实冯伟才不知道，他之所以能够成功挣扎出来，完全是"劫匪"们有意设计的。对特种部队来说，捆人的技巧不过是小菜一碟。王连长在捆冯伟才的时候已经计算好了力度，既不能太松，让冯伟才轻易挣脱出来，那样冯伟才肯定会起疑心；也不能太紧，让冯伟才无法挣脱。王连长倒不是担心冯伟才会饿死，只是冯伟才是派出所所长，只要有一两天联系不上，肯定就会有人找，到时候找到这个别墅里，冯伟才遇到劫匪的事情就掩盖不住了。

所以呢，还是让冯伟才自己挣脱出来最好，冯伟才保险柜里有那么多财物，他挣脱出来之后，肯定不敢声张，就当是吃个哑巴亏，否则不是自找麻烦吗？

果然，正如王连长所想，冯伟才挣脱之后，首先想到的就是去看保险柜。他虽然也心疼保险柜里巨额财产，但是更担心的是那个DV摄影机。当初他从记者手中抢过这个DV摄影机之后，对刘春放汇报时说是已经销毁了，其实是自己偷偷地留下来当做一个保命的证据。陈玉龙是心狠手辣之辈，又做下了不少伤天害理的事情，如果将来遇到什么危险局面，肯定会把他推到前面当替罪羊。冯伟才留下这盘 DV 带，就是准备如果陈玉龙万一丢卒保车的时候，就拿出这东西当作救命法宝。但是他没有想到竟然会有劫匪跑到别墅里来……

来到书房看到保险柜之后，冯伟才当时就呆住了，这几个“劫匪”还真不是一般的缺德，竟然会把保险柜门给破坏了，现在他即使想打开保险柜看看里面的 DV 带究竟有没有被拿走，也不可能了。除非是请保险柜生产厂家过来。

回到卧室，冯伟才看到自己的两个手机都被丢弃在地上，劫匪们并没有拿走，看来这群劫匪还是比较专业的，也怕公安局通过手机定位系统找到他们的位置。

冯伟才伸手拿起手机，刚按下开机键，手机就滴滴地狂响起来，一个接着一个短信标志在手机屏幕上狂闪。冯伟才打开一看，全部都是来电提醒，其中玉江房地产公司副总陈玉龙竟然给他打了七八个电话，分局长刘春放也给他打了四五个。

冯伟才这才想起来，昨天就和陈玉龙说好了，今天下午他要带着几个警察去石排村维持秩序，主要是怕玉江房地产公司在偷偷拆迁的时候，石排村有哪个钉子户正好回来。

想到这里，冯伟才连忙拨通了刘春放的电话。电话一接通，刘春放就在那边大骂：“冯伟才，你哪儿去了？一整天也联系不上个人！”

“刘局，刘局，不好意思。昨天我喝多了，到现在酒才醒。”冯伟才连声说道。他当然不会把自己在别墅里遇到劫匪的事情告诉刘春放。钱财倒是小事，如果刘春放知道他敢偷偷藏起了那盘 DV 带，估计他的好日子也就到头了。

冯伟才嘿嘿干笑了两声，问道：“刘局，玉江房地产公司陈总那边？”

“你还记得这事啊？我让你的搭档老张过去了，全部顺利搞定。”

听说搞定了，冯伟才这才放心。至于说陈玉龙嘛，那边也不会怎么生气，毕竟拔出了一直阻挡玉江房地产公司发财大计的钉子户。

了解清楚那边的情况之后，冯伟才的注意力又转移到保险柜上面，他现在迫切需要打开这个保险柜，看看里面的 DV 带究竟在不在。想到这里，冯伟才一秒钟都待不下去了，他立刻赶往南江市区，他需要找到当初安装这个保险柜的商家，让他们和生产厂家联系，想办法打开这个保险柜。

赵长风走出八一宾馆正门，司机老李已经开着车停在铺着红地毯的台阶下。赵长风上了车，对坐在前面的秘书宁之明交代道："之明，我要到省城去一趟。你就不要陪我了，留在南江好好看家吧。"

宁之明跟了赵长风大半年，已经熟悉了赵长风的说话风格，他知道赵长风这个好好看家是什么意思，于是就心领神会地回答道："我一定给你看好家，有什么情况，我会及时向您汇报的。"

赵长风点了点头，对老李说道："先把之明送到行政中心。"

"不了不了。"宁之明推门下车："你们直接去省城吧，我打个车就回去了。"

赵长风就轻轻挥了一下手，黑色的奥迪 A6 驶向了省城方向。

上了高速，赵长风看了看时间，伸手从手包里拿出手机，沉吟了一下，最后还是拨通了那个号码。

"赵叔，是我，长风啊。"赵长风笑嘻嘻地说道："中午您有空么？我准备到您那里混一顿饭吃，不知道您欢迎不欢迎啊？"

"臭小子，什么混饭吃，是不是又惹上什么麻烦了？"赵强在电话里笑骂道。

赵长风听到之后就精神一振，赵强很少用这种语气跟他说话，凡是用上这种语气，就说明赵强的心情确实不错。

"没有，我就是想看看赵叔。"赵长风毕恭毕敬地说道。

"那你一点半过来吧，我只能给你半个小时的时间。"

挂了电话，赵长风心中还在琢磨，赵叔究竟遇到什么好事了？

赶到了羊城，赵长风谁都没有联系，就在省委附近找了个地方简单吃了点饭，看看时间已经一点十分了，这才让司机老李把车开进省委大院，停在常委楼下边。

赵长风下了车，来到常委楼门口，正要让门口带队值班的武警少校往赵强的办公室打电话，就见一个身影从常委楼里快步走出，笑着向赵长风打着招呼："长风兄，您好啊！"

赵长风一看，原来是赵强的秘书严士行。这是赵强担任省委书记不久新换的秘书，原来的黄秘书到北江市下面一个县担任县长去了。

"严老弟，你好啊！"赵长风倒是没有想到，严士行会亲自跑下楼来迎接他。

"这是赵书记的客人。"严士行对值班的武警少校打了个招呼，握住赵长风的手就往里让："长风兄，领导知道你要来，就没有睡午觉，特意在办公室等你呢！"

"哎呀，你看看我，又耽误赵叔休息了。"赵长风摇着头，一脸歉疚，又对严士行说道："还累严老弟下来接我，真不好意思。"

严士行笑嘻嘻地说道："长风兄，连领导都专门等着你，我下楼跑一趟算什么。"

"严老弟，你这可是在调侃我啊，这笔账我给你记下，等你到南江的时候，看我在酒桌上怎么收拾你。"

两个人一边走一边聊着，嘻哈了两句，一进常委楼，两个人立刻闭紧了嘴巴，面容也严肃起来。

上到三楼，来到赵强的办公室，会客室门打开着，空无一人。如果不是省委书记亲自批准，谁也不敢在这个时候来打扰。

严士行带着赵长风穿过会客室，来到里间房门前，轻轻地敲了敲房门，说道："长风书记过来了。"

"你们都进来吧。"里面传来赵强熟悉的声音。

推开房门，赵长风跟着严士行进去，站到粤东省一把手宽大的办公桌前。

"赵叔，您真是越来越年轻了，有什么秘诀啊？"赵长风笑着说道。

"臭小子，又在瞎献殷勤。"赵强伸手虚点着："说吧，这么急急忙忙要见我，有什么事情？"

严士行在一旁眼睛都看直了，除了赵长风，他还没有见过领导如此对待身边的人呢，即使是跟了领导四五年的黄秘书，也远远没有赵长风这样得宠。

赵长风沉吟着，把思绪重新理了一理。虽然在路上他已经想好了该如何对赵强汇报这件事情，但是正式汇报之前，他还是要下意识地把思绪理一理，看看有没有什么疏漏之处。这是他在粤海县担任县委书记时养成的习惯。

严士行知道赵长风匆匆忙忙赶过来一定是有非常紧急的事情，这种场合他也不方便待下去，于是给赵长风泡了一杯茶，就轻手轻脚地退了出去。

赵长风理好思绪，打开公文包，从里面取出光盘，说道："赵叔，在我向您汇报之前，想请您先看一下这个光盘。"

"还带有光盘?"赵强有些许惊讶。

"是啊，我觉得您很有必要看看。"赵长风探过身子，把赵强的那台IBM T43笔记本电脑打开，把光盘塞进去，点了播放，然后把笔记本屏幕扭过去，正对着赵强。

赵强目光一落到屏幕上，就被激烈的画面吸引住了，随着时间的进行，赵强脸色越来越凝重，等光盘播放完毕之后，已经是满脸严肃。看得出来，他也很是愤怒，只是他并没有拍案而起，只是两眼盯着赵长风问道："这是什么?"

赵长风说道："九月二十六日，南江市玉江房地产公司雇佣黑恶势力强拆城中村居民的住房，造成了石排村民两死二十六伤的惨剧，这是当时一个记者在现场拍下的录像。"

"九二六？就是大批村民围堵南江市行政中心那一次?"看来赵强对南江的情况并不是一无所知，最起码那天发生在南江市那起群体性事件他就知道。

"对!"赵长风说道。

"到现在还没有解决?"

"没有。"

"这件事情是由谁具体负责?"

"是我。"

听到这里，赵强一下子就明白了，他不动声色地问道："有阻力?"

"阻力大小不是问题，"赵长风摇头说道，"关键是手中无兵啊。"说这个话的时候，赵长风真正有些无奈，如果能再给他点时间，让他在南江市站稳脚步，那么他面对杨一斌的时候也不至于像现在这么狼狈。归根到底，杨一斌势力庞大是一方面，但是最主要的，还是因为他在南江市公安系统中没有掌握到一支精干的力量。

"手中无兵？堂堂的南江市委副书记，说出这样的话也不怕人笑话！"赵强哼了一声，打开 T43 的光驱，把光盘取了出来，递还给了赵长风："光盘你还拿走，你们下面的事情，我也不好干涉。但是有一点，无论做什么事情，都需要讲证据，证据齐全了，讲话才有说服力，对不对？"

赵长风知道赵强的意思，这光盘虽然能说明一些问题，但是说服力还是太弱。就单凭这光盘上的问题让省委插手是有点不太现实。但是赵长风相信，这个光盘只是一个开端，如果省里能够给他一些人手上的支持，凭着这个光盘，他就能深挖下去，一直把隐藏在最后的那只大老虎给挖出来。可是听赵强现在的意思，分明是……

"那……"赵长风看着赵强的脸色，硬着头皮说道："我回去再想想办法，看看能不能收集到其他的证据。"

赵强微微一笑，也不看赵长风，端着水杯低头喝茶，在赵长风满是失望起身就要离去的时候，赵强才放下水杯，随口说道："也不要那么着急回去。何承明今天上午才从中央党校回来，你和他关系不错，应该去看看他嘛。"

"何……何厅长从中央党校回来了？"赵长风又惊又喜，仿佛不敢相信这个消息。

"是啊，上午刚向我汇报过工作。"赵强漫不经心地点着头。

"赵叔，谢谢，太谢谢了。"赵长风连连道谢，兴冲冲地离开了赵强的办公室。

望着赵长风背影，赵强嘴角露出一抹微笑，自语道："这傻小子，运气还真不是一般的好呢。什么好事都能让他赶上。"

说这话的时候，赵强目光落在桌面上的报纸上，上面有一条醒目的新闻：长湖省副省长侯有光因为经济问题被中纪委双规……

离开了赵强的办公室，赵长风正要拨何承明的电话，迎面却撞见了谢富海，谢富海跟随赵强两年多，终于修成了正果，从省政府秘书长顺利成为省委秘书长，这看似简单的一步跨越，让谢富海成为了省委常委，步入了粤东省领导的行列。

"秘书长好。"赵长风连忙招呼道。

“哼，还记得我啊?”谢富海故意板着脸说道：“来省城也不跟我打一声招呼。”

“我忘记谁也不会忘记老兄啊。”赵长风笑嘻嘻地道：“我是怕秘书长公务繁忙，不敢打扰。”

“你就糊弄我吧!”谢富海伸手虚点着赵长风说道：“亏我还对你的事情这么上心。”

“秘书长，你是老兄，还会真的和我这当小老弟的一般见识?”赵长风笑着给谢富海递了一根香烟，“来，抽根烟，消消气。”

“这还差不多。”谢富海得意洋洋地让赵长风给他点着香烟，美美抽了一口，又往赵强的办公室望了望，压低声音问道：“见过了?”

“见过了。”

“好好。”谢富海点了点头，说道：“走吧，到我办公室去坐一坐。”

赵长风也正想找谢富海打听一下为什么这个节骨眼儿上何承明会忽然间从中央党校回来，就跟着谢富海去了，等他下到二楼，进到谢富海的办公室，不由得吃了一惊，何承明正大模大样地坐在沙发上看报纸呢。

见赵长风进来，何承明放下报纸，笑着迎了上来：“长风老弟，好久不见啊!”

“是啊，老兄，在京城的日子舒坦吧?把粤东是什么样子都忘记了吧?都不舍得回来看看!”赵长风紧紧握住何承明的手，半是亲昵半是埋怨地说道。

何承明一阵大笑，指着赵长风对谢富海说道：“老谢，怎么样，我说长风肯定是一见面就埋怨我吧?”

谢富海莞尔一笑，却不插言。

何承明握住赵长风的手一阵猛摇，说道：“我把什么都忘记了，都不会忘记老弟的。这不我就特地溜回来看你的。”

“说得这么动听，你不是在算计我兜里的散碎银两吧?”赵长风一脸警惕，笑嘻嘻地说道：“省城是你和秘书长的地盘，不管怎么说，都轮不到我这当老弟的买单。”

“长风啊长风!你真是抠门。”谢富海终于忍不住了，伸手对赵长风一阵乱点，说道：“怪不得你有个外号，叫赵老抠呢!”

“不是吧？”赵长风一阵大窘，“赵叔怎么连这都说了出来？回头我见了他一定要讨要名誉损失费。”

谢富海的秘书一边在旁边倒茶，一边在心里偷笑：都说秘书长跟何厅长、赵书记关系铁，今天一看果然是传言不虚。如果不是亲眼见到，谁敢相信，这么高级别的领导，见面也会这样嬉闹？铁杆果然是铁杆啊。

三个人一边说笑，一边围坐在沙发上。秘书泡好茶送上来，自觉地退了出去。

“这次怎么回来这么突然？事先也没打一声招呼。”赵长风摸出帝豪国风，给何承明和谢富海一个人上了一支。

“我不是说了，专程回来看你吗？”何承明微笑着说道。

赵长风心中蓦地一动，却又不敢相信，就拿眼睛询问对面的谢富海。

“没错，”谢富海夹着香烟，冲赵长风点了点头：“老何确实是专门回来看你的！”

“老兄，真的是太谢谢你了，你总是在我最需要的时候出现。”赵长风摸出打火机，一边给何承明点火，一边问道：“你怎么知道我那边……”

“哎，我哪里有那么大的神通啊？”何承明摆手说道：“还不是……”说着何承明用手指往楼上方向指了指，这才继续说道：“……领导的交代吗？”

“什么？赵叔让你回来的？”赵长风很是吃惊，南江的情况他从来没有向赵强汇报过，没有想到赵强竟什么都知道，而且还主动让何承明回来。看来和以前一样，赵强时时刻刻都在关怀着他。

“是啊！领导让秘书长通知的话，只说四个字‘南江吃紧’，我这不立刻就请假，坐飞机赶了回来吗！”何承明正色说道。

赵长风眼眶有些湿润，“南江吃紧”，这看似简单的四个字，包含着赵强对自己的多少关心啊！

赵长风自从认下了赵强这个便宜叔叔之后，一路坎坎坷坷地走来，可没少给赵强闯祸。因为这些事情，赵强虽然没少敲打他，但是每逢赵长风到了危机时刻，赵强都会悄无声息地施展出自己的影响力，恰到好处地改变着斗争局面。

但是这一次，赵长风却并没有敢奢望赵强还像以往那样主动施以援手。

毕竟这次面对的杨一斌虽然只是南江市市长，但是他身后站着的可是整个杨家的势力。赵长风之所以拖到现在才来找赵强，就是因为这个原因，他并不想把赵强也拖入这个大漩涡里去，如果不是实在没有办法，赵长风是绝对不会来省城见赵强的，并且在见赵强之前，赵长风已经做好了挨尅的准备，迎接赵强暴风骤雨般的雷霆之怒。可是赵长风实在是没有想到，事情最后竟然是这么个结局，赵强非但没有责怪他乱惹麻烦，并且还提前让谢富海把何承明从中央党校叫了回来。

这一切的一切都是为了帮助自己啊！用心良苦，赵叔用心何其良苦啊！

“长风啊，我也不能在羊城久留，时间长了怕有心人惦记啊。”何承明知道赵长风心情很复杂，就伸手轻轻拍了拍赵长风的膝盖，“所以我时间不多，咱们就言归正传吧。”

“对，抓紧时间谈正事，其他事情日后再说。”谢富海也在一旁说道。

“嗯，何厅长，南江的情况你知道多少?”一说到谈正事，赵长风的称呼就正式起来，事关公务，老兄老弟的称呼就不合适了。

“多少了解一些，但是不全面。你再给我介绍一下情况。”何承明说道。

赵长风就把关于石排村拆迁改造所发生的事情向何承明讲述了一遍，因为时间的关系，很多情况不能细说，赵长风只能简明扼要的介绍，但是讲到石排派出所副所长李正强时，赵长风却慢了下来，把他所知道的关于李正强的一切情况都讲了出来。

何承明又是吃惊又是愤怒，大手重重地拍在桌子上，“反了！简直是反了！太嚣张！敢当街杀害我公安干警，这不是一般的刑事案件，这是一起有预谋的政治案件，是歹徒向整个粤东省公安机关挑衅，是公然向党和政府叫板！”

毕竟是干了几十年的老公安，何承明这一席话就把李正强遇害提到了政治上的高度，定性为歹徒向粤东省公安机关挑衅。这个调子一定下来，省公安厅就有了足够的理由插手这个案件，某些领导即使看着不爽，但是也挑不出毛病。

说着何承明就拿出了手机，拨打了一个电话号码，说道：“周队，你上来吧。”

工夫不大，一个三十六七岁的便装男子走进了谢富海的办公室。何承明就向赵长风介绍，说这是省公安厅刑侦总队长周长城。赵长风见周长城上来这么快，就知道周长城肯定是在省委大院下面等着呢。看来赵强接到他要过来的电话后，一切都为他安排好了。

“周队，南江市现在有一个案子，需要我们公安厅协助侦破。”何承明说道：“现在我把这个案子交给你们刑侦总队，有没有问题?”

“报告何厅，没有任何问题，我们绝对有信心完成。”周长城的回答干脆利落，一点都不拖泥带水。

“那好，具体案情赵书记向你介绍。”何承明说道：“你回去抽调出一支得力的队伍出来，来负责这个案子。我对你们只有两个要求，第一，从今天起，这支队伍就归赵书记指挥，一切行动以赵书记的意见为准，如果有谁敢不听话，我立刻撤了他的职！第二，因为这是一次秘密行动，所以抽调警员时一定要严格把关，要把那些政治上可靠、业务能力过硬的警员抽调出来。”

“是，坚决执行何厅的指示。”周长城说道：“这支队伍我下午就能拉出来，到时候让他们负责人去找赵书记报到。”

何承明又指着周长城对赵长风说道：“赵书记，人我就交给你了，从现在起周队也是你的部下了，你只管放心大胆地使用!”

“那就麻烦周队长了。”赵长风语气很是客气，他伸手写下了一个自己的电话号码交给周长城，“这是我的电话号码，以后就用这个联系。”

周长城看了一下电话号码，小心地装起来，却又笑着说道：“赵书记，这段时间内咱们不能用这个号码联系呢!”他伸手从兜里摸出一张手机卡，交给赵长风：“这是一张新卡，以后我们联系赵书记，就用这个号码吧。”

赵长风怔了一下，脑海里想起一个可怕的可能性，他有点不敢相信地望着何承明。何承明冲他点了点头，说道：“具体是不是这样还不好说，等刑侦总队的人到南江市查一查就知道了。不过还是换一个号码联系好，有备无患。南江市毕竟是人家的地盘啊!”

赵长风出了一身冷汗。这一点他确实没有想到。南江市是杨一斌的地盘，南江市的公安系统大半个力量掌控在杨一斌手里，如果杨一斌不讲套路的话，很可能会对赵长风采取一些技术措施。赵长风又进一步想到，杨一斌可能不光是会对他的手机通讯记录进行监控，甚至会在他办公室、住处、汽车里都安装窃听器。这一切都不无可能啊！

想到这里，赵长风只能在心中祈祷，希望杨一斌不会太重视他，不会这么下作地派人对他进行跟踪监视甚至是监听。

何承明知道赵长风在担心什么，就说道："请放心，刑侦总队这一块技术能力还是很强的，他们去南江，你以后不会有什么后顾之忧了。"

周长城领了命令匆匆而去，何承明也不久留，他站起来向赵长风告辞："长风老弟，我得到别处溜达一圈，不然回了羊城没有照面，怕某些有心人会想太多啊！"

赵长风心领神会，说道："老兄，那我就不送了，等你从中央党校学成归来，老弟再为你接风洗尘。"

杨一斌坐在书房的靠椅上，面容阴冷。南江市政府秘书长王清文毕恭毕敬站在杨一斌对面，小心翼翼地望着他。

"竟然有这么回事？"杨一斌问道。

"是啊，我刚听说也不大敢相信。"王清文身子往前微躬，"但是不止一个人这么说。当时崔书记的会客室外有很多人，他们都看到了。"

"那个军官是什么军衔？"杨一斌沉吟着摸出一根香烟，往嘴里塞着。

王清文眼疾手快，迅速从兜里摸出打火机，趋步向前，给杨一斌点上火，然后又快速退了回来，恭敬地回答道："两杠四星，大校军衔。"

"大校？"杨一斌点了点头，缓缓地抽了一口烟，这才又问道："什么部队的，查出来吗？"

王清文连忙说道："我一得到消息，就马上过来向您汇报，所以还没有来得及去查……"说到这里，他看了看杨一斌的脸色，才又继续说道"不过呢，我已经让人去省委大院值班门岗那边去查当时登记的军车牌照了。"

"做得好，清文不错！"杨一斌阴沉的脸上终于露出一丝笑容。

王清文心中欢喜，能够博得这几个字的夸奖，自己这一番心血就没有白费。他谦恭地说道："那我回去继续盯着，有什么消息我再来向您汇报。"

"好，好。"杨一斌破例连说了两个好，轻轻挥了挥手。王清文便欢天喜地地退了出去。

王清文走后，杨一斌站起来在书房里来回踱了几趟，然后又重重地坐在靠椅上，盘算着王清文刚才汇报的事情。

这事情真的是太邪门了，一个大校军官带着两个警卫员硬闯崔中凯的办公室，这究竟是怎么回事呢？要知道，崔中凯这个南江市委书记同时也是粤东省委常委，在省委常委中排名比粤东省军分区司令员邱环龙少将还要高。平日里邱环龙少将见了崔中凯也要客客气气的，这是从哪里冒出一个二杆子大校敢跑到崔中凯办公室里找他的晦气？

正在这里想着，书桌上的电话响了起来，杨一斌看了一下号码，是王清文的，就接了起来。

“我又得到了一个消息。”王清文在电话里压低声音说道。

“什么消息？”杨一斌问道。

“那个大校刚走不久，崔书记就打电话把房兴盛局长叫去了办公室。”王清文汇报道。

“这么重要的消息，怎么现在才向我汇报？”杨一斌脸色一变。

“我……我也是刚接到电话。当时他们也没有告诉我。”王清文苦着脸说道。

“知道了！”杨一斌冷着脸说道：“下次办事上点心，不要再出现什么疏漏！”

挂了王清文的电话，杨一斌用食指揉了揉太阳穴，想了一想，拿出手机，拨通了公安局政委范留根的电话：“老范，你马上来我这里一趟。对，二楼书房。”

二十多分钟后，范留根出现在杨一斌的书房中：“您找我？”

“坐吧，老范。”杨一斌指了指沙发，招呼范留根坐下，又从抽屉里摸出一盒没有开封的特供熊猫，扔到范留根面前，“自己抽。”

“谢谢。”范留根熟练地把烟盒开封，手指在烟盒底轻轻地一弹，一根香烟就跳出来落到他的手上。他把香烟放在鼻子下面贪婪地嗅了嗅，这才塞进嘴里，摸出打火机点上了火。

整个过程中，杨一斌就靠在沙发上，用手指轻轻地在自己大腿上敲着，好整以暇地望着范留根，等范留根抽了两口烟，这才微笑着开口道："老范，今天市委发生了一件事，你听说了吗？"

"我也刚听说，正要问一问怎么回事呢！"范留根脸上露出笑容。

"老范，不应该啊不应该。"杨一斌伸出手指头轻轻摇了一摇，说道："你是搞刑侦工作的，消息应该比我更灵通才是，应该是我向你打听消息才对。"

"我们再搞刑侦工作，也不能……"范留根本来想说，搞刑侦工作，也不能搞到市委领导那里去，可是看到杨一斌脸色不对，连忙改了口，低头做检讨："您批评得对。是我们的工作没有做到位……"

"好了，不说这个了。"杨一斌又摆了摆手，"刚才清文秘书长说，崔中凯紧急把房兴盛叫过去了，你估计会是什么事情？"

"这个……"范留根伸手挠了挠下巴，"不会是与那个大校有关吧？不过即使把房兴盛叫过去也没有办法吧？房兴盛还有胆子对军方动手？"

"房兴盛最近有什么异常举动吗？"杨一斌问道。

"没有什么异常。"范留根说道："九二六的案子，房兴盛基本上在拖着，根本不敢往下办。他也知道，现在南江市是谁说了算。"

说到这里，范留根脑海里忽然闪过一个念头，他吓了一跳，心中说道，不会真的是这样吧？如果是真的，那问题可就严重多了。范留根正犹豫着，该不该把这个可能性告诉杨一斌的时候，杨一斌的电话又响了起来。

"清文，你说。哦，车牌号拿到了？等一下。"杨一斌拿着手机，对范留根说道："老范，你先记一个车牌号……"

杨一斌一边重复着，一边做着手势，让范留根记录。

杨一斌念完之后，又让范留根重复了一遍，确认了没有错，才挂了王清文的电话。

"老范，这是省委大院值班门岗记录下来的那个大校的军车号码。看样子是济东军区的，你动用关系查一查，看看究竟是什么来历。"杨一斌吩咐道。

"这个，这个军车牌号我见过。"范留根想了一想，还是决定向杨一斌老实交代："十来天前，这辆军车来过局里一趟，里面下来几个军官，当时去了局长办公室去找房兴盛……"

原来，十多天前，方天雷开着军车到南江市公安局找局长房兴盛催办李正强案子的时候，把军车停在公安局大院。范留根从外面回来，看到院子里停车场停靠了一辆挂着军车牌照的黑色奥迪，就留意上了。回到办公室后把局办公室主任叫过来一问，才知道有几个军官到房兴盛办公室询问李正强的案子。

范留根听了之后就有些吃惊，就想找个借口到房兴盛办公室去见见这几个军官，谁知道当他要去的时候，那几个军官却已经离开了，他并没有见到人。而房兴盛对这件事情也闭口不谈，事后也没有见房兴盛到专案组去过问李正强的案子。范留根就猜想，这几个军官想必也不会有什么大来头，否则房兴盛怎么会这么轻描淡写的，一点压力都没有？至少象征性地到专案组去问问情况啊。

范留根本打算弄清楚情况之后，向杨一斌汇报这件事情，可是见房兴盛那边没有动静，惹自己过于大惊小怪，为这么一件无足轻重的小事去惊动杨市长，确实有点不合适。说不定杨一斌还会以为他不敢承担压力，是变着法暗示什么呢。

今天听到有个大校带着警卫员闯进市委书记崔中凯办公室时，范留根还没有把这个大校和十多天前到公安局去找房兴盛的那几个军官联系起来，毕竟他没有见到人，也没有具体弄清楚那几个军官都是什么军衔。可是现在看到了王清文弄过来的军车牌照，范留根立刻就反应了过来，原来他犯下一个这么大的错误，那个大校军官既然连粤东省委常委、南江市委书记崔中凯的办公室都敢硬闯，这会是普通人吗？

想明白了这一点，范留根也不敢再向杨一斌隐瞒什么，老老实实把当初这个大校到过公安局去找房兴盛的事情讲了出来，然后低垂着头，准备迎接杨一斌的怒火。

“老范，你也是老公安了，怎么能犯下如此低级的错误呢？”杨一斌摇了摇头，“不应该啊！”

“我……我……”范留根诚惶诚恐，不知道该怎么说才好。他知道杨一斌的脾气，一旦发作起来，是连天王老子都不顾，更何况他只是杨一斌的下属呢？

没有想到，范留根正嗫嚅着准备迎接杨一斌雷霆之怒的时候，杨一斌却呵呵地笑了起来，“好了好了，人非圣贤，孰能无过？犯了错误不要紧，重要的是犯了错误之后要吸取教训，以后不要再犯重复的错误。对不对？你看看你，这副样子像什么嘛!”

“是是，您说得对。我以后一定要打起精神，认真分析过滤每一个有用信息，绝对不会再掉以轻心。”范留根擦了一把脖子上的汗，他不知道这一次为什么杨一斌就这么轻易地就原谅了他这个错误。

“手机给我。”杨一斌伸手拿过范留根的手机，上面记着那名大校军官的车牌。杨一斌扫了一眼车牌，从怀里掏出一个小电话号码簿，翻出一个号码，拨了过去。

“王哥，是我，一斌啊。”杨一斌下意识地瞟了一下范留根，握紧话筒往后面靠了靠，“我想请你帮我查一个军车牌照。嗯，牌照是……”

杨一斌把牌照报了过去：“嗯，很急，最好是现在。好好好，那我等你电话。”

挂了电话，杨一斌把手机放在桌面上，问范留根道：“你不是说那个李正强没有背景吗？怎么会有一个大校为他出面呢?”

“这个……”范留根迟疑了一下，才说道：“我也是听田旺区公安分局刘春放汇报的。据他所说，李正强确实是一个没有什么背景的人，而且李正强平时一贯低调，从来没有透露只言片语说他有什么背景。要不，也不可能从部队转业七八年了，还只是一个小派出所的副所长。”

范留根一边小心翼翼地说着，一边观察着杨一斌的脸色，“所以为什么会有一个大校军官为他出面，我们也没有想到。从军车的牌照来看，这是济东军区的军车牌照，而李正强当年也正是在济东军区当兵。说明这个大校可能是李正强的老上级什么的。但是为什么李正强的老领导会从两千公里之外的济东军区来到我们南江，这就不好说了……”

这个时候，杨一斌放在桌面的手机忽然间鸣叫起来，杨一斌就冲范留根做了一个噤声的手势，拿起了手机。

“喂，王哥，是我，有消息了吗？是嘛！我就知道王哥的办事效率。”杨一斌脸上的表情随着说话的内容不停地变换着，范留根在一旁看着心中暗自感叹，如果不是他亲眼所见，谁能够想到领导脸上也会有这么丰富的表情呢？

“什么？XXXX部队XX师参谋长？方天雷？没有听说过啊！这个人是什么来头？”杨一斌对着话筒说道，“还不清楚？好好，我回头打电话问问老爷子，让他去摸一摸这个人的路数。噢，没有啥，没有啥，小小的误会。王哥，让你费心了，啥时候有空来南江……”

放下电话，杨一斌轻轻摇了摇头，自语道：“小小的师参谋长，就敢乱跳。真是不知道天高地厚。”

范留根听出杨一斌语气中的轻蔑，就在一旁凑趣儿问道：“查清楚了？”

“查清楚了。”杨一斌把范留根的手机推到他的面前，“是济东军区下面集团军的一个师参谋长，不知道怎么跑到南江来了。”

又沉吟了一阵，杨一斌忽然间用一种非常亲热的语气问范留根道：“小范，你跟着我有多长时间了？”

“到现在都八年多了。”一声亲切的小范，让范留根回到了当初见到杨家老爷子的时候，他用一种激动得几乎颤抖的声音回答道。

“那你说，我这些年对你怎么样？”杨一斌问道。

范留根慌忙从沙发上站了起来，双脚并拢，双手合在裤缝上，身子微微前倾，用一种坚定无比的语气回答道：“您对留根恩重如山，留根毕生难忘。”

“好，好，好。”杨一斌连连点头，“不愧是老爷子当初欣赏的人，小范果然不是忘本的人！”

“我怎么可能忘本呢？”范留根身子躬得更低了，“当初如果不是您出手救我，别说我从看守所所长一步步走到目前的位子上，这个时候我甚至还可能在某个监狱里劳动改造呢！您也知道，那些人当初是怎么拿石燕飞做我的文章的……”

说到这里，范留根的语气坚决起来：“您有什么事情只管吩咐，哪怕是上刀山下火海，小范也一定给您去办！”

范留根是个聪明人，这个时候杨一斌忽然间谈起这个话题，肯定是有非常重要的事情让他办，否则不会用这种语气。

“坐吧，坐吧，站起来干什么。”杨一斌听了范留根的表态，这才挥手让范留根坐下。

范留根后退一步，双腿并拢在沙发上坐下，身子依旧往杨一斌的方向前倾着。

杨一斌又看了范留根两眼，这才微笑着说道："老范，市局国保支队刘正国是你一手带出来的吧？"

"是是是，我当初在看守所当所长的时候，刘正国就是看守所的办公室主任。"范留根连忙说道。脑子里却在盘算，杨一斌这个时候忽然间提起国保支队队长刘正国干什么。

杨一斌问了一句，却又不往下说，他端起茶杯一边慢条斯理地呷着茶，一边静静地望着范留根。范留根态度愈发恭敬，双手合拢放在身侧沙发扶手上，等候杨一斌的进一步指示。

喝了两口水，杨一斌放下茶杯，这才继续说道："小范啊，市委市政府最近的安全保卫工作要加强啊。什么人都能往市委领导的办公室里闯，万一出了什么问题，怎么交代？"

范留根听懂了杨一斌话后面的意思，脑袋嗡地一声，一股冷气从尾椎骨冒起来，沿着脊椎一直向上，到了脖颈处轰然炸开，让范留根的脖子上的汗毛一根根都倒立起来……

"您……您是说……"

"让国保支队负起责任来嘛！"杨一斌挥了挥手，"最起码要保护好市委几个主要领导嘛，要做好预防工作，最起码要保证不能再发生类似的事件！"

杨一斌紧紧盯着范留根说道："就比如今天崔书记那边发生的事件。那个大校军官闯进办公室，把门一关，崔书记就和外面隔绝了，里面发生了什么事情都没有人知道。万一崔书记出了什么危险，你们公安局谁能承担起这个责任？"

杨一斌把话说到这个份儿上，已经是明确得不能再明确了，虽然口口声声是为市委领导的安全着想，但是这冠冕堂皇的理由背后，那险恶的用心呼之欲出。问题是，小范同志真的敢这么做吗？

范留根知道，他已经被绑上杨氏战车上了，现在和杨一斌是一条线上的蚂蚱，要么一起发达，要么共赴深渊。所谓富贵险中求，为了自己的前程，就博上这一把。

想到这里，范留根毫不犹豫地回答道：“市长，我们公安局有信心执行好这个任务，切实保护好市委领导的安全。”

杨一斌等的就是范留根这句话，他走近范留根身旁，抚住范留根的肩膀，微笑着说道：“小范，我相信你有这个能力完成好这个任务。老房年龄大了，思想跟不上形势，南江市的社会治安形势需要一个强有力的政法机关领导，这一点你可一定要把握好，不能让南江市政法机关陷入一盘散沙。”

范留根心中一阵狂喜，杨一斌这是向他做出明确的承诺，这个任务完成之后，要把房兴盛拿下来，把他推到公安局长、政法委书记的位置上，那他不就成了南江市委常委，响当当的市领导了吗？真的能到这个位子上，可是他家祖坟上都会冒青烟儿啊！

“请您放心，我会圆满地完成好这次任务，绝对不会耽误大事！”范留根啪地一个立正，向杨一斌行了个警礼。

“好！好！好啊！”杨一斌破天荒连叫了三个好，伸手拍了拍范留根的肩膀，亲热地说道：“小范啊，老爷子在京城一直惦记着你呢，说想你再陪他游泳。等南江市的事情忙完了，我带你去京城见一下老爷子，满足一下老人家的心愿。”

范留根心头热血上涌，能去京城老杨家觐见杨老爷子，这可是从来没有过的荣耀啊。可以说杨一斌到南江市这七八年来，从来没有人获得过他这等礼遇的。可以说，在南江市的整个杨系人马中间，获得这个殊荣的，他范留根是独一份啊！

范留根心情激荡，双眼一红，哽咽着说道：“我一定不会辜负您的栽培！”

杨一斌哈哈大笑，伸手拍着范留根的后背，说道：“男子汉大丈夫哭什么？这可不成啊，将来我还指望你给我干大事呢！”

到了这个时候，范留根已经彻底地控制不住自己的眼泪，他泣不成声地说道：“谢谢，谢谢栽培，小范不会让您失望的！”

“去吧！把工作做好！等南江事了了，我到京城为你庆功！”

杨一斌一番话，让范留根如同打了鸡血一样精神百倍，他斗志昂扬地离开了杨一斌的书房，去执行“保护”南江市委领导的任务去了。

杨一斌走到窗口，望着床前那棵郁郁葱葱的大叶榕，嘴里小声地念叨着：

“方天雷……你究竟是何方神圣呢?”

赵长风回到南江，没有到自己的办公室，而是直接到八一宾馆去找到大舅子方天雷，把见到赵强的情况讲了一遍。

他最后说道：“天雷哥，我本来还以为赵叔会因为杨一斌而有所忌讳，需要经过一番唇枪舌剑才能说服赵叔。没有想到，竟然会这么顺利。赵叔提前把一切都替我安排好了，还把何承明从党校紧急召了回来。说实话，我还是有点想不明白，为什么赵叔会这么痛快？他难道一点都不忌讳老杨家的势力吗?”

“呵呵，”方天雷神秘地笑了起来，把一份报纸推到赵长风面前，“答案很简单，就在这份报纸上。”

赵长风拿过一看，映入眼帘的就是长湖省副省长侯有光疑涉经济问题被中纪委双规的消息。赵长风眼皮不由得一跳，怎么侯有光会被双规了呢?

虽然和侯有光没有什么交往，但是赵长风对侯有光这个人的情况却很熟悉。赵长风在邙北的时候，侯有光就是中原省财政厅厅长。当时赵强担任中原省常务副省长，分管着财政，是侯有光的顶头上司。中原传闻，侯有光是赵强的嫡系，这个情况赵长风也曾趁着担任过赵强秘书的刘光辉喝醉的时候打听过，刘光辉虽然语焉不详，但是泄露出来的只言片语却说明，即使侯有光不是赵强的嫡系，两个人之间的关系也非同一般。后来赵长风跟着赵强到了粤东，对侯有光的情况就没有再继续关注，只是听人说过，侯有光调到其他省担任副省长了。只是没有想到侯有光去的是长湖省，现在还被双规了。

“天雷哥，你说的是这个吗?”赵长风用手指着侯有光那一条新闻。

“对，就是这个!”方天雷点头说道：“侯有光你应该知道吧?”

“情况大致还是了解一些。”赵长风说道：“我只是不知道他为什么被双规，更不知道，他的双规和粤东以及南江有什么关系？赵叔难道是因为他被双规才……”

方天雷笑了笑，说道：“长风，你的信息量太少了啊。你的眼光不要光盯着自己脚下这一块，也不要光盯着头顶那一方天。要向四周看，看得长远一点……”

说到这里，方天雷停了一下，意味深长地望着赵长风："你知道长湖省的一把手，是什么人吗？"

"你是说张……"赵长风摇了摇头，说道："我还真不清楚。"

"他是京城那位杨老爷子的女婿。"方天雷伸手往北边指了指。

"啊？"赵长风很是吃了一惊，"原来如此啊！"

"没有想到吧？答案竟然如此简单，但是却又不简单。"方天雷微微摇了摇头，很是感慨。

见赵长风还是有一点疑惑，方天雷就前凑了一凑，压低声音说道："最多就是两三年的时间，谁胜谁败就能见个端倪。"

赵长风心头一震，望着方天雷说道："天雷哥，你是说……"

方天雷点了点头，说道："没错。毫无疑问，以赵强的年龄和地位，是未来的候选人之一，而且从目前来看，也是最具有优势的候选人。老杨家现在对侯有光下手，是醉翁之意不在酒啊！"

说到这里，赵长风已经完全明白了。对侯有光双规，其目的其实是对准了曾经担任侯有光顶头上司的赵强。只要从侯有光这里打开缺口，还怕拿不住赵强的把柄？

现在就不难理解，为什么赵强这边会通知何承明从京城赶回来，协助赵长风来办案。如果能拿下杨一斌，杨家那一点猫腻又能奈何得了赵强？

想到这里，赵长风蓦然一惊，想起何承明要公安厅派技术人员下来的事情，这八一宾馆虽然是军方宾馆，但是地处南江地盘上，难保不被杨一斌的人渗入，这样一来，自己和天雷哥的一些说话，会不会传到某些人的耳朵里？

赵长风伸手抓起一张便笺，在上面写上"窃听"两个字，后面打了一个重重的感叹号。然后他把这张便笺递给方天雷，又用手指了指周围。

方天雷接过便笺一看，哈哈大笑。

"窃听？给他们一个狗胆！"他面容猛然一肃，从牙缝里透出森森杀气："我到这里是执行机密军事任务，也有人敢窃听吗？抓住可以一枪直接崩了他的脑袋，谁敢？"

"再说，"顿了一顿，方天雷又说道："师部的顶尖技术人员在我入住之前已经把整个楼层仔仔细细地筛了一遍，连个苍蝇蚊子也不可能漏掉。虽然我们只占用了两个房间，但是这个楼层其他房间都空着，不接待任何客人，楼层的服务人员也全部由我的警卫战士接任，二十四小时全天候值班。安保手段虽然不敢说万无一失，但是用来防备杨一斌之流，应该绰绰有余了。”

赵长风这才放下心来，觉得自己的反应实在是有点大惊小怪。方天雷这次过来是为秘密军事演习做准备，安保工作的对象是那些无孔不入的军事间谍，相形之下，地方上公安机关那些技术能力就显得太小儿科了。只是他以前从来没有经历过有可能被人监听窃听的情况，所以听何承明郑重其事地提醒他之后，就有点草木皆兵的味道。

“天雷哥，这是我的新号码，以后就用这个号码联系。”赵长风把周长城给他办的新手机号码写下来，递给方天雷。

方天雷一下子明白怎么回事，他说道：“你是怀疑，手机通话被人监控了?”

“具体情况还不清楚，但是何厅长提醒我还是小心一点好。这一两天省公安厅就会派技术人员下来，帮我做一些必要的检查。”赵长风说道。

方天雷点了点头，说道：“还真有这个必要。”沉吟一下，他又说道：“不过公安厅的工作重点不在这方面，所以技术力量不一定能够跟上最新技术形势。我看还是这样吧，我还是从师部调过来几个技术高手，帮你彻底检查一下。”

“好，这样就太好了!”听说方天雷要动用军方的高手，赵长风心中一下子有了底气，“要尽快啊!”以前不知道存在这个可能，赵长风还无所谓。现在知道自己的办公室、住所甚至汽车内都可能被人装了窃听器，他感觉就如同被附骨之蛆缠上一样，心中有一种说不出的别扭。

“我这就打电话回去。”方天雷说道：“让他们赶最早一班飞机过来。”

范留根回到自己办公室，立即打电话把国保支队支队长刘正国叫了过来。

刘正国刚一进门，范留根劈头就问：“正国，你上次说的那套系统怎么样了?”

“什么系统?”刘正国有点丈二和尚摸不着头脑。

“什么‘什么系统’!”范留根敲了敲桌子，“就是你上星期跟我说的，香江有一家公司，有一套先进的无线取证系统啊！”

刘正国上星期和范留根吃饭时闲聊，说起香江有一家公司进口了一种“无线取证系统”，其实也就是窃听设备，效果非常好，只是价格很昂贵，香港很多大富豪却一掷千金，买下这种设备用来监控自己的老婆或者二奶有没有红杏出墙。

“那套系统啊，不过效果确实非常好。”刘正国说道，“我让王永才去香江现场测试了一下，效果非常理想，就是价格太昂贵了一点，要四十多万呢。”

“只要效果好就行，不管贵不贵，你今天就派人去香江去买下来。”范留根挥手说道。

“今天就买下来？”刘正国吃了一惊，香江和南江只是隔着一个田旺口岸，往来倒是极为方便，问题是这套系统需要四十多万，这么一大笔钱，事先没有向装备财务处申请，怎么可能拿到？再说装备财务处的张处长又是局长房兴盛的人。他为难地说道：“您跟装备财务处老张打过招呼了吗？”

“不用经过装备财务处。”范留根说道：“你直接去玉江房地产公司找副总陈玉龙，让他给你准备五十万元，你今天天黑之前一定要把这套设备弄进来。”

“还是来不及。”刘正国苦着脸说道：“这种设备海关查得很严，即使是我们公安机关出面，按照正常手续，也需要一周左右的时间才能够通关。”

“你脑袋里进水了？”范留根拍了拍桌子，“总之，这个任务交给你了，你天黑之前必须弄进来。”

“好，好，好，我想办法天黑之前弄进来。”刘正国被骂得狗血喷头，心中却不敢有任何怨言，只是一个劲儿地点头哈腰：“那运进来之后呢？”

“运进来之后？”范留根冷笑一下，招手把刘正国叫到身边，低低地说了几句。

在方天雷的紧急调动下，全师最精锐的电子战部队的三位顶尖高手于第二天上午紧急飞抵南江。赵长风的新号码收到方天雷的短信后，立即派秘书宁之明赶到机场，去接那三个电子战高手。

想着办公室可能被装了窃听器，赵长风就如坐针毡，一分一秒都不愿意在办公室里待下去。大家明刀明枪的来他不害怕，但是他以前从来没有往这方面想过，对手竟然有可能会使用这种龌龊下作的手段。

正在沉思着，宁之明已经推门进来，身后跟着三个穿着工作服的汉子，为首那个是四十出头的中年汉子，其余两个看起来都不到三十岁，每个人手里都提着一个方方正正的箱子，

见赵长风望过来，宁之明没有说话，只是点了点头，用动作示意了身后人的身份。

赵长风也不说话，站起身来和三个汉子握了握手。三个汉子脸上表情非常平常，一点都没有因为眼前这个人是南江市委副书记而受宠若惊。赵长风感觉这三个汉子手掌冰凉，和他们的面孔一样，摸上去冷冰冰的，没有一点感情色彩。

赵长风笑了笑，做了一个手势，示意他们可以开始了。这三个汉子就把工具箱打开，从里面拿出一台又一台精致小巧的仪器，调试着上面的按钮，开始准备工作。

这种场合赵长风不适合留下，他对宁之明做了个手势，让宁之明在现场陪着这三个人，他转身到副秘书长毕守成的房间去了。

毕守成见赵长风亲临他的房间，不知道是什么事情，连忙迎了出来。赵长风也不解释，坐到沙发上只是询问毕守成的工作情况，让毕守成又是激动，又是疑惑，心中一个劲儿地猜想，究竟会有什么好事在等着自己。

闲扯了二十分，赵长风的手机忽然间响了两声，他掏出来一看，只见是一条短信，内容只是一个大大的惊叹号。赵长风一笑，知道办公室那边已经搞定，就轻轻拍了拍毕守成的手，说道："老毕，不错，好好干！"这才起身回到办公室。

进了办公室，只见三个汉子正在收拾工具箱，他们见赵长风进来，为首的那个中年汉子就说道："赵书记，办公室已经搞定。成果在那边。"说着用手指了指办公桌上的一只小碟子。

赵长风走过去一看，只见小碟子里摆放了六只黑纽扣似的东西。纵然他已经有了思想准备，也不由得又惊又怒。没有想到，杨一斌真敢，他真敢使出这么下作的手段！也不知道这些窃听器安装在办公室里多长时间了，自己

有多少对话都被杨一斌听了去。一间办公室里竟然放了六个窃听器，还真的下了血本啊！

赵长风扭头正要问话，蓦然间又停了下来，为首那个中年汉子似乎知道赵长风的想法，他在旁边说道："没关系，这些窃听器已经被破坏，可以放心说话。"顿了一顿，他又说道："从胶水的痕迹上来看，这些窃听器应该是安装不久，绝对不会超过二十四个小时。根据你们的作息时间来推断，最可能的时间是昨天晚上。"

"昨天晚上？"赵长风心中的一块大石头总算去掉了，如果真的是昨天晚上的话，那么杨一斌还没有来得及监听到他的谈话。

"对，白天人来人往的，行动起来不方便。"中年汉子一边用手绢擦拭着手指，一边说道。

赵长风点了点头，如果窃听器放置不超过二十四个小时，时间也只有昨天晚上了。杨一斌在南江市经营了七八年，趁着夜里搞一些名堂还是很方便的。再说南江市委市政府都合署在行政中心办公，更是给杨一斌行事提供了方便。

沉吟了一下，赵长风又问出了另外一个问题："这玩意儿都清除干净了吧？会不会有什么遗漏？"虽然这样问有点不礼貌，但是这些人都是大舅子方天雷的部下，赵长风也不在乎那么多了。一想到窃听器就装在自己办公室，赵长风就有点毛骨悚然。如果自己在对手面前毫无秘密可言，那么还怎么再工作下去？

中年汉子极其认真地说道："赵书记，我们师电子战水平不仅是在济东军区，即使在全国七大军区来说，也属于佼佼者。我带过来的又是我们师最好的技术专家。如果我们出手还清除不干净的话，那么就全国来说，恐怕除了中南海和重要的军政机关外，再也没有什么安全的地方了！"

中年汉子语气虽然有些冲，但是却让赵长风一下子吃了定心丸。是啊，杨一斌使唤的都是公安局的干警，那些人平时应付的都是普通的刑事案件，即使搞个窃听，也是业余水平，怎么能和我军专门培养出来的电子作战部队相比呢？更何况面前这三个人可是高手中的高手，尤其擅长这种高科技状态下的秘密战形式。

“太感谢了！”想到附骨之蛆被连根拔除，赵长风的心情彻底轻松下来，他对中年汉子说道：“还有我的住所、专车，也拜托你们三位都去检查一下。”

“赵书记不要客气。”中年汉子神情依旧很平常，说道：“我们也是执行参谋长交代下来的任务而已。去你的住所，是不是还是宁秘书带我们去?”

“对!”赵长风点了点头，挥手对宁之明说道：“之明，带三位同志过去。三位同志有什么要求你照做就是，一定要好好配合。”

“是!”宁之明应了一声，向中年汉子做了个请的手势。

中年汉子提起了工具箱，又指了指桌面，对赵长风说道：“这六个窃听装置就留在这里了，里面的结构虽然还完好无损，但是功能已经被破坏了。”

交代完之后，他才对身旁两个年轻人示意一下，三个人提着工具箱跟着宁之明走了出去。

赵长风坐在皮转椅上，把小碟子拉到面前，低头看着这六个黑黑的小纽扣，连连摇头，就是这六个小玩意儿，让他寝食不安。如果不是方天雷及时派人赶过来，在办公室内他恐怕都不敢说话了。

下面的问题是如何处理这六个小玩意儿。当证据交上去？时间不成熟，现在还不到和杨一斌撕破脸的时候。再说这六个小东西也不是通过正规渠道搜查出来的，这让他向崔中凯汇报时该怎么说？崔中凯又怎么向省委去汇报？

算了，这六个小东西只能暂时留下。相信杨一斌经过这次教训，再也不敢来办公室动什么手脚了。否则赵长风如果让省公安厅下来查证，掌握到确凿的证据，杨一斌那边又该怎么处理?

这次可惜了。如果不是时间紧迫，赵长风宁愿多等两天，等省公安厅刑侦总队的人下来替他来检测这些东西。只是他实在不喜欢生活在这种被人时时监控的环境中，想一想那种感觉，他都感觉头皮发麻。

窃听装置解除了，那么刑侦总队下来之后，赵长风还有一项工作让他们做，就是暗中调查有没有人跟踪他或者在他身边的人。杨一斌既然能够使用窃听装置，那么使用秘密跟踪的手段也不足为奇。

崔中凯戴着老花镜，坐在办公桌后面看文件。他今年四十九岁，身体其他部位功能都很好，用省人民医院院长的话来说，崔书记的年龄是四十九岁，但是身体却像是三十五六岁。崔中凯知道这绝非是省人民医院院长的恭维话，他了解自己的身体，虽然不敢说真的像三十五六岁，但是说像三十八九岁的人的身体还是有的。去年到秦川省考察的时候，那号称有天下之险的华山，他不是也徒步登上顶峰？这种体力，有多少棒小伙都做不到呢！

唯一美中不足的是，他的眼睛有些花，不得不过早地戴上老花镜。这是崔中凯非常不愿意出现的一种事情，老花镜，从某种意义上来说，意味着已经步入了老年人的行列。他今年才四十九岁，风华正茂，有大好的政治前程等着他呢，怎么愿意被人归入老年人的行列呢？

来南江之前，崔中凯已经听说过杨一斌的飞扬跋扈。对此崔中凯已经做好了准备，他到了南江一定与人为善。只要不牵扯到根本利益，能忍让就忍让了。

可是到了南江之后，崔中凯发现，即使他抱着这种与人为善的态度，处处对杨一斌忍让，杨一斌却根本不领他的情，反而是变本加厉，仿佛南江市就是他的天下一样。这让崔中凯实在是忍耐不下去，在南江这个经济发达地区，他如果没有一点创新精神，在南江的建设上留下一点印记，就这么庸庸碌碌地混下去，那么他还有往更高处攀登的机会吗？把你放在一个全国、甚至全世界瞩目的地方，都搞不出成绩来，那上级领导怎么又能放心把你放到更重要的位置上去呢？

赵长风到了南江之后，改变了南江市微妙的政治平衡，崔中凯认为这是一个很好的机会，一定要联合赵长风，敲打敲打杨一斌。

正在想着，市委秘书长罗达功推门进来，笑着说道："今天天气不错啊。"

"是啊，天气很好。"崔中凯打了个哈哈，抬头望着罗达功。

罗达功拉开椅子在崔中凯对面坐下，笑呵呵地说道："南边新开了一家鱼塘，里面放养的都是四五十斤的大鱼。趁着今天好天气，我想请领导过去放松一下。"

开什么玩笑！现在去钓鱼？崔中凯正想说话，却见罗达功抓起笔在纸上刷刷刷地写了几个字，然后递给了他，上面写着：我有重要情况要汇报。

崔中凯猛地一激灵，一股凉气冒了上来。罗达功这是什么意思？有话不说，反而写在纸上，难道是……

比起不到三十二岁的赵长风，四十九岁的崔中凯的政治斗争经验可要丰富得多。马上就五十岁了，孔夫子说五十而知天命。崔中凯在政坛摸爬滚打这么多年，他立刻联想到，罗达功这个举动很可能意味着他的办公室不安全，甚至是被窃听了，否则也不会有话不说，用笔写在纸上来向他传递信息了。

崔中凯抬起头来，用询问的眼神看着罗达功，罗达功微微点了点头，示意他就是这个意思，崔中凯没有理解错。

见自己的猜想得到肯定，崔中凯心中又是一惊。虽然他现在还不明白罗达功是从什么地方得知他的办公室可能被窃听了，但是以罗达功沉稳的性格，如果是没有一点把握，是绝对不会这么做的。

想到这里，崔中凯不动声色地把纸条收起来，笑着说道："好啊，好久没有出去钓鱼了，今天正好活动一下筋骨。"顿了一下，他又说道："叫上老房吧，他上次让人从日本捎来两根禧马诺高级鱼竿，吹起来神乎其神的，我今天倒是要见识见识，是他的小日本鱼竿好，还是我的国产鱼竿强。"

说着崔中凯起身到了卫生间，解了个小便，然后把那张纸条撕得粉碎，扔进马桶里，用水冲进下水道了。

罗达功自然心领神会，知道崔中凯通知房兴盛一起去是干什么。如果市委领导的办公室被窃听了，必须动用警力来调查，这就要房兴盛这个公安局局长来部署了。

他立即拨通了房兴盛的电话，笑着说道："房局，正忙着呢？"

"啊，秘书长啊，您好您好。这会儿没有啥事。秘书长有什么指示，请说。"房兴盛笑呵呵地说道。

"房局开什么玩笑，我哪里敢指示你啊。"罗达功按照平常的语气开着玩笑，一丝异样都没有，"是这样的，一会儿我陪崔书记到南边去钓鱼。崔书记听说你那边有两根从日本进来的禧马诺的高级鱼竿，说想见识一下。你如果有空，就带着那两个禧马诺鱼竿一起去吧。"

房兴盛一愣，他什么时候有过禧马诺鱼竿啊？崔书记为什么要这么说？这里面肯定有问题。干了二十多年警察，房兴盛早就养成了高度的职业敏感，他笑呵呵地顺着罗达功的话说道："呵呵，不就是两根鱼竿吗？哪里有这么神奇？崔书记想看，我带过去就是。咱们是去什么地方钓鱼啊？"

“我老表新开的鱼塘，说了你也不一定清楚。”罗达功笑着说道：“半个小时后，在南湾路口碰面，我带你过去。”

放下电话，崔中凯正好走了出来。罗达功笑着说道：“老房我已经通知过了，他说这就回去取那两根鱼竿，半个小时候在南湾路口碰面。”

崔中凯点了点头，招手把秘书高相成叫了过来：“相成，我跟达功秘书长出去放松一下。你就留在办公室值班，有什么情况要及时向我汇报。”

高相成跟了崔中凯两年，早已经把他的脾气摸得一清二楚，见崔中凯无端端地要和罗达功出去钓鱼，就知道一定有事情，再经过和崔中凯的目光交流，他就明白崔书记这是要让他留在这里掌握办公室的动静。于是就点头说道：“放心，有什么情况，我一定及时通知你。”

崔中凯交代完毕，这才和罗达功一起乘坐专用电梯下到楼下。司机早已经得到通知，把车停在楼道口，见崔中凯和罗达功下来，就抢先拉开车门，双手护着上面，把崔中凯让了进去。

罗达功那边却很自觉，拉开前门，坐在副驾驶的位置上。

司机轻轻地把车门关好，从车头前方绕过来，回到驾驶员的座位上，扭头问罗达功道：“秘书长，咱们去什么地方？”

“南湾路口。”罗达功说道。

司机就打着火，一踩油门往外开去。

在路上，崔中凯跟平常一样，和罗达功很随意地聊着天，不时还对市里那些部委办局的头头脑脑们进行一些点评，但是关于罗达功要汇报什么情况，崔中凯一个字都没有问——既然办公室可能被窃听，那么汽车里面肯定也不保险，说不定也装了窃听器。罗达功既然安排了钓鱼，那么到了鱼塘之后，再详细询问也不迟。对方不管是什么人，也不会有那么大能量，会把窃听器安在鱼塘。更何况这个鱼塘究竟在什么地方，现在除了罗达功之外，并没有其他人知道。即使对方想提前到鱼塘去安装窃听器，也无从下手。

到了南湾路口，一辆挂着南 000002 牌照的黑色奥迪 A6 停在路边，这正是南江市公安局局长房兴盛的坐骑。果然，看到崔中凯的专车快到的时候，奥迪 A6 里就钻出一个穿便装的男子，向他们挥手。这不是房兴盛又是谁呢？

罗达功示意司机把车停在路边，他摇下车窗，对房兴盛说道：“房局，动作挺快嘛。鱼竿带了吧？跟着我们的车走吧。”

房兴盛见罗达功在这里还提到鱼竿，就心中一惊，知道事情有些古怪，他笑着说道：“带了，都带着呢！”然后钻进车里，让司机跟着崔中凯的专车往前走。

罗达功坐在副驾驶的位置上，给司机指着路，曲曲折折地转了十多个弯之后，前面出现一片香蕉林，在香蕉林的正中间有一条窄窄的水泥路，弯弯曲曲地通向香蕉林深处。

“沿着这条路一直走。”罗达功用手指着前方。

司机就开着车上了这条水泥路，在香蕉林中又走了大约十多分钟，前面豁然开朗，一个巨大的露天鱼塘出现在众人的视野中，露天鱼塘周围用毛竹搭成了围栏，围栏里有十多个露天小亭子，稀疏地分布在鱼塘边上。

罗达功就让司机把车停在鱼塘外面，然后和崔中凯下车。后面的房兴盛也从车里钻出来，打开后尾箱，拿出两套渔具出来。房兴盛平时也喜欢钓鱼，这两套渔具虽然不是日本的禧马诺高级鱼竿，但是确确实实是进口的日本货，每一根都要七八千人民币。

这时鱼塘主人听到车响，就带着两个人迎了出来。他看到是罗达功，就惊讶地叫道：“老表，你今天怎么来了？我昨天不是告诉你，鱼塘今天换水消毒，不对外营业吗？”

罗达功笑着说道：“不要紧，你换你的水，我们随便钓一钓，就是图个开心。”说着打开手包，抽了几张百元大钞递了过去。

鱼塘主人只知道罗达功是他同乡，而且还颇为阔绰，却不知道罗达功是市委秘书长，更不知道罗达功身旁两个人一个是南江市市委书记，一个是南江市公安局局长。他见到罗达功把钱递过来，就笑着说道：“老表，那么客气干啥？随便玩一玩，还给什么钱。”嘴里这般说着，手指却灵巧地一卷，把几张百元大钞抓到了手里。

“送点干鲜水果，再拿两套渔具。然后你就忙你的吧，不用管我们。”罗达功对鱼塘主人交代道。

“好的好的。”鱼塘主人脸上堆着笑，连连点头。只要有钱收，管客人提出什么要求呢！

他说道："你们挑个位置坐下，我这就去准备香烟水果。"

罗达功就在前面领路，选了一个最僻静的亭子坐下。鱼塘主人端来四碟水果，上了一盒软中华，又送来两套渔具，然后笑着退下，说："有什么吩咐随时叫我。"

等鱼塘主人退下之后，崔中凯的面容才严肃起来，他说道："达功，发生了什么情况，你现在可以说了吧？"

房兴盛也在旁边看着罗达功，准备听听罗达功葫芦里卖的是什么药。

罗达功扫了一下周围，这才轻声说道："我怀疑您的办公室被人装了窃听器。"

虽然心中早就这样猜测，但是听罗达功亲口说出来，崔中凯还是暗自吃惊。不过表面上却并没有任何神情波动，他语调平稳地说道："为什么会这么怀疑？有什么证据吗？"

"今天上午，我看到赵书记的秘书宁之明领着三个穿便装的人进了赵书记的办公室。那三个人虽然穿便装，但是从气质上就能够看出是军人，关键是他们三个人手中都提着一个工具箱。"罗达功汇报道："我是从部队转业回来的干部，那种工具箱我特别熟悉，是军队里用来装载特种技术设备的专用工具箱……"

崔中凯不动声色地靠在椅子上，房兴盛却惊讶地说道："秘书长，你是说……"

"对！"罗达功点了点头，说道："我当时就想，这三个人肯定是部队里的无线电专家。这个时候，他们提着三箱设备来到赵书记的办公室，究竟是什么意思呢？"

"难道说，赵长风怀疑他的办公室被人安装了无线电设备？"房兴盛搞刑侦工作出身，自然知道这意味着什么。但是他还是很隐晦地用"无线电设备"代替了"窃听器"这个敏感词语。

崔中凯却依旧一言不发，斜靠在那里等罗达功继续说下去。

罗达功说道："于是我就找了一份文件，让机要员送到赵书记的办公室。机要员回来向我汇报说，赵书记的办公室门紧关着，宁之明根本没有让他进去，在门口就把文件接走了。半个小时后，宁之明带着这三个人离开了赵书记的办公室，到楼下乘上赵书记的专车出去了。情况就是这样。”

崔中凯这才直起身来，和房兴盛碰了一个眼神，然后不紧不慢地问道：“达功，你对这个情况怎么判断？”

罗达功说道：“我的初步判断，赵书记请这三个无线电专家过来，应该是检查办公室的安全问题。和房局的判断一样，我认为赵书记怀疑他的办公室被安装了窃听设备。而后来宁之明带着这三个无线电专家下去，有可能是送他们走，更有可能是去检查赵书记的住所。”

“我当时就想，如果赵书记的办公室都被不知不觉地装了窃听设备，那么市委其他领导呢？包括您呢？您的办公室会不会也被人装了什么设备？”罗达功说道。

崔中凯缓缓地点了点头，说道：“所以你才觉得在市委什么地方都不安全，用纸条和我交流，把我请到这里来？”

“是啊！”罗达功点头说道：“那些人再神通广大，也总不至于把这个鱼塘也装上窃听设备吧？”

“老房，你的看法呢？”崔中凯看了看房兴盛。

房兴盛沉吟一下，说道：“宁可信其有，不可信其无，万事小心为妙，我觉得秘书长分析得很有道理。不过……”房兴盛面容忽然间严肃起来，“如果某些人真敢在崔书记的办公室装窃听器的话，那就太胆大妄为了！”

崔中凯内心当然非常气愤，但是没有拿到确凿的证据之前，他却不愿意把自己内心的情绪泄露出一丝一毫。万一这件事情是罗达功神经过敏，摆个乌龙怎么办？虽然他知道这种可能性非常小。

“崔书记，”房兴盛抬头望着崔中凯，“这件事情交给我了，我立即调刑侦支队专家赶到行政中心，对市委领导的办公室进行统一检查。”

“好，一定要注意保密！”崔中凯指示道：“假如秘书长的推测是真的，你务必要拿到证据。”说着，崔中凯五指紧紧收拢，做了把一切都攥在手心里的手势。

“好，我亲自回去布置这件事情，挑选最可靠的人参加，绝对不会走漏风声。”房兴盛说着就站了起来。

就在这时，罗达功的手机响了起来，是高相成打过来的，他接起电话问道："相成，什么事情?"

"秘书长，我有紧急情况汇报，你让书记接电话。"高相成喘着气说道。

"书记，相成的电话，听说有紧急情况向您汇报。"罗达功把手机递给了崔中凯。

崔中凯接过电话，问道："什么事?"

"刚才杨市长打电话让我过去他的办公室取一份急件，我没有想那么多，就过去了。谁知道我过去了之后，杨市长办公室里正有客人，他的秘书钟世杰就让我在外面等，等了足足有十几分钟，客人还没有走，我觉得有些不对劲，就连忙跑回您的办公室，结果发现您的办公室门开着，里面有几个干警。一问，他们说他们是市公安局国保支队的，今天过来是对所有市领导的办公室进行例行安全检查……"

"什么!"崔中凯脸色立刻变得铁青，"高相成，你怎么搞的?让你看个办公室都看不住!那些国保支队的干警呢?"

"他们还在行政中心，说是到市政府那块去做安检了……"高相成低声说道。

"你给我好好反省一下!我回去再找你算账!"崔中凯怒斥了一声，挂断了电话。

在罗达功的记忆中，崔中凯是一个学者型领导，身上带着一股子书卷气，言谈举止中带着仿佛是与生俱来的温文尔雅，即使在盛怒之中，说话也是极有分寸，他从来没有见到过崔中凯像今天这样失态，而且还是对高相成这个最欣赏最信任的秘书。

"发生什么事情了?"罗达功小心翼翼地问道。

"高相成中了人家的调虎离山计。等他回来，市局国保支队的干警已经在我的办公室进行例行安全检查了!"崔中凯冷着脸说道。

罗达功这才恍然大悟。怪不得崔中凯如此暴怒，原来是这么一回事。

从表面上来看，崔中凯发怒是冲着高相成，实际上却并不是这样，崔中凯只不过是借着训斥高相成来发泄心中的无名怒火。国保支队早不去晚不去，偏偏选在这个时候出现在他的办公室进行例行安保检查，这无疑是宣布，罗达功刚才的推测完全是正确的。不仅仅是市委副书记赵长风的办公室被安装了窃听器，连崔中凯的办公室也被安装了窃听器。而国保支队干警这时候出现在崔中凯的办公室，肯定不是进行例行安保，恰恰相反，他们是过去消灭罪证，把偷偷安装的窃听器取回去。

罗达功借口钓鱼把崔中凯邀请出来，又用同样的借口把房兴盛一同请来，看着虽然巧妙，但是却引起了有心人的警觉，所以他们才会紧急调派国保支队的干警过去，以例行安保的名义，把窃听器回收。

崔中凯前面听到罗达功汇报时似稳坐钓鱼台般的不动声色，是因为罗达功讲得虽然很有道理，但是毕竟都是推测，没有拿到证据证明他的办公室被窃听了，甚至即使赵长风那边，也可能只是赵长风的过分多疑，所以通过私下的渠道请了几个部队上的无线电专家过去检测一下，并不见得拿到了什么实际证据，甚至那几个人是不是军队的无线电专家，都在猜测中。

所以这个时候，崔中凯必须要沉得住气，才与他粤东省委常委、南江市委书记的身份相符。否则什么都没有拿到，他就大惊小怪起来，事后如果证明是虚惊一场，那岂不是无端在部下面前露了怯吗？

每逢大事有静气！作为一个领导，必须有领导涵养才行！

可是现在情况却又不同，虽然还是没有掌握到直接的证据，但是在他们离开行政中心之后那里发生的一切都说明，崔中凯的办公室里肯定是被某些人安装了窃听器。否则高相成不会被人调虎离山，国保支队的干警也不会恰到好处地出现在崔中凯的办公室，以安全保卫的名义搞什么例行检测。

被人窃听已经成了事实，而且这事实还抓不到证据，这还怎么让崔中凯再有静气？连堂堂的省委常委的办公室都敢动手脚，对手还有什么不敢做的？

“老房，你给我解释一下，这究竟是怎么回事？”崔中凯沉着脸望着房兴盛，“国保支队怎么会到我办公室去？”

“崔书记，这……这一定是范留根搞的鬼！”房兴盛慌忙说道：“刘正国是他的人！”

“你是公安局一把手，竟然连范留根都比不上？”崔中凯用力敲击着躺椅的扶手，“人怎么会都被他拉去了？我看这几年的局长你是白当了！”

房兴盛屏住呼吸，一口大气都不敢出。

罗达功在一旁小心翼翼地为房兴盛解围：“老房这两年也不容易，范留根有杨市长在后面撑腰，把老房顶得够呛！”

“杨市长杨市长！”崔中凯双眼都快冒出火来，“范留根有杨市长，房兴盛不是还有我吗？为什么要束住自己的手脚？我再三说了，手腕一定要硬一些，只管放心大胆地去做！怕什么？公安局的天塌不下来嘛！”

崔中凯来南江已经对杨一斌处处忍让，但是杨一斌却要把他逼上绝路，还竟然敢指示人暗中在他办公室装上窃听设备，这已经触犯到崔中凯的底线，如果他这个时候再不做出一点反击手段，不但会继续助长杨一斌嚣张跋扈的气焰，而且他在这些手下心目中恐怕也会被打上软蛋的标签，以后休想再抬起头。

“走，我们现在就回去！”崔中凯说道：“老房，你还是通知刑侦支队的人过来，对我的办公室、专车还有住所再详细做一次安保检测。我们看一看，国保支队的同志们有没有给我们留下什么战果！”

第十一章　黑恶势力遭打击，害群之马被清除

省公安厅采取霹雳行动，逮捕了玉江房地产公司老板陈玉龙。这起强拆伤人恶性案件的主要操纵者就是陈玉龙。然而陈玉龙十分委屈，他不过是站在前台唱戏的那个人，玉江房地产公司其实是南江杨一斌市长的白手套。省纪委随即对杨一斌采取双规措施，在铁证如山面前，杨一斌终于低下了他的头。

同一时间里，南江市长办公室里也进行着一场三个人之间的对话。对象分别是市长杨一斌、公安局政委范留根和市政府秘书长王清文。

“小范，怎么搞的？国保支队是不是有内鬼？怎么昨天晚上刚刚安装上去，今天就完全暴露了？”杨一斌虎着脸说道。这个时候他再也顾不得含蓄不含蓄了。如果不是他当机立断，判断出来安装窃听器的行动可能暴露，迅速通知范留根采取措施，去崔中凯办公室把窃听器收回来，那么局势必然会急转直下，糟糕到无法收拾的地步。

想一想看，假如崔中凯让房兴盛出动刑侦支队的干警到办公室里把窃听器搜查出来，这将会是什么样的结局？毫无疑问，崔中凯拿到这些窃听设备，肯定会向省委汇报，省委必定会派人下来查个水落石出。到时候杨一斌想再扭转这种局面，恐怕比登天还难。

一想到可能会出现这种局面，杨一斌不由得出了一身冷汗，这套花了几十万元高价进口的尖端设备不但没有取得预料中的战果，还差一点葬送他的前程。

就在几十分钟前，范留根过来向他汇报，说手下人窃听到市委书记崔中凯办公室的对话，市委秘书长罗达功忽然间邀请崔中凯出去钓鱼，还电话通知了公安局局长房兴盛一起去。杨一斌当时就觉得不对，这是什么时候，怎么罗达功好端端会去邀请崔中凯去钓鱼？崔中凯还真有这个闲情逸致，竟然答应了。这跟杨一斌平时了解的崔中凯个性很不相符。更为可疑的是，崔中凯还主动让罗达功打电话邀请房兴盛一起去，说什么看禧马诺鱼竿，多么完美的借口啊！

当杨一斌听到这个汇报时，心中第一反应就是，肯定出问题了，崔中凯绝对是觉察到什么，他和罗达功躲了出去，并把公安局局长房兴盛也叫过去，一定是在商量什么事情。他们不在崔中凯的办公室里商量，而是躲到外面找一个无名鱼塘去商量，说明他们意识到，办公室不安全。

就在这个时候，市政府秘书长王清文又走了进来，向杨一斌汇报了早上赵长风办公室里发生的奇怪情况。杨一斌立刻让范留根联系国保支队的心腹，让他去查看监听录音。几分钟后心腹立即汇报，说上午十点钟之前，监听设备正常工作。十点钟之后，监听设备就再也没有接收到什么信号。

到了这个时候，范留根即使反应再迟钝，也知道监听设备一定是出问题了。一时间他浑身冷汗都下来了，六神无主地望着杨一斌。虽然说这件事情是他秉承杨一斌的意思去干的，但是杨一斌毕竟没有亲口交代，更重要的是，他手中没有掌握什么证据，即使是杨一斌交代的，到时候杨一斌也能推得一干二净。对省委常委的办公室进行监控，这可不是一个小罪名。万一杨一斌这边扛不住，会不会把他当一个替罪羊给扔出来呢？

杨一斌这个时候却出奇地冷静，他说道：“赵长风那边不用担心。即使他发现了什么证据，也拿不到台面上。毕竟他不是走的正规渠道，而是通过私人关系来清除这些设备的。我就不信他有胆子把那些东西交出来。”

他看着范留根说道：“小范，现在关键的是崔中凯的办公室。崔中凯把房兴盛邀请了出去，一定是察觉到什么，进行了部署。一旦让他们掌握，拿到证据，那情况可就不太妙了。”

说到这里，杨一斌拳头狠狠一挥，“所以，我们必须抢占先手。你立即通知国保支队的刘正国，迅速赶到行政中心，对市委市政府所有领导办公室进行例行安保检测。”

范留根眼睛一下子亮了起来，只要他们能够赶在房兴盛前面，把窃听器重新收回来，即使崔中凯再怀疑，掌握不到证据，又能奈何？

“好，我立即通知！”范留根兴奋地应了一声，正要打电话，忽然间又停了下来，“崔中凯的秘书高相成还留在那里，并没有出去……”

“这个你不用管了，交给我来处理。你只管通知国保支队以最快的速度赶到行政中心就是！”

现在，一切就像杨一斌安排的那样，国保支队顺利地把崔中凯办公室里的窃听设备清除掉，一点痕迹都没有留下，一场迫在眉睫的危机就这样被化解了。可是对这样的局面，杨一斌并不满意，他现在要追究的就是国保支队究竟有没有内鬼。为什么昨天晚上刚刚放置好的设备，今天就被赵长风、被崔中凯等人发觉了呢？

“我这就回去调查。”范留根也是心中暗恨，他说道：“如果让我抓到这个内鬼，绝对不会让他好过的！”

一个小时后，崔中凯回到了自己办公室。刑侦支队已经对他的办公室详细检测了一遍，没有再发现有什么痕迹，也没有发现什么物品，看来范留根的心腹做得非常干净。

崔中凯情绪已经恢复了平静，依旧是那个镇定自若的南江一把手，他挥手让所有人退了出去，伸手抓起电话，拨通了赵长风的号码：“长风，现在有时间吗？到我办公室来一趟。”

赵长风这边也得到了国保支队到崔中凯办公室进行例行安保检查的消息。他当时第一个判断就是，崔中凯的办公室也被人装上了窃听器了。对于这个结果，他并不奇怪。杨一斌既然敢对他下手，那么也就敢对崔中凯下手。反正做了初一，就不怕做十五，如果没有意外，崔中凯办公室的窃听设备应该和他办公室的窃听设备一样，都是昨天晚上装上的。

既然是昨天晚上装上的，为什么今天早上又派国保支队的人过来匆匆忙忙地收走？这只能说明一个情况，那就是杨一斌认为崔中凯察觉到了他们的这种窃听手段，所以不得不匆匆忙忙地派人过来把这些东西拿走，以免落到崔中凯的手里成为证据。

想到这里，赵长风就暗道可惜。如果崔中凯行动能够再快一点，再隐秘一点，抢在杨一斌的人之前，那么这时候已经是证据在握。

赵长风正在暗自可惜的时候，就接到了崔中凯的电话，请他过去一趟。赵长风微微一笑，知道崔中凯这个时候叫他过去，肯定是有特别的用意。

赵长风一直盼望崔中凯出手，可是崔中凯一直采取一种坐山观虎斗的态度。可是他没有想到，有朝一日这大火也会烧到他的身上，到这个时候，他终于坐不住了。

赵长风微笑着说道："崔书记，我这里有几个急件，处理一下就过去。"

放下电话，赵长风端起茶杯，站到窗口，悠闲自得地望着外面。南江市的局面发展到现在，迎来了转折点，赵长风第一次夺回局势的主动权。

省里有赵强书记的支持，省公安厅刑侦总队的干警明天就会悄悄地抵达南江，展开秘密调查。而南江市这边，火都烧到崔中凯身上了，崔中凯肯定要动用他手中的资源。比起赵长风这个几乎光杆司令的副书记来说，崔中凯手中的资源是非常强大的。整个纪委系统、还有公安局大半个力量，都掌握在崔中凯手里。更重要的是，崔中凯是市委书记，是南江市一把手，除非是那些死心塌地上了杨一斌贼船的人，否则其他干部不管是不是崔中凯的人，都要看崔中凯的眼色行事。

看了十几分钟风景，赵长风觉得时间差不多了，这才起身离开办公室，向崔中凯的办公室走去。

刚转过楼梯口，赵长风就看见市委秘书长罗达功笑吟吟地站在面前，弯着身子，伸出双手殷勤地说道："赵书记，崔书记正在办公室等您呢!"

看样子老崔的诚意很足啊，把自己最亲信的大管家都派过来恭候了，好歹人家罗达功也是市委常委，是市一级的领导呢!

赵长风轻轻握住罗达功的手，笑着说道："达功秘书长啊，你总是搞得这么客气。也太见外了吧?"

罗达功脸上堆着笑说道："我是市委的大管家，就是为领导服务的。来这里迎一迎赵书记，也是应该的。"

赵长风轻轻拍了拍罗达功的手背，这才放开，微笑着迈步往前走。罗达功却稍微停顿了一下，等赵长风差不多要拉开他一步距离的时候，他才开始迈步，跟在赵长风的侧后方。

那些在走廊里的干部见到市委秘书长罗达功毕恭毕敬地跟在赵长风后面，虽然还像往常那样打着招呼，但是那略显尴尬的神色里都带着一丝诧异：罗达功可是市委书记崔中凯的人，怎么对赵长风如此恭敬？难道说……

赵长风把这些干部的反应都看在眼里，他忽然间明白了崔中凯派罗达功过来迎接他是什么用意。崔中凯这是要向外部传达一个信号，那就是他崔中凯要和赵长风结盟了，这甚至可以看做是崔中凯对杨一斌的一种示威。如果不是杨一斌把崔中凯逼迫得退无可退，崔中凯是绝对不会采取如此激烈的手段的。

眼看要到崔中凯办公室了，罗达功小跑几步，抢先为赵长风推开书记办公室的房门。崔中凯听到声响，抬头一看，马上站起了身子，笑着说道："长风，快请坐，快请坐。"接着又吩咐罗达功道："快给赵书记泡茶。"

见崔中凯从办公桌后面迎了出来，赵长风笑着伸出双手，和崔中凯握在了一起："崔书记，劳您久等了呢！"

"没什么，你那边担子重，工作多嘛。"两个人用力甩着手，崔中凯腾出一只手来，轻轻地拍了拍赵长风的肩膀，笑着说道："你最近瘦了不少啊。长风，要多多注意身体啊，革命工作不是一朝一夕的事情啊。我们工作要干，身体也要养啊！"

两个人手拉着手坐在了沙发上，赵长风接过罗达功双手敬过来的茶，品了一口，笑着说道："崔书记果然是一个懂得享受的人啊，你这茶不错，口感很棒啊！"

"哈哈，长风你就是识货啊！"崔中凯说道："这还是我上次去武夷山考察的时候，闽江省省委洪书记送给我一斤。现在还余下几两，你如果喜欢，待会儿我让达功给你包回去。"

赵长风笑眯眯地说道："崔书记就是了解我啊。不瞒您说，我就是好这一口。那待会儿我就不客气了，剩下的几两我全带走！"

"嘿，长风，你这是日本鬼子进村——大扫荡啊？"崔中凯伸手虚点了一下赵长风，同时冲一直站在旁边的市委秘书长罗达功使了一个眼色。罗达功就会意地退出了办公室。

崔中凯抬眼瞥见罗达功关好了办公室的门，就不再兜圈子，他扭头望着赵长风直奔主题：“长风，咱们南江新一轮扶贫干部的轮换又开始了，你有什么想法没有？”

赵长风立刻读懂了崔中凯的意思，这个老崔，看来当初能够压住杨一斌，以过江龙的身份坐到南江市委书记的位子上，绝对不是偶然和侥幸啊！

虽然崔中凯没有一个字说要和他结盟，但是派罗达功到外面迎接他那个举动，还有到了办公室之后对他的态度，本身就说明了一个问题。现在崔中凯既然决定要出手，赵长风当然要配合。毕竟杨一斌不光是崔中凯的对手，更是赵长风的对手。

赵长风严肃地说道：“崔书记，扶贫工作是党中央、国务院的一项重大战略举措。这既是我们深入落实‘三个代表’重要思想的具体实践，也是我们南江市全体党员干部义不容辞的责任和义务。因此，我们要坚决贯彻落实省委扶贫工作会议精神，保证完成省委提出的各项扶贫工作任务，以回报省委和贫困地区人民对我们南江的信任和希望。”

顿了一顿，赵长风又说道：“我个人的看法，认为以前我们南江市对贫困地区的援助力度虽然很大，但是还不够。我们要继续加强扶贫力度，把我市最优秀的干部派到贫困地区去，打赢这场服务贫困地区经济发展的攻坚战，为贫困地区的经济发展做出自己的贡献！”

和聪明人说话就是省心省力。崔中凯见自己话才一出口，赵长风就立即反应过来，而且还做出一个结盟者应有的姿态，和他的立场保持一致，不由得点了点头。

“长风，选派哪些优秀干部，你心中有底吗？”崔中凯微笑着问道。

“扶贫工作是组织部负责，组织部门应该拿出初步意见。”赵长风微笑着说道，“不过呢，我个人倒是有个看法，市公安局国保支队支队长刘正国同志政治作风过硬，业务能力也很突出，是我市不可多得的优秀干部。好钢用在刀刃上，这样优秀的干部我们就应该用在扶贫这项重要的工作上！”

国保支队支队长刘正国是公安局政委范留根的心腹，没有他的指示，国保支队的人敢到市委书记办公室去做什么安保检测？这其实已经说明了安装窃听器必然与刘正国有关。这个时候把刘正国拿下，一个杀鸡儆猴，给其他居心叵测的人一个教训，另外也是打断范留根在公安局的爪牙。

崔中凯微微一笑，赵长风这个年轻人还真是知趣儿人，他这里刚一开口，赵长风就知道该怎么说。如果杨一斌也像赵长风一样聪明，和他之间又怎会闹到今天这般水火不容的地步呢？

今天国保支队到他的办公室搞的那一系列动作，虽然说必定是杨一斌、范留根在后面的指使，但是刘正国冲在最前面，肯定是崔中凯第一个要惩戒的对象。连堂堂的省委常委的办公室都敢装上窃听器，别以为后面有杨一斌罩着你！

在见赵长风之前，崔中凯已经打定了主意，借着这次扶贫干部轮换的机会，把一批立场有问题的干部都弄去扶贫，首当其冲的当然就是这个刘正国。在南江，范留根是杨一斌最倚重的人，而刘正国是范留根最倚重的人，拿掉刘正国，固然是为了杀鸡儆猴，更重要的是，这样做至少敲掉了杨一斌四分之一的实力，等于把公安局国保支队的控制权重新拿了回来。今天把赵长风请过来，就是为了向赵长风通一下气。既然要下决心和赵长风结盟，那么事先通通气，统一一下彼此的立场，这个还是很有必要的。

让崔中凯感到高兴的是，他这边刚开口，赵长风立即就知道了他的用意，而且还替他把话给说了出来，和这样聪明知趣儿的年轻人做盟友，真是痛快！

“我同意长风书记的看法。刘正国这个同志确实是一个不可多得的优秀干部，是可以培养的。”明明就是崔中凯的看法，偏偏要说成是赵长风的看法，然后再表示同意。这种常见的套路崔中凯用起来更是驾轻就熟，他微笑着说道：“把这样优秀的干部放到贫困地区去锻炼几年，回来之后就能够派上大用场啊！同时也有力地支援了贫困地区的经济建设嘛！”

“是啊是啊。”赵长风心照不宣地笑了起来，“崔书记一向都很重视后备干部的培养，在这一点上我特别钦佩。”

崔中凯点了点头，说道：“比较拔尖的优秀干部，刘正国算上一个。其他人呢，长风书记有没有什么意见？”

赵长风微微一笑，说道：“我来南江市的时间还不长，对下面的干部还不是很了解。这个还是要组织部门拿出初步意见。”

赵长风这样做是等于把球再发还到崔中凯的手上。赵长风既然说让组织部拿意见，那就等于说是完全支持崔中凯的主张，由崔中凯决定选派扶贫干部的人选。相比起来南江只有七八个月的赵长风，在南江市苦心经营了一段时间的崔中凯对南江市的干部队伍肯定更知根知底。

“这次省里分配给我们的扶贫干部数量为五人。组织部门草拟了一个名单，刚才给我送过来了，你看一下。”崔中凯拿出一张名单，递给赵长风。

赵长风倒是吃了一惊，崔中凯反应可真是够迅猛的。这距离国保支队来他办公室做例行安保检测还不到两个小时，崔中凯这边已经让组织部拿出扶贫干部的名单来了。其手腕之强硬之迅猛，真是让人叹为观止。杨一斌最大的失误就是目中没有崔中凯，硬是把崔中凯推到了他的对立面上。

赵长风接过名单看了一下，发现名单上这几个人果然都是杨一斌的人，崔中凯不动声色地就把这些紧跟着杨一斌的人弄到扶贫队伍的行列当中去。等扶贫任务结束，南江市早已经是另一番天地了。

杨一斌虽然是南江市长，但是在南江市，掌握人事大权的却是市委书记崔中凯，市委组织部部长梁天鸣是崔中凯的人马，对南江市县处级以下干部岗位的调整就完全掌握在崔中凯手里，杨一斌也是无能为力。

“组织部门提出的这个名单很好，很细致，说明他们是做了大量的工作的。”赵长风把名单递还给崔中凯，“市委当初决定天鸣同志主抓我市的干部工作，没有选错人啊!”

“天鸣同志是不错。”崔中凯把名单放在桌子上，沉吟了一下，又开口说道：“另外还有一个事情。省委党校地厅班马上要开课了，我市需要推荐两名优秀的学员，你看……”

赵长风立刻就明白了，崔中凯这是要对范留根下手。国保支队支队长刘正国级别是正处级，可以借着这次扶贫干部轮换的机会派到外地去。可是南江市公安局政委范留根的级别却是正厅级，超出了这次选拔扶贫干部的级别，所以要想搬开范留根，只好另想办法。无疑，到省委党校地厅班去学习，是最合适的一个办法……

看样子老崔这次是痛下决心了，不光是要拿掉刘正国，连公安局政委范留根也要一起搬开，这样一来，杨一斌安插在公安局内部的势力就陷入群龙无首的状态，不用崔中凯和赵长风发话，公安局局长房兴盛就会出手收拾这些人。

赵长风递给崔中凯一支香烟，微笑着说道：“公安局政委范留根同志能力不错，就是理论知识方面有些欠缺，送进党校培养一下，把理论这块短板补上来，以后可以派上大用场呢！”

“那就这么定了。”崔中凯接过香烟，“我明天就让组织部把名单报上去。”

他把香烟轻轻在桌面上磕了一磕，望了望赵长风：“你那边是不是跟肖平处长通个电话？”

赵长风和省委组织部干部处处长肖平的关系很不一般，这在肖平送赵长风来南江市上任的时候就看出来了。而省委党校的常务校长高门峰却是肖平的岳父。崔中凯让赵长风跟肖平通电话，目的自然是在肖平的老岳父高门峰身上。崔中凯的意思，肯定是打算让高门峰在最短的时间内把党校入学通知书给传真过来，只要拿到入学通知书，范留根即使有杨一斌在后面护着，也不得不去省委党校学习。但是在没有拿到入学通知书之前，什么事情都可能发生。所以崔中凯才想让赵长风利用一下私人关系，在第一时间内把省委党校的入学通知书弄到手。

迟则生变。毕竟杨一斌在南江市六七年，不容小觑啊！

“肖处长一直都很支持我们南江市的工作，我是该打个电话过去问候一下了。”赵长风不动声色地说道。

谈笑之间，崔中凯和赵长风已经把杨一斌在南江市公安局中最得力的两个心腹的未来命运给敲定了下来。

起身给崔中凯茶杯里续了点水，赵长风说道：“崔书记，今天的报纸你看了么？”

崔中凯目光一闪，这是赵长风开始向他提条件了。他面容严肃下来，说道：“飞车党又开始抬头，说明我们南江市治安形势有恶化的趋势。”

赵长风心中微微一笑，崔中凯果然是一个成了精的人物，他这边一起个头，崔中凯马上知道他准备把话题往什么地方引。

前面把范留根和刘正国都搬走，果然也符合赵长风的利益，但是获益更大的是崔中凯。对赵长风来说，即使刘正国和范留根不被搬开，省公安厅刑侦总队的干警秘密到南江来之后，他也不愁手中无可用之兵。现在赵长风既然配合着崔中凯把范留根和刘正国都踢开了，那么他也得开口向崔中凯要一要价，把“九二六”专案，把李正强的命案给解决一下。

“对黑恶势力抬头这种趋势，我们必须给予迎头痛击!”赵长风严肃地说道：“崔书记，我建议我市开展一次针对社会治安综合治理的专项斗争，抽调全市公检法部门的干警，严厉打击黑恶势力及其背后的保护伞，重点整治飞车抢劫和飞车抢夺等违法犯罪行为!”

崔中凯靠在沙发上静静地听着，赵长风提出打击黑恶势力及其背后的保护伞，目标直指玉江房地产公司；至于飞车抢劫和飞车抢夺，显然是针对李正强的命案去的。那两个凶手的手法娴熟，显然是飞车党中人。

既然已经和杨一斌撕破了脸皮，崔中凯就没有什么顾忌，只有放手干到底了，不是杨一斌把他挤走，就是崔中凯把杨一斌打下去。至于赵长风，年纪还轻，资历还浅，即使这次杨一斌倒台后，赵长风能顺利接上杨一斌的位子，对崔中凯也没有什么威胁。因为资历的问题，即使崔中凯走了，南江市一把手也轮不到赵长风来做。以赵长风这么聪明的性格，肯定会好好配合崔中凯，让崔中凯安安稳稳地把南江市委书记的任期干完，同时也把自己的资历熬上去，这样崔中凯离开南江市委书记的位子后，赵长风才有可能迈到市委书记的宝座上。否则即使挤走崔中凯，后面再空降一个新的市委书记来，赵长风的日子能好过?

崔中凯心中盘算，他在南江市委书记的任上最多也就是再干一届了，如果和赵长风合作得好，那么不如向粤东省委推荐赵长风接班。

不管算盘怎么打，小赵同志都是一个最合适的合作对象啊!

“为官一任，造福一方，不能让黑恶势力再猖獗下去了。”崔中凯严肃地说道：“你这个建议很好，很及时！我们是要对黑恶势力及其背后的保护伞下手了。”

说到这里，他望着赵长风说道：“长风同志，为了加强打击黑恶势力的力度，我有个提议，由你出面来领导这次打黑除恶的专项行动，全市公检法部门的力量统一由你来调配！不知道你有没有这个信心?”

崔中凯这样等于是在表态，把归于市委常委、政法委书记、公安局局长房兴盛领导的公检法部门交给赵长风来领导，有了这个身份，赵长风就不会再发生像以前处理“九二六”专案时有领导之名、无领导之实的不尴不尬的局面了。

赵长风一笑，往嘴里塞了一根烟，说道：“崔书记，我就等您这句话了。我就绝对信心完成这次任务！只是房局长那边……”

崔中凯点了点头，说道：“你放心，老房那边我会找他谈的。”

“崔书记，谢谢您这么支持我的工作。”赵长风和崔中凯眼神一碰，不动声色地表示了自己的感激。

“长风，你放手干吧，我就是你的后盾！”崔中凯大手很有气势地一挥。

赵长风紧紧抓住崔中凯的手，极其认真地说道：“崔书记，我本来以为您会考虑几天，没有想到您当场就……”

崔中凯仰头大笑，说道：“官做到这个位子，我已经心满意足了。不求别的，只求为老百姓做点事情吧？如果干什么事情都前怕狼后怕虎，那还要这顶帽子干什么？”

赵长风微微一笑，说道：“崔书记年富力强，我还等着你百尺竿头再进一丈，跟在后面沾沾您的光呢！”

崔中凯哈哈一笑，抚摸了一下乌黑的头发，说道：“世界是我们的，也是你们的，终究还是你们的。这南江的将来，还是要靠你们这些年轻人啊！”

赵长风太阳穴轻轻跳了一下，他明白，崔中凯这是给他做出明确的暗示，将来这南江市一把手的宝座，是希望他赵长风接班啊。

“您一贯注重培养年轻人。”赵长风也适时地表明了自己的态度，“在您的领导下，干起工作来就是有奔头。”

“长风，我的办公室大门，永远为你敞开着啊！”崔中凯语重心长地说道。

到了这个时候，要谈的事情基本上都谈完了，火候已经差不多了，赵长风知道自己该走了，就站起身来说道：“崔书记，您公务繁忙，我就不打扰了。回去后我会立即打电话找肖处长，转达您对他的问候。”

“长风做事就是雷厉风行啊。”崔中凯也起身站了起来，陪着赵长风往外走，一直把赵长风送出了门外。但是他却没有放赵长风马上走，而是伸手拉着赵长风的手，站在走廊里，有一搭没有一搭地聊了起来。

赵长风知道崔中凯的意思，崔中凯这是在做姿态，让大家都知道，他和赵长风结盟了。前面罗达功到楼梯口迎接已经是造势了，但是现在崔中凯亲自送出门来，这个势造得更足。杨一斌听到这个消息，心中恐怕也不会怎么安生吧？

这时房兴盛正好从外面过来，见到这个情形，也不由得停下了脚步，轻声招呼道："崔书记、赵书记。"

"老房，你来得正好。"崔中凯招手把房兴盛叫过来，说道："市委准备开展一项打黑除恶的专项斗争，我考虑由长风书记来领导，你要好好配合他的工作。"

房兴盛当然明白这时崔赵结盟，他连连点头道："崔书记，您放心，我一定好好配合赵书记的工作。"

崔中凯板起面孔说道："我这人一向是只看行动，不看嘴皮子。你给我听好了，省委党校学习班空位置多着呢！"

房兴盛当然不认为崔书记舍得把他送到省委党校去学习，但是这样说无疑也是流露出一个信号，那就是崔书记非常重视这次和赵长风的合作，他必须拿出全副精神来配合赵长风的工作。

"崔书记，我坚决服从您和赵书记的指示，一定在赵书记的领导下，把打黑除恶专项工作做好！"房兴盛忙不迭地表态。

"嗯，那就看你行动了！"崔中凯严肃地说道。赵长风却微笑着伸出手来，和房兴盛握了一握，说道："房局长，这次我越俎代庖，希望你多多谅解。"

房兴盛连忙说道："赵书记太谦虚了，您能够亲自领导我们政法系统，本身就是对我们政法工作的最大支持。"

告别了崔中凯，赵长风回到自己办公室。他刚一进去，副秘书长毕守成就跟了进来，悄声说道："外面的反响很强烈啊！"

赵长风知道，毕守成说的是罗达功迎接他，崔中凯又送他出来这件事情，就微笑着说道："送我是假，示威是真啊！"

毕守成笑着说道："不管是假是真，我们这次可以扯起虎皮好好地干一场！"

赵长风端着水杯笑道："我也没有想到事情会急转直下。这份大礼看着是崔书记送的，其实我们应该记到杨市长账上啊！"

毕守成会心地笑了起来。

崔中凯这番做派，第一时间就传到南江市长杨一斌那里了。范留根小心翼翼地坐在杨一斌的对面，小声提醒道："崔赵合流，这可不是什么好兆头，我们不能不防啊。"

杨一斌冷冷一笑，说道："担心什么？老崔越是这般做派，对我们就越是有利。以前他没有公开和我决裂，常委会那些骑墙派还可以假装糊涂，在中间骑墙。但是现在他这么一做，等于把脸皮都撕破了，那些骑墙派想骑墙也不行了。他们必须在崔中凯和我之间做一个选择。那些常委们会计算清楚，究竟该站在哪一边的。"

虽然觉得杨一斌有点过度自信，但是范留根仔细想了一想，不得不承认杨一斌讲得比较有道理。以前杨一斌和崔中凯在常委会中就是五五开，现在双方公开决裂，势力究竟如何演变确实很难说，这次窃听器的事件虽然彻底得罪了崔中凯，但是崔中凯即使是市委书记，如果在常委会中不能取得多数票，到时候还真是无可奈何。

虽然这样分析很有道理，但是范留根内心深处总有一些隐隐约约的不安。毕竟崔中凯也在政坛摸爬滚打了几十年，能走到这一步，没有一点手腕能行？是不是真的如杨一斌所说，只要崔中凯拿不到证据，也只能眼睁睁地吃了这个哑巴亏？事情怕不这么简单吧？

他想提醒杨一斌，可是看着杨一斌自信满满的模样，范留根又把话咽了下去。毕竟昨天晚上放窃听器的事情就搞砸了，刚挨了杨一斌一顿臭骂。他这个时候如果再不识时务，杨一斌还不知道怎么收拾他呢！

当天下午，赵长风跟省委组织部干部处肖平处长打了电话，肖平知道赵长风与赵强的关系，这点面子无论如何都要给的，于是很快就做通了老岳父高门峰的工作，然后省委党校派专人把范留根到省委党校地厅班学习的入学通知悄悄地送到南江市委组织部梁天鸣部长的手上。

同时梁天鸣部长又悄然地把扶贫干部的名单送到崔中凯那里，崔中凯迅速做了批示。这两件事情都悄悄地定了下来，只是暂时没有对外公布。

到了晚上，省公安厅刑侦总队干警秘密抵达了南江，同时对“九二六”案件和李正强命案展开了调查工作。他们和赵长风之间的联系，就是通过刑侦总队队长周长城交给赵长风那张不记名的神州行号码。

第三天上午，公安局局长房兴盛针对南江市治安状况提交了一份打黑除恶专项整治工作的申请报告，在报告中房兴盛说道，打黑除恶专项整治工作是一个系统的工程，仅仅依靠政法机关的力量是不够的，需要调动全方位的资源。因此恳请由市委指派一位副书记领导此次打黑除恶专项整治工作，以方便协调政法机关和其他部门之间的关系。

崔中凯第一时间内对房兴盛的报告做了批示，并在常委会上提名赵长风出任这次打黑除恶领导小组的组长。

由于这份申请报告是打着打黑除恶的名义，即使常委们心知肚明这是怎么回事，但是在常委会上却没有人提出反对，即使是杨一斌，也只有举手赞同。这个时候出言反对，不是正说明自己和黑恶势力有着千丝万缕的联系，是黑恶势力的保护伞吗?

至于由谁来出任这个打黑除恶领导小组的小组长，最主要还是要看政法机关的意见。房兴盛是市委常委、政法委书记兼公安局局长，他既然对赵长风出任这个领导小组组长都没有意见，其他人再横加反对于情于理都说不通。

杨一斌指使范留根安装了窃听器，虽然及时采取了补救措施，避免了暴露，但是下面一些小道消息却传得沸沸扬扬的。这个时候他如果再出言反对赵长风担任领导小组组长，岂不是不打自招？所以他也含含糊糊地对这个提议表示同意。反正赵长风担任领导小组组长又如何？具体工作还不是下面人在干？有范留根在公安局政委的位子上坐镇，还担心什么?

常委会结束之后，赵长风立即让房兴盛下了通知，首先在公安系统内先召开打黑除恶动员会，全市公安系统科级以上干部全部参加。

范留根已经接到杨一斌的指示，对赵长风的命令软磨硬泡，反正不能让赵长风舒服。于是他就给国保支队队长刘正国、田旺分局局长刘春放做了暗示，下午的会议上一定要让赵长风难看。反正自从安了窃听器以后，范留根知道他和赵长风之间的关系不可能挽回了，现在唯一的希望就在杨一斌身上，把赵长风这个外来户给赶走，除此之外再没有任何办法。

下午开会的时候，小礼堂里面泾渭分明，左边基本上都是房兴盛一系的公安干警，右边基本上是范留根一系的干警，还有一少部分两边都不靠的就坐在中间。房兴盛这一系的干警面容严肃，端坐在那里。范留根一系的干部却嘻嘻哈哈，时不时爆发出一阵偷笑，一点庄重肃穆的感觉都没有，其中又以刘正国和刘春放闹得最欢。

三点钟，赵长风在房兴盛和范留根的陪同下，来到主席台中间坐下。会议主持人、市公安局办公室主任老王对着话筒说道："请安静，大家请安静!"右边这部分干警依旧是闹哄哄的，仿佛根本没有听到老王的话。

"安静，请大家安静好吗?"老王只好对着话筒高喊起来。有一部分干警闭上了嘴巴，但是刘正国、刘春放等人话音虽然低了一些，却依旧在那里笑嘻嘻地开着玩笑。

赵长风拿起面前的话筒，指着刘正国说道："右边第一排第三个同志，你叫什么名字?"

会场静了下来，大家把目光都投向刘正国。

刘正国慢慢腾腾说道："刘正国。"

"你就是刘正国啊?"赵长风说道："今天这个会议你不用参加了。"

刘正国抓起面前的笔记本，站了起来说道："正好，国保支队的工作我还忙不过来呢!"

"不忙!"赵长风抬了抬手，让刘正国站住："我这里有市委组织部一个通知，你听完再走也不迟!"

刘正国脚下一迟疑，就站在那里，看了看赵长风，又望了望范留根。范留根也是一肚子狐疑：市委组织部的通知？什么通知？怎么事先没有人告诉我呢?

赵长风却根本不看他们两个人，拿出一份通知交给主持会议的市局办公室主任老王，说道："请宣读一下。"

老王接过通知一看，犹豫了一下，扭头看了看房兴盛。房兴盛低声催促道："看什么看，读啊!"

老王这才展开通知，大声宣读道："市公安局：根据市委、市政府《关于做好我市第四批扶贫干部选派工作》的文件精神，市委组织部、市扶贫工作办公室经过认真考察，决定选派你局优秀公安干部刘正国同志赴粤西县工作，期限三年。请你局及时通知该同志于当日内到市扶贫工作办公室报到，安排扶贫事宜。南江市委组织部。”

宣读的时候，由于过度激动，老王念得磕磕巴巴的，但是却丝毫没有影响在场的人领会通知中的意思，所有人都听得清清楚楚明明白白，国保支队长刘正国被选派去扶贫了。

会场上一片寂静，没有一丝声音。这个消息太震撼人心了，所有人都没有一丝心理准备。刘正国是什么人？是范留根的心腹。范留根是什么人？是市长杨一斌心腹。现在赵长风竟然高举着杀威棒，不声不响地把市长杨一斌心腹的心腹安排去扶贫了，还一去就三年。这种消息太有威慑力了，即使是田旺分局局长刘春放，也乖乖地闭上了嘴巴，沉浸在一片震惊当中。他暗想，如果这次派去扶贫的不是刘正国而是他刘春放，他该怎么自处呢？

“政……政委……”好一阵子，刘正国才反应过来，结结巴巴地向范留根求助。

范留根一下子也清醒过来了，他一拍桌子，说道：“刘正国是我们市局最优秀的干警，也是我们市局的顶梁柱，怎么能把他选派去扶贫呢？”

赵长风一声冷笑，问道：“范政委，你是怎么领会中央组织部、人事部、中央扶贫办关于选派扶贫干部的通知精神的？一个政委，连这点思想觉悟都没有？援助粤西贫困地区的建设是一项重要的方针政策，越是最优秀的干部，越是要派到扶贫工作第一线去！”

“我是市局的政委，选派市局的干部扶贫，事先也要给我打个招呼吧？这是搞突然袭击，我不同意这样的做法。我要马上向杨市长反映。”范留根说着就掏出了电话。

一听说是向市长杨一斌反映，刘正国腰杆顿时一挺，像是打了鸡血一样亢奋！对啊，只要找到杨市长，只要杨市长说一句话，这事情还能够挽回。真要是把自己派到鸟不拉屎的贫困地区干三年，那可一切都完了啊！

赵长风淡淡地一笑，说道：“范政委，先别着急，我这里还有一份关于你的通知，等宣读过之后，你再和杨市长联系不迟！”

范留根浑身一震，一种不祥的预感升了上来……

赵长风从手包里拿出一张纸，递给了市局办公室主任老王："王主任，拜托你把这份通知也读一下。"

"南……南江……市……委组织部……"这一次，老王比上次念得更磕巴。

"给我来宣读!"房兴盛瞪了老王一眼，劈手从老王手中夺过那份通知。老王连忙自觉地让开发言席，让房兴盛站了上去。

房兴盛对着话筒轻轻咳嗽了一声，清了清嗓子，拿起话筒大声念道："南江市委组织部：为了学习贯彻四中全会精神，加强党的执政能力建设，切实提高我省党员干部的理论素养。你市公安局政委范留根同志因为在公安战线表现出色、能力突出，现已经被列入省委优秀中青年干部考察名单。请你部及时通知该同志于两日内赴省委党校学习深造，学制两年。未经省委主要领导批准，不得无故缺席!"

房兴盛用他不太标准的普通话响亮地把整个通知读了一遍，中间一个磕巴都没有，让现场的所有干警都听得一清二楚，甚至连房兴盛语调中那压抑不住的兴奋都能听得出来。

会场上死一般寂静，甚至连呼吸声都听不见。如果说刚才通知刘正国扶贫的消息让他们感到震撼的话，那么这份通知范留根到省委党校学习的通知则让他们连震撼的能力都没有了，他们的大脑已经被这个消息冲击得停滞了，几乎不会思考。

范留根站在那里浑身冰凉，一丝力气都没有。他实在没有想到，崔中凯和赵长风的反击竟然来得这么快。把刘正国弄去扶贫，把他塞到省委党校去学习。而这些，根本不需要征求市长杨一斌的同意，也不用经过市委常委会的讨论。而一旦做出决定，就木已成舟，即使是杨一斌，恐怕也没有办法挽回。

想一想他们之前还是大意了，只是把注意力放在防范"九二六"专案和李正强的命案上，放在争取市委常委们的工作上，而忽视了以崔中凯省委常委、市委书记的地位，可以有很多办法绕过市委常委会来收拾他们。

过了好半天，范留根才缓过劲来，他喊道："阴谋，你们这是在搞阴谋，我要向一斌市长反映去。"

赵长风淡淡一笑，说道："请便。我们现在要开会了，请你离开会场好么？”

刘正国在一旁可怜巴巴地望着范留根，本来指望范留根给他做主，没有想到连范留根也被人家拿下了。真的去扶贫吃三年苦他也不怕，怕的就是他一旦离开国保支队支队长这个位置，那么他听从范留根指示做的那一系列见不得光的事情会暴露出来，那样即使他想在粤西呆上三年，怕也没有机会了。

范留根强打着精神，冲刘正国一甩头，说道：“正国，我们走！”说着昂首挺胸地领着刘正国往小礼堂外边走，只是步伐松软无力，让人一看就知道他在硬撑。

两个人刚走到门口，却见礼堂门被推开，外面几个身穿警服的人领着一队荷枪实弹的武警杀气腾腾地冲了进来，为首的正是省公安厅刑侦总队长周长城。

小礼堂又是一片哗然，他们这些正科级干部大部分都认得省厅刑侦总队长周长城。怎么周总队长也来了？今天这是怎么了？事件层出不穷，真是一波未平一波又起，这次又该哪个倒霉了？

周长城进来之后，把手一挥，身后的一队武警就刷拉拉地分成两边列开，亮光闪闪的冲锋枪横握在胸口，黑洞洞的枪口往外冒着寒气。

周长城跨步来到主席台上，对赵长风说道：“赵书记，我们奉命前来办案，请您予以配合。”说着递给去一份盖了省公安厅大红印章的介绍信。

赵长风接过介绍信扫了一眼，转身递给站在一旁目瞪口呆的公安局局长房兴盛，说道：“房局长，你看看。”

虽然和崔中凯展开了合作，但是省厅秘密派队下来办案的消息赵长风并没有向崔中凯方面透露，所以即使是房兴盛，也被蒙在鼓里。房兴盛根本不知道是怎么回事，他接过介绍信仔细看了一遍，这才交还给周长城，嘴里说道：“周总队长，我们南江市局服从省厅的指示，全力配合省厅专案组办案。”

“好！”周长城点了点头，转过身来对着台下沉声叫道：“冯伟才，站出来。”

石排派出所所长冯伟才战战兢兢地站了起来：“什……什么事？”

“抓起来！”周长城一挥手，一个省厅干警就领着两名全副武装的武警冲到冯伟才跟前，抓住他的胳膊往后一提，一副手铐已经牢牢地拷在了冯伟才的手腕上。

周长城拿出一张逮捕证，往冯伟才面前一抖，大声说道："冯伟才，经调查，你涉嫌在'九二六'专案和李正强被杀一案中有犯罪行为，现决定正式逮捕！"

冯伟才面如死灰，颤抖着说道："冤枉，我是冤枉的啊！"

周长城看也不看冯伟才，一挥手，两个武警战士已经把冯伟才拖到一边。

周长城目光又在小礼堂一扫，大声喝道："刘春放，站出来！"

田旺公安分局局长刘春放刚才还在庆幸自己没有和刘正国一样，被弄到粤西去扶贫，这时候才知道，自己的下场比刘正国更惨。他强作镇定地站了起来，"什么事？"

"刘春放，你涉嫌包庇罪和教唆罪，现决定正式逮捕！"周长城把逮捕证往刘春放面前一抖。

刘春放冷笑两声，说道："你们这是捏造罪名。"

周长城也懒得废话，只是沉声说道："都给我带走！"然后跟赵长风打了个招呼，转身大踏步带着全副武装的武警押着刘春放和冯伟才离开了小礼堂。

赵长风把目光从周长城的背影上收了回来，扫一下会场，平静地说道："现在我们继续开会。"

会场上所有人都躲避着赵长风的目光，即使是坐在主席台上的房兴盛，内心何尝不是扑腾扑腾直跳呢？他脑袋即使再愚笨，也知道省公安厅下来的这批干警肯定是因为赵长风的关系，否则在南江市，谁还有能力让省厅的力量为他出动呢？

"同志们，"赵长风缓缓地开口，开始了他在这次打黑除恶专项工作会议上的正式讲话："近一段时间以来，我们南江市的社会治安形势不断恶化，我们在座各位是有责任的……"

范留根和刘正国灰溜溜离开了小礼堂，刘正国哭丧着脸说道："范政委，你可要帮帮我啊，无论如何我都不能去扶贫啊！"

"给我闭嘴！"范留根心情极为恶劣，"给我有点出息好不好？姓赵的这一点举动就把你吓住了？"

正说着呢，范留根的手机响了起来，他一看号码，正是杨一斌的，一时间不由得心中狂喜，也不顾自己就站在外面的大马路上，就那样撅着屁股哈着腰把手机捧在耳边："我这里有重要的情况向你汇报……"

"小范，我现在可没有什么心情听你说什么重要情报。"电话里传来杨一斌愠怒的声音，"我刚刚接到玉江房地产公司老总陈玉莲的电话，说有几个自称是省公安厅的干警冲进他们公司，把公司副总陈玉龙给抓走了。我怀疑这几人是假冒公安厅的不法分子，我现在命令你，立即调集全市公安系统的力量，把这伙胆大妄为的不法分子给我截下，务必把陈玉龙给救出来!"

范留根的心几乎被这个消息彻底击垮，到了这个时候，他才算明白，赵长风这令人窒息的组合拳中真正的致命一击是什么。无论是刘正国还是他本人，以及刚才被全副武装的武警押走的刘春放和冯伟才，都不是赵长风的致命一击，对玉江房地产公司的陈玉龙下手，这才是赵长风真正致命的一击。

赵长风这次摆开阵势，最终目标当然是杨一斌，事情发展到这一步，别说把田旺分局的刘春放和冯伟才抓起来，即使把刘正国和范留根本人也抓起来，甚至是把副市长韩国新也抓起来，都无法扳倒杨一斌。可以说他们这些人虽然是杨一斌的心腹，但即使他们这些心腹抵抗不住压力，准备背叛杨一斌，但是所供述的一切都不可能对杨一斌构成什么真正的威胁。因为他们手里并没有掌握真正的把柄。虽然说杨一斌借他们的手做了很多事情，但是认真追究起来，还真的追究不到杨一斌头上，那些事情的责任还只能由他们自己承担。

要打倒杨一斌，必须掌握到足够令上层感到"震惊"的过硬证据!

就南江市来说，能够提供这种"过硬"的证据扳倒杨一斌的，只有陈玉莲陈玉龙姐弟两个了。玉江房地产公司就是杨一斌的白手套公司，不仅是杨一斌违法犯罪所得的洗钱工具，更是杨一斌攫取巨额利益的捞钱工具。陈玉莲和陈玉龙作为玉江房地产公司的正副总经理，一直是台前幕后地为杨一斌打理着这一切，可以说他们姐弟俩清清楚楚地掌握了杨一斌的每一笔资金的来龙去脉。只要掌握了陈玉莲和陈玉龙，就等于抓住了杨一斌的致命要害。只要这姐弟俩能有一个人松口，那后果远非杨一斌所能承受。

赵长风无疑也看到了这一切，所以才会利用省公安厅的力量，采取突然袭击的办法，对陈玉龙下手。

而从赵长风的安排来看，他也估计到了，杨一斌听到这个消息时肯定会命令范留根利用手中掌握的公安机关的力量对省公安厅的干警进行就地拦截，把陈玉龙给抢回来。只要能保住陈玉莲和陈玉龙，就等于保住了杨一斌。

所以赵长风才会选择在召开打黑除恶动员大会时让省公安厅的人动手。因为这个时候，市公安系统科级以上的领导都被集中在市局小礼堂开会，而且赵长风在开会之前还舞动了杀威棒，对范留根、刘正国、刘春放和冯伟才几个人下手，以震慑范留根一系的势力。

现在刘正国被调派去参加扶贫工作，已经丧失了对国保支队的指挥权。范留根到党校学习，虽然政委的职务还在，还保留着指挥权，但是市局这些范系势力在目睹了赵长风令人心寒的霹雳手段之后，还敢听他的指挥吗？即使这些人还听从范留根的指挥，但是他们都被困在市委小礼堂，范留根又能如何？他即使要调动公安干警，不也得通过他的手下去做这些事情啊。

但是这个时候，范留根顾不得这些了，他也顾不得向杨一斌解释市局小礼堂刚才发生的那一切。对范留根来说，当务之急就是一定要想办法把陈玉龙抢过来，只要把陈玉龙抢回来，就等于保住了杨一斌，只要杨一斌的位子不倒，那么就等于他们这些人不会倒。纵然是受一时委屈，过后杨一斌总有办法替他们找回场面，给他们足够政治或者经济利益的补偿。

想到这里，范留根立刻伸手摘下刘正国腰间的对讲机，按下按钮说道："110 指挥中心，110 指挥中心，我是 2 号，我是 2 号。刚刚接到报警，有一伙不明身份的歹徒冒充省厅干警劫持了一名人质，我命令你们立刻在全市各主要路口进行布控，堵截这伙歹徒！"

"2 号，2 号，我是 110 指挥中心，刚才接到 1 号的命令，没有他的同意，110 指挥中心不得采取任何行动！"对讲机传来 110 指挥中心工作人员的回答！

范留根狠狠地骂了一句，这次又让房兴盛抢了先。指挥不动 110 指挥中心，他就没有办法对全市各主要路口进行布控，堵截抓走陈玉龙的省厅干警。

这个事情他必须当机立断，每延迟一秒，就少了一分夺回陈玉龙的时间。

"拼了！"范留根狠狠地吐了一口唾沫，把对讲机塞到刘正国手里，喊道："咱俩立刻到国保支队，把你的弟兄们都带出来，想办法追上公安厅的干警，把陈玉龙给我抢回来!”

“政……政委，我估计房局长一定把我扶贫的消息通知了国保支队，他应该防着我们这一招。”刘正国低声说道。

“防什么防？即使他口头通知了又如何？国保支队是你一手带出来的队伍，只要你一声令下，他们中间绝大多数人还是会执行的，更何况还有我这个公安局现任政委陪着你一起去呢?”范留根咬着牙说道：“刘正国，这个时候可不能有一丝退缩，否则不仅是我们俩，甚至你国保支队的那些弟兄也会万劫不复!”

刘正国也咬了咬牙，一跺脚，说道：“政委，听您的！咱们走!”

十几分钟后，国保支队下属各大队全体出动，向各个主要路口追去，其中重点追击的方向是南江至羊城方向的两条高速公路和三条快速公路。

可是耽误了近三十分钟时间，即使他们使尽全力，又如何追得上呢？其中有三路追兵几乎追到羊城市地面，也没有发现那辆灰色金杯面包车的影踪。

杨一斌拍着桌子，冲着垂头丧气站在面前的范留根和刘正国喊道，“你们怎么能，怎么能那么容易就让赵长风和房兴盛控制局面呢？如果你范留根当时能指挥动110指挥中心，那辆面包车还会跑掉吗?”

范留根壮着胆子说道：“我认为，也许那些人根本就没有离开南江，或许就在南江某个地方隐藏着呢!”

“有这个可能?”杨一斌敲了敲桌子，沉吟了一下，怒气稍减，“小范，那你就立即指挥公安干警，配合市委市政府的打黑除恶行动，在全市展开一场治安大检查，务必要把治安隐患彻底消弭!”

“是，我马上去做!”范留根应了一声，却又说道：“可是，我和正国两个人的……”

“喔？这个事情啊？你们暂时不要操心了，只管去做你们该做的事。我这边会跟省委党校和扶贫办公室联系，把你们两个人的名额撤下来!”杨一斌说道。

范留根喜出望外，连连鞠躬，“那，那我和正国就去安排全市治安环境大检查了!”

范留根和刘正国刚离开，陈玉莲就走了进来，她抹着眼泪望着杨一斌："你一定要想办法救救龙龙啊！"

杨一斌推开椅子站了起来，手里夹着一根香烟，在办公室来回兜着圈子，犹如一只困在笼子里的猛兽。

这次赵长风和崔中凯下手太黑太狠了，一下子就打中了他的软肋，让他喘息的时间都没有。

兜了几个圈子，杨一斌猛然站了下来，沉声问陈玉莲道："龙龙的嘴巴紧不紧？"

陈玉莲连忙抹了一把眼泪，抬起头楚楚可怜地望着杨一斌："龙龙的为人你是知道的，不愿意说的事情，即使被打死，也不会说出来……"

杨一斌点了点头，心里头就多了层安慰。

"阿莲，你不要担心。"杨一斌知道自己刚才有点失态，此时语声转柔说道："小范他们不是正想办法去寻找龙龙吗？只要龙龙嘴巴够紧，那他暂时就没有什么问题。"

"我知道，可是范留根他们办事……我总是不太放心……"陈玉莲眼眶里的泪水又要往外涌。

"是啊，我也有这种感觉。"杨一斌说道："我们必须抓紧时间。龙龙嘴巴再硬，落到那些人手中，估计也捱不了几天。希望不能完全寄托在小范他们身上！"

三天后，八一宾馆，赵长风和方天雷相对而坐。

"情况怎么样？"方天雷问道。

赵长风摇了摇头，说道："压力很大啊。省厅那边，这三天来电话都快被打爆了，有说情的，有施加压力的，总之就是让省厅放了陈玉龙。省厅那边硬顶着，也不知道还能够顶几天。谢秘书长也给我打了电话，说赵叔那边压力也很大，很多人都不断带口信给他……"

"嗨！"方天雷狠狠地捶了一下拳头，"真没有想到，陈玉龙那个混混骨头还真硬，三天三夜没有合一下眼，竟然还熬得住，一个字都不往外吐！"

"是啊，还真是个滚刀肉呢！"赵长风说道："小方在电话里向我汇报时也是咬牙切齿的。”

原来动手抓陈玉龙的那几个干警，除了带队的是省公安厅刑侦总队一支队长杨小楼外，其余的几个干警全是省厅秘密从海州市公安局借调过来的，带队的就是赵长风原来的司机兼保镖，海州市公安局刑侦支队第一大队长方中海。

抓捕到陈玉龙之后，他们这支小队并没有返回省公安厅，也没有去海州，而是去了距离南江市十几公里的军营，在军营里把车藏好之后，他们又带着陈玉龙乘船出发，到距离海岸十几公里外的一处海岛上。这个海岛上没有常住居民，只有军方的一个雷达站设在那里。杨小楼和方中海就把陈玉龙关在那里秘密审讯。

之所以采取这些措施，是因为赵长风知道，陈玉龙就是杨一斌的命门。他们抓走了陈玉龙，杨一斌肯定会不惜动用一切力量施加压力，如果陈玉龙放在省厅或者是海州市局，都不一定能够保证不走漏风声，而藏在荒僻海岛上的雷达站，就能多为他们争取一段时间，专案小组可以专心致志地撬陈玉龙的嘴巴。

“这个小子，是个硬骨头，可惜走错路了！”方天雷惋惜地说道：“如果他不搞那些歪门邪道，到部队来，说不定能够被选进特种连。”

赵长风哭笑不得，什么时候了，天雷哥还有这份心思。正在这个时候，赵长风的手机响了起来，他看了一下号码，是省委秘书长谢富海的号码。接通之后，他问道：“秘书长，我是长风。”

“长风，那小子开口了没？”谢富海开口就问道。

“没有，他嘴巴还是很硬，一个字都不肯说。”赵长风说道，“省城那边又有什么新情况吗？”

“对，情况很糟！”谢富海语气有些沉重，“公安部派员来到省公安厅，说陈玉龙涉嫌一项重大犯罪案件，要省公安厅把陈玉龙移交给公安部专案组。目前省公安厅还在想办法拖延，但是估计不过明天……”

“明天？”赵长风心中一沉，吸了一口冷气。

“对，明天。”谢富海低声说道：“再给你二十四个小时的时间，如果明天这个时候你们还没有撬开陈玉龙的嘴巴，那只好把陈玉龙移交给公安部专案组了！”

“秘书长，可是……”赵长风着急地说道。

“长风，没有什么可是！”谢富海说道：“请你理解领导，他的压力也很大！”

“好吧，我知道了！”赵长风叹了一口气，“你告诉领导，我尽最大能力，在二十四个小时之内撬开陈玉龙的嘴巴！”

赵长风挂了电话，方天雷在一旁关切地问道：“长风，发生了什么事情？”

“老杨果然神通广大，公安部派了专案组下来，说陈玉龙涉嫌一起严重犯罪案件，要省公安厅把陈玉龙移交给公安部专案组！”赵长风恨恨地说道，“赵叔那边压力很大，只能再给我二十四个小时的时间。”

“看来只有打电话再催一催小方了。我就不信他们几个经验丰富的优秀警察，连一个小混混都搞不定？总之一定要在这二十四小时内撬开陈玉龙的嘴巴，否则把他一交出去，我们这次行动就算是彻底失败了，下次休想再有这么好的机会了！”说着赵长风拿起了手机，准备拨打方中海的电话。

就在这时，赵长风的手机又响了起来，一看号码，却是方中海的。

难道说那边有消息了？赵长风心中闪过一丝亮光，连忙按下了接听键，刚把手机放在耳边，就听到方中海在电话里那边叫道：“那小子开口了，他招了，全招了。”

“什么？他开口了？招了？全招了？”赵长风又惊又喜，几乎不敢相信自己的耳朵。

“是啊，什么都招了，这时候正在录口供呢！”方中海笑着说道。

“还是小方办法多啊！不愧是特种兵出身！”赵长风笑吟吟说道。眼看这次行动就要失败的时候，没有想到陈玉龙却开始招供，看来这小子的骨头也不怎么硬么，如果真要是来部队当特种兵，被敌人俘虏了肯定是第一个当叛徒。

“你就别夸我了。说起来还真是惭愧……”方中海苦笑着把事情的经过讲了一遍。

原来陈玉龙嘴巴还真是很硬，虽然将近八十个小时没有合眼，还是在那里和专案组的警察硬扛，任你使出各种办法，他就是不说出一个字。但是就在一个小时前，办案人员押着陈玉龙上厕所的时候，发生了一件意外的事件，改变了事情的进程。

雷达站的条件很艰苦，厕所设在室外，是露天厕所，周围杂草重生，有各种各样的昆虫，还有令人作呕的旱蚂蟥。

陈玉龙在两名办案人员一左一右的看押下正在小便，忽然间他指着脚面惊叫了一声：“蚂蟥！蚂蟥呀！”

说着他也不顾自己正在小便，就疯了一样又蹦又跳。

两位办案人员又好气又好笑，一只旱蚂蟥而已，有什么好怕的。可是陈玉龙却恐惧地盯着脚面惊恐万状地叫着：“妈呀，蚂蟥，蚂蟥啊，妈呀！”

办案人员见陈玉龙不像是假装，是真的害怕蚂蟥，这才上去把他脚面上的旱蚂蟥给扫落。陈玉龙这才安静了下来，他顾不得尿没有撒完，转身就往房间里跑。两位办案人员回去把这件事情当作笑料向方中海和杨小楼一学，杨小楼和方中海两个人眼睛同时一亮。有了，突破口找到了。本以为陈玉龙是一个天不怕地不怕的滚刀肉，没有想到他竟然有这么严重的蚂蟥恐惧症。

两个人低声商量了一番，不管是真是假，都得把陈玉龙拉出去试一试才知道。

刚开始陈玉龙还硬挺着不说，只是在那里苦苦哀求，可是当他身上爬上两三只蚂蟥之后，他终于崩溃了。

对于这样的结果，赵长风真的是有些啼笑皆非。谁能够想到陈玉龙那么硬的骨头，最后竟然在一只小小的不起眼的旱蚂蟥面前崩溃？如果赵长风他们运气不好，把陈玉龙弄到省厅或者其他地方审讯，陈玉龙没有被旱蚂蟥袭击，估计还真的能坚持到明天。到时候即使赵长风再不情愿，也不得不把陈玉龙移交给公安部专案组。

于是赵长风立刻拨打了赵强的电话，把进展情况汇报了一遍。

“好，很好！”赵强平静的脸上终于露出了一丝笑意，他说道：“长风，你拿到口供之后，立刻给我送过来。还有，就是除了口供之外，一定要拿到物证。只要这两样都齐全了，有谁护着他我们都不怕！”

三个小时后，方中海录好了陈玉龙的口供，立刻给赵长风送了过来。杨小楼则和专案组的成员一起，带着陈玉龙离开了海岛，悄悄地回到军营，等候赵长风的进一步指示。

到了这个时候，杨一斌的垮台已经是命中注定了！

触目惊心，果然是触目惊心！仅仅从陈玉龙供述的情况来看，杨一斌违法犯罪所得就有数千万之巨，这真称得上是天文数字了！

赵长风翻看着陈玉龙的口供材料，越往下看，越是心惊。

方中海在一旁低声说道："陈玉龙这小子不但骨头比较硬，而且心眼儿也比较多。他在一个秘密地藏了很多杨一斌的犯罪证据，这个地方只有他一个人知道，他愿意带着我们去取出这些证据。"

"太好了！"赵长风又是一阵惊喜，如果能拿到杨一斌犯罪的这些证据，那证据链就齐全了。

"不过要防止这小子捣鬼。"赵长风沉吟了一下说道，"这小子对杨一斌都要心眼儿，对我们也不会太老实。"

方中海嘻嘻一笑，说道："放心吧，我们准备了两罐头瓶旱蚂蟥在旁边伺候着呢，你没有看陈玉龙的样子，只要看一眼旱蚂蟥，就腿软脚软的，路都走不成了！"

他看了赵长风一眼，继续说道："我们想等天黑了之后，才押着陈玉龙去把那些罪证取回来。"

赵长风点了点头，"那好，我就再等等你们，等拿到罪证之后，我连同陈玉龙的口供一起交给省委赵书记。"

到了晚上十点，方中海和杨小楼押着陈玉龙，悄悄地赶到南江市邻市郊区的一栋小别墅里，从里面取出了陈玉龙这几年来精心收集的杨一斌的犯罪证据。方中海取到证据后就立即赶回南江，交给了赵长风。

看着琳琅满目的犯罪证据，赵长风连连点头。

"小方，跟我去羊城一趟，我要当面向赵书记汇报！"赵长风兴奋地说道。

虽然说有方中海护送赵长风，方天雷还是不放心，他专门派了两辆部队演习用的防弹军用轿车，又派王连长带着几个特种兵护送赵长风连夜前往羊城。

路上并没有出什么意外，两个小时后，赵长风出现在赵强的书房。他从包里拿出复印好的陈玉龙的口供以及杨一斌的罪证，轻轻地放在办公桌上："我把东西给你带来了。"

"坐吧。士行，给长风倒茶。"赵强吩咐了一句，就掏出老花镜戴在鼻梁上，仔细地阅读着手中的资料。

用了将近两个小时，赵强才看完这些资料。他并没有表现出一个省委书记对贪腐手下的那种愤恨，而是很平静地盯着赵长风："你是怎么想的？"

赵长风轻声说道："杨一斌是中管干部，我没有什么发言权。"

赵强就又低下头扫了一眼手中的材料。

赵长风说道："还有很多物证，都由专案组保管着呢！"

"这些已经足够了！"赵强淡淡地一笑，抖了抖手中的材料。他沉吟了一下，伸手抓起桌上的红色话机，拨通了一个号码："吴主任，我是赵强。请问首长休息了吗？对，重要情况。那，那好，我这就打过去。"

见赵强又在拨另外一个号码，赵长风和严士行碰了一下眼神，都自觉地退出了书房。严士行在轻轻带上书房门的一瞬间，书房里飘出赵强的声音："首长，我有重要情况向您汇报。"

……

在下面会客室等了半个小时之后，赵强又把赵长风叫去了书房："长风，我明天早上就飞赴京城。你这边不要松懈，继续抓紧时间搜集证据。"

"是！我这边绝对不会松懈。"听到这句话，赵长风心神大定。以赵强身份地位，既然亲自带着材料飞赴京城，说明杨一斌的命运已经被敲定了，几乎没有翻盘的可能。

对于赵强的雷厉风行，赵长风并不意外。

从赵强那里告辞出来，赵长风带着方中海连夜赶回了南江。他指示方中海和杨小楼，把陈玉龙带回海岛上的雷达站继续关押。在赵强那边没有给出明确的消息之前，陈玉龙绝对不能让别人带走。

杨一斌在办公室里暴跳如雷。已经六天了，还没有把陈玉龙给弄出来。这小子现在究竟怎么样了？能不能顶住公安厅那些人的盘问，会不会把自己那些事情抖出来，杨一斌心中越来越没有数。

公安厅那帮人个个都吃了豹子胆了，竟然横下心来硬顶着，连公安部专案组到了羊城都三天了，也没有能够把陈玉龙提走。而无论是杨一斌动用的那么多关系在公安厅内打听，竟然没有一个人知道陈玉龙被关在哪里。甚至没有人知道，究竟是谁去办了陈玉龙这个案子。

正坐在皮转椅上心烦意乱地想着，办公桌蓝色的电话响了起来，杨一斌抓起电话，里面传来市委书记崔中凯的声音：“一斌市长，我接到省扶贫工作领导小组张组长的电话，说让我们把扶贫干部的名单重新调整一下，你看你有没有时间过来一趟?”

听到这个消息，杨一斌烦闷的心情中多少感觉到些许喜悦。上一周崔中凯圈定扶贫干部名单时，把紧跟着他走的几个县处级干部都圈进去了，尤其是国保支队长刘正国也被圈入个名单，让他在公安系统内的影响力大为减弱。这几天他连续给省扶贫工作领导小组办公室打了好几个电话，甚至托了熟人过去说，现在看来终于取得了成效，南江市扶贫干部的名单被省扶贫工作领导小组打回来重新调整。这可是一项了不起的胜利，在南江市历史上还从来没有发生过扶贫干部名单报上去被打回来的事情。这至少说明一个信号，在和崔中凯、赵长风的角力中，杨一斌又逐渐占据了上风。

杨一斌兴冲冲地赶到崔中凯办公室，刚走进去，就发现办公室里除了崔中凯之外，还有几个陌生的面孔。杨一斌猛然一怔，升起一种不祥的预感。一个坐在崔中凯身旁的中年人严肃地打量了一下杨一斌，问道：“你是杨一斌吗?”

“你们是……”杨一斌一边说，一边慢慢地往后退。

几个人立即站起来，先前那个和他说话的中年人扭头看了一眼崔中凯，见崔中凯不动声色，知道没有找错人，他对杨一斌说道：“我们是中纪委的。杨一斌，你已经被双规了，请跟我们走一趟。”

杨一斌脸色苍白，还想说什么，却已经被几个人夹着带出了房间。

崔中凯望着几个人的背影，轻轻吐了一口气，他拨通了赵长风的电话，微笑着说道：“赵市长，恭喜你!”赵长风明明是市委副书记，崔中凯偏偏称呼赵长风为赵市长，其中的意味就很是深长了。

赵长风愣了一愣，旋即反应了过来，轻声说道：“走了?”

“刚走。”崔中凯顿了一顿，说道：“以后市委这方面的工作，还需要你大力支持啊！省委刚才征求我的意见时，我已经推荐由你来主持市政府的工作。”这一段时间内风云变幻，崔中凯已经摸清楚了赵长风身后的背景。原来赵长风不但和原省委书记杜红军关系很好，和现任省委一把手赵强的关系更好。这次杨一斌被双规，赵长风还不是顺理成章地跨上代市长的位子？更何况从自己的角度出发，也希望能和赵长风结成搭档合作下去呢。他这里提前在电话里卖一个好，是惠而不费的事情，干嘛不去做呢？

赵长风倒是没有想到崔中凯能够如此向他示好，看来老崔也是被杨一斌压得够呛，杨一斌这一被双规，等于去掉了崔中凯心头一块大石头啊，难怪老崔这么兴奋。

虽然杨一斌仅仅是被双规，但是对这种副省部级的高官来说，中央纪委在采取双规措施时是非常谨慎的，没有足够的证据，绝对不会采取双规措施。换而言之，一旦采取了双规措施，这些副省部级官员基本上是没有希望翻盘了。

心中感慨着，赵长风嘴里说道："跟着班长干就是没错。我还年轻，以后有什么做得不到的地方，还请班长多多教育批评啊！"

赵长风这时候说得非常原则。虽然无论从赵强的背景还是崔中凯对自己的支持这两方面来说，他接替杨一斌出任南江市长的希望最大。可是赵长风心中总是有些惴惴不安。

不过赵长风也反复思索一下自己步入政坛以来的所作所为，无论做人做事都能守住底线，尤其是在经济问题上，坚决做到不贪不拿，若要自身不倒，必须要行正路，做正事，清正廉洁，才是为官的正道。

五天后，中纪委有关领导在例行的新闻发布会上披露了南江市委副书记、市长杨一斌涉嫌严重违纪，正在接受组织调查的消息。

消息传出来之后，大家在震惊之余，纷纷猜测究竟谁来接替杨一斌。很多人士都看好赵长风，认为赵长风在这次代市长的竞争中可以说是得天时地利与人和，几乎没有什么竞争对手能够和他竞争。

可是当天下午，省委组织部派人来到南江市，宣布省委的决定，由南江市委副书记王树强临时主持市政府的工作。这个结果让人大跌眼镜，赵长风这个最热门的人选没有能够顺利主持市政府的工作，给了很多人以想象空间。

小道消息不胫而走，说赵长风也存在经济问题，组织上也正在对他进行调查，所以省委才会放弃由赵长风主持市政府工作的打算。

处于风暴中心的赵长风虽然还是一脸平静，但是市委市政府干部们见了他神色都有些异样，很多人更是远远看见他就绕了过去，生怕和他有什么接触。

赵长风虽然强忍着给赵强打电话一探究竟的心思，但是对于目前的情况心情也很是郁闷。在他的宦海生涯中狂风巨浪都经过了，却没有一次像这次一样，虽然是获得了胜利，但是心理上的感觉却好像自己是失败的一方一样。

大约又过了十天，赵长风忽然接到通知，让他到省委去一趟。当然，这里的省委，其实指代的就是省委书记赵强。赵长风心中纳闷，赵强把他叫过去干什么呢？为什么不亲自打电话给他，或者让秘书严士行打电话通知他呢？以前赵强要见他的时候可都是这样的啊。

在去省城的路上，赵长风打电话给谢富海，问道："秘书长，赵叔找我有什么事情？"

谢富海笑道："我也不清楚，不过绝对不是坏事。"

赵长风听了之后心中这才笃定。

到了赵强的办公室，赵强正坐在沙发上看报纸，见赵长风过来，就摘下老花镜，轻轻拍了拍沙发，说道："长风，来，坐这里！"

赵长风倒是没有想到赵强会和他这样亲热，竟然要和他同坐一条沙发。他一头雾水地坐在赵强身边，侧身看着赵强，见赵强的脸色没有什么不对，心中才轻松了很多。

赵强微微一笑，扭头看着赵长风，轻轻拍了拍他的手背，说道："长风，最近是不是感觉心里委屈啊？"

这句话让赵长风眼眶一酸，能够听到赵叔这一句体贴话，纵使他受再多委屈，也算不了什么啊。

赵强伸手拍了拍赵长风的手背，顿了一顿，这才说道："我知道你有些事情想不通。但是请你相信我，我那么做是对你最好的保护。有的时候，该舍弃就要懂得舍弃。"

"我没有想不通。"赵长风轻声说道："我知道您是为我好。"

"嗯，不说这个了。"赵强摆了摆手，说道："言归正传吧，我这次让你过来，是通知你一件事情，你需要到京城去一趟。"

"京城？什么事情？"赵长风问道。

"去了不就知道了吗？"赵强微笑着说道："不过我可以给你透露一个底，

不是坏事。”

赵长风笑了起来。“不是坏事”，怎么赵强和谢富海说话都是一个口吻啊？

“我什么时候过去？”赵长风挠了挠头，问道。

赵强伸手从桌子上拿出一个信封，递给了赵长风：“你明天出发，这里是你的机票。下飞机后，自然会有人接你。你一切听他们安排就是。”他微笑着说道：“我能告诉你的也就这么多了。”

赵长风一头雾水离开赵强的办公室，在南江市驻省办住了下来。他相信赵强绝对不会骗他，既然说去京城不会是坏事，那就绝对不会是坏事。

赵长风怎么也想不到，第二天一大早，赵强居然亲自赶到飞机场来送他。他微笑着看着赵长风伸出双手紧紧地和赵长风握在一起。望着赵强慈祥的面容，赵长风心中有千言万语却说不出。当初他还是一个大二的学生时，见赵强的第一面，又怎么能够想到自那以后，他的命运就紧紧地跟赵强联系在一起了呢？

赵强也是百感交集，他是一步一步看着赵长风从一个青涩的毛头小子成长到今天这个地步的。虽然当初赵长风认了他这个便宜叔叔，但是这么多年来，在赵强心目中真的把赵长风看成是自己的子侄。现在赵长风成熟了，长大了，再也不用躲在他的羽翼下让他照顾了，可是他的内心怎么总有一分不舍呢？

这时普通旅客已经放了进来，赵强转身看看陆陆续续进来的旅客，又扭头凝望了两眼赵长风，这才伸手拍了拍赵长风的肩膀，说道：“走吧，飞机要起飞了。”

他说罢一挥手，率领身边的人大踏步离去。

赵长风恋恋不舍地望了望赵强的身影消失在候机厅，这才转身登上舷梯。去北京工作，这既是他个人的机遇，更是他个人的挑战。他喜欢这种不断挑战的感觉，在人生中，他渴望征服一个又一个高峰，努力登上更高的山峰。

自己能成功吗？赵长风不知道！但是既然选择了这条路，就必须要不断地攀登下去，人生就是一场攀登！

——全书完——